型世言

【明】陆人龙 编著

中国古典文学名著

齊魯書社

图书在版编目(CIP)数据

型世言/【明】陆人龙 编著. —济南:齐鲁书社,
1995.3(2008.4 重印)

ISBN 978-7-5333-0445-4

Ⅰ.型…　Ⅱ.陆…　Ⅲ.话本小说—中国—明代
Ⅳ.I242.3

中国版本图书馆 CIP 数据核字(2008)第 030690 号

型世言

【明】陆人龙 编著

出版发行	齊魯書社
地　　址	济南经九路胜利大街 39 号
邮　　编	250001
网　　址	www.qlss.com.cn
电子邮箱	qlss@sdpress.com.cn
印　　刷	北京山华苑印刷有限责任公司
开　　本	787×1092 毫米　16 开
印　　张	25
字　　数	364 千
版　　次	2008 年 4 月第 2 版
印　　次	2008 年 4 月第 2 次印刷
标准书号	ISBN 978-7-5333-0445-4
定　　价	39.00 元

目　录

第一回　烈士不背君　贞女不辱父

不兢叹南风，徒抒捧日功。

坚心诚似铁，浩气欲成虹。

令誉千年在，家园一夕空。

九嶷遗二女，双袖湿啼红。

大凡忠臣难做，只是一个身家念重。一时激烈，也便视死如归，一想到举家戮辱，女哭儿啼，这个光景难当，故毕竟要父子相信。像许副使逵，他在山东乐陵做知县时，流贼刘六、刘七作反，南北直隶、山东、河南、湖广府州县官，或死或逃，只有他出兵破贼，超升佥事，后转江西副使。值宁王谋反，逼胁各官从顺，他抗义不从，道："天无二日，民无二王。"解下腰间金带打去，众寡不敌，为宁王所擒，临死时也不肯屈膝。此时他父亲在河南，听得说江西宁王作乱，杀了一个都堂、一个副使。他父亲道："这毕竟是我儿子。"就开丧受吊。人还不肯信他，不期过了几时，凶报到来，果然是他死节。又如他同时死的，是孙都堂燧。他几次上本，说宁王有反谋，都为宁王邀截去了。到了六月十三日，宁王反谋已露。欲待除他，兵马单弱，禁不得他势大；欲待从他，有亏臣节。终夜彷徨，在衙中走了一夜，到五更，大声道："这断不可从！"此时他已将家眷打发回家，止剩得一个公子、一个老仆在衙内。孙都堂走到他房里道："你们好睡！我走了一夜，你知道么？"公子道："知道。"孙都堂道："你知道些甚么？"公子道："为宁王的事。"孙都堂道："这事当仔么？"公子道："我已听见你说不从了。你若从时，我们也不顾你先去。"孙都堂却也将头点了一点。早间进去，毕竟不从，与许副使同死，忠义之名，传于万古。

若像靖难之时，胡学士广与解学士缙，同约死国。及到国破君亡，解学士着人来看胡学士光景，只见胡学士在那厢问："曾喂猪么？"看的人来回覆，解学士笑道："一个猪舍不得，舍得性命?"两个都不死。后来解学士得罪，身死锦衣卫狱，妻子安置金齿。胡学士有个女儿，已许解学士的儿子，因他远戍，便就离亲，逼女改嫁。其女不从，割耳自誓，终久归了解家。这便是有好女无好父。又像李副都士实，平日与宁王交好，到将反时，来召他，他便恐负从逆的名，欲寻自尽。他儿女贪图富贵，守他不许。他后边做了个逆党，身受诛戮，累及子孙。这便是有了不肖子孙，就有不好父母。谁似靖难时，臣死忠、子死孝、妻死夫！又有这一班好人，如方文学孝孺，不肯草诏，至断舌受剐。其妻先自缢死。王修撰叔英的妻女、黄侍中观的妻女，都自溺全节。曾凤韶御史，夫妻同刎。王良廉使，夫妻同焚。胡闰少卿，身死极刑。其女发教坊司二十年，毁形垩面，终为处女。真个是有是父，有是子。但中更有铁尚书，挺挺雪中松柏，他两个女儿，莹莹水里荷花，终动圣主之怜，为一时杰出。

话说这铁尚书名铉，河南邓州人。父亲唤做仲名，母亲胡氏，生这铁铉。他为人玮梧卓荦，慷慨自许，善弓马，习韬略。太祖时，自国子监监生，除授左军都督府断事。皇侄孙靖江王守谦，他封国在云南，恣为不法，笞辱官府，擅杀平民，强占人田宅、子女。召至京勘问，各官都畏缩不敢问，他却据法诘问，拟行削职。洪武爷见他不苛不枉，断事精明，赐他字教做"鼎石"，后来升作山东参政。他爱惜百姓，礼貌士子。地方有灾伤，即便设处赈济。锄抑强暴，不令他虐害小民。生员有亲丧，毕竟捐俸赗给。时尝督率生儒，做文会、讲会。会中看得一个济阳学秀才，姓高名贤宁，青年好学，文字都是锦心绣肠，又带铜肝铁胆。闻他未娶，便捐俸，着济阳学教官王省为他寻亲事，不料其年高贤宁父死丁忧，此事遂已，铁参政却又助银与营丧葬。在任年余，军民乐业。恰遇建文君即位，覃恩封了父母，铁参政制了冠带，率领两个儿子福童、寿安，两个女儿孟瑶、仲瑛，恭贺父母。只见那铁仲名受了道："我受此荣封，也是天恩。但我老朽，不能报国，若你能不负朝廷，我享此封诰，也是不愧的。"铁参政道："敢不如命。"本日家宴不题。

荏苒半年，正值靖难兵起，朝廷差长兴侯耿炳文领兵征讨，着他管理四十万大军粮草。他陆路车马搬运，水路船只装载，催趱召买。民也不嫌劳苦，兵马又不缺乏。后来长兴侯战败，兵粮散失。朝廷又差曹国公李景隆，督兵六十万进征。他又多方措置，支给粮草。又道济南要地，雇倩民夫，将济南城池筑得异常坚固，挑得异常深阔。不料李景隆累次战败，在白沟大为永乐爷所破。

此时铁参政正随军督粮，也只得南奔。到临邑地方，遇着赞画旧同僚五军断事高巍，两个相向大哭。时正端午，两个无心赏午，止计议整理兵马，固守济南。正到济南，与守城参将盛庸，三人打点城守事务。方完，李景隆早已逃来，靖难兵早已把城围得铁桶相似。铁参政便与盛参将背城大战，预将喷筒裹作人形，缚在马上，战酣之时，点了火药，赶入北兵阵中。又将神机铳、佛狼机随火势施放，大败北兵。永乐爷大恼，在城外筑起高坝，引济水浸灌城中。铁参政却募善游水的人，暗在水中撬坍堤岸，水反灌入北兵营里。永乐爷越恼，即杀了那失事将官，从新筑坝灌城，弄得城中家家有水，户户心慌。那铁参政与盛参将、高断事分地守御，意气不挠。但水浸日久，不免坍颓。

铁参政定下一计，教城上插了降旗，分差老弱的人到北营，说力尽情愿投降，却于瓮城内掘下陷坑，城上堆了大石，兵士伏于墙边，高悬闸板，只要引永乐爷进城，放下闸板，前有陷坑矢石，后又有闸板，不死也便活捉了。曹国公道："奉旨不许杀害，似此恐有伤误。"铁参政道："阃外之事，专之可也。"议定。只见成祖因见累年战争，止得北平一城，今喜济南城降，得了一个要害地方，又得这干文武官吏兵民，不胜忻喜，便轻骑张着羽盖进城受降。刚到城下，早是前驱将士多攧下陷坑。成祖见了，即策马跑回。城头上铁参政袍袖一举，刀斧齐下，恰似雷响一声，闸板闸下。喜成祖马快，已是回缰，打不着，反是这一惊，马直撺起，没命似直跑过吊桥。城上铁参政叫："放箭！"桥下伏兵又起，成祖几乎不保，那进得瓮城这干将士，已自都死在坑内了。正是：

不能附翼游天汉，赢得横尸入地中。

成祖大恼，分付将士负土填了城河，架云梯攻城。谁知铁参政知道，预备撑竿，云梯将近城时，撑竿在城垛内撑出，使他不得近城，一边火器乱发，把云梯烧毁，兵士跌下，都至死伤。成祖怒极道："不破此城，不擒此贼，誓不回军！"北将又置攻车，自远推来城上，所到砖石坍落。铁参政预张布幔当他，车遇布就住，不得破城。北将又差军士顶牛皮抵上矢石，在下挖城。铁参政又将铁索悬铁炮，在上碎之。相持数月，北军乃做大炮，把大石炮藏在内，向着城打来，城多崩陷。铁参政计竭，却写太祖高皇帝神牌，挂在崩处，北兵见了，无可奈何，只得射书进城招降。

其时高贤宁闻济南被围，来城中赴义，也写一篇《周公辅成王论》，射出城去。大意道：不敢以功高而有藐孺子之心，不敢以尊属有轻天子之意。爵禄可捐，寄以居东之身，待感于风雷；兄弟可诛，不怀无将之心，擅兴夫斯斧。诚不贪一时之富贵，灭千古之君臣。成祖见了，却也鉴赏他文词。

此时师已老，人心懈弛。铁参政又募死士，乘风雨之夕，多带大炮，来北营左侧施放，扰乱他营中。后来北兵习做常事，不来防备。他又纵兵砍入营，杀伤将士。北兵军师姚广孝在军中道："且回军。"铁参政在城上遥见北军无意攻城，料他必回，忙拣选军士，准备器械粮食，乘他回军，便开门同盛总兵一齐杀出，大败北兵，直追到德州，取了德州城池。朝廷论功，封盛总兵为历城侯、充平燕将军。铁参政升山东左布政使，再转兵部尚书，参赞军务。召还李景隆。

盛总兵与铁尚书自督兵北讨，十二月，与北兵会在东昌府地方。盛总兵与铁尚书先杀牛酿酒，大开筵席犒将士，到酒酣，痛哭，劝将士戮力报国，无不感动。战时盛总兵与铁尚书分做两翼，屯在城下，以逸待劳。只见燕兵来冲左翼，盛总兵抵死相杀。燕兵不能攻入，复冲中军，被铁尚书指挥两翼，环绕过来。成祖被围数重，铁尚书传令："拿得燕王有重赏！"众军尽皆奋勇砍杀。北将指挥张玉力护成祖，左右突围，身带数十箭，刀枪砍伤数指，身死阵中。真是尸横遍野，血流成河。燕兵退回北平。三月，又在夹河大战。盛总兵督领众将庄得等，戮力杀死了燕将谭渊，军声大振。不料角战之时，自辰至未，胜负未定，忽然风起东北，飞沙走石，尘埃涨天，南兵逆风，咫尺不辨，立身不住，北兵却乘风大呼纵击。盛总兵与铁尚书俱不能抵敌，退保德州。后来北兵深入，盛总兵又回兵徐州战守。铁尚书虽在济南，飞书各将士要攻北平，要截他粮草，并没一人来应他。径至金川失守，天下都归了成祖。

当时文武都各归附，铁尚书还要固守济南，以图兴复，争奈人心渐已涣散，铁尚书全家，反被这些贪功的拿解进京。高秀才此时知道，道："铁公为国戮力最深，触怒已极，毕竟全家不免。须得委曲救全得他一个子嗣，也不负他平日赏识我一场。"弃了家，扮做个逃难穷民，先到淮安地方，在驿中得他几个钱，与他做夫。等了十来日，只见铁尚书全家已来。他也不敢露头面，只暗中将他小公子认定，夜间巡逻时，在后边放上一把火，趁人嚷乱时，领了他十二岁小公子去了。这边救灭火，查点人时，却不见了这个小孩子。大家道："想是烧死了。"去寻时，又不见骨殖。有的又解说道："骨头嫩，想都烧化了。"铁尚书道："左右也是死数，不必寻他。"这两位小姐也便哭泣一场。管解的就朦胧说中途烧死，止将铁尚书父母并长子二女，一行解京。

却说高秀才把这小公子抱了便跑走了，这公子不知甚事。只见走了六七里，到一个旷野之地，放下道："铁公子，我便是高贤宁，是你令尊门生。你父亲被拿至京，必然不免，还恐延及公子。我所以私自领你逃走，延你铁家一脉。"铁公子道："这虽是你好情，但我如今虽生，向何处投奔？不若与父亲、姐姊死做一处到好。"高秀才道："不是这样说。如今你去同死，也不见你的孝处。何如苟全性命，不绝你家宗嗣，也时常把一碗羹饭祭祖宗、父母，使铁氏有后，岂不是好！"铁公子哭了一场，两个同行，认做了兄弟。公子道："哥哥，我虽亏你苟全，但不知我父亲、祖父母、兄姐此去何如，怎得一消息？"高秀才道："我意原盗了你出来，次后便到京看你父亲。因一时要得一个安顿你身子人家，急切没有，故未得去。"公子道："这却何难！就这边有人家，我便在他家佣工，你自可脱身去了。"高秀才道："只是你怎吃得这苦。"

两个计议，就在山阳地方寻一个人家。行来行去，天晚来到一所村庄：

朗朗数株榆柳，疏疏几树桑麻。低低小屋两三间，半瓦半茅；矮矮土墙四五尺，不泥不粉。两扇柴门扃落日，一声村犬吠黄昏。

两个正待望门借宿，只见"呀"一声门响，里面走出一个老人家，手里拿着一把瓦壶儿，想待要村中沽酒的。高秀才不免向前相唤一声道："老人家拜揖！小人兄弟是山东人，因北兵来，有几间破屋儿都被烧毁，家都被掳掠去了，止剩得个兄弟，要往南京去投亲。天晚，求在这厢胡乱借宿一宵。"只见那个老人道："可怜！是个异乡避难的人。只是南京又打破了，怕没找你亲戚处哩！"高秀才道："正是。只是家已破了，回不得了，且方便寻个所在，寄下这兄弟，自己单身去看一看再处。"老人道："家下无人，止有一个儿子，佥去从军，在峨眉山大战死了。如今止一个老妻，一个小女儿，做不出好饭来吃。若要借宿，谁顶着房儿走？便在里面宿一宵。"

两个到了里边，坐了半晌，只见那老儿回来，就暖了那瓶酒，拿了两碟腌葱、腌萝葡，放在桌上，也就来同坐了。两边闲说，各道了姓名。这老子姓金，名贤。高秀才道："且喜小人也姓金，叫做金宁，这兄弟叫做金安。你老人家年纪高大，既没了令郎，也过房一个伏侍你老景才是。"老人道："谁似得亲生的来！"高秀才道："便雇也雇一个儿。"老人道："那得闲钱。"说罢，看铁公子道："好一个小官儿！甚是娇嫩，怎吃得这风霜！"高秀才道："正是，也无可奈何，还不曾丢书本儿哩！"老人道："也读书？适才听得客官说，要寄下他，往南京看个消息，真么？"高秀才道："是真的。"老人道："寒家虽有两亩田，都雇客作耕种，只要时常送送饭儿，家中关闭门户。客官不若留下他在舍下，替就老夫这些用儿，便在这里吃些家常粥饭，待客官回来再处，何如？只是出不起雇工钱。"高秀才道："谁要老人家钱？便就在这里伏侍老人家终身罢。"只见老人家又拿些晚粥出来，吃了，送他一间小房歇下。高秀才对铁公子道："兄弟，幸得你有安身之处了。此去令尊如有不幸，我务必收他骸骨，还打听令祖父母、令兄令姊消息来覆你。时日难定，你可放心在此，不可做出公子态度，又不可说出你的根因惹祸。"一个说，一个哭，过了一夜。次早高秀才起来，只见那老人道："你两人商量的通么？"高秀才道："只是累你老人家。"便叫铁公子出来，请妈妈相见，拜了。道："这小子还未大知人事，要老奶奶教道他。"老妈妈道："咱没个儿，便做儿看待，客官放心。"高秀才又吃了早饭，作谢起身，又分付了铁公子才去。正是：

已嗟骨肉如萍梗，又向天涯话别离。

高秀才别了铁公子，星夜进京。此时铁尚书已是先到，向北立不跪。成祖责问他在济南府用计图害，几至杀身，铁尚书道："若使当日计成，何有今日！甚恨天不祚耳！"要他一见面，不肯。先割了鼻，大骂不止。成祖着剐在都市，父亲仲名安置海南，子福童成金齿，二女发教坊司。正是：

名义千钧重，身家一羽轻。

红颜嗟薄命，白发泣孤征。

高秀才闻此消息，径来收他骸骨，不料被地方拿了，五城奏闻。成祖问："你甚人？敢来收葬罪人骸骨！"高秀才道："贤宁济阳学生员，曾蒙铁铉赏拔。今闻其死，念有一日之知，窃谓陛下自诛罪人，臣自葬知己，不谓地方遽行擒捉。"成祖道："你不是做《周公辅成王论》的济阳学生员高贤宁么？"高秀才应道："是。"成祖道："好个大胆秀才！你是书生，不是用事官员，与奸党不同。作《论》是讽我息兵，有爱国恤民的意思，可授给事中。”高秀才道：“贤宁自被擒受惊，得患怔忡，不堪任职。”成祖道：“不妨，你且调理好了任职。”出朝，有个朋友姓纪名纲，见任锦衣指挥，见他拿在朝中时，为他吃了一惊。见圣上与官不受，特来见他，说：“上意不可测，不从，恐致召祸。”高秀才道：“君以军旅发身，我是个书生，已曾食廪，于义不可。君念友谊，可为我周旋。”他又去送别铁尚书父母、儿子。人晓得成祖前日不难为他，也不来管。又过了几时，圣上问起，得纪指挥说果病怔忡，圣上就不强他。他也不复学，只往来山阳、南京，看他姊妹消息不题。

话说铁小姐，圣旨发落教坊。此时大使出了收管，发与乐户崔仁，取了领状，领到家中。那龟婆见了，真好一对女子，正是：

蓬岛分来连理枝，妖红媚白压当时。
愁低湘水暮山碧，泪界梨花早露垂。
幽梦不随巫峡雨，贞心直傲柏松姿。
闲来屈指谁能似，二女含颦在九嶷。

那虔婆满心欢喜道：“好造化！从天掉下这一对美人来，我家一生一世吃不了。”叫丫鬟收拾下一所房子，却是三间小厅，两壁厢做了他姊妹卧房，中间做了客座。房里摆列着锦衾绣帐、名画古炉、琵琶弦管，天井内摆列些盆鱼异草、修竹奇花，先好待他一待，后边要他输心依他。只见他两姊妹一到房中，小小姐见了道：“姐姐，这岂是我你安身之地？”大小姐道：“妹妹，自古道：‘慷慨杀身易，从容就死难。’发我教坊，正要辱我们祖、父。我偏在秽污之地，竟不受辱，教他君命也不奈何我，却不反与祖、父争气！”两个便将艳丽衣服、乐器玩物都堆在一房，姊妹两个同在一房，穿了些缟素衣服，又在客座中间立一纸牌，上写：

明忠臣兵部尚书铁府君灵位。

两个早晚痛哭上食。

那虔婆得知，吃了一惊，对龟子道：“这两个女人，生得十分娇媚，我待寻个舍钱姐夫，与他梳栊，又得几百金。到后来再寻个二姐夫，也可得百十两。不料他把一个爹的灵位立在中间，人见了岂不恶厌！又早晚这样哭，哭坏了，却也装不架子起，骗得人钱。”龟子道：“他须是个小姐性儿，你可慢慢搓挪他。”那虔婆只到那厢去安慰他，相叫了，道：“二位小姐，可怜你老爷是个忠臣受枉，连累了二位，落在我们门户人家。但死者不可复生，二位且省些愁烦，随乡入乡，图些快乐，不要苦坏身子。”那二位小姐只不做声。后边又时常着些妓女，打扮得十分艳丽，来与他闲话，说些风情。有时说道：“某人财主，惯舍得钱，前日做多少衣服与我，今日又打金簪金镯，倒也得他光辉。”有时道：“某人标致，极会帮衬，极好德性，好不温存，真个是风流子弟。接着这样人，也不枉了。”又时直切到他身上道：“似我这嘴脸，尚且有人怜惜，有人出钱，若像小姐这样人品，又好骨气，这些子弟怕不挥金如土，百般奉承！”小姐只是不采，十分听不得时，也便作色走了开去。

延捱了数月，虔婆急了，来见道：“二位在我这厢，真是有屈。只是皇帝发到这厢，习弦子箫管歌唱，供应官府，招接这六馆监生、各省客商。如今只是啼哭，并不留人，学些弹唱，皇帝知道，也要难为我们，小姐也当不个抗违圣旨罪名起。”小姐道：“我们忠臣之女，断不失节！况在丧中，也不理音乐。便圣上知道，难为我，我们得一死，见父母地下，正是快乐处。”虔婆道：“虽只如此，你们既落教坊，谁来信你贞节？便要这等守志，我教坊中也没闲饭养你！朝廷给发我家，便是我家人，教训凭我，莫要鲜的不吃吃腌的！”大声发付去了。两小姐好不怨苦。他后边也只是粗茶淡饭，也不着人伏侍，要他们自去搬送。又常常将这些丫头起水叫骂道：“贱丫头，贱淫妇！我教坊里守甚节！不肯招人，倒教我们冏饭与你吃！”或时又将丫头们剥得赤条的，将皮鞭毒打道：“奴才！我打你不得？你不识抬举，不依教训，自讨下贱！”明白做个榜样来逼迫。铁小姐只是在灵前痛哭。虔婆又道：“这是个乐地，嚎甚么！”奚落年余，要行打骂，亏的龟子道：“看他两个执性，是打骂不动的。若还一逼，或是死了，圣上一时要人，怎生答应？况且他父亲同寮亲友还有人，知道我们难为他，要来计较，也当不起。还劝他的是。若劝不转，他不过吃得我碗饭，也不破多少钱讨他，也只索罢了。”虔婆也只得耐了火性。

两年多，只得又向他说：“二位在我这教坊已三年了，孝也满了，不肯失身，我也难强。只是我门户人家，日趁日吃，就是二位日逐衣食，教我也供不来。不若暂出见客，得他怜助，也可相帮我们些，不辜负我们在此伏侍你一场。或者来往官员，有怜你守节苦情，奏闻圣上，怜放出得教坊，也是有的事。不然，老死在这厢，谁人与你说清！”果然两小姐见他这三年伏侍，也过意不去，道：“若要我们见客，这断不能！只我们三年在此累你，也曾做下些针指，你可将去货卖，偿你供给。”他两个每日起早睡晚，并做女工。又曾做些诗词，尝有人传他的《四时词》：

翠眉慵画鬓如蓬，羞见桃花露小红。
遥想故园花鸟地，也应芳草日成丛。
满径飞花欲尽春，飘杨一似客中身。
何时得逐天风去，离却桃源第一津。　　右《春词》
柳梢莺老绿阴繁，暑逼纱窗试素纨。
每笑翠筠辜劲节，强涂剩粉倚朱栏。　　右《夏词》
亭亭不带浮沉骨，莹洁时坚不染心。
独立波间神更静，无情蜂蝶莫相侵。　　右《荷花》
泪浥容偏淡，愁深色减妍。
好将孤劲质，独傲雪霜天。　　右《梅花》
霜空星淡月轮孤，字乱长天破雁雏。
只影不知何处落，数声哀怨入苇芦。
轻风簌簌碎芭蕉，绕砌蛩声倍寂寥。
归梦不成天未晓，半窗残月冷花梢。　　右《秋词》
强把丝桐诉怨情，天寒指冷不成声。
更饶泪作江水落，滴处金徽相向明。
如絮云头剪不开，扣窗急雪逐风来。
愁心相对浑无奈，乱拨寒炉欲烬灰。　　右《冬词》

当时他两姊妹虽不炫才，外边却也纷纷说他才貌，王孙公子那一个不羡慕他，便是千金也不惜。有一个不识势的公子，他父亲是礼部尚书，倚着教坊是他辖下，定要见他，鸨儿再三回覆不肯。只见一个帮闲上舍白庆道：“你这婆子，不知事体！似我这公子，一表人才，他见了料必动情招接。你再三拦阻，要搭架子，起大钱么？这休想！”只见这公子也便发恶道：“这婆子可恶，拿与大使，先拶他一拶！”这鸨儿惊得不做声。一起径赶进去，排门而入。此时他姊妹正在那边做针指，见一个先蓦进来：

玄芝巾垂玉结，白纱袜衬红鞋。薄罗衫子称身裁，行处水沉烟霭。

未许文章领袖，却多风月襟怀。朱颜绿鬓好乔才，不下潘安丰采。

侧边陪着一个：

矮巾笼头八寸，短袍离地尺三。旧绸新染作天蓝，帮衬许多模样。

两手紧拳如缚，双肩高耸成山。俗谭信口极腌臜，道是在行白想。

那白监生见了，便拍手道："妙！妙！真是娥皇、女英！"那公子便一眼钉个死，口也开不得。这些家人见了，也有咬指头的，也有喝采的。大小姐红了脸，便往房里躲。小小姐坐着不动身，道："你们不得啰唣！"白监生道："这是本司院里，何妨？"小姐道："这虽是本司院，但我们不是本司院里这一辈人！"白监生道："知道你是尚书小姐，特寻一个尚书公子相配。"小姐道："休得胡说！便圣上也没奈何我，说甚公子！"白监生道："你看这一表人才，也配得你过。不要做腔，做了几遍腔，人就老了。"小小姐听了大恼，便立起身，也走向房中，把门"扑"地关上，道："不识得人的蠢材，敢这等无礼！"这些家人听了，却待发作，那白监生便来兜收道："管家，这事使不得势的。下次若来，他再如此，捋他的毛，送他到礼部，拶上一拶，尿都拶他的出来！"却好鸨儿又来，撮撮哄哄，出了门去。那小姐对妹子道："我两人忍死在此，只为祖父母与兄弟远戍南北，欲图一见，不期在此遭人轻薄，不如一死，以得清白。"小小姐道："不遇盘根错节，何以别利器！正要令人见我们不为繁华引诱，不受威势迫胁，如何做匹妇小谅？如这狂且再来，妹当手刃之，也见轰烈。姐姐不必介意。"正说之间，鸨儿进来道："适才是礼部大堂公子，极有钱势，小姐若肯屈从，得除教坊的名也未可知。如何却恼了他去？日后恐怕贻祸老身。"铁小姐道："这也不妨，再来我自有处。"正是：

已拼如石砺贞节，一任狂风拥巨涛。

不隔数日，那公子又来。只见铁小姐正色大声数他道："我忠臣之女，断不失身！你为大臣之子，不知顾惜父亲官箴、自己行检，强思污人。今日先杀你，然后自刎，悔之晚矣！"那公子欲待涎脸，去陪个不是话进去。只见他已掣刀在手，白监生与这些家人先一哄就走，公子也惊得面色皆青，转身飞跑。又被门槛绊了一交，跌得嘴青脸肿。似此名声一出，那个敢来，三三两两都把他来做笑话，称诵两小姐好处。

又况这时尚遵洪武爷旧制，教坊建立十四楼，教做：

来宾，重译，清江，石城，鹤鸣，醉仙，乐民，集贤，讴歌，鼓腹，轻烟，淡粉，梅妍，柳翠。

许官员在彼饮酒，门悬本官牙牌，尊卑相避，故院中多有官来，得知此事。也是天怜烈女，与他机会。一日，成祖御文华殿，锦衣卫指挥纪纲已得宠，站在侧边，偶然问起："前发奸臣子女，在锦衣卫浣衣局、教坊司各处，也还有存的么？也尽心服役，不敢有怨言么？"纪纲道："谁敢怨圣上。"成祖道："在教坊的，也一般与人歇宿么？"纪纲道："与人歇宿的固多，闻道还有不肯失身的。"成祖道："有这等贞洁女子！却也可怜，卿可为我查来。"

纪纲承旨回到私衙，只见人报高秀才来见，这高秀才就是高贤宁。他先时将铁尚书伏法与子女、父母遣谪，报与铁小公子，不胜悲痛。因金老爱惜他，要他在身边作子，故铁公子就留在山阳，高秀才就在近村处个蒙馆，时来照顾。后边公子念及祖父母年高，说："父亲既没，不能奉养，我须一往海南省视，以了我子孙之事。"金老苦留不定，高秀才因伴他到南京分手，来访两小姐消息，因便来见纪指挥。纪指挥忙教请进相见。见了，叙寒温，纪指挥说自己得宠，圣上尝向他询问外间事务，命他缉访事件。因说起承命查访教坊内女子事，高秀才便叹息道："这干都是忠臣，杀他一身彀了，何必辱及他子女，使缙绅之女为人淫污，殊是可痛！今圣上有怜惜之意，足下何不因风吹火，已失身的罢了，未失身的为他保全，也是阴骘。"纪指挥道："我且据实奏上，若有机括，也为他方便。"因留高秀才酌酒，又留他宿在家中。

次日，纪指挥自家到坊中查问，有铁家二小姐、胡少卿小姐，尚不失身。纪指挥俱教来，因问他怎不招人，小姐含泪道："不欲失身以辱父母。"其时胡少卿女故意髡发跣足，以烟煤污面，自毁面目。铁氏小姐虽不妆饰，却也任其天然颜色，光艳动人。纪指挥道："似你这样容貌，若不事人，也辜负了你。三人也晓得做甚诗么？"胡小姐推道不会，铁小姐道："也晓得些，只是如今也无心做他。"纪指挥道："你试一作。"只见小小姐口占一首呈上，道：

教坊脂粉污铅华，一片闲心对落花。
旧曲听来犹有恨，故园归去已无家。
云鬟半挽临妆镜，雨泪空流湿绛纱。

今日相逢白司马，尊前重与诉琵琶。

纪指挥看了，称赞道："好才！不下薛涛。"因安慰了一番。回家与高秀才说及这几位贞节，高秀才因备说铁尚书之忠，要他救脱这二女。纪指挥也点头应承。

第二日早朝具奏，因呈上所做诗。成祖看了道："有这等才貌，不肯失身，却也不愧忠臣之女。卿可择三个士人配与他罢！"纪指挥得旨，到家又与高秀才对酌，因问高秀才道："兄别来许久，已生有令郎么？"高秀才道："我无家似张俭，并不娶妻。"纪指挥道："这样，我有一头媒，为足下做了罢。这女子我亲见来，才貌双绝，尽堪配足下。"高秀才道："流落之人，无意及此。"纪指挥道："不孝有三，无后为大。这亲又不要费半分财礼，我自择日与足下成亲罢。"因自到院中宣了圣谕，着教坊与他除名。因说圣上赐他与士人成婚，铁小姐道："不愿。"纪指挥道："女生有家，也是令先公地下之意。况小姐若不配亲，依倚何人？况我为你已寻下一人，是你先公赏识的秀才，他为收你先公骸骨，几乎被刑，也是义士。下官当为小姐备妆奁成婚。"大小姐又辞，小小姐道："既是上意，又尊官主裁，姐姐可依命。"大小姐道："骨肉飘零，止存二人，若我出嫁，妹妹何依？细思之有未妥耳。不如妹妹与我同适此人，庶日后始终得同。"纪指挥道："当日娥皇、女英，曾嫁一个大舜，甚妙！甚妙！"纪指挥就为高秀才租了一所房屋成亲。高秀才又道："与铁尚书有师生之谊，不可。"纪指挥道："足下曾言，铁公曾赠公婚赀，因守制不娶。他既肯赠婚，若在一女，应自不惜，兄勿辞。"遂择日成了亲，用费都出纪指挥。

三日，纪指挥来贺。高秀才便请二小姐相见，纪指挥道："高先生豪士，二小姐贞女，今日配偶，可云奇事，曾有诗纪其盛么？"高秀才道："没有。"纪指挥道："小姐多有才，一定有的。"再三请教，小姐乃又作一诗奉呈：

骨肉凋残产业荒，一身何忍去归娼。
泪垂玉箸辞官舍，步敛金莲入教坊。
览镜幸无倾国色，向人休学倚门妆。
春来雨露深如海，嫁得刘郎胜阮郎。

纪指挥不胜称赏，去了。铁小姐因问高秀才道："观君之意，定不求仕进了。既不求仕，岂可在此辇毂之下！且纪指挥虽是下贤，闻他骄恣，后必有祸。君岂可作处堂燕雀？倘故园尚未荒芜，何不同君归耕？"高秀才道："数日来，我正有话要对二小姐讲，前尊君被执赴京，驿舍失火，此时我挈令弟逃窜，欲延铁氏一脉。今令弟寄迹山阳，年已长成，固执要往海南探祖父母，归时于此相会，带令先尊骸骨归葬，故此羁迟耳。”小姐道：“向知足下冒死收先君遗骸，不意复脱舍弟，全我宗祀，我姊妹从君，尚难酬德。但不知舍弟何时得来?”高秀才道：“再停数月，一定有消息了。”

过了数月，恰好铁公子回来，暗访教坊消息，道因他守贞不屈，已得恩赦，归一秀才。他又寻访，却是高秀才。径走到高家，却好遇着高秀才，便邀进里边，与姊妹相见，不觉痛哭。问及祖父母，道已身故，将他骨殖焚毁，安置小匣，藏在竹笼里带回。两小姐将来供在中堂，哭奠了。又在卞忠贞墓侧取了铁尚书骸骨，要回邓州。高秀才道：“二位小姐虽经放免，公子尚未蒙赦，未可还乡。公子在山阳，金老待你有情，不若且往依之。我彼处曾有小馆，还可安身。”高秀才就别了纪指挥，说要归原籍。纪指挥又赠了些盘缠，四个一齐归到山阳。金老见了大喜，也微微知他行径。他女儿年已及笄，苦死要与铁公子，高秀才与二位小姐也相劝，毕了姻。就于金老宅后空地上筑一坟，安葬祖父母及铁尚书骸骨。高秀才也只邻近居住，两家烟火相望，往来甚密。

向后年余，铁公子因金老已故，代他城中纳粮，在店中买饭吃。只见一个行路的，也在那边买饭吃，两个同坐，那人不转眼把公子窥视，公子不知甚，却也动心，问道：“兄仙乡何处?”那人道：“小可邓州人，先父铁尚书，因忠被祸，小弟也充军。今天恩大赦，得命还乡，打这边过。”铁公子知道是自己哥子了，故意问道：“家还有甚人?”那人道：“先有一弟，中途火焚了，两个妹子发教坊司，前去望他，道已蒙恩赦配人去了。我也无依，只得往旧家寻个居止。”铁公子道：“兄这等便是铁尚书长公子了，他令爱现在此处，兄要一见么?”那人道：“怎不要见!”铁公子道：“这等待小弟引兄同往。”铁公子就为他还了饭钱，与他到高秀才家，引他见了姐姐，又弟兄相认了。姊妹们哭了又哭，说了又说，都谢高秀才始终周旋，救出小公子，又收遗骸，又在纪指挥前方便两小姐出教坊，真是个程婴再见。

后边大公子往邓州时，宗姓逃徙已绝，田产大半籍没在官，尚有些未籍的，已为人隐占，无亲可依，无田可种，只得复回山阳。小公子因将金老所遗田让与哥哥，又为他娶了亲，两个耕种为事。后来小公子生有二子，高秀才道：“不可泯没了金老之义。”把他幼子承了金姓，延他一脉。金老夫妇坟与铁尚书坟并列，教子孙彼此互相祭祀。至今山阳有金铁二氏，实出一源。

总之，天不欲使忠臣斩其祀，故生出一个高秀才；又不欲忠臣污其名，又生这二女。故当时不独颂铁尚书之忠，又且颂二女之烈。有二女之烈，又显得尚书之忠，有以刑家，谁知中间又得高秀才维持调护！忠臣、烈女、义士，真可鼎足，真可并垂不朽。尝作《古风》咏之：

蚩尤南指兵戈起，义旗靡处鼓声死。
铮铮铁汉据齐鲁，只手欲回天步圮。
皇天不祚可奈何，泪洒长淮增素波。
刎头断舌良所乐，寸心一任鼎镬磨。
山阳义士胆如斗，存孤试展经纶手。
忠骸忍见犬彘饱，抗言竟获天恩宥。
宗祊一线喜重续，贞姬又藉不终辱。
纯忠奇烈世所钦，维持岂可忘高叔。
拈彩笔，发幽独，热血纷纷染简牍。
写尽英雄不朽心，普天尽把芳规勖。

第二回　千金不易父仇　一死曲伸国法

长铗频弹，飞动处，寒铓流雪。肯匣中，徒作龙吟，有冤茹咽？怨骨沉沉应欲朽，凶徒落落犹同列。猛沉吟，怒气满胸中，难摧灭。　妻虽少，心冰冽。子虽稚，宗堪接。读书何事，饮羞抱觖。碎击髑颅飞血雨，快然笑释生平结。便膏身铁钺亦何辞，生非窃。

右调《满江红》

做人子，当父母疾病之时，求医问卜，甚至割股，要求他生。及到身死，哀哭号踊，尚且有终天之恨。若是被人杀害，此心当如何悲愤，自然当拚一生，向上司控告。只是近来官府糊涂的多，有钱的便可使钱，外边央一个名色分上，里边或是书吏，或是门子，贴肉揌买了问官。有势的又可使势，或央求上司分付，或央同年故旧关说，劫制问官。又买不怕打、不怕夹的泼皮做硬证，上呼下应，厚贿那仵作，重伤报轻伤。在那有人心问官，还葫芦提搁起，留与后人；没人心的，反要坐诬。以此誓死报亲仇的，已是吃了许多苦；那没用的，被旁人撺哄，也便把父母换钱，得他些银子，也了帐。只有那有志气的，他直行其是，不向有司乞怜。当父亲被害时，岂不难挺剑刃仇？但我身殉父危，想老母无依，后嗣无人，是我一家赔他一身。若控有司，或者官不如我意。不如当饮忍时饮忍，当激烈时激烈，只要得报亲仇，不必论时先后，是大经纬人。

话说浙江金华府有个武义县，这县是山县，民性犷悍，故招集兵士，多于此处。凡有争竞，便聚族相杀，便是自家族中争竞，也毕竟会合亲枝党羽斗殴。本县有个王家，也是一个大族。一个王良，少年也曾读书，不就，就做田庄。生有一个儿子，叫做世名，生得眉清目秀，性格聪明，在外附学读书，十二岁便会做文字，到十七岁，府县俱前取，但道间不录，未得进学。父亲甚是喜他，期他大成。其年，他的住屋原是祖遗，侄子王俊是长房，居左，他在右，中间都是合用。王俊有了两分村钱，要行起造，因是合的，不能。常叫族长王道来说，与他价钱，要他相让。王良道："一般都是王家子孙，他买产，我卖产，岂不令人笑话！幸家中略可过活，我且苦守。"后边又央人来说愿将产换，王良毕竟不肯，成了仇。

自古私己的常是齐整，公众的便易坍损，各人自管了各人得分的房屋，当中的用则有人用，修却没人修。王俊暴发财主，甚要修饰体面，如何看得过？只得买了木料，叫些匠人，将右首拆造。拆时同梁合柱，将中间古老房屋震坍了。王良此时看见道："这房子须不是你一个的，仔么把来弄坍了？"王俊道："这二三百年房子，你不修，我不修，自然要坍，关我甚事！"只见泥水定磉，早已是间半开间，他是有意弄坍，预先造下了。王良见了，不胜大怒，道："这畜生恁般欺人，怎见那半间是你的，你便自做主？况且又多尺余，如今坍的要你造还。"王俊道："你有力量自造，怎我造赔你？"你一声，我一句，争竞不了。那王良便先动手，劈脸一掌。这王俊是个粗牛，怎生宁耐，便是一头把王良撞上一交。王良气得紧，爬起便拾一根折木椽，来打王俊。王俊也便扯一根木梢道："老入娘贼，故意魇魅我。"也打来，来得快些，早把王良右肩一下。王良疼了一闪，早把手中木椽落下。王俊得手，一连几木梢，先是胁下两下，后来头上一下，早晕在地。他家人并他妻来看，只见头破胁折，已是恹恹待尽。连忙学中叫王世名来，王良止挣得一声道："儿，此仇必报！"早已气绝。正是：

第宅依然在，微躯不可留。

空因尺寸土，尚气结冤仇。

此时世名母子捧着王良尸首，跌天撞地痛哭，指着王俊名儿哭骂。王俊也不敢应，躲在家中。一班助兴的，便劝道："小官人不必哭得，到县间去告，不怕不偿命的！"王俊听得慌了，忙去请了族中族长王道、一个叫做王度、村中一个惯处事的单邦、屠利、魏拱一干人来，要他兜收。王道道："小官，这事差了，叔父可是打得的？如今敌拳，身死偿命，说不过的。"魏拱道："若是这样说，也不必请你来了，还是你与他做主和一和。"王度道："一个人活活打死，随你甚人忍不过，怎止得他！"屠利道："当今之世，惟钱而已。偿命也无济死者，两边还要费钱，不若多与他些钱财，收拾了罢。"王道道："父母之仇，不共戴天！私和人命，天理上难去。"又一个单邦道："如今论甚天理！有钱者生，无钱者死。若和是两利之道，若王大官不肯依我们出钱，这便是钱财性命，性命卵袋，我们凭他。”王俊道：“一凭列位。”单邦道：“这等，若是王小官不肯，我自有话说。同去，同去！”一把扯了王道、王度，屠、魏两个随了来。

到王世名家，只见母子正在痛哭，见了王道一干，正待告诉，单邦道：“不消说得，我们亲眼见的。只是闻得你两家要兴讼，故来一说。”王世名母亲道：“我正要告他，他有甚讼兴?”单邦笑道：“他有话，道因屋坍压死，你图赖他，阖家去将他打抢。”王世名道：“这一尺天，一尺地，人是活活打死的，怎说得这话！”便痛哭起来。魏拱道：“这原是诳之以理之所有。若差官来相验，房子坍是真。如今假人命常事，人死先打抢一番，官府都知道的。”王世名母亲道：“有这等没天理的，拼老性命结识他！”屠利道：“不要慌，如今亏得二位族长，道天理上去不得，所以我们来处。”王世名道：“正是，二位公公极公道的。”单邦道：“是公道的，七老八十，大热天，也没这气力为你府县前走。如今我们商议，你们母子去告，先得一个坐视不救的罪名了，又要盘缠使费。告时他央了人情，争是压死。仵作处用了钱，报做压死伤，你岂不坐诬?”王世名道：“有证见。”屠利道：“你这小官官，有分上反道是硬证，谁扯直腿替你夹？便是你二位族尊，也不肯。况且到那检验时，如今初死还好，天色热，不久溃烂，就要剔骨检，筋肉尽行割去，你道惨不惨?”

世名听到此，两泪交流。魏拱见他，晓得他可以此动，道：“不检不偿，也不止一次，还要蒸骨检哩。”母子二人听得，哭得满地滚去，眼睁睁止看这两个族长。不期他两人听了这片歪语，气得声都不做。单邦道：“如今我们计议，一边折命，一边折钱，不若叫他从重断送，七七做，八八敲，再处些银子，养赡你母子，省得使在衙门中，与你们不是与别人。你们母子出头露面去告一场，也不知官何如，不若做个人情，让他们不是让别人。不然贫不与富斗，命又不偿得，你母子还被他拖死了。”这片话，他母亲女流，先是矬了。王世名先是个恐零落父亲尸骸，也便持疑。屠利道：“你两老人家也做一声，依我只是银子好。”王道道：“父母之仇，也难强你不报的。”魏拱道：“又来撒。”王道道：“只你们母子也要自度力量，怕没有打官司家事，打官司手段。”王度道：“自古饶人不是痴，你也自做主意。”屠利道：“官司断不劝你打。”魏拱道：“命断偿不成，只是和为贵。”单邦道：“和不可强他。只是未到官，两个老人家做得主，是可为得你，还可多处些，到官烧埋有限。”

世名母亲听了，便叫世名到房中计议。世名道：“这仇是必报的。”母亲道：“这等不要和了？”世名道：“且与他和再处。”世名便走出来道：“论起王俊，亲殴杀我父亲，毕竟告他个人亡家破方了。只是我父亡母老，我若出去打官司，家中何人奉养？又要累各位。”魏拱道：“这决定奉随，只家下离县前远，日逐奉扰不当。”世名道：“如今列位分付，我没有个不依的，只凭列位处。父亲我自断送，不要他断送。”魏拱道：“这等才圆活，不要他断送，更有志气。”屠利道：“若不要他断送，等他多出些钱与你罢。”单邦道：“一言已定，去，去，去！”一齐起身到王俊家来。屠利道：“原没个不爱钱的。”魏拱道：“也亏得单老爹这一片话头。”单邦道：“你帮衬也不低。”只有王道心里暗转：“这小官枉了读书，父亲被人打死，便甘心和了？”坐定，王俊慌忙出来道：“如何？”魏拱道：“他甚是不肯。”王俊道：“这等待要去告？”屠利道：“亏单公再三解劝，如今十有八就了。”屠利道：“只是要大破钞。”王俊道：“如今二位伯祖如何张主？”王道道：“我手掌也是肉，手心也是肉，难主持。但凭列位。”魏拱道：“这单老爹出题目。”单邦道：“还是族尊。依我少打不倒，五十两助丧，三十亩田供他子母。”屠利道：“处得极当，处得极当。”王俊道：“来不得。”王度道：“你落水要命，上岸要钱，没一二百金官司。”魏拱道：“王大郎，不要不识俏！这些不彀打发仵作差使钱。”屠利笑道：“这是单老爹主意，还不知他意下何如？”王俊只得拿出三十两银子、二十两首饰，就写一纸卖田文书。单邦又道：“这事要做得老，这银子与契都放在族长处。一位与屠爱泉去签田写租契，一位与魏趋之去帮扶王小官人落材烧化，然后交付银产。”王道道：“他有坟地，如何肯烧？只他妻子自行收殓，便无后患了。”魏拱道：“单兄，足下同往王小官处去何如？”单邦道：“这边里递也要调停，不然动了飞呈，又是一番事了。”

果然分头去做。王道与魏拱到王世名家，世名原无心在得财，也竟应了。王道道：“有这样小官！再说两句，也可与你多增几两银子。”魏拱也心里道：“这是见财慌的。”世名自将己赀，将父亲从厚收殓。两个族长交了银产，单邦收拾里邻，竟开了许多天窗。后边王俊捐出百金，谢他们一干。单邦得了四十两，魏、屠也各得银十五两，王道与王度不收。乡里间便都道：“只要有钱，阿叔也可打杀的。”也都笑王世名柔儒。

不知王世名他将银子与契俱封了，上边写得明白，交与母亲收执。私自画一轴父亲的神像，侧边画着自己形容，带着刀站立随了。三年之间，宁可衣粗食淡，到没银子时，宁可解当，并不动王俊一毫银子。每年收租，都把来变了价封了，上边写某年某人还租几石、卖价几两，一一交与母亲。

痛切思亲瘦骨岩，几回清泪染青衫。

奇冤苦是藏金积，幽恨权同片纸缄。

武义一带地方打铁颇多，一日赴馆，往一铁店门前过，只听得𠃊𠃊𠃍𠃍，两个人大六月立在火炉边打铁，王世名去看道："有刀么？"道："有打起的厨刀。"世名道："不是。"铁匠道："可是腰刀？"世名看了看道："太长，要带得在身边的匕首。"铁匠道："甚么匕首，可是解手刀？"递过一把，世名嫌钝，铁匠道："这等打一把纯钢的。"论定了价钱，与了他几分作定。铁匠果然为他打一把好刀：

莹色冷冷傲雪霜，刬犀截象有奇铓。

何须拂拭华阴土，牛斗时看起异光。

世名拿来把玩，快利之极。找了银子，叫他上边凿"报仇"二字。铁匠道："这是尊号么？"世名道："你只为我凿上去罢了。"铁匠道："写不出。官人写，我凿罢。"世名便将来楷楷的写上两个字。铁匠依样凿了，又讨了两分酒钱。世名就带在身边，不与母亲知道，闲时拿出来看玩道："刀，刀，不知何时是你建功的时节，是我吐气的时？我定要拿住此贼，碎砍他头颅，方使我父亲瞑目泉下。"

在馆中读书，空时便把古来忠孝格言楷写了带在身边，时常讽咏，每每泪下。那同窗轻薄的道："父亲吃人打死，得些财物便了，成甚么孝？枉读了书！"只有他的先生卢玉成，每夕听他读那格言，或时悲歌凄惋，或时奋迅激昂，每日早起，见他目间时有泪痕，道："此子有深情，非忘亲的。"

到了服阕，适值宗师按临，府县取送，道间与进了。王俊听得，心下惊慌，便送银三两与他做蓝衫，他也收来封了。有个本县财主，一来见他新进，人品整齐，二来可以借他遮盖门户，要来赘他。他不敢轻离母亲，那边竟嫁与他。王俊也有厚赠，他也收了。苒荏年余，不觉生下一子。到了弥月，晚间，其妻的抱在手中，他把儿子头上摸了摸道："好了，我如今后嗣已有，便死也不怕绝血食了。"其妻把他看了看道："怎说这样不吉利话？"他已瞒了母亲，暗暗的把刀藏在袜桶内，要杀王俊。

这是正月十二，王俊正在单邦家吃酒，吃得烂醉回，踉踉跄跄。将近到家，只听得一声道："王俊，还我父亲命来！"王俊一惊，酒早没了，睁开醉眼，却见王世名立在面前，手拿着一把刀，两只脚竟不能移动，只叫："贤弟，凭你要多少，只饶我性命罢。"王世名道："胡说！有杀人不偿命的么！"就劈头一刀砍去，王俊一闪，早一个"之"字。王世名便乘势一推按在地，把刀就勒。王俊把脚蹭得两蹭，只见醉后的人，血如泉涌。王世名又复上几刀，眼见得王俊不得活了。正是：

幸假金钱逃国法，竟随霜刃丧黄泉。

此时世名便在村中叫道："王俊杀我父亲，我如今已杀他报仇，列位可随我明日赴官正法。"村中听得，只见老少男女一齐赶来，早见王俊头颅劈碎，死在血中，行凶刀插在身旁，王世名立在那里。屠利赶来看了道："爷呀，早知终久死在他手里，不如省了这百来两银子。"单邦也带着酒走来，道："这小官造次，再央我们讲一讲，等他再送些银子，怎便做出这事？"世名道："谁要他银子！可同到舍下。"到得家中，母、妻听得世名杀了人，也吃了一惊。王道、王度也到，王道道："一报还他一报，只迟死得六年。"王度道："若他主这意六年，也亏他耐心。"世名早从房中将向来银拿出，一封五十两，是买和银。又十余小封，都是六年中收的租息并王俊送的银子。又有一张呈子。上写道：

金华府武义县生员王世名首为除凶报父事：兽兄王俊，逞强占产，嗔父王良不从，于万历六年五月毒殴身死，梱银卖和。族长王道等证。经今六年，情实不甘。于今月　日，是某亲手杀死，刀仗现存，理甘伏法。为此上呈。

当面拿出来，于空处填了日时。王道道："他已一向办定报仇的了。我们散去，明日同去出首。"众人趑趄不肯就去，世名道："我原拼一死殉父，断不逃去，贻累母亲。"又有几个捏破屁里递道："只是小心些，就在府上借宿罢。"当晚王世名已安慰母亲，分付了妻子，教他好供奉母亲，养育儿子。

次日绝早，世名叫妻子煮饭，与众人吃了，同到县中。早已哄动一城。知县姓陈，坐了堂。世名与众人递上呈子，并将刀仗放在案前。陈知县看了，道："你当日收他银子，如今又杀他，恐别有情。"世名道："前日与和，原非本心，只因身幼母老，无人奉养，故此隐忍。所付银两并历年租银，俱各封识不动。

只待娶妻，可以奉母，然后行世名之志。今志已行，一死不惜。”陈知县再叫亲族里邻，说来都是一般。陈知县道：“这是孝子。我这里不监禁你，只暂在宾馆中，待我与你申请。其余干连，暂放宁家。”就连夜为他申详守巡二道，把前后事俱入申中。守巡俱批金华汪知县会问。

那汪知县闻他这光景，也甚怜他，当时叫他上去，问他有甚么讲。世名道：“世名复何言？今事已毕，只欠一死。”汪知县道：“我如今且检你父亲的尸，若有伤，可以不死。”世名道：“世名能刃王俊于今日，怎不能诉王俊于当日？忍痛六年始发，只为不忍伤残父尸，今只以世名抵命，也不须得检。若台台怜念，乞放归田里，拜父辞母，抚子嘱妻，绝吭柩前，献尸台下。”汪知县道：“我检尸正是为你，若不见你父亲尸伤，谁信你报仇？”遂便写一审单申府道：

> 审得王世名，宿抱父冤，潜怀壮志。强颜与仇同室，矢志终不共天。封买和之资，不遗锱铢；铸报仇之刃，悬之绘像。就理恐残父尸，即死虑绝亲后。岁序屡迁，刚肠愈烈。及甫生男一岁，谓可从父九原。遂挥刃于仇人，甘投身于法吏。验父若果有伤，擅杀应从末减。但世名誓不毁父尸以求生，唯求即父柩而死。一检世名且自尽，是世名不检固死，检亦死也。捐生慷慨，既难卒保其身，而就义从容，是宜曲成其志。合无放归田里，听其自裁。

通申府、道。若是府、道有一个有力量道：“王俊买和有金，则杀叔有据，不待检矣。杀人者死，夫亦何辞？第不死于官，而死于世名，恐孝子有心，朝廷无法矣。若听其自裁，不几以俊一身，易世名父子与！拟罪以伸法，末减以原情。”这等汪知县也不消拘把检尸做世名生路了，上司也只依拟。汪知县便把他放去，又分付道：“你且去，我还到县来，你且慢死，我毕竟要全你。仔么苦惜那已枯之骨，不免你有用之身？”世名道：“死断不惜，尸断不愿检。”汪知县看了他，又叹息道：“浮生有涯，令名无已。”世名听了，又正色道：“这岂图名，理该如此！”汪知县也不差人管押他。

他自到家，母亲见了哭道：“儿，我不知道你怀这意，你若有甚蹉跌，叫我如何？”世名道：“儿子这身是父生的，今日还为父死。虽不得奉养母亲，也得见父地下，母亲不要痛我。”其妻也在侧边哭，世名道：“你也莫哭，只是善事婆婆，以代我奉养；好看儿子，以延我宗嗣。我死也瞑目了。”去见陈知县，知县仍旧留他在宾馆，分付人好好看待，不要令他寻自尽。

只见过了几日，汪知县来了。满城这些仗义的，并他本村的里邻，都去迎接，道："王俊杀叔是实，世名报仇也是理之当然。"要求汪县尊保全这孝子。汪县尊已申了上司，见上司没个原免他的意思，唯有检验，可以为他出脱，只得又去取他父亲尸棺。世名听了，把头乱撞道："他们只要保全我的性命，苦要残我父亲的骸骨。我一死，可以全我父了。"那看守的因陈知县分付，死命抱住，不能得死。到了次日，通学秀才都衣巾簇拥着世名，来见汪县尊，道："王俊杀叔去今六年，当日行贿之人尚在，可一鞫而得，何必残遗骸，致残孝子？况且王俊可银产偿叔父之死，今世名亦可返其银产，以偿族兄之死。今日世名，还祈太宗师玉全。"汪县尊道："今日之验，正以全之。"此时适值棺至，世名望见，便以头触阶石，喷血如雨，地都溅得火赤的。众秀才见了，抱的抱，扯的扯，一齐都哭起来。衙役与看的人无不下泪，两县尊也不觉为之泣下。

低徊往事只生悲，欲语凄凄双泪垂。

一死自甘伸国法，忍教亲体受凌夷。

众秀才又为他讲，汪县尊叫把棺木发回。孝子晕了半日方苏，又到滩边看棺木上船，又恸哭了一番，仍至两县尊前就死。两县叫人扶起，又着医生医治。两个县尊商议，要自见司道面讲，免他检尸，以延他的生，再为题请，以免他的死。孝子道："这也非法，非法无君。我只办了一死，便不消这两县尊为我周旋委婉。"

回到馆中，便就绝食，勺水不肯入口。这些亲族与同袍，都来开讲道："如今你父仇已报了，你的志已遂了，如今县尊百计要为你求生，这是他的好意，原不是你要苟全，何妨留这身报国？"世名道："我断不要人怜，断不负杀人之名，以立于天壤间。"原是把头磕破的，又加连日不吃，就不觉身体恹恹。这日忽然对着探望的亲友，长笑一声，俯首而逝，殁在馆中。死之刻云雾昏惨，迅风折木，雷雨大作。两县令着他家中领尸，只见天色开霁，远近来看的、送的云一般相似。到家，他妻子开丧受吊。他妻子也守节，策励孤子成名。

当时在武义，连浙东一路，便是村夫牧竖，莫不晓得个王秀才是王孝子。只是有识的道："古来为父报仇，多有从末减的，况以王秀才之柔刚并用，必能有济于世。若使以一成全之，孝子必生，生必有效于国。在王秀才，为孝子，又可为忠臣，而国家亦收人才之用。即其死，良可为国家人才惜耳！"故吴县张孝廉风翼高其谊，为立传。

第三回 悍妇计去孀姑 孝子生还老母

哀哀我母生我躯，乳哺鞠育劳且劬。
儿戚母亦戚，儿愉母亦愉。
轻暖适儿体，肥甘令儿腴。
室家已遂丈夫志，白发蒙头亲老矣。
况复昵妻言，逆亲意。
帷薄情恩醴比浓，膝前孺慕抟沙似。
曾如市井屠沽儿，此身离里心不离。
肯耽床笫一时乐，酿就终天无恨悲。
老母高堂去复还，红颜弃掷如等闲。
蒸黎何必羡曾子，似此高风未易攀。

古云："孝衰妻子。"又道："肯把待妻子的心待父母，便是孝子。"只因人无妻时，只与得父母朝夕相依，自然情在父母上。及至一有妻，或是爱他的色，喜他的才，溺他的情，不免分了念头。况且娶着一个贤妇，饥寒服食，昏定晨省，儿子管不到处，他还管到。若遇了个不贤妇人，或是恃家中富贵，骄傲公姑；或是勤吃懒做，与公姑不合；或鄙啬爱小，嫌憎公姑费他供养；或有小姑小叔，疑心公姑护短偏爱，无日不向丈夫耳根絮絮，或到公姑不堪，至于呵斥，一发向丈夫枕边悲啼诉说。那有主意的男子，只当风过耳边，还把道理去责他，道没有个不是的父母，纵使公姑有些过情，也要逆来顺受，也可渐渐化转妇人。若是耳略软，动了一点怜惜的念头，日新月累，浸润肤受齐来，也不免把爱父母稍懈。还有平日原怕他强悍，恐怕拂了他，致他寻了些短见，惹祸不小，便趁口说两句，这妇人越长了志了。不知夫妻原当恩爱，岂可到了反目生离！但祭仲妻道："人尽夫耳，父一而已。"难道不可说"人尽妻也，母一而已"？还要是男子有主持，苦是大家恐坏了体面，做官的怕坏了官箴，没奈何就中遮掩，越纵了妇人的志，终失了父母的心，倒不如一个庸人，却有直行其是的。

这事在姑苏一个孝子。这孝子姓周，名于伦，人都教他做周舍。他父亲是周楫，母亲盛氏。他积祖在阊门外桥边，开一个大酒坊，做造上京三白、状元红、莲花白，各色酒浆。桥是苏州第一洪，上京船只必由之路，生意且是兴。不料隆庆年间，他父亲病殁了，有个姊儿，叫做小姑，他父亲在日，曾许吴江张三舍。因周楫病殁，张家做荒亲娶了去，止剩他母子两身相倚，四目相顾。盛氏因他无父，极其爱惜，拣好的与他穿，寻好的与他吃，叫他读书争气。那周于伦却也极依着教训，也极管顾母亲。喜的家道旧是殷实，虽没个人支持，店面生意不似先时，胡乱改做了辣酒店，也支得日子过。到了十五六岁，周于伦便去了书，来撑支旧业，做人乖巧和气，也就渐渐复起父业来。母亲也巴不得他成房立户，为他寻亲。寻了一个南濠开南货店钱望濠女儿，叫做掌珠，生得且是娇媚。一进门，独儿媳妇，盛氏把他珍宝相似。便他两夫妻，年纪小，极和睦。

周于伦对他道："我母亲少年守寡，守我长成，一个姊姊又嫁隔县，你虽媳妇，就是女儿一般，要早晚孝顺他，不要违拗。"掌珠听了，便也依他。只掌珠是早年丧母的，失于训教，家中父亲溺爱，任他吃用，走东家闯西家，张亲娘李大姐，白话惯的。一到周家，盛氏自丈夫殁后，道来路少，也便省使俭用，邻舍也不来往。掌珠吃也就不得像意，指望家中拿来，家中晚娘也便不甚照管。要与丈夫闲话，他也清晨就在店中，直到晚方得闲，如何有工夫与他说笑？看他甚是难过。过了几月，与丈夫的情谊浃洽了，也渐渐说我家中像意，如今要想甚饮食都不得到口，希图丈夫的背地买些与他。那周于伦如何肯？就有时买些饮食，毕竟要选好的与母亲，然后夫妻方吃。掌珠终是不快。

似此半年，适值盛氏到吴江探望女儿，周于伦又在外做生意。意思待要与这些邻人说一说儿，却又听得后门外内眷且是说笑得热闹，便开了后门张一张。不料早被左邻一个杨三嫂见了，道："周家亲娘，你是难得见的。老亲娘不在，你便出来话一话。"掌珠便只就自己门前，与这些邻人相见：一个是惯忤逆公婆的李二娘，一个是惯走街做媒作保的徐亲娘，一个是惯打骂家公的杨三嫂，都不是好人，故此盛氏不与往来。那李二娘一见便道："向日杨亲娘说周亲娘标致，果然标致得势，那不肯走出来白话一白话？"杨三嫂道："老亲娘原是个独拄门的，亲娘也要学样？只是你还不曾见亲娘初嫁来时，如今也清减了些。"李二娘道："瘦女儿，胖媳妇，那倒瘦了，难道嫁家公会弄瘦人？"杨三嫂道："看这样花枝般个亲娘，周舍料是恩爱，想是老亲娘有些难为人事。"只见徐婆道："这老娘极是琐碎，不肯穿，不肯吃，终日恕聒到晚。如今是他们夫妻世界，做甚恶人！"掌珠只是微笑，不做声。忽听得丈夫在外边叫甚事，慌忙关了门进去。

自此以后，时时偷闲与这些人说白。今日这家拿出茶来，明日那家拿出点心来；今日这家送甚点心来，明日那家送甚果子来。掌珠也只得身边拿些梯己钱，不敢叫家中小厮阿寿，反央及杨三嫂儿子长孙，或是徐媒婆家小厮来定，买些甚果子点心回答。又多与买的长孙、来定些，这两个都肯为他走动。遇着李二嫂，只是说些公婆不好，也卖弄自家不怕、忤逆他光景。杨三嫂只说自己钳制家公，家公怕他的模样。徐媒婆只是和子，时尝说些趣话儿取笑他三人。

似此热闹半个月，周于伦只顾外面生意，何尝得知？不期盛氏已自女儿家回来，说为女儿病了急心疼，在那厢看他，多住了几日。掌珠因婆婆来，也便不敢出门。这些女伴知他婆婆撇古，也不来邀他。每日做着事时，听他们说笑，心里好不痒痒的，没奈何，乘早起或盛氏在楼上时，略偷闲与这些邻人说说儿。早已为这些人挑拨，待盛氏也有几分懈怠，待丈夫也渐渐放出些凌驾。尝乘周于伦与他欢笑时节，便假公济私道："你每日辛苦，也该买些甚将息，如今买来的，只彀供养阿婆，不得轮到你，怕淘坏身子。"那周于伦极知道理，道："一日所撰，能得多少？省缩还是做人家方法。便是饮食上，我们原该省口与婆婆，尝言道：他的日子短，我们的日子长。"或有时妆出愁苦的模样，道婆婆难服事。周于伦道："只是小心，有甚难服事！"若再说些婆婆不好，于伦便嗔恼起来。掌珠只得含忍，只好向这些邻舍道他母子不好罢了。

忽一日，盛氏对着周于伦道："先时你爹生意兴时，曾趱下银子八九十两，我当时因你小，不敢出手，如今不若拿出去经商，又可生些利息。"周于伦道："家中酒店尽可过活，怎舍着母亲又去做客？"盛氏道："我只为你。我与媳妇守着这酒店，你在外边营养运，两边闸，可望家道殷实。"掌珠听了，甚是不快，道："顾了田头，失了地头。外边去趁钱，不知何如，家中两个女人怕支不来。"盛氏不言语，意似怫然。周于伦道："既母亲分付，我自出去。家中酒店，你便撑持，不可劳动母亲。我只拣近处可做生意做，不一二月便回来看家中便是。"与人商量，道买了当中衣服，在各村镇货卖，只要眼力，买得着，卖时也有加五钱。便去城隍庙求了一签，道“上吉”，便将银子当中去斛了几主，收拾起身。临行时，掌珠甚是不快活。周于伦再三安慰，叫他用心照管母亲，撑支店面，拜辞母亲去了。

店中喜得掌珠小时便在南货店中立惯了，又是会打吱喳的人，也不脸红。铜钱极是好看，只有银子到难看处，盛氏来相帮，不至失眼。且又人上见他生得好个儿，故意要来打牙撩嘴，生意越兴。但是掌珠终是不老辣，有那臭吝的，缠不过，也便让他两厘，也便与他搭用一二文低钱或是低银，有那脸涎的，擂不过，也便添他些。盛氏道他手松，做人情，时时絮聒他。又有杨家长孙与徐家来定来买时，他又不与论量，多与他些。又被盛氏看见，道：“若是来买的都是邻舍，本钱都要折与他。”每日也琐碎这等数次。况且每日不过是一两个钱小菜过一日，比周于伦在家时更酸啬，又为生意上添了许多参差。

只见一日，盛氏身子不快，睡在楼上。掌珠独自管店，想起丈夫不在，一身已是寂寞，又与婆婆不投，心中又加悒快，正斜靠在银柜上闷闷的，忽抬头见徐亲娘走过，掌珠便把手招。那徐婆走到柜外，便张那边布帘内。掌珠把手向上一指，道：“病在楼上，坐坐不妨。”徐婆道：“喜得亲娘管店，个个道你做人和气，生意比周舍时更兴。”掌珠叹口气道：“还只不中婆婆的意。”徐婆便合着掌道：“佛爷！一个外边闸，一个家中闸，供养着他，还得福不知！似我东走西走，做媒卖货，养着我儿子媳妇，还只恨少长没短不快活哩！亏你，亏你。”掌珠便将店中好酒斟上一瓯，送与徐婆道：“没人煮茶，当茶罢。”徐婆吃了道：“多谢，改日再来望你。尝言道且守，倘这一病殁了，你便出头了。”掌珠道：“这病不妨事。”徐婆自作谢去了。这边掌珠也便有个巴不得死的光景，汤水也便不甚接济。说说，道店中生意丢不得，盛氏也无奈何他。亏得不是甚重病，四五日好了。只是病后的人，越发兜搭，两下几乎像个仇家。

过了两月，果然周于伦回家，获有四五分钱，盛氏好不欢喜。到晚，掌珠先在枕边告一个下马状，道自己出头露面辛苦，“又要撑店，又要服事婆婆。生意他去做着，就把人赶走了，亏我兜收得来，又十主九憎嫌。”气苦万状。周于伦道：“他做生意扣紧些，也是做家的心。服事，家中少人，你也推不去，凡事只忍耐些。如今我做了这生意，也便丢不得手。前次剩下几件衣服，须要卖去。如今我在这行中，也会拆拽，比如小袖道袍，把摆拆出裥，依然时样，短小道袍，变改女袄，袖也有得裨。其余裙袄，乡间最喜的大红大绿，如今把浅色的染木红官绿，染来就是簇新，就得价钱。况且我又拿了去闯村坊，这些村姑见了，无不欢天喜地，拿住不放，死命要爹娘或是老公添，怕不趁钱？若是女人自买，越发好了。这生意断是不舍，你还在家为我一撑。”把这掌珠一团火消做冰冷，掌珠只可叹几口气罢了。

次日，于伦梳洗，去到盛氏房中问安。盛氏也告诉掌珠做生意手松，又做人情与熟人，“嗔我说他，病时竟不理我。”却好掌珠也进房问安，于伦道：“适才闻得你做生意手松，这不惯，我不怪你。若做人情与熟人，这便不该。到病时不来理论，这便是不孝了。”掌珠道：“这店我原道女人管不来，那不长进的银子不肯添，酒苦要添。若毕竟刀刀见底，人须不来。熟人不过两个邻舍，我也没得多与他。至于病时，或是生意在手，又是单身，进里面长久恐有失脱，毕竟又要怨我。迟些有之，也并没个不理的事。”于伦道：“你若说为生意，须知生意事小，婆婆病大。便关两日店何妨！以后须要小心服事，轻则我便打骂，重则休你。”掌珠听了，两泪交流。欲待回家几时，奈又与晚母不投，只得忍耐，几日不与丈夫言语。

不上一月，周于伦货完了起身，只得安慰母亲道：“孩儿此去，两月就回，母亲好自宁耐。我已分付他，量必小心。”又向掌珠道：“老人家须不可与他一般见识，想他如何守我到今，岂可不孝顺他！凡事看我面，不要记恨。”掌珠道：“谁记恨来？只是他难为人事。”周于伦两边嘱付了再三，起身。

谁料这妇人道盛氏怪他做生意手松，他这翻故意做一个死，一注生意，添银的决要添，饶酒的决不肯饶，要卖不卖的，十主倒九不成。盛氏在里边见，怕打走了主顾，道：“便将就些罢。”掌珠道：“省得丈夫回来，道我手松折本。”盛氏知是回他嘴，便不做声。一连两三日，见当先一日两数生意。如今二三钱不上，天热恐怕酒坏，只得又叫他将就些。他便乱卖，低银低钱也便不拣，便两三遭也添。盛氏见了心疼，晚间吃夜饭时道；“媳妇，我的时光短，趁钱只是你们享用。这生意死煞不得，太滥泛也不得，死煞人不来，滥泛要折本。你怎不顾你们趁钱折本，反与我鳖气？”掌珠道：“初时要我做生意狠些，也是你们；如今教我将就些，也是你们，反又来怨怅，叫人也难。不若婆婆照旧去管店，我来学样罢。”

到次日，他便高卧不起来，盛氏只得自去看店。他听见婆婆出去店中去了，忙起来且开了后门闲话。杨三嫂见了道："周亲娘，一向难得见面，怎今日不管店走出来？"掌珠道："我不会做生意，婆婆自管店。"杨三嫂道："前日长孙来打酒，说你做生意好，又兴，怎不会得？他要讨苦吃，等他自去，你落得自在。"正说间，只见李二娘自家中走出来，道："快活！快活！我吃这老厌物蒿恼得不耐烦，今日才离眼睛。"杨三嫂便道："那里去了？"掌珠道："是甚人？"李二娘道："是我家老不死、老现世阿公，七老八十，还活在这边。好意拿食去与他，他却道咸道酸，争多争少，无日不碎聒管闲事。被我闹了几场，他使性往女儿家过活去了，才得耳朵边、眼睛里干净。"掌珠道："怕家公要怪。"李二娘道："家公怕他做甚！他若好好来劝，还饶他打；他若帮来嚷，我便撞上一头，只要吃盐卤，吊杀勒杀，怕他不来求？求得我歇，还要半月不许他上床，极他个不要。"杨三嫂道："只怕你先耐不住。"掌珠听了，叹口气道："我家老人家，怎得他离眼？"

不期盛氏在店中坐地，只见来的因掌珠连日手松，都要寻小亲娘。生意做不伏，只得去叫掌珠，那里肯来！听他下了楼，又寂然没个踪影，只得叫阿寿看着店，自进里面。却是开着后门，人不见影，唯闻得后门外有人说笑。便去张看，却是掌珠与这两个邻舍坐着说话。盛氏不觉红了脸道："连叫不应，却在这里闲话！"掌珠只得立起身便走。这两邻正起身与盛氏厮唤，盛氏折身便人，竟不答应。他进门便把掌珠数落道："你在我家做媳妇年把，几曾见我走东家、串西家？你小小年纪，丈夫不在，却不在家里坐，却在外边乱闯！你看这些人，有甚好样学？待你丈夫回来，与他说一说该与不该。"掌珠自知欠理，不敢回答。倒是这两个邻人恼了，道："媳妇你磨得着，我们邻舍怎厮唤不回？又道我们没有好样，定要计议编摆他。"

数日之间，掌珠因盛氏诟骂，又怕丈夫回来得知，甚是不快。每日倒早起来开店做生意，若盛氏在外边，自却在里边煮茶做饭，不走开去。这日正早下楼来，只见李二娘来讨火种，道："连日听得老亲娘击聒，想是难过。"掌珠道："击聒罢了，还要对我丈夫说，日后还要淘气。"李二娘道："怕他做甚！徐亲娘极有计较，好歹我们替你央及他，寻一计较，弄送他便了。"正说间，恰好徐婆过来。李二娘道："连日怎不见你？"徐婆道："为一个桐乡人，要寻一个老伴儿。他家中已有儿子媳妇，不要后生生长得出的，又要中年人生得洁净标致的。寻了几个，都不中意。故此日日跑。"李二娘就把掌珠姑媳的事告诉他，道："他婆婆不晓事，把我们都伤在里边。"徐婆道："脚在你肚皮下，你偏尝走出来，不要采他。嚷与他对嚷，骂与他对骂。告到官，少不得也要问我们两邻。"掌珠道："怕他对丈夫讲，丈夫说要休我。"徐婆道："若休了去，我包你寻一家没大没小，人又标致，家又财主的与你。我想你丈夫原与你过得好，只为这老厌物，若没了这老厌物，你就好了。我如今有一个计较，趁这桐乡人寻亲，都凭我作主的，不若将他来嫁与此人，却不去了眼中钉？只是不肯出钱的。"李二娘道："脱货罢了，还求财？"掌珠道："只是他怎肯嫁？"徐婆道："他自然不肯，我自与那边说通了，骗他去。"掌珠道："倘丈夫回来寻他，怎处？"徐婆道："临期我自教导你，决不做出来。直待他已嫁，或者记念儿子，有信来，自身来，那时已嫁出的人，不是你婆婆了，就是你丈夫要与你费嘴时，已过的事，不在眼面前娘，比你会温存？枕边的家婆，自是不同，也毕竟罢了。你自依我行。"

此时掌珠一来怪婆婆，二来怕丈夫回来，听信婆婆有是非，便就应承。只见到了晚，盛氏先已上楼，掌珠还在那厢洗刮碗盏。只听有人把后门弹了一声，道："那人明日来相，你可推病，等你婆婆看店，他好来看。"掌珠听了，也便上楼安息。睡到五鼓，故作疼痛之声。天明盛氏来看，却见掌珠蹙了眉头，把两手紧揉着肚子，在床里滚。问他，勉强应一声"肚疼"。盛氏道："想一定失盖了，我冲口姜汤与你。"便下去打点汤，又去开店。将次巳牌，一个人年纪约五十多岁，进来买酒，递出五十个钱来，一半是低钱，换了又换，约莫半个时辰才去。

不知这个人，正是桐乡章必达，号成之，在桐乡南乡住，做人极是忠厚。家中有儿子，叫做章著，行二。家事尽可过，向贩震泽绸绫，往来苏州。因上年丧了偶，儿子要为他娶亲。他道："我老人家了，娶甚亲？我到苏州，看有将就些妇人，讨个作伴罢。"来了两次，小的忒小，老的忒老，标致的不肯嫁他，他又不肯出钱，丑的他又不要。这番遇着徐婆，说起这桩亲事，叫他来看。这章成之看他年纪虽过四十，人却济楚能干，便十分欢喜。

窄窄春衫衬柳腰，两山飞翠不须描。

虽然未是文君媚，也带村庄别样娇。

便肯出半斤银子。徐婆仍旧乘晚来见掌珠，说："客人已中意，肯出四两银子，连谢我的都在里边。"掌珠道："这也不论，只是怎得他起身？"徐婆道："我自有计较。我已与客人说，道他本心要嫁，因有儿子媳妇，怕人笑不像样，不要你们的轿子迎接，我自送他到船，开了船，凭他了。料他守了一向寡，巴不得寻个主儿，决不寻死。好歹明早收他银子，与他起身。"

掌珠此时欲待不做，局已定了；待做了，年余姑媳不能无情，又恐丈夫知觉，兀兀了一夜。才到天明，只听得有人打门。推窗问时，道吴江张家，因姑娘病急心疼危笃，来说与婆婆。盛氏听了，便在床上一毂碌扒起，道："我说他这心疼病极凶的，不曾医得，如何是好？"自来问时，见一汉子，道是他家新收家人张旺，桐乡人，船已在河下。掌珠吃了一惊，心中想道："他若去，将谁嫁与客人？"便道："这来接的一面不相识，岂可轻易去？还是央人去望罢。"盛氏道："谁人去得？这须得我自去。"掌珠道："这等，待我央间壁徐亲娘送婆婆去，我得放心。"便蹙来见徐婆道："昨日事做不成了。古古怪怪的，偏是姑娘病重，来接他，拦又拦不住。只得说央你送他，来与你计议。"徐婆笑道："这是我的计。银子在此，你且收了。"打开看时，却是两锭逼火。徐婆道："你去，我正要送他交割与蛮子。"掌珠回来道："徐亲娘没工夫，我再三央及，已应承了。"便去厨下做饭，邀徐亲娘过来，两个吃了起身。盛氏分付掌珠，叫他小心门户，店便晏开早收些，不要去到别人家去。又分付了阿寿。掌珠相送出门。

到了水次，只见一只脚船泊在河边。先是一个人，带着方巾，穿着天蓝袖道袍，坐在里边。问时，道城中章太医，接去看病的。盛氏道："闲时不烧香，极来抱佛脚。"忙叫开船。将次盘门，却是一只小船飞似赶来。相近，见了徐婆道："慢去！"正是徐家来定。徐婆问甚缘故，来定道："是你旧年做中，说进王府里的丫头翠梅，近日盗了些财物走了。告官，着你身上要，差人坐在家里，接你回去。"徐婆道："周亲娘央我送老亲娘，待我送到便来，暂躲一躲着。"来定道："好自在生性，现今差人拿住了大舍。他到官，终须当不得你。"盛氏听了道："这等，亲娘且回去罢。"徐婆道："这等，你与章阿爹好好去。"便慌慌忙忙的过船去了。

那盛氏在船中不住盼望，道："张旺，已来半日了，缘何还不到？"张旺笑道："就到了。"日午，船中做了些饭来吃，盛氏道是女婿家的，也吃了些。将次晚了，盛氏着忙道："吴江我遭番往来，只半日，怎今日到晚还不到？"只见那男子对着张旺道："你与他说了罢。"张旺道："老亲娘，这位不是太医，是个桐乡财主章阿爹。他家中已有儿子媳妇，旧年没了家婆，要娶一个作老伴儿。昨日凭适才徐老娘做媒，说你要嫁，已送银十两与你媳妇，嫁与我们阿爹了。你仔细看看，前日来买酒相你的不是他？我是他义男章旺，那是甚张旺！这都是你媳妇与徐老娘布就的计策，叫我们做的。”盛氏听了，大哭道：“我原来倒吃这忤逆泼妇嫁了，我守了儿子将二十年，怎今日嫁人？我不如死。”便走出船舱，打帐向河中跳。不期那章成之忙来扯住道：“老亲娘，不要短见。你从我不从我凭你。但既来之，则安之。你媳妇既嫁你，岂肯还我银子？就还我银子，你在家中难与他过活。不若且在我家，为我领孙儿过活罢了。”盛氏听了，想道：“我在家也是一个家主婆，怎与人做奶娘？但是回家，委难合伙。死了，儿子也不知道。不若且偷生，待遇熟人，叫儿子来赎我。”便应承道：“若要我嫁你，便死也不从。若要我领你孙儿，这却使得。”正是：

　　在他矮檐下，谁敢不低头。

只是想自家苦挣家私，自家私囊也有些，都不能随身，不胜悒怏。

徐婆回报，掌珠知道事已成，不胜欢喜。将那银子分一两谢了徐婆，又放心放胆买了些下饭，请徐婆、杨三嫂、李二娘一干。徐婆又叫他将盛氏细软都藏了，妆他做跟人逃走模样，丈夫来问，且说他到张家。计议已定。

不期隔得六七日，周于伦已回，买了些嘉湖品物，孝顺母亲。跨进门来，止只见掌珠坐在店里，便问母亲时，掌珠道：“张家去了。”周于伦道：“去张家做甚么？”掌珠道：“我那日病在楼上，婆婆在店中，忽然走上楼，道：‘姑娘有病，着人接我要去。’我道家中无人，又没人跟随。婆婆定要去，我走不起，只得着徐亲娘送到水次。如今正没人接他。”周于伦道：“莫不你与他有甚口面去的？”掌珠道：“我与他有甚口面？他回，你自得知。”周于伦道：“这不打紧，明日我自去接，知道了。”

次日打点了些礼，竟到吴江。姐夫不在，先是姊姊来见，道：“母亲一向好么？”周于伦吃了一惊，道：“母亲七日前说你病来接他，已来了。”姐姐听了，也便吃一个大惊，道：“何曾有这事？是那个来接？”于伦道：“是隔壁徐亲娘送到水口的，怎这等说？”两下惊疑。于伦便待起身，姊姊定要留饭，于伦也吃不下，即赶回家。对着掌珠道：“你还我母亲！”掌珠道：“你好没理，那日你母亲自说女儿病来接，就在房中收拾了半日，打点了一个皮箱，张家人拿了。我不放心，央徐亲娘送去，出门时那一个不见？”只见徐亲娘也走过来道：“皇天！这是我亲送到船里的。船中还有一个白胖的男人，方巾天蓝花绸海青；道是城中太医。来接的是甚张旺。”又问邻舍道：“是真出门的?”那一个不道是果然？有的道是：“本日未天明，果然听得人敲门来接。”有的道：“早饭时候，的是穿着油绿绸袄、月白裙出门的。”又问：“家中曾有人争竞么?”道：“并不曾听得争闹。”细问阿寿，言语相同。

周于伦坐在家中，闷闷不悦，想道：“若是争闹，气不忿，毕竟到亲眷人家，我又没有甚亲眷；若说有甚人勾搭，他守我十余年没话说，怎如今守不住?”又到楼上房中看，细软已都没了。好生决断不下，凡是远年不来往亲戚家里，都去打听问，并不曾去。凡城中城外庙宇龟卜去处，也都走遍。在家如痴如呆，或时弹眼泪。过了半个多月，掌珠见遮饰过了，反来呆他道：“好汉子，娘跟人走，连我如今也疑心，不知你是周家儿子不是周家儿子?”气得个周于伦越昏了。为体面不像，倒收拾了酒店，仍旧外边去做生意。只是有心没想，生意多不甚成。

一日转到桐乡，背了几件衣服闯来闯去，闯到一个村坊，忽抬头见一个妇人，在水口洗衣服，与母亲无二，便跑近前。那妇人已洗完，左手绾着衣服，右手提着槌棒，将走到一大宅人家。于伦定睛一看，便道：“母亲！你怎在这里?”原来正是盛氏。盛氏见了，两泪交流，哽咽不语。可是：

大海横风生紫澜，绿萍飘泊信波翻。

谁知一夕洪涛息，重聚南洋第一滩。

半饷才道：“自你去后，媳妇怪我说他手松，故意不卖与人；叫他松时，他又故意贱卖；再说时，他叫我自管店，他却日日到徐婆家。我说了他几声，要等你回来对你说，不料他与徐婆暗地将我卖到这章家。已料今生没有见你的日子，不期天可怜见，又得撞见。不是你见我时，我被他借小姑病重赚我来时，眼目已气昏了，也未必能见你。”于伦道：“我回时，他也说小姑家接去。我随到小姑家，说不曾到；又向各亲眷家寻，又没踪影。不知小贱人合老虔婆，用这等计策。”盛氏又道：“我与媳妇不投，料难合伙。又被媳妇卖在此间，做小伏低，也没嘴脸回去见人。但只你念我养育你与守你的恩，可时来看我一看，死后把我这把骨殖带回苏州，与你父亲一处罢了。”言讫，母子大痛。周于伦此时他主意已定了，身边拿出几钱银子，付与母亲道：“母亲且收着，在此盘缠。半月之间，我定接你回去。”两边含泪分手。

周于伦也就不做生意，收拾了竟回。心里想道："我在此赎母亲，这地老虎决不肯信，回家去必竟要处置妇人，也伤体面。我只将他来换了去，叫他也受受苦。"算计了，回到家，照旧待掌珠。掌珠自没了阿婆，又把这污名去讥诮丈夫，越没些忌惮了。见他货物不大卖去，又回得快，便问他是甚缘故。于伦道："一来生意迟钝，二来想你独自在家，故此便回。"掌珠道："我原叫你不要出去，若在家中，你娘也不得跟人走了。"于伦也不回他。过了三日道："我当初做生意时，曾许祠山一个香愿，想不曾还得，故此生意不利。后日与你去同还何如？"掌珠道："我小时随亲娘去烧香后，直到如今，便同你去。"到第二日，催于伦买香烛。于伦道："山边买，只带些银子去罢了。"那掌珠巴明不晓。第二日，梳头洗脸，穿了件时新玄色花袖袄，灯红裙，黑髻玉簪，斜插一枝小翠花儿，打扮端正。时于伦却又出去未回，等得半日，把扇儿打着牙齿斜立，见周于伦来，道："有这等钝货，早去早回。"于伦道："船已在河下了。"掌珠便别了杨三嫂、李二娘、徐亲娘，分付阿寿照管门户，两个起身。

过了盘门，出五龙桥，竟走太湖。掌珠见了："我小时曾走，不曾见这大湖。"于伦笑道："你来时年纪小，忘了。这是必由之路。"到岸，于伦先去道："我去叫轿来。"竟到章家。老者不在，止他儿子二郎在家，出来相见。周于伦道："前月令尊在苏州，娶一女人回来，是卑人家母，是贱累听信邻人，暗地将他卖来的。我如今特带他来换去，望二郎方便。"二郎道："这事我老父做的，我怎好自专？"于伦道："一个换一个，小的换老的，有甚不便宜？"章二郎点头道："倒也是。"一边叫他母亲出来，一边着人看船中妇人何如。这边盛氏出来，见了儿子道："我料你孝顺，决不丢我在此处。只是如今怎生赎我？"于伦道："如今我将不贤妇来换母亲回去。"盛氏道："这等，你没了家婆，怎处？"于伦道："这不贤妇，要他何用！"须臾看的人悄地回覆二郎道："且是标致，值五七十两。"二郎满心欢喜，假意道："令堂在这厢，且是勤谨和气，一家相得。来的不知何如，恐难换。"于伦再三恳求，二郎道："这等，且写了婚书。"于伦写了，依旧复到船中，去领掌珠。掌珠正在船中等得一个不耐烦，道："有你这样人，一去竟不回。"于伦道："没有轿，扶着你去罢。"使把一手搭在于伦臂上，把鞋跟扯一扯上。上了岸，走了半晌，到章家门首。盛氏与章二郎都立在门前，二郎一见，欢喜得无极。掌珠见了盛氏，遍身麻木，双膝跪下道："前日却是徐亲娘做的事，不关我事。"盛氏正待发作，于伦道："母亲不必动气。”对掌珠道：“好事新人，我今日不告官府，留你性命，也是夫妻一场。”掌珠又惊又苦，再待哀求同回时，于伦已扶了母亲，别了二郎去了：

乌鸟切深情，闺帏谊自轻。

隋珠还合浦，和璧碎连城。

掌珠只可望着流泪，骂上几声“黑心贼”。二郎道：“罢，你回去反有口舌，不如在我家这厢安静。”一把扯了进去。

于伦母子自回。一到家中，徐婆正在自家门首，看见他母子同回，吃了一惊，道：“早辰是夫妻去，怎到如今母子回？禁不得是盛氏告在那衙门，故此反留下掌珠，给还他母亲，后来必定要连累我。”一惊一忧，竟成了病。盛氏走进自房中，打开箱子一看，细软都无，道：“他当初把女儿病骗我出门，一些不带得，不知他去藏在那边？”于伦道：“他也被我把烧香骗去，料也不带得。”到房中看，母亲的细软一一俱在，他自己的房奁也在，外有一锭多些逼火，想是桐乡人讨盛氏的身银，如今却做了自己的身银。于伦又向邻人前告诉徐婆调拨他妻，把阿婆卖与人家做奶母。前时邻人知道盛氏不见了，也有笑盛氏，道守了多年，毕竟守不过；也有的笑周于伦，道是个小乌龟。如今都称赞周于伦，唾骂徐婆，要行公呈。一急，把徐婆急死了。

于伦又到丈人家，把前把事一说，道：“告官恐伤两家体面，我故此把来换了，留他残生。”钱望濠道：“你只赎了母亲罢，怎又把我女儿送在那边？怎这等薄情？”终是没理，却也不敢来说。他后边自到桐乡去望时，掌珠遭章二郎妻子妒忌，百般凌辱，苦不可言。见了父亲，只是流泪。父亲要去赎他，又为晚妻阻挡，不得去。究竟被凌辱不过，一年而死。

这边周于伦，有个三考出身做县丞的仲德，闻他行孝，就把一个女儿与他。里递要举他孝子，他道：“是孝子，不是义夫。”抵死不肯。后来也纳一个三考，做了个府经历，夫妻两个奉事母亲终身。至今人都称他是个孝子。

第四回　寸心远格神明　片肝顿苏祖母

忠孝本同理，何缘复低昂。

死君固宜褒，死亲岂非良。

朝宁有奇节，闾阎有真肠。

岂令卫弘演，千古名字香。

尝阅割股救亲的，虽得称为孝，不得旌表。这是朝廷仁政，恐旌表习以成风，亲命未全，子生已丧，乃是爱民之心。但割股出人子一段至诚，他身命不顾，还顾甚旌表？果然至孝的，就是不旌表也要割股；不孝的，就是日日旌表，他自爱惜自己身体。又有一种迂腐的，倒说道：“割股亏亲之体。”不知若能全亲之生，虽亏也与全无异。保身为置身不义的说：“不为。”那以身殉忠孝的说：“若执这个意见，忠孝一般，比如为官的，或是身死疆场，断头刎颈；或是身死谏诤，糜骨碎身，这也都是不该的了。”古今来割股救亲的也多，如《通纪》上记的，锦衣卫总旗卫整的女，刲肝救母，母子皆生的。近日杭州仁和沈孝子割心救父，父子皆亡的。都是我皇明奇事。不知还有个刳肝救祖母，却又出十四岁的女子，这是古今希见！

此女是浙江处州府丽水县人。姓陈，名妙珍。他父亲叫做陈南溪，祖传一派山田并一块柴山、一所房子，与寡母林氏穷苦度日。后来娶妻李氏，生下妙珍，不上三岁，南溪一病身故。这李氏却也有心守寡，一守三年，只是年纪止得二十六岁，甚是少年。起初时想着夫妻恩爱，难以割舍，况对着冷飕飕孝堂，触目惨伤，没甚他想。一到三年，恩爱渐渐忘记，凄冷渐渐难堪，家中没个男子，自然支持不来。虽是山中有柴，也要雇人樵砍；田中有米，也要雇人耕种。没人照管，一工只有半工，租息年年减去一半，少柴缺米，衣衫不整，都是有的。又见这些亲邻，团头聚面，夫唱妇随，他却止得一个婆婆，一个女儿，要说句知心话儿，替那个说？秋夜春宵，也有些不耐烦之意。

喜得他的哥哥李经，他道："守节自是美事，不惟替陈家争气，也与我家生光。"时常去照管他。不料他的妻赵氏，是个小家子，道："家里这些柴米，也是艰难得来，一粒米是我一点血，一根柴是一根骨头。便是饮食之类，自家也有老婆儿女，仔么去养别人？"常是争争闹闹。李经道："手足之情，况且他一个老人家，年纪老了，小的又小，也是恤孤怜寡。"赵氏道："若说妹子，也还有理。这老婆子与你何干？便是这点点小丫头，担柴送米，养得大，嫁了人，料必不认得你了。你若怜悯他，不如叫他招一个妹夫，却不又管大管小！"李经道："改嫁也不是我做哥哥说的。只要我挣得来，他用得我多少？"仍旧要去管他。

赵氏见丈夫不理，常是不愤，想得叔叔李权年纪又小，不大晓得道理，是个贫根，故意一日叫他拿米去与姑娘。只见李权道："仔么他家吃饭，倒要我家送米去？"赵氏道："正是，你才梦醒哩！时常拿去，我道你两弟兄辛勤苦力做得来，怎等他一家安享？你哥道手足之情，我道既是手足之情，如今叔叔衣服也须做些，叔叔亲事也须为他完就，怎只顾一边？"李权道："嫂嫂说得有理，我如今不要拿去。"赵氏道："你不拿去，哥哥毕竟拿去，倒不如你拿去做个人情。左右家事不曾分，一斗你有五升在里边，不要把哥哥一个做好人。"李权道："原来哥哥一向官路做人情，时常送去，也不是小算。"赵氏道："只除他嫁得，可以免得这搬送。"李权道："这等，我们嫁他。"赵氏道："如今他是陈家人，也要陈家肯，又还要姑娘肯。你便可劝他一劝。"李权道："我会说。"驼了这米，竟到陈家。

姊姊出来相见，他歇下道："莫说种的辛苦，便驼也是烦难的。"李氏道："真是累你弟兄。"李权道："这是该的，怎说得累？只是如今熟年也不打紧，日长岁久，怕撞了荒年，管顾不来。"李氏留他到房中坐。那李权相了一相，道："姊姊这房子老了，东壁打西壁，仔么过？如今姊夫没得二三年，已是这操箱空笼空，少长没短，过后一发难了。"李氏道："没奈何，且捱去。上边老的老，下边小的小，叫我怎生丢得！"李权道："姊夫都丢了，何况你？也图个长策好。"李氏道："饿死事小，失节事大。"李权道："这姊姊，我那边东村周小一老婆，老公死得半月就嫁人，也没人说他。南向谢省祭填房的，也是个奶奶，少穿少吃，一般也嫁了人，谁曾道他不是？忍饥受冷，甚么要紧？就是县里送个贞节牌扁，也只送了有钱的，何曾轮着我们乡村？姊姊还要自做主意，不要晴干不肯走，直待雨淋头。”李氏听了，不觉动心，只不好答应得。李权吃了些酒回了，赵氏迎着道：“如何？”李权道：“他道没奈何，且捱去。后来只是不做声。”赵氏道：“不做声便是肯了。二婚头，也要做个腔，难道便说我嫁？”李权道：“话得是。如今再过半月，哥哥三十岁，一定他回来拜寿。嫂嫂再与他说，好歹要他嫁人，省了我们照管。”

只见这日，果然李氏带女儿回来拜寿。这些亲戚，你穿红，我着绿，好不整齐。他母子两个，也只布素衣服。当日回的回了，李氏与几个亲眷还在他家中。其时有一个胡孺人，是李经表嫂；一个刘亲娘，是李经表妹，同在那边闲坐。胡孺人道：“陈亲娘，家下没人，不曾来看得你。真亏你，我们这样年纪，没个丈夫在身边，一日也过不得，亏你怎么熬得这苦？”李氏道：“这也是命中所招。”刘亲娘道：“说道守寡，小时好过，倒是四十边难过；春夏好过，秋冬难过，夜长睡又睡不着，从脚尖上直冷到嘴边来，真是难当。”赵氏便添一嘴来道：“亲娘，好过难过，依我只趁这笋条样小年纪，花枝般好脸嘴，嫁上一个丈夫，省得忧柴忧米，弄得面黄消瘦。”李氏把妙珍头摸一摸，道：“且守一守儿，等他大来。”却又李权闯到，道：“望桑树收丝，好早哩！守寡的有个儿子，还说等他成房立户，接立香火。若是女儿，女生外向，捧了个丈夫，那里记挂你母亲？况且遇着有公婆叔婶，上下兜绊，要管也不能勾。不如嫁的好！你若怕羞不好说，我替你对那老婆子说。”

此时李氏听众人说来，也都有理，只是低头不语。李权便着媒婆与他寻亲。李经知道来拦阻时，赵氏道：“妹子要嫁人，你怎管得一世！”寻了一个人家，也是二婚，老婆死了，家里也丢个女儿。李权见他家事过得，就应承了。来见林氏道：“姊姊年纪小，你又老了，管他不到底。便是我们，家事少，也管顾不来。如今将要出身，要你做主。”林氏便汪汪泪下，道：“我媳妇怕没有这事。他若去，叫我更看何人？”李权道：“养儿子的，到今还说更看何人；他养女儿，一发没人可看。他也计出无奈，等他趁小年纪好嫁，不要老来似你。”林氏也没奈何，只得听他。李氏初意要带妙珍去，那边自有女儿，恐怕李氏心有偏向，抵死不肯。林氏又道：“尝见随娘晚嫁的，人都叫做拖油瓶，与那晚爷终不亲热。初时还靠个亲娘顾看，到后头自己生了女儿，也便厌薄。这是我儿子一点骨血，怎可把人作践！”也便留了。嫁时李氏未得新欢，也不能忘旧爱，三个都出了些眼泪。自此祖孙两个，自家过活。正是：

孙依祖泽成翎羽，祖仰孙枝保暮年。

此时妙珍没了娘，便把祖母做娘。林氏目下三代，止得这孙女儿，也珍宝样看待。这林氏原也出身儒家，晓得道理，况且年纪高大，眼睛里见得广，耳朵里听得多，朝夕与他并做女工，饭食孙炊祖煮，闲时谈今说古，道某人仔么孝顺父母，某人仔么敬重公姑，某人仔么和睦妯娌，某人仔么夫妇相得，某人仔么俭，某人仔么勤。那妙珍到得耳中，也便心里明白，举止思想，都要学好人。十一岁，闻得他母亲因产身故，不觉哭踊欲绝。祖母慰他道：“他丢你去，你怎么想他？”妙珍道：“生身父母，怎记他小嫌，忘他劬劳？”三年之间，行服悲哀。

到十四岁时，他祖母年高，渐成老熟。山县里没甚名医，百计寻得药来，如水投石，竟是没效。那林氏见他服事殷勤，道：“我儿，我死也该了，只是不曾为你寻得亲事，叫你无人依靠，如何是好？”妙珍道：“婆婆，病中且莫闲想。”只是病日沉重，妙珍想来无策，因记得祖母尝说有个割股救亲的，他便起了一个早，走到厨下，拿了一把厨刀，轻轻把左臂上肉撮起一块，把口咬定，狠狠的将来割下。只见鲜血迸流，他便把块布来拴了，将割下肉放在一个沙罐内，熬成粥汤，要拿把祖母。适值一个邻人邹妈妈，他来讨火种，张见他在那里割肉，失惊道：“勒杀不在这里勒的，怎这等疼也不怕？”推门进来，见他已拴了臂膊，把那块肉丢在粥里，猛然道：“你是割肉救婆婆么？天下有这等孝顺的，一点点年纪，有这样好心！似我那天杀的，枉活了三十多岁，要他买块豆腐，就是割他身上肉一般，不打骂我也好了。难得！难得！”相帮他把粥来扇滚了，自去。妙珍却将这碗粥来与祖母。拿到嘴边，祖母道：“儿，那里这米，有这一阵香。”妙珍道：“这是家中的。”将来喂了，只见祖母道：“儿，这碗粥，好似几贴药，这一会我精神清爽起来了。”到第二日，道：“我连日睡得骨头都疼，今日略健，你扶我起来坐一坐。”妙珍便去扶他。祖母道：“你这衫上怎么有这几点血？”妙珍道：“是、是昨日出鼻血累的。”林氏道：“这一定是连日为我辛苦缘故，累了你，累了你。”又过了几日，道：“我要门前散一散。”拄了一根拐。出走门前来。

巧巧邹妈妈手里拾了几根枯柴在手里道："忤逆贼！柴也不肯砍担，叫我忍饿。"见了林氏道："老孺人好了么？"林氏道："亏了我孙儿。"邹妈妈道："真亏他。"此时妙珍也立在林氏侧边，邹妈妈道："你臂上好了么？"林氏便问："你臂上生甚东西么？"邹妈妈道："是为你割的股。"林氏忙来摸，见了臂上拴的，便哭道："儿，只说你服事我，已极辛苦了，怎又要你割股？"一个哽咽，便晕了去。邹妈妈道："是我多嘴的不是了。"忙帮着妙珍扶到床中。灌了汤水，渐渐苏醒，道："儿子这样孝顺，我怎消受得起！"时常流泪，仍旧是这样病了。

妙珍也仍旧寻医问卜，求神礼斗，并不见好。他便早晚臂上燃香，叩天求把身子代祖母。似此数日，一夜不脱衣服，伏在祖母床边，忽见一个道者：

剪箨为冠散逸，裁云作氅逍遥。

虬髯一部逐风飘，玉麈轻招似扫。

那道者走近前来道："妙珍，汝孝心格天，但林氏沉疴，非药可愈。汝果诚心救彼，可于左胁下刳肝饮之。"将手中拂指他左胁，又与药一丸，道："食之可以不痛。"妙珍起谢，吞所赐药，只见满口皆香，醒来却是一梦。妙珍道："神既教我，祖母可以更生。"便起焚香在庭中，向天叩道："妙珍蒙神分付，刳肝救我祖母，愿神天保佑，使祖母得生。"遂解衣，看左胁下红红一缕如线，妙珍就红处用刀割之，皮破肉裂，了不疼痛，血不出，却不见肝。妙珍又向天再拜道："妙珍忱孝不至，不能得肝，还祈神明指示，愿终身为尼，焚修以报天恩。"正拜下去，一俯一仰，忽然肝突出来。妙珍连忙将来割下一块。正是：

割股人曾见，刳肝古未闻。

孝心真持异，应自感明神。

把胁下来拴了，把肝细细切了，去放在药内，煎好了，将来奉与祖母吃。只见他一饮而尽，不移时便叫妙珍道："儿，这药那里来的？委实好。吃下去喉咙里、心腹里，都觉爽俐，精神气力也觉旺相，手足便就运动如常。或者这病渐渐好了，也未可知。"妙珍暗暗欢喜。到后边，也一日好一日，把一个不起的老熟病，仍旧强健起来。正是：

涓滴起疲癃，精忱神鬼通。

这妙珍当日也只暗喜祖母渐有起色，感谢神天拯救，那里还想自己疮口难完？不意睡去，复梦见前夜神人道："疮口可以纸灰塞之，数日可愈。"妙珍果然将纸烧灰去塞，五六日竟收口，瘢疮似缕红线一般。又再三叮嘱那当时看见的、听得的，叫他不要说。众人也为前日林氏因邹四妈说了割股，哽咽复病，故此也没人敢说。只是这节事，已沸沸传将开去了，一时邻里要为他具呈讨匾。妙珍道："这不过是我一时要救祖母如此，岂是邀名？"城中乡宦、举监生员、财主，都要求他作妻作媳，他道："我已许天为尼，报天之德。"都拒绝不应。林氏再三劝他，则道："嫁则不复能事祖母，况当日已立愿为尼，不可食言。"

从此又三年，林氏又病不能起，便溺俱撒在床上。他不顾秽污，日夜洗涤。林氏又道："我这三年，都是你割肝所留。但人没个不死的，就天恩不可再邀，你再莫起甚意了。"不数日身故。他悲哀擗踊，三日水浆也不入口。破产殡殓，亲营坟墓，结茅柴为庐，栖止墓上，朝夕进饮食，哭泣。庐止一扉，山多猛兽，皆环绕于外不入。三年，坟上生出黄白灵芝五株。又有白鹊，在坟顶松树上结巢，远近都说他孝异。

服满，因城中有一监生坚意求亲，遂落发出家无垢尼院，朝夕焚修，祈荐拔祖父母父母。不料这院主定慧，是个有算计的人，平日惯会说骗哄人，这翻把妙珍做个媒头，尝到人家说："我院里有一个孝女，不上二十岁，曾割肝救祖母，就是当日观音菩萨剜眼断手救妙庄王一般，真是如今活佛。若人肯供养他，供养佛一般。"哄得这些内眷，也有瞒着丈夫、公婆布施银钱的、米谷的、布帛的，他都收来入己。又哄人来拜活佛，聚集这些村姑老媪，念佛做会，不论年大的小的，都称妙珍做佛爷，跪拜。

妙珍已自觉酬应不堪，又细看这干人，内中有几个老的，口里念佛得几声，却就扳亲叙眷，彼此互问住居，问儿女，也有自夸儿女好的，也有诉说儿女贫寒，或是不肖，或是媳妇不贤。有几个年少的，佛也不念，或是铺排自己会当家，丈夫听教训，或是诉说丈夫好酒好色，不会做家，自家甘贫受苦，或又怨的是公姑琐屑、妯娌嫉忌，叔姑骄纵。更有没要紧的，且讲甚首饰时样，带来好看，衣服如今仔么制度才好，甚么颜色及时，你一丛，我一簇，倒也不是个念佛场，做了个讲谈所。甚至膰竿长，十八九岁大女子、不晓事三五岁小哇子，不知甚么缘故也拖带将来。又看那院主，搬茶送水，遇着舍钱的，"奶奶"、

"孺人"，口叫不绝，去奉承他。其余平常，也只意思交接，甚有炎凉态度。

止有一个清庵尼姑寂如，年纪四十模样，看他做人温雅，不妄言笑，只是念佛。或时把自己诵习的《心经》、《金刚》等经，与妙珍讲说。妙珍礼他为师兄，像个可与语的。妙珍就想道："我当日不要里递申举，正不肯借孝亲立名。如今为这些人尊礼，终是名心未断。况聚集这些人，无非讲是讲非，这不是作福，是造孽了。岂可把一身与他作招头？"遂托说喧嚣，就避到清庵中。真好一个庵：

松桧阴阴静掩扉，一龛灯火夜来微。

禅心寂似澄波月，唯有疏钟出树飞。

妙珍看他房寮不惟清雅，又且深邃，一隙之地，布置委委曲曲，回廊夹道，洞门幽室，仓卒人也不能进来。这寂如当家，带着个女童，叫做圆明，在外边些。妙珍直在里边。妙珍止是早晚到佛前焚香，除三餐外，便独自个在房念佛诵经，甚喜得所。

不知寂如这意也是不善。他虽不抄化，不聚众，却靠着附近一个静室内两和尚，师父叫做普通，徒弟叫做慧朗，他时常赒给。相去不远，乘着黑夜过来，轮流歇宿。初时也怕妙珍来碍眼，因见他在无垢院时，一毫闲事不管，又且施舍山积，道他身边必竟有物，若后日肯和同水蜜，他年纪小，是黄花女儿，尽可接脚，故此留他在庵。闲时说些道听途说的经典，道："这都是普通老爷讲的，这和尚极是真诚，博通经典，城中仕宦、奶奶、小姐，没个不拜他为师，求他取法名讲解。近在这厢，师弟也该随喜一随喜。还有一个慧郎讲，一发声音响亮，大有悟头。"妙珍也只唯唯。他见入不得凿，道："且慢看，这些贼秃，有些眼睛里安不得垃圾，见了我，丢了徒弟。若见了他，一定要丢了我。引上了他，倒把一个精精壮壮的好徒弟与他，岂不抢了我的快活？如今只把来嗅这两个秃驴，等他破费两个银子。"他自仍旧与这两个和尚往还，赞这妙珍标致，打动他不题。

一日，寂如因与慧朗有约，先睡一睡打熬精神。圆明厨下烧火，妙珍出来佛前烧晚香，只听得门外连弹三弹，妙珍不知其意。住一会，又听响弹三弹。妙珍只得去开门，外边道："怎要我立这半日？"略开得一路门，那人从门缝里递进一锡罐，热气腾腾，道："你接去，我打酒就来。"妙珍接了，打一张时，背影却是个和尚，吃了一惊。看罐中，是一罐烂熩狗肉，他也就拿来安在地上，往房中便跑。须臾，慧朗打了酒走来，随手拴门，看见锡罐道："丢在地上，岂不冷了？"一齐拿着，竟进房中。寂如只道是圆明放的，也不问他，悄悄的吃了酒肉，两个仍旧行事。只是妙珍倒耽了一夜干系，怕僧尼两人知道露机，或来谋害，或图污浼，理也有之。喜得天明，想道："这尼姑，我道他稳重，是个好人。不期做出这样事！我若在此，设或事露，难分皂白，不若去了。"就略捡了些自己衣物，托言要访定慧，离了庵中。结庵在祖母坟侧，每日拾些松枝，寻些野菜度日。又喜得种他田的租户，怜他是个孝女，也不敢赖他的。定慧、寂如再三来邀，他道："二位布施来的，我坐享于心不安。"不肯去。

自此之后，不半年，定慧因一个于一娘私自将丈夫的钱米出来做佛会，被丈夫知觉，赶来院中骂了一场。又听两个光棍拨置，到县中首他创做白莲佛会，夜聚晓散，男女混杂，被县里拿出打了十五，驱逐出院。又两年，寂如因与圆明争风，将圆明毒打几次，被他将私通和尚事，说与娘家。娘家就会同里递密来伺候。一日慧朗进去，正在房中云雨，圆明悄悄放了众人，把来拿了。慧朗苦要收拾，普通醋他与寂如过得绸缪，不肯出钱。送到县去，各打二十，双连枷整整枷了两月，俱发还俗。人见妙珍在两处都不肯安身，莫不称赞他有先见之明。

从此又十余年，只见妙珍遍辞亲邻，谢他平日看顾。回到草舍中，跏趺而坐，其气虽绝，颜色如生。正是：

幻躯不可久，真性永不磨。

超然去尘寰，趺坐灵山阿。

众人看的，无不称异，就把他草舍为龛，一把火焚化。火光之中放出舍利如雨，有百许颗。众人将来置在瓶中，仍将他田产卖来建塔于上，人至今称孝女冢，又称神尼塔。

总之，千经万典，孝义为先。人能真实孝亲，岂不成佛作祖？若舍在家父母不能供养，纵使日日看经，朝朝理忏，恐阿鼻地狱正为是人而设，岂不丈夫反出女子之下？

第五回　淫妇背夫遭诛　侠士蒙恩得宥

鱼肠剑，抟风利，华阴土栻光芒起。
匣中时吼蛟龙声，要与世间除不义。
嫱彼薄情娘，不惜青琐香。
吠庞撼帨不知耻，恩情忍把结发忘。
不平暗触双眉竖，数点娇红落如雨。
朱颜瞬息血模糊，断头聊雪胸中怒。
无辜叹息罹飞灾，三木囊头实可哀。
杀人竟令人代死，天理于今安在哉！
长跪诉衷曲，延颈俟诛戮。
节侠终令圣主怜，声名奕奕犹堪录。

昔日沈亚之作《冯燕歌》，这冯燕是唐时渔阳人，他曾与一个渔阳牙将张婴妻私通。一日，两下正在那边苟合，适值张婴回家，冯燕慌忙走起，躲在床后，不觉把头上巾帻落在床中。不知这张婴是个酒徒，此时已吃得烂醉，扯着张椅儿鼾鼾睡去，不曾看见。冯燕却怕他醒时见了巾帻，有累妇人，不敢做声，只把手去指，叫妇人取巾帻。不期妇人差会了意，把床头一把佩刀递来。冯燕见了，怒从心起，道："天下有这等恶妇，怎么一个结发夫妇，一毫情义也没？倒要我杀他！我且先开除这淫妇。"手起刀落，把妇人砍死，只见鲜血迸流。张婴尚自醉着不知，冯燕自取了巾帻去了。直到五鼓，张婴醉醒讨茶吃，再唤不应。到天明一看，一团血污，其妻已被人杀死。忙到街坊上叫道："夜间不知谁人将我妻杀死！"只见这邻里道："你家妻子，你不知道，却向谁叫？"张婴道："我昨夜醉了一夜，那里知得？"邻里道："这也是好笑！难道同在一房，人都杀死了，还不醒的？分明是你杀了，却要赖人。"一齐将他缚了，解与范阳贾节度。节度见是人命重情，况且凶犯模糊未的，转发节度推官审勘。一夹一打，张婴只得招了。冯燕知道："有这等糊涂官，怎我杀了人，却叫张婴偿命？是那淫妇教我杀张婴，我前日不杀得他，今日又把他偿命，端然是我杀他了。"便自向贾节度处出首。贾节度道："好一个汉子，这等直气。"一面放了张婴，一面上一个本道："冯燕奋义杀人，除无情之淫蠹；挺身认死，救不白之张婴。乞圣恩赦宥。"果然唐主赦了。当时沈亚之作歌咏他奇侠，后人都道范阳燕地，人性悻直。又道唐时去古未远，风俗朴厚，常有这等人，不知在我朝也有。

话说永乐时，有一人，姓耿名埴，宛平县人。年纪不多，二十余岁，父母早亡，生来性地聪明，意气刚直，又且风流倜傥。他父亲原充锦衣卫校尉，后边父死了，他接了役缉事，心儿灵，眼儿快，惯会拿贼。一日在棋盘街，见一个汉子打个小厮，下老实打。那小厮把个山西客人靴子紧紧捧定，叫："救命！"这客人也苦苦去劝他。正劝得开，汉子先去，这小厮也待走，耿埴道："小子，且慢着！"一把扯住，叫客官："你靴桶里没甚物么？"客人去摸时，便喊道："咱靴桶里没了二十两银子。"耿埴道："莫慌，只问这小厮要。"一搜，却在小厮身边搜出来。这是那汉子见这客人买货时，把银子放在靴内，故设此局，不料被他看破送官。又一日，在玉河桥十王府前，见一个人喊叫道："抢去一个貂鼠胡帽！"在那两头张望。问他是甚人，道不见有人。耿埴见远远一个人，顶着一个大栲栳走，他便赶上去道："你栲栳里甚物儿？"那人道是米。被耿埴夺下来，却是个四五岁小厮，坐在里边，胡帽藏在身下。还有一个光棍，妆做书办模样，在顺城门象房边见一个花子，有五十多岁，且是吃得肥胖。那光棍见了，一把捧住哭道："我的爷！我再寻你不着，怎在这里？"那花子不知何故，心里道："且将错就错，也吃些快活茶饭，省得终日去伸手。"随到家里，家里都叫他是老爷爷，浑身都与换了衣服，好酒好食待他。过了五六日，光棍道："今日工部大堂，叫咱买三五百两尺头，老爷爷便同去一去。"悔气！才出得门，恰撞了耿埴。耿埴眼清，道："这是个花子，怎这样打扮？毕竟有些怪。"远远随他，望前门上一个大段铺内走进去。耿埴也做去扯两尺零绢儿，这件不好，那件不好歪缠。冷眼瞧那人一单开了二三百尺头，两个小厮，一个驼着挂箱，一个钳了拜匣。先在拜匣里拿出一封十两雪白锭银做样，把店家帐略略更改了些，道："银子留在这边，咱老爷爷瞧着。尺头每样拿几件去瞧一瞧，中意了便好兑银。"两个小厮便将拜匣、挂箱放在柜上，各人捧了二三十匹尺头不中，也是结发夫妻，又百依百随。便吃两钟酒也不碍，怎这等奚落他？明日咱去劝他，毕竟要他夫妻和睦才是。”尝时劝他，邓氏道：“哥，他也原没甚不好，只是咱心里不大喜他。”

一日耿埴去，邓氏欢天喜地道：“咱与你来往了几时，从不曾痛快睡得一夜。今日攮刀的道明日他的官转了员外，五鼓去伏侍到任，我道夜间我懒得开门，你自别处去歇。撵了他去，咱两个儿且快活一夜。”两个打了些酒儿，在房里你一口、我一口，吃个爽利。到得上灯，只听得董文来叫门，两个忙把酒肴收去。邓氏去开门，便嚷道：“你道不回了，咱闭好了门，正待睡个安耽觉儿，又来鸟叫唤。”董文道：“咱怕你独自个宿寒冷，回来陪你。”径往里边来。耿埴听了，记得前日桶里闷得慌，径往床下一躲。只见进得房来，邓氏又嚷道：“叫你不要回，偏要回来。如今门是咱开了，谁为你冷冰冰夜里起来关门?”董文道：“嫂子，咱记念你，家来是好事。夜间冷，咱自靠一靠门去罢。嫂子不要恼。”邓氏道：“咱不起来!”还把一床被自己滚在身道：“你自去睡，不要在咱被里钻进钻出，冻了咱。”董文只得在脚后和衣自睡，倒也睡得着。苦是一个邓氏，有了汉子不得在身边，翻来覆去，不得成梦，只啯啯哝哝，把丈夫出气。更苦是一个耿埴，一个在床上，一个在床下，远隔似天样。下边又冷飕飕起来，冻得要抖，却又怕上边知觉，动也不敢动，声也不敢做。捱到三更，邓氏把董文踢上两脚，道：“天亮了，快去!”董文失惊里跳起来，便去煤炉里取了火，砂锅里烧了些脸水，煮了些饭，安排些菜蔬。自己梳洗了，吃了饭，道：“嫂子，咱去。你吃的早饭，咱已整治下了，没事便晏起来些。”邓氏道：“去便去，只恁琐碎，把人睡头搅醒了。”董文便轻轻把房门拽上，一路把门靠了出去。耿埴冻闷了半夜，才得爬出床来。邓氏又道：“哥，冻坏了，快来趁咱热被。”耿埴也便脱衣，跳上床来。忽听外边推门响，耿埴道：“想忘了甚物，又来也。”仍旧钻入床下。董文一路进门来，邓氏道：“是谁?”董文道：“是咱。适才忘替嫂子摁摁肩，盖些衣服，放帐子，故此又来。”邓氏嚷道：“扯鸟淡，教咱只道是贼，吓得一跳。怪攮刀子的!”董文听了，不敢做声，依旧靠门去了。可是：

意厚衾疑薄，情深语自重。

谁知不贤妇，心向别人浓。

这边耿埴一时恼起，道：“有这等怪妇人，平日要摆布杀丈夫，我屡屡劝阻不行，至今毫不知悔。再要何等一个恩爱丈夫，他竟只是嚷骂。这真是不义的淫妇了，要他何用！”常时见床上挂着一把解手刀，便掣在手要杀邓氏。邓氏不知道，正揭起了被道：“哥快来，天冷冻坏了。”那耿埴并不听他，把刀在他喉下一勒，只听得跌上几跌，鲜血迸流，可怜：

情衰结发恋私夫，谬谓恩情永不殊。

谁料不平挑壮士，身餐一剑血模糊。

若论前船就是后船眼，他今日薄董文，就是后日薄耿埴的样子，只是与他断绝往来也彀了。但耿埴是个一勇之夫，只见目前的不义，便不顾平日的恩情，把一个惜玉怜香的情郎，换做了杀人不斩眼的侠士，那惜手刃一妇人以舒不平之气！此时耿埴见妇人气绝，也不惊忙，也不顾虑，将刀藏在床边门槛下，就一径走了出门来，人都不觉。

悔气是这白老儿，挑了担水，推门直走进里边，并不见人。他倾了水，道：“难道董大嫂还未起来？若是叫不应，停会不见甚物事，只说咱老白不老实，叫应了去。”连叫几声，只是不应，还肩着这两个桶在房门叫。又不见应，只得歇下了，走进房中，看见血淋淋的妇人死在床上，惊得魂不附体，急走出门叫道：“董家杀了人！”只见这些邻舍一齐赶来，道：“是甚么人杀的？”老白道：“不知道。咱挑水来，叫不人应，看时已是杀死了。”众人道：“岂有此理！这一定是你杀的了。”老白道：“我与他有甚冤仇来？”众人一边把老白留住，一边去叫董文。董文道：“我五鼓出去，谁人来杀他？这便是你挑水进去，见他孤身，非奸即盗，故此将人杀了。”一齐拥住老白道：“讲得有理，有理。且到官再处。”

一直到南城御史衙门来，免不得投文唱名，跪在丹墀听候审理。那御史道：“原告是董文，叫董文上来。你怎么说？”董文道：“小的户部浙江司于爷长班，家里只有夫妻两口，并无别人。今早五鼓伏侍于爷上任，小的妻子邓氏好好睡在床里。早饭时，忽然小的挑水的白大挑水到家来，向四邻叫唤，道小的妻子被杀。众邻人道小的去后，并无人到家，止有白大。这明明是白大欺妻子孤身，辄起不良之心，不知怎么杀了。只求青天老爷电察。”这御史就叫紧邻上来，问道：“董文做人可凶暴么？他夫妻平日也和睦么？”众人答应道：“董文极是本分的，夫妻极过得和睦。”御史又道：“他妻子平日可与人有奸么？他家还有甚人时常来往么？”众人道并没有。御史道：“可有姿色么？”众人道：“人极标致的。”御史叫：“带着，随我相验。”果然打了轿，众人跟随，抬到城下。看时果然这妇人生得标致，赤着身体，还是被儿罩着的。揭开上半截，看项下果是刀伤。御史便叫白大：“你水挑在那边？”白大道：“挑在灶前。”御史便叫带起回衙门审。一到衙门，叫董文：“你莫不与邓氏有甚口舌，杀了他，反卸与人？”董文道：“爷爷，小的妻子，平日骂也不敢骂他一声，敢去杀他？实是小的出门时，好好睡在床上，怎么不多时就把他杀死了？爷爷可怜见。”御史道：“你出去时节，还是你锁的门，妇人闩的门？”董文道：“是小的靠的门，推得进去的。”御史便叫白大：“你挑水去时，开的门，关的门？”白大道：“是掩上的。”御史道：“你挑水到他的灶前，缘何知他房里杀了人？”白大道：“小的连叫几声不应，待要走时，又恐不见了物件，疑是小的。到房门口寻个人闩门，只见人已杀死。小的怎么敢去行凶？”御史“咄”的一声，道：“胡说！他家有人没人，干你甚事，要你去寻！这一定你平日贪他姿色，这日乘他未起，家中无人，希图强奸，这妇人不从，以致杀害。还要将花言巧语来抵赖，夹起来！”初时老白不招，一连两夹棍，只得认了，道图奸不遂，以致杀死。做一个强奸杀死人命，参送刑部。发山西司成招，也只仍旧。追他凶器，道是本家厨刀所杀，取来封贮了。书一个审单道：

审得白大以卖水之庸，作贪花之想。乘董文之他出，瞯邓氏之未起，图奸不遂，凶念顿生，遂使红颜碎兹白刃。惊四邻而祈嫁祸，其将能乎？以一死而谢贞姬，莫可逭也。强奸杀人，大辟何辞！监候具题处决。

呈堂奏请，不一日奉旨处决。免不得点了监斩官，写了犯由牌，监里取出老白，花绑了，一簇押赴市曹。闹动了三街六市纷纷，也有替邓氏称说贞节以致丧命的，也有道白大贪色自害的。那白大的妻子，一路哭向白大道：“你在家也懒干这营生，怎想这天鹅肉吃？害了这命。”那白大只是流泪，也说不出一句话儿。

单是耿埴听得这日杀老白，心上便忿激起来，想道：“今日法场上的白大，明明是老耿的替身。我们做好汉的，为何自己杀人，要别人去偿命？况且那日一时不平之气，手刃妇人是我，今日杀这老白，又是替我，倒因我一个人，杀了两个人。今日阳间躲得过，阴间也饶不过。做汉子的人，怎么爱惜这颗头颅，做这样缩颈的事！”就赶到法场上来。正值老白押到，两个刽子手按住，只要等时辰到了。周围也都是军兵围住，耿埴就人背后，平空一声“屈”叫起来。监斩官叫拿了问时，他道："小人耿埴，向与董文妻通奸。那日躲在他家，见董文极其恩爱，邓氏恣情凌辱，小人忿他不义，将刀杀死。刀现藏董文房中床边槛下。小人杀人，小人情愿认罪典刑。小人自应抵命，求老爷释放白大。"监斩官道："这定是真情了，也须候旨定夺。"将两人一齐监候，本日撤了法场，备述口词，具本申请。正是：

是是非非未易论，笑他廷尉号无冤。

饴甘一死偿红粉，肯令无辜泣九原。

此时永乐爷砺精求治，批本道："白大既无杀人情踪，准与释放；耿埴杀一不义，生一不辜，亦饶死。原问官谳狱不详，着革职。钦此。"此时满京城才知道白大是个老实人，遭了屈官司。邓氏是个不长进淫妇，也该杀的。耿埴是个汉子，若不是他自首，一个白大，莫说人道他强奸杀人，连妻子也信他不过。一个邓氏，莫说丈夫道他贞节，连满京人也信他贞节。

只是这耿埴，得蒙圣恩免死，自又未曾娶妻，他道："只今日我与老白一件事，世上的是非无定，也不过如此了；人生的生死无常，也不过如此了。今日我活得一日，都是圣恩留我一日，为何还向是非生死场中去混帐！"便削了发为僧，把向来趱的家私约有百余金，将一半赠与董文，助他娶亲；一半赠与白大，谢他受累。就在西山出家，法名智果。其时京城这些风太监，有送他衣服的，助道粮的，起造精舍的。他在西山住了三年，后来道近着京师，受人供养，不是个修行的，转入五台山，粗衣淡食，朝夕念佛。人与他谭些佛法，也能领悟。到八十二岁，忽然别了合寺僧行，趺坐禅床，说偈道：

生平问我修持，一味直肠直肚。

养成无垢灵明，早证西方净土。

言讫，合掌而逝，盖已成正果云。

剑诛无义心何直，金赠恩人利自轻。

放下屠刀成正觉，何须念佛想无生。

第六回　完令节冰心独抱　全姑丑冷韵千秋

独耸高枝耐岁寒，不教蜂蝶浪摧残。
风霜苦涴如冰质，烟雾难侵不改肝。
丽色莹莹缕片玉，清香冉冉屑旃檀。
仙姿岂作人间玩，终向罗浮第一磐。

五伦之中，父子、兄弟，都是天生的，夫妇、姑媳、君臣、朋友，都是后来人合的。合的易离，但君臣不合，可以隐在林下；朋友不合，可以缄口自全。只有姑媳、夫妻，如何离得？况夫妻之间，一时反目，还也想一时恩爱。到了姑媳，须不是自己肚里生的，或者自家制不落不肖儿，反道他不行劝谏；儿子自不做家，反道他不肯帮扶。还有妯娌相形，嫌贫重富；姑叔憎恶，护亲远疏；婢妾挑逗，偏听信谗。起初不过纤毫的孔隙，到后有了成心，任你百般承顺，只是不中意，以大凌小，这便是媳妇的苦了。在那媳妇，也有不好的，或是倚父兄的势，作丈夫的娇；也有结连妯娌、婢仆，故意抗拒婆婆；也有窥他阴事，挟制公婆；背地饮食，不顾公姑；当面抵触，不惜体面。这便是婆婆口顽，媳妇耳顽，弄得连儿子也不得有孝顺的名，真是“人家不愿有的事，却也是常有的事”。到宁可一死，既不失身，又能全孝，这便亘古难事。

这事出在池州贵池县，一个女子姓唐，名贵梅，原是个儒家女子。父亲是个老叫书，一向在外处个乡馆。自小儿叫他读些甚《孝经》，看些《烈女传》，这贵梅也甚领意。不料到十二岁，母亲病死了，他父亲思量：“平日他在家，母子作伴。今日留他家中，在家孤恓，若在邻家来去，恐没有好样学，也不成体面。若我在家，须处不得馆。一时要纠合些邻舍子弟就学，如今有四五两馆，便人上央人，或出荐馆钱图得，如何急卒可有？若没了馆，不惟一身没人供给，没了这儿两束修，连女儿也将甚养他？只除将来与人。我斯文之家，决无与人作婢妾之理；送与人作女儿，谁肯赔饭养他，后来又赔嫁送？只好送与人作媳

妇罢。”对媒婆说了。寻了几日，寻得个开歇客店的朱寡妇家，有个儿子叫做朱颜，年纪十四岁。唐学究看得这小官儿清秀，又急于要把女儿，也不论门风，也不细打听那寡妇做人何如，只收他两个手盒儿，将来送他过门。在家分付道：“我只为无极奈何，将你小小年纪与人作媳妇。你是乖觉的，切要听婆婆教训，不要惹他恼，使我也得放心。”送到他家，又向朱寡妇道：“小女是没娘女儿，不曾训教，年纪又小，千万亲母把作女儿看待。不要说老夫感戴，连老妻九泉之下也得放心。”送了，自去处馆去了。

只是这寡妇有些欠处，先前店中是丈夫支撑，他便躲在里面，只管些茶饭，并不见人。不期那丈夫病了弱病，不能管事，儿子又小，他只得出来承值，还识羞怕耻。到后边丈夫死了，要歇店，舍不得这股生意；让人，家中又没甚过活，只得呈头露脸，出来见客。此时已三十模样，有那老成客人，道是寡妇，也避些嫌疑。到那些少年轻薄的，不免把言语勾搭他，做出风月态度晃他。乍听得与乍见时，也有个嗔怪的意思，渐渐习熟，也便科牙撩嘴。人见他活动，一发来引惹他。他是少年情性，水性妇人，如何按捺得定？尝有一赋叙他苦楚：

> 吁嗟伤哉！人皆欢然于聚首，綦我独罹夫睽乖。忆缱绻之伊始，矢胶漆之靡懈。银灯笑吹，罗衣羞解。衬霞颊兮芙蓉双红，染春山兮柳枝初黛。絮语勾郎怜，娇痴得郎爱。醉春风与秋月，何忧肠与愁债。乃竟霜空，折我雁行。悲逝波之难回，搴穗帏而痛伤。空房亦何寂？遗孤对相泣。角枕长兮谁同御，锦衾班而泪痕湿。人与梦而忽来，旋与觉而俱失。眷彼东家邻，荷戟交河滨，一朝罢征戍，杯酒还相亲。再阅绿窗女，良人远服贾，昨得寄来书，相逢在重午。彼有离兮终相契合，我相失兮凭谁重睹？秋风飒飒，流黄影摇。似伊人之去来，竟形影之谁招？朱颜借问为谁红？云散巫山鬓欲松。寥落打窗风雨夜，也应愁听五更钟。

想那寡妇怨花愁月，夜雨黄昏，好难消遣。欲待嫁人，怕人笑话，儿女夫妻，家事好过，怎不守寡？待要守寡，天长地久，怎生熬得？日间思量，不免在灵前诉愁说苦，痛哭一场；夜间思量起，也必竟捣枕捶床，咬牙切齿，番来覆去，叹气流泪。

忽然是他缘凑，有个客人，姓汪名洋，号涵宇，是徽州府歙县人，家事最厚，常经商贵池地方，积年在朱家歇，却不曾与寡妇相见。这翻相见，见他生得济楚可爱，便也动心，特意买了些花粉膝裤等物送他。已在前边客楼上住下，故意嫌人嘈杂，移在厢楼上，与寡妇楼相近，故意在那厢唱些私情的歌曲，希图动他。不料朱寡妇见他是个有钱的，年纪才近三十，也像个风月的，也有他心，眉来眼去，不只一日。一日，寡妇独坐在楼下，锁着自己一双鞋子。那汪涵宇睃见，便一步跨进来，向寡妇肥叫一声道："亲娘，茶便讨碗吃。"那寡妇便笑吟吟道："茶不是这里讨的。"涵宇笑道："正要在宅上讨。"随即躐上前，将鞋子撮了一只，道："是甚段子？"待我拿一块来相送。"寡妇道："前日已收多礼，怎再要朝奉送？"涵宇道："亲娘高情，恨不得把身子都送在这里。"把手指来量一量，道："真三寸三分。"又在手上一攧一攧道："真好。"在手掌上揿。寡妇怕有人来，外观不雅，就擘手来抢。涵宇早已藏入袖中，道："这是你与我的表记，怎又来抢？"把一个朱寡妇又羞又恼。那汪涵宇已自走出去了。走到楼上，把这鞋翻覆看了一会，道："好针线！好样式！"便随口嘲出个《驻云飞》道：

金剪携将，剪出春罗三寸长。艳色将人晃，巧手令人赏。嗏！何日得成双？鸳鸯两两，行雨行云，对浴清波上。沾惹金莲瓣里香。

把这曲轻轻在隔楼唱。那妇人上楼听见，道："嗅死这蛮子。"却也自己睡不成梦。到了五更，正待合眼，只听汪涵宇魇将起来，道："跌坏了，跌坏了！"却是他做梦来调这妇人，被他推了一跌，魇起来。两下真是眠思梦想。

等不得天明，那汪涵宇到段铺内买了一方蜜色彭段，一方白光绢，又是些好绢线，用纸包了。还向宝笼上寻了两粒雪白滚圆、七八厘重的珠子，二粒并包了，藏入袖中，乘人空走入中堂。只见寡妇呆坐在那边，忽见汪涵宇走到面前，吃了一惊。汪涵宇便将段绢拿出来道："昨日所许，今日特来送上。"寡妇故意眼也不看，手也不起，道："这断不敢领，不劳费心。"汪涵宇便戏着脸道："亲娘，这是我特意买来的，亲娘不收，叫我将与何人？将礼送人，殊无恶意。"寡妇道："这段绢决是不收的。只还我昨日鞋子，省拆了对。"汪涵宇道："成对不难，还是不还了。"把段绢丢在妇人身上。妇人此时心火已动，便将来缩在袖中，道："不还我，我着小妹在梁上扒过来偷。"汪涵宇道："承教，承教。"也不管妇人是有心说的，没心说的，他却认定真了。在房中仔细一看，他虽在厢楼上做房，后来又借他一间楼堆货，这楼却与妇人的房同梁合柱三间生。这间在右首，架梁上是空的，可以扒得。

他等不得到晚，潜到这房中。听妇人上了楼，儿子读晚书，妇人做针指。

将及起更，儿子才睡，丫头小妹也睡了。妇人也吹了灯上床，半晌不见动静。他便轻轻的扒到梁上，身子又胖，捱了一会，浑身都是灰尘。正待溜下，却是小妹起来解手，又缩住了。又停半刻，一脚踹在厢上，才转身楼板上，身子重，把楼板振了一振。只听得那儿子在睡中惊醒道："是甚么动?"妇人已心照，道："没甚动，想是猫跳。"汪涵宇只得把身子蹲在黑处，再不敢响。听他儿子似有鼾声，又那两步。约莫到床边，那儿子又醒道："恰似有人走。"妇人道："夜间房中有甚人走?"儿子道："怕是贼。"妇人道："没这等事。"那儿子便叫小妹点灯。汪涵宇听得，轻脚轻手缩回。比及叫得小妹梦中醒起来，拨火点灯，汪涵宇已扒过去了。妇人起来，假意寻照，道："我料屋心里原何有贼，这等着神见鬼。若我也似你这等大惊小怪，可不连邻里也惊动?你寻这贼来!"儿子被骂得不做声，依旧吹灯睡了。妇人又道："安你在身边，插插牵牵，搅人困头。明日你自东边楼上去睡，我着小妹陪你。我独自清净些。"此时汪涵宇在间壁听得，事虽不成，晓得妇人已有心了，只是将到手又被惊散，好生不快活。

捱到天明，甚是闷闷，走出去，想道："这妇人平日好小便宜，今晚须寻甚送他，与他个甜头儿。"去换了一两金子，走到一个银店里去，要打两个钱半重的戒指儿、七钱一枝玉兰头古折簪子。夹了样金，在那厢看打，不料夜间不睡得，打了一个盹。银匠看了，又是异乡人，便弄手脚，空心簪子，足足灌了一钱密陀僧。打完，连回残一称，道："准准的，不缺一厘。"汪涵宇看了簪，甚是欢喜，接过等子来一称，一称多了三厘。汪涵宇便疑心，道："式样不好，另打做荷花头罢。"银匠道："成工不毁，这样极时的!"汪涵宇定要打过："我自召工钱。"匠人道："要打明日来。"汪涵宇怕明日便出门不认货，就在他店中夹做两段，只见密陀僧都散将出来。汪涵宇便豹跳，要送官。匠人道："是熯药。"汪涵宇道："难道熯药装在肚里的?说不理过。"走出两个邻舍来，做好做歹认赔。先扯到酒店吃三钟赔礼，一面设处银子。汪涵宇因没了晚间出手货，闷闷不悦。因等银子久坐，这两个邻舍自家要吃，把他灌上几钟，已是酩酊。

这边朱寡妇绝早起来，另铺了儿子床，小妹铺也移了。到晚，分付儿子就在那边读书，自在房中把床里收拾得洁净，被熏香了，只不听得汪朝奉来，斜坐灯前，心里好不热。须臾起更，喜得儿子、丫鬟睡了，还不见到，只得和衣睡了。直到二更，听得打门，是汪朝奉来。妇人叫小厮阿喜开门，起来摸得门开，撞了他一个"瓶口木香"，吐了满身。闯到床中，也不能上床，倒在地下。

到得四更醒来，却睡在吐的中间，身子动掸不得，满身酒臭难闻，如何好去？那朱寡妇在床上眼也不合，那得人来？牙齿咬得龁龁响。天明小厮说起，那寡妇又恼又笑：恼的是贪杯误事，笑的是没福消受。

那壁汪涵宇懊恼无及，托病酒预先将息，睡了半日。怕醉，酒一滴不吃。晚间换了一身齐整衣裳，袖了一锭十两重白银，正走过堆货楼上，只听得房门乱敲响，却是客伙内寻他往娼家去。只得复回来睡在床上，做梦中惊醒般道："多谢！身子不快，已早睡了。"再三推辞，只不开门，那人去了。折身起来再到隔楼，轻轻扒将过去，悄悄摸到床前。妇人只做睡着，直待汪涵宇已脱了衣服，钻入被来，轻轻道："甚人？好大胆！"汪涵宇也不回答，一把搂住。正是：

蛱蝶穿花，鸳鸯浴水。轻勾玉臂，软温温暖映心脾；缓接朱唇，清郁郁香流肺腑。一个重开肉食店，狼攀主顾，肯令轻回？一个乍入锦香丛，得占高枝，自然恣采。旧滋味今朝再接，一如久旱甘霖；新相思一笔都勾，好似干柴烈火。只是可惜贪却片时云雨意，坏教数载竹松心。

两个还怕儿子知觉，不敢畅意，到天明，仍旧扒了过去。

似此夜去明来，三月有余，朱寡妇得他衣饰，也不下百两。到临去时，也百般留恋，洒泪而别，约去三四个月便来。谁知汪涵宇回去，不堤浑家去收拾他行囊，见了这只女鞋，道他在外嫖，将来砍得粉碎，大闹几场，不许出门。朱寡妇守了半年。自古道："宁可没了有，不可有了没。"吃了这野食，破了这羞脸，便也忍耐不住，又寻了几个短主顾，邻舍已自知觉。

那唐学究不知，把个女儿送入这龌龊人家。进门怜他没娘的女儿，也着实爱惜他，管他衣食，打扮一枝花一般。外边都道："朱寡妇有接脚的了。"那唐贵梅性格温柔，举止端雅，百说百随，极其孝顺，朱寡妇怎不喜他？后边也见寡妇有些脚蹋手歪，只做不晓，只做不见。寡妇情知理亏，又来收罗他，使不言语，并不把粗重用使他。屋后有一块空地，有一株古梅，并各色花，任他在里浇植闲玩。到了十六岁，两下都已长成，此时唐学究已殁，自接了几个亲眷，与他合卺，真好一对少年夫妻！

绿鬓妖娆女，朱颜俊逸郎。
池开双菡萏，波泛两鸳鸯。

两个做亲之后，绸缪恩爱，所不必言。

只是两三年前，朱寡妇因儿子碍眼，打发他在书馆中歇宿，家中事多不知。到如今因做亲在家，又值寡妇见儿子、媳妇做亲闹热，心里也热，时时做出妖娆态度，与客人磕牙撩嘴，甚是不堪。又道自己读书人家，母亲出头露面做歇家，也不雅。一日对母亲道："我想我亏母亲支撑，家事已饶裕了。但做这客店，服事也甚辛苦，不若歇了，叫阿喜开了别样店，省得母亲劳碌。"寡妇听了，拂然道："你这饶裕是那里来的？常言道：捕生不如捕熟。怎舍着这生意另寻？想是媳妇怕辛苦，立这主意。"那儿子只说声"不关事"，就歇了。自此，寡妇便与贵梅做尽对头，厨灶上偏要贵梅去支撑，自坐在中堂与客人攀话，偏讨茶、讨水，要贵梅送来，见有人躲避，便行叱骂。

一日恰好在堂前，汪涵宇因歇了几年，托人经营，帐目不清，只得要来结帐，又值他孺人死了，没人阻拦，又到贵池。寡妇见了，满面堆下笑来。正在攀谈，贵梅拿茶出来与婆婆，见有人，便待缩脚。寡妇道："这是汪朝奉，便见何妨？做甚腔！"那汪涵宇抬头一看，这妇人呵：

> 眉弯新月，鬓绾新云。樱桃口半粒丹砂，瓠犀齿一行贝玉。铢衣怯重，停停一枝妖艳醉春风；桃靥笑开，盈盈两点秋波澄夜月。正是：当垆来卓女，解佩有湘灵。

那汪涵宇便起来，一个深揖，头上直相到脚下。一双脚又小又直，比朱寡妇先时又好些。虽与寡妇对答，也没甚心想，仍旧把行李发在旧房，两个仍行旧法。

不期这日儿子也回来，夜间听得母亲房中似有人行动，仔细听去，又似絮絮说话，甚是疑惑。次早问小厮："昨日又到甚人？"道："是徽州汪朝奉。"问："在那厢下？"道："在厢楼上。"朱颜只做望他，竟上楼。已早饭时候，还睡了才起。就在楼上叙了些寒温，吃了杯茶。一眼睃去，他堆行李的楼，与母亲房止隔一板。就下了楼，又到自己楼上看，右首架梁上半边灰尘有寸许厚，半边似揩净的一般，一发是了。因说风沙大，要把楼上做顶格，母亲拗他不住。他把自己楼上与母亲楼上，上边都幔了天花板，梁上下空处都把板镶住。把那母亲焦得没好气处，只来寻贵梅出气。贵梅并不对丈夫说，丈夫恼时，道："母子天性之恩，若彰扬，也伤你的体面。"

但是客伙中见汪涵宇当日久占，也有原与朱寡妇好的，有没相干的，前日妒他，如今笑他，故意在朱颜面前点缀，又在外面播扬。朱颜他自负读书装好汉的，如何当得？又加读书辛苦，害成气怯，睡在楼上，听得母亲在下面与客人说笑，好生不忿。那寡妇见儿子走不起，便放心叫汪涵宇挖开板过来。病人没睡头，偏听得清，一气一个死，道：“罢，罢！我便生在世间也无颜！”看看恹恹待尽。贵梅衣不解带，这等服事，日逐虽有药饵，却不道气真药假。到将死先一日，叫贵梅道：“我病凉不能起。当初指望读书显祖荣妻，如今料不能了。只是你虽本分端重，在这里却没好样、没好事做出来，又无所出，与其日后出乖露丑，不若待我死后，竟自出身。”又叹口气道：“我在日尚不能管你们，死后还管得来？只是要为我争气，勉守三年。”言罢，泪如雨下。贵梅也垂泪道：“官人，你自宽心将息，还有好日。脱或不好，我断不作失节妇人。”朱颜道：“只怕说便容易。”正说，母亲过来。朱颜道：“母亲，孩儿多分不济，是母亲生，为母亲死。只是孩儿死后，后嗣无人，母亲挣他做甚么？可把店关了，清闲度日。贵梅并无儿女，我死听他改嫁。”又对贵梅道：“我死，母亲无人侍奉，你若念我恩情。出嫁去还作母子往来，不时看顾，便我九泉瞑目。”那寡妇听了，也滴了几点眼泪，道：“还不妨，你好将息。”到夜，又猛听得母亲房中笑了一声，便恨了几恨，一口痰塞，登时身死。可怜：

夜窗羞诵《凯风》篇，病结膏肓叹不痊。

梦断青云迷去路，空余红袖泣旻天。

此时几哭死了一个贵梅。那寡妇一边哭，一边去问汪涵宇借银子，买办衣衾棺椁，希图绊住汪涵宇。

那汪涵宇得陇望蜀，慨然借出三十两与他使用，又时时用钱赏赐小厮阿喜、丫头小妹，又叫寡妇借丧事名色，把这些客人茶不成茶，饭不成饭，客人都到别店去了，他竟做了乔家主，公然与朱寡妇同坐吃酒。贵梅自守着孝堂，哭哭啼啼，那里来管他？只是汪涵宇常在孝堂边，张得贵梅满身缟素，越觉好看，好不垂涎。一日乘着醉，对寡妇说：“我有一事求着你，你不要发恼。我家中已没了娘子，你如今媳妇也没了丈夫，若肯作成我，与我填房，我便顶作你儿子，养你的老，何如？”寡妇道：“他须还有亲戚，我怎好嫁他到异乡？”汪涵宇道：“我便做个两头大，娶在这边。”只见寡妇笑道：“若是这等，有了他，须不要我。”汪涵宇道：“怎敢忘旧！”寡妇道：“这等，先要起媒。”两个便滚到一处云雨，不题。

次日，果然对贵梅道：“媳妇，我想儿子死了，家下无人支撑，你又青年，不可辜负你。如今汪朝奉家中没了娘子，肯入赘在这里，倒也是桩美事。”贵梅听了，不觉垂泪道："媳妇曾对你孩儿说誓死不嫁，怎题起这话？"寡妇道："我儿，我是过来人，节是极难守的，还依我好。他有钱似我万倍。"贵梅道："任他有钱，孩儿只是不嫁。"寡妇道："你夜间自去想，再计议。"到晚汪涵宇过来，道："媒人，姻事何如？"寡妇道："做腔哩！"汪涵宇道："莫管他做腔不做腔，你只不吃醋，听我括上罢。"寡妇道："这等先兑财礼一百两与我，听你们暗里结亲。不要不老到，出了丧讨材钱。"汪涵宇道："六十两罢。"寡妇不肯，逼了他八十两银子，放他一路。只是贵梅见了汪涵宇便躲开去，那里得交一言？无极奈何，又求朱寡妇。寡妇道："待我骗他。"又对贵梅道："媳妇，前日说的，想得何如？"贵梅道："这也不必想，是决不可的。"寡妇道："媳妇不必过执，我想这汪蛮是个爱色不爱钱的，不嫁他，便与他暂时相处，得他些财物可以度日。"贵梅道："私通苟合，非人所为。"寡妇听了，便恼道："怎就不是人所为？小小年纪，这样无状！"便赶去要打，得小妹劝了方住。贵梅自去房中哭泣，不题。

过了两日，寡妇为这八十两银子，只得又与他说："我不是定要你从他，只是前日为儿子死，借他银子三十两，遭他逼迫。你若与他好了，他便题不起，还有赍助。若不，将甚还他？"贵梅道："他若相逼，幸有住房可以典卖偿他。若说私通，断然不可。"寡妇听了，平跳起来，将贵梅一掌，道："放屁！典了房子，教我何处安身？你身子值钱，我该狼藉的么？"贵梅掩着脸，正待灵前去哭，又被一把头发挦去，道："你敢数落我么？"贵梅连声道"不"，又已打了几下。走得进房，小妹来看，道："亲娘如今已在浑水里，那个信你清白？不若且依了婆婆，省些磨折，享些快乐。"贵梅道："这做不得。"一连几日没个肯意，汪涵宇催寡妇作主。寡妇道："家中都是凭你的，你撞着只管蛮做，我来冲破，便可作久长之计。"

果然汪涵宇听了，一日乘他在后园洗马桶，他闯进去，强去抱他，被他将刷帚泼了一身秽污去了。一日预先从寡妇房中过去，躲在他床下，夜间正演出来，被他喊叫"有贼"，涵宇欺他孤身，还来抱他，被他抓得满脸是血。底下小厮又赶起来要上楼，寡妇连忙开了自己房，等他溜走。外边邻舍渐渐已晓得朱寡妇有落水拖人的意思。一个汪涵宇弄得伤了脸，半月不得出门，也待罢了。倒是寡妇为银子分上，定要将这媳妇道他不孝，将来打骂。汪涵宇乘机来做好相劝，捏他一把。贵梅想起是为他姑媳参商，便一掌打去，他一闪，到把寡妇脸上指尖伤了两条。汪涵宇便道："你这妇人，怎么打婆婆？这是我亲眼见的。若告到官，你也吃不起。"寡妇得了这声，便道："恶奴！你这番依我不依我？若不依我，告到官去，打你个死！"贵梅便跪下道："贵梅失误得罪，但凭打骂。若要与这光棍私通，便死不从！"寡妇道："有这样强的！"便向门前喊叫道："四邻八舍，唐贵梅打婆婆，列位救命。"便往县前走。汪涵宇对贵梅道："从了我，我与你劝来。"贵梅道："光棍，你搅乱我家里，恨不得咬你的肉！我肯从你？"汪涵宇做劝的名色，也到县前来。这些邻舍打团团道："一定婆媳争风厮闹了。"有的道："想是看得阿婆动火闹嫁。"恰好小妹走到门前来，好事的便一把扯住，道："贵梅为甚打婆婆？"小妹把头摇一摇。这人道："想是闹嫁？"小妹道："肯要嫁倒不闹了。"这人道："是甚人来说亲？"小妹道："汪朝奉。"这些人便道："古怪！这蛮子，你在他家，与老寡妇走动罢了，怎又看想小寡妇，主唆婆婆逼他？我们要动公举了。"

谁料那边婆子已在县前叫屈，县里已出了差人来拿。只是汪涵宇到心焦，起前拨置，只说妇人怕事，惊他来从。如今当了真，若贵梅说出真情，如何是好？打听得县官是个掌印通判，姓毛，极是糊涂，又且手长。寻了他一个过龙书手陈爱泉，是一名水手，说道："此妇泼悍，要求重处。"拿进去，只见这通判倒也明白，道："告忤逆，怎么拿银子来？一定有前亲晚后偏护情弊，我还要公审。"不收。汪涵宇极了，又添一名，又与书手三两，道："没甚情弊，只是妇人泼悍，婆婆本分，不曾见官，怕一时答应不来，宽了他，他日后一发难制，故此送来，要老爷与他做主。"毛通判道："这等落得收的，晓得了。"

须臾贵梅到，正是晚堂。一坐堂，带过去，先叫朱寡妇，寡妇道："妇人守寡二十年了，有个儿子，两月前已死，遗下这媳妇唐贵梅，不肯守制，日逐与妇人厮闹，昨日竟把妇人殴打，现在伤痕可证。"毛通判听了，便叫唐贵梅，不由他开口，道："你这泼妇，怎夫死两月便要嫁，又打婆婆？拶起来！"贵梅道："妇人原不愿嫁。"毛通判也不来听，把贵梅拶上一拶，拶了又敲，敲了又打二十，道："你这样泼妇，还叫你坐一坐，耐耐性。"发了女监。其时邻舍来看的，都为他称屈。朱寡妇且是得志，一到家中，与汪涵宇没些忌惮，两个吃酒说笑，道："好官！替我下老实处这一番，这时候不知在监里仔么样苦哩！"汪涵宇道："生铁下炉也软，这番一定依你了。消停一日，保他出来。"两个公然携灯上楼睡了。

只可怜贵梅当日下了女监，一般也有座头，汪涵宇又用了钱，叫众人挫折他。将来拴在柱上，并无椅桌倚靠，那有铺盖歇宿？立时禁不得两腿疼痛，要地下坐时，又秽污杀人，只是两泪交流，一疼欲死。听那狱里一更更这等捱将来，筛锣、摇铃、敲梆，好不恓惶。贵梅自想："当日丈夫叫我与他争气，莫要出乖露丑，谁知只为守节，反到吃打、吃拶、吃监！早知如此，丈夫死时，自缢与他同死，岂不决烈！"千思万想。到得天明，禁子又来索钱，道："你这妇人，只好在家中狠，打公骂婆，这里狠不出的，有钱可将出来。座头，可将我们旧例与他说。"座头来对贵梅说，贵梅道："我身边实是无钱。"座头道："身边晓得你无钱，但你平日趱下私房藏在那边？或有亲眷可以那借，说来等禁子哥与你唤来。"贵梅道："苦我父母早亡，又无兄弟亲戚，在家帮家做活，那有私房？"禁子听了，叫道："看这样泼妇，平日料应亲邻闹断，身边有钱，料也背阿婆卖吃，没有是真，只叫他吃些苦罢！"炒一阵去了。去得，又一阵，故意来轻薄，捏脚捏手，逼得贵梅跌天撞地，痛哭号啕。这干又道："不承抬举！"大骂而去。水米不打牙一日。忽见一个禁子拿了两碗饭、两样菜来，道："是你姓汪的亲眷送来的，可就叫他来替你了落我们。"贵梅知是汪涵宇，道："我没这亲眷。"竟不来吃。等了一会，禁子自拿去了。又捱一日，只见外边有票取犯妇唐氏，离了监门。却是汪涵宇必竟要他，故意用钱叫禁子凌辱他，后来送饭，以恩结他。又叫老寡妇去递呈子，道："老年无人奉养，唐氏已经责罚知改，恳乞释放养老。"通判道："告也是你，要饶也是你，官是你做么？"还要拘亲邻，取他改过结状释放。汪涵宇恐怕拘亲邻惹出事来，又送了一名水手，方得取放回来。

只见这些邻居见他拶打狼狈，也都动怜，道："你小年纪，平日听得你极本分孝顺，怎么打婆婆？"贵梅道："贵梅也知事体，怎敢打婆婆？"只见一个旺尖嘴，是左邻吴旺，道："昨日他家说来，是要他嫁汪蛮，不肯告的。"又一个老邻舍张尚义道："这等，你死也挣两句，说个明白，怎受这苦？"贵梅道："这是我命运，说他怎么。"一个对门的李直又道："他不仁，你不义。这样老淫妇，自己养汉，又要圈局媳妇，谎告。汪蛮谋占人家妇女，教唆词讼。我们明日到道爷处替他伸冤。"贵梅道："我如今已得放，罢了，不敢劳列位费心。"一步步挪到家中。

朱寡妇正在那边与汪涵宇讲话，见了道："恶奴！若不是汪朝奉劝，监死你！不是他送饭，饿死你！”汪涵宇道：“罢，罢！将就些。”贵梅不敢做声，两泪汪汪，到了房里。小妹进来见了，道：“爷呀！怎掺做这样肿的？想是打坏了！你从不曾吃这苦，蚤知这样，便依了他们罢。”贵梅道：“丈夫临终，我应承守他，断不失节，怎怕今日苦楚忘了？只是街坊上邻舍为我要攻击婆婆，是为我洗得个不孝的名，却添婆婆一个失节的名，怎好？我不能如丈夫分付奉养他，怎又污蔑他？”说了一番，夜间穿了几件缟素衣服，写四句在衣带上，道：

亲名不可污，吾身不容浼。

含笑向九泉，身名两无愧。

趁家人睡，自缢在园中古梅树下。正是：

节劲偏宜雪，心坚不异冰。

香魂梅树下，千古仰遗馨。

次早，老寡妇正又来骂他、逼他，只见房中悄然，道：“这恶奴，想逃走了？”忙走下楼看时，前门尚闭，后门半开，寻去，贵梅已气绝在梅树下了，惊得魂不附体。来见汪涵宇，涵宇道：“有事在官，只是惧罪自尽，不妨。”拿出五七两银子来，与寡妇买材。哄得出门，他自忙到婆子房内，把平日送他的席卷而去。婆子回来寻汪涵宇时，已是去了。又看自己楼上，箱笼又空，真是人财两失，放声大哭。邻舍们见汪涵宇去得慌忙，婆子又哭，想是贵梅掺打坏死了。那吴旺与李直悄地赶到水口，拿住汪涵宇，道：“蛮子，你因奸致死人命，待走到那里去？”汪涵宇极了，买求，被二个身边挤了一空。婆子又吃地方飞申，亏毛通判回护自己，竟着收葬，也费了几两银子，房子也典与人。似此耽延，贵梅三日方敛，颜色如生，见者无不叹息称羡。

后来毛通判为贪罢职。贵梅冤抑不伸，凄风淡月时节，常现形在古梅树下。四川喻士积有诗吊之，杨升庵太史为他作传。

第七回 胡总制巧用华棣卿 王翠翘死报徐明山

鹿台黯黯烟初灭，又见骊山血。馆娃歌舞更何如？唯有旧时明月、满平芜。　笑是金莲消国步，玉树迷烟雾。潼关烽火彻甘泉，由来倾国遗恨、在婵娟。

右《虞美人》

这词单道女人遗祸。但有一班，是无意害人国家的，君王自惑他颜色，荒弃政事，致丧国家，如夏桀的妹喜，商纣的妲己，周幽王褒姒，齐东昏侯潘玉儿，陈后主张丽华，唐明皇杨玉环。有有意害人国家，似当日的西施。但昔贤又有诗道：

谋臣自古系安危，贱妾何能作祸基？
但愿君臣诛宰嚭，不愁宫里有西施。

却终是怨君王不是。我试论之：古人又有诗道昭君：

汉恩自浅胡自深，人生乐在相知心。

当日锦帆遨游，蹀廊闲步，采香幽径，斗鸡山坡，清歌妙舞馆娃宫中，醉月吟风姑苏台畔，不可说恩不深，不可说不知心。怎衽席吴宫，肝胆越国，复随范蠡遨游五湖？回首故园麋鹿，想念向日欢娱，能不愧心？世又说范蠡沉他在五湖，沉他极是，是为越去这祸种，为吴杀这薄情妇人，不是女中奇侠。

独有我朝王翠翘，他便是个义侠女子。这翠翘是山东临淄县人，父亲叫做王邦兴，母亲邢氏。他父亲是个吏员，三考满听选，是杂职行头，除授了个浙江宁波府象山县广积仓大使。此时叫名翘儿，已十五岁了：

眉欺新月鬓欺云，一段娇痴自轶群。
柳絮填词疑谢女，云和斜抱压湘君。

随父到任不及一年，不料仓中失火，延烧了仓粮，上司坐仓官吏员斗级赔偿。

可怜王邦兴尽任上所得，赔偿不来，日久不完，上司批行监比。此时身边并无财物，夫妻两个慌做一团。倒是翘儿道：“看这光景，监追不出，父亲必竟死在狱中。父亲死，必竟连累妻女，是死则三个死。如今除告减之外，所少不及百担，不若将奴卖与人家，一来得完钱粮，免父亲监比；二来若有多余，父亲母亲还可将来盘缠回乡，使女儿死在此处，也得瞑目。”两老口也还不肯。延捱几日，果然县中要将王邦兴监比，再三哀求得放，便央一个惯做媒的徐妈妈来寻亲。只见这妈妈道：“王老爹，不是我冲突你说，如今老爹要将小姐与人，但是近来人用了三五十两娶个亲，便思量赔嫁。如今赔是不望的，还怕老爹仓中首尾不清，日后贻累，那个肯来？只除老爹肯与人做小，这便不消赔嫁，还可多得几两银子。”王邦兴道：“我为钱粮，将他丢在异乡，已是不忍的。若说作小，女人有几人不妒忌的，若使拈酸吃醋，甚至争闹打骂，叫他四顾无亲，这苦怎了？”不肯应声，媒婆自去了。

那诓捱了两限不完，县中竟将王邦兴监下。这番只得又寻这媒婆，道情愿做小。那妈妈便为他寻出一个人来，这人姓张名大德，号望桥。祖父原是个土财主，在乡村广放私债，每年冬底春初将米借人，糙米一石，蚕罢还熟米一石。四月放蚕帐，熟米一石，冬天还银一两，还要五分钱起利。借银九折五分钱，来借的写他田地房产，到田地房产盘完了，又写他本身。每年纳帮银，不还便锁在家中吊打，打死了，原写本身，只作义男，不偿命。但虽是大户，还怕徭役，生下张大德到十五六岁，便与纳了个吏。在象山，又谋管了库。他为人最啬吝，假好风月，极是惧内。讨下一个本县舟山钱仰峰女儿，生得：

面皮靛样，抹上粉犹是乌青；嘴唇铁般，涂尽脂还同深紫。稀稀疏疏，两边蝉翼鬓，半黑半黄；歪歪踹踹，双只牵蒲脚，不男不女。圆睁星眼，扫帚星天半高悬；倒竖柳眉，水杨柳堤边斜挂。更有一腔如斗胆，再饶一片破锣声。人人尽道鸠盘茶，个个皆称鬼子母。

他在家里，把这丈夫轻则抓挦嚷骂，重便踢打拳槌。在房中服侍的，便丑是他十分，还说与丈夫偷情，防闲打闹；在家里走动，便大似他十岁，还说是丈夫勾搭，絮聒动喃。弄得个丈夫在家安身不得，只得借在县服役，躲离了他。有个不怕事库书赵仰楼道：“张老官，似你这等青年，怎挨这寂寞？何不去小娘家一走？”张望桥道：“小娘儿须比不得浑家，没情。”赵书手道：“似你这独坐，没人服事相陪，不若讨了个两头大罢。”张望桥只是摇头，后边想起浑家又丑又恶，难以近身，这边娶妾，家中未便得知，就也起了一个娶小的心。

却好凑着，起初只要十来两省事些的，后来相见了王翘儿，是个十分绝色，便肯多出些。又为徐婆撮合，赵书手撺哄，道他不过要完仓粮，为他出个浮收，再找几两银子与他盘缠，极是相应。张望桥便也慨然。王邦兴还有未完谷八十石，作财礼钱三十二两，又将库内银那出八两找他，便择日来娶。翘儿临别时，母子痛哭。翘儿嘱咐，叫他早早还乡，不要流落别所，不要以他为念。王邦兴已自去了。这边翘儿过门，喜是做人温顺勤俭，与张望桥极其和睦，内外支持，无个不喜。故此家中人不时往来，一则怕大娘子生性惫赖，恐惹口面，不敢去说；二则因他待人有恩，越发不肯说，且是安逸。

争奈张望桥是个乡下小官，不大晓世务。当日接管，被上首哄弄，把些借与人的作帐，还有不足，众人招起，要他出结。后边县官又有那应，因坏官去，不曾抵还。其余衙门工食，九当十预先支去，虽有领状，县官未曾札放。铺户料价，八当十预先领去，也有领状，没有札库。还有两廊吏书那借，差人承追纸价未完，恐怕追比，倩出虚收。况且管库时是个好缺，与人争夺，官已贴肉摁，还要外边讨个分上，遮饰耳目。兼之两边家伙，一旦接管官来逐封兑过，缺了一千八百余两，说他监守自盗，将打来了三十板。再三诉出许多情由，那官道："这也是作弊侵刻，我不管你。"将来监下。重复央分上，准他一月完赃，免申上司。可怜张望桥不曾吃苦惯的，这一番监并，竟死在监内。又提妻子到县，那钱氏是个泼妇，一到县中，得知娶王翘儿一节，先来打闹一场，将衣饰尽行抢去。到官道："原是丈夫将来娶妾，并那借与人，不关妇人事。"将些怕事来还银的，却抹下，银子鳖在腰边。把些不肯还银，冷租帐借欠开出，又开王翘儿身价一百两。县官怜他妇人，又要完局，为他追比。王翘儿官卖，竟落了娼家。正是：

红颜命薄如鹈翼，一任东风上下飘。

可怜翘儿一到门户人家，就逼他见客。起初羞得不奈烦，渐渐也闪了脸，陪茶陪酒。终是初出行货，不会捉客，又有癖性，见些文人，他也还与他说些趣话，相得时也做首诗儿。若是那些蠢东西，止会得酣酒行房，舍了这三五钱银子，吃酒时搂抱，要歌要唱，摸手摸脚。夜间颠倒腾那，不得安息，不免撒些娇痴，倚懒撒懒待他。那在行的不耶厌，耶厌的不在行，便使性，或出些言语，另到别家撒漫。那鸨儿见了，好不将他难为，不时打骂。似这样年余，恰一个姓华名萼字棣卿，是象山一个财主，为人仗义疏财，乡里都推尊他。虽人在中年，却也耽些风月。偶然来嫖他，说起，怜他是好人家儿女，便应承借他一百两赎身。因鸨儿不肯，又为他做了个百两会，加了鸨儿八十两，才得放手。为他寻了一所僻静房儿，置办家伙。这次翘儿方得自做主张，改号翠翘，除华棣卿是他恩人，其余客商俗子，尽皆谢绝。但只与些文墨之士联诗社，弹棋鼓琴，放浪山水，或时与些风流子弟清歌短唱，吹箫拍板，嘲弄风月。积年余，他虽不起钱，人自肯厚赠他。先倍还了人上会银，次华棣卿银，日用存留。见文人苦寒、豪俊落魄的，就周给他。此时浙东地方，那一个不晓得王翠翘?

到了嘉靖三十三年，海贼作乱，王五峰这起寇掠宁绍地方：

楼船十万海西头，剑戟横空雪浪浮。
一夜烽生庐舍尽，几番战血士民愁。
横戈浪奏平夷曲，借着谁舒灭敌筹?
满眼凄其数行泪，一时寄向越江流。

一路来官吏婴城固守，百姓望风奔逃，抛家弃业，挈女抱儿。若一遇着，男妇老弱的都杀了，男子强壮的着他引路，女妇年少的将来奸宿，不从的也便将来砍杀。也不知污了多少名门妇女，也不知害了多少贞节妇女。此时真是各不相顾之时，翠翘想起："我在此风尘，实非了局。如今幸得无人拘管，身边颇有资蓄，不若收拾走回山东，寻觅父母，就在那边适一个人，也是结果。"便雇了一个人，备下行李，前往山东。沿途闻得浙西、南直都有倭寇，逡巡进发，离了省城。叫舡将到崇德，不期海贼陈东、徐海又率领倭子，杀到嘉湖地面，城中恐有奸细，不肯收留逃难百姓。北兵参将宗礼领兵杀贼，前三次俱大胜，后边被他伏兵桥下突出杀了，倭势愈大。翠翘只得随逃难百姓再走邻县。路上风声鹤唳，才到东，又道东边倭子来了，急奔到西方。到西，又道倭子在这厢杀人，又奔到东，惊得走头没路。行路强壮的凌虐老弱，男子欺弄妇人，恐吓抢夺，无所不至。及到撞了倭子，一个个走动不得，要杀要缚，只得凭他。翠翘已是失了挑行李的人，没及奈何，且随人奔到桐乡。不期徐海正围阮副使在桐乡，一彪兵撞出，早已把王翠翘拿了。

梦中故国三千里，目下风波顷刻时。
一入雕笼难自脱，两行清泪落如丝。

此时翠翘年方才二十岁，虽是布服乱头，却也不减妖艳，解在徐海面前时，又夹着几个村姑，越显得他好了。这徐海号明山，插号徐和尚，他在人丛中见了翠翘，道：“我营中也有十余个子女，不似这女子标致。”便留入营中。先前在身边得宠的妇女，都叫来叩头。问他，知他是王翠翘，分付都称叫他做“王夫人”。

已将飘泊似虚舟，谁料相逢意气投。

虎豹寨中鸳凤侣，阿奴老亦解风流。

初时翠翘尚在疑惧之际，到后来见徐和尚输情输意，便也用心笼络他。今日显出一件手段来，明日显出一件手段来，吹箫唱曲，吟诗鼓琴，把个徐和尚弄得又敬又爱，魂不着体。凡掳得珍奇服玩，俱拣上等的与王夫人，凡是王夫人开口，没有不依的。不惟女侍们尊重了王夫人，连这干头目们，那个不晓得王夫人！他又在军中劝他少行杀戮，凡是被掳掠的，多得释放。又日把歌酒欢乐他，使他把军事懈怠。故此虽围了阮副使，也不十分急攻。只是他与陈东两相掎角，声势极大。

总制胡梅林要发兵来救，此时王五峰又在海上，参将俞大猷等兵又不能轻移；若不救，恐失了桐乡，或坏了院副使，朝廷罪责。只得差人招抚，缓他攻击，便差下一个旗牌，这旗牌便是华萼。他因倭子到象山时，纠合乡兵，驱逐得去，县间申他的功次，取在督府听用，做了食粮旗牌。领了这差，甚是不喜，但总制军令，只得带了两三个军伴，来见陈东、徐海。一路来好凄凉光景也：

村村断火，户户无人。颓垣败壁，经几多瓦砾之场；委骨横尸，何处是桑麻之地？凄凄切切，时听怪禽声；寂寂寥寥，那存鸡犬影？

正打着马儿慢慢走，忽然破屋中突出一队倭兵，华旗牌忙叫：“我是总制爷差来见你大王的。”早已揪翻马下。有一个道：“依也其奴瞎咀郎。”华言“不要杀”。各倭便将华旗牌与军伴一齐捆了，解到中军来，却是徐明山部下巡哨倭兵。过了几个营盘，是个大营，只见密密匝匝的排上数万髡头跣足倭兵，纷纷纭纭的列了许多器械。头目先行禀报道：“拿得一个南朝差官。”此时徐明山正与王翠翘在帐中弹着琵琶吃酒，已自半酣了，瞪着眼道：“拿去砍了！”翠翘道：“既是官，不可轻易坏他。”明山道：“抓进来。”外边应了一声，却有带刀的倭奴约五七十个，押着华旗牌到帐前跪下。

那旗牌偷眼一看，但见：

左首坐着个雄纠纠倭将，绣甲锦袍多猛勇；右首坐着个娇倩美女，翠翘金凤绝妖娆。左首的怒生铁面，一似虎豹离山；右首的酒映红腮，一似芙蕖出水。左首的腰横秋水，常怀一片杀人心；右首的斜拥银筝，每带几分倾国态。蒹葭玉树，穹庐中老上醉明妃；丹凤乌鸦，锦帐内虞姬陪项羽。那左首的雷也似问一声道："你甚么官？敢到俺军前缉听！"华旗牌听了，准准挣了半日，出得一声道："旗牌是总制胡爷差来招大王的。"那左首的笑了笑道："我徐明山不属大明，不属日本，是个海外天子，生杀自由。我来就招，受你这干鸟官气么？"旗牌道："胡爷钧语，道两边兵争，不免杀戮无辜。不若归降，胡爷保奏与大王一个大官。"左边的又笑道："我想那严嵩弄权，只论钱财，管甚功罪？连你那胡总制还保不得自己，怎保得我？可叫他快快退去，让我浙江。如若迟延，先打破桐乡，杀了阮鹗，随即踏平杭州，活拿胡宗宪。"旗牌道："启大王：胜负难料，还是归降。"只见左边道："哇！怎见胜负难料？先砍这厮！"众倭兵忙将华旗牌簇下。喜得右首坐的道："且莫砍。"众倭便停了手。他便对左首的道："降不降自在你，何必杀他来使，以激恼他？"左首的听了道："且饶这厮。"华旗牌得了命，就细看那救他的人，不惟声音厮熟，却也面貌甚善。那右边的又道："与他酒饭压惊。"华旗牌出得帐，便悄悄问饶他这人，通事道："这是王夫人，是你那边名妓。"华旗牌才悟是王翠翘："我当日赎他身子，他今日救我性命。"

这夜，王夫人乘徐明山酒醒，对他说："我想你如今深入重地，后援已绝，若一蹉跌，便欲归无路。自古没有个做贼得了的，他来招你，也是一个机括。他款你，你也款他，使他不防备你，便可趁势入海，得以自由。不然桐乡既攻打不下，各处兵马又来，四面合围，真是胜负难料。"明山道："夫人言之有理。但我杀戮官民，屠掠城池，罪恶极重。纵使投降中国，恐不容我，且再计议。"次早王夫人撺掇，赏他二十两银子，还他鞍马军伴，道："拜上胡爷，这事情重大，待我与陈大王计议。"

华旗牌得了命，星夜来见胡总制，备说前事。胡总制因想徐海既听王夫人言语，不杀华萼，是在军中做得主的了，不若贿他做了内应，或者也得力。又差华旗牌赍了手书礼物，又取绝大珍珠、赤金首饰、彩妆酒线衣服，兼送王夫人。

此时徐明山因王夫人朝夕劝谕，已有归降之意。这番得胡总制书，便与王翠翘开读道：

君雄才伟略，当取侯封如寄。奈何拥众异域，使人名之曰贼乎？良可痛也！倘能自拔来归，必有重委。皦日在上，断无负心。君其裁之！

两人看罢，明山遂对王夫人道："我日前资给，全靠掳掠，如今一归降，便不得如此，把甚养活？又或者与我一官，把我调远，离了部曲，就便为他所制了。"王夫人道："这何难？我们问他讨了舟山屯扎，部下已自不离。又要他开互市，将日本货物与南人交易，也可获利。况在海中，进退终自由我。"明山道："这等夫人便作一书答他。"翠翘便援笔写：

海以华人，乃为倭用，屡逆颜行，死罪死罪！倘恩台曲赐湔除，许以洗涤，假以空御，屯牧舟山，便当率其部伍，藩辅东海，永为不侵不畔之臣，以伸衔环吐珠之报。

又细对华旗牌说了，叫他来回报，方才投降。

这边正如此往来，那厢陈东便也心疑，怕他与南人合图谋害，也着人来请降。胡总制都应了，自轻骑到桐乡受降，约定了日期。只见陈东过营来见徐明山，计议道："若进城投降，恐有不测。莫若在城下一见，且先期去，出他不意。"计议已定。王翠翘对徐明山道："督府方以诚招来，断不杀害。况闻他又着人招抚王五峰，若杀了降人，是阻绝五峰来路了。正当轻裘缓带，以示不疑。"至日，陈东来约，同到桐乡城，俱着介胄，明山也便依他。在于城下，报至城中。胡总制便与阮副使并一班文武，坐在城楼上。徐海、陈东都在城下叩头。胡总制道："既归降，当贷汝死。还与汝一官，率部曲在海上，为国家戮力，勿有二心。"两个又叩了头，带领部曲各归寨中。

胡总制与各官道："看这二酋桀骜，部下尚多，若不提备他，他或有异志，反为腹心之患。若提备他，不惟兵力不足，反又起他衅端。弃小信成大功，势须剪除方可。"回至公署，定下一策，诈做陈东一封降书，说："前日不解甲、不入城、不从日期，都是徐海主意。如今他虽降，犹怀反侧。乞发兵攻之，我为内应。"叫华旗牌拿这封书与明山看，道："督府不肯信他谗言，只是各官动疑，可速辨明。且严为防御，恐他袭你。"明山见了大骂道："这事都是你主张，缘何要卖我立功？"便要提兵与他厮杀。王翠翘道："且莫轻举。俗言先下手为强，如今可说胡爷有人在营，请他议事，因而拿下。不惟免祸，还是大功。"明山听了，便着人去请陈东，预先埋伏人等他。果是陈东不知就里，带了麻叶等一百多人来。进得营，明山一个暗号，尽皆拿下，解入城中。陈东部下比及得知来救，已不及了。从此日来报仇厮杀，互有胜负。王翠翘道：“君屠毒中国，罪恶极多，但今日归降，又为国擒了陈东，功罪可以相准。不若再恳督府，离此去数十里有沈家庄，四围俱是水港，可以自守，乞移兵此处。仍再与督府合兵，尽杀陈东余党。如此则功愈高，尽可自赎。然后并散部曲，与你为临淄一布衣，何苦拥兵日受惊恐？”去求督府，慨然应允。移往沈家庄，又约日共击陈东余党，也杀个几尽。

只是督府恐明山不死，祸终不息，先差人赍酒米犒赏他部下，内中暗置慢药。又赏他许多布帛饮食，道陈东余党尚有，叫他用心防守。这边暗传令箭，乘他疏虞，竟差兵船放火攻杀。这夜明山正在熟寝，听得四下炮响，火光烛天。只说陈东余党，便披了衣，携了翠翘，欲走南营，无奈四围兵已杀至，左膊中了一枪。明山情急，便向河中一跳。翠翘见了，也待同溺。只听得道：“不许杀害王夫人！”又道：“收得王夫人有重赏。”早为兵士扶住，不复投水。次日进见督府，叩头请死。督府笑道：“亡吴伯越，皆卿之功。方将与卿为五湖之游，以偿子，幸勿怖也。”因索其衣装还之，令华旗牌驿送武林。王翠翘尝怏怏，以不得同明山死为恨。华旗牌请见，曰：“予向日蒙君惠，业有以报。今督府行且赏君功，亦惟妾故。”拒不纳。因常自曰：“予尝劝明山降，且劝之执陈东，谓可免东南之兵祸。予与明山亦可藉手保全首领，悠游太平。今至此，督府负予，予负明山哉！”尽弃弦管，不复为艳妆。

不半月，胡总制到杭，大宴将士，差人召翠翘。翠翘辞病，再召才到，憔悴之容可掬。这时三司官外，文人有徐文长、沈嘉则，武人彭宣慰九霄。总制看各官，对翠翘道：“此则种、蠡，卿真西施也！”坐毕，大张鼓乐。翠翘悒郁不解。半酣，总制叫翠翘到面前道：“满堂宴笑，卿何向隅？全两浙生灵，卿功大矣！”因命文士作诗称其功。徐文长即席赋诗曰：

仗钺为孙武，安攘役女戎。
管弦消介胄，杯酒殪枭雄。
歌奏平夷凯，钗悬却敌弓。
当今青史上，勇不数当熊。

沈嘉则诗：

灰飞烟灭冷荒湾，伯越平吴一笑间。
为问和戎汉公主，阿谁生入玉门关？

胡梅林令翠翘诵之，曰：“卿素以文名，何不和之？”翠翘亦援笔曰：

数载飘摇瀚海萍，不堪回盼泪痕零。
舞沉玉鉴腰无力，笑倚银灯酒半醒。
凯奏已看欢士庶，故巢何处问郊坰？
无心为觅平吴赏，愿洗尘情理贝经。

督府酣甚，因数令行酒，曰：“卿才如此，故宜明山醉心。然失一明山矣，老奴不堪赎乎？”因遽拥之坐，逼之歌三诗。三司起避，席上哄乱。彭宣慰亦少年豪隽，属目翠翘，魂不自禁，亦起进诗曰：

转战城阴灭獍枭，解鞍孤馆气犹骄。
功成何必铭钟鼎，愿向元戎借翠翘。

督府已酩酊，翠翘与诸官亦相继谢出。

次早，督府酒醒，殊悔昨之轻率。因阅彭宣慰诗，曰：“奴亦热中乎？吾何惜一姬，不收其死力？”因九霄入谢酒，且辞归，令取之。翠翘闻之不悦，九霄则舣舟钱塘江岸，以舆来迎。翠翘曰：“姑少待。”因市酒肴，召徐文长、沈嘉则诸君，曰：“翠翘幸脱鲸鲵巨波，将作蛮夷之鬼，故与诸君子诀。”因相与轰饮。席半，自起行酒，曰：“此会不可复得矣！妾当歌以为诸君侑觞。”自弄琵琶，抗声歌曰：

妾本临淄良家子，娇痴少长深闺里。
红颜直将芙蕖欺，的的星眸傲秋水。
十三短咏弄柔翰，珠玑落纸何珊珊。
洞箫夜响纤月冷，朱弦晓奏秋风寒。
自矜应贮黄金屋，不羡石家珠十斛。
命轻逐父宦江南，一身飘泊如转轴。
倚门惭负妖冶姿，泪落青衫声掫掫。
雕笼幸得逃鹦鹉，轻轲远指青齐土。
干戈一夕满江关，执缚竟自羁囚伍。
龙潭倏成鸳鸯巢，海滨寄迹同浮泡。
从胡蔡琰岂所乐，靡风且作孤生茅。
生灵涂炭良可测，殁弓拟使烽烟熄。
封侯不比金日磾，诛降竟折双飞翼。

北望乡关那得归，征帆又向越江飞。

瘴雨蛮烟香骨碎，不堪愁绝减腰围。

依依旧恨萦难扫，五湖羞逐鸥夷老。

他时相忆不相亲，今日相逢且倾倒。

夜阑星影落清波，游魂应绕蓬莱岛。

歌竟欷歔，众皆不怿，罢酒。翠翘起更丽服，登舆，呼一樽自随，抵舟漏已下。彭宣慰见其朱裳翠袖，珠络金缨，修眉淡拂，江上远山，凤眼斜流，波心澄碧，玉颜与皎月相映，真天上人。神狂欲死，遽起迎之，欲进合卺之觞。翠翘曰：“待我奠明山，次与君饮。”因取所随酒洒于江，悲歌曰：

星陨前营折羽旄，歌些江山一投醪。

英魂岂逐狂澜逝，应作长风万里涛。

又：

红树苍山江上秋，孤蓬片月不胜愁。

铩翎未许同遐举，且向长江此目游。

歌竟，大呼曰：“明山！明山！我负尔！我负尔！失尔得此，何以生为！”因奋身投于江。

红颜冉冉信波流，义气蓬然薄斗牛。

清夜寒江湛明月，冰心一片恰相俦。

彭宣慰急呼捞救，人已不知流在何处，大为惊悼，呈文督府，解维而去。正是：

孤篷只有鸳鸯梦，短渚谁寻鸾凤群？

督府阅申文，不觉泪下，道：“吾杀之！吾杀之！”命中军沿江打捞其尸。尸随潮而上，得于曹娥渡，面色如生。申报督府，曰：“娥死孝，翘死义，气固相应也。”命葬于曹娥祠右，为文以祭之，曰：

> 嗟乎翠翘！尔固天壤一奇女子也。冰玉为姿，则奇于色；云霞为藻，则奇于文；而调弦弄管，则奇于技。虽然，犹未奇也。奇莫奇于柔豺虎于衽席，苏东南半壁之生灵，竖九重安攘之大烈，息郡国之转输，免羽檄之征扰。奇功未酬，竟逐逝波不反耶！以寸舌屈敌，不必如夷光之蛊惑；以一死殉恩，不必如夷光之再逐鸥夷！尔更奇于忠、奇于义！尔之声誉，即决海不能写其芳也。顾予之功，维尔之功；尔之死，实子之死。予能无怃

然欤！聊荐尔觞，以将予忱，尔其享之。

时徐文长有诗吊之曰：

弹铗江皋一放歌，哭君清泪惹衣罗。
功成走狗自宜死，谊重攀髯定不磨。
香韵远留江渚芷，冰心时映晚来波。
西风落日曹娥渡，应听珊珊动玉珂。

沈嘉则有诗曰：

羞把明珰汉渚邀，却随片月落寒潮。
波沉红袖翻桃浪，魂返蓬山泣柳腰。
马鬣常新青草色，风台难觅旧丰标。
穹碑未许曹瞒识，聊把新词续大招。

又过月余，华旗牌以功升把总，渡曹娥江。梦中恍有召，疑为督府。及至，璚楼玉宇，瑶阶金殿，环以甲士。至门，二黄衣立于外，更二女官导之，金钿翠裳，容色绝世。引之登阶，见一殿入云，玳瑁作梁，珊瑚为栋，八窗玲珑，嵌以异宝，一帘半垂，缀以明珠。外列女官，皆介胄，执弋戟。殿内列女史，皆袍带，抱文牍。卷帘，中坐一人，如妃主。侧绕以霓裳羽衣女流数十人，或捧剑印，或执如意，或秉拂麈，皆艳绝，真牡丹傲然，名花四环，俱可倾国。俄殿上传旨曰："旗牌识予耶？予以不负明山，自湛罗刹巨涛。上帝悯予烈，且嘉予有生全两浙功德，特授予忠烈仙媛，佐天妃主东海诸洋。胡公诛降，复致予死，上帝已夺其禄，命毙于狱。尔其识之！"语讫，命送回。梦觉，身在篷窗，寒江正潮，纤月方坠。正夜漏五鼓，因忆所梦，盖王翠翘。仅以上帝封翠翘事泄于人，后胡卒以縻费军资被劾下狱死，言卒验云。

第八回　矢智终成智　盟忠自得忠

风雨绵山陌上田，凄凄犹带旧时烟。

羞将辛苦邀君宠，甘丧遗骸野水边。

这首诗单道战国时一个贤士，姓介名子推，他原在晋献公朝中做下大夫之职。他见献公宠了个妃子，叫做骊姬，却把几个儿子，一个叫做申生，一个叫做重耳，一个叫做夷吾，都打发在外边镇守，他心中甚是不平。后来骊姬用下计策，差人对申生说，梦见他母亲求食，叫他去祭祀。那申生极孝，果然依他，备了祭祀祭献母亲，就来献胙。骊姬暗将毒药放在里边，献公打帐要吃，骊姬道："食自外边来，还该他人尝之。"献公便将来与个小臣吃，不料吃下便死。献公见了大惊大恼。骊姬即便谮说："这是申生要毒死父亲，希图早早即位。"又道："他兄弟重耳，毕竟同谋。"献公其时就差军马捉拿三人。申生道："父要子死，不敢不死。"竟不辨明，自缢在新城。重耳、夷吾各自逃往外国。当日介子推弃了官，随着重耳奔窜。周流日久，缺了盘费，到在五鹿山中，粮食俱绝。重耳是公子出身，吃惯膏粱，怎禁得这苦楚？便也饿倒。同行的人都面面相看，没有计策，独有子推在背地将自己股肉割来，烹与重耳吃，稍得存济。落后经历十八年，重耳亏秦国相助，得了晋国，做了诸侯，重赏那从行的人，倒忘了子推。子推也不言语，只是同事的却不安道："当先在五鹿时，主上绝食，亏得子推舍着性命，割股供他。这是首功，如今怎不赏他？"要与他理论。只见子推想道："我当日割股，也只要救全主上，全我为臣的事，并没个希望封赏意思。若依着他们，毕竟要报我，恰是放债要还模样，岂是个君臣道理？"便逃入绵山去了。

这边晋文公忽然想起，要召他来，与他官爵，却寻不见。四面差人体访，道在绵山，去找寻时又没踪影。这些愚夫跑了几日，没做理会，里边有一个人道："我想这山深旷，甚是难寻得到，不若放上一把火，烧了山，他怕死，必竟出来，却不省了一番找探工夫。"众人道声："有理。"便四下去寻了些枯枝折树、败叶干柴，放起火来。烟焰四合，那些深山中住的人与藏的野兽，那一个不赶出来？子推见了道："这定是要逼我出去的缘故了。我当日不走是贪利，今日出去是贪生。世上安可着我这贪夫？不如死了罢。"便走入茅屋之中，任他烟焰逼迫身死。只见这些人守了两日，并不见有个介子推出来，只得又寻。直到穷谷之中，只见一个人一堆儿烧死在那壁，看来不是别人，正是介子推。这些人见了，互相怨畅，互相叹息，只得报与晋公。晋公听了，也不胜悲伤，着有司以礼殡葬，仍立庙在绵山。死时是三月三日，仍禁民间每年这三日不许举火，叫做禁烟。这便是当先一个不避艰难，不贪利禄，一味为君的豪杰。不料我朝靖难时，也有这样一个好男子。

话说此人姓程名济，字君楫，朝邑人氏。他祖曾仕宋，入元，与儿子却躬耕为业，不愿为官。生下此子，自小聪明，过目成诵。弱冠时，与一个朋友，姓高名翔字仲举，同在里中维摩寺读书。高翔为人慷慨脏脏，程济为人谦和委婉，两人生性不同，却喜意气甚合。忽日有个西僧游方到这寺安下，那高仲举道他是异端，略不礼貌。只有程君楫道他是远方僧家，却与他交接，与他谈论。高仲举见了道："程兄，这些游方和尚，一些经典不识，有时住在寺里刮佛面上的金子，盗常住的花息换酒换食；有时坐在人家门前，看他路径，诱他妇女，非盗即奸。若只抄化，诓人钱财的，也还是上品，兄理他做恁？"程君楫笑道："好歹自是不同。"

一日，两人正在房中闲论，只见那西僧人来，对着程君楫道："贫僧在此盘桓许久，明日欲往川中，来此话别。"高仲举便附程君楫耳道："是要化盘缠了。"程君楫便自起烹茶，留他清话。那西僧又对高仲举道："檀越亦是国器，但与此间程檀越，功名都显而不达。程檀越还可望令终。"仲举笑道："功名是我们分内事，也不愁不显达。若说令终，大丈夫生在世间，也须磊磊咢咢，为子死孝，为臣死忠，便刎颈决脰，也得名标青史，何必老死牖下。"此时程君楫正烹茶来，听了道："高兄，我道士荣杀身，无济于卫，到不如宁武子，忍死全君。”高仲举又待开言，西僧又道：“二位檀越，一为忠臣，一为知士，不惟今日志向已定，后来所遇恰符。”茶罢，高仲举先去了。那西僧尚兀自坐着，对程君楫道：“檀越，老僧之言不诬，后当自验。”因在袖中摸出一卷书来，递与程君楫道：“熟此，不能匡扶时艰，也可保全身命。”言罢起身，道：“三十年后，还与君相见。”两下作别。

程君忙启书来一看，却是观星望气、奇门遁甲之书，道：“如今天下太平，要此何用？”又想此僧言语奇怪，也时尝有意无意去看他，遇晓得些的人，也虚心去问他，每日早晚暗暗去观星象，望气色，也都累累有验。只是时正在洪武末年，海内宴安，可是英雄无用武之她。未几才娶得一个妻子，又值了双亲交病，日间汤药不离，晚夕告天祈代，那有工夫到书上？到殁时，把一个新娶的媳妇衣装都变卖了，来备衣棺。一哭每至晕绝。庐墓三年，并不与媳妇同房，也无心出仕了。

不期诏举明经，有司把他与高仲举都荐入京，程君楫授了四川岳池县教谕，高仲举授了试御史。仲举留京，程君楫自携了妻子到任。此时天下遭元鞑子搔扰，也都染了夷人风习，又是兵争之后。都尚武不尚文。这些生员都里递报充的，那个有意在文字上？他却不像如今的教官，只是收拜见、索节钱，全不理论正事的，日逐拘这些生员在斋房里，与他讲解，似村学究训蒙一般。有亲丧又与周给，加意作兴。还有一种奇处，他善能行遁法，每日在岳池与诸生讲谈，却又有时在朝邑与旧相知亲友议论，每晚当月白风清时，仍旧去观察天象。

到了一夕，是洪武甲戌十月间，忽见荧惑星守在心度上，这荧惑星为执法之星，出则有兵。心度是天子正位，金火犯之，占为血光不止，火来守之，占为国无主。程君楫见了，失惊道：“不好了！国家从此多事了。这不可不对朝廷说知，令他预防。”只见他夫人道；“天道渺茫，那可尽信？你又不是司天监，说甚么星象？”程教谕道：“这事众人不知，我独晓得，怎么不说？若得听信，免起干戈，岂不是南北生灵大幸？”即便上本道：“荧惑为蚩尤旗，所在兵兴。窃恐明年北方有暴兵起，乞固边防，饬武备，杜不虞，以安新祚。”本上，只见这些当国的道：“有这样狂生，妄言祸福！”又有几个心里皆在那厢要处置燕王的，疑心他来游说，即差官召他至京廷问。使命到来，其妻道：“教你莫做声，果然今日惹出事来。”程教谕道：“何妨？我正要面阙一说。”其妻道：“你既去，我孤身也难回家，不若随你入京，看个下落。”

两个一路到京，只见建文君责问他妄言惑众，要把他来处死。程教谕也不慌忙，叩头道：“臣小臣，据所见直言，期圣上消弥，不意反见罪。今且囚臣，若明年不验，杀臣未晚。”建文仁慈之君，便命囚于刑部。可怜程教谕：

直声拟作朝阳凤，囊首嗟同槛内猿。

入得刑部来，这狱卒诈钱，日间把来锁在东厮侧边，秽污触鼻，夜间把来上了柙床，有几个捉猪儿、骂狗儿，摆布他要钱。有几个作好道：“程老爹也是体面中人，不可冲撞他。管狱老爹要见面钱，提控要纸笔钱，我们有些常例，料必晓得，料必拿来。难道肯爱几个钱，把身子吃苦？”又有几个来激的道：“他这些酸子官，拿得甚钱出！不过把身子与面皮捱捱罢。”做好做歹，甚是难听。及至程奶奶着人来望，送些饭来，这些狱卒见他不来使用，故意着牢中死囚都抢去吃了。正在难过，喜得高御史知道程教谕被监，恐怕狱中人难为他，便也着长班来分付狱官狱卒，叫不许啰唣，又不时差人送饮食衣服来与他。又知他夫人在京，也不时送与柴米。夫人又自做些针指，足以自给。

囚禁半年，不料永乐爷封为燕王在北平，因朝中齐尚书、黄太常虑诸王封国太大，兵权太重，要削他们封国，夺他们兵，废了周王、齐王，渐次及燕，以致起兵靖难，取了蓟州，破了居庸，攻下怀来，天下震动。其时朝廷差长兴侯耿炳文为将，督兵三十六万，前往征讨。高御史因上本道：“教谕程济，明于占候，谙于兵机，乞放他从军自效。”建文君准奏，即便差官召他入朝，升他为翰林院编修，充军师，护诸将北征。

程编修谢了恩回家，夫妻相见，犹如梦中，各诉苦楚，共说高御史好处。正欲去拜谢，只见高御史已来拜望。程编修即忙出见，谢他周给。高御史道：“这是朋友当然，何必称谢。但只是北方兵起，已如兄言，不知干戈几时可息？”程编修叹息道：“仁兄，小弟时观星象，旺气在北，南方将星暗汶无色，胜负正未可知。”高御史道：“以兄大才，借着帷幄，必能决胜，勿负国家。”程编修道：“知而不言，罪在小弟；言如不用，弟亦无如之何。”两个别了。

这厢自听耿总兵择日出师，随军征讨，大兵直抵真定。程编修进见道：“敌兵虽屡胜，然人心尚未归，况辽东杨总兵、大宁刘总兵，各拥重兵，伺其肘腋，未敢轻动。公不若乘此兵威，直抵北平，三面受敌，可以必胜。”不知这耿总兵长于守城，怯于迎战，且道自是宿将，耻听人调度，止将兵分屯河间、郑州、雄县等处。不料靖难兵乘中秋我兵不备，袭破雄县，并取郑州，直攻真定，杀得耿总兵大败入城。朝中闻知，召回耿总兵，另用曹国公李景隆。不知这曹国公又是个膏粱子弟，不谙兵机，又且愎谏自用，忮刻忌人。始初闻知耿总兵不听程编修，以致失律，便依他言语，乘靖难兵在大宁，乘虚攻他北平。及至都督瞿能攻破张掖门，反又恐他成功，传令候大兵同进。一夜之间，被燕兵把水淋了城上，冻得铁桶一般，如何攻打？军士们又日在雪中，冻得手足都僵，如何会战？那些靖难兵马都是北人，受惯寒苦，全不在心上。先是燕王提攻大宁兵来救，次后城中杀出，内外夹攻，景隆大败而走。后复战于白沟河，先胜后败。随走济南，被围三月。程编修与铁参政、盛统兵，出奇战却。内召还景隆，以盛庸为将，编修遂与景隆还京师。

四年正月，复与魏国公徐辉祖率师援山东。四月，在齐眉山下大破靖难兵。魏国公与何总兵福、平总兵安，都议勒石纪功，建碑齐眉山下，以壮军威，碑上尽载当日总兵与参赞力战官员姓名。竖碑的晚些，程编修独备牲醴，暗暗去祭那石碑，众人都道他不知捣甚鬼。不料就是这年，朝中道京师无人，召魏国公与程编修还朝，何总兵无援，不能守御。靖难兵长驱过此山，燕王爷见这新碑，问：“是甚么碑？”左右答道：“是南兵纪功碑。”燕王爷听了大怒，道：“这厮们妄自矜夸，椎碎了！”只见帐前力士飞也似来，才椎得一下，又一个内侍跑来道：“不要敲！爷叫抄碑上名字哩。”书写的来抄，碑上早已敲去一片，没了一个名字，却正是程编修的。后边这些碑上有名的，都不得其死，却不知有程编修。

六月，各处兵降的降，败的败。靖难兵直至龙潭，又至金川门。曹国公谷王献了门，京师大乱。此时程编修在京，忙对夫人说：“我将顾君，势不能顾卿矣！卿自为计。”夫人道：“妾计在一死，断不贻君之羞，烦君内顾。”言罢，掩泪进房，解下系腰丝绦，悬梁自缢身死。正是：

莫因妾故萦君念，孰识吾心似若坚。

一死敢随陵母后，好披忠赤亟回天。

这边程编修竟奔入宫，只见这些内侍，多已逃散，没人拦挡，直入大内。恰是建文君斜倚宫中柱上，长吁浩叹道："事由汝辈作，今日俱弃我去，叫我如何？"望见程编修道："程卿何以策我？"编修道："燕兵已入金川门，徐、常二国公虽率兵巷战，料也无济于事了。陛下宜自为计。"建文君道："有死而已。"只见里面马皇后出来，道："京城虽破，人心未必附他。况且各处都差有募兵官员，又有勤王将士，可走往就之，以图兴复，岂可束手待毙？"建文君道："朕孤身如何能去？"程编修道："陛下如决计出逊，臣当从行。"马后便叫宫人，里边取些金珠，以备盘费。建文君便将身上龙衮脱去，早宫人已拿一匣来至，打开一看，却是扬应能度牒一张，剃刀一把。建文君见了道："这正是祖爷所传，诚意伯所留，道'后人有大变开此'，想端为今日，朕当为僧了。急切得何人披剃？"程编修道："臣去召来。"这边马后另取金珠，那边程编修竟奔到兴隆寺，寻了主僧溥洽，叫他带了几件僧行衣服，同入大内，与建文君落了发，更了衣。建文君对溥洽道："卿慎勿泄。"溥洽叩首道："臣至死不言。"先出宫去了。建文君对马后垂泪道："朕不能顾卿了。但北兵入城，寻朕不得，必至研求，卿何以隐之？"马后道："圣上只顾去，臣妾当作诳楚之韩成，断不作事文之怀嬴。"两下痛哭分手。建文君为僧，程编修改妆作一道人，从宫中地道里出天坛去了。可是：

天意潜移不可留，衮衣难驻旧神州。

飘零一似云无蒂，冉冉随风度岭头。

这厢马后送了建文君，便回入宫中，将当时在侧边见闻的宫人，尽驱入宫，闭了宫门，四下里放起火来。马皇后着了衮冕，端坐火中而死。

几年硕德正中宫，谁料今来国运终。

一死不辞殉国事，化烟飞上祝融峰。

此时靖难兵已入城，见宫中火起，都道是建文君纵火自焚，大家都去拥立新君，护从成祖，谒了陵，登极。当日群臣有不肯归附自尽的，有邦周是修一起；不肯归附逃去的，有御史叶希贤一起；成祖所指名做奸党族灭的，方文学一起。还有高御史翔，他知北兵入城，着人去寻程编修，只见回复道："程编修不知去向，只有夫人自缢在房，尚未收敛。”高御史道：“程君果以智自全了。”拿出几两银子，着人去殡敛程夫人，葬于燕子矶隙地，立石纪名。闻道宫中火发，建文君自焚，就制了斩衰，入宫哭临。恰遇着成祖登极之日，成祖见了，大恼道：“你这干奸臣，作此举动，殊是可怪！”高御史道：“先君初无失德，今日宾天，在殿下虽云叔侄，犹是君臣，当为举哀发丧。自不行礼，反责行礼之臣？”成祖道：“他今日之死，俱是你们奸党陷他，还来强词！”叫驱出斩首。高御史道：“我之此来，自分必死。但我死，正从先君于九泉；日后你死，何以见祖宗于地下？”便放声大骂。成祖越恼，传旨剐在都市，还又将他九族诛灭。可怜高御史：

酬君宁惜死，为国不知家。

义气凌云直，忠肝伴日斜。

不说高御史身死，话说建文君与程编修两个离了京城，还拜辞了皇陵，好生恓惨。两个商议，建文君主意道：“齐、黄二人在外征兵，又苏州知府姚善、宁波知府王琎、徽州知府陈彦回，俱各起兵，不若投他，以图恢复。”程编修道：“北兵入京，圣上出逊，上下人心解体，小人贪功害正。臣还虑此数人不免，如何能辅助圣上？不若且避向湖广不被兵之处，徐图机会。”建文君道：“似此仅可苟免一身，何如一死为愈？”两个只得向湖广进发。那建文君在路上呵：

水泻辞宫泪，山攒失国眉。

野花皆惹恨，芳草尽生悲。

只见建文君对程编修道：“如今我你在路，也须避些嫌疑，已后你只称我师父，我只叫你做程道者，君臣二字再休题起了。”说罢，泪如雨下。道者见了说：“人都道出家离烦恼，师父这烦恼是离不得的。但似这等悲哀郁抑，也是惹人疑处，师父还宜节哀。”建文道：“当日龙楼凤阁，今日水宿山栖；当日弁冕衮衣，今日缁衣皂笠。忧愁之极，也不想珍羞百味、粉黛三千，但想起祖爷百战挣这天下，我又不曾像前代君王，荒淫暴虐，竟至一旦失了，云水为僧。才一念及，叫我如何消遣！”两个反又悲伤了一番。于路一应肩挑行李，借宿买饭，俱是程道者支撑。后边建文君知道马皇后死于火，程道者访知他妻自缢、高御史不屈被刑，草草备了些祭礼，深夜在旷野之处祭奠了一番。以后凡遇春秋，高皇、太后、懿文太子、皇妃忌辰，俱各把些麦饭山蔬祭献。

行至黄州，建文君因为忧郁，感成一病。那程道者便借下个小庵歇宿，赎药调理，无所不至。建文君终是皇帝生性，自在惯了，有些需索不得，不免不快，形之词色。程道者略不在意，越加小心。忽一日，对程道者道："我这沦落，于理应该。以你的才，若肯改节，怕不得官？就不然，回到家乡，田园还在，也可得个快乐。不若你去罢！"道者道："一自入宫，臣妻已是自缢，绝无家累相牵。师父若无我，一步也如何去得？此后只愿恢复得成，同归金阙。恢复不成，也同老草莽，再无退悔之心。"建文君道："看此光景，恢复难望了。只是累你受苦，于心不安。"道者道："师父且将息身体，莫把闲事在念。"一病数月，渐已痊安。道者见庵中人是有厌烦的意思了，便持持建文君离了小庵，把些银子谢了他，再往武昌进发。正是：

难同皎日中天丽，却作游云海角浮。

行至长沙，有干无藉的人倡为白莲教，拥一个妖僧为主。有一妖镜，妖僧照时，就见他头带平天冠，身穿衮龙袍，其余或是朝衣朝冠，或是金盔金甲，文武将吏。也有照出驴马畜生，都求妖僧忏悔，信从了他。那妖僧道："天数我当为中原天子，汝等是辅弼大臣，汝等当同心合意，共享富贵。"当日山野愚民为他诳惑，施舍山积，聚作粮饷，结有党与数万，意将欲作乱。建文君要往相从，道者道："这干人断不能济事，况他已拥立妖僧作主，必不为师父下。若去往从，徒取其辱。"建文君道："与其泯泯死在道路，还是猛烈做他一番。"道者说："不若待他作红巾之类，先扰乱了天下，离乱了人心，师父乘势而起。"建文君不听。到那地方，只见妖僧据一个大寺中。先有一来礼拜女人，生的标致，曾在镜中照得他带着皇后冠服，便立做皇后。还有好些妇女做了嫔妃。两个徒弟湛然、澄然做宰相，只是叫人念佛布施。两个村夫张铁、周逞做将军，也只取他身体瑰伟，形状凶猛。入伙的，先备礼见了宰相，后见妖僧，要称臣舞蹈。程道者对建文君说："师父，你甘心么？"两个就不入伙。不多几时，他兵不是训练的，又没个队伍，不上一月，已被官兵剿除，还行州县捉拿余党。凡是游食僧道，多遭拘执。多亏得有了度牒，又是程道者遇着盘诘，或是用钱，或是用术，脱身入川。闻得重庆府大善庆里有一个僧人，极奇怪，好饮酒狂哭，不念经典，只是读《易经·乾卦》、《离骚》，里人为他建有丛林，必竟是靖难遗臣，不若投他，暂时息肩。不期到得白龙山，此僧又已圆寂，有几个和尚，恰似祖传下的寺宇，那肯容留人？两人只得又离人，往来蜀中。

一日，在成都市上遇着一个箍桶的，一见建文君，便扯住大哭，拜到在地，迎他回家，一市惊怪。及到家，却是一斗之室，不能容留，且因市上惊疑，势难驻足，只得又往别县。在江油时，借宿正觉禅寺。薄晚，只见一个补锅的挑了个担儿走入来，一见便掩了房门，倒地哭拜道："臣于市中已见陛下，便欲相认，恐召人物色，故特晚间来见，愿随陛下云游。"建文君垂泪道："此来足征卿忠荩。但我二人衣食尝苦不给，尝累程道者餐粗忍冻，多卿又恐为累。且三人同行，踪迹难隐，卿可在此，朕已铭卿之忠矣。"补锅匠再三要随行，建文君再三谢却。补锅匠只得将身边所有工银，约五七钱，却有百十余块，递上道者说："权备中途一饭之费。"垂泪叩辞去讫。

此时微微听得朝廷差胡尚书访求张三丰，自湖广入川。程道者道："此行专为师父。"两人又舍了蜀中，往来云贵二省。十余年，或时寄居萧寺，遭人厌薄；或时乞食村夫，遭他呵骂；或时阴风宿雨，备历颠危；或时受冻忍饥，备尝凄楚。尝过金竺长官司，建文君作一诗，题在石壁上道：

雨尘一夕忽南侵，天命潜移四海心。
凤返丹山红日远，龙归沧海碧云深。
紫微有象星还拱，玉漏无声水自沉。
遥想禁城今夜月，六宫犹望翠华临。

其二：

阅罢楞严磬懒敲，笑着黄屋寄云标。
南来瘴岭千层迥，北望天门万里遥。
款段久忘飞凤辇，袈裟新换衮龙袍。
百官此日知何处？惟有群乌早晚朝。

程道者也作一诗相和道：

吴霜点点发毛侵，不改唯余匪石心。

作客岁华应自知，避人岩壑未曾深。

龙蛇远逐知心少，鱼雁依稀远信沉。

强欲解愁无可解，短筇高岫一登临。

其二：

灶冷残烟择石敲，奔驰无复旧丰标。

迢迢行脚随云远，炯炯丹心伴日遥。

倦倚山崖成石枕，闲寻木叶补寒袍。

金陵回首今何似，烟雨萧萧似六朝。

建文君忽对程道者说：“我年已老，恢复之事，竟不必言。但身死他乡，谁人知得？不若寻一机会回朝，归骨皇陵，免至泯没草野。”两个就也尝在闹市往来，却无人认识。一朝在云南省城游行，见有头踏过来，两人便站在侧边，偷眼一看，那轿上坐的却是旧臣严震直，奉使交趾过此。建文君即忙突出道：“严卿何处我？”那时严尚书听见，愕然忙跳下轿道：“臣不知陛下尚存，幸陛下自便，臣有以处。”等建文君去了，上轿回到驿中，暗想道：“今日我遇了建文君，不礼请他回去，朝廷必竟嗔我。倘同他回去，朝廷或行害了，恰是我杀害他了，如何是好？”又叹息道：“金川失守，我当为他死节，就如今为他死，已多活几十年了。”便于半夜自缢身死。次早，这边建文君又往见他，要他带回京，只见驿前人沸沸腾腾，道：“不知甚原故，严爷自尽身死了。”县官在驿里取材取布，忙做一团。建文君听了，吃了一惊道：“我要去不得去，又害了他一条命。”只得与程道者隐入深山。

又是年余，是正统庚申，决计要回。走至云南省城大灵禅寺中，对住持道：“我是建文皇帝。”这些和尚尽皆惊怪，报与抚按三司，迎接到布政司堂上坐定，程道者相随，对各官道：“我朱允炆，前胡给事名访张儠傷，实是为我。今我年老，欲归京师，你们可送我至京。”三司只得将他供给在寺中，写本奏上，着驰驲进京。在路作诗曰：

牢落西南四十秋，萧萧白发已盈头。

乾坤有恨家何在？江汉无情水自流。

长乐宫中云气散，朝元阁下雨声收。

新蒲细柳年年绿，野老吞声泣未休。

迤逦而来，数月抵京，奉旨暂住大兴隆寺。朝廷未辨真伪，差一个曾经伏事的太监吴亮来识认。只见建文君一见便道："吴亮，你来了么?"那吴太监假辨道："谁是吴亮？我是太监张真。"建文君道："你哄谁来？当日我在便殿，正吃子鹅，撇一片在地上赐汝，那时你两手都拿着物件，伏在地下把舌餂来吃了，你记得么?"吴亮听得，便拜在地下嚎啕大哭，不能仰视，自行覆命去了。

十年辞凤辇，今日拜龙颜。

只见当晚，程道者走到禅堂，忽见一个胡僧，眉发如雪，有些面善，仔细去看他。只见那胡僧道："程先生，你大事了毕，老僧待你也久了。"程道者便也醒悟，是维摩寺向遇胡僧，就向前拜见了，道："劳师少待，我当随行。"时已初更，程道者来对着建文君道："吴亮此去，必来迎圣上了。臣相从四十年，不忍分手，但圣上若往禁中，必不能从，故此先来告辞。"建文君道："我这得归骨京师，都是你的功。我正要对官里道你忠勤，与你还乡，或与你一大寺住持，怎就飘然而去?"程道者道："臣已出家，名利之心俱断，还图甚还乡、住持？只数十年相随，今日一旦拜别，不觉怅然。"两个执手痛哭，道者拜了几拜相辞。这边建文君入宫，那边程道者已同胡僧去了。

其时朝中已念他忠来召他，各官也慕他忠来拜，也不知他已与胡僧两个飘然长往，竟不知所终。这便是我朝一个不以兴废动心，委曲全君，艰难不避的知士么！这人真可与介子推并传不朽！

第九回　避豪恶懦夫远窜　感梦兆孝子逢亲

残日照山坞，长松覆如宇。
啾啾宿鸟喧，欣然得所主。
嗟我独非人，入室痛无父。
跋陟宁辞远，栉沐甘劳苦。
朝寻鲁国山，暮宿齐郊雨。
肯令白发亲，飘泊远乡土。

哀哀父母，生我劬劳。父母之恩，昊天罔极。若使父母飘泊他乡，我却安佚故土，心上安否？故此宋时有个朱寿昌，弃官寻亲。我朝金华王待制祎，出使云南，被元镇守梁王杀害，其子间关万里，觅骸骨而还。又还有个安吉严孝子，其父问军辽阳，他是父去后生的，到十六岁，孤身往辽阳寻问。但他父子从不曾见面，如何寻得？适有一个乞丐问他求乞，衣衫都无，把席遮体。有那轻薄的道："这莫不是你父亲？"孝子一看，形容与他有些相似，问他籍贯姓名，正是他父亲。他便跪拜号哭，为他沐浴更衣，替父充役。把身畔银子故意将来借与同伴，像个不思量回乡意思，使人不疑。忽然他驼了爷回家，夫妇、子母重聚。这虽不认得父亲，还也晓得父亲在何处。如今说一个更奇特的，从不曾认得父亲面庞，又不知他在何处，坚心寻访，终久感格神明，父子团圆的。

这事出在山东青州府，本府有个安丘县，县里有个弃金坡，乃汉末名士管宁与华歆在此锄地得金，华歆将来掷去，故此得名。坡下有个住民，姓王名喜，是个村农，做人极守本分。有荒地十余亩，破屋两三椽，恰是：

几行梨枣独成村，禾黍阴阴绿映门。
墙垒黄沙随雨落，椽疏白荻逐风翻。
歌余荷耒时将晚，声断停梭日已昏。

征缮不烦人不扰，瓦盆沽酒乐儿孙。

他有一妻霍氏，有一个儿子，叫做王原，夫耕妇馌，尽可安居乐业。但百姓有田可耕，有屋可住，胡乱过得日子，为何又有逃亡流徙的？却不知有几件弊病：第一是遇不好时年，该雨不雨，该晴不晴；或者风雹又坏了禾稼，蝗虫吃了苗麦。今年田地不好，明年又没收成，百姓不得不避荒就熟。第二是遇不好的官府，坐在堂上，只晓得罚谷罚纸，火耗兑头，县中水旱也不晓得踏勘申报。就勘报时，也只凭书吏胡乱应个故事，到上司议赈济，也只当赈济官吏，何曾得到平人？百姓不得不避贪就廉。第三是不好的里递，当十年造册时，花分诡寄，本是富户，怕产多役重，一户分作两三户，把产业派向乡官举监名下。那小户反没处那移，他的徭役反重。小民怕见官府，毕竟要托他完纳，银加三，米加四，还要津贴使费，官迟他不迟，官饶他不饶。似此咀啮小民，百姓也不能存立。

这王喜却遇着一个里蠹，姓崔名科，他是个破落户，做了个里胥，他把一家子都要靠着众人养活。王喜此时是个甲首，该有丁银；有田亩，该有税粮。他却官府不曾征比，便去催他完纳。就纳完了，他又说今年加派河工钱粮哩，上司加派兵饷哩，还要添多少。穷民无钱在家，不免延捱他两个日子，一发好不时时去骚扰。一到，要他酒饭吃，肉也得买一斤，烧刀子也要打两瓶请他；若在别家吃了来时，鸡也拿他只去准折，略一违拗，便频差拨将来。其时正是国初兴作之时，筑城凿池，累累兴师北伐，开河运米，正是差役极多、极难时节。王喜只因少留了他一遭酒，被他拨得一个不停脚。并不曾有工夫轮到耕种上，麦子竟不曾收得，到夏，恰值洪武十八年，是亢旱时节，连茹茹都焦枯了，不结得米。便有几株梨枣，也生得极少，家中甚难过活。

村中有一个张老三，对王喜道：“王老大，如今官府差官赈济，少也好骗他三五钱银子，你可请一请崔科，叫他开去。”王喜为差拨上，心上原也不曾喜欢他，只是思量要得赈济，没奈何去伺候他。他道：“今日某人请我吃饭，某人请我吃酒，明日也是有人下定的，没工夫。”王喜回来对妻子道：“请他他又道没工夫，怎处？”霍氏道：“这明白是要你拿钱去。”王喜道：“要酒吃，还好去赊两壶，家里宰只鸡，弄块豆腐。要钱，那里去讨？”霍氏道：“咱身上还有件青绵布衫，胡乱拿去当百来文钱与他罢。”王喜拿了去半日，荒时荒年，自不典罢了，还有钱当人家的？走了几处，当得五十钱。那王原只得两岁儿，看了又哭，要买馍馍吃。王喜也顾他不得，连忙拿了去见崔科。他家里道："南村抄排门册去了。"到晚又去，道："五里铺赵家请去吃酒去了。"一连走了七八个空，往回，才得见崔科，递出钱去，道："要请你老人家家去吃杯酒，你老人家没工夫。如今折五十个钱，你老人家买斤肉吃罢。"那崔科笑了笑道："王大，我若与你造入赈济册，就是次贫，也该领三钱银子，加三也该九分。这几个钱，叫老子买了肉没酒，买了酒没肉，当得甚来？好歹再拿五十钱来，我与你开做次贫罢。"

王喜回去，闷闷不快。霍氏问时，他道："攮刀的嫌少哩！道次贫的有三钱，加三算还要我五十文。"霍氏道："适才拿钱来，原儿要个买波波不与他，还嫌少？哥，罢！再拿我这条裙去，押五十个与他。若得三钱银子，赎了当，也还有一二钱多，也有几日过。"王喜只得又去典钱，典了送崔科，却好崔科不在。嫂子道："他在曹大户家造册，你有甚话，回时我替你讲。"王喜便拿出五十个钱道："要他开次贫。"嫂子道："知道了，我教他开。"王喜道："奶奶不要忘了。"他嫂子道："我不忘记，分付他，料不敢不开。"王喜欢天喜地自回。那嫂子果然钱虽不曾与崔科，这话是对他话的，曾奈崔科噇了一包子酒，应了却不曾记得。

到赈济时，一个典史抬到乡间，出了个晓谕，道："极贫银五钱、谷一石；次贫银二钱、谷五斗。照册序次给散。"只见乡村中扶老携幼，也有驼条布袋的，也有拿着栲栳的，王喜也把腰苎裙联做丫口赶来。等了半日，典史坐在一个古庙里，唱名给散，银子每钱可有九分书帕，谷一斗也有一升凹谷、一升沙泥。先给极贫，王喜道："这咱不在里边的。"后边点到次贫，便探头伸脑去伺候，那里叫着？看看点完，王喜还道："钱送得迟，想填在后边。"不知究竟没有，王喜急了，便跪过去。崔科怕他讲甚么，道："你有田有地的，也来告贫？"那典史便叫赶出去。王喜气得个不要，赶到崔科家里。他家里倒堆有几石谷，都是鬼名领来的，还有人上谢他的。他见了，不由得不心头火发，道："崔科，忘八羔子！怎诓了人钱财，不与人造册？"崔科道："咄！好大钱财哩！我学骗了你一个狗抓的来。"王喜道："我有田有地，不该告贫，你该诓这许多谷在家里么？我到县里首你这狗攮的。"崔科道："你首！不首的是咱儿子。"便一掌打去。王喜气不过，便一头撞过来，两个结扭做一处。只见众人都走过来，道王喜不是道：“他歹不中也是一个里尊，你还要他遮盖，怎生撞他？”那崔科越跳得八丈高，道：“我叫你不死在咱手里不是人，明日就把好差使奉承你。”那王喜是本分的人，一时间尚气，便伤了崔科，一想想起后边事：“他若寻些疑难差使来害我，怎么区处？”把一天愤气都冰冷了，便折身回家。

霍氏正领了王原立在门前，见王喜没有谷拿回，便道：“你关得多钱？好买馍馍与儿子吃。”王喜道：“有甚钱！崔科囚攮的得了咱钱，又不己咱造册。咱与他角了口，他要寻甚差使摆布咱哩！”霍氏道：“前日你不请得他吃酒，被他差拨了半年，如今与他角了口，料也被他腾倒个小死哩！”两个愁了一夜。清早起来，王喜道：“嫂子，如今时世不好，边上鞑子常来侵犯，朝廷不时起兵征剿，就要山东各府运粮接济。常见大户人家，点了这差使，也要破家丧身的。如今恶了崔科，他若把这件报了我，性命就断送在他手里，连你母子也还要受累。嫂子，咱想咱一时间触突了崔科，毕竟要淘他气，不若咱暂往他乡逃避，过一二年回来，省得目前受害。”指着王原道：“只要你好看这孩子。”霍氏道：“哥，你去了，叫咱娘儿两个靠着谁来？你还在家再处。”王喜道：“不是这般说。我若被他算计了，你两个也靠我不得。这才是三十六着，走为上着。”且喜家徒四壁，没甚行囊，收拾得了，与妻子大哭了一场，便出门去了。正是：

鳄吏威如虎，生民那得留？

独余清夜梦，长见故园秋。

王喜起了身，霍氏正抱着王原坐在家里愁闷。那张老三因为王喜冲突了崔科，特来打合他去陪礼，走来道：“有人在么？”霍氏道：“是谁？”张老三还道王喜在，故意逗他要道：“县里差夫的。”那霍氏正没好气，听了差夫，只道是崔科，忙把王原放下，赶出来一把扭住张老三道：“贼忘八！你打死了咱人，还来寻甚么？”老三道：“嫂子，是咱哩！”霍氏看一看，不是崔科，便放了。老三道：“哥在那厢？”霍氏道：“说与崔科相打，没有回来。”老三道：“岂有此理！难道是真的？”霍氏道：“怎不真？点点屋儿，藏在那里？不是打死，一定受气不过，投河了。”张老三道：“有这等事？嫂子，你便拴了门，把哥儿寄邻舍家去，问崔科要尸首，少也诈他三五担谷。”

果然霍氏依了赶去，恰好路上撞着崔科，一把抓住道：“好杀人贼哩！你驱了咱丈夫钱，不与他请粮，又打死他！”当胸一把，连崔科的长胡子也扭了，崔科动也动不得。那霍氏带哭带嚷，死也不放。张老三却洋洋走来，大声道：“谁扭咱崔老爹？你吃了狮子心来哩！”霍氏道：“这贼忘八打死咱丈夫，咱问他要尸首！”老三道：“你丈夫是谁？”霍氏道：“王喜。”老三道：“是王喜？昨日冲撞咱崔老爹，我今日正要寻他陪礼。”霍氏道：“这你也是一起的，你阎罗王家去寻王喜，咱只和你两个县里去。”扯了便走。张老三道：“嫂子，他昨两个相打，须不干咱事。”霍氏道：“你也须是证见。”霍氏把老三放了，死扭住崔科，大头撞去。老三假劝。

随着一路，又撞出一个好揽事的少年、一个惯劈直的老者，便丛做一堆。霍氏道：“他骗咱丈夫一百钱，不与丈夫请粮。”崔科道：“谁见来？”霍氏便一掌打去，道：“贼忘八！先是咱一件衫，当了五十钱，你嫌少。咱又脱了条裙，当五十钱，你瞎里不瞧见咱穿着单裤么？”这老者道：“崔大哥，你得了他钱，也该与他开。”霍氏道：“是晚间咱丈夫气不愤的，去骂他。他一家子拿去，一荡子打死，如今不知把尸首撩在那里。”指着老三道：“他便是证见，咱和他县里去讲。”崔科道：“昨日是他撞咱一头，谁打他来？”老者道：“这等，打是实了。嫂子，我想你丈夫也未必被他打死，想是粮不请得，又吃他打了两下，气不愤，或者寻个短见，或者走到那厢去了。如今依咱处，他不该得你钱不与你粮，待他处几担谷与你罢。”少年连叫：“是！是！”霍氏道：“你老人家不知道，他一向卖富差贫，如今上司散荒，他又诈人酒食才方报册，没酒食的写他票子，领出对分，还又报些鬼名，冒领官钱。咱定要官司结煞。”少年道：“这嫂子也了得哩！嫂子，官司不是好打的，凭他老人家处罢。”那老者道：“你当了裙衫，也只为请粮；今日丈夫不见，也只为请粮。我们公道处，少也说不出，好歹处五名极贫的粮与你，只好二两五钱银子、五担谷罢。”霍氏道：“谁把丈夫性命换钱哩？”

崔科还在那里假强，张老三暗地对他道：“哥，人命还是假的，冒粮诈钱是真，到官须不输他妇人？”崔科也便口软，处到五两银子、八担谷。霍氏道：“列位老人家，我丈夫不知仔么，他日后把些差拨来，便这几两银子也不彀使用。咱只和他经官立案，后边还有成说。”张老三道：“你如今须是女户，谁差得着？”霍氏还不肯倒牙，张老三道：“嫂子，这老人家处定了，崔老爹也一厘加不得了。你怕他后边有事，再要他写个预收条粮票，作银子加你。”众人团局，崔科也只得依处。霍氏也便假手脱散了伙，自与儿子过活。这边崔科劳了众人处分，少不得置酒相谢，又没了几两银子，不题。

却说王喜也是一味头生性，只算着后边崔科害他，走了出去，不曾想着如何过活，随身止带一个指头的刷牙、两个指头的箸儿、三个指头的抿子、四个指头的木梳，却不肯做五个指头伸手的事。苦是不带半厘本钱，又做不得甚生理，就是闯州县，走街坊，无非星相风水课卜，若说算命，他晓得甚么是四柱？甚么是大限、小限、官印、刃杀？要去相面，也不知谁是天庭？谁是地角？何处管何限？风水又不晓得甚来龙过脉、沙水龙虎？就起课也不曾念得个六十四卦熟，怎生骗得动人？前思后想，想起一个表兄，是个吏员，姓庄名江，现做定辽卫经历，不若且去投他。只是没盘缠，如何去得？不如挨到临清，扯粮舡纤进京再处。果然走到临清，顶了一个江西粮舡的外水缺，一路扯纤到通湾，吃了他饭，又得几钱工银，作了路费。过了京师，也无心观看，趱过了蓟州昌平，出了山海关，说不尽千辛万苦，才到得定辽卫。

走到那边，衙门人道：“目下朝廷差宋国公征纳哈出，差去催趱军粮不在。”等了两日，等得回来，去要见，门上道：“你若是告状的，除了帽、拴了裙进去；若是来拜，须着了公服，待我替你投帖。若肯见，请见。”王喜道：“我只有身上这件衣服，你只替我说表弟王喜拜就是了。”门上道：“这里不准口诉，口里拜帖儿是行不通的。”王喜见他做腔，道：“不打紧，我自会见。”自在那边伺候，恰值他出来，便向前一个喏，道：“表兄，小弟王喜在这里。”那庄经历把头一别，打伞的便把伞一遮去了。王喜大没意思，又等他回，便赶过去把轿杠攀住道：“表兄，怎做这副脸出来？”手下几掀掀不开，庄经历只得叫请进私衙来。两个相见，做了许多腔，道：“下官误蒙国恩，参军边卫，止吃得这厢一口水，喜得军民畏伏。”王喜备细告诉遭崔科蔽抑，庄江道：“敝治幸得下官体察民隐，却无此辈。”留了一箸饭，道：“请回寓，下官还有簿程。”走到下处，只见一个人忙忙的送一封书帕，说：“老爷拜上。”道：“老爷在此极其清苦，特分俸余相送，公事多，不得面别。”去了。王喜上手便拆，称来先先二钱六分，作三钱。王喜呆了半日，再去求见。门上不容他，又着人分付店主人，催起身。只得叹了几口气出门，思量无路可投，只得望着来时这条路走。

行了两日，过了广宁，将到宁远地方，却见征尘大起，是宋国公兵来。他站在大道之旁，看他一起起过去，只见中间一个管哨将官，有些面善。王喜急促记不起，那人却叫人来请他去营中相见。见时，却是小时同窗读书的朋友全忠，他是元时义兵统领，归降做了燕山指挥佥事，领兵跟临江侯做前哨。一见便问他缘何衣衫蓝缕，在这异乡？他备细说出来的情由，并庄表兄薄情。全忠道："贤兄，如今都是这等薄情的，不必记他。但你目今没个安身之所，我营中新死了一个督兵旗牌，不若你暂吃他的粮。若大军得胜，我与你做些功，衣锦还乡罢。"王喜此时真是天落下来的富贵，如何不应允？免不得换了一副缠粽大帽、红曳撒，捧了令旗、令牌，一同领兵先进。

过了三岔河，却好上司拨庄经历解粮饷到前军来，见了王喜，吃一大惊，就来相见，说他荣行，送了三两赆礼，求他方便收了粮。王喜道宁可他薄情，也便为他周旋，自随全先锋进兵。进兵时，可奈这些鸦雀日日在头上盘绕，王喜也便心上不安。

那主将江侯陈镛，又是个膏粱子弟，不晓得兵事，只顾上前，不料与大兵相失了，传令道："且到金山屯兵，抓探大兵消息。"离金山还有百余里，一派林木甚盛，忽听得林子里一声铜角，闪出五六百鞑子来。临江侯倚部下有兵万余，叫奋勇杀上去。全指挥便挥刀砍杀，谁知这是他出哨的兵，初时也胜他一阵，不料还有四五万大兵在后，追不过一二里，他大兵已到，跑得个灰尘四起，天地都黑，两边乱砍。全指挥马已中箭跌倒了，王喜便把自己的马与他骑。争奈寡不胜众，南兵越杀越少，鞑兵越杀越多，全军皆死。

王喜因没了马，也走不远，与一起一二百人只逃到林子边，被追着砍杀。王喜身中一枪，晕倒在地。两个时辰醒来，天色已晚，淡月微明。看一看地下时，也有折手的、折脚的、断头的、马踹的，都是腥血满身。那死的便也不动了，那未死的还在那里挣跳，好不惨伤。自己伤了枪，也不能走动，坐在林子里，只见远远有人来，王喜道："可可还剩得一个人，好歹与他走道儿罢。"到面前时，却是个妇人，穿着白，道："王喜，你大难过了，还有大惊，我来救你。"便拾一枝树枝，在地下画一个丈来宽大圈子，道："你今夜只在此圈里坐，随甚人鬼，不能害你。异日还在文登与你相会。"说罢，这妇人去了。王喜道："这所在有这妇人？非仙即佛。又道文登相会，这话也不解。但坐在这圈中，若有鞑子来，岂不被他拿去？且坐了试一试看。”坐到初更，只听得林子背后，唰唰风起，跳出一个夜叉来，但见：

两角孤峰独耸，双睛明镜高悬。朱砂鬓发火光般，四体犹如蓝靛。

臂比刚钩更利，牙如快刃犹铦。吼声雷动小春天，行动一如飞电。

竟望着王喜扑来。王喜不是不要走，却已惊得木呆，又兼带伤，跑不动了。只见那夜叉连扑几扑，到圈子边就是城墙一般，只得把王喜看上几眼，吼了几声。回头见地上无数的死人，他便大踏步赶去，把头似吃西瓜般，嗗搜嗗搜一连抓来，啃上几十个。手足似吃藕般，咽嚽咽嚽，吃了几十条。那王喜看了，魂都没了。那夜叉吃饱了，把胸前揉上两揉，放倒头睡了一觉，跳将起来，双爪把死人胸膛挖开，把心肝又吃上几十副才去。

渐渐天明，王喜道："若没这圈，咱一个也当不得点心哩！若得到家，咱也只拜佛看经，谢神圣罢了。”又到战场上看时，看见个人，身边一个钞袋，似有物的。去捏一捏，倒也有五七两兵粮，他就去各人身边都搜一搜，到搜得有七八十两，笑了笑道："惭愧，虽受了惊险，得这横财，尽好还乡度日了。”

一个人孤孤影影，耽饥受饿了几日，走到辽阳，恰好撞见庄经历，只道他差回，忙请他到衙。问起却是军败回来，他就道："足下如今临阵逃回，是有罪的了。下官也不敢出首，也不好留足下，还须再逃到别处。若再迟延，恐我衙门人知得不便。”王喜只得辞了，道他原是薄情的，只是我身边虽有几两银子，回家去怕崔科来查我来历，我且到京师去做些生意，若好时，把妻子移来便是。一路向着京师来，已不差得一日路，在路上叫驴，集儿上已没了，只得走着。看见远远一个掌鞭的骑着驴来，他便叫了。不料上驴时，掌鞭的把他腰边一插，背后一搀，晓得他有物了，又欺他孤身客人，又不曾赶着队，挨到无人处所，猛地把驴鞭上两鞭，那驴痛得紧，把后脚一掀，把个王喜"扑"地一声，跌在道儿上。那掌鞭的将来按住，搜去暖肚内银两，跳上驴去了。比及王喜爬得起来，只见身边银子已被拿去，两头没处寻人，依然剩得一个空身。正是：

薄命邓通应饿死，空言巴蜀有铜山。

王喜站在道儿上，气了一回，想了一回，道："枉了死里逃生，终弄得一钱没有，有这等薄命！”走了半晌，见一个小火神庙，道："罢，罢！这便是我死的所在了，只是咱家妻子怎生得知？早知如此，便在家中，崔科也未便奈何得我死。”坐在神前，呜咽哭了半日。正待自缢，只听得“呀”地一声里边门响，道：“客官，不可如此！人身难得。”却是五十来岁一个僧人。王喜把从前事告诉这僧人，僧人劝慰了一番，道：“小僧大慈，是文登县成山慧日寺和尚，因访知识回来，不期抱病在此两月，今幸稍痊。不若檀越与小僧同行，到敝寺，小僧可以资助檀越还乡。”王喜道：“小可这性命都是师父留的，情愿服事师父到宝刹。”过了两日，大慈别了管庙道人，与王喜一路回寺，路上都是大慈盘缠。到得寺中，原来这大慈是本寺主僧，那一个不来问候？大慈说起途中抱病，路上又亏这檀越扶持得回，就留王喜在寺中安寓。

一日，大慈与王喜行到殿后白衣观音宝阁，王喜见了，便下老实叩上十来个头，道：“佛爷爷，果然在这里相会。”太慈道：“檀越说救夜叉之患的，便是此位菩萨么？敝寺原是文登县地界。”王喜因道：“前日原有愿侍奉菩萨终身，如今依了菩萨言语，咱在此出了家罢。”太慈道：“檀越有妻有子，也要深虑。”王喜道：“沙场上、火神庙时，妻子有甚干？弟子情愿出家。”太慈道：“若果真心，便在此与老僧作个伴儿，也不必落发。前许资助盘费，今你不回，老僧就与你办些道衣，打些斋，供佛斋僧罢。”随即择了个好日，不两日点起些香烛，摆列些蔬果，念了些经文，与他起个法名叫做“大觉”，合寺因叫他“大觉道者”。自此王喜日夕在大慈房中搬茶运水，大慈也与他讲些经典，竟不思家了。

家中霍氏虽知他是逃在外边，却不知是甚所在，要问个信，也没处问，只是在家与儿子熬清受淡，过了日子。光阴迅速，王喜去时，王原才得两周三岁，后边渐渐的梳了角儿读书，渐渐蓄了发。到十五六岁时，适值连年大熟，家中到也好过了。常问起父亲，霍氏含着泪道：“出外未回。”到知人事时，也便陪着母亲涕泣思想。只是日复一日，不见人来，又没有音信，他问母亲道：“爷在外做甚？怎再不见他？”霍氏细把当日说起，王原道：“这等，爹又不是经商，他在外边仔么过？我怎安坐在家，不去抓寻？”便要起身。霍氏道：“儿，爹娘一般的，你爹去了，你要去寻，同在一家的，反不伴我？你若又去了，叫我看谁？”王原听了，果是有理，就不敢去，却日日不忘寻爹的念头。到十八岁时，霍氏因他年纪已大，为他寻了个邻家姓曾的女儿做媳妇。虽是小户人家，男家也免不得下些聘物，女家也免不得赔些妆奁。两个做亲才得一月，那王原看妻子却也本分孝顺，便向母亲道："前日要去寻爹，丢母亲独自在家里，果是不安。如今幸得有了媳妇，家中又可以过得，孩儿明日便起身去寻父亲。"霍氏道："你要去，我也难留你。只是没个定向，叫你那厢去寻？寻得见，寻不见，好歹回来，不要使我计念。"又拿一件破道袍、一条裙道："这布道袍因你爹去时是秋天，不曾拿得去，这裙是我穿的，你父亲拿去当钱与崔科，这两件他可认得。你两边都不大认得，可把这个做一执照。"姑媳两个与他打点了行李，曾氏又私与他些簪珥之类，道："你务必寻了回来，解婆婆愁烦。"

王原便拜别起身，正是：

矢志寻乔木，含悲别老萱。
白云飞绕处，瞻望欲消魂。

想道他父亲身畔无钱，不能远去，故此先在本府益都、临淄、博兴、高苑、乐安、寿光、昌乐、临朐、诸城、蒙阴、莒州、沂水、日照各县，先到城市，后到乡村，人烟凑集的处在，无不寻到。又想道："父亲若是有个机缘，或富或贵，一定回来。如今久无音信，毕竟是沦落了。"故此僧道、星卜，下及佣工、乞丐里边，都去寻访。访了几月，不见踪迹。又向本省济南、兖州、东昌、莱州各府找寻。也不知被人哄了几次，听他说来有些相似，及至千辛万苦寻去，却又不是。他并没个怨悔的心，见这几府寻不见，便转到登州，搭着海船行走。

只见这日忽然龙风大作，海浪滔天，曾有一首《黄莺儿》咏他：

砂石走长空，响喧阗，战鼓轰。银墙一片波涛涌，看摧樯落篷。苦舟攲楫横，似落红一点随流送。叫天公，任教舴艋，顷刻饱鱼龙。

那船似蝴蝶般东飘西侧，可可里触了礁，把船撞得粉碎。王原止抱得一块板，凭他氽来氽去。上边雨又倾盆似倒下来，那头发根里都是水，胸前都被板磨破了，亏得一软浪，打到田横岛沙上阁住了。他便望岸不远，带水拖泥，爬上岸来。只见磨破的胸前经了海里咸水，疼一个小死，只得强打精神走起，随着路儿走去，见一个小小庙儿：

荒径蓬蒿满，颓门薜荔缠。
神堂唯有板，砌地半无砖。
鬼使趾欲断，判官身不全。
苔遮妃子脸，尘结大王髯。

几折余支石，炉空断篆烟。

想应空谷里，冷落不知年。

王原只得走进里边暂息，向神前拜了两拜，道："愿父子早得相逢。"水中淹了半日一夜，人也困倦，便扯过拜板少睡。恍惚梦见门前红日衔山，止离山一尺有余，自己似吃晚饭一般，拿着一碗莎米饭在那里吃，又拿一碗肉汁去淘，醒来却是一梦。正是：

故乡何处暮云遮，漂泊如同逐水花。

一枕松风清客梦，门前红日又西斜。

正身子睡着想这梦，只听得祠门簌簌，似有人行走。定睛看处，走进一个老者来，头带东坡巾，身穿褐色袍，足着云履，手携筇杖，背曲如弓，须白如雪，一步步那来，向神前唱了一个喏。王原见了，也走来作上一个揖。老者问："少年何来?"王原把寻亲被溺之事说了，老者点头道："孝子，孝子!"王原又将适才做的梦请教，那老者一想道："恭喜，相逢在目下了。莎米根为附子，义取父子相见；淘以肉汁，骨肉相逢；日为君父之象，衔山必在近山，离山尺余，我想一尺为十寸，尺余十一寸，是一'寺'字，足下可即山寺寻之。"王原谢了老者，又喜得身上衣衫已燥，行李虽无，腰边还有几两盘缠，还可行走，便辞了老者，出了庙门，望大路前进。因店中不肯留没行李的单身客人，只往祠庙中歇宿。

一路问人，知是文登县界，他就在文登县寻访。过了文登山、召石山、望海台、不夜城，转到成山。成山之下，临着秦皇饮马池，却有一座古寺，便是王喜在此出家的慧日寺。王原寻到此处，抬头一看，虽不见壮丽闳玮，却也清幽庄雅。争奈天色将晚，不敢惊动方丈，就在山门内金刚脚下将欲安身。只见一个和尚搂着一个小沙弥，两个一路笑嘻嘻走将出来，把小沙弥亲了一个嘴，小沙弥道："且关了门着。"正去关门，忽回头见一个人坐在金刚脚下，也吃了一惊。小沙弥道："你甚么人？可出去，等我们关门。"王原道："我也是个安丘书生，因寻亲渡海，在海中遭风失了行李，店中不容，暂借山门下安宿一宵，明日便行。"这两个怪他阻了高兴，狠狠赶他。又得里面跑出一个小和尚来，道："你两个来关门，这多时，干得好事，我要捉个头儿!"看他两个正在金刚脚边催王原出门，后来的便把沙弥肩上搭一搭道："你是极肯做方便的，便容他一宵，那里不是积德处？”沙弥道：“这须要禀老师太得知。”沙弥向方丈里跑来，说：“山门下有个人，年纪不上二十岁，说是寻亲的，路上失了水，没了行李，要在山门借宿。催逼不去，特来禀知师太。”大慈道：“善哉！是个孝子了。那里不是积善处。怕还不曾吃夜饭，叫知客留他茶寮待饭，与他在客房宿。”只见知客陪吃了饭，见他年纪小，要留他在房中。那关门的和尚道：“是我引来的，还是我陪。”王原道：“小生随处可宿，不敢劳陪。”独自进一客房。这小和尚对着知客道：“羞！我领得来，你便来夺。”知客道：“你要思量他，只怕他翻转来要做倒骑驴哩。”

次早，王原梳洗了，也就在众僧前访问，众僧没有个晓得。将欲起身，来方丈谒谢大慈。大慈看他举止温雅，道：“先生尊姓、贵处？”王原道：“弟子姓王名原，青州府安丘县人。有父名为王喜，十五年前避难出外，今至未回，弟子特出寻访。”大慈道：“先生可记得他面庞么？”王原道：“老父离家时，弟子止得三岁，不能记忆。家母曾说是柑子脸，三绺须，面目老少不同，与弟子有些相似。”大慈道：“既不相识，以何为证？”王原道：“有老父平日所穿布袍与家母布裙为验。”大慈听了半饷，已知他是王喜儿子了，便道：“先生且留在这边，与老僧一观。”正看时，外边走进一个老道人，手里拿着些水，为大慈汲水养花供佛。大慈道：“大觉道者，适才有一个寻亲的孝子，因路上缺欠盘缠，将两件衣来当，你可当了他的？”那道人看了一看，不觉泪下。大慈道：“道者缘何泪下？”那道人道：“这道袍恰似贫道家中穿的，这裙恰是山妻的，故此泪下。”大慈道：“你仔么这等认得定？”那道者道：“记得在家时，这件道袍胸前破坏了，贫道去买尺青布来补，今日胸前新旧宛然。又因没青线，把白线缝了，贫道觉得不好，上面把墨涂了，如今黑白相间。又还有一二寸，老妻把来接了裙腰，现在裙上。不由人不睹物凄然。”大慈道：“这少年可相认么？”道者说：“不曾认得。”大慈道：“他安丘人，姓王名原。”因指那道者对王原道：“他安丘人，姓王名喜。”王原听了道：“这是我父亲了。”便一把抱住，放声大哭，诉说家中已自好过，母亲尚在，自己已娶妻，要他回去。

莫向天涯怨别离，人生谁道会难期？
落红无复归根想，萍散终须有聚时。

王道人起初悲惨，到此反板了脸道：“少年莫误认了人，我并没有这个儿子。”王原道：“还是孩儿不误认，天下岂有姓名、家乡相对，事迹相同如此的？一定要同孩儿回去。”王道人道：“我自离家一十五年，寄居僧寺，更有何颜复见乡里？况你已成立，我心更安，正可修行，岂可又生俗念？”王原道：“天下没有无父之人，若不回家，孩儿也断不回去。”又向大慈并各僧前拜谢道：“老父多承列位师父看顾，还求劝谕，使我一家团圆，万代瞻仰。”只见大慈道：“王道者，我想修行固应出家，也有个在家出家的。你若果有心向善，何妨复返故土？如其执迷，使令嗣系念，每年奔走道途，枉费钱财，于心何安？依我去的是。”众僧又苦苦相劝，王喜只得应允了。王原欢喜不胜，就要即日起身。大慈作偈相送道：

草舍有净土，何须恋兰若？
但存作佛心，顿起西方钥。

又送王原道：

方寸有阿弥，尔惟忠与孝。
常能存此心，龙天自相保。

父子两个别了众僧，一路来到安丘。亲邻大半凋残，不大有认得的了，到家夫妻相见，犹如梦里。媳妇拜见了公公，一家甚是欢喜。此时崔科已故，别里递说他以三岁失父，面庞不识，竟能精忱感格，使父复回，是个孝子，呈报县中。王原去辞，都道已开报上司了。其年正值永乐初年，诏求独行之士，本省备开王原寻亲始末，将他起送至京。圣上嘉其孝行，擢拜河南彰德府通判。王原谢恩出京，就迎了两老口赴任禄养。后因父母不伏水土，又告养亲回籍。不料数年间，父母年纪高大，相继而殁。王原依礼殡葬，自不必说，终日悲泣，几至丧生。服阕荐补常德通判，再转重庆同知，所至皆能爱民报国。求忠臣必于孝子之门，有由然矣。

第十回　烈妇忍死殉夫　贤媪割爱成女

廉耻日颓丧，举世修妖淫。
朱粉以自好，靡丽兢相寻。
香分韩氏帏，情动相如琴。
自非奇烈女，孰砺如石心。
蜉蝣视生死，所依在藁砧。
同衾固所乐，同穴亦足歆。
岂耽千古名，岂为一时箴。
一死行吾是，芳规良可钦。

妇人称贤哲的有数种，若在处变的，只有两种：一种是节妇，或是夫亡子幼，或是无子，或是家贫，他始终一心，历青年皓首不变，如金石之坚；一种是烈妇，当夫之亡，便不欲独生，慷慨捐躯，不受遏抑，如火焰之烈。如今人都道慷慨易，从容难，不知有节妇的肝肠，自做得烈妇的事业；有烈妇的意气，毕竟做得节妇的坚贞。我太祖高皇帝，首重风教，故即位未几，旌表辽东高希凤家为五节妇之门、裴铁家为贞节之门，总是要激砺人。但妇人中有可守而不守的，上有公姑，下有儿女，家事又尽可过，这时代亡夫养公姑，代亡夫教子嗣，岂不是好？他却生性好动不好静，饱暖了却思淫欲，天长地久，枕冷衾寒，便也不顾儿女，出身嫁人。或是公姑伯叔、自己弟兄，为体面强要留他，到后来毕竟私奔苟合，贻笑亲党。又有欲守而不能的，是立心贞静，又夫妇过得甚恩爱，不忍忘他。但上边公姑年老，桑榆景逼，妯娌骄悍，鹡鸰无依，更家中无父兄，眼前没儿女，有一餐，没有一餐，置夏衣，典卖冬衣，这等穷苦，如何过得日子？这便不得已，只得寻出身。但自我想来，时穷见节，偏要在难守处见守，即筹算后日，却有一个以烈成节的榜样，这便无如苏州昆山县归烈妇。

烈妇姓陈，他父亲叫作陈鼎彝，生有二女，他是第二，母亲周氏生他时，梦野雉飞入床帏，因此叫他做雉儿。自小聪明，他父亲教他识些字，看些古今《列女传》，他也颇甚领意。万历十八年，他已七岁，周氏忽然对陈鼎彝道："我当日因怀雉儿时，曾许下杭州上天竺香愿，经今七年，不是没工夫，便是没钱。今年私已趱下得两匹布、五七百铜钱，不若去走一代，也完了心愿。"陈鼎彝道："这两个女儿怎么？"周氏道："在家中没人照管，不若带了他去，也等他出一出景。"夫妇计议已定，便预先约定一只香船，离了家中，望杭州进发。来至平望，日已落山，大家香船都联做一帮歇了。船中内眷，都捉队儿上岸，上茅厕中方便。周氏与这两个女儿也上涯来，遇着一个白发老婆婆，却是有些面善，细看，正是周氏房分姑娘。他嫁在太仓归家，十九岁丧了丈夫，他却苦守，又能孝养公姑，至今已六十五岁，有司正在表扬题请，也与两个侄儿媳妇来杭烧香。大家都相见了，周氏也叫这两个女儿厮叫。姑娘道："好好，几年不见，生得这两个好女儿，都吃了茶未？"道："大的已吃了，小的尚未曾。"正说，只见归家船上跳起一个小哥儿来，穿着纱绿绵绸海青，瓜子红袜子，毛青布鞋，且自眉目清秀。他姑娘见了道："这是我侄孙儿，才上学，叫做归善世，倒也肯读书，识得字，与你小女儿年纪相当。我作主，做了亲上亲罢。"周氏道："只怕仰攀不起。"那姑娘道："莫说这话，都是旧亲。"上了船，便把船镶做一块，归家便送些团子、果子过来，这边也送些乌菱、塔饼过去。一路说说笑笑，打鼓筛锣，宣卷念佛，早已过了北新关，直到松木场，寻一个香荡歇下。那姑娘又谈起亲事，周氏与陈鼎彝计议道："但凭神佛罢，明日上天竺祈签，若好便当得。"

次日，就上了岸，洗了澡，买了些香烛纸马，寻了两乘兜轿，夫妻两个坐了，把两个女儿背坐在轿后。先自昭庆过葛岭，到岳王坟，然后往玉泉、雷院、灵隐、三竺，两岸这些开店妇人，都身上着得红红绿绿，脸上搽得黑黑白白，头上插得花花朵朵，口里道："客官请香烛去。""里面洗澡去。""吃饭。"再不绝声，好不闹热。一到上天竺，下了轿，走进山门，转到佛殿，那些和尚又在那边道："详签这边来，写疏这边来。"陈鼎彝去点蜡烛，正点第二枝，第一枝已被吹灭拔去了。只得随众，把些牙降香往诸天罗汉身上一顿撒，四口儿就地上拜上几拜。陈鼎彝叫周氏看了两女儿，自去求签问婚姻之事。摸了个钱，去讨签票时，那里六七个和尚且是熟落，一头扯，一头念道：

春日暖融融，鸳鸯落水中。

由他风浪起，生死自相同。

又道："这是大吉签，求甚么的？"鼎彝道："是婚姻。"和尚道："正是婚姻签。有人破，不可听他。"又骗三五个详签的铜钱。鼎彝正拿着签票来与周氏说时，只见几个和尚，也有拿缘簿的，拿椽木的，拦这些妙年妇女道："亲娘舍舍。"内中有一个被他缠不过，舍了一根椽子。和尚就在椽木上写道："某县信女某氏，喜舍椽木一根，祈保早生贵子，吉祥如意。"写的和尚，又要了几个钱。又道"公修公德，婆修婆德"，还要众人舍。内中一个老世家亲娘道："舍到要舍，只是你们舍了，又要刨去哄人。"那和尚便道："个亲娘那话？抱了你几次？哄了你几次？"这妇人红了脸便走。一齐出了寺门，到饭店吃了饭。苦是在寺里又被和尚缠，在阶上又被花子卧满阶，叫的喊的，扯的拽的，轿夫便放箭，一溜风便往法相，摸一摸长耳相真身，净寺数一数罗汉，看一看大锅，也不曾看得甚景致。回到船时，轿钱酒钱也去了一钱伍分一乘。抬的、走的，大约傍晚都到船中。那归老亲娘便问："求得签何如？"周氏便把签递去。老亲娘道："大吉，是好签了。我这里也求得一签上上。"签道：

柳色满河津，桃花映水滨。

无边好光景，行乐在三春。

归老亲娘道："看起签来都是好，我们便结了亲罢。"一路船上都"亲家"称呼。到家不多几时，归家行了些茶，两家定了这门亲。

不料不上一年，陈鼎彝染病身亡，丢他母子三人，剩得破屋一间、薄田几亩，三人又做针指，凑来度日。后来长姊出嫁，止他母子二人。到万历三十一年，归善世年十八，烈女已年十九了。善世父亲因善世生得瘦弱，又怕他分了读书心，还未肯做亲。倒是善世母道："两边年纪已大，那边穷苦，要早收拾他。"遂做了亲。烈妇自穷困来，极甘淡泊勤俭，事公姑极是孝顺，夫婿极是和睦。常对善世道："公姑老了，你须勉力功名，以报二亲。"每篝灯相向，一个读书，一个做针指。

一日，将次初更，善世正读书，忽然听听呜呜的哭声，甚是凄惨，道："是何处？这哭声可怜。"烈妇道："不读书，又闲听！是左邻顾家娘子丧了丈夫，想这等哭。"细细听去，又听得数说道："我的人，叫我无儿无女看那个？"又道："叫我少长没短怎生过？"善世听了，不觉叹息道："这娘子丈夫叫顾谌，是我小时同窗，大我两岁，做得三年夫妻，生有一女，又因痘子没了。他在日，处一个乡馆，一年五七两银子尚支不来，如今女人真是教他难过，倒不如一死完名全节。”又叹息道：“死也是难，说得行不得。”烈妇道：“只是不决烈，不肯死，有甚难处！”

似此年余，适值学院按临，善世便愈加攻苦，府县也得高取，学院也考了，只是劳心过甚，竟成弱症。始初还是夜间热，发些盗汗，渐渐到日间也热，加之咳嗽。爹娘慌张请医调治。这疾原三好两怯的，见他好些，医生便道：“我甚么药去捉着了。”不数日又如旧，道：“一定他自欠捉摸。”痰疾加贝母，便买贝母，为虚加参，便买参，只是不好。可可院中发案无名，越发动气，床头有剑一口，拔来弹了几弹道：“光芒枉自凌牛斗，未许延津得化龙。”不觉泪下。此后肌骨渐消，恹恹不起，自知不好了。烈妇适送药与他，他看了两眼，泪落道：“娘子，从今这药不须赎了，吃来无益，不如留这些钱财，与父母及你养赡。”烈女道：“官人，你且耐心，留得青山在，不怕没柴烧。只顾将息你病好，钱财那里惜得！”善世又叹息道：“谁将绛雪生岩骨，剩有遗文压世间。读甚么书！功名无成，又何曾有一日夫妻子母之乐？”说罢，又执住了烈妇的手说：“我病中曾为你思量打算，我虽与你是恩爱夫妇，料不能白头相守了。但若是我父母年力精强，还可照管得你，我可强你守；家事充足，你衣食不忧，我可强你守；若生得一男半女，你后日还望个出头，也可强你守。如今两个老人家年老，我为子的不能奉养，还望你奉养。你的日子长，他的日子短，上边照管人少了，家中原止可过日，只为我攻书，又为我病，费了好些，强你守也没得供膳你。到子嗣上，可怜做了两年夫妻，孕也没一两个月，要承继过房，也没一个，叫你看着何人？况且你母亲年纪大，没有儿子，你去嫁得一个存钱有势丈夫，还可看顾你母亲。故此你只守我三年，以完我夫妇情谊便是。”烈妇道：“我与你相从二年，怎不知我心性？倘你有不幸，我即与你同死，主意已定。”善世道：“娘子，你固要全节，也要全孝，不可造次。”正是：

鸡骨空床不久支，临危执手泪交垂。

空思共剪窗前烛，私语喁喁午夜时。

烈妇与丈夫说后，心已知他不起，便将自己箱笼内首饰典卖，买了两株杉木，分付匠人合了一副双椁、一副三椁的棺木。匠人道：“目下先赶那一副？”烈妇道：“都是要的。”又发银子买布，都可做两副的料。人都道这娘子忒宽打料，不知数目，不知他自有主见。过了数日，是十月初九日，虚极生痰，喘吼不住。便请过父母来，在床上顿首道：“儿不孝，不能奉养爷娘了，不可为我过伤。”此时烈妇母亲也来看视，善世道：“岳母，你好调护你女儿，与他同居过活，我空负了个半子的名。”又对烈妇道：“你的心如金石，我已久知，料不失节，不必以死从我。”一席说得人人泪流。善世也因说到痛伤处，清泪满眼，积痰满喉，两三个白眼，已自气绝了。正是：

忌才原造物，药裹困英雄。

寂寞寒窗夜，遗编泣素风。

此时善世父母莫不痛哭，烈妇把善世头捧了，连叫上几声，也便号淘大哭。见枕边剑，便扯来自刎，幸是剑锈，一时仅拔得半尺多，他母亲忙将他双手抱住，婆婆的忙把剑抢去。烈妇道：“母亲休要苦我，我已许归郎同死，断不生了。我有四件该死：无子女要我抚育，牵我肠肚，这该死；公姑年老，后日无有倚靠，二该死；我年方二十二，后边日子长，三该死；公姑自有子奉养，不消我，四该死。我如何求生？只是我妇人死后，母亲可就为我殡敛，不可露尸。”他母亲道：“我儿，夫妇之情，原是越思量越痛伤的，这怪不得你，况如今正在热水头上。只是你若有些山高水低，你兄弟又无一个，姊姊又嫁着个穷人，叫我更看何人？况且你丈夫临终有言，叫你与我过活，你怎一味生性，不顾着我？”烈妇道：“母亲，你但听得他临终之言，不知他平日说话。他当日因顾家寡妇年纪小，没有儿女，独自居住守寡，他极哀怜，道似他这样守极难，若是一个守不到头，反惹人笑，倒不如早死是为妙事。这语分明为我今日说，怎么辞一死？”

他母亲见他一日夜水米不打牙，恐怕他身子狼狈，着人煎些粥与他吃。他拿来放在善世面前，道：“君吃我亦吃。”三日之间，家中把刀剑之类尽行收藏过了，凡是行处、住处、坐时、卧时，他母亲紧紧跟随。烈女道：“母亲何必如此？儿虽在此，魂已随归郎，活一刻，徒使我一刻似刀刺一般。”未殓时，抚着尸哭道：“我早晚决死，将含笑与君相会九泉，这哭只恐我老母无所归耳。”殓时，出二玉珥，以一纳善世口中，以为含，一以与母道：“留为我含，九泉之下，以此为信。”复宽慰母曰：“我非不怜母无人陪侍，然使我在，更烦母周恤顾管，则又未有益母亲。”其母闻言，见他志气坚执不移，也泫然流泪道：“罢，罢！你死，少不得我一时痛苦，但我年已老，风中之烛，倒也使我无后累。”便将原买的布匹，都将来裁剪做烈妇衣衾，母子两个相对缝纫。只见他姑见了道：“媳妇如此，岂不见你贞烈？但数日之间，子丧妇丧，叫我如何为情？”烈女道：“儿亦何心求贞烈名？但已许夫以死，不可给之以生。”他姑又对他母亲道：“亲母，媳妇光景似个决烈的，但我与你，岂有不委曲劝慰，看他这等死？毕竟止他才是。”周氏便泪落如雨道：“亲母，你子死还有子相傍，我女亡并无子相依，难道不疼他？不要留他？”说了便往里跑，取出一把钉棺的钉，往地下一丢道：“你看，你看，此物他都已打点了，还也止得住么？”其姑亦流泪而去。

到第五日，家中见不听劝慰，也便听他。他取汤沐浴，穿了麻衣，从容走到堂上见舅姑，便拜了四拜道：“媳妇不孝，从此不复能事舅姑了。”公姑听了，不胜悲痛。他公姑又含泪道：“你祖姑当日十九岁，也死了丈夫，也不曾有子，苦守到今，八十多岁，现在旌表。这也是个寡居样子，是你眼里亲见的。你若学得他，也可令我家门增光、丈夫争气，何必一死？”烈妇道：“人各有幸有不幸，今公姑都老，媳妇年少，岁月迢遥，事变难料，媳妇何敢望祖姑？一死决矣！”正是：

九原无起日，一死有贞心。

众亲戚闻他光景，也都来看他，也有慰谕他的，也有劝勉他的，他一一应接，极其款曲。到晚问拿饭与他母亲，他也随分吃些。这些家中人也便私下议论道：“他原道郎吃我吃，怎如今又吃了？莫不有些回心转意么？”一个趁口长的道：“便是前两日做着死衣服，甚是急，今日到懈懈的，衾褥之类还不完，一定有不死光景了。”又一个道：“死，是那一个不怕的？只是一时间高兴，说了嘴，若仔细想一想，割杀颈痛，吊杀喉痛，就是去拿这刀与索子，也手软。你看他再过三头五日，便不题起死了。巴到三年，又好与公姑叔婶寻闹头，说家中容不得，吃用没有，好想丈夫了。你看如今一千个寡妇里边，有几个守？有几个死？”

只见到晚来，他自携了灯与母亲上楼。家中人都已熟睡，烈妇起来，悄悄穿了入殓的衣服，将善世平日系腰的线绦轻轻绾在床上自缢。正是：

赤绳恩谊绾，一缕生死轻。

此时咽喉间气不达，拥起来，吼吼作声。他母亲已是听得他，想道：“这人是不肯生了。”却推做不听得，把被来狠狠的嚼。倒是他婆婆在间壁房中听了，忙叫亲母，这里只做睡着，他便急急披衣赶来，叫丫鬟点火时，急卒点不着，房门又闭着，亏得黑影子被一条小凳绊了一绊，便拿起来两下撞开了门。随着声儿听去，正在床中，摸去却与烈妇身子撞着，道："儿，再三劝你，定要如此短见。"急切解不得绳子，忙把他身子抱起，身子不坠下，绳子也便松些。须臾灯来，解的解，扶的扶，身子已是软了，忙放在床上，灌汤度气。他母亲才来，众人道："有你这老人家，怎同房也不听得？"停了半日，渐渐脸色稍红，气稍舒，早已苏了，张眼把众人一看，蹙着眉头道："我毕竟死的，只落得又苦我一番。"大家乱了半夜，已是十四日。到了早辰，烈妇睡在床中，家中众亲戚都来劝他，你长我短，说了半日。他母亲道："他身子极是困倦，不要烦了他。"众人渐渐出来，烈妇便把被蒙住一个头，只做睡着。到午间，烈妇看房中无人，忙起来把一件衣服卷一卷，放在被中，恰似蒙头睡的一般，自己却寻了一条绳，向床后无人处自缢死了。正是：

同穴有深盟，硁硁不易更。
心随夫共死，名逐世俱生。
磨笄应同烈，颓城自并贞。
愧无金玉管，拂纸写芳声。

饭后，人多有来的，看一看道："且等他睡一睡，不要惊醒他。"坐了半日，并不见他动一动，他母亲上前去，意待问他一声，恐他要甚汤水，觉得不闻一些声息，便揭被看时，放声大哭。众人一齐拥来，还只道死在床中，谁知被盖着一堆衣服。众人就寻时，见烈妇缢在床后，容貌如生，怡然别无悲苦模样，气已绝了半日了。这番方知他略饮食是缓人防闲的肚肠，又伏他视死如归，坦然光景。遂殡敛了，与其夫一同埋葬在祖坟上。其时文士都有诗文，乡绅都来祭奠。里递备述他贞烈呈县，县申府，府申道院待旌。归子慕为立传。如此烈妇，心如铁石，即使守，岂为饥寒所夺、情欲所牵，有不终者乎？吾谓节妇不必以死竖节，而其能死者，必其能守者也！若一有畏刀避剑肚肠，毕竟可以摇动，后来必守不成。

第十一回　毁新诗少年矢志　诉旧恨淫女还乡

香径留烟，蹀廊笼雾，个是苏台春暮。翠袖红妆，销得人亡国故。开笑靥夷光何在，泣秦望夫差谁诉？叹古来倾国倾城，最是蛾眉把人误！

丈夫峻嶒侠骨，肯靡靡绕指，醉红酣素？剑扫情魔，任笑儒生酸腐。嗤相如绿绮闲挑，陋宋玉彩笺偷赋。须信是子女柔肠，不向英雄谱。

右调《绮罗香》

吾家尼父道：“血气未定，戒之在色。”正为少年不谙世故，不知利害，又或自矜自己人才，自奇自家的学问，当着鳏居消索，旅馆凄其，怎能宁奈？况遇着偏是一个奇妙女，娇吟巧咏，入耳牵心；媚脸妖姿，刺目挂胆。我有情，他有意，怎不做出事来？不知古来私情，相如与文君是有终的，人都道他无行；元微之、莺莺是无终的，人都道他薄情。人只试想一想，一个女子，我与他苟合，这时你爱色，我爱才，惟恐不得上手，还有什么话说！只是后边想起当初鼠窃狗偷的，是何光景？又或夫妇稍有衅隙，道这妇人当日曾与我私情，莫不今日又有外心么？至于两下虽然成就，却撞了一个事变难料，不复做得夫妇，你绊我牵，何以为情？又或事觉，为人嘲笑，致那妇人见薄于舅姑，见恶于夫婿，我又仔么为情？故大英雄见得定，识得破，不偷一时之欢娱，坏自己与他的行止。

话说弘治间有一士子，姓陆名容，字仲含，本贯苏州府昆山县人。少丧父，与寡母相依，织纴自活。他生得仪容俊逸，举止端详，飘飘若神仙中人，却又勤学好问，故此胸中极其该博，诸子百家，无不贯通。他父在时，已聘了亲，尚未毕姻。十八岁进了昆山县学。凡人少年进学，未经折挫，看得功名容易，便易懈于研墨，入于游逸，他却少年老成，志向远大。若说作文讲学，也不辞风雨，不论远近；若是寻花问柳，饮酒游山，他便裹足不入。当时有笑他迂的，他却率性而行，不肯改易。

进学之后，有个父亲相好的友人，姓谢名琛，号度城，住在马鞍山下，生有一子一女。女名芳卿，年可十八岁，生得脸如月满，目若星辉，翠黛初舒杨柳，朱唇半吐樱桃，又且举止轻盈，丰神飘逸。他父亲是个老白想起家，吹箫鼓琴，弹棋做歪诗，也都会得，常把这些教他，故此这女子无件不通。倒是这兄弟谢鹏，十一岁却懵懂痴愚，不肯读书。谢老此时有了几分家事，巴不得儿子读书进学。来贺陆仲含时，见他家事萧条，也有怜他之意，道："贤契家事清淡，也处馆么？"陆仲含道："小侄浅学，怎堪为人师？"谢老道："贤契着此念头，便前程万里，自家见得不足，常常有余。老夫有句相知话奉渎，家下有个小犬，年已十一岁了，未遇明师，尚然顽蠢。若贤侄不弃，薄有几间书房，敢屈在寒舍作个西席。只恐粗茶淡饭，有慢贤侄，束修不多，不成一个礼，只当自读书罢。"陆仲含道："极承老伯培埴，只恐短才不胜任。"谢老起身道："不要过谦，可对令堂一说，学生就送关书来。"仲含随与母亲计议，母亲道："家中斗室，原难读书。若承他好意，不唯可以潜心书史，还可省家中供给，这该去。只是通家，教书要当真，他饮食伏侍不到处，也将就些，切不可做腔。"果然隔了两日，谢老来送一个十二两关，就择日请他赴馆。

陆仲含此时收拾了些书史，别了母亲、来到谢家。只见好一个庭院：

　　绕户溪流荡漾，覆墙柳影横斜。

　　帘卷满庭草色，风来隔院残花。

到得门，谢老与儿子出来相迎，延入中堂相揖，逊仲含上坐。仲含再三谦让，谢老道："今日西宾，自应上坐了。"茶罢，叫儿子拜了，送了贽，延入书房。此老是在行人，故此书房收拾得极其精雅：

　　小槛临流出，疏窗傍竹开。

　　花阴依曲径，清影落长槐。

　　细草含新色，卷峰带古苔。

　　纤尘惊不到，啼鸟得频来。

三间小坐憩，上挂着一幅小单条。一张花梨小几，上供一个古铜瓶，插着几枝时花。侧边小桌上，是一盆细叶菖蒲，中列太湖石。黑漆小椅四张，临窗小瘿木桌，上列棋枰磁炉。天井内列两树茉莉、一盆建兰。侧首过一小环洞门，又三间小书房，是先生坐的，曲栏绮窗，清幽可人。来馆伏侍的，却是一个十一二岁小丫鬟。谢老道："家下有几亩薄田，屋后又有个小圃，有两个小厮，都在那边做活，故此着小鬟伏侍，想在通家不碍。"晚间开宴，似有一二女娘窥笑的，仲含并不窥视他。自此之后，只是尽心在那厢教书。这谢鹏虽是愚钝，当不得他朝夕讲说，渐渐也有亮头。每晚谢老因是爱子，叫入内室歇宿。陆仲含倒越得空斋独扃，恣意读书，十余日一回家，不题了。

只是谢老的女儿芳卿，他性格原是潇洒的，又学了一身技艺，尝道是："苏小妹没我的色，越西施少我的才。"几头有本朱淑真《断肠集》，看了每为他叹息，道："把这段才色配个庸流，岂不可恨！倒不如文君得配着相如，名高千古。"况且又因谢老择配，高不成，低不就，把岁月蹉跎。看他冬夜春宵，好生悒快。曾记他和《断肠集》韵，有诗道：

初日晖晖透绮窗，细寻残梦未成妆。

柳腰应让当时好，绣带惊看渐渐长。

平日也是无聊无赖。自那日请陆仲含时，他在屏风后蹴来蹴去看他，见他丰神秀爽，言语温雅，暗想："他外貌已这如此，少年进学，内才毕竟也好。似这样人，可是才貌两绝了。只不知我父亲今日拣，明日择，可得这样个人么？"以此十分留意。自谢老上年丧了妻，中馈之事，俱是芳卿管。那芳卿备得十分精洁，早晚必取好天池松萝苦茗与他。那陆仲含道他家好清的，也是常事，并不问他。芳卿倒向丫头采菱问道："先生曾道这茶好么？"采菱道："这先生是村的，在那厢看了这两张纸，呜呜的，有时拿去便吃，有时搁做冰冷的，何曾把眼睛去看一看青的黄的，把鼻子闻一闻香的不香的？"芳卿道："痴丫头，这他是一心在书上，是一个狠读书秀才。"采菱道："狠是狠的，来这一向，不曾见他笑一笑。"芳卿道："你不晓的，做先生要是这样。若对着这顽皮，与他戏颠颠的，便没怕惧了。这也是没奈何，那一个少年不要顽要风月的？"采菱道："这样说起来是假狠了。"

处馆数月，芳卿尝时在楼上调丝弄竹，要引动他。不料陆仲含少年老成得紧，却似不听得般，并不在采菱、谢鹏面前问一声是谁人吹弹。那芳卿见他这光景，道他致诚，可托终身，偏要来惹他。父亲不在时，常到小坐憩边采花，来顽要，故意与采菱大惊小怪的，使他得知。有时直到他环洞门外，听他讲书。仲含却不走出来，即或撞着，避嫌折身转了去。谢鹏要来说姐姐时，自娘没后都是姐姐看管，不敢惹他；却又书讲不出时，又亏姐姐把窃听的教道他，他也巴不得姐姐来听。芳卿又要显才，把自己做就的诗，假做父亲的，叫兄弟拿与他看。那陆仲含道："这诗是戴了纱帽，或是山人墨客做的。我们儒生，只可用心在八股头上。脱有余工，当博通经史。若这些吟诗作赋、弹琴着棋，多一件是添一件累，不可看他。"谢鹏一个扫兴而止。芳卿道："怎小小年纪，这样腐气？"几番要写封情书，着采菱送去，又怕兄弟得知。要自乘他归省时，到房中留些诗句，又恐怕被他人、或父亲到馆中看见，不敢。

一日，又到书房中来听他讲书，却见他窗外晒着一双红鞋儿，正是陆仲含的。芳卿道："看他也是好华丽的人，怎不耽风月？"忙回房中写了一首诗道：

日倚东墙盼落晖，梦魂夜夜绕书帏。
何缘得遂生平愿，化作鸾凰相对飞。

叫采菱道："你与我将来藏在陆相公鞋内，不可与大叔见。"又怕采菱哄他，又自随着他，远远的看他藏了方转。

绮阁痛形孤，墙东有子都。
深心怜只凰，寸缄托双凫。

又着采菱借送茶名色，来看动静。那采菱看见天色阴，故意道一句："天要下雨了！"只见陆仲含走出来，将鞋子弹上两弹，正待收拾，却见鞋内有一幅纸在，扯出来时，上面是一首诗。他看了又看，想道："这笔仗柔媚，一定是个女人做的，怎落在我鞋内？"拿在手中，想了几回，也援笔写在后首道：

阴散闲庭坠晚晖，一经披玩静垂帏。
有琴怕作相如调，寄语孤凰别向飞。

一时高兴写了，又想道："我诗是拒绝他的，却不知是何人作，又倩何人与他？留在书笥中，反觉不雅。"竟将来扯得粉碎。采菱在窗外张见，忙去回覆。芳卿已在那边等信，道："仔么了？"采菱："我在那边等了半日，不见动静，被我哄道天雨了，他却来收这鞋子。见了诗儿，复到房中，一头走，一头点头播脑，轻轻的读。读了半日，也在纸上写上几句，后边又将来扯碎了。想是做姐姐不过，故此扯坏。”芳卿道：“他扯是恼么？”采菱道：“也不欢喜，也不恼。”芳卿道：“他若是无情的，一定上手扯坏；他又这等想看，又和，一定也有些动情。扯坏时他怕人知道，欲灭形迹了，还是个有心人。”不知那陆仲含在那边废了好些心，道：“我尝闻得谢老在我面前说儿子愚蠢，一女聪明，吹弹写作，无所不能，这一定是他做的，诗中词意似有意于我。但谢老以通家延我，我却淫其女，于心何安？况女子一生之节义，我一生之行简，皆系于此，岂可苟且。只是我心如铁石，可质神明，但恐此女不喻，今日诗来，明日字到，或至泄漏，连我也难自白。不若弃此馆而回，可以保全两下，却又没个名目。”

正在摆划不下时，不期这日值谢老被一个大老挈往虎丘，不在家中。那芳卿幸得有这机会，待至初更，着采菱伴了兄弟，自却明妆艳饰，径至书房中来。走至洞门边，又想道：“他若见拒，如何是好？”便缩住了。又想道：“天下没有这等胶执的，还去看！”乘着月光，到书房门首，轻轻的弹了几弹。那陆仲含读得高兴，一句长，一句短，一句高，一句低，那里听得？芳卿只得咬着指头，等了一回，又下阶看一回月，不见动静，又弹上几弹，偏又撞他响读时。立了一个更次，意兴索然。正待回步，忽听得“呀”地一声，开出房来，却是陆仲含出来解手，遇着芳卿，吃了一惊，定睛一看，好一个女子：

> 肌如聚雪，鬓若裁云。弯弯翠黛，巫峰两朵入眉头；的的明眸，天汉双星来眼底。乍启口，清香满座；半含羞，秀色撩人。白团斜掩赛班姬，翠羽轻投疑汉女。

仲含道：“那家女子，到此何干？”那芳卿闪了脸，径望房中一闯。仲含便急了，道：“我是书馆之中，你一个女流走将来，又是暮夜，教人也说不清，快去！”芳卿道：“今日原也说不清了！陆郎，我非他人，即主人之女芳卿也。我自负才貌，常恐落村人之手，愿得与君备箕帚。前芳心已见于鞋中之词，今值老父他往，舍弟熟睡，特来一见。”仲含道：“如此，学生失瞻了！但学生已聘顾氏，不能如教了。”芳卿即泪下道：“妾何薄命如此！但妾素慕君才貌，形之寤寐，今日一见，后会难期。愿借片时，少罄款曲，即异日作妾，亦所不惜！”

遽牵仲含之衣。仲含道："父执之女，断无辱为妾之理，请自尊重，请回。"芳卿道："佳人难得，才子难逢，情之所钟，正在我辈，郎何恝然？"眉眉吐吐，越把身子捱近来。陆仲含便作色道："女郎差矣！'节义'二字不可亏。若使今日女郎失身，便是失节；我今日与女郎苟合，便是不义。请问女郎，设使今日私情，明日泄露，女郎何以对令尊？异日何以对夫婿？那时非逃则死，何苦以一时贻千秋之臭！"芳卿道："陆郎，文君、相如之事，千古美谭。怎少年风月襟期，作这腐儒酸态？"仲含道："宁今日女郎酸我腐我，后日必思吾言。负心之事，断断不为。"遂踏步走出房外。

芳卿见了，满面羞惭道："有这等拘儒，我才貌作不得你的妾？不识好！不识好！"还望仲含留他，不意仲含藏入花阴去了，只得怏怏而回。一到房中，和衣睡下，一时想起好羞："怎两不相识，轻易见他？被他拒绝，成何光景？"一时好恼："天下不只你一个有才貌的，拿甚班儿？"又时自解道："留得五湖明月在，不愁无处下金钩。好歹要寻个似他的。"思量半夜，到天明反睡了去。采菱到来，道："亲娘辛苦。"芳卿道："撞着呆物，我就回了。"采菱道："亲娘谎我，那个肯呆？"芳卿道："真是。"把夜来光景说与他。采菱道："有这样不识抬举的。亲娘捱半年，怕不嫁出个好姑夫？要这样呆物，料也不溜亮的。"芳卿点了点头。

仲含这厢怕芳卿又来缠，托母老抱病，家中无人，不便省亲，要辞馆回家。谢度城道："怎令堂一时老病起来？莫不小儿触突，家下伏侍不周？"仲含道："并不是，实是为老母之故。"谢度城见他忠厚，儿子也有光景，甚是恋恋不释。问女儿道："你一向供看他何如？"芳卿道："极好。想为馆谷少，一个学生坐不住他身子。"谢度城见仲含意坚，只得听他，道："先生若可脱身，还到舍下来终其事。"仲含唯唯。到家，母亲甚是惊讶，道："你莫不有甚不老成处，做出事回来？"仲含道："并没甚事，只为家中母亲独居，甚是悬念，故此回来。"母亲道："固是你好意，但你处馆，身去口去，如今反要吃自己的了。"

过几时，谢度城着人送束修，且请赴馆。只在附近僧寺读书。次年闻得谢老女随人逃走，不知去向。后又闻得谢老捡女儿箱中，见有情书一纸，却是在他家伴读的薄喻义。谢度城执此告官，此时薄喻义已逃去，家中止一母亲，拖出来见了几次官，追不出，只得出牌广捕。陆仲含听了，叹息道："若是我当日有些苟且，若有一二字脚，今日也不得辨白了！"

荏苒三年，恰当大比，陆仲含遗才进场。到揭晓之夕，他母亲忽然梦见仲含之父道："且喜孩儿得中了！他应该下科中式，因有阴德，改在今科，还得联捷。"母亲觉来，门前报的已是来了。此时仲含尚在金陵，随例饮宴参谒，耽延月余。这些同年也有在新院耍，也有旧院耍；也有挟了妓女在桃叶渡、燕子矶游船的，也有乘了轿在雨花台、牛首山各处观玩的。他却无事静坐，萧然一室，不改寒儒旧态，这些同年都笑他。事毕到家，谒母亲、亲友，也去拜谢度城。度城出来相见，道及："小儿得先生开导，渐已能文，只是择人不慎，误延轻薄，遂成家门之丑。若当日先生在此，当不至此。"十分凄怆。仲含在家中，母亲道及得梦事，仲含道："我寒儒，有甚阴德及人？"

十月启行北上，谢老父子也来相送。一路无辞。抵京，与吴县举人陆完、太仓举人姜昂，同在东江米巷作寓。两个扯了陆仲含，同到前门朝窝内顽耍，仲含道："素性怕到花丛。"两个笑了笑道："如今你才离家一月，还可奈哩！"也不强他。两个东撞西撞，撞到一家梁家。先是鸨儿见客，道："红儿有客。"只见一个妓者出来，年纪约有十七、十八岁，生得丰腻，一口北音，陪吃了茶，问了乡贯姓字。须臾一个妓女送客出来，约有二十模样，生得眉目疏秀，举止轻盈。姜举人问红儿道："这是何人？"红儿道："是我姐姐慧哥，他晓得一口你们苏州乡谭，琴棋诗写，无件不通。"正说时，慧儿送客已回，向前万福。红儿道："这一位太仓姜相公，这位吴县陆相公，都是来会试的。"慧儿道："在那厢下？"姜举人道："就在东江米巷。"慧儿道："两位相公俱在姑苏，昆山有一位陆仲含，与陆相公不是同宗么？"姜举人道："近来同宗。"陆举人道："他与我们同来会试，同寓。慧哥可与有交么？"慧儿觉得容貌惨然，道："曾见来。"姜举人道："这等我停会挈他同来。"姜举人叫小厮取一两银子，与他治酒。

两个跳到下处，寻陆仲含时，拜客不在，等了一会来了。姜举人便道："陆仲含，好个素性懒入花丛，却日日假拜客名头，去打独坐！"陆仲含道："并不曾打甚独坐！"陆举人道："梁家慧哥托我致意。"仲含道："并不曾晓得甚梁家慧哥。”姜举人道：“他却晓得你昆山陆仲含。”仲含道：“这是怪事。”姜举人道：“何怪之有？离家久，旅邸萧条，便适兴一适兴何妨？”陆仲含道：“这原不妨，实是不曾到娼家去。”正说间，又是一个同年王举人来，听了，把陆仲含肩上拍一拍道：“老呆！何妨事？如今同去，若是陆兄果不曾去，姜兄输一东道请陆兄；如果是旧相与，陆兄输一个东道请姜兄，何如？”姜举人连道：“使得，使得！”陆仲含道：“这一定你们要激我到娼家去了，我不去！”姜举人便拍手道：“辞馁了。”只见王举人在背后把陆仲含推着道：“去！去！饮酒宿娼，提学也管不着，就是不去的，也不曾见赏德行。今日便带挈，我吹一个木屑罢！”

三个人簇着便走，走到梁家，红儿出来相迎，不见慧哥。王举人道：“慧哥呢？”红儿便叫：“请慧哥！姜相公众位在这里！”去了一会，道身子不快，不来。盖因触起陆仲含事，不觉凄恻，况又有些惭惶，不肯出来。姜举人道：“这样病得快？定要接来！”王举人道：“我们今日东道都在他一见上，这决要出来的。”姜举人道：“若不是陆相公分上，就要挦毛了！”逼了一会，只得出来，与王举人、陆仲含相见了。陆仲含与他彼此相视，陆仲含也觉有些面善，慧儿却满面通红，低头不语。姜举人道：“贼，贼，贼！一个眼色丢，大家都不做声了。”王举人道：“两个不相识，这东道要姜兄做。”姜举人道：“东道我已做在此了，实是适才原问陆仲含。”

须臾酒到，姜举人道：“慧娘，你早间道曾见陆仲含，果是何处见来？”只见慧哥两泪交零，哽咽不胜，正是：

一身飘泊似游丝，未语情伤泪雨垂。

今日相逢白司马，重抱琵琶诉昔时。

向着陆仲含道：“陆相公，你曾在马鞍山下谢家处馆来么？”陆仲含道：“果曾处来。”慧儿不觉失声哭道：“妾即谢度城之女芳卿也。记当日曾以诗投君，君不顾；复乘夜奔君，君不纳，且委曲训谕。妾不能用。未几君辞馆去，继之者为洪先生，挈一伴读薄生来。妾见其年少，亦以挑君者挑之，不意其欣然与妾相好，夜去明来，垂三月而妾已成孕矣。惧老父见尤，商之薄生为堕胎计，不意薄生愚妾以逃，骇妾谓予弟闻之予父，将以毒药杀予，不逃难免。因令予尽挈予妆奁，并窃父银十许两，逃之吴江伊表兄于家。不意于利其有，伪被盗，尽窃予衣装。薄生方疑而踪迹之，于遽蹴邻人，欲以拐带执薄生。予骇，谓所窃父银尚在枕中，可以少资饘粥，遂走金陵。生佣书以活，予寄居斗室。邻有恶少，时窥予，生每以此疑，始之诟詈，继以捶楚，曰：'尔故态复萌耶？'虽力辨之，不我听。寻以贫极，暗商之媒，卖予娼家，诡曰偕予往扬投母舅。予甫入舟，生遽挈银去，予竟落此。倚门献笑，何以为情？于君昔日之言俱验，使予当日早从君言，嫁一村庄痴汉，可为有父兄夫妻之乐，岂至飘泊东西，辱亲亏体？老父弱弟，相见何期？即此微躯，终沦异地。"言罢，泪如雨注。

四人亦为悒怏。姜举人道："陆兄，此人诚亦可怜，兄试宿此，以完宿缘。"陆仲含道："不可，我不乱之于始，岂可乱之于终？"陆举人道："昔东人之女，今陌上之桑，何碍？"陆仲含俯首道："于心终不安。"亦踌躇，殊有不能释然光景。芳卿又对仲含道："妾当日未辱之身，尚未能当君子，况今日既垢之身，敢污君子？但欲知别来乡国景色，愿秉达旦之烛，得尽未罄，断不敢有邪想也。"众共赞成。陆仲含道："今日姜兄有红哥作伴，陆兄、王兄无偶，可共我三人清谭。"酒阑，姜举人自拥红儿同宿，二陆与王举人俱集芳卿房中。芳卿因叩其父与弟，仲含道："我上京时，令尊与令弟俱来相送。令尊甚健，令弟亦已能文。"芳卿因开箧出诗数首，曰："妾之愧悔，不在今日，但恨脱身无计。"三人因读其《自艾》诗，有曰：

月满空廊恰夜时，书窗清话尽堪思。
无端不作韦弦佩，飘泊东西无定期。

又：

客窗风雨只生愁，一落青楼更可羞。
惆怅押衙谁个是，白云重见故园秋。

《忆父》：

白发萧森入梦新，别时色笑俨然真。
何缘得似当垆女，重向临筇谒老亲。

《忆弟》：

喁喁笑语一灯前，玉树琼葩各自妍。

塞北江南难再合，怕看雁阵入寒烟。

王举人道："观子之诗，怨悔已极。到思亲想弟，令人怜悯。但只恐脱得身去，又悔不若青楼快乐。"芳卿道："忆昔吴江逃时，备极惊怖；金陵流寓，受尽饥寒。今入风尘，觍颜与贾商相伍，遭他轻侮，所不忍言。略有厌薄，假母又鞭策相逼，真进退不得自快。惟恨脱之不早，怎还有恋他之意？"

此时夜已三鼓，王、陆两人已被酒，陆伏几而卧，王倚于椅上，亦鼾声如雷。惟陆仲含自斟苦茗，时饮时停，与芳卿相向而坐。芳卿因蹙膝至仲含道："妾有一言相恳，亦必难望之事。妾之落此，心甚厌苦，每求自脱，故常得人私赠，都密缄藏，约五十金，原欲遘有侠气或致诚人，托之离此陷穽。但当日薄生所得止五十金，龟子从中尚有所费，恐五十金尚不足。君能为我，使得返故园，生死衔结！"仲含道："仆亦有此意，但以罄行囊不过五十金，恐不足了此事。芳卿若有此，仆不难任之。"仲含因与围棋达曙。早归，命仆人把一拜匣内藏包头并线绦及梳掠送芳卿。芳卿随将所蓄银密封放匣中，且与仆人一百钱，令与仲含，勿令人见。陆仲含便央姜、陆两人与龟子说，要为芳卿赎身。那龟子道："我为他费银三百多两，到我家不上一年，怎容他赎？"王举人知道，也来为他说，自八十两讲到一百两，只是不肯。陆仲含意思要赎他，向同年亲故中，又借银百两凑与他。龟子还作腔，亏得姜举人发恶道："这奴才！他是昆山谢家女子，被邻人薄喻义诓骗出来，你买良为娼。他现告操江广捕，如今先送他在铺里，明日我们四个与城上讲，着他要薄喻义，问他一个本等充军！"王、陆二人在中兜收，只一百六十两赎了。

众同年都来与他作庆，他却于寓中另出一小房，与他居住，雇一个婆子伏侍，自己并不近他。陆举人道："陆兄，既来之，则安之。岂有冷落他在这边之理？"仲含道："陆兄，当日此女奔我时，也愿为我妾。我道父执之女，岂可辱之为妾？所以拒绝。若今日纳之，是负初心了。但谢翁待我厚，此女于我钟情，今日又有悔过之意，岂可使之沦落风尘？正欲乘便寄书，令其父取回耳！"姜举人听了，暗笑道："强辞！且看后来。"陆举人与他同寓，果然见他一无苟且。

将及月余，各处朝觐官来。忽然一日，有个江山县典史来贺陆仲含，且送卷子钱。仲含去答拜，却是同乡人，曾于谢老家会酒，姓杨名春，是谢老之舅，芳卿母舅。说话之间，仲含道：“令甥女在此，老先生知道么?”杨典史道：“不知。”仲含道：“已失身娼家，学生助他赎身，见在敝旅。”杨典史道：“学生来时，曾见家姐夫，他为此女又思又恼，已致成病。老先生若如此救全，不惟出甥女于风尘，抑且救谢度城于垂死，感谢不尽!”仲含道：“这何足谢！但是目下要写书达他令尊，教他来接去，未得其便。如今老先生与他是甥舅，不若带他回去，使他父子相逢。”杨典史道：“以学生言之，甥女已落娼家，得先生捐金赎他，不若学生作主，送老先生为妾。如今一中举，娶妾常事。”仲含道：“岂有此理。即刻就送来。”回寓对芳卿说了，叫了一乘轿，连他箱笼，一一都交与杨典史。又将芳卿所与赎身五十金，也原封不动交还。芳卿道：“前日先生为我费银一百六十余金，尚未足偿，先生且收此，待贱妾回家补足。”仲含道：“前银不必偿还，此聊为卿归途用费。”芳卿谢了再三，别去。

这番姜、陆两人与各同年，都赞他不为色欲动心，又知他前日这段阴德。未几联捷，殿在二甲，做了兵部部属。告假省亲，一到家中，此时谢鹏已进学，芳卿已嫁与一附近农家。父子三人来拜谢，将田产写契一百六十两，送还他赎身之银。陆仲含道：“当日取赎，初无求偿之意”，毕竟不收。芳卿因设一生位在家，祝他功名显大。后转职方郎，尝沮征安南之师，止内监李良请乞。与内阁庸辅刘吉相忤，外转参政。也都是年少时持守定了，若使他当时少有苟且，也竟如薄生客死异地，贻害老亲，还可望功名显大么？正是：

煦煦难断是柔情，须把贞心暗里盟。

明有人非幽鬼责，可教旦夕昧平生。

第十二回　宝钗归仕女　奇药起忠臣

劲骨连山立，孤忱傲石坚。素餐时诵《伐檀》篇，忍令圣朝多缺，效寒蝉。　　胁折心偏壮，身危国自全。就中结个小因缘。恰遇酬恩义士，起危颠。

右调《南柯子》

昔日《南村辍耕录》中载着一人，路见钱三百文，拾了藏在怀中。只见后边一个人赶上道："兄拾得甚么？"此人道："不曾拾甚么。"这人道："我不要你的，只说是甚么。"此人在怀中摸出来，是三百青钱。那人叹息道："莫说几千几百，怎三百文钱，也有个数？我适才远看是一串钱，弯腰去拾时，却是一条小蛇，不敢拾。这该你的，不消讲了。"可见钱财皆有分限。但拾人遗下的，又不是盗他的，似没罪过，只是有得必有失，得的快活，失的毕竟忧愁。况有经商辛苦得来，贫困从人借贷，我得来不过铢锱，他却是一家过活本钱，一时急迫所系，或夫妻、子母至于怨畅，忧郁成病有之，甚至有疑心僮仆，打骂至于伤命。故此古来有还带得免饿死的，还金得生儿子的，正因此事也是阴德。即世俗所传罗状元赴试京中，一路忧缺盘费。家人道："前日在下处拾得金环一双，换来可以济用。"罗状元道："不可，他家失了，追寻无获，不知做出甚事来，速可转去还他。"家人道："要还待回来时还罢，如今若往返，也须费六七日工夫，不惟误了场期，越没有盘费了。"罗状元不听，定要转去。到得主家，家里道是个丫鬟盗了，已打个垂死。后来罗状元到京，恰考场中被火，另改了场期。放榜时，正中了状元。又有个姓李的，曾拾了四两银子，只见一个妇人要来投江，说："丈夫遭债逼，卖个女儿，得银四两，我一时失却。若是丈夫回来，必竟打死，不如自尽，也得干净。"李君听他说得凄楚，便将原银还了。过一年后，正要渡江，却遇那妇人抱了个小儿，一见李君，道："亏你前年救我，

今日母子完全，乞到家里淡酒表意。”一扯扯到家中。吃酒未完，忽然风暴，那先过江的都被渰死，李君得免。这都是行阴德的报。人都道是富贵生死，都是天定，不知这做状元的，不渰杀的，也只是一念所感，仔么专听于天得？我只说一个“人生何处不相逢”，还钗得命之事。

我朝有位官人，姓李名懋先，字时勉，原籍金陵人氏，后边移居江西安福县，把表字改做名字，中了江西乡试，会试中永乐二年朱缙榜进士。做人极其忠厚，待物平恕，持身谨严，语言鲠直。到了三年正月，圣旨命解缙学士将新进士才识英敏的选文渊阁进学，当时喜得选在里边，授官庶吉士。司礼监供纸墨笔，光禄寺供早晚膳，礼部供油烛，工部择第宅，五日一出外宅，内官随侍，校尉笼马，好不荣耀。往常翰林不过养相度，终日做诗，吃酒，围棋，此时圣上砺精，每日令解学士教习。圣上闲时，也来试他策论，或时召至便殿，问经史、史乘，考误中道。庶吉士中有个刘子钦，也是名人，一日只因吃了两钟酒，睡在阁中，适值圣上差内侍来看，见了奏与圣上。圣上大怒，道：“我阁中与他睡觉的么？”发刑部充吏，刘吉士便买了吏巾，到刑部中与这些当该一体参谒，与这些人谈笑自如。圣上又着人去看，回覆，又传旨着他充皂隶。刘吉士也做起皂隶来。时人曾有几句道头巾夥中扮打：

黑漆盔，四个凹。孔雀毛，光皎洁。青战袍，细细折。红裹肚，腰间歇。毛竹刀，头带血。线捍枪，六块铁。来者何人？兀的力。

圣上又着人来看，回覆他在皂隶中毫无介意。圣上也赏他是个荣辱不惊的度量，假说道；“刘子钦好无耻。”还他官职，依然做了吉士。圣上如此劝惩，那一个不用心进业？况李吉士又是一个勤学的人么！似此年余，不料丁了母忧回籍。三年服阕，止授刑部主事，明冤雪滞，部中都推他明决。九年，奉旨充纂修官，重修《太祖实录》，事完例有升赏，从部属复升翰林侍讲。这时节依旧是：

香含鸡舌趋兰省，烛赐金莲入玉堂。

话分两头。本京苏州胡同有一个锦衣卫王指挥，年纪才得三十来岁，娶一个嫂子，姓司，年纪也才二十八岁，夫妻两个极其和睦。忽一日，永乐爷差他海南公干，没奈何，只得带了两个校尉起身。那嫂子道：“哥，你去了，叫咱独自的怎生过？”王指挥道：“服侍有了采莲这丫头，与勤儿这小厮，若没有人作伴，我叫门前余姥姥进来陪你讲讲儿要子。咱去不半年就回了。”嫂子道：

"罢，只得随着你。只是海南有好珠子，须得顶大的，寻百十颗稍来己咱。"王指挥道："知道了。"起了夫马前去。这余姥姥也时常进来相陪，争奈王嫂子只是长吁短叹，呆坐不快的。余姥姥道："王奶奶，你这样懒懒的，想是想王爷来。他是钦差官，一路有夫马，有供给，若是坐，便坐在各官上头；若是行，便走各官前头，那个不奉承？好不快活哩！想他作甚？你若不快，待咱陪着你，或是东岳庙、城隍庙去烧香，就去看做市儿消遣。正是这两日灯市里极盛，咱和你去一去来。"王奶奶道："咱走不得。"余姥姥道："着勤儿叫两个驴来，咱和奶奶带了眼纱去便了。"

在家里闷得慌，果然带了个升篣大髻儿，穿了件竹根青段子袄儿，带了眼罩儿，恰似：

淡雾笼花萼，轻烟罩月华。

神姬来洛浦，云拥七香车。

王奶奶叫勤儿挽上驴子，那掌鞭的豁上一声响鞭，那驴子"扑剌剌"怪跑，却似风送云一般，颠得一个王奶奶几乎坠下驴来。可可的走出大街，又撞着巡城御史，几声下来，叫王奶奶好没摆布。亏的掌鞭的赶到，扶得下驴。等他去了，又撮上驴，骑到灯市。余姥姥叫勤儿己了他钱，两个在灯市上闲玩，只见：

东壁铺张珠玉，西摊布列绫罗。商彝周鼎与绒纻，更有苏杭杂货。

异宝传来北虏，奇珍出自南倭。牙签玉轴摆来多，还有景东奇大。

王奶奶见了景东人事，道："甚黄黄，这等怪丑的。"余姥姥道："奶奶，这是夜间消闷的物儿。"正看时，只见一阵风起：

一片惊尘动地来，蒙头扑面目难开。

素衣点染成缁色，悔上昭王买骏台。

王奶奶正吹得头也抬不得，眼也开不得，又没处扯余姥姥时，又听得开道，便慌慌张张闪到人家房檐下去躲。风定，却见一个官骑着匹瘸马，后边掌着黑扇过来，正是李侍讲拜客，在那厢过。此时王奶奶寻得余姥姥，见时头上早不见了一只金钗。正是：

钗溜黄金落路隅，亡簪空有泣成珠。

心上着忙，急要去寻。余姥姥道："知道掉在那边？半尺厚灰沙，那里去寻？"只得浑帐寻了半日，也没心想再看，忙叫了两个驴回家。

一到家中，好生不快。余姥姥道："爷呀，这老媳妇叫你去的不是了。怎在你头上掉下，一些儿也不知道?"王奶奶道："是骑了驴，把髻子颠得松松的，除眼纱时，想又招动了，故此溜下来也不知道。"余姥姥道："好歹拿几两银子，老媳妇替你打一只一样的罢。"王奶奶道："打便打得来，好金子不过五七换罢，内中有一粒鸦青、一粒石榴子、一粒酒黄，四五颗都是夜间起光的好宝石，是他家祖传的，那里寻来?"说一会，焦躁一会。这一晚，晚饭也不吃，夜间睡也睡不着，直到晌午，还没有起来。

不知这钗儿却是李侍讲马夫拾得，又是长班先看见，两个要分，争夺起来，且闹得李侍讲知道，分付取来看。只见钗儿金光耀目，宝色映人，李侍讲心下便想道："这钗儿，料不是小户人家有的，也料不是几两银子价值的。为遗失了钗儿，毕竟不知几人受冤，几人吃苦，怨畅的不知几时得了，忧郁的不知几时得舒。若是这两个花子拿去吃酒赌钱，不消一日，就花费个罄尽，不如我与这钗儿一个明白。"便对马夫与长班道："钗儿我收在这里，与你两个二两银子去买酒。"两个只得叩头而出，马夫道："这金子少也值伍两。如今入了官，一是老鼠养儿子，替猫阄。"长班道："譬如不拾得，却不道渔人得利。"侧边的道："老爷讨了些便宜，只当三脚分了。"那睚这李侍讲走进去，却写出一条纸来，道："十三日灯市内拾金钗一只，失者说明来取。"贴了几日。

只见这日，余姥姥见王奶奶连日愁得饮食少吃，叫勤儿拿钱去买合汁。正在那边买时，却见一个婆子走来，那卖合汁的道："认得来么?"婆子道："咱媳妇家中不见的钗子，是嵌珠子的，他是嵌宝石的，不对。"勤儿忙问时，道是东角头李翰林拾得只钗儿，叫人去认领。勤儿听了，飞跑到家，道："奶奶，钗儿有哩!"王奶奶道："在那哩?"勤儿道："在东角头李翰林家，奶奶去认。"王奶奶道："我说了，你与余姥姥去认罢。"勤儿道："适才一个说不对，他不肯，还是奶奶去。"

王奶奶只得和余姥姥雇了驴，来到东角头。正值李侍讲送客出来，余姥姥过去见了个礼，李侍讲忙叫请起。余姥姥道："十三日是老媳妇与锦衣卫王指挥奶奶，在灯市失下钗儿一只。道是爷收得，特来说明，求爷给发。"李侍讲便叫说来。王奶奶过去一说，并没有一毫儿差。李侍讲忙取来发与他。王奶奶见了泪下，忙过来叩头称谢。李侍讲道："仕宦妻女，不消。"余姥姥道："这等，待他丈夫回时谢爷罢。”李侍讲道：“一发不消。”两个领了钗儿，一路快活回去。

不半年，王指挥回京，夫妻欢会，所不必言。问丈夫道：“你在广南曾带甚珠子来么？”丈夫道：“我已带得百十粒与你。”王奶奶道：“还有甚送得人的么？”因说自己同余姥姥灯市失钗，亏李侍讲给还，不然几乎忧愁病死。王指挥道：“这钗是我家祖传下来的，上边宝石值银数百。他清冷官，肯还与你，我明日去谢他。”就备了些礼，是端砚、血竭、英石、玳瑁带、红藤蕈、沉速香、花梨文具、荔枝、龙眼、海味，来见李侍讲。李侍讲不知为些什么。坐定，说起失钗原故，道：“若非大人，房下愁虑，必致成病。今日夫妻重会，皆大人所赐。”李侍讲道：“这小事，何劳致谢？”送上礼单，李侍讲并不肯收。再三央求，李侍讲只是不肯。王指挥道：“余物也不值甚，只有血竭，也是一时难得之物，大人可勉收了。”李侍讲见他苦苦的说，收了这一件进里边。李夫人道：“你这样冷气官，谁人来送礼？”李侍讲说起谢钗缘故，李夫人道：“这不该收他的。”李侍讲道：“他苦苦要我收，又说道这血竭也是难得的，治金疮绝妙。”李夫人笑道：“正是，如今圣上杀鞑子，正要你去做前锋哩。”两个也说笑了一会。

过后数年，是永乐十九年，只见四月初八这夜，大内火光烛天，却是火焚了奉天殿、谨身殿、华盖殿三殿。圣上传旨求直言，李侍讲条陈一个本，是停工作，罢四夷朝贡，沙汰冗官，赈济饥荒，清理刑狱，黜赃官，罢遣僧道，优恤军士，共十五事，圣上也都施行。又到洪熙元年五月，李侍讲又上两个时政阙失的本，激怒了圣上，道他出位言事，叫武士把金瓜打。此时金瓜乱捶下来，李侍讲道：“陛下纳谏如流，不意臣以谏死。”圣上传旨叫住时，已打了十八瓜，胁下骨头已折了三条。圣旨着扶出，改他作御史。李侍讲已是话都说不出了，抬到家中，昏晕欲绝。李夫人忙去请医买药。这些医人道：“凡伤皮肉的可治，不过完他疮口，长肉；伤在骨，已就难活了。况且胁骨折了三条，从那一个所在把手与他接？这除非神仙了。”李夫人听了，无计可施，唯有号泣，与他备办后事。

不期过得一日，圣旨又着拿送锦衣卫。常言道：“得罪权臣必死，得罪天子不死。”只是到了卫，少不得也要照例打一套，管你熬得熬不得。打了落监，管监却是王指挥，见了李御史，道：“我闻得今日发一李御史来，不知正是恩人！”忙叫收拾狱厅边一间小房，把他安下，又着人去请医生。管监的做主，狱卒谁敢措勒？连忙请到医生，医生道：“这位李爷，学生已看了，胁骨已断，不可医治了。”王指挥道：“你再瞧一瞧。”王指挥去把衣裳掀起看，只见半边红肿，肿得高高的。医生才把手去摸，李御史大声叫起疼来。医生道：“奇事，昨日看时，胁骨三条都断的，怎今日却都相接?”李御史又有丝肠没力气道：“两日被胁骨不接，交擦得疼不可言，今早是用挺棍一闪，忽然接了。”医生道：“都是老爷精忠感格上天保祐，不然医生也难治，但须得好血竭才妙。”王指挥道：“有，我在广南曾带来。”着小厮去取。去了一饷，回报道：“寻得没有，想送了翰林李爷了。”王指挥想了想，道：“果是送了李爷。”就着人去李御史家取。夫人捡了半日，捡得出来，拿到狱中。王指挥着医生如法整治，将来敷上。可是：

忠何愁折胁，义欲起残生。

当时王指挥又着人对李夫人道：“李爷儒官，久处冷局，又在客边，狱中供给医药，都不要费心，我这里自备。”自此之后，无日不来看视，自为敷药，与他讲些白话慰安他。李御史伏枕一个多月，才得安痊，时当亏得王指挥在狱中照管，却也不大烦恼。或时与王指挥说些忠臣、孝子、义士、高人的典故，王指挥也时常来说些朝中新政，阶市上时事消遣时日。

本年洪熙爷宴驾，宣德爷登基。次年改元，也不赦得。直至十月，例有冷审，刑部锦衣卫都有狱囚册献上，内开李御史名字。圣上见了，想起他当日触怒先帝的事，次日设朝，传旨拿来面讯。此时一个锦衣卫官领了旨，飞也似到卫监，取出李御史来缚了，从东华门押解进来。李御史此时全无悔惧模样。一边起解，一边圣旨宣过王指挥道：“李时勉不必缚来，你可竟押至西角头处决。”那王指挥接了这旨，却似心头上有个鹿儿突突地撞，脚下一条绳儿绊住，走不去一般，道：“才方旨意拿来，还可办上几句，在死里求生。如拿去杀，再没救了。”走出西华门，便叫一个校尉到李衙去，叫李夫人可到西角头与李爷一面。一边着人寻上好棺木，道：“不能勾救他，只好把他从厚殓殡，赍助他妻子回乡去罢。”走到监门口，簌簌调下泪来，道：“李先生，再要与你在这边讲些天话，也不能勾了。”忙问李爷时，狱卒道：“适才许爷领旨抓去了。”王指挥道："这等，我且覆旨，看他消息。"来覆旨时，李御史已蒙圣恩，怜他翰院儒臣，却能言人所不敢言，不可深罪，不惟不杀，反脱去他枷扭，仍旧着他做翰林院侍读，纂修永乐爷实录。

此时李夫人听了报，正悲悲咽咽，赶到西角头，只见家僮没命似跑来道："奶奶，爷回家了！"李夫人听得满心欢喜，忙回家时，却是从天落下一个李侍讲一般。正是：

三载囹圄困仪羽，各天幽恨梦魂知。

今朝忽得金鸡放，重向窗前诉别离。

一个诉不尽狱中苦楚，一个说不尽家中消条，两下又都同称扬王指挥知恩报恩，这数年管顾。

正说间，王指挥又来恭贺。李侍讲与夫人都出来拜谢。王指挥道："这是大人忠忱天祐，学生有甚功。"李侍讲留了饭。后边有这些同年故旧来望，李侍讲只得带了几年不曾带白梅头纱帽，穿了几年不曾穿黰气圆领，出去相见。王指挥家从此竟作了通家往还。本年因纂修，升了学士。正统改元，升了春坊大学士。其时王指挥因弱症病亡，先时李侍讲为他迎医，也朝夕问候，殁时亲临哭奠。遗下一子一女，一子年已十六，为他就勋戚中寻了一头亲事，也捐俸助他行聘；一女为他择一个文士，也捐俸为他嫁送。末后他儿子荫袭时，为他发书与兵部，省他多少使费。

七年十一月，李学士升了北京祭酒。这国子监是聚四方才俊之地，只因后边开个纳粟例，杂了些白丁，祭酒都不把这些人介意，不过点卯罚班。就是季考，也假眼瞎，任这些人代考抄窃，止取几个名士放在前列罢了。还有些无耻的，在外面说局诈人。李祭酒一到任，便振作起来，凡一应央分上、讨差、免历，与要考试作前列的，一概不行，道："国学是天下的标准，须要风习恬雅，不得寡廉鲜耻。"待这些监生，真是相好师生。有贫不曾娶妻的，不能葬父母的，都在餐钱里边省缩助他；有病的，为他医药；勤读的，大加奖赏。一个国学，弄得灯火彻夜。英国公闻得他规矩整饰，特请旨带侯伯们到国子监听讲。李祭酒着监生把《四书》、《五经》各讲一张，留宴，只英国公与祭酒抗礼，其余公侯都傍坐。监生歌《鹿鸣》诗，真是偃武修文气象！

争奈这时一个太监王振，专用着一个锦衣卫指挥马顺，因直谏支解了一个翰林侍讲刘球，因执法陷害了一个大理寺少卿薛瑄。那些在朝文武，也弄得“巡抚叩头如捣蒜，侍郎扯腿似烧葱”，那一个不趋炎附势？只这李祭酒，便要元旦一个拜帖角儿，也是不肯的，道：“我是国学师表，岂可先为奔竞？”王振恼了，着人缉访他的过失。那里有一些事迹？只因是他作兴士子，这些士子来得多了，庭前枯柏倒了，碍住庭中，不便行礼，将来砍了去。王振就奏他擅伐官树，将来枷在国子监前。王振意思，道李侍讲年纪已大，枷了几日，不是气死也应累死。只见国学数千监生，都穿了这一套儿衣巾，都在紫金城外午门号哭，乞圣上恩赦。内中独有一个监生，姓石名大用，独在通政司上本，请以身代，大意道：

臣不敢谓祖宗有枷大臣之制，亦不敢谓伐树罹枷项之法，更不敢谓时勉为四朝耆旧宜赦。独念时勉景入桑榆，势有不堪；忝为师表，辱有不可。而臣谊在师生，理应身代。伏乞圣恩怜准，庶臣得伸师弟之情，国亦无杀老臣之名，士亦无可辱之体。

本上去，圣上看了，传旨放免。李祭酒道：“士可杀不可辱！我亦何面目复对诸生？”遂上本乞致仕，与家眷回家。行李萧条，不及二三扛。诸生涕泣奔送，填街塞道。李祭酒回家，正统元年病卒，赐谥文毅。至成化中，又赠礼部侍郎，改谥忠文。大都李公忠肝义胆，历久不磨，姜性桂质，至老不变。以忠激义，至于相成，两两都各传于后。

第十三回　击豪强徒报师恩　代成狱弟脱兄难

冷眼笑人世，戈矛起同气。
试问天合亲，伦中能有几？
泣树有田真，让肥有赵礼。
先哲典型存，历历可比数。
胡为急相煎？纷纷室中阋。
池草徒萦梦，杕杜实可倚。
愿坚不替心，莫冷傍人齿。

四海之内皆兄弟，实是宽解之词。若论孩稚相携，一堂色笑，依依栖栖，只得同胞这几个兄弟。但其中或有衅隙，多起于父母爱憎，只因父母妄有重轻，遂至兄弟渐生离异。又或是妯娌牴忤，枕边之言日逐谮毁，毕竟同气大相乖违。还又有友人之离间，婢仆之挑逗。尝见兄弟，起初嫌隙，继而争竞，渐成构讼，甚而仇害，反不如陌路之人，这也是奇怪事。本是父母一气生来，倒做了冰炭不相入。试问人，这弟兄难道不是同胞？难道不同是父母遗下的骨血？为何颠倒若此？故我尝道，弟兄处平时，当似司马温公兄弟，都到老年，问兄的饥，问兄的寒，煦煦似小儿相恤。处变当似赵礼兄弟，汉更始时，年饥盗起，拿住他哥子要杀，他知道赶去，道："哥子瘦，我肥，情愿我替兄。"贼也怜他义气，放了。至于感紫荆树枯，分而复合，这是田家三弟兄，我犹道他不是汉子，人怎不能自做主张，直待草木来感动？即一时间性分或有知愚，做兄的当似牛弘，弟射杀驾了车的牛，竟置之不问；做弟的当似孙虫儿，任兄惑邪人，将他凌辱不怨。不然王祥、王览同父异母兄弟，王祥卧冰之孝，必能爱弟。那王览当母亲要药死王祥时，他夺酒自吃，母亲只得倾了。凡把疑难的事与他做，他都替做。不同母的也如此，况同父母的弟兄！我朝最重孝友，洪武初，旌表浦江郑义门，坐事解京，圣旨原宥，还擢他族长郑琏为福建参政。以后凡有数世同居的，都蒙优异。今摘所同一事，事虽未曾旌表，其友爱自是出奇。

话说浙江台州府太平县，宣德间有个姚氏弟兄，长名居仁，次名利仁，生得仪容丰丽，器度温雅，意气又激烈，见义敢为，不惟性格相同，抑且容貌如一。未冠时，从一个方方城先生。这先生无子，止得妻马氏生得一个女儿慧娘，家事贫寒。在门还有个胡行古，他资质明敏，勤于学问。一个富尔穀，年纪虽大，一来倚恃家事充足，无心读书，又新娶一妻，一发眷恋不肯到馆。一个夏学，学得一身奸狡，到书上甚是懵懂，与富尔穀极其相合。先生累次戒谕他，他两人略不在意。五人虽是同门，意气犹如水火。后来两姚连丧父母，家事萧条，把这书似读不读。止有胡行古进了学，夏学做了富尔穀帮闲。

一日，方方城先生殁了，众门生约齐送殓，两姚与胡行古先到，富尔穀与夏学后来。那富尔穀原先看得先生女儿标致，如今知他年已长成，两眼只顾向孝堂里看。那女儿又因家下无人，不住在里边来往，或时一影，依稀见个头，或时见双脚。至哭时，嘤嘤似鹂声轻啭。弄得个富尔穀耳忙眼忙，心里火热，双只眼直射似螃蟹，一个身子酥软似蜒蝣。这三人原与他不合，不去采他。只有夏学，时与他極家怀说话，他也不大接谈。事完散酒，只见夏学搭了富尔穀肩头走，道："老富，你今日为甚么出神？"富尔穀道："我有一句心腹对你说。方先生女儿，我见时尚未蓄发，那时我已看上他，只是小，今日我算他已年十六了。我今日见他孝堂里一双脚，着着白鞋子，真是笋尖儿。又亏得风吹开布帏，那一影真是个素娥仙子，把我神魂都摄去了！老夏，怎弄个计议，得我到手，你便是个活古押衙。"夏学道："这有何难？你只日日去帮丧，去嗅他便了。"富尔穀道："只今日已是几乎嗅杀，若再去，身子一定回来不成了。你只仔么为我设法弄来作妾。"夏学道："罢了，我还要在你家走动，若做这样事，再来不成了，作成别个罢！"富尔穀道："房下极贤。"夏学道："我日日在你家，说这话，你尊脸为甚么破的？昨日这样热，怎不赤剥？"富尔穀把夏学一拳，道："狗呆！妇人们性气，不占些强不歇。我们着了气，到外消遣便罢了。他们不发泄得，毕竟在肚中，若还成病，又要赎药，你道该让不该让？"夏学道："是，是。只是如今再添个如夫人，足下须搬到北边去，终日好带眼罩儿，遮着这脸嘴！"两个笑了一回，夏学道："这且待小弟缓图。"

次日，夏学就借帮丧名色，来到方家。师母出来相谢，夏学道："先生做了一生老学究，真是一穷彻骨，亏了师母这等断送，也是女中丈夫。"师母道："正是，目下虽然暂支，后边还要出丧营葬，毫忽无抵。"夏学道："这何难？在门学生，除学生贫寒，胡行古提不起个穷字；两姚虽是过得，啬吝异常；只有富尔穀极甚挥洒，师母若说一声，必肯资助。"师母道："他师生素不相投，恐他不肯。"夏学道："只因先生酸腐，与他豪爽的不同。不知他极肯周济，便借他十来两，只当牯牛身上拔根毛。他如今目下因他娘子弱症，不能起床，没人管家，肯出数百金寻填房的，岂是个不肯舍钱人？只是师母不肯开口，若师母肯下气，学生当得效劳。"师母道："若肯借三五两也勾了。"

夏学别了，来见富尔穀道："老富，我今把这啬鬼竟抬做了大豪侠了！我想他是孤儿寡妇，可以生做。不若择一个日，拿五十两银子、几个段子，只说借他。他若感恩，一说便成，这就罢了。若他不肯，生扭做财礼，只凭我这张口，何如？"富尔穀道："二十两罢！"夏学道："须说不做财礼，毕竟要依我。我这强媒，也还该谢个五十两哩。"富尔穀只得依说，拿了五十两银子、两个段子、两个纱与他。他落了十两，叫小厮一拜匣捧定，来见师母，道："师母，我说他是大手段人，去时恰好有人还他本银四十两，把四个尺头作利钱，我一谈起，他便将此宗付我。我叫他留下四个尺头，他道：'一发将去，怕不彀用。'学生特特送来。"师母道："我只要三五两，多余的劳大哥送还。"夏学道；"先生腐了一生，又有师母，物自来而取之，落得用的，师母条直收了。"这边马氏犹豫未决，夏学一边就作了个揖，辞了师母，一径出门去。只是慧娘道："母亲，富家在此读书，极其鄙吝，怎助这许多？宁可清贫，母亲只该还他的是。"马氏便央人去请夏学，夏学只是不来，马氏也只得因循着。

不一日，举殡日子到了，众人斗分祭奠，富尔穀不与分子，自做一通祭文来祭，道：

呜呼，先生！我之丈人。半生教书，极其苦辛。早起晏眠，读书讲经。腐皮蓝衫，石衣头巾。芋头须绦，俭朴是真。不能高中，金榜题名。一朝得病，呜呼命倾。念我小子，日久在门。若论今日，女婿之称。情关骨肉，汪汪泪零。谨具薄祭，表我微情。乌猪白羊，代以白银。呜呼哀哉，尚飨！

夏学看了道："妙，妙！说得痛快！"富尔穀道："信笔扫来，叶韵而已。"姚居仁道："只不知如何做了先生之婿？"姚利仁道："富兄，你久已有妻，岂有把先生的女的作妾之理？"夏学道："尧以二女与舜，一个做正妻，一个也是妾，这也何妨？"姚居仁道："胡说！这事怎行得通！"只见里边马氏听得，便出来道："富尔穀，先生才死得，你不要就轻薄我女儿！先生临终时，已说定要招胡行古为婿，因在丧中，我不题起，你怎么就这等轻薄？"姚居仁道："不惟辱先生之女，又占友人之妻，一发不通！"富尔穀道："姚居仁，关你甚事？"姚利仁道："你作事无知，怎禁得人说？"富尔穀道："我也用财礼聘的，仔么是占？"马氏道："这一发胡说了，谁见你聘礼？"夏学道；"这是有因的。前日我拿来那四十两银子、四个尺头，师母说是借他的，他道却是聘礼。"马氏道："你这两个畜生！这样设局欺我孤寡。"便向里边取出银、段，撒个满地。富尔穀道："如今悔，迟了，迟了。"与夏学两个跳起身便走，被姚利仁一把扯转。夏学瘦小些，被姚利仁一扯，扯得猛，扯个番觔斗，道："这那个家里，敢放刁？好好收去，让胡兄行礼。若不收去，有我们在这里，学生的银子，师母落得用的。过几时，我们公众偿还。"夏学见不是头，道："富兄原不是，怕那里没处娶妾？做这样歪事！"拾起银、段来，细细合数，比原来时少了五两一定。夏学道："师母既是要干净与胡兄，这五两须胡兄召，他如今如何肯折这五两！"胡行古自揣身边没钞，不敢做声。又是姚居仁道："我代还！"夏学道："这等，兄兑一兑出，省得挂欠。"姚居仁道："怎这样慌？五日内我还便罢了。"夏学道："求个约儿。"姚居仁道："说出就是了。"夏学道："寄服人心。"姚利仁道："便写一约与他何妨！"夏学就做个中人，写得完，也免不得着个花字，富尔穀收了。各人也随即分散回家。

夏学一路怨畅富尔穀："这事慢慢等我挎来，买甚才？弄坏事！"富尔穀道："我说叫先生阿爱也晓得有才，二来敲一敲实。"夏学道："如今敲走了！这不关胡行古事，都是两姚作梗，定要出这口气。布得二姚倒，自然小胡拱手奉让了。"富尔穀道："何难？我明日就着小厮去讨银子，出些言语，他毕竟不忿赶来嚷骂，关了门，打上一顿，就出气了。"

果然第二日就着小厮去讨银子，恰好撞着姚居仁，居仁道："原约五日，到五日你来。"小厮道："自古道：招钱不隔宿。谁叫你做这好汉？"居仁道："这奴才！这等无状！"那小厮道："谁是你奴才？没廉耻，欠人的银子，反骂人。"

居仁听了，一时怒起，便劈脸一掌，道："奴才！这掌寄在富尔穀脸上，叫他五日内来领银子。"那小厮气喷喷自去了。此时居仁弟兄服已满，居仁已娶刘氏，在家月余。利仁也聘定了县中茹环女儿，尚未娶回。刘氏听得居仁与富尔穀小厮争嚷，道："官人，你既为好招银子，我这边将些首饰当与他罢。"居仁道："偏要到五日与他，我还要登门骂他哩。"晚间利仁回来，听得说，也劝："大嫂肯当了完事，哥哥可与他罢，不要与这蠢材一般见识。"第二日，刘氏绝早将首饰把与利仁，叫他去当银子。那富家小厮又来骂了，激得居仁大怒，便赶去打。那小厮一头走一头骂，居仁住了脚，他也立了骂。居仁激得性起，一直赶去。这边利仁当银回来，听得哥哥赶到富家，他也赶来，不知那富尔穀已定下计了。

昨日小厮回时，学上许多嘴，道居仁仔么骂尔穀，又借他的脸打。富尔穀便与夏学商议，又去寻了一个久惯帮打官司的，叫做张罗，与他定计。富尔穀道："我在这里是村中皇帝，连被他两番凌辱，也做人不成，定要狠摆布他才好。"张罗道："事虽如此，苦没有一件摆布得他倒的计策。"正计议时，恰好一个黄小厮送茶进房，久病起来，极是伶仃。放得茶下，那夏学提起戒尺，劈头两下，打个昏晕。富尔穀吃了一惊，道："他病得半死的，怎打他？"夏学道："这样小厮，死在眼下了，不若打死，明日去赖姚家。你的钱势大，他两个料走不开。"张罗连声道："有理，有理！"富尔穀听了，便又添上几拳几脚，登时断气。只是这小厮是家生子，他父亲富财知道，进来大哭。夏学道："你这儿子病到这个田地，也是死数了。适才拿茶，倾了大爷一身，大爷恼了，打了两下，不期死了。家主打死义男，也没甚事。"富财道："就是倾了茶，却也不就该打杀。"张罗道："少不得寻个人偿命，事成时还你靠身文书罢。"富尔穀道："他吃我的饭养大的，我打死也不碍。你若胡说，连你也打死了。"富财不敢做声，只好同妻子暗地里哭。

三人计议已定，只要次日哄两姚来，落他圈套。不料居仁先到，嚷道："富尔穀，你怎叫人骂我？"富尔穀道："你怎打我小厮？"正争时，利仁赶到，道："不必争得，银子已在此了。"那富尔穀已做定局，一把将姚居仁纽住厮打，姚居仁也不相让。利仁连忙劝时，一时间那里拆得开？张罗也赶出来假劝，哄做一团。只见小厮扶着那死尸，往姚居仁身上一推，道："不好了，把我们官孙打死了！"大家吃了一惊，看时，一个死尸头破脑裂，挺在地下。富尔穀道："好，好！你两兄弟仔么打死我家人？"居仁道："我并不曾交手，怎图赖得我？"富尔穀道："终不然自死的？"姚利仁道："这要天理。"张罗道："天理，天理！到官再处。"两姚见势不像，便要往家中跑。富尔穀已赶来圈定，叫了邻里，一齐到县，正是：

坦途成坎坷，浅水蹙洪波。

巧计深千丈，双龙入网罗。

县中是个岁贡知县，姓武，做人也有操守明白。正值晚堂，众人跪门道："地坊人命重情！"叫进问时，富尔穀道："小人是苦主，有姚居仁欠小的银子五两，怪小的小厮催讨，率弟与家人沿路赶打，直到小的家里，登时打死，里邻都是证见。"知县叫姚居仁："你仔么打死他小厮？"姚居仁道："小的与富尔穀，俱从方方城同窗读书。方方城死时，借他银五两，他去取讨，小的见他催迫，师母没得还，小的招承代还。岂期富尔穀日着小厮来家炒闹，小的拿银还他，虽与富尔穀相争，实不曾打他小厮。"富尔穀道："终不然我知道你来，打杀等的？"知县叫邻里，其时一个邻舍竹影，也是富尔穀行钱的，跪上去道："小的里邻叩头。"知县道："你仔么说？"这边就开口道："小的在富尔穀门前，只见这小厮哭了在前边跑，姚居仁弟兄后边赶，赶到里边，只听得争闹半饷，道打死了人。"知县道："赶的是这个小厮么？"道："是。"知县道："这等是姚居仁赶打身死的，情实了。"把居仁、利仁且监下，明日相验。

那富尔穀好不快活，对张罗道："事做得成狠了些。"不知张罗的意思，虽陷了姚家弟兄，正要逐俏儿做富尔穀。头一日已自暗地叫富财藏了打死官孙的戒尺，如今又要打合他买仵作，就回言道："狠是狠了。但做事留空隙把人，明日相验，仵作看见伤痕，不是新伤，是血污两三日，报将出来，如何是好？你反要认个无故打死家僮，图赖人命罪了，这要去摁撤才好。"富尔穀道："这等，我反要拿出钱来了。"夏学道："要赢官司，也顾不得银子。"吃他一打合，只胡卢提叫他要报伤含糊些，已诈去百余两。富财要出首，还了他买身文书，又与他十两银子。张罗又叫他封起，留作后来诈他把柄。富尔穀好不懊恨。

只是居仁弟兄落了监，在里边商议。居仁道："看这光景，他硬证狠，恐遭诬陷。我想事从我起，若是定要逼招，我一力承当。你可推开，不要落他穽中。”利仁道：“哥哥，你新娶嫂嫂，子嗣尚无，你一被禁，须丢得嫂嫂不上不落。这还是我认，你还可在外经营。”到了早饭后，知县取出相验，此时仵作已得了钱，报伤道：“额是方木所伤，身上有拳踢诸伤。”知县也不到尸首边一看，竟填了尸单，带回县审。两个一般面貌，连知县也不知那一个是姚居仁，那一个是姚利仁，叫把他夹起来要招。利仁道：“赶骂有的，实不曾打。就是赶的，也不是这小厮。”知县又叫竹影道：“这死的是富尔穀小厮么？”竹影道：“是他家义男富财的儿子。”知县道：“这等是了。”要他两兄弟招。居仁、利仁因富尔穀用了倒捧钱，当不得刑罚，居仁便认是打死。利仁便叫道：“彼时哥哥与富尔穀结纽在一处，缘何能打人？是小的失手打死的。”居仁道：“是小的怪他来帮打的。”利仁道：“小人打死是实，原何害哥哥？只坐小的一人。”知县道：“姚利仁讲得是。”叫富尔穀：“他两人是个同窗，这死也是失手误伤，坐不得死罪。”富尔穀道：“老爷，打死是实，求爷正法！”知县不听。

此时胡行古已与方方城女儿聘定了，他听得姚居仁这事，拉通学朋友为他公举冤诬。知县只做利仁因兄与富尔穀争斗，从傍救护，以致误伤。那张罗与夏学又道骑虎之势，撺哄富尔穀用钱，把招眼弄死了。做了文书解道，道中驳道：“据招赶逐，是出有意，尸单多伤，岂属偶然？无令白镪有权，赤子抱怨也！”驳到刑厅，刑厅是个举人，没甚风力，见上司这等驳，他就一夹一打，把姚利仁做“因官孙之殴兄，遂拳挺之交下”，比“斗殴杀人，登时身死”律绞，秋后处决。还要把姚居仁做“喝令”。姚利仁道：“子弟赴父兄之斗，那里待呼唤？小的一死足抵，并不干他事。”每遇解审，审录时，上司见他义气，也只把一个抵命，并不深求。

姚居仁在外，竟费了书耕种，将来供养兄弟。只是刘氏在家，尝尝责备居仁道：“父母遗下兄弟，不说你哥子照管他，为何你做出事叫他抵偿？”居仁道：“我初时在监计议，他道因你新嫁，恐丢你，误你一生。说我还会经营。还可支撑持家事，故此他自认了，实是我心不安。如今招已定，改换也改不得了。”刘氏道：“你道怕误我一生，如今叔叔累次分付，叫茹家另行嫁人，他并不肯，岂不误了婶婶一生？”倒是居仁在外奔忙，利仁在监，有哥哥替他用钱，也倒自在。倒是富尔穀，却自打官司来，尝被张罗与富财串诈，家事倒萧条了。

日往月来，已是三年，适值朝廷差官恤刑。此时刘氏已生一子，周岁，因茹氏不肯改嫁，茹家又穷，不能养活，刘氏张主接到家中，分为两院，将家事中分，听他使用。闻得恤刑将到，刘氏道："这事虽云诬陷，不知恤刑处办得出办不出，不若你如今用钱，邀解子到家，你弟兄面貌一般，你便调了，等他在家与婶婶成亲。我你有一子，不教绝后了。"居仁连声道"是"。果然邀到家中，买了解子，说要缓两日，等他夫妇成亲。解子得钱应了。利仁还不肯做亲，居仁道："兄弟，弟妇既不肯改嫁，你不与成亲，岂不辜负了他？若得一男半女，须不绝你后嗣。"利仁才方应承。到起解日，居仁自带了枷锁，嘱付兄弟道："我先代你去，你慢慢来。"正是：

相送柴门晓，松林落月华。

恩情深棣萼，血泪落荆花。

解人也不能辨别，去见恤刑，也不过凭这些书办，该辨驳的所在驳一驳，过堂时唱一唱名，他下边敲紧了，也只出两句审语了帐。此时利仁也赶到衙门前，恐怕哥受责。居仁出来，便分付利仁："先回，我与解人随后便到。"不期居仁与刘氏计议已定，竟不到家，与解人回话就监。解人稍信到家，利仁大哭，要行到官禀明调换。解子道："这等是害我们了，首官定把我们活活打死。你且担待一月，察院按临时，必然审录，那时你去便了。"利仁只得权且在外。他在家待嫂，与待监中哥子，真如父母一般，终是不能一时弄他出来。

但天理霎时虽昧，到底还明。也是他弟兄有这几时灾星。忽然一日，张罗要诈富尔毂，假名开口借银子，富尔毂道："这几年来，实是坎坷，不能应命。"张罗道："老兄强如姚利仁坐在监里，又不要钱用。"富尔毂见他言语不好，道："且吃酒再处。"因是荡酒的不小心，飞了点灰在里边，斟出来，觉有些黑星星在上，张罗用指甲撩去。富尔毂又见张罗来诈，心里不快，不吃酒，张罗便疑心。不期回家，为多吃了些食，泻个十生九死，一发道是富尔毂下药。正要发他这事，还望他送钱，且自含忍不发。不期富尔毂实拿不出，担阁了两月。巧巧这年大比，胡行古中了。常对家里道："我夫妇完聚，姚氏二兄之力，岂期反害了他！"中时自去拜望，许周济他，不题。

一日，赴一亲眷的席，张罗恰好也在坐。语次，谈起姚利仁之冤，张罗拱阔，道："这事原是冤枉，老先生若要救他，只问富财便了。"胡行古也无言。次日去拜张罗请教。张罗已知醉后失言，但是他亲来请教，又怪富尔毂药他，竟把前事说了。胡行古道："先生曾见么?"张罗道："是学生亲眼见的。"又问："有甚指证么?"道："有行凶的戒尺，与买嘱银子，现在富财处。"胡行古听了，便辞了，一竟来与姚利仁计议。又值察院按临，他教姚利仁把这节事去告，告富尔穀杀人陷人。胡行古是门生，又去面讲。按院批："如果冤诬，不妨尽翻成案。"批台、宁二府理刑官会问。幸得宁波推官却又是胡行古座师，现在台州查盘。胡行古备将两姚仗义起衅，富尔穀结党害人，开一说帖去讲。

那宁、台两四府就将状内干连人犯，一齐拘提到官。那宁波四府叫富财道："你这奴才！怎么与富尔穀通同，把人命诬人么?"富财道："小的并不曾告姚利仁。"四府道："果是姚利仁打死的么?"那富财正不好做声，四府道："夹起来!"富财只得道："不是，原是夏学先将戒尺打晕，后边富尔穀踢打身死，是张罗亲眼见的。"四府道："你怎么不告?"富财道："是小的家主，小的仔么敢告?"又叫张罗，张罗也只得直说。四府就着人追了戒尺、买求银两，尸不须再检，当日买仵作以轻报重，只当自要自了。夏学与富尔穀还要争辩，富财与张罗已说了，便难转口。两个四府喝令各打四十，富尔穀拟无故杀死义男，诬告人死罪未决，反坐律，徒；夏学加工杀人，与张罗前案硬证害人，亦徒；姚利仁无辜，释放宁家。解道院时，俱各重责。胡行古又备向各官说利仁弟兄友爱，按院又为他题本翻招。居仁回家，夫妇兄弟完聚，好不欢喜。外边又知利仁认罪保全居仁，居仁又代监禁，真是个难兄难弟。那夏学、富尔穀，设局害人，也终难逃天网。张罗反覆挟诈，也不得干净。虽是三年之间，利仁也受了些苦楚，却也成了他友爱的名。至于胡行古之图报，虽是天理必明，却也见他报复之义。这便是：

错节表奇行，日久见天理。

笑彼奸狯徒，终亦徒为尔。

第十四回 千秋盟友谊 双璧返他乡

屈指交情几断魂，波流云影幻难论。
荒坟树绝徐君剑，暮市蛛罗翟相门。
谁解绨袍怜范叔，空传一饭赠王孙。
扶危自是英雄事，莫向庸流浪乞恩。

世态炎凉，俗语尝道得好：只有锦上添花，没有雪中送炭。即如一个富人，是极吝啬，半个钱不舍的，却道我尽意奉承他，或者也怜我，得他资给；一个做官的，是极薄情不认得人的，却道我尽心钻拱他，或者也喜我，得他提携，一介穷人，还要东补西折，把去送他。若是个处困时，把那小人图报的心去度量他，年幼的，道这人小，没长养；年老的，道人老，没回残；文士笑他穷酸；武夫笑他白木；谨慎的，说道没作为；豪爽的，道他忒放纵。高不是，低不是，只惹憎嫌，再没怜惜。就是钱过北斗，任他堆积；米烂成仓，任他烂却；怎肯扶危济困？况这个人，又不是我至亲至友。不知豪侠汉子，不以亲疏起见，偏要在困穷中留意。昔日王文成阳明先生，他征江西桃源贼，问贼首如何聚得人拢，他道："平生见好汉不肯放过，有急周急，有危解危，故此人人知感。"阳明先生对各官道："盗亦有道。"若是如今人，见危急而坐视，是强盗不如了。

国初曾有一个杜环，原籍江西庐陵，后来因父亲一元游宦江南，就住居金陵。他父亲在日，曾与一个兵部主事常允恭交好。不期允恭客死九江府，单单剩得一个六十岁母亲张氏，要回家，回不得，日夕在九江城下哭。有人指引他道："安庆知府谭教先，是你嘉兴人，怎不去见他？"张氏想起，也是儿子同笔砚朋友，当日过安庆时，他曾送下程请酒，称他做伯母，毕竟有情。谁料官情纸薄，去见时，门上见他衣衫褴褛，侍从无人，不与报见。及至千难万难得一见，却又不理，只得到金陵来。其时一元已殁，这张氏问到杜家，说起情事，杜环就留他在家。其妻马氏，就将自己衣服与他，将他通身褴褛的尽皆换去。住了一日，张氏心不死，又寻别家，走了几家，并没人理，只得又转杜家。他夫妇就是待父母般，绝无一毫怠慢。那张氏习久了，却忘记自己流寓人家，还放出旧日太奶奶躁急求全生性来，他夫妻全不介意，屡写书叫他次子伯章，决不肯来。似此十年，杜环做了奉祀，差祭南镇，与伯章相遇，道他母亲记念。伯章全不在心，歇了三年方来。又值杜环生辰，母子抱头而哭，一家惊骇，他恬然不动。不数月，伯章哄母亲道："去去来接母亲。"谁知一去竟不复来。那杜环整整供他二十年，死了又为殡殓。夫以爱子尚不能养母，而友人之子，反能周给，岂不是节义汉子！

不知还有一个，这人姓王名冕，字孟端，浙江绍兴府诸暨人。他生在元末，也就不肯出来做官，夫耕妇织，度这岁月，却读得一肚皮好书，便韬略星卜，无所不晓；做得一手好文字，至诗歌柬札，无所不工。有一个吉进，他见他有才学，道："王兄，我看你肚里来得，怎守着这把锄头柄？做不官来，便做个吏。你看如今来了这些鞑官，一些民情不知，好似山牛，凭他牵鼻，告状叫准便准，叫不准便不准；问事说充军就充军，说徒罪就徒罪，都是这开门接钞，大秤分金，你怎么守死善道？"王孟端仰天哈哈大笑道："你看如今做官的甚样人，我去与他作吏？你说吏好，不知他讲公事谈天说地，轮比较缩脑低头。得几贯枉法钱，尝拼得徒、流、绞、斩；略惹着风流罪，也不免夹、打、敲、捶。挨挨挤挤，每与这些门子书手成群；摆摆摇摇，也同那起皂隶甲首为伍。日日捧了案卷，似草木般立在丹墀，何如我或笑或歌，或行或住，都得自快？这便是燕雀不知鸿鹄志了。"

后边丧了妻，也不复娶，把田产托了家奴管理，自客游钱塘，与一个钱塘卢太字大来交好，一似兄弟一般。又联着个诗酒朋友青田刘伯温。他尝与伯温、大来，每遇时和景明，便纵酒西湖六桥之上，或时周游两峰三竺，登高陟险，步履如飞。大来娇怯不能从，孟端笑他道："只好做个文弱书生。"一日席地醉饮湖堤，见西北异云起，众人道是景云，正分了个"夏云多奇峰"韵，要做诗。伯温道："甚么景云！这是王者气，在金陵，数年后，吾当辅之。"惊得坐客面如土色，都走了去，连卢大来也道：“兄何狂易如此？”也吓走了。只有王孟端陪着他，捏住酒钟不放。伯温跳起身歌道：

云堆五彩起龙纹，下有真人自轶群。

愿借长风一相傍，定教麟阁勒奇勋。

王孟端也跳起来歌道：

胸濯清江现藾纹，壮心宁肯狎鸥群？

茫茫四宇谁堪与，且让儿曹浪策勋。

两个大醉而散。闲中两人劝他出仕，道：“兄你看，如今在这边做官的，不晓政事，一味要钱的，这是贪官；不惟要钱，又大杀戮，这是酷官；还又嫉贤妒能，妄作妄为，这是蠢官。你道得行我的志么？丈夫遇合有时，不可躁进。”

更数年，卢大来因人荐入京，做了滦州学正，刘伯温也做了行省都事。只是伯温又为与行省丞相议论台州反贼方国珍事，丞相要招，伯温主剿。丞相得了钱，怪伯温阻挠他，劾道擅作威福，囚禁要杀他。王孟端便着家人不时过江看视，自己便往京师为他申理。此时脱脱丞相当国，他间关到京，投书丞相道：

法戒无将，罪莫加于已著；恶深首事，威岂贷于创谋？枕戈横搠，宜伸忠义之心；卧鼓弢弓，适长奸顽之志。海贼方国珍，蜂虿余蠕，疮痛微毒。揭竿斥滷，疑如蚁斗床头；弄楫波涛，恰似沤漂海内。固宜剪兹朝食，何意愎彼老谋。假以职衔，是畔乱作缙绅阶级；列之仕路，衣冠竟盗贼品流。欲弥乱而乱弥增，欲除贼而贼更起。况复误入敌彀，坚拒良图。都事刘基，白羽挥奇，欲尽舟中之敌；赤忱报国，巧运几前之筹。止慷慨而佐末谈，岂守阃而妄诛戮！坐以擅作威福，于法不伦；竟尔横付羁囚，有冤谁雪？楚弃范增，孤心膂将无似之；宋杀岳飞，快仇雠谅不异也！伏愿相公秤心评事，握发下贤。谓畔贼犹赐之生全，宁幕寮混加之戮辱。不能责之剿捕，试一割于铅刀；请得放之田里，使洗愆于守剑。敢敷尘议，乞赐海涵。

书上，脱脱丞相看毕，即行文江浙丞相，释刘伯温。又荐他做翰林承旨，王孟端道：“此处不久将生荆棘、走狐兔，排贤嫉正，连脱公还恐不免，我缘何在此？”且往滦州探望卢大来。只见卢大来两边相见，卢大来诉说：“此处都是一班鞑子，不省得我汉人言语，又不认得汉人文字，那个晓尊师重傅？况且南人不服水土，一妻已是病亡，剩下两个小女，无人抚养。我也不久图南回，所苦又是盘费俱无，方悔仕路之难。”王孟端道：“兄你今日才得知么！比如你是个穷教职，人虽不忌你的才，却轻你。甘清受淡，把一个豪杰肚肠，英雄的胸次，都磨坏了。你还有志气，熬不过求归。有那些熬不过，便去干求这些门生，或是需索这些门生，勒拜见，要节礼，琐琐碎碎，成何光景！又如刘伯温，有志得展，人又忌他的才，本是为国家陈大计，反说他多事，反说他贪功。这个肮脏之身，可堪得么？我如今去便遨游五岳三山，做个放人；归只饮酒做诗，做了废士。甚要紧五斗折腰，把这笑与陶渊明笑！兄且宁耐。我目下呵，遍走齐鲁诸山，再还钱塘探望伯温。”就别了卢大来，大来不胜凄怆。他走登州，看海市。登太山，上南天门，过东西二天门，摩秦无字碑，踞日观观日出，倚秦观望陕西，越观望会稽，上丈人、莲花诸峰，石经、桃花诸峪，过黄岘、雁飞众岭，入白云、水帘、黄花各洞，盥漱玉女、王母、白龙各池，又憩五大夫松下听风声。然后走阙里，拜孔庙，遨游广陵、金陵、姑苏，半载方到家。刘伯温已得他力，放归青田隐居。

不期卢大来在滦州，因丧偶悲思成了病，不数月恹恹不起。想起有两个女儿，一个馨兰，一个傲菊，无所依托，只得写书尝与王孟端道：

> 弟际蹇运，远官幽燕，复遘危疾，行将就木，计不得复奉色笑矣！弱女馨兰、傲菊，倘因友谊，曲赐周旋，使缙绅之弱女，不落腥膻，则予目且瞑，唯君图之。

孟端回杭不过数日，正要往看伯温，忽接这书，大惊道：“这事我须为了之!”便将所有田产，除可以资给老仆，余尽折价与人，得银五十余两，尽带了往滦州进发。行至高邮，适值丞相脱脱率大兵往讨张士诚，为逻兵所捉，提见赞画龚伯璲。孟端道：“我诸暨王冕也，岂肯从贼作奸细乎!”伯璲连忙下阶相迎，道：“某久从丞相，知先生大名。今丞相统大兵至此，正缺参谋，是天赐先生助我丞相。愿屈先生共事，同灭剧贼。”王孟端道：“先生，焉有权臣在内，大将能立功于外？今日功成，则有震主之威；不成，适起谗谮之口，方为脱公进退无据。虽是这般说，小生辱脱公有一日之知，当为效力。但是我友人殁在滦州，遗有二女，托我携归杭。脱公此处尚有公等，二女滦州之托，更无依倚，去心甚急，不可顷刻淹滞。”龚伯璲道：“这等公急友谊，小生也不能淹留。”就在巡哨士卒里边，追出王孟端原挈行李，又赠银三十两。王孟端不肯收，龚伯璲道：“公此去滦州，也是客边，怕资用不足，不妨收过。”还赠他鞍马、上都公干火牌一张，道：“得此可一路无阻。”又差兵护送一程。

果然王孟端得鞍马、火牌，一路直抵滦州。到州学探访时，只见道卢爷已殁，如今新学正孛罗忽木已到任了。问他家眷时，道：“他有两个小姐、一个小厮。一个大小姐，十三岁，因卢爷殁了，没有棺木，州里各位老爷，一位是蒙古人，一位色目人，一位西域人，都与卢爷没往来，停了两日，没有棺木，大小姐没极奈何，只得卖身在本州万户忽雷博家，得他棺木一口、银一两、米一石，看殡殓卢爷去了。还有一个小厮、一位十岁小姐，守着棺木。新爷到任，只得移在城外，搭一个草舍安身，说道近日也没得吃用，那小厮出来求乞，不知真不真。”王孟端便出城外寻问，问到一个所在，但见：

> 茹茹梗编连作壁，尽未搪泥；芦席片搭盖成篷，权时作瓦。绳枢欲断，当不得刮地狂风；柴户偏疏，更逢着透空密雪。内停一口柳木材，香烟久冷；更安一个破沙罐，粒米全无。草衣木食，那里似昔日娇娥？鹄面鸠形，恰见个今时小厮。可是逢人便落他乡泪，若个曾推故旧心。

王孟端一问，正是卢大来棺木、家眷，便抚棺大哭道：“仁兄！可惜你南方豪士，倒做了北土游魂！”那小姐与小厮，也赶来嘤嘤的哭了一场，终是旧家规模，过来拜谢了。王孟端见他垢面蓬头，有衫无裤，甚是伤感。问他姐姐消息，道：“姐姐为没有棺木，自卖在忽雷万户家。前日小厮乞食到他家，只见姐姐在那厢，把了他两碗小米饭，说府中道他拿得多了，要打，不知仔么。”王孟端便就近寻了一所房儿住下，自到忽雷府中来。

这忽雷是个蒙古人，祖荫金牌万户，镇守滦州，他是个胜老虎的将军，家中还有个赛狮子的奶奶。大凡北方人，生得身体长大，女人才到十三岁，便可破身。当日大小姐自家在街上号泣卖身，忽雷博见他好个身分儿，又怜他是孝女，讨了他，不曾请教得奶奶。付银殡葬后，领去参见奶奶，只得叩了个头，问他：“那里人？”小姐道：“钱塘人。”他也不懂，倒是侧边丫鬟道：“是南方人。”问道：“几岁了？”答应：“十三岁。”只见那奶奶颜色一变。只为他虽然哭泣得憔悴了些，本来原是修眉媚脸标致的；又道是在时年纪，怎不妒忌？巧巧儿忽雷博回家来，问奶奶道：“新讨的丫鬟来了么？他也是个仕宦之女。”奶奶道：“可是门当户对的哩！”忽雷道：“咱没甚狗意，只怜他是个孝心女儿。”奶奶道：“咱正怪你怜他哩！”分付新娶丫鬟叫做“定奴”，只教他灶前使用。苦是南边一个媚柔小姐，却做了北虏粗使丫鬟。南边烧的是柴，北边烧的煤，先是去弄不着；南边食物精致，北边食物粗粝，整治又不对绺。要去求这些丫鬟教道，这边说去，那边不晓，那边说来，这边不明，整治的再不得中意。南边妆扮是三柳梳头，那奶奶道：“咱见不得这怪样。”定要把来分做十来路，打细细辫儿披在头上。鞑扮都是赤脚，见了他一双小小金莲，他把自己脚伸出来，对小姐道：“咱这里都这般走得路，你那缠得尖尖的甚么样？快解去了。”小姐只得披了头，赤了脚，在厨下做些粗用。晚间着两个丫头伴着他宿，行坐处有两个奶奶心腹丫头贵哥、福儿跟定，又常常时搬嘴弄舌。去得半年，不知打过了几次。若是忽雷遇着来讨了个饶，更不好了，越要脱剥了衣裳，打个半死。亏得一个老丫头都卢，凡事遮盖他，也只是遮盖的人少，搠舌头的多。几番要寻自尽，常常有伴着，又没个空隙，只是自怨罢了。一日在灶前，听得外面一做小花子叫唤，声音厮熟，便开后门一看，却是小厮琴儿，看了两泪交流，可是：

相见无言惨且伤，青衣作使泪成行。

谁知更有堪怜者，洒泣长街怀故乡。

忙把自己不曾吃的两碗小米饭与他。凑巧福儿见了，道：“怪小浪淫妇！是你孤老来，怎大碗饭与他？”小姐道：“是我不吃的。”福儿道：“你不吃，家里人吃不得？”又亏得都卢道：“罢，姐姐！他把与人，须饿了他，不饿我，与他遮盖咱。”那琴儿见了光景，便飞跑，也不曾说得甚的，小姐也不曾问得。常想道：“我父亲临殁，曾有话道：‘我将你二人托王孟端来搬取回杭，定不流落。’不知王伯伯果肯来么？就来还恐路上兵戈阻隔，只恐回南的话也是空。但是妹儿在外，毕竟也求乞，这事如何结果？”

不料王孟端一到，第二日便拿一个名帖，来拜忽雷万户。相见，孟端道：

“学生有一甥女，是学正卢大来女，闻得他卖身在府中，学生特备原价取赎，望乞将军慨从，这便生死感激的事！”忽雷道：“待问房下。”就留王孟端在书房吃茶，着人问奶奶。只见贵哥道：“怕是爷使的见识，见奶奶难为了他，待赎了出去，外边快活。”奶奶道：“怕不敢么？”福儿道：“爷料没这胆气，奶奶既不喜他，不若等他赎去，也省得咱们照管，只是多要他些罢了。”奶奶听了，道：“要八两原价，八两饭钱，许他赎去。”忽雷笑道：“那要得许多？”王孟端道：“不难。”先在袖中取出银子八两，交与忽雷，道：“停会学生再送四两，取人便了。”随即去时，那奶奶不容忽雷相见，着这两个丫鬟传话，直勒到十六两，才发人出来。王孟端叫乘轿子，抬了到城下，小姐向材前大哭。又姊妹两个哭了一场，然后拜谢王孟端道：“若非恩怕，姊妹二人都向他乡流落。”王孟端道：“这是朋友当为之事，何必致谢。”就为他姊妹、小厮，做些孝服，雇了人夫、车辆，车至张家湾雇船，由会通河回。此时脱脱丞相被谗谮谪死，赞画龚伯璲弃职归隐。前山东、江淮一带，贼盗仍旧蜂起，山东是田丰，高邮张士诚，其余草窃，往往而是。也不知担了多少干系，吃了多少惊恐，用了多少银两，得到杭州，把他材送到南高峰祖坟安葬了。先时卢大来长女，已许把一个许彩帛子。后边闻他死在滦州，女儿料不得回来，正要改娶人家，得王孟端带他二女来，也复寻初约。次女孟端也为他择一士人。自己就在杭州，替卢大来照管二女。

不觉五年，二女俱已出嫁。金华、严州，俱已归我太祖。江南参知政事胡大海，访有刘伯温、宋景濂、章溢，差人资送至建康。伯温曾对大海道：“吾友王孟端，年虽老，王佐才也，不在吾下，公可辟置帐下。”留书一封，胡参政悄悄着人来杭州请他。这日王孟端自湖上醉归，恰遇一人送书，拆开看时，乃是刘伯温书，道：

> 弟以急于吐奇，误投盲者，微兄几不脱虎口。虽然躁进招尤，怀宝亦罪。以兄王佐之才，与草木同腐，岂所乐欤？幕府好贤下士，倘能出其底蕴，以佐荡平，管乐之勋，当再见今日。时不可失，唯知者亟乘之耳。

王孟端得书，道：“我当日与刘伯温痛饮西湖，见西北天子气，已知金陵有王者兴。今金陵兵马，所向成功，伯温居内，我当居外，共兴王业。”就弃家来到兰豁。闻得金华府中变，苗将蒋英、刘震作乱，刺死胡参政，他便创议守城，自又到严州李文忠左丞处，借兵报仇，直抵城下。蒋英、刘震连夜奔降张士诚。李左丞便辟他在幕下，凡一应军机进止，都与商议。此时张士诚闻得金、处两府，都杀了镇守，大乱，他急差大将吕珍，领兵十万，攻打诸、全。孟端与李左丞计议，先大张榜文，虚张声势，惊恐他军心。又差人进城，关合守将谢再兴，内外夹攻，杀得吕珍大败而走。次年四月，诸、全守将谢再兴，把城子畔降张士诚，攻打东阳。他又与李左丞来救东阳，创议要在五指岩立新城，可与谢再兴相拒，李左丞就着他管理。他数日之间早已筑成高城深池，是一个雄镇。张士诚差李伯升领兵攻城，那边百计攻打，他多方备御，李左丞亲来救应，李伯升又是大败。后来李左丞奉命取杭州，张士诚平章潘原明，遣人乞降，孟端劝左丞推心纳之，因与左丞轻骑入城受降。左丞就着孟端，协同原明，镇守杭州。时已六十余，未几，以劳卒于杭州。卢氏为持三年丧，如父丧一般。识者犹以孟端有才未尽用，不得如刘伯温共成大业，是所深恨。然于朋友分谊，则已无少遗恨，岂不是今人之所当观法！

第十五回 灵台山老仆守义 合溪县败子回头

天生豪杰无分地，屠沽每见英雄起，马前曾说卫车骑。难胜纪，淮南黔面开王邸。　　偶然沦落君休鄙，满腔义侠人相似，赤心力挽家声堕。真堪数，个人绝胜童缝士。

右调《渔家傲》

如今人鄙薄人，便骂道“奴才”，不知忘恩负义、贪利无耻，冠盖中偏有人奴；抱赤披忱、倾心戮力，人奴中也多豪杰。人说他是奴，不过道他不知书，不晓道理，那道理何尝定在书上？信心而行，偏有利不移、害不夺的光景。古来如英布、卫青，都是大豪雄，这当别论。只就平常人家说，如汉时李善，家主已亡，止存得一个儿子，众家奴要谋杀了分他家财，独李善不肯。又恐被人暗害，反带了这小主逃难远方，直待抚养长大，方归告理，把众家奴问罪，家财复归小主。元时又有个刘信甫，家主顺风曹家，也止存一孤，族叔来占产，是他竭力出官告理清了。那族叔之子又把父亲药死诬他，那郡守听了分上，要强把人命坐过来。信甫却挺身把这人命认了，救了小主，又倾家把小主上京奏本，把这事辨明，用去万金。家主要还他，他道：“我积下的原是家主财物，仔么要还？”这都是稀有的义仆。我如今再说一个。

话说四川保宁府合溪县有一个大财主，姓沈名阆，是个监生。他父也曾做个举人同知，家里积有钱财，因艰于得子，娶有三个妾，一个李氏、一个黎氏、一个杨氏。后来黎氏生得一个儿子，此时沈阆已四十余岁了，晚年得子，怎不稀奇？把来做一个珍宝一般，日日放在锦绣丛中、肥甘队里。到六岁时，也取了个学名，叫做沈刚，请一个先生开蒙。只是日午才方二个丫头随了出来，那先生便是个奶公，他肯读，便教他读几句，若不肯，不敢去强他；肯写，与他写几个，不肯，再不敢去教他。一日出来没一个时辰，又要听几刻与他吃果子，缘何曾读得书？到了十三岁，务起名来，请一个经学先生，又寻上两个伴读，一个是先生儿子花纹，一个是邻家子甘毳。有了一个老陪堂，又加上两个小帮闲，也不晓得什么样的是书，什么样的是经，什么样的是时文。轮着讲书，这便是他打盹时候，酣酣的睡去了；轮着作文，这便是他嚼作时节，午后要甚鱼面、肉面，晚问要甚金酒、豆酒。梦也不肯拈起书，才拈起，花纹道："哥，有了三百两，怕不是个秀才？讨这等苦！"才捉着笔，甘毳道："哥，待学典吏么？场中不看字的。"这沈刚略也有些资质，都不叫他把在书上，倒教他下得好棋，铺得好牌，掷得好色子。先时抛砖引玉，与他赌东道，先输几分与他，后边渐渐教他赌起钱来。先时在馆中，两个人把后庭拱他，到后渐渐引他去闯寡门，吃空茶，那沈刚后生家，怎有个见佛不拜之理？这花纹、甘毳两个本是穷鬼，却偏会说大话道："钱财臭腐，仔么恋着他做个守钱虏？"没主意的小伙子，被这两个人一扛，扛做挥金如土。先时娘身边要，要得不如意，渐渐去偷。到后边没得偷，两个叫去借，人不肯借，叫他把房屋作戳，一时没利还，都写一本一利借票，待父天年后还足。

此时他家有个家人，叫做沈实。他也是本县宋江口人，父亲沈俭，也是沈家家人。他从小在沈阆书房中伏事，沈阆见他小心忠厚，却又能干，自己当家后，把一个当铺、前后房产，还有隔县木山，俱着他掌管。只是这人心直口快，便沈阆有些不好，他也要说他两句。沈阆晓得他一团好心，再不责备他，越好待他。只是沈阆年纪有了，只在家中享福，那知儿子所为？到是沈实耳躲兜着，眼睛抹着，十分过意不去，尝在沈阆面前劝他教沈刚读书。沈阆道："我独养儿子，读出病来怎处？好歹与他纳个监罢！"后边又劝他择个好先生，又道："左右是读书不成的，等他胡乱教教罢！"沈实见老家主这等将就，在外嫖赌事也不敢说了。

只是沈刚已是十七岁，在先一周时，也曾为他用了三百两，定下一个樊举人女儿，平日尝来借贷，会试一次，送一次礼，所费也不下数百两了。这番去要做亲，还不曾寻得个女儿到手，也不知故意措勒，道："有几个连襟都是在学，且进学做亲。"再三去说，只是不肯。沈刚见未得做亲，越去嫖。先生怕失了馆，也不来管他。这两个伴读的，只图吃酒插趣，也不管他银子怎么来的。东道、歇钱之外，还又撺掇他打首饰，做衣服，借下债负岂止千金？只瞒得个沈阆。

似此半年，喜得学道按临。去央樊举人开公折。樊举人道："我有了亲子，又是七八个女婿，那里开得许多？只好托同袍转封。"开端只出了三四十金。沈阆怕这时不进，樊举人还要作难，去寻分上。寻得一个，说是宗师母舅，三面议成，只等进见，应承了封物。按临这日，亲见他头巾圆领进去，便就信了。不知他是混在举人队里，一见，宗师原不细查，正是一起脱空神棍。见了宗师出来，便说："已应承了，先封起银子，待考后我与送破题进去查取。"沈阆听了，一发欢喜得紧，连忙兑了三百两足纹，又带了些使费，到他下处城外化生寺去封。正兑时，不防备一班光棍赶进来一打，尽行抢去。沈阆吃打了一顿，只饶得不送官，气得整整病了两个月，出案也料得没名了。不期这宗师又发下五名不通及白卷童生，提父兄，恭喜却在里边。流水央了个分上，免解，又罚了三十两修学。沈阆这一气，竟不起了。沈实每日也进来问病，沈阆道："我当日为晚年得此一子，过于爱惜，不听你劝，不行教训，不择先生，悔无及矣！但他年幼，宗族无人，那樊举人料只来剥削，不来照管。你可尽心帮扶。田产租息，当中利银，止取足家中供给，不可多与浪费。"沈实哭泣受命，不知沈刚母子在侧边，已是含恨了。

沈阆一殁，棺殓是沈实打点，极其丰厚。又恐沈刚有丧，后边不便成亲，着人到樊家说，那樊家趁势也便送一个光身人过来。数日之间，婚丧之事，都是沈实料理。只是沈刚母子甚是不悦，道："我是主母，怎不用钱？反与家奴作主！"又外边向借债负，原约"待父天年"，如今来逼讨，沈实俱不肯付，沈刚与母亲自将家中存下银两，一一抵还。只是父丧未举未葬，正在那里借名儿问沈实要银子，却又听信花、甘两个撺哄，道祖坟风水不好，另去寻坟。串了一个风水厉器，道："尊府富而不贵，只为祖坟官星不显，禄陷马空。虽然砂水环朝，但是砂抱而不贵，水朝而不秀，以此功名淹蹇，进取艰难。若欲富贵称心，必须另寻吉地。"沈刚听了，也有几分动心，又加上花、甘两个撺掇，便一意寻风水。丢了自家山偏不用，偏去寻别处山。寻了一块荒山，说得龙真穴正，水抱山回，又道是亥龙落脉，真水到堂，定是状元、宰相，朱紫满门之地。用价三百多两，方才买得。倒是他三个回手，得了百两。又叫他发石造坟，不下百金，两个又加三扣头除。及至临下葬打金井时，风水叫工人把一个大龟预先埋在下边，这日掘将起来，连众人都道是个稀奇之地了，少不得又撮了他一块礼。这时沈实虽知他被人哄骗，但殡葬大事，不好拦阻，也付之无可奈何。就是他母亲黎氏，平日被沈阆制住，也有些不像意，如今要做个家主婆腔，却不知家伙艰难，乱使乱用，只顾将家里积落下的银子出来使，那沈实如何管得？

葬了沈阆，不上百日，因沈刚嫌樊氏没赔嫁，夫妻不和。花、甘两个一发引他去嫖个畅快，见他身边拿得出，又哄他放课钱，从来不曾有去嫖的放借，可得还么？又勾引几个破落户财主，到小平康与他结十弟兄：一个好穿的姓糜名丽，一个好吃的姓田名伯盈，一个好嫖的姓曹名日移，一个好赌的姓管名缺，一个好顽耍的姓游名逸，一个贪懒的姓安名所好，一个好歌唱的姓侯名亮，连沈刚、花、甘共十人，饮酒赌钱。他这小官家，只晓得好阔快乐，自己搂了个妓女小银儿，叫花纹去掷，花纹已是要拆拽他的了。况且赢得时，这些妓者你来抢，我来讨，何曾有一分到家？这正是赢假输真。沈实得知，也忍耐不住，只得进见黎氏，道："没的相公留这家当，也非容易。如今终日浪费、嫖赌，与光棍骗去，甚是可惜。"黎氏道："从来只有家主管义男，没有个义男管家主。他爷挣下了，他便多费几个钱，须不费你的。我管他不下，你去管他？"沈实吃了这番抢白，待不言语，舍不得当日与家主做下铁筒家私，等闲坏了。

一日，沈刚与花纹、甘毳在张巧儿家吃早饭回来，才到得厅上，沈实迎着厮叫一声，就立在侧边，沈刚已是带酒，道："你有甚说？"沈实道："小人原不敢说，闻得相公日日在妓女人家，老相公才没，怕人笑话。"沈刚正待回答，花纹醉得眼都反了，道："此位何人？"沈刚道："小价。"花纹道："我只道足下令亲，原来盛价，倒会得训诲家主！"甘毳道："老管家自要压小家主。"沈刚也就变脸道："老奴才，怎就当人面前剥削我？你想趱足了，要出去，这等作怪！"沈实道："我生死是沈家老奴，再没此心，相公休要疑我。"连忙缩出去。花纹与甘毳便拨嘴道："这样奴才是少见的。"便撺掇逐他。此时沈刚身伴两个伏事书房小厮，一个阿虎、一个阿獐，花、甘两个原与他苟且的。一日叫他道："我想你们两个，正是相公从龙旧臣，一朝天子一朝臣，怎么还不与你管事？你请我一个东道，我叫去了那沈实用你。"这阿虎、阿獐听了，两个果然请上酒店，吃了一个大东。花纹道："然虽如此，也还要你们搬是斗非，搠得沈实脚浮，我好去他荐你。"两个小厮果然日日去黎氏与沈刚面前，说他不是。

家中银子渐渐用完，渐渐去催房租，又来当中支银子。沈实道："房租是要按季收的，当中银子，也没个整百十支的理。"少少应付些住了。争奈那沈刚见糜丽穿了几件齐整衣服，花纹一嘴鼓舞他去做，便也不顾价钱，做来披挂。田伯盈家里整治得好饮食，花纹、甘毳极口称赞，道这是人家安排不出的，沈刚便赌气认贵，定要卖来厮赛。侯亮好唱，他自有一班串戏的朋友，花纹帮衬，沈刚家里做个囊家。这一干人就都嚼着他，肉山酒海，那里管嚼倒太山？或是与游逸等轮流，寻山问水，傍柳穿花，有时轿马，有时船只。那些妓者作娇，这两个帮闲吹木屑，轿马船只，都出在沈刚身上。至于妓者生日，妈儿生日，都撺哄沈刚为他置酒庆贺，众人乘机白嚼。还又拨置他与曹日移两个争风，他五钱一夜，这边便是八钱；他私赠一两，这边二两。便是银山也要用尽！正是这些光棍呵：

舌尖似蜜骨如脂，满腹戈矛人不知。

纵使邓通钱百万，也应星散只些时。

一日正在平康巷，把个吴娇儿坐在膝上，叫他出筹马，自己一手搂着，一手掷，与管缺相赌，花纹捉头儿，且是风骚得紧：

怀有红颜手有钱，呼卢得雉散如烟。

谁知当日成家者，拮据焦劳几十年。

不期一输输了五十两，翻筹又输廿两。来当中取，沈实如何肯发？阿虎去回道："没有！"吴娇儿道："没有银子，成甚当！"甘毳道："老家主不肯。"花纹便把盆来收起，道："没钱扯甚淡！"弄得沈刚满面羞惭，竟赶到当中。适值沈实不在，花纹更耸一嘴道："趁他不在，盘了当，另换一个人罢。"甘毳道："阿虎尽伶俐，听教训，便用他管，更好！"沈刚便将银柜、当房锁匙都交与阿虎，叫管帐的与收管衣饰的，一一点查，并不曾有一毫差池。沈实回来，得知在里厢盘当，自恃无弊，索性进去，交典个明白。点了半日一夜，也都完了。那花纹暗地叫沈刚道："一发问他讨了房租帐簿，交与阿獐；封了他卧房，赶他出去，少也他房中有千百两！"沈刚果然问他要了帐簿，赶到家中，把他老婆、儿女都撵出房去。看时，可怜房中并不曾有一毫梯己钱财、有一件当中首饰衣服。沈刚看了，也没意思，道："我虽浪费银子，也是祖父的，怎么要你留难？本待要送你到官，念你旧人。闻得灵台、离堆两山，我家有山千来亩，向来荒芜，不曾斫伐，你去与我清理召佃，房里什物衣服，我都不要，你带了妻小快去，不要恼我！”此时里边，黎氏怪他直嘴；李氏只是念佛看经，不管闲事；杨氏掳了一手，看光景不好，便待嫁人，却又沈刚母子平日不作他的。沈实带了老婆秦氏，儿子关保，在灵前叩了几个头，又辞别了三个主母，又别了小主母樊氏，自到山中去了。

不上三月，当中支得多，阿虎初管，也要用些，转撤不来，便将当物转戳大当酬应。又两月，只取不当了。房租原是沈实管，一向相安的，换了阿獐，家家都要他酒吃，吃了软口汤，也就讨不起，没得收来。花纹道：“怕有银子生不出利钱？又要纳粮当差，讨不起租。”撺掇他变卖嫖赌，交结朋友。自己明得中人钱，暗里又打偏手。樊氏闻这两个光棍引诱嫖赌，心里也怪他，尝时劝沈刚不要亲近这些人，只是说不入。父亲没不三年，典当收拾，田产七八将完。只有平日寄在樊举人户下的，人不敢买，樊家却也就认做自己的了。尝言道，败子三变：始初蛀虫坏衣饰，次之蝗虫吃产，后边大虫吃人。他先时当人的，收人利钱，如今还债，拿衣饰向人家当，已做蛀虫了；先时贱价买人产，如今还债，贱卖与人，就蝗虫了；只是要做大虫时，李氏也挈了囊橐，割宅后一个小花园，里边三间书房，在中出家了。杨氏嫁人去了，奴婢逃走去了，止得母亲与老婆。母亲也因少长没短，忧愁病没了。外边酒食兄弟，渐也冷落，妓女也甚怠慢，便是花、甘二个也渐踪迹稀疏，只得家中闷坐。樊氏劝他务些生理，沈刚也有些回头，把住房卖与周御史，得银五百两，还些债，剩得三百两，先寻房子。

只见花、甘这两个又来弄他。巧巧的花纹舅子有所冷落房屋，人移进去，便见神见鬼，都道里边有藏神。花纹道：“你这所房子，没人来买的了，好歹一百两到你，余外我们得。”他便与甘毳两个去见沈刚，领他去看。不料花纹叫舅子先将好烧酒泼在厢房，待沈刚来看时，暗将火焠着，只见遍地阴阴火光。沈刚问道：“那地上是甚么？”花纹与甘毳假做不看见，道：“有几件破坛与缸，买了他便移出去。”沈刚心里想：“地下火光，毕竟有藏，众人不见，一定是我的财。”暗暗欢喜。成契定要二百五十两，花、甘两个打合二百两，沈刚心里贪着屋中有物，也就不与较量。除中人、酒水之外，着实修理，又用了五十余两，身边剩得百余金。

樊氏甚是怨怅，道他没算计。沈刚道：“进门还你一个财主。”两个择日过屋，便把这节事告诉樊氏，樊氏道："若有这样福，你也不到今日了。"捱得人散，约莫一更多天气，夫妻两个动手，先在厢房尽头掘了一个深坑，不见一毫。又在左侧掘了一个深坑，也不见动静。一发锄了两个更次，掘了五六处，都二三尺深，并不见物。身体困倦得紧，只得歇了。高卧到得天明，早见花纹与舅子赶来，沈刚还是梦中惊醒，出来相见。花纹道："五鼓我舅子敲门，说昨日得一梦，梦见他母亲说，在厢房内曾埋有银子二坛，昨夜被兄发掘，今日要我同来讨。我道鬼神之事，不足深信，他定要我同来，这一定是没有的事。"那人一边等他二人说话，一边便潜到厢房里一看，道："姐夫，何如？现现掘得七坑八坎在此！"花纹也来一张，道："舅子，也说不得，写契时原写'上除片瓦，下连基地，俱行卖出'，这也是他命。"沈刚说："实是没有甚物。"花纹道："沈兄也不消赖，卖与你今日是你的了，他怎么要得？"那人便变起脸来道："你捧粗腿，奉承财主么？目下圣上为大工差太监开采，我只出首，追助大工，大家不得罢！"沈刚惊得木呆，道："恁凭你里边搜。"那人道："便万数银子，也有处藏，我怎么来搜？只是出首罢。"花纹道："狗呆！若送了官，不如送沈兄，平日还好应急。沈兄，你便好歹把他十之一罢！"沈刚道："我何曾得一厘？"花纹道："地下坑坎便是证见，兄可处一处，到官就不好了。"那人开口要三千，花纹打合要五百，后为改做三百。没奈何，还了他这所房子，又贴他一百两。

夫妻两个无可栖身，樊氏道："我且在花园中依着小婆婆，你到灵台山去寻沈实，或者他还怜你有之。"沈刚道："我不听他好话，赶他出去，有甚脸嘴去见他？还寻旧朋友去。"及至去寻时，有见他才跨脚进门，就推不在的；又有明听他里边唱曲吃酒，反道拜客未回的；花纹轿上故意打盹不见；甘毳寻着了，假做忙，一句说不了就跑。走到家中，叹气如雷。樊氏早已见了光景，道："凡人富时来奉承你的，原只为得富，穷时自不相顾；富时敢来说你的，这是真为你，贫时断肯周旋。如今我的亲也没干，你的友也没干，沈实年年来看望，你是不采他，依我还去见他的是。"

樊氏便去问李氏借了二钱盘费与他，雇了个驴，向灵台山来。问沈实时，没人晓得，问了半日，道："此处只有个沈小山，他儿子做木客的，过了小桥，黄土墙里便是。"沈刚骑着驴过去，只见一个墙门，坐着许多客作，在里边吃饭。沈刚不敢冒实进去，只在那边张望。却见一个人出来，众人都站起来。这人道："南边山上木头已砍完未?"只见几个答道："完了。"又问道："西边山上木头曾发到水口么?"又有几个答道："还有百余株未到。"这人道："你们不要偷懒才是。"沈刚一看，正是沈实，分付完了，正待进去。沈刚极了，忙赶进去，把沈实一扯，道："我在这里。"这人一回头道："你是谁?"一见道："呀！原来是小主人。"忙请到厅上，插烛似拜下去，沈刚连忙还礼。沈实就扯一张椅，放在中央，叫老婆与媳妇来叩头。沈刚看一看，上边供养着沈阆一个牌位，与他亡母牌位，就也晓得他不是负义人了。众客作见了他举家这等尊礼，都不解其意。倒是沈刚见人在面前，就叫沈实同坐，沈实抵死不肯。便问小主母与沈刚一向起居，沈刚羞惭满面道："人虽无恙，只是不会经营，房产尽卖，如今衣食将绝。"此时沈实更没一句怨怅他的说话，道："小主莫忧，老奴在此两年，已为小主积下数百金，在此尽可供小主用费。"就将自己房移出，整备些齐整床帐，自己夫妻与以下人都"相公"不离口。沈刚想道："这个光景，我是得所了，只我妻儿怎过?"

过了一晚，只见早早沈实进来见，道："老奴自与相公照管这几座山，先时都已芜荒，却喜得柴草充塞，老奴雇人樵砍，本年已得银数十两，就把这庄子兴造，把各处近地耕种取息。远山木植，两年之间，先将树木小的遮盖在大树阴下，不能长的，先行砍伐，运到水口发卖。两年已得银七百余两，老奴都一一封记。目下有商人来买皇木，每株三钱，老奴已将山中大木尽行判与，计五千株，先收银五百两，尚欠千两，待木到黄州抽分主事处，关出脚价找还，已着关保随去。算记此山，自老奴经理，每年可出息三百余两，可以供给小主。现在银千余，还可赎产，小主勿忧。"就在里边取出两个拜匣、一个小厢，点与沈刚，果是租钱、卖钱，一一封记。沈刚道："我要与娘子在此，是你住场，我来占了，心上不安。要赎祖房，不知你意下何如?"沈实道："我人是相公的人，房产是相公房产，这些银两也是相公银两。如今便同相公去赎祖房，他一时尚未得出屋，主母且暂到这边住下，余银先将好产赎回，待老奴为相公经理。"沈刚道："正是，我前日一时之误，把当交与阿虎，他通同管当的人，把衣饰暗行抵换，反抵不得本钱来。阿獐管房产，只去骗些酒吃，分文不讨。如今我把事都托你，一凭你说。"

两个带了银子，去赎祖房，喜得周家不作住居，肯与回赎。只召了些中人酒水之费，管家、陪堂在里边撺掇的要钱，共去七百两之数。只见花、甘两个与这些十弟兄，闻他赎产，也便来探望，沈刚也极冷落待他。因房子周家已租与人，一时未出，夫妇两个仍到灵台山下山庄居住。花、甘两个见了他先时弄得精光，如今有钱赎产，假借探望，来到山庄。沈刚故意阔他，领他看东竹林、西桑地、南鱼池、北木山，果是好一派产。这两个就似胶样，越要拈拢来，酒不脱了。沈刚在山庄时，见他夫妻、媳妇自来服事，心也不安。他始终如一，全无懈怠之意。关保回，带有银千余，沈实都将来交与沈刚。沈刚就与沈实将来仍赎典当衣物，置办家伙，仍旧还是一个财主。只是樊氏怕沈刚旧性复发，定要沈实一同在城居住。沈实只得把山庄交与关保，叫他用心管理，以后租息，一应俱送进城，与主人用度。

一到城，出了房，亲眷也渐来了。十弟兄你一席，我一席，沈刚再三推辞不住，一连暖屋十来日。末后小银儿、张巧、吴娇，也来暖屋置酒。就是这班十弟兄，直吃到夜半，花、甘两个一齐又到书房内："我们掷一回，耍一耍！"这也是沈刚向来落局常套，只是沈实不曾见。这回沈实知道，想说："前日主人被这干哄诱，家私荡尽，我道他已回心，谁知却又不改。这几年租，彀他几日用？须得我撒一个酒风了。"就便拿了一把刀，一脚踢进书房。此时众人正掷得高兴，花纹嚷道："还我的顺盆！"听得门响，急抬头看时，一个人恶狠狠拿了刀，站在面前，劈脑揪翻花纹在地，一脚踏住，又把甘毳劈领结来揿住，把刀搁在脖项里。这两个已吃得酒多，动掸不得，只是叫"饶命"。其余十弟兄，见沈实行凶，急促要走时，门又吃他把住了。有的往桌下躲，有的拿把椅子遮，小银儿便蹲在沈刚胯下，张巧闪在沈刚背后，把沈刚推上前。吴娇先钻在一张凉床下，曹日移也钻进去，头从他的胯下拱。吴娇道："这时候还要取笑！"东躲西缩。只有田伯盈坐在椅上，动不得，只两眼看，那沈实大声道："你这干狗男女，当先哄弄我官人，破家荡产也罢。如今我官人改悔，要复祖遗业，你们来暖屋，这也罢，怎做美人局，弄这些婆娘上门，又引他赌？这终不然是赌房？我如今一个个杀了，除了害！"把刀"荡"的一声，先在田伯盈椅上一敲，先把个田伯盈翻觔斗跌下椅来。要杀甘毳，沈刚道："小山！你为我的意儿我已知道，只是杀了人，我也走不开。"沈实道："这我自偿命。"甘毳极了，沸反叫：

"饶命!"道:"以后我再不敢来了,若来跌折孤拐!"花纹道:"再来烂出眼珠!"沈刚也便跪下,赌誓道:"我再与他们来往嫖赌,不逢好死。"死命把刀来夺。那沈实流泪道:"罢!罢!我如今听相公说,饶你这干狗命!再来引诱,我把老性命结识你!"一掀,甘毳直跌倒壁边,花纹在地下爬起来,道:"酒都惊没了。"田伯盈也在壁边立起身来,道:"若没椅子遮身,了不得!"只见桌底下走出糜丽,床底下钻出曹日移、吴娇,糜丽推开椅子,管缺掳得些筹马,却又没用。沈实道:"快走!"只见这几个跌脚绊倒飞跑,那小银儿、张巧、吴娇,也拐也拐你牵我扯,走出门:

剑挺青萍意气豪,纷纷鬼胆落儿曹。

休将七尺昂藏骨,却向狂夫换浊醪。

沈刚也不来送,只得个沈实在里边赶,丫头、小厮门掩了嘴笑。

樊氏见这干人,领些妓者在家吃酒,也有些怪他,坐在里边,听得说道沈实在外边要杀,也赶出来,看见人去,便进书房道:"原不是前翻被这干光棍哄个精光,后边那个理你?如今亏得他为你赎产支持,怎又引惹这些人在家胡行?便迟穷些儿也好,怎么要霎时富,霎时穷?"沈刚道:"前日这些人来,我也不理。说暖屋,我也苦辞。今日来了,打发不像。我也并不曾与妓者取笑一句,骰子也不曾拈着。"樊氏道:"只恐怕见人吃饭肚肠痒,也渐要来。"沈刚道:"我已赌下誓了。"正说,那沈实赶进,就沈刚身边叩下四个头,道:"老奴一点鲠直,惊触相公。这不是老奴不存相公体面,恐怕这些人只图骗人,不惜羞耻,日逐又来缠绕,一败不堪再复。如今老奴已得罪相公,只凭相公整治。"樊氏道:"相公平日只是女儿脸,踢不脱这干人,至于如此,你这一赶,大是有功。"沈刚道:"这些人我正难绝他,你这恐吓,正合我意。我如今闲,只在房中看书,再不出去了。"

果然沈刚自此把家事托与沈实,再不出外,这些人要寻,又不敢进来,竟断绝了。后来沈实又寻一个老学究,陪他在家讲些道理,做些书柬。又替他纳了监,跟他上京援例,干选了长沙府经历,竟做了个成家之子。沈实也活到八十二岁才死,身边并无余财,儿子也能似爷,忠诚谨慎。沈刚末后也还了他文书,作兄弟般看待。若使当日没有沈实在那厢经营,沈刚便一败不振;后边若非他杜绝匪人,安知不又败?今人把奴仆轻贱,谁知奴仆正有好人!

第十六回 内江县三节妇守贞 成都郡两孤儿连捷

峡云黯黯巫山阴，岷源汩汩江水深。
地灵应看产奇杰，劲操直欲凌古今。
有笺不写薛涛咏，有琴岂鼓文君音。
石镜纤月照夜抒，白帝轻风传秋砧。
凄然那惜茹蘖苦？铿尔益坚如石心。
白首松筠幸无愧，青云兰桂何萧森。
我今谩写入彤管，芳声永作闺中箴。

这首诗，单咏几个蜀中女子。蜀中旧多奇女子，汉有卓文君，眉若远山，面作桃花色，能文善琴。原是寡居，因司马相如弹《凤求凰》一曲挑他，遂夜就相如。有识的人道他失节。又有昭君，琵琶写怨，坟草独青，也是个奇女子，但再辱于单于，有聚麀之耻。唐有薛涛，人称他做女校书，却失身平康，终身妓女。蜀有两徐妃，宫词百首，却与子荒淫逸游，至于失国。还有花蕊夫人，蜀亡入宋，他见宋太祖，有诗道："二十万人齐解甲，并无一个是男儿。"才色都可称。后来又宠冠宋宫，都有色有才，无节无德。不知女子当以德与节为主，节是不为情欲所动、贫贱所移、豪强所屈，坚贞自守；德是不淫、不盗、不贪、不悍、不妒，骄奢、懒惰、利口、轻狂。但内中淫泆、窃盗、悍泼、懒惰，不是向上事，都妇人所羞。独贪啬就托言说是做人家，骄就托言说是存体面，轻狂便托言风逸，利口便托言伶俐，这不易除。然一个朴实，都可免得。只是一个"妒"字最难，一个相形，便不能禁遏。如晋谢安石夫人，子弟称咏《关雎》诗，说他不妒，夫人问："此诗是谁人作的？"道："是周公。"夫人道："若是周婆，毕竟不作了。"就是我朝有个杨侍郎，因妻妒忌杀妾，至于下狱。一个朱知县，因后妻妒忌，杀前妻之子，至于身死杖下。真有妒悍之妇，夫不能制，遂为所累的。若是视妾如姊妹，视他人子如己子，能死守不变，岂不是有节有德？

这事也只在蜀中成都府内江县，县中有一个大族，姓萧名腾，字仲升，一个兄弟名露，字季泽，也是孝友人家。两个少年都读书，后边不能成就，萧仲升改纳了吏，萧季泽农庄为活。仲升娶的是阴氏，已有一子世建，季泽娶的是吴氏。吴氏因见自己成亲已久，尚无子息，一日对季泽道："人说无官一身轻，有子万事足。如今我尚无子息，不若娶一个妾，使有生长。"季泽道："我与你夫妇甚是恩爱，不要生这余事。况且你年尚少，安知你不生长？倘讨一个，不知做人何如，或至生气。"吴氏道："生气与不生气，都在我。"便着媒婆与他寻亲，自己去相，要人物齐整的。只见吴氏妹子知道来见道："姐姐，从来男子没个好人，都好的是怜新弃旧，若与他名色娶妾，寻个丑头怪恼的与他，还恐怕他情人眼内出西施；若寻了个年纪又小，又标致，好似你的，丈夫必竟喜他。况且夫妻们叫做君子夫妻，定没那些眉来眼去，妆妖撒痴光景，觉得执板。这些人只要奉承家主，要他欢喜，那件不做出来？自然他亲你疏。起初时还服你教训，到后来一得宠，或是生了儿子，他就是天蝴蝶有了靠山，料不服你。姐姐，你只想一想，他在那边，他两个调情插趣，或是他两个在床里欢笑，你独自一个冷冷清清，怎生过得？你若说为生儿子，别人的肉，须贴不在自己身上。你若生一个儿子出来，岂不反被他劈去一半家私！姐姐，你莫听姐夫骗，他们未讨小一样脸，讨了小又一样脸，后来悔得迟了。"

吴氏不听，相来相去，相了一个本县梧桐里住的李家女儿，十八岁，吴氏便把自己钗梳卖来娶了。娶到家中，为他打点一间房，动用床帐，都与自己一般。妹子又来道："姐姐，你这样为姐夫娶妾，人都道你贤惠了，便里边兜搭些，人也不信。你如今须把他一个下马威，不要好颜待他。做个例，一月或是许姐夫去一遭，或是两遭，日里须捉他坐在面前，出亲眷人家去，须带了去，晚间锁了他房门，不要等姐夫不听你分付，偷去惯了。"吴氏笑道："汉家自有制度，不须妹妹费心。"妹子道："姐姐，不是我多说，三朝媳妇，月里孩儿，是惯不得的。人说好是假，自淘气是真。你不听得我那边朱监生老婆，做人本分，只为一时没主意，应了丈夫讨小，后来见丈夫意思偏向，气不忿吊死了。还有个党公子，撇了大娘子，与小住在庄上不回去，家里用度不管。这都是前船就是背后眼。”无奈吴氏执定主意。到后来，萧季泽虽是两个温存，不免顾此失彼，吴氏绝不介意。喜得李氏又极笃实，先没那些作态哄老公局度，又谨饬，待吴氏极其小心。不半年有了娠，吴氏就不把家中用叫他做，临产十分调护，喜得生了个儿子。妹子又叫他把李氏嫁了，“这儿子后来只认得你，当得亲生。”又不听。与他做三朝，做满月，雇奶子抚养，并不分个彼此。到六岁上学读书，取名世延，小世建两岁，生得且是聪明伶俐。

这年萧仲升因两考满，复疏通三考又满，要赴京。考功司办了事，送文选司题与冠带。这吏员官是个钱堆，除活切头、黑虎跳、飞过海，这些都是个白丁。吏部书办作弊，或将远年省祭咨取不到人员，必是死亡，并因家贫、路远、年高，弃了不来，竟与顶补；或是伪印，将札上填有实历考满起送，并援纳行款题请冠带；或将卯簿那移，籍册走拶，使得早选。这是吏部作弊了。还吏员自己作弊，是央人代考、贴桌等项，捷径是部院效劳，最快的是一起效劳堂官亲随。吏部折衣服的，叫做渔翁撒网；一起班官，随出入扛衣箱的，叫做二鬼争环；提夜壶的，叫做刘海戏蟾；报门引进的，叫做白日见鬼。这些可以作考中，免省祭，还可超选得好地方。

萧腾也只随流平进，选了一个湖广湘阴巡检候缺，免不得上任缴凭。因妻阴氏自生世建后，身体多疾，不惟不复生育，又不能管家，娶一个妾同行，是富顺县陈见村之女，年十九岁，却也生得有些颜色，还又晓得一手女工针指，更性格温柔，做人谨慎。阴氏因自己多病，喜静，竟不因陈氏标艳，怕他专宠，有忌嫉的肚肠。陈氏也并不曾有一毫撒娇作痴，在丈夫前讨好，在背后间离光景。两个一似姊妹般在任，真是一双两好。

风细娇荷对语，日晴好鸟和鸣。

不数湘灵二女，一双倾国倾城。

至任候缺，幸得新来一个知府，是他旧服事的县尊，就作兴差委着他署事。混了两年，后来实授。拿了一起江洋强盗，不曾送捕厅，竟自通申，恼了捕厅。那强盗又各处使钱，反说他贪功生事。任满了，不准考满，只得回家。弟兄相会，季泽道：“哥哥，我们都有田可耕，有子可教，做这等卑官作甚?”便家中请了一个先生，教世建、世延读书。两个在家只是训子务农，甚是相安。

不期此年天灾流行，先病了一个萧腾。请了一个医生来，插号叫做“李大黄”，惯用大黄。他道：“胸膈有食，所以发热，下边一去，其热自清。”不知他下早了，邪热未清，反据于中，一连五六日不好。只得又请一个，叫甘麻黄，喜用麻黄。问道：“今日是七日了么?”道：“是七日。”他道：“这等，该发汗!”一大把麻黄，只见是吃大黄多的，便汗出不止。萧仲升自知不好，忙讨笔砚，写得几个字道：“世建年已十一，已有头角，将来必竟成人，贤妻可为我苦守。陈氏随我七年，无子，年纪尚小，可与出身。家中田亩租税，贤弟为我料理。”写毕气绝。其时阴氏母子哭做一团，萧季泽为他料理殡殓。正是：

风雨萧条破鹡鸰，不堪凄咽泪交零。

人生聚散浑难定，愁见飘飘水上萍。

萧季泽料理仲升丧事，不上十余日，不期这病最易缠染，却又病倒。家中见那两个医人不济，又去请两个医人。一个叫顾执，他来一见他一妻一妾，立在侧边，都有些颜色，道：“这不消说得，内伤外感，是个阴证。”撮药是附子理中汤。又一个任意又到，看了脉，道是少阳。经家里说“适才顾大医道是阴症。”任意道：“胡说！他晓得看甚病。”也撮了一帖，加减小柴胡汤。家中倒不知用那一帖好，次日只得都接来，两个争得沸反。顾执道：“你破我生意!”任意道：“你一窍不通!”正争时，喜得李氏家里荐得一个医生何衷来，道：“二位不是这样了，人家请我们看病，怎请我来争？须要虚心。如今第二日了，当用些发表攻理的药。拿箱来，我们各出几种。”一个认定太阴，一个认定少阳，一个放些果子药。你一撮，我一撮，一扶也到十四日。如今又为要用人参、不用人参争了。昔日有个大老，极会说笑话。一日有个医者定要请教，大老道：“没甚得说。只我家一个小厮，他把一个小坛装些米在里面，一个老鼠走了进去，急卒跳不出来。小厮把火箸烧红了，去刺他，只见一火箸下去，那老鼠‘噫’这样一声；又一火箸，又一声；又一火箸，又一声。”那大老便不言语了。医者又问道：“后来如何?”大老道：“三个‘噫’，医死了，还有甚么讲?”这便是萧家故事了。幸得萧季泽已预料不起，先已分叫：“吴氏、阴氏一同守寡，看管萧氏的这两儿。李氏虽有子，但年纪止廿六岁，恐难守节，听他改嫁，不可索他的钱。”可怜一月间两弟兄呵：

树摧谢氏玉，枝折田家荆。

剩有双珠在，呱呱夜泣声。

吴氏也少不得尽礼殡殓埋葬。两边寡妇，彼此相倚。过了百余日，阴氏因遗言，叫陈氏出嫁。陈氏挥泪道："我生作萧家人，死作萧家鬼，况大娘多病，我愿相帮，愿管小郎，断无二心。"阴氏道："我亦久与你相依，不忍言，但你无子，恐误你青春，不若出嫁。"两个都涕泪交流，哭了一场。那边吴氏怕李氏年小，不肯守，又萧季泽遗命，叫他出嫁，日日看了世延痛哭，道："你小小儿子，靠谁照管？"李氏听了，便罚誓道："天日在上，我断不再醮，决老死萧家牖下！"与吴氏两个朝夕相傍，顷刻不离，抚育儿子，不分彼此。

其时陈、李两家父母，因两人年小，萧家又穷，都暗地里来劝他出嫁。劝陈氏的道："他家贫寒，怕守不出，况且你无子，守得出时，也是大娘儿子，须不亲热，你到老来没个亲儿倚靠。不如趁青年出嫁，还得个好人家。"劝李氏的道："结发夫妻，说不得要守。你须是他妾，丢了儿子，吴氏要这股家私，怕弟男子侄来夺，自然用心管他。何苦熬清受淡，终身在人喉下取气？"又有一干媒婆，听得说萧家有两个小肯嫁人，就思量撮合撰钱来说。媒婆道某家丧了偶，要娶个填房，本等人已四五十岁，道只得三十多岁，人又生得标致，家事又好，有田有地；本有上五六个儿女，却说止得一两个儿女，又没公婆，去时一把撩绳，都在手里，还有人服事，纤手不动，安耽快活。某家乡宦，目下上任，不带大奶奶，只要娶个二奶奶同去，这是现任，一路风骚，到任时只他一个，就是大奶奶一般，收的礼，括的钞，怕走那里去？还没有公子，生出来便是公子，极好。还有一家大财主，因大娘子病，起不得床，家中少了个管家人，要娶个二娘。名虽做小，实是做大。还有个木商，是徽州人，拿了几千银子，在这里判山发木，不回去的，要娶两头大。这都是好人家。两三个媒婆撞着便道："这是我认得的。"也不曾问这边肯不肯，便道："替你合做了，你管女家，我管男家。"或至相争，都把这些繁华富贵来说。还又争道："我说的好，他说的不好。"阴氏与吴氏还看陈氏、李氏光景，不拒绝他，倒是他两个决烈，道："任你甚人家，我是不嫁，以后不须来说！"一个快嘴的便道："二娘嫁字心里肯，口里不说的。这只是大娘主张，不须问得。二位便守到三年，也终须散场，只落得老了年纪。"缠着不去，直待陈氏、李氏发怒，还洋洋的走去，道："且看，只怕过几个月还要来请我们哩！不要假强。"似此都晓得他两个坚心守寡，都相安了。

不期阴氏原生来怯弱，又因思夫，哀毁过度，竟成了个弱症。陈氏外边支持世建读书，内理调停阴氏药饵，并无倦怠。吴氏、李氏也不时过望。阴氏对陈氏道："我病已深，便药饵也不能好，这不须费心了。况我死，得见夫君地下，也是快事。只是世建尚未成立，还要累你。若得他成人，不唯我九泉瞑目，便是你丈夫也感你恩德。"又叫世建道："你命蹇，先丧了父，如今又丧我。你平日我多病，全亏亲娘管顾，如今我死，止看得他了。你须听他教诲，不可违拗，大来要尽心孝顺，不要忘了他深恩。努力功名，为父母争气。"又向吴氏，托他照管。彼此□□饮泣。不数日，早已命终。陈氏又行殡敛。

他家里父母又来说："他萧家家事，原甚凉薄，如今又死了一个，断送越发支持不来了。就是世建，得知他后来何如？生他的尚且管不了，没了，你怎管得？不若趁早！萧家无人，也没人阻挡得你。若再迟延，直到家产日渐零落，反道你有甚私心，不能为他管守。或是世建不成人，忤逆不肖，不能容你。那时人老花残，真是迟了。"陈氏听了，痛哭道："世建这个小儿，关系萧家这一脉断续，若丢了他，或至他不能存活，或至他流于下贱，是萧家这脉无望了。我看得世建身子重，就看得我这身子不轻。如今任他仔么穷苦，我自支撑，决不相累。我自依着二房两个寡妇，尽好作伴，不要你管！再不要你胡缠！"他自与吴氏、李氏互相照顾，产上条粮，亲族□婚丧礼仪，纤毫不缺。也经过几个荒歉年程，都是这三个支持。每日晚必竟纺纱绩麻，监督儿子读书至二三更。心里极是怜惜他，读书不肯假借他。不是如今人家，动口说是他爷没了，将就些，在家任他做娇作痴，或是逞狂撒泼，一字不识，如同牛马，一到十四五岁，便任他在外交结，这些无籍棍徒，饮酒宿娼，东走西荡，打街闹巷，流于不肖。正是：

画荻表节劲，丸熊识心苦。

要令衰微门，重振当年武。

至于两人出外附学，束修、朋友交际、会文供给，这班寡妇都一力酬应。

这两个小儿，从小聪明勤读，加之外边择有明师，家中又会教训，十二三岁便会做文字。到十五六岁，都文理大通。其时还是嘉靖年间，有司都公道，分上不甚公行，不似如今一考，乡绅举人有公单，县官荐自己前列，府中同僚，一人荐上几名，两司各道，一处批上几个，又有三院批发，本府过往同年亲故，两京现任，府间要取二百名，却有四百名分上。府官先打发分上不开，如何能令孤寒吐气？他两个撞了好时候，都得府间取了送道。道中考试，又没有如今做活切头、代考、买通场传递、夹带的弊病，里边做文字都是硬砍实凿，没处躲闪；纳卷又没有衙役割卷面之弊，当时宗师都做得起，三院不敢批发，同僚不敢请托，下司不敢干求，挠他的权，故此世建、世延两个都小小儿进了学。其时内江一县哄然，都称扬他三个，不唯能守节，又能教子。有许多豪门贵族，都要将女儿与他。他三人不肯，道："豪贵人家，女多娇痴，不能甘淡薄，失教训。"止与两家门户相当的结了亲。世建娶了个余氏，世延娶了个杨氏，都各成房立户。这三个寡妇又不因他成了人，进了学，自己都年纪大便歇，又苦苦督促他，要他大成。不期世建妻余氏生得一个儿子，叫做萧蘅，余氏又没了。陈氏怕后妻难为他，又道眼前止得这个孙儿，又自行抚养他，不教系儿子读书的心。果然这两个儿子都能体量寡母的心肠，奋志功名，累累考了优等，又都中了举。登堂拜母，亲友毕集。过数日，又去坟上竖旗立匾。其时这三个方才出门，到山中时，道："如今我们可不负他三人于地下矣！"冬底，两弟兄到京，也后先中了进士。回来省亲祭墓，好生热闹。正是：

廿载深闺痛未亡，那看收效在榆桑。
堂前松柏欣同茂，阶下芝兰喜并芳。

后来世建做了知县，世延做了御史，都得官诰封赠父母。生的拜命，死的焚黄。这三节妇都各享有高年，里递公举，府县司道转申，请旨旌表。李南洲少卿为他作《双节传》，道："堂前之陈，断臂之李，青史所纪，彤管有炜焉！然皆为人妻者也，而副室未之前闻也；皆异地者也，而一门未之前见也；皆异时者也，而一代未之前纪也。喜其难乎？亶其传乎？"而杨升庵太史又为立传。

第十七回　逃阴山运智南还　破石城抒忠靖贼

仗钺西陲意气雄，斗悬金印重元戎。

沙量虎帐筹何秘，罂渡鲸波计自工。

血染车轮螳臂断，身膏齐斧兔群空。

归来奏凯麒麟殿，肯令骠骑独擅功！

大凡人臣处边陲之事，在外的要个担当，在内的要个持重。若在外的手握强兵数十万，不敢自做主张，每每请教里边取进止，以图免后来指摘，岂不误了军机？在内的，身隔疆场千百里，未尝目击利害，往往遥制阃外，凭识见以自作，禁中颇收，岂不牵制了军事？故即如近年五路丧师，人都说是奴儿哈赤人马骁劲，丧我的将帅，屠我士卒；后来辽广陷没，人都说是孙得功奸谋诡计，陷我城池。不知若能经抚和衷，文武效力，朝中与阃外同心应手，如古时卒知将意，将知帅意，谋有成局，而后出师，那得到这丧师失地的田地？故此若是真有胆力的人，识得定，见得破，看定事，做得来，何必张张皇皇惊吓里边，张大自己的功？看定这人，做得来，何必纷纷纭纭挠乱外边，图分人的功？内外协心，内不专制，外不推委，又不忌功嫉能，愎谏任意，不惜身家，不辞艰苦，就是灭虏而后朝食的事情，也是容易做的。

我曾想一个榜样来，我朝有个官人，姓项名忠，字荩臣，浙江嘉兴府嘉兴县人。中正统七年进士，选刑部主事，升员外。正统十四年七月，北虏也先犯边，太监王振创议御驾亲征，举朝谏阻，王振不从，留了御弟郕王监国，与几个大臣居守，凡朝中大小官员，有才力谋略的，都令从驾。十七日出师，但见：

阵列八方，队分五色。左冲雄，右突武，前茅英，后劲勇，都拥着天子中央；赤羽日，白旄月，青盖云，皂纛雾，都簇着圣人黄钺。浩荡荡雪戟霜戈，行如波涌；威凛凛雷钲霆鼓，势若山移。但只是顶盔贯甲，不免是几个纨袴儿郎；挺剑轮枪，奈何皆数万市井子弟。介胄虽然鲜朗，真羊质而虎皮；戈矛空自锋锯，怕器精而人弱。正是平日贪他数斗粮，今朝难免阵前亡。爹娘妻子走相送，只恐骸骨何年返故乡。

大驾出了居庸关，过怀来，到宣府，那边报警的雨也似来。这阉奴王振，倚着人马多，那里怕他，还作威福，腾倒得户、兵二部尚书，日日跪在草里；百官上本请回驾的，都叫他掠阵，督兵上前。先是一个先锋西宁侯宋谟、武进伯朱贵，遇着虏兵，杀得片甲不还。驸马井源接应，也砍得个七零八落。每日黑云罩在御营顶上，非风即雨，人心惶惑。钦天监道："天象不吉。"这阉奴才思想还京。到鸡鸣山，鞑兵追来，遣成国公朱勇断后，被他赶到鹞儿岭，杀个精光。八月十四，将到怀来城，他又不就进城，且在土木地方屯札人马。只见一夜鞑兵已团团围定，各管兵官只得分付排下鹿角，地上铺了些铁蒺藜、钉板，鞑子也不敢来冲营。只是营中没了水，穿井到二丈，没个水影儿。一连三日，鞑子势大，救兵又不敢来，那阉奴荒得没法处。却是鞑子太师也先，差人讲和。这阉奴便叫大学士曹鼐写敕与和，也不待讲和的回，他竟叫拔营。这一个令传下，这些兵士便跑，那里分个队伍？那鞑兵早已赶到了，也不管官员将士乱砍。这些兵士只顾逃去，那一个愿来迎敌与护驾？可怜一望里呵：

白草殷红，黄沙腥赤。血泻川流，尸横山积。马脱鞍而悲嘶，剑交卧而枕藉。创深血犹滴，伤寡气犹息。首碎驼蹄劲，躯裂霜锋剧。将军颈断，空金甲之流黄；元辅身殂，徒玉带之耀碧。吊有乌鸦，泣唯鼯鼪。梦绕金闺，魂离故国。浪想珠襦，空思马革。生长绮罗丛，零落阴山碛。恨化鬼燐飘，愁绪浓云湿。试风雨于战场，听呜呜之哀泣。

莫说二十万军，王振这阉奴，把内阁曹鼐、张益，尚书鄘埜、王佐，国公张辅一干文武官员，不知是车辗马踏，箭死刀亡，都没了。还弄得大驾蒙尘，圣上都入于虏营。后边也亏得于忠肃定变，迎请还朝。只是当时鞑兵撩乱，早以把项员外抓了去，囚首垢面，发他在沙碛里看马。但见项员外原是做官的，何曾受这苦楚？思想起来，好恼好苦："若论起英雄失志，公孙丞相也曾看猪，百里大夫也曾牧牛，只是我怎为羯奴管马？到不如死休。"又回想道："我死这边，相信的道我必定死国，那相忌的，还或者道我降夷，皂白不分，还要死个爽快。"在那沙碛里，已住了几日，看这些膻子，每日不见一粒大米，只是把家里养的牛羊骡马，又或是外边打猎，捉来的狐兔黄羊、獐麅熊鹿，血沥沥在火上炙了吃，又配上些牛羊乳骆，吃罢把手在胸前袄子上揩抹。这搭袄子，可也有半寸厚光耀耀的油腻，却无一些儿轮到他。项员外再三想："罢！在这里也是死，逃去拿住也是死，大丈夫还在死里求生。"便就在管的马中，相上了两匹壮健的在眼里，乘着夜间放青，悄悄到皮帐边，听他这些鞑子鼾声如雷，他便偷了鞍辔，赶来拴上，慌忙跳将起去。又为肚带拴不紧，溜了下来，只得重又拴紧，骑了一匹，带了一匹，加上两鞭，八只马蹄，扑碌碌乱翻银盏，只向着南边山僻处所去。日间把马拴了吃草，去山凹里躲，夜间便骑了往外跑。偏生躲在山里时，这些臊子与鞑婆、小鞑，骑了马山下跑来跑去；又怕他跑进山来，好不又惊又怕。却又古怪，那边马嘶，这边马也嘶起来，又掩他的口不住，急得个没法，喜是那边鞑子也不知道。似此三日，他逃难的人，不带得粮，马也何尝带得料？一片瞭地，不大分辨，东跑西跑，一日也三百余里。虽是轮流骑，却都疲了，伏倒了，任你踢打，只是不肯走起来。没及奈何，只得弃马步走，昼伏夜行：

山险向人欹，深松暗路歧。

惊尘舞飞处，何处辨东西。

不一日，闯到一个山里，一条路走将进去，两边石块生得狼牙虎爪般，走到山上一望，四围石壁有数十丈，更无别路可来，山顶平旷，可以住得。前边还有坐小山，山空中都筑着墙，高二三丈，有小门，宛然是个城，城中有几个水池。项员外看了，道："这是个死路了。"喜得无人，身子困倦，便在松树下枕了块石头睡去。只见□个人道："项尚书，这是石城山，你再仔细看一□□，下山北去。"项员外惊醒，擦擦眼，却见那壁树根□一个青布包，拿来看时，却是些棋炒肉脯。他道天赐之物，将来吃了些，又在石池内掬了些水吃，多余棋炒肉脯藏了，便觉精神旺相，就信步下山，往北行走。

又是两日，渐渐望见墩台，知道近边了，便走将近去。只见墩上军道："咄！甚汉子，敢独自这厢走！"项员外道："这是甚么地方？"墩军道："是宣府。"项员外道："我是中国随驾官，被鞑子拿去逃回的。"墩军道："你是官，你纱帽员领呢？"项员外道："拿了去，还有哩？"墩军道："你不要哄我，停会出哨的回，我叫带你去。"项员外在墩下坐了半日，果然出哨的来，墩军与他讲了，就与他马骑，送到总兵府，回哨就禀了总兵郭登。这总兵是文武兼全的，又好贤下士，听说是个刑部员外，就请相见。只见这项员外，日日在树林中躲凹，身上衣服就扯得条条似的，头不见木梳，面可也成了个饼，脸不见水面，又经风日，憔黑可怜。郭总兵叫取冠带，梳洗相见。及至着靴时，腿上又是鲜血淋漓，蒺藜刺满脚底，也着不得靴。行了礼，送在客馆，着人为他挑去。向来只顾得走，也不知疼痛，这番挑时，几至晕去。将息了半月余，郭总兵为备衣装，资送到京。上本面阙，蒙圣恩准复原职。此时家眷在京，正欲得一实信，开丧回南，不意得见，真是喜从天降。后来升郎中，转广西副使。洁己爱民，锄强抑暴，道："当日我为虏擒去，已拼一死报国，如今幸生，怎不舍生报国?"

天顺三年，因他曾在虏中，习知边事，升陕西廉使，整饬边事，训练士卒，修筑墩台，积谷聚粮，士民悦服。适丁母艰，士民赴京上民本请留。夺情起复，升大理卿。又奏留，改巡抚陕西右副都御史。成化元年，鞑贼挖延绥边墙抢掳，二年来犯边，都被项副都设奇制胜，大败鞑贼，一省士乐民安。不期到三年间，固原镇有个土鞑满四，他原是个鞑种。他祖把丹率众归降，与了个平凉卫千户。宗族亲戚随来的，精壮充军，其余散在平凉崇信各县，住牧耕种射猎，徭役极轻，殷富的多。满四是个官舍，家事又有，收罗一班好汉扬虎力、南斗、火敬、张把腰，常时去打围射猎。一日，赶到石城，身边见一个雪色狐狸，满四一箭射去，正中左腿。满四纵马赶去，直赶入深山，一条路追去，只是追不着。刚赶到平地上，马一个前失，落下马来，狐狸也不见了。只见张把腰一马赶到，道："哥，跌坏了么？好个所在，咱每不知道。这番鞑子来，咱们只向这厢躲。"火敬一起也到了，道："鞑子是咱一家人，他来正好赶着做事，咱们怎去躲?"大家一齐下马去瞭看，道这高山上喜得又有水，盘桓了一回下来。不题。

只是这张把腰是个穷土鞑，满四虽常照管他，也不勾他用，尝时去收拾些零落牛羊儿，把手弄惯了。一日，往一个庄子上，见人一只牛，且是肥壮，他轻轻走去把牛鼻上插上一个大针，自己一条线远远牵着。走不上半里，撞着一班人田里回来，道："这是我家牛，怎走在这里?"去一看，道是那人偷牛了，赶上把张把腰拿住，打上一顿。正是双拳敌不得四手，怎生支撑？回去告诉火敬，火敬大恼："你寻牛去罢，怎打我兄弟？明日处他。"过得五六日，火敬与南斗一干人，装做㺅子，赶将来，弓上弦，刀出鞘，一吓的把这些人吓走，一家牛羊都赶去了。

不知这个是致仕张总兵的庄子，被他访知，具状在陈抚台。其时适有个李俊，是通渭县人，他包揽钱粮，侵用了不完，县中来拿，他拒殴公人，逃在满四家中。又有个马骥，是安东卫军余，醉后与人争风，把人打死，逃奔满四。各处访知，都来提拘。兵道苏燮，着他族中指挥满𤩽要人。满𤩽只得带了二十多个家丁去拿。满四便聚了众人计议，南斗道："兵爷来拿，此去九死一生，没个投死之理！"李俊道："大丈夫就死，也须搅得天下不太平，怎束手就缚？"满四道："凭着咱胆气，料没得与他拿去，只他官兵来奈何？"马骥道："大哥长他人志气！便这些官兵，只好囔饭，鞑子来惊得不敢做声，待他去了十来里放上一个炮，去赶一赶儿，有甚武艺。若来，定教他片甲不回。"满四道："咱这里须人少。"杨虎力道："目今刘参将到任，冯指挥在咱们人家要磕头礼，不若着人假他一张牌，每户加银多少，又着去催促，要拿去追比，人心激变，那时我们举事，自然听从。前日看的石城山，是个天险，我们且据住了，再着人勾连套虏，做个应手。势大攻取附近城池，不成逃入套去，怕他怎生？"满四连声"有理"，先着杨虎力督领各家老少、牛羊、家产，走入石城山。

这厢满𤩽已是来了，摆了几对执事，打了把伞，自骑了匹马，带了二十余家丁，走到堡里。满四欢然出来相见，道："上司来提，这须躲不去。"就分投着人领他的家丁去吃酒饭，一面唤人，那边布定了局。到一家，一家杀，二十多个家丁执事，不消半个时辰，都开除了。满𤩽吃了两钟酒，等到日斜，不见人来，叫满四去催促。满四道："就来了。"只见火敬一干提了血淋淋二三十颗首级进来，惊得满𤩽魂不赴体。满四道："从咱则生，不从则死。"一把扯满𤩽上马，同入石城山，把堡子一把火烧了罄尽，都在石城山顶安身。那时李俊又去煽哄这些土鞑，便有千余之众。

参将刘清知道，便领兵赶来，只见这一枝兵：

介胄锈来少色，刀枪钝得无铓。旌旗日久褪青黄，破鼓频敲不响。

零落不成部伍，萧疏那见刚强。一声炮响早心忙，不待贼兵相抗。

正行时，那厢满四道："不要把他近山，先与他一个手段。"自己骑了匹白马，挺枪先行，这班马骥、南斗一齐随着。远远见了，刘参将忙叫扎住。满四一条枪，侄儿满能一捍刀，直冲过来。刘参将见兵势凶锐，无心恋战，拨回马便走。其余军士也只讨得个会跑，早已被他杀死百数，抢去衣甲刀枪数百。满四欢喜回兵。刘清雪片申文告急，陈巡抚便会了任总兵，着都司邢端、申澄，领各卫兵讨捕。这边满四探听这消息，更集众商议。杨虎力道："咱兵少，他兵多，不要与他对敌。且等他进山来，只须如此如此，便可全胜。"摆布已定。那邢都司哨见无人，果然直抵山下。只听得一声喊起，石头如雨点下来，申澄督兵救援，早被一石块打着面门，死在山下。邢都司带着残兵逃之夭夭了。贼复整兵出城追赶，大赢一阵。贼势大震，穷民都去随他。

镇巡只得题本，请兵剿杀。奉旨着陈巡抚、任总兵，会同宁夏吴总兵，延绥王都堂，合兵征讨。先是吴总兵到，他道："这等小贼，何必大兵齐集？只与固原兵马，连夜前进，便可取贼首如探囊。"一面照会了王巡抚、任总兵，便浩浩荡荡望前征进。不上走得数十里，只见南斗领了一干人，说情愿投降。吴总兵不听，只顾进兵，参谋冯信进见道："我兵连夜兼行，不免疲敝，不若且屯兵少息。"吴总兵道："胡说！贼是假降以款我兵，岂可迟滞以缓军心！"传令且杀上去。前面早是满能领精兵接战，正是以逸待劳之法。只是南兵多，贼兵少，人心还要求胜，未便退后。正在那里大战，只见山两边一声炮响，又杀出两队人马，一边是火敬、李俊，一是马骥、南斗。这两支生力兵，如从天降，我兵三面受敌，如何抵敌得住？便大败而归。杀得任、吴两总兵直退守东山，才得札住，遗下军资器械，不计其数，都被满四等搬去。这翻满四越得志，山下札了几个大寨，山路上筑了两座关，分兵攻打静宁州，抢夺粮饷。

贼势猖獗，连连进京报警，圣旨便拿了陈巡抚，任、吴两总兵并刘参将、冯指挥，俱以军令失机听勘。随升项副都做了总督，刘玉做了总兵，督率甘州、凉州、延绥、宁夏、陕西各镇官兵证讨。项总督一到固原，大会文武，议进兵方略。人都道石城险峻，不易攻打，止宜坐困。总督道："石城形势，我已知道。若说坐困，屯兵五万，日费数千，岂可令师老财匮？"分兵六路，自屯中路延绥镇巡屯酸枣沟，伏羌伯毛忠屯木头沟，京军参将夏正屯打刺赤，宁夏总兵林胜屯红城子，陕西都司张英屯羊房堡，各路都着先锋出兵。延绥兵进攻的，正值着满能寨栅，两边合战，被满能杀死二十多人，只得暂退。过了三日，总督传令，六路齐举。此时贼见官兵势大，都撤了营寨，都入石城。先是伏羌伯兵到，奋勇攻杀，破他山路上两座关隘。山路窄狭，被他两边飞下乱石弩箭，又伤了一个伏羌伯。刘玉闻报大怒，与项总督督兵直抵城下大战，被贼兵抵死拒战，围在中间。众兵惶惶，都思逃窜。刘总兵身中飞箭，家丁已折了几个，一个千户房旄，见贼势凶勇，自己支撑不来，折身便走，早被项总督伏剑斩于马前，取头号令。众将士见了，莫不拼命砍杀，杀退贼兵，反斩了他首级数百。遣人奏捷，就奏伏羌伯毛忠战死，又揭报内阁与兵部，道："各镇兵俱集，分为六路困贼，贼已敛兵入城，犹如釜中之鱼。止虑叛贼钩连北虏救援入寇，喜得时虽仲冬，黄河未冻，虏兵不能渡河。又已不时差人哨探，拨兵防御，可以无虞。"

此时内阁大学士彭时，他看了揭，已晓得项总督甚有经纬，灭贼有日了。只是兵部程尚书担扶不住，道："满四原是鞑种，必竟要去降虏。那时虏兵一合，关中不保了。"题本要差抚宁侯朱永领京兵四万，前往帮助。抚宁侯就把事来张大，要厚给粮饷，大定赏格，正像近年李如桢总兵往救开铁时，不曾会得在外边争先杀战，只晓得在里边竞气争赏。那彭阁老票旨，只叫抚宁侯整饰戎装，待报启行。一时官员都纷纷道："彭阁老轻敌，定要送了陕西才歇。"奉旨与兵部会议，彭学士道："满四若四散出掠，他势还大，还要虑他。他如今退入山中，我兵分了六路，团团困定，要通虏时，插翅也飞不出。不过一月，料一个个生擒献俘了。京军只有空名，都不堪战阵。目今四万人一动，工部便要备器械银两，户部便要备行粮，贵部便要措马价。出师之日，还要犒赏。震动一番，无益于事，不若且止。"其时商学士辂道："看项荩臣布置，力能灭贼，不必张皇。"程尚书道："人只知京军不行，可以惜费，若使关中震摇，不知那用费更大，且至误国。"彭学士道："足下计京军何时可到固原?"程尚书道："在明年二三月。"彭学士道："这等缓不及事。看这光景，岁终必能破贼。且据项总督所奏，止须朱永率宣大精兵五千，沿边西来，贼平自止。若使未平，当协力进剿。"明明已示一个不必发兵的意思了。程尚书忿然出阁道："不斩数人，兵不得出。"

不知项总督把贼已困住，机会不可错过，每日与陕西巡抚马文升率兵围城，身坐矢石之下，并不畏怯。有将士拿防牌与他遮护，总督道："人各有性命，何得只来卫我?"麾而去之：

征衫满战尘，破险入嶙峋。

灭贼全凭胆，忠君岂惜身。

又对众官道："我昔年被掳鞑中，备观城形胜，山顶水少，止靠得几个石池，不足供他数千人饮食，又上边少柴，分付拨兵断他采樵、汲水。若是道路遇着，擒拿追杀。"真把个满四困得是瓮中之鳖。每日统兵到城下搦战，他又不敢出来；及至日暮鸣金收军，他又出兵追来。项总督差指挥孙玺，领兵八百屯驻东山，若城中贼出，便截其归路，前后夹攻。贼兵看了，半个不敢出城。又来请降，要项总督亲至城下，项总督便单骑前往。刘总兵恐有不测，将兵屯着，自全装贯带陪着总督。马巡抚也到。那贼在门边排下许多精锐，都带着盔甲，拿着兵器，耀武扬威。马巡抚叱他收敛。进城，满四与马骥诉说遭刘参将、冯指挥激变，原非本心，求天爷免死投降。项总督分付道："刘、冯二人激变，朝廷已扭解进京，已正法了。尔要降，速降可保你命。"又对满琇道："你原非反贼，为何尚自崛强？"满琇便叩头道："当日被他劫来，今日教人进退两难，只求都爷赦宥。"项总督就准降，带了满琇归营。

到次日，那贼又在城下立起木栅，讨战不降。项总督与马巡抚计议道："兵屯城下月余，师已老了，倘或黄河冰冻，虏兵南来，若两处抵敌，势分力薄。若他或是乘我懈怠，连兵合虏，势更猖獗。这功要速成！"与马巡抚计议，伐木做厢车攻城，又用大将军炮攻打，城中震得山摇地动，胁从贼人渐渐出降。总督都给与执照，许他近地安插，不许人生事。降者无日没有，满四军势渐渐衰弱。

杨虎力见势头不好，心里想道："当初谋反，竟该结队逃入套中，可以存活。如今这山中是个死路，四下兵围住，料不能脱身，不如投降。"及至项总督营中，又自思他是与满四一起首恶，恐不肯饶他，好生惊恐。只见项总督叫近前来道："你为满四谋主，本不该饶你，但我誓不杀降。倘你若能献计，生擒得满四出来，原有赏格：擒获满四，赏银五百两、金一百两，子孙世袭指挥。这赏与官，我一一与你，断不相负。"刘总兵使刮刀与他赌誓。杨虎力思量半日，道："满四党与虽然降的多，还有个侄儿满能，骁勇绝伦；马骥、南斗一千，尝在左右。要在城中擒他不能，不若哄他出城，天爷自行擒获，这个便可。"总督道："这等，明日你可着他到东山口，我这里用计擒他。"与了他酒食，着他归城。有两个两司道："虎力，满四亲信。今日来降，是假降，看我兵势。正该斩首，孤他羽翼，不该放他回营。"总督道："贼势大则相依，势败则相弃，有甚亲信？他如今见我兵势，从则必死，投降诱擒满四，可以得生，还有官赏，怎不依我？真否明日便见。"东山口是延绥兵信地，总督带兵五千，到他信地，道："你这枝兵，连日厮杀辛苦，今日我代你守。"将兵分为左右翼，只待满四出来。

那边杨虎力逃去，见了满四，以手加额道："恭喜，我们有了生路了。"满四忙问时，道："适才到项总督营边探听，见他兵心都已懈怠，又听得鞑子杀到延绥地方，延绥将官怕失守，要撤兵回去，进军中来辞，他说自要分兵来守东山口。不若乘他兵马新来，营寨未定，冲他一阵，杀他一个胆寒。若杀了他总督，其兵自退。俺们乘势杀出，投了鞑子，岂不得生？"满四道："有这机会！"马骥道："我们一齐杀出去。"满四道："割鸡焉用牛刀？只我领一千精兵去勾了，你们守城，怕有别路兵来攻打。"

次日吃了些饭，整点一枝人马，杀出城来。只见：

　　白马飞如雪，蛇矛色耀霜。
　　绣旗招飐处，罗刹出旻苍。

立马山上一望，果然一枝兵远远离开，又有一枝兵到，打着皂纛旗。满四道："这是老项了，我且做个张翼德，百万军中取上将头。"拍马下山，竟至东山口。官军中瞭望见一个骑白马的出城，也知是满四来了，各作准备。满四到了军前，挺枪直进，刘总兵也舞刀来迎，两边部下：

　　撩乱舞旌旗，轰轰振鼓鼙。
　　愁云连汉起，杀气压城低。
　　血染霜戈赤，尘扬马首迷。
　　战余谁胜算，折戟满沙堤。

此时项总督拔剑督战，延绥王巡抚见贼兵出城，也督兵相接，马巡抚指挥伏兵齐起，截住贼兵后路。满四大叫："中计了，大家努力杀出！"杀到前，是项总督兵；杀到左，王巡抚兵；杀到右，刘总兵兵；后边马巡抚兵。往前，后又到；右首杀去，右边又兵来。箭如雨发，先射倒了白马。城里要发兵救援，又怕别路官兵乘虚袭城，只得听他。杀到两个时辰，满四渐渐力乏，官兵如潮似来，不能抵当。满四被项总督标下把总常得胜拿了，其余尽行杀死。马巡抚道："贼首已擒，城中丧胆，可乘势攻城。"项总督道："战了半日，士卒皆疲。石城险峻，一时难破，且待明日。"就将满四上了囚车，差人奏捷，止住抚宁侯兵马。

次日攻城。城中闻得满四被擒，都心慌撩乱，只有马骥、南斗道："我们当在死中求活，还杀出去，破围逃命，怎住在城里，滚汤泼老鼠，一窠儿死？"拚死杀将出去。这边兵见总督捉了满四，也都要立功，一齐攒住，把这两个要杀杀不出，要回回不得，一个个都被生擒活捉，各在总督处报功。城里李俊、张把腰都战死，尚有火敬，他还在那里要守。刘总兵道："自这几番战阵，已擒三个贼首，擒杀从贼数千，所存不多，不若撤兵听他散去。不然，五万人屯在此，每日钱粮费大。"项总督道："贼杀我一伯、三都司，官兵死者数千，若纵他去，后日必为陕西后患，且贼不过守一二日自散。"下令凡贼人逃出城向南的罢了，往北投虏的俱要擒拿。此时城中人住马不住，你守我不肯，只顾得自己，那里顾家属？一夜一齐逃出，被总督分兵擒杀，都不得漏脱。只有满能逃在青山洞，被官兵把火熏出来，也拿了。先行搜山，又拿得贼五百多名，破城捉获他家属数千。内中杨虎力的家属，就行给还虎力。

总督自到山上一看，只见当日枕石卧梦之处，并石池石墙，宛然如故，也不免睹今悲昔。又恐留这地胜，还是后患，传令拨兵万名，把石城险阻尽行平去，拆毁古墙，立石山顶纪功，写当日平贼日月并征讨的各官，又将诸军士的骸骨起一个大冢，杀猪羊祭他。回兵固原，犒赏各处将士。生擒贼有千余，除将满四、马骥、南斗、火敬并罪大的二百名，囚车献俘京师，其余都斩首军门。又增设一千户所防守。

捷奏朝廷，旨下，项总督与马王二巡抚，各升一级，刘玉升左都督，其余有功官员以次升赏。杨虎力也得蒙恩免死。后项总督仍回院办理朝事。至成化六年，荆襄流民李胡子作乱，项总督又奉命往讨平，发流民还乡，计四十余万。八年讨平野王贼王洪，十年升刑部尚书，十一年转兵部尚书，适值汪直开西厂，荼毒缙绅、士民，项尚书上疏奏劾，反为中伤，廷勘削籍。汪直败，仍复官。家居二十六年，悠优山水，卒赠太子太保，赐谥襄毅，与祭葬。盖唯公有此多福，自不湮没于胡沙；然亦唯公历尽艰苦，有不惜死之心，故卒能成大功于关中。荆楚所在尸祝，天之福豪杰者多矣！

第十八回　拔沦落才王君择婿　破儿女态季兰成夫

怪是裙钗见小，几令豪杰肠柔。梦雨酣云消壮气，滞人一段娇羞。乐处冶容销骨，贫来絮语添愁。　　谁似王娘见远，肯耽衾枕风流。漫解钗金供菽水，勖郎好觅封侯。鹏翮劲抟万里，鸿声永著千秋。

右调《菩萨蛮》

世上无非富贵、贫贱两路：富贵的人，思衣得衣，思食得食，意气易骄，便把一个人放纵坏了；贫贱的人，衣食经心，亲朋反面，意气易灰，便把一个人折挫坏了。这其中须得一提醒，一激发。至于久居骄贵，一旦寥落，最是难堪；久在困苦，一旦安乐，最是易满，最不可少这提醒激砺一着。如苏秦，他因妻嫂轻贱，激成游说之术，取六国相印。后就把这激法激张仪，也为秦相。这都是激的效验。但朋友中好的，过失相规，患难相恤。其余平交，不过杯酒往还，谈笑度日，那个肯要成他后日功名，反惹目前疏远？至到父兄之间，不免伤了天性。独有夫妻，是最可提醒激发的。但是这些妇人，遇着一个富贵良人，穿好吃好，朝夕只是撒些娇痴，或是承奉丈夫，谁晓得说他道他？若是贫的，或是粗衣淡饭，用度不充，生男育女，管顾不到，又见亲戚邻里富厚的来相形容，或相讽笑，本分的还只是怨命，陪他哭泣怨叹，丈夫知得，已自不堪。更有那强梁的，便来炒闹，絮聒柴米，打骂儿女，寻死觅活，不恤体面，叫那丈夫如何堪得？怕不颓了志气！是这些没见识女子内，不知断送了多少人。故此人得贤妻，都喜得内助，正喜有提醒激发处，能令丈夫的不为安逸、困苦中丧了气局，不得做功名中人。像战国时乐羊子妻，因其夫游学未成回来，他将自家织的布割断，道："为学不成，如机之断，不得成布。"乐羊子因这一点醒，就努力为学，成了名儒。又唐时有个杜羔妻刘氏，他因夫累举不第，知他

将回，写一首诗寄去，道：

郎君的的有奇才，何事年年被放回？

如今妾面羞君面，郎若回时近夜来。

杜羔得诗，大惭大愤，竟不归家，力学举了进士。这皆贤哲妇人能成夫的。

到我朝，也有个好女子，落在江西南昌府丰城县中。这丰城有一个读书的，姓李名实甫。他父亲姓李号莹斋，曾中进士，初选四川内江知县。那时实甫只七八岁，其时父亲回家祭祖，打点上任，凡是略沾些亲的，那一个不牵羊担酒来贺？今日接风，明日送行，那一日不笙歌聒耳，贺客盈门？正是：

堂前痴客方沾宠，阶下高朋尽附炎。

好笑一个李实甫，那一个豪门宦族，除没女儿的罢了，有女儿的便差上两三岁，也都道好个公子，要与他结亲。李知县道儿子小，都停着。待后日，自择吉赴任去了。

一到，参谒上司，理论民词，真个是纤毫不染，视民如伤。征收钱粮，止取勾转解上司，并不加耗；给发钱粮，实平实兑，并不扣除；准理词讼，除上司的定罪，其余自准的，愿和便与和，并不罚谷要纸；情轻的竟自赶散，势豪强梗的，虽有分上，必不肯听，必竟拘提，定要正法堂上状好准好结，弄得这二三四衙，生意一毫也没。不是他不肯批去事大，衙头掯勒他呈堂，这人犯都情愿呈堂，或是重问他罪，重罚他谷，到堂上又都免了，把甚么头由诈人？至于六房，他在文书牌票上，极其详细，一毫朦胧不得。皂甲不差，俱用原告。衙门里都一清如水，百姓们莫不道好。

谁料好官不住世，在任不上两年，焦劳过度，一病身故。临终对夫人道："我在任虽无所得，家中薄田还有数亩，可以耕种自吃。实甫年小，喜得聪明，可叫他读书，接我书香一脉。我在此，原不妄要人一毫，除上司助丧水手，有例的，可收他。其余乡绅、里递、衙役祭奠，俱不可收，玷我清名。"说罢气绝。正是：

谩有口碑传德政，谁将大药驻循良。

魂归故国国偏远，泪落长江江共长。

此时衙内哭做一团，二衙便为他申文上司，为他经理丧事。可怜库中既无纸赎，又无兑头，止得些俸粮柴薪马丁银两未支，不过百两，将来备办棺木衣衾，并合衙孝衣。此时本县粮里怜他清廉，都来助丧，夫人传遗命，一概不收。止是抚院司道："府间有些助丧水手银两，却也展转申请批给，反耽延了许久，止彀得在本县守候日用，路上盘缠。"母子二人扶柩下船，本县衙官免意思来一祭，倒是百姓哭送了二十余里。一路回来，最没威势的是故官家小船，虽有勘合，驿递里也懈懈的来支应，水手们也撒懒不肯赶路，母子凄凄守着这灵柩。集唐：

亭亭孤月照行舟，人自伤心水自流。

艳骨已成兰麝土，云山漫漫使人愁。

迤逦来到家中，亲邻内有的道："是，可惜是个好官，天没眼。"有的道："做甚清官，看他妻子怎生样过活？"他母子经营殡葬，葬时止不过几个乡绅公祭，有几个至亲来送，也止是来应故事，那得似上任时闹烘，送上船或送一两程才散光景？

逡巡年余，乡绅中分子，初时还来搭他，到后来李夫人渐渐支应不来，不能去；便去，公子小，不入达，没人来理他，他率性竟不去了。家中有几个能干家人，原是要依势攞些钱来靠的，见公子小，门户冷落，都各生心。大管家李荣，他积趱些私房，央人赎身去了。还有个李贵，识得字，在书房中服事的，他投靠了张御史，竟自出去。一个小厮来福，他与李夫人房中丫环秋香勾搭，掏摸一手逃去，告官追寻，也没踪迹。止有个老苍头李勤，只会噇饭，不会支持。遗下田有百余亩，每亩也起租一石，租户欺他孤寡，拖欠不完。老苍头去催讨，吃他两瓶酒，倒为他说穷说苦。每年反要纳粮当差，不免典衣戤饰，日渐支撑不来。故此公子先时还请先生，后来供膳不起，也便在外附读。且喜他聪明出人，过目成诵，把父亲留下子史诗赋，下到歌曲，无不涉猎。守得孝满，年纪十五六岁，夫人也为他寻亲。但只是低三下四人家，公子又道自家宦门旧族，不屑要他。至乡宦富家，又嫌李公子穷，不肯。起初也有几个媒妈子走来走去，落后酒没得噇，饭没得吃，便也不肯上门。逢着考试，公子虽是聪明，学力未到，未必能取。要年家们开填，撇不面情过的，将来后边搭一名，府间价重，就便推托，尚未得进。

公子见功名未成，姻亲未就，家事又寥落，大是不快。只是豪气未除，凡是文会上、酒席上，遇着这干公子富家郎，他恃着才胜他，不把他在意。见这些人去趋承他，偏要去扫他，或是把他文字不通处，着实涂抹，或是故意在人前联诗作耍难他。所以这干人都道他轻薄，并不肯着他。他也便自放，常自做些诗歌词曲，有时在馆中高歌，有时在路上高唱。甚而市井小人也与他吃酒歌唱，道："我目中无非这一流，还是这一起率真，不妆腔。"满城中不晓得他是发泄一种牢骚不平之气，尽传他是狂荡之士。以耳为目的乡绅，原没有轸恤故旧的肚肠，听得人谤他，都借来推，道是不肖子，不堪培埴。那李公子终不望他们提携。

似此又年余，忽一日，一个王翊庵太守，也是丰城人，与他父亲同举进士，同在都察院观政。他父亲做知县病故，王太守初任工部主事，转抽分员外，升河道郎中，又升知府。因在任直谅，忤了上司，申文乞休，回到家中，在乡绅面前问起李年兄去后家事何如，后人何如？这些乡绅都道他家事凌替，其子狎近市井游棍，饮酒串戏，大坏家声。王太守听了，却也为他叹息。次日就去拜李夫人，公子不在，请年嫂相见。王太守问了些家事，又问公子。夫人道："苦志攻书，但未遇时。"王太守也道他是护短的言语，也不相信，送了些礼，又许后边周济，自去了。李公子回，夫人叫他答拜。李公子次早也便具帖来王太守宅中，不料王公不在，门上见他面生，是不大往来的了，又是步行，一个跟随的老仓头，又龙钟褴褛，接帖时甚是怠慢。公子不快，止投一帖，不候见就回。彼此不题。

偶然一晚，王太守在一乡绅家吃酒回家，其时大月，只听远远一个人在月下高唱，其声清雅。王太守在轿中细听，却是一个《桂枝香》：

> 云流如解，月华舒彩。吐清辉半面窥人，似笑我书生无赖。笑婆娑影单，婆娑影单，愁如天大。闷盈怀，何日独把蟾宫桂，和根折得来？
>
> 学深湖海，气凌恒岱。傲杀他绣虎雕龙，写向傍人怎解？笑侏儒与群，侏儒与群，还他穷债。且开怀。富贵原吾索，机缘听天付来。

王太守听了道。"这一定是个才人，落魄不偶的。"着人去看来。那小厮便赶上前把那人一瞧，那人见了，道："谁不认得李相公，你瞧甚么？"那小厮转身便跑，对王太守道："那人道是甚李相公，细看来，似前日老爷不在家来拜老爷的李公子。”王太守道：“一定是李家年侄了，快请来相见。”家人忙去相请。王太守便也下轿步来，抬头一看，却也好个仪表：

昂藏骨格，潇洒丰神。目摇岩下电，灼烁射人；脸映暮天霞，光辉夺目。乱头粗服，不掩那年少风流；不履不衫，越显出英雄本色。

正是：

美如冠玉轻陈孺，貌若荷花似六郎。

王太守与那人相揖了，便道：“足下莫非李莹斋令郎么？”那人便道：“卑末正是，不敢动问老先生是何人？”王太守道：“老夫便是王翊庵。”那人便道：“这等，是王年伯了，小侄一时失于回避。”王太守道：“老夫与令先尊同第时，足下尚是垂髫，故老夫尚未识荆。可喜贤侄如许豪爽，应能步武前人。”李公子道：“惭愧，功名未成，箕裘未绍。”王太守道：“前见年嫂，道贤侄力学攻文，不胜欣快。更日还要屈过，与小儿、小婿会文。”李公子道：“当得趋赴。”说毕两下分手。李公子笑道：“可笑这年伯，你那儿子、女婿，只好囊酒袋饭，做得甚文字，却要我去同作文！到作文时，可不羞死了他。”仍旧高歌步月而回。

次日，王太守因前日曾应承周济，着人送白银五两、白米五石，就请公子明日赴会。李公子至日便欣然前去。一到，王太守便出相见。公子致谢，王太守道：“些须不足佐菽水，何烦致谢！”吃了茶，延进花园里面，却是三间厂厅，朱櫺绿槛，粉壁纱窗，厅外列几行朱朱粉粉的妖花，厅内摆几件班班驳驳的古董。只见里边早有先生，姓周号公溥，是南昌府学一个有名廪生。引着两王太守公子，长字任卿，次字櫄之，两个王太守女婿，一个刘给事公子，字君遹，一个曹副使公子，字俊甫。一齐都相见了。家童早已列下几个坐儿，铺下笔砚。王太守便请周先生出题。周先生再三谦让，出了两个题目。王太守还要出，周先生道：“只两个艺罢。”那王任卿把一本《四书》翻了又翻；王櫄之便想得面无人色，坐在椅上动也不动；刘君遹在厂厅外走来走去，再不停足；那曹俊甫似个做得出的模样，在那厢写了几行，扯去了又写，写了又扯，也不曾成篇。只有李公子点了几点头，伸开纸来，一笔扫去，午饭后，两篇已完了。正是：

入瓮攒眉笑苦吟，花砖日影又移阴。

八叉谁似温郎捷，掷地还成金石音。

王太守逊周先生看，周先生不肯，推了半日，周先生看了，道：“才气横轶，词调新雅，这是必售之技。”王太守也接过去看了一看，道：“果然笔锋犀利，英英可爱。”收在一边。那四个也有有了些草的，也有一字未成的。王太守恐妨众人文思，邀李公子到水阁上去，问道：“一向失问，贤侄令岳何人？”公子道：“小侄尚未有亲。”王太守又沉吟了一会。将晚，里面已备下酒肴，先生忙帮衬道：“列位相公有未完的，吃了酒后清罢。”众人便都坐了。席上那李公子应对如流，弄得四位公子好似泥塑木雕一般。酒罢，李公子自去了。王太守回来讨文字看，一个篇半，是来得去不得的文字；两个一篇，都也是庸谈，一个半篇，煞是欠通。王太守见了，也没甚言语，到叫先生有些不安。

王太守进内，见了夫人，道：“今日邀李家年侄，与儿子、女婿作文，可笑我两儿、女婿，枉带这顶头巾，文理俱不甚通。倒是李郎，虽未进，却大有才气，看来不止一青衿终身。”夫人道：“你儿子、女婿，都靠父亲骗的这顶头巾，原不曾会做文字。既你看得他好，可扶持他进学，也不枉年家分谊。”王太守道：“正是。适才问他尚未有亲，我两个女婿，都是膏粱子弟，愚蠢之人。我待将小女儿与他，得一个好女婿。后边再看顾他，夫人意下何如？”夫人道：“李郎原是宦家，骨气不薄，你又看得他好，毕竟不辱门楣。但二女俱配豪华，小女独归贫家，彼此相形，恐有不悦。”王太守道：“我那小小姐，识见不凡，应不似寻常女流，不妨。”次日，竟到书房，对周先生道：“昨见李生文字，学力尚未充，才华尽好。”周先生道：“是进得的。”王太守道：“岂止进而已！意待招他作婿，敢烦先生为我执柯。”先生道：“曾与夫人相商么？后边恐厌他清贫，反咎学生。”王太守道：“学生主意已定，决不相咎。”去后，只见刘君遹道：“我丈人老腐，不知他那里抄得这几句时文，认他不出，便说他好，轻易把个女儿与他。”曹俊甫道：“若是果然成亲，我辈中着这个穷酸，也觉辱没我辈。”王檩之道：“不妨，我只见母亲，说他又穷，又好吃酒串戏，自然不成。”先生道：“令尊要我去说，怎生是好？”王任卿道：“先生自去，料他不敢仰攀。”

先生去见了李公子，又请见李夫人。说及亲事，公子推却，夫人道：“既承王大人厚意，只是家贫，不能成礼。”先生去回覆，王太守道：“聘礼我并不计。”这边李夫人见他意思好，便收拾些礼物，择日纳采。那王任卿兄弟，狠狠的在母亲前破发。母亲道：“你父亲主意已定了，说他不转。”两兄弟见母亲不听，却去妹子前怨畅父母道：“没来由害你，家又贫寒，人又轻狂，若成亲，这苦怎了？”王小姐只不言语。后边两个嫂嫂与两个姐姐，又假做怜惜，来挑拨他，道：“人又尚未进，不知读得书成么？又家中使唤无人，难道娇滴滴一个人，去自做用么？小姐可自对爹爹一说。”小姐听得不奈烦，道：“这事我怎好开口？想爹爹必有主见。”两嫂嫂与姐姐见他不听，便番转脸来，当面嘲笑，背地指搠他。小姐略不介意。

过了数月，李家择日毕姻。王太守与夫人加意赠他，越惹得哥嫂不喜欢。所喜小姐过门，极其承顺孀姑，敬重夫婿，见婆婆衣粗食淡，便也不穿华丽衣服。家里带两房人来，他道他在宦家过，不甘淡薄，都发回了，止留一个小厮、一个丫鬟。家中用度不给，都不待丈夫言语，将来支给，并没一些妖痴骄贵光景。只是李公子他见两个舅子与连襟，都做张致，妆出宦家态度，与他不合，他也便傲然，把他为不足相交。倒是旧时歌朋酒友，先日有豪气无豪资，如今得了妆奁，手头宽裕，尝与他往还。起初王小姐恐拂他意，也任他。后来见这干人也只无益有损，微微规讽他。李公子也不在心上。

一日，王太守寿日，王小姐备了礼先往。到得家中，父母欢悦如故，只是哥嫂与姐姐，不觉情意冷落。及至宾客来，报刘相公、曹相公来，两个哥便起身奉迎；报李公子来，道：“甚贵人么？要人迎接。”直至面前，才起身相揖。这李公子偏古怪，小姐来时，也留下甚阔服、绫袜朱履，与他打扮。他道：“我偏不要这样外边华美。”止是寻常衣服，落落穆穆走来。相揖时，也只冷冷不少屈。但是小姐见了，已大不然。又见哥哥与刘、曹两姐夫，说笑俱有，立做一团，就是亲友与僮仆，都向他两人虚撮脚。到李公子，任他来去，略不加礼。及至坐席，四人自坐一处，不与同席。李公子想也有不堪，两眼只去看戏，不去理他，看到得意之处，偶然把箸子为他按拍。只见他四人一齐哄笑起来。里面大姨道：“想心只在团戏上，故此为他按拍。”二位嫂嫂道：“做一出与丈人庆寿也可。”小姐当此，好生不快，不待席终，托言有疾，打轿便行，母亲苦死留他不肯。此时李公子闻得小姐有疾，也便起身。两个舅子也不强留。行到芒湖渡口，只见小姐轿已歇下，叫接相公一见，便作色道："丈夫处世，不妨傲世，却不可为世傲。你今日为人奚落，可为至矣，怎全不激发，奋志功名？"因除头上簪珥，可值数十金，道："以此为君资斧，可勉力攻书，为我生色。且老母高年，河清难待，今我为君奉养，菽水我自任之，不萦君怀。如不成名，誓不相见。"遂乘轿而去。

李公子收了这些簪珥，道："正是，炎凉世态不足动我，但他以宦室女随我，甘这淡薄，又叫他受人轻笑，亦是可怜。我可觅一霞帔报母亲，答他的贫守。"因就湖傍永福庵赁下一小房读书。王小姐已自着人将铺陈柴米送来了。此后果然谢绝宾朋，一意书史，吟哦翻阅，午夜不休。每至朔望归家定省，王小姐相见，犹如宾客一般，止问："近日曾作甚功课么？"如此年余，恰值科考。王太守知他力学，也暗中为他请托。县中取了十名，府中也取在前列，道中取在八名，进学。入学之日，王太守亲自来贺，其余亲戚也渐有拢来的了。正是：

萤光生腐草，蚁辈聚新膻。

不隔数日，王小姐对公子道："你力学年余，谅不止博一青衿便了。今正科举已过，将考遗才，何不前往？功名正未可知。"公子道："得陇足矣，怎又望蜀？"小姐不听，苦苦相促，只得起身。府间得王太守力取了，宗师考试，却是遗才数少，宗师要收名望。府县前列，抚按观风批首，紧要分上。又因时日急迫，取官看卷，又在里边寻自己私人，缘何轮得他着？只得空辛苦一场。回时天色尚未暮，忽然大雨骤至，顷刻水深尺许，遥见一所古庙，恰是：

古木萧森覆短垣，野苔遮径绿无痕。

山深日暮行人绝，唯有蛙声草际喧。

到得庙中，衣衫尽湿，看看昏黑，解衣独坐，不能成寐。将次二更，只听得庙外喧呼，公子恐是强人，甚是惊恐。却是几盏纱灯，拥一贵人，光景将及到门，听得外边似有人道："李天官在内，暂且回避。"又听分付道："可移纱灯二盏送回。"忽然而散。公子听了，却也心快，只是单身，庙中凄冷，坐立不住，又失意而回，怕人看见，且值雨止，竟跣足而回。到家，老仆与小厮在庄上耘田不回，止得一个从嫁来粗婢，又熟睡，再也不醒。王小姐只得自来开门，见了道："是甚人拿灯送你？"公子道："停会对你说。"进了门，就把庙中见闻一一说知。小姐道："既然如此，没有个自来的天官，还须努力去候大收。"

幽谷从来亦有春，萤窗休自惜艰辛。

青灯须与神灯映，暂屈还同蠖屈伸。

极热天气，小姐自篝灯绩麻，伴他读书。将次到七月尽，逼他起身，公子道："罢了，前日人少，尚不见收。如今千中选一，一似海底捞针，徒费盘缠无益。"小姐道："世上有不去考的秀才么？"到晚间，还逼他读书，叫他看后场。公子笑道："那里便用得他着？"逼不过，取后场来看，是篇《蛟龙得云雨论》，将来读熟了。

次早起身，跟的小厮挑了行李，赶不得路。一路行来，天色已晚，捱城门进得，各饭店都已关了，无处栖止。公子叫小厮暂在人家檐下，看着行李，自到按院前打听。清辰寻歇家，在院前行来行去，身子困倦，便在西廊下打盹。不期代巡梦中，梦见一条大黑龙，蟠在西廊下，惊醒道："必有奇人。"暗暗传出道："凡有黑夜在院前潜行打听的，着巡捕官留羁，明日解进。"此时深夜，缘何有人？四下看，止得一个秀才，就便在睡中拿住。李公子急切要脱身时，又无钱买脱，只得随他。明辰解进，只见御史在堂上，大声道："你是甚人？敢黑夜在我衙前打点？"公子对道："生员是丰城新进生，闻得大宗师大收遗才，急于趋赴，过早，在院前打盹，别无他情。"御史见是个秀才，已道他是梦中龙了，问了名字，分付一体考试。及至到考时，因梦中梦龙，便出《蛟龙得云雨论》题。李公子便将记的略加点窜，赶先面教。其余这些人，有完得早的，只用钱买得，收在卷箱内好了，还有捱不上不得收的。他却得御史先看，认得他，竟批取了。后边取官来看，见是代巡所取，也便不敢遗落。出案有名，王太守便着人送卷子钱，送人参，邀去与两个公子同寓。头场遇得几个做过题目，他便一扫出来。二、三场，两个王公子道他不诸，毕竟贴出。不期他天分高，略剽窃些儿，里边却也写得充满，俱得终场。人都为他吃惊。归家，亲友们就有来探望送礼的了。

到揭晓之夜，李公子未敢信道决中，便高卧起。只见五更之时，门外鼎沸，来报中了三十一名。王衙是他丈人，也有人去报。里边忙问："是大相公？是二相公?”道:“是李相公。”王家兄弟正走出来时，吃了一个扫兴。王太守倒喜自家有眼力，认得人。此时李衙里，早是府县送捷报旗竿，先时冷落亲戚都来庆贺。李夫人不欲礼貌，王小姐道:“世情自是冷暖，何必责备他?但使常如此，等他趋承便好。”还有赎身去李荣，依旧回家。李夫人不许，又是王小姐说:“他服事先边老爷过，知事，便留他罢。”内外一应支费，王小姐都将自己妆奁支持，全不叫李夫人与丈夫费心。旗匾迎回，李公子拜毕母亲，深谢岳丈提携、小姐激劝。此后闹烘烘吃赛鹿鸣，祭祖。人都羡李知县阴德，产这等好子孙。有道李夫人忍苦教子成名，有道王太守有识见，知人得婿，谁得知王小姐这等激发劝勉!既中后，王氏弟兄与刘、曹两连襟，不免变转脸来亲热，斗分子贺他，与他送行。李公子也不免因他向来轻玩，微有鄙薄之意，又是王小姐道:“当日你在贫穷，人来轻你，不可自摧意气;今日你得进身，人来厚你，也不可少带骄矜。举人进士，也是人做来的。”又为他打点盘缠，赍发上京。

凡人志气一颓，便多扼塞;志气一鼓，便易发扬。进会场便中了进士，殿试殿了二甲十一名。观政了，告假省亲。回来，捐资修葺了向日避雨神祠。初选工部主事，更改礼部，又转吏部，直至文选郎中。掌选完，迁转京堂，直至吏部尚书，再加宫保。中间多得夫人内助，夫妻偕老，至八十余岁。生二子，一承恩荫，一个发了高魁。不惟成夫，又且成子，至今江右都传做美谈。

第十九回　捐金有意怜穷　卜屯无心得地

干济吾儒事，何愁箧底空。

脱骖非市侠，赠麦岂贪功。

饭起王孙色，金怜管叔穷。

不教徐市媪，千载独称雄。

天下事物，尽有可以无心得，不可有心求，自钱财至女色、房屋、官禄，无件不然。还有为父母思量，利及一身；为一身思量，利及后嗣。这是风水一说。听信了这些堪舆，道此处来龙好，沙水好，前有案山，后有靠，合甚格局，出甚官吏，捐金谋求，被堪舆背地打偏手。或是堪舆结连富户做造风水，囤地骗人。甚至两边俱系富家，不肯归并一家，或是两人都谋此地，至于争讼，后来富贵未见，目前先见不安。还有这些风水，见他喜好风水，都来骗他。先一个为他造坟，已是说得极好，教他费尽钱财；后边一个又来破发，道是不好，复行迁改，把个父母搬来搬去，骨殖也不得安闲。不知这风水，却有自然而来的。如我朝太祖葬父，舁至独龙冈，风雨大至，只闻空中道："谁人夺我地？"下边应道："朱某。"太祖因雨暂回，明日已自成坟。这是帝王之地，所不必言。就如我杭一大家，延堪舆看风水，只待点穴，忽两堪舆自在那厢商议，道："穴在某处，他明日礼厚，点与他；不厚，与他右手那块地。"不期为一个陪堂听了，次日见堪舆所点，却是右手的，他就用心，后来道："如今生时与你朝夕，不知死后得与你一块么？"因问他求了这块地，如今簪缨不绝。一家亦因堪舆商议，为女儿听了，道："在杨梅树下。"后来也用计讨了，如今代代显宦。这都有鬼使神差般。但有一人，却又凭小小一件阴骘，却得了一块地，后来也至发身。

说话福建三山，有一个秀才，姓林名茂，字森甫。他世代习儒，弱冠进了一个学。只是破屋数椽，瘠田数亩，仅可支持，不能充给。娶了一个妻黄氏，做人极其温柔，见道理，甘淡泊。尝道这些秀才，一入了学，便去说公话事，得了人些钱财，不管事之曲直，去贴官府的脸皮，称的是老父师、太宗师，认的是舍亲敝友。不知若说为人伸冤，也多了这些侠气；若是党邪排正，也关阴骘；镇日府、县前，奴颜婢膝，也不惜羽翎。若为穷所使，便处一小馆，一来可以藉他些束修，资家中菽水，二来可以益加进修。盖人做了一个先生，每日毕竟要讲书，也须先理会一番，然后可讲与学生；就是学生庸下，他来问，也须忖量与他开发；至于作文，也须意见、格局、词华胜似学生，方无愧于心，故此也是一件好事。只是处馆也难，豪宦人家，他先主一个意要寻好先生，定要平日考得起的。这些秀才见他豪宦可扰，也人上央人去谋，或是亲家，或是好友，甚是出荐馆钱与他陪堂，要他帮衬，如何轮得到平常人？况且一捱进身，虽做些名士模样，却也谦卑巽顺，笼络了主翁；猫鼠同眠，收罗了小厮；又这等和光同尘，亲厚了学生。道人都是好奉承的，讲书有句像，便道"特解"；作文有一句是，便与密圈。在人前与他父母前称扬，学生怎不喜他？这便是待向上学生了。还有学生好懒惰的，便任他早眠晏起，读书也得，不读书也得；作文也可，不作文也可。就是家中有严父，反为他修饰，自做些文字，与他应名。若父亲面试，毕竟串他小厮，与他传递。临考，毕竟撺哄主人，为央分上，引领学生，为寻代考。甚至不肖的，或嫖，或赌，还与帮闲，只要固目下馆，那顾学生后来不通，后来不成器？故此阔馆也轮不着林森甫。仅在一个颜家，处一个半斤小馆，是两个小鬼头儿。一个聪明些，却要顽；一个本分些，却又读不出书。喜得一个森甫有坐性，又肯讲贯，把一个顽的拘束到不敢顽，那钝的也不甚钝。学生虽是暂时苦恼，主翁甚是欢喜。捱到年，先生喜得脱离苦根，又得束修到手，辞了东家起身。东翁整了一桌相待，临行送了修仪，着个小厮挑了行李，相送回家：

一窗灯影映青毡，书债今宵暂息肩。
不作凤皇将九子，且亲鸳鹭学双骞。
床头声断歌鱼铗，囊底欣余润笔钱。
莫笑书生镇孤另，情缘久别意偏坚。

不说森甫在路，且说麻叶渡口，有个农庄，姓支名佩德，年纪已近三十岁，父母蚤亡，遗得几亩荒山，两亩田地，耕种过活。只是没了妻室，每日出入，定要锁门。三餐定要自家炊煮，年年春夏衣服，定要央人，出些缝补钱、浆粉钱，甚是没手没脚。到夜来，虽是辛苦的人，一觉睡到天亮，但遇了冬天长夜，也便醒一两个更次，竟翻覆不宁，脚底上一冷，直冷到腿上；脚尖一缩，直缩到嘴边，甚是难过。一日回来吃饭，同伴有人锄地，他就把锄头留在地上，回了去时却被人藏过。问人，彼此推调。他叫道："是那个儿子藏过我的？"一个尖嘴的道："你儿子还没有娘哩！"众人一齐笑将起来。他就认真，说人笑他没有老婆，他一发动情起来，回去坐在门前纳闷。一个邻舍老人家巫婆，见了他道："支大官，一发回来得蚤，你为煮粥煮饭，一日生活只有半日做，况又没个洗衣补裳的，甚不便当。何不寻个门当户对的，也完终身一件事？"支佩德道："正要在这里寻亲，没好人家。"巫婆道："你真要寻亲，我倒有个好头代，是北乡郑三山的女儿，十八岁，且是生得好，煮茶做饭，织布绩麻，件件会得。匡得一个银子，他娘有私房，他自有私房，到有两个银子赔嫁，极好极相应。"支佩德道："他肯把我这穷光棍？"巫婆道："单头独颈，有甚不好！"支佩德道："还没有这许多银子。"巫婆道："有底桩的，便借两两何妨？"支佩德听了，心花也开。

第二日，安排个东道，请他起媒。巫婆道："这亏你自安排，若一讨进门，你就安闲了。"吃了个妈妈风回去。择日去到那边说，郑家道他穷，巫婆道："他自己有房子住，有田有地，走去就做家主婆，绝好人家。他并不要你赔嫁，你自打意不过与他些，他料不争你。"郑三山听得不要赔嫁，也便应承。他来回报，支佩德也乐然。问他财礼，巫婆道："多也依不得，少也拿不出，好歹一斤银子罢。"支佩德摇头道："来不得。我积趱几年，共得九两。如今那里又得这几两银子？"巫婆道有他作主，便借些上。"一个二婚头，也得八九两。他须是黄花闺女，少也得十二两。还有谢亲、转送、催妆、导日，也要三四两。"支佩德自度不能。巫婆道："天下没有娘儿两个嫁爷儿两个事！你且思量，若要借，与你借。除这家再没相应亲事了。"支佩德思量了一夜，道："不做得亲，怕散了这宗银子，又被人笑没家婆。说有赔嫁，不若借来凑了，后来典当还他。"算计定了，来见巫婆，道："承婆婆好意，只是那家肯借？"巫婆道："若要借，我房主邹副使家广放私债，那大管家尝催租到我这里，我替你说。"果然一说就肯，九折五分钱，借了六两，约就还。巫婆来与他做主，先是十两，后来加杂项二两，共十二两。多余二三两，拿来安排酒席，做了亲。

廿七八光棍，遇了十八九娇娘，你精我壮，且是过得好。但只是郑家也只是个穷人家，将饼卷肉，也不曾赔得。拿来时，两只黑漆箱、马桶、脚桶、梳桌、兀凳，那边件件都算钱，这边件件都做不得正经。又经支佩德先时只顾得自己一张嘴，如今两张嘴，还添妻家人情面分，只可度日，不能积落还人。邹衙逼讨，起初指望赔嫁，后来见光景也只平常，也不好说要他的典当。及至逼得紧去开口，女人也欣然，却不成钱，当不得三五两，只得那些利钱与他，管家来，请他吃些酒，做花椒钱。

拖了三年，除还，积到本利八两。那时年久要清，情愿将自己地一块写与，不要。又将山卖与人，都不捉手。也曾要与颜家，颜家道逼年无银。先时管家日日来炒，里边有个管家看他女人生得甚好，欺心占他的，串了巫婆，吓要送官。巫婆打合女人准与他，正在家逼写离书，那女人极了，道："我是好人家儿女，怎与人做奴才？我拼一个死，叫邹家也吃场官司。"外边争执，不知里边事，他竟开了后门，赶到渡头，哭了一场，正待投水。这原是娶妻的事，先时要娶妻，临渴掘井；后来女家需索，挑雪填井；临完债逼，少不得投河奔井。

不期遇了救星。林森甫看见妇人向水悲哭，也便疑心，就连忙赶上，见他跳时，一把扯住道："不要短见！"女人只得住了。问他原故，他将前后细诉：

羞向豪门曳绮罗，一番愁绝蹙双蛾。
恨随流水流难尽，拼把朱颜逐绿波。

森甫道："娘子，你所见差了。你今日不死，豪家有你作抵，还不难为你丈夫。如你死，那债仍在你丈夫身上还，毕竟受累了。你道你死，你丈夫与母家可以告他威逼，不知如今乡宦家逼死一个人，那个官肯难为他？也是枉然。喜得我囊中有银八两，如今赠你，你可将还人，不可作此短见。"便箧中去检此银，只见主家仆撳住道："林相公，你辛苦一年，才得这几两银子，怎听他花言，空手回去？未免不是做局哄你的，不可与他！"森甫道："我已许他，你道他是假，幸遇我来。若不遇我，他已投河了，还哄得谁？"竟取出来，双手递与。这娘子千恩万谢接了，又问："相公高姓？后日若有一日，可以图报。"森甫笑而不对。倒是仆人道："这是三山林森甫相公，若日后有得报他，今日也不消寻死了。”两边各自分手。

森甫分了手，回到家中，却去问妻子觅得几分生活钱，犒劳仆人。仆人再三推了不要，自回家去。到晚，森甫对其妻趑趄的道：“适才路上遇着一个妇人，只为丈夫欠了宦家银八两无还，要将他准折，妇人不欲，竟至要投水，甚是可怜！”那黄氏见他回时，不拿银子用，反向黄氏取，还道或者是成锭的，不舍得用，及半饷不见拿出来，也待问他，听得此语，已心会了，道：“何不把束修济他，免他一死？”森甫道：“卑人业已赠之，也晓得娘子有同志，只是年事已逼，恐用度不敷。”黄氏道：“官人既慨然救人，何故又作此想？田中所入，足备朝夕，薪水之费，我女工所得，足以当之，切勿介意。”森甫听了，也觉欣然。捱到除夜，一物不买。宗族一个林深，送酒一壶与他，他夫妻收了他的，冲上些水，又把与小厮不收的银子，买了半斤虾，把糟汁煮了，两个分岁。森甫口占两句道：

江虾糟汁煮，清酒水来淘。

两个大笑了一场，且穷快活。外边这些邻人亲族，见他一件不买，道：“好两个苦做人家的，忙了一年，鱼肉不舍得买。”后边有传他济人这节事，有的道：“亏他这等慷慨，还亏他妻子倒也不絮聒他。”有的道：“没算计穷儒！八两银子，生放一年，也得两数利钱，怎轻易与人，可不一年白弄卵？便分些儿与他也罢，竟把一主银子与人，这妇人倒不落水，他银子倒落水了。”他也任人议论，毫无追悔。

除夜睡时，却梦到一个所在，但见：

宇开白玉，屋铸黄金。琉璃瓦沉沉耀碧，翡翠舒翎；玳瑁楼的的飞光，虬龙脱海。碧阑干外，列的是几多瑶草琪花；白石街中，种的是几树怪松古柏。触目是朱门瑶户，入耳总仙乐奇音。却如八翼扣天门，好似一灵来海藏。

信步行去，只见柱上有联，镌着金字，道：

门关金锁锁，帘卷玉钩钩。

须臾，过了黄金阶，渐上白玉台。只见廊下转出一个道者，金冠翠裳，贝带朱履，道：“林生何以至此？”森甫就躬身作礼。那道者将出袖中一纸，乃诗二句，道：

鹧鸪之地不堪求，麋鹿眠处是真穴。

道："足下识之。"言讫，相揖而别。醒来正是三更，森甫道："这梦毕竟有些奇怪。"次日即把"门关"二句写了做春联，粘在柱上。只见来的亲友见了都笑："有这等文理不通秀才，替你家有甚相干，写在这边？"又有一个轻薄的道："待我与他换两句。"是：

蓬户遮芦席，苇帘挂竹钩。

有这样狂人！那森甫自信是奇兆。

到了正月尽，主家来请，他自收拾书籍前往。当日主人重他真诚，后来小厮回去说他舍钱救人，就也敬他个尚义，着实礼待他。一日，东翁因人道他祖坟风水庸常，不能发秀，特去寻一个杨堪舆来。他自称"杨救贫"之后，他的派头与人不同。他知道人说风水先生常态是父做子破，又道撺哄人买大地，打偏手。他便改了这腔，看见这家虽富，却是臭吝不肯舍钱，风水将就去得，他便极其赞扬，道："不消迁改。"见有撒漫，方才叫他买地造坟，却又叫他两边自行交易，自不沾手。不知那卖主怕他打退船鼓，也听与他。又见穷秀才阔宦，便也与他白出力一番，使他扬名。故此人人都道他好，颜家便用着他。他初见卖弄道："某老先生是我与他定穴，如今乃郎又发。某老先生无子，是我为他修改。如今连生二子。某宅是我与他迁葬，如今家事大发。某宅是我定向，如今乃郎进学。如今颜老先生见爱，须为寻一大地，可以发财发福的。"说得颜老好生欢喜，就留在书房中歇宿。森甫也因他是个方外，也礼貌他。

一日间与颜老各处看地，晚间来宿歇。颜老与杨堪舆、林森甫，三个儿一桌儿吃晚饭。颜老谈起："森甫至诚有余，又慈祥慷慨，旧岁在舍下解馆回去，遇见一妇人将赴水，问他是为债逼，丈夫要卖他，故此自尽。先生就把束修尽行赠他，这是极难得事。"杨堪舆道："这妇人可曾相识么？"森甫道："至今尚不知他是何等人家，住在何处，叫甚名字。"杨堪舆道："若不曾深知，怕是设局。"森甫道："吾尽吾心，也不逆他诈。"堪舆道："有理，有理！如此立心，必发无疑。但科第虽凭阴骘，也靠阴地。佳城何处，可容一观么？"森甫不觉颜色惨然，道："学生家徒四壁，亡亲尚未得归浅土。"杨堪舆道："何不觅一地葬之，学生当为效劳，包你寻一催官地，一葬就发。"森甫道："只恐家贫，不能得大地。"杨堪舆道："这不在大钱才有。人用了大钱，买了大片山地，却不成穴。就是看来，左右前后环拱，关锁尽好，穴不在这里。人偶然一二两得一块地，却可发人富贵，这只在有造化巧遇着。”颜老道：“先生若果寻得，有价钱相应的，学生便买了送先生。”杨堪舆道：“这也不可急遽，待我留心寻访便了。”那杨堪舆为颜家寻了地，为他定向、点穴。事已将完，因闲暇在山中闲步，见一块地，大有光景。归来道：“今日看见一地，可以腰金，但未知是何人地，明早同往一看，与主家计议。”

次日，森甫与杨堪舆同去，将到地上，忽见一个鹿劈头跳来，两人吃了一惊。到地上看时，草都压倒，是鹿眠在此，见人惊去。杨堪舆道：“这是金锁玉钩形，那鹿眠处正是穴。若得来为先生一做，包你不三年发高魁，官至金紫。得半亩之地也便彀了，但不知是谁家山地。”林森甫心中暗想：“地形与梦中诗暗合，穴又与道者所赠诗相券。”便也欢喜。

佳气郁菁葱，山回亥向龙。

牛眠开胜域，折臂有三公。

正在那边徘徊观看，欲待问，只见这隔数亩之远，有个人在那边锄地，因家中送饭来，便坐地上吃饭，森甫便往问他。将次走到面前，那妇似有些认得，便道：“相公不是三山林相公么?”堪舆道：“怎这妇人认得?”妇人便向男子前说了几句。那男子正是支佩德，丢了碗，与妇人向森甫倒身下拜，道：“旧年岁底，因欠宦债，要卖妻抵偿。他不愿，赴水，得恩人与银八两，不致身死。今日山妻得生，小人还得山妻在这厢送饭，都是相公恩德。”森甫扶起，道：“小事，何足挂齿。”因问：“相公因何事到此?”森甫道：“因寻坟地到此。”佩德道：“已有了么?”堪舆道：“看中此处一地，但不知是谁家的。”支佩德道：“此山数亩，皆我产业。若还可用，即当奉送。”堪舆便领着他，指道：“适才鹿眠处，是这块地，略可。”支佩德道：“自此起正我的地。”便着妻先归，烹了家中一只鸡。随苦苦邀了森甫与杨堪舆到家，买了两坛水酒，道：“聊为恩人点饥。”吃完，即当面纸一张，写了山的四至都图，道出卖与林处，杨堪舆作中，送与森甫，森甫决不肯收。杨堪舆把森甫捏一把道：“这地是难得的，且将机就机。”森甫再三坚拒道：“当日债逼，使你无妻。今日白收你产，使你必致失所，这断不可！”支佩德道：“这边山地极贱，都与相公，不过值得七八两，怎还要价?”森甫道：“我当日与你，原无心求偿。你肯卖与我，必须奉价收契。”杨堪舆道：“林先生不必过执。”森甫不肯。

次日，支佩德自将契送到颜家，恰遇颜老，问两个有些面善，道：“我是有些认得你，那里会来。”支佩德道：“是旧年少了邹副使债，他来追逼，曾央间壁钟达泉，来要卖产与老爹，连见二次，老爹回覆。后来年底催逼得紧，房下要投河，得这边林相公救了，赠银八两。昨日林相公同一位杨先生看地，正是小人的，特写契送来。”颜老道：“旧岁林相公赠银的，正是你令正？”又叹息道：“我遍处寻地，旧年送地来不要。他无心求地，却送将来，可见凡事有数，不可强求。”领进来见了森甫。颜老道：“既是他愿将与先生，先生不妨受他的。况前已赠他银子，不为白要他产。”森甫只是不肯。两边推了半日。颜老道：“老夫原言助价。”到里边称出银三两付他，遂收了契。杨堪舆便与定向点穴，支佩德却又一力来营造。择了日，森甫去把两口棺木移来。掘下去果然热气如蒸，人人都道是好坟，杨堪舆有眼力。不知若没有森甫赠银一节，要图他地也烦难哩。

森甫此时学力已到，本年取了科举，次年弘治戊午，中了福建榜经魁，己未连捷。自知县升主事，转员外，又迁郎中，直至湖广按察司副使。历任都存宽厚仁慈，腰了金。这虽是森甫学问足以取科第，又命中带得来，也因积这阴功，就获这阴地，可为好施之劝。

第二十回　不乱坐怀终友托　力培正直抗权奸

《易》著如兰，《诗》咏鸟鸣。涤瑕成皦，厥唯友生。贫贱相恤，富贵勿失。势移心贞，迹遐情密。淡疑水而固疑潦，斯不愧五伦之一。

右《朋友箴》

当初刘孝标曾做《广绝交论》，着实说友道的薄：财尽交疏，势移交断，见利相争，见危相弃，忽然相与，可叫刎颈，一到要紧处，便只顾了自己。就如我朝阉臣李广得宠，交结的便传奉与官。有两个好朋友，平日以道学自励的，谈及李广得宠之事，一个道："岂有向阉奴屈膝之理?"到次日，这个朋友背了他去见时，不料已先在那里多时了。此是趋利。就是上年逆珰用事时，攻击杨、左的，内中偏有杨、左知交；弹射崔、魏的，内中偏有崔、魏知己。此岂故意要害人，不过要避一时之害。不知这些人，原也不堪为友，友他的，也就是没眼珠不识人的人。若是我要友他，毕竟要信得他过。似古时范、张，千里不忘鸡黍之约；似今时王凤洲与杨焦山，不避利害，托妻寄子。我一为人友，也要似古时庞德公与司马徽，彼此通家，不知谁客谁主；似今时马士权待徐有贞，受刑濒死，不肯妄招。到后来徐有贞在狱时，许他结亲，出狱悔了，他全不介意。这才不愧朋友。若说一个因友及友，不肯负托，彼此相报，这也是不多见的人。

如今却说一个人，我朝监生，姓秦名翥，字凤仪，湖广嘉鱼人氏。早年丧母，随父在京做个上林苑监付，便做京官子弟，纳了监在北京。后边丁忧回家，定了个梅氏，尚未做亲。及至服满，又值乡试，他道："待乡试回来毕姻。"带了一个家人，叫做秦淮，一个小厮，叫做秦京，收拾了行李，讨了一只船，自长江而下。只见：

水连天去白，山夹岸来青。

苇浦喧风叶，渔舲聚晚星。

一路来，不一日已到扬州。秦凤仪想起有一个朋友，姓石名可砺，字不磷，便要去访他。不知这石不磷也是嘉鱼人，做人高华倜傥，有胆气，多至诚，与人然诺不侵。少年也弄八股头做文字，累举不第，道："大丈夫怎么随这几个铜臭小儿，今日拜门生，明日讨荐书，博这虚名！"就撇了书，做些古文诗歌，弹琴击剑，写字画画。虽不肯学这些假山人、假墨客，一味奴颜婢膝的捧粗腿，呵大卵胞，求荐书东走西奔，钻管家如兄若弟，只因他有了才，又有侠气，缙绅都与他相交。尝往来两京，此时侨寓在扬州城砖街上。秦凤仪到钞关边停了船，叫秦淮看船，带了秦京，拿了些湖广土仪，莲肉、湘簟、鲟鳇、鱼鲊之类，一路来访石不磷。却也有人晓得他，偶然得个人说了住处，寻来，凑巧石不磷在家。数间厅事，几株花木，虽无车马盈门，却也求诗的，乞画的，拜访的，高朋满座。一见凤仪，两个是至交，好生欢喜，忙送了这些人，延入书斋留饭，问些故乡风景、平日知交，并凤仪向来起居。随即置了酒，拉了两个妓，同游梅花岭，盘桓半饷。秦凤仪别了要下船。石不磷道："故人难得相遇，便在此顽耍数日何妨？"秦凤仪道："怕舟子不能担待。"只见石不磷停了一会，似想些甚么，道："这等，明日兄且为我暂住半晌，小弟还有事相托。"凤仪道："拱候。"

次日，船家催开船，凤仪道："有事且慢。"将次早饭时，石不磷却自坐了一乘轿，又随着一乘轿，家人挑了些箱笼行李之类，来到船边，恰是石不磷和一个二八女子，这女子生得：

花疑妖艳柳疑柔，一段轻盈压莫愁。
试倚蓬窗漫流盼，却如范蠡五湖游。

下了船，叫女子见了秦凤仪，就在侧边坐了。石不磷道："这女子不是别人，就是敝友窦主事所娶之妾。扬州地方，人家都养瘦马，不论大家小户，都养几个女儿，教他吹弹歌舞，索人高价。故此娶妾的都在这里，寻了两个媒妈子，带了五七百开元钱，封做茶钱，各家看转。出来相见，已自见了，他举动、身材、眉眼，都是一目可了的。那媒妈子又掀他唇，等人看他牙齿；卷他袖，等人看他手指；挈起裙子，看了脚；临了又问他年纪，女子答应一声，听他声音。费了五七十个钱，浑身相到。客冬在北京，过临清，有个在京相与的内乡窦主事，见管临清钞关，托我此处娶妾。小弟为他娶了此女，但无人带去，担延许久，只道小弟负托。如今贤弟去，正从临清过，可为小弟带一带去。”秦凤仪听了，半日做不得声，心里想道：“他是寡女，我是孤男，点点船中，怎么容得？况此去路程二千里，日月颇久，恐生嫌疑。”正在应不得、推不得时节，只见石不磷变色道：“此女就是贤弟用了，不过百金，仔么迟疑？”取出一封与窦主事书，放在桌上，他自登岸去了。

一叶新红托便航，雨云为寄楚襄王。

知君固是柳下惠，白璧应完入赵邦。

这时秦凤仪要推不能，却把一个湿布衫穿在身上，好生难过。就在中舱另铺下一个铺，与他歇宿，自己也就在那边一张桌儿上焚香读书。那女子始初来也娇羞不安，在船两日，一隙之地，日夕在面前，也怕不得许多羞，倒也来传茶送水，服事秦凤仪。凤仪好生不过意。行不过一二日，早是高邮湖。这地方有俗语道：“高邮湖，蚊子大如鹅。”湖岸上有一座露筋庙，这庙中神道是一个女子，生前姑嫂同行，避难借宿商人船中。夜间蚊子多，其嫂就宿在商人帐中，其姑不肯。不期蚊子来得多，自晚打扑到五鼓，身子弱，弄得筋骨都露，死在舟中。后人怜他节义，为他立庙，就名为“露筋娘娘”。

秦凤仪到这地方，正值七月天气，一晚船外飞得如雾，响得似雷，船里边磕头撞脑都是，秦凤仪有一顶纱帐，赶了数次，也不能尽绝。那女子来船慌促，石不磷不曾为他做得帐子，如何睡得？凤仪睡了，听他打扑再不停手，因想起“露筋娘娘”之事，恐怕难为了他，叫他床中来宿。女子初时也作腔，后边只得和衣来睡在脚后。那家僮听得道：“我家主今日也有些熬不过了，这女儿子落了靛缸，也脱不得白了。”倒在那里替主人快活，替女子担忧。似此同眠宿起，到长淮，入清河，过吕梁洪，向闸河，已去了许多日子。来到临清，只见秦凤仪写了个名帖，叫小厮拿了石不磷这封书，来见窦主事。小厮把书捏捏道：“只怕不是原封了。”到了衙门，伺侯了半饷，请相见。见了送上石不磷这封书，留茶，问下处，说在船中。窦主事就来回拜，看见是只小舟，道：“先生宝眷也在舟中么？”秦凤仪道：“学生止一主一仆，没有家眷。”只见那主事脸色一变，吃了一钟茶就回。坐在川堂，好生不快，心里想道：“这石不磷好没来由，这等一个标致后生，又没家眷，又千余里路，月余日子，你保得他两个没事么？”也不送下程请酒，只是闷坐。到晚想起，石不磷既为我娶来，没个不收的理，分付取一乘轿，到水次抬这女子。这女子别时甚不胜情，把秦凤仪谢了上轿。到衙，那主事一看，果然是个绝色。又看他举止都带女子之态，冷笑道："我不信。"便收拾卧房安下，这夜就宿在女子房中。夜间一试，只见轻风乍触，落红乱飞；春意方酣，娇莺哀啭。那窦主事好不快活。又想道："天下有这样人！似我老窦，见了这女子，也就不能禁持，他却月余竟不动念，真是圣人了！"不曾起床，便分付叫秦相公处送双下程一副，下请书，午间衙中一叙。

这边家人见窦主事怠慢，道："我说想有些不老成，窦爷怪了。"天明，秦凤仪也催开船，家人又道："再消停，窦爷不欢喜，或者小奶奶还记念相公。"正开船不上一里，只见后边一只小船飞赶来，道："窦爷请秦相公。"赶上送了下程。秦凤仪不肯转去，差人死不肯放，只得转去。相见时，窦主事好生感谢，道："学生有眼不识先生，今之柳下惠了。学生即写书谢石不磷，备道足下不辜所托。就是足下此行，必定连捷。学生曾记敝乡有一节事，一个秀才探亲，泊船渭河。夜间崖上火起，一女子赤身奔来，这秀才便把被与他拥了，过了一夜而去。后来在场中，有一个同号秀才，做成文字，突然病发，道：'可惜了，这几篇中得的文字，用不着。'竟与了这秀才。揭晓时，这秀才竟高中了。那时做文字的秀才来拜道：'生平在文字上极忌刻，便一个字不肯与人看，怎那日竟欣然与了足下？虽是足下该中，或者还有阴德。'再三问他，那举人道：'曾记前岁泊船渭河，有一女因失火，赤身奔我。我不敢有一毫轻薄，护持至晓送还，或者是此事。'那秀才便走下来，作上两个揖，道：'足下该中，该中！便学生效劳，也是应该的，前日女子正是房下。当日房下道及，学生不信天下有这好人，今日却得相报。'自学生想起来，先生与小妾同舟月余，纤毫不染，绝胜那孝廉。但学生不知何以为报耳。"随着妾出来拜谢，送两名水手作赆礼。凤仪坚辞，窦主事道："聊备京邸薪水，不必固辞。"又叫秦相公管家，也赏银二两。自写书谢不磷去了。正是：

临岐一诺重千金，肯眷红颜负寸心？

笑杀豫章殷傲士，尺书犹自付浮沉。

秦凤仪到京，恰值司成考试，取了前列。在西山习静了几时，一体入场。他是监生，这"皿"字号中，除向已拨历挂选，这是只望小就，无意中式的；

又有民间俊秀，装体面应名，虽然进场，写来不成文字的；还有怕递白卷被贴出，买了管贡院人，整整在土地庙里坐一日一夜的，实落可中的也不多。秦凤仪便中了个经魁，顺天府中吃了鹿鸣宴，离家远，也不回去，仍旧在西山里习静。恰好窦主事回京，转了员外，不时送薪米。到得春试时，又中了进士。窦主事授他秘诀，道："卷子有差失，不便御览，可带海螵蛸骨进去，遇差错可以擦去。又'皇帝陛下'四字，毕竟要在幅中，可以合式。"秦凤仪用这法，果然得了二甲赐进士出身。未及选官，因与同乡李天祥进士、同年邹智吉士交往，彼此都上疏论时政，道："进君子，退小人。清政本，开言路。"触忤了内阁，票本道："秦凤仪与李天祥，俱授繁剧衙门县丞，使老成历练。"吏部承旨，天祥授陕西咸宁县县丞，凤仪授广西融县县丞。凤仪也便辞了朝，别了窦员外。窦员外着实安慰一番，道："烟瘴之地，好自保重。暂时外迁，毕竟升转。年少仕路正长，不可介意。"又为他讨了一张勘合，送了些礼。

一路出来，路经扬州，秦凤仪又去见石不磷。石不磷道："贤弟好操守，不惟于贤弟行检无玷，抑且于小弟体面有光。当贤弟沉吟时，已料贤弟必能终托。"因问他左迁之故，凤仪备道其事。石不磷道："贤弟，官不论大小好歹，总之要为国家干一番事。如今二衙不过是水利、清军、管粮三事。若是水利，每年在农工歇时，督率流通堤坊，使旱时有得车来，水时有得泄去，使不至饥荒，是为民，也是为国。清军为国家足军伍，也不要扰害无辜。管粮不要纵歇家包纳，科敛小民；不要纵斗斛、踢斛、淋尖，鱼肉纳户，及时起解，为国也要为民。如今谪官，还要做前任模样。倨傲的，讨差回家，或是轻侮同列。懒惰的，寻山问水，不理政事。不肖的，谋差、谋印，恣意扰民。这须不是素位而行的事！贤弟莫作腐话看。"因送他在金、焦两山，登眺了两日。不磷又见柳州在蛮烟瘴雨中，怕他不堪，路上还恐有险阻，要同他到任。秦凤仪道："小弟浮名所使，兄何苦受此奔涉？"不磷不听，陪他到家，做了亲，相帮他雇了一只大船之任。

行了几日，正过洞庭，两个坐在船上，纵酒狂歌。只见上流飞也似一只船来，水手一齐失色，道："不好了！贼船来了！"石不磷便掣刀在手。那船已是傍将过来，一挠钩早搭在船上，一个人便跳过船来。那石不磷手快，一刀砍断挠钩，这边顺风，那边顺水，已离了半里多路。这强盗已是慌张了，石不磷却又一刀剁去，此人一闪，不觉跌入舱中。石不磷举刀便劈，秦凤仪说道："不可，不可！这些人尽有迫于饥寒，不得已为盗的。况且他也不曾劫我，何必杀他！"石不磷道："只恐我们到他手里，他不肯留我。"便扶他起来，只见这人呵：

阔额突然如豹，疏眸炯炯如星。胡须一部似钢针，启口声同雷震。

并无一毫惧怯。秦凤仪道："好一个好汉！快取酒与他压惊。"秦淮道："这是谢大王不杀之恩了！"吃酒时，只见他狼吞虎嚼，也没有一毫羞耻。秦凤仪道："我看兄仪度，应非常人。但思兄在此胡行，不知杀了多少人，使人妻号子哭。若使方才兄一失手，恐兄妻子亦复如此。兄何不改之？"那人道："我广西熟苗，每年夏秋之交，毕竟出来劫掠。今承分付，便当改行。"正饮酒时，船上人又反道："贼又来了！"却是贼船道贼首被杀，齐来报仇。四橹八桨，飞似赶来。将近船，那人道："不得无礼！"这干人只把船傍拢来，都不动手。这人便挥手向秦凤仪、石不磷谢了，一跃而过，其船依旧箭般去了。石不磷道："饶人不是痴。若方才砍了他，如今一船也毕竟遭害，还是凤仪远见。"凤仪道："偶然一哀怜他，也不曾虑到此事。"

行了许久，到了湘潭。那边也打发几个人、一只船来迎接。石不磷便要辞回，秦凤仪定要他到任上。不一日到了任，只见景色甚是萧条。去谒上司，有的重他一个新进士；有的道他才是进步就上本，是个狂生，不理他；还有的道他触忤内阁，远选来的，要得奉承内阁，还凌轹他。一个衙宇，一发齐整，但见：

烂柱巧镶墨板，颓椽强饰红檐。破地平东缺西穿，旧软门前拷后补。川堂巴斗大，纸糊窗每扇剩格子三条；私室庙堂般，朽竹笆每行搁瓦儿几片。古桌半存漆，旧床无复红。壁欹难碍日，门缺不关风。

还有一班衙役，更好气象：

门子须如戟，皂隶背似弓。管门的，向斜阳捉虱；买办的，沿路寻葱。衣穿帽破步龙钟，一似卑田院中都统。

每日也甚兴头：

立堂的一庭青草；吆喝的两部鸣蛙。告状有几个噪空庭鸟雀嘴喳喳，跪拜有一只骑出入摇铃饿马。

秦凤仪看了这光景，与石不磷倒也好笑，做下一首诗送石不磷看，道：

青青草色映帘浮，宦舍无人也自幽。

应笑儒生有寒相，一庭光景冷于秋。

石不磷也作一首：

堪笑浮生似寄邮，漫将凄冷恼心头。

相携且看愚溪晚，傲杀当年柳柳州。

不数日，石不磷是个豪爽的人，看这衙斋冷落，又且拘局得紧，不能歌笑，竟辞秦凤仪去了。凤仪已自不堪，更撞柳州府缺堂官，一个署印二府，是个举人，是内阁同乡，他看报晓得凤仪是触突时相选来的，意思要借他献个勤劳儿，苦死去腾倒他，委他去采办大木，到象山、乌蛮山各处。这山俱是人迹罕到处所，里边蚺蛇大有数围，长有数十丈，虎豹猿猱，无件不有。被秦凤仪一火烧得飞走，也只数月，了了这差。他又还憎嫌他糜费，在家住得不上五七日，又道各峒熟苗，累年拖欠粮未完，着他到峒征收。这些苗子有两种：一种生苗，一种熟苗。生苗是不纳粮当差的，熟苗是纳粮当差的，只是贪财好杀，却是一般。衙门里人接着这差委的牌，各人都吃一惊，道：“这所在没钱撰，还要赔性命。这所在那个去？”你告假，我托病，都躲了。只有几个吃点定了，推不去的，共四个皂隶：一个马夫，一个伞夫，一个书手，一个门子。出得城，一个书手不见了。将次到山边，一个伞夫把伞“扑”地甩在地下，妆肚疼，再不起来，只得叫门子打伞。那开路的皂隶又躲了，没奈何，自带了缰，叫马夫喝道。那门子道：“老虎来了！”喊了一声，两个又躲了魆静。秦凤仪看了又好恼，又好笑，落落脱脱，且信着马走去。那山且是险峻：

谷暗不容日，山高常接云。

石横纡马足，流瀑湿人巾。

秦凤仪正没摆拨时，只听得竹筱里簌簌响，钻出两个人来。秦凤仪道：“你是灵岩峒熟苗么？我是你父母官，你快来与我控马，引我峒里去。”这苗子看了不动，秦凤仪道：“我是催你粮的，你快同我走。”只见这苗子便也为他带了马进去。过了几个山头，渐有人家，竹篱茅舍，也成村景。走出些人来，言语侏㒧，身上穿件杂色彩衣，腰系一方布，后边垂一条似狗尾一般。女人叫夫娘，穿红着绿，耳带金环，也有颜色。见这两个人为他牵马，道：“是你爷娘来？”

这两个回道："道是咱们父母官。"一路引去，听得人纷纷道："头目来了！"却是一个苗头走来，看了秦凤仪便拜，道："恩人怎到这个所在来？"凤仪一看，正是船上不杀他的强盗。秦凤仪跳下马，道："我在此做了个融县县丞，府官委我来催粮。"这苗目道："催粮再没一个进我峒来的。如今有我在不妨，且到我家坐地，我催与父母。"到他家里，呼奴使婢，不下一个仕宦之家，摆列熊掌、鹿脯、山鸡、野彘与村酒。秦凤仪叫那人同坐，那人道："同坐，父母体便不尊了。"便去敲起铜鼓，驼枪弄棒，赶上许多人来，他与他不知讲些甚么，又着人去各峒说了，不三日之间，银子的，布的，米谷的，都拿来。那人道："都要送出峒去。"自己与秦凤仪控马，引了这些人，相随送到山口，洒泪而别。

秦凤仪自起地方夫搬送到府，积年粮米都消。二府又道他得峒苗的赃，百般难为。恰喜得一个新太府来，这太府正是窦员外，临出京时，去见内阁，内阁相见，道："这地方是个烟瘴地方，当日曾有一个狂生，妄言时政，选在那边融县做个县丞。这个人不知还在否？但是这个不好地方，怎把先生选去？且暂去年余。学生做主，毕竟要优擢足下。"窦知府唯唯连声而退，心下便想道："怎老畜生你妨贤病国，阻塞言路，把一个言官弄到那厢，还放他不过！"想起正是秦凤仪，又怕他有小人承内阁之意，或者害他，即起身上任。只见不曾出城，有一个科道送书道："秦生狂躁，唯足下料理之。"窦知府看了大恼。路经扬州，闻石不磷不在，也不寻访。未到任，长差来迎，便问："融县秦县丞好么？"众人都道他好。到了任，同知交盘库藏文卷，内有"各官贤否"，只见中间秦凤仪的考语道：

恃才傲物，黩货病民。

窦知府看了一笑，道："老先生，秦生得罪当路，与我你何干？我们当为国惜才，贤曰贤，否曰否，岂得为人作鹰犬！"弄得一个二府羞惭满面，倒成了一个仇隙。

数月后，秦凤仪因差到府，与窦知府相见，竟留入私衙。秦凤仪再三不肯，道是辖下。窦知府道："我与足下旧日相知，岂以官职为嫌？"秦凤仪只得进去。把科道所托的书与秦凤仪看了，又把同知的考语与看。秦凤仪道："县丞在此，也知得罪时相，恐人承风陷害，极其谨饬。年余奔走，不能亲民事，何尝扰民，况说通贿？"窦知府道："奸人横口诬人，岂必人之实有？但有不佞在，足下何患？考语我这边已改了。”道：

一勤莅事，四知盟心。

秦凤仪道：“这是台台培植，穷途德意，但恐为累。”窦知府笑道：“为朋友的死生以之。他嗔我，不过一削夺而已，何足介怀？足下道这一个知府，足增重我么？就今日也为国家惜人材，增直气，原非有私于足下。”因留秦凤仪饮：

作客共天涯，相逢醉小斋。

趋炎图所丑，盛德良所怀。

两个饮酒时，又道：“前娶小妾，已是得子。去岁丧偶，全得小妾主持中馈。”定要接出来相见。

自此各官见府尊与他相知，也没人敢轻薄他。只是这二府与窦知府合气，要出血在秦凤仪身上。巡按按临时，一个揭帖，单揭他“采木冒破，受贿缓粮”。过堂时，按院便将揭内事情扳驳得紧。窦府尊力争道：“采木不能取木，虚费工食，是冒破。他不半年，采了许多木头。征粮不能完粮，是得钱缓。他深入苗峒，尽完积欠，还有甚通贿？害人媚人，难为公道！”这会巡按，也有个难为秦凤仪光景，因“害人媚人”一句，签了他心，倒避嫌不难为他。停了半年，秦凤仪得升同州州同。窦知府反因此与同知交讦，告了致仕，同秦凤仪一路北回。秦凤仪道：“因我反至相累！”窦知府道：“贤弟，官职人都要的，若为我要高官，把人排陷，便一身暂荣，子孙不得昌盛。我有田可耕，有子可教罢了，这不公道时世，还做甚官！”后来秦凤仪考满，再转彰德通判，做了窦知府公祖，着实两边交好。给由升南工部主事，转北兵部员外，升郎中，升扬州知府。恰好窦知府又荐地方人材，补凤翔知府，升淮扬兵道。此时石不磷方在广陵，都会在一处。两个厚赠石不磷，成一个巨富人。

呜呼！一言相托，不以女色更心，正是“贤贤易色”。一日定交，不以权势易念，真乃贫贱见交情！若石不磷非知人之杰，亦何以联两人之交？三人岂不足为世间反面寡情的对证！

第二十一回 匿头计占红颜 发棺立苏呆婿

金鱼紫绶拜君恩，须念穷檐急抚存。
丽日中天清积晦，阳春遍地满荒村。
四郊盗寝同安盂，一境冤空少覆盆。
亹亹弦歌歌化日，循良应不愧乘轩。

读圣贤书，所学何事？未做官时，须办有匡济之心，食君之禄，忠君之事；一做官时，更当尽展经纶之手。即如管抚字，须要兴利除害，为百姓图生计，不要尸位素餐；管钱谷，须要搜奸剔弊，为国家足帑藏，不要侵官剥众；管刑罚，须要洗冤雪枉，为百姓求生路，不要依样葫芦。这方不负读书，不负为官。若是戴了一顶纱帽，或是作下司凭吏书，作上司凭府县，一味准词状，追纸赎，收礼物，岂不负了幼学壮行的心？但是做官多有不全美的，或有吏才未必有操守，极廉洁不免太威严，也是美中不美。

我朝名卿甚多，如明断的有几个。当时有个黄绂，四川参政。忽一日，一阵旋风在马足边刮起，忽喇喇只望前吹去。他便疑心，着人随风去，直至崇庆州西边寺，吹入一个池塘里才住。黄参政竟在寺里，这些和尚出来迎接。他见两个形容凶恶，他便将醋来洗他额角，只见洗出网巾痕来。一打一招，是他每日出去打劫，将尸首沉在塘中。塘中打捞，果有尸首。又有一位鲁穆，出巡见一小蛇随他轿子，后边也走入池塘。鲁公便干了池，见一死尸缒一磨盘在水底。他把磨盘向附近村中去合，得了这谋死的人。还有一位郭子章，他做推官，有猴攀他轿杠。他把猴藏在衙中，假说衙人有椅，能言人祸福，哄人来看。驼猴出来，扯住一人，正是谋死弄猢狲花子的人。这几位都能为死者伸冤。不知更有个为死者伸冤，又为生者脱罪的。

我朝正统中有一位官，姓石名璞，仕至司马，讨贵州苗子有功。他做布政时，同寮夫人会酒，他夫人只荆钗布裙前去，见这各位夫人穿了锦绣，带了金银，大不快意。回来，石布政道："适才会酒，你坐第几位？"道："第一位。"石布政道："只为不贪赃，所以到得这地位。若使要钱，怕第一位也没你坐分。"正是一个清廉的人，谁晓他却又明决！

话说江西临江府峡江县有一个人家，姓柏名茂，号叫做清江，是个本县书手。做人极是本分，不会得舞文弄法，瞒官作弊，只是赚些本分钱儿度日。抄状要他抄状钱，出牌要他出牌钱，好的便是吃三钟也罢。众人讲公事，他只酣酒，也不知多少堂众，也不知那个打后手。就在家中，饭可少得，酒脱不得。吃了一醉，便在家中胡歌乱唱，大呼小叫。白了眼是处便撞，垂着头随处便倒，也不管桌，也不管凳，也不管地下。到了年纪四十多岁，一发好酒，便是见官，也要吃了钟去，道是壮胆；人请他吃酒，也要润润喉咙去，道打脚地。十次吃酒，九次扶回，还要吐他一身作谢。多也醉，少也醉，不醉要吃，醉了也要吃，人人都道他是酒鬼。娶得一个老婆蓝氏，虽然不吃酒，倒也有些相称：不到日午不梳头，有时也便待明日总梳；不到日高不起床，有时也到日中爬起。鞋子常是倒跟，布衫都是油腻，一两麻绩有二十日，一匹布织一月余，喜得两不憎嫌。单生一女，叫名爱姐，极是出奇，他却极有颜色，又肯修饰：

眉蹙湘山雨后，身轻垂柳风来。

雪里梅英作额，露中桃萼成腮。

人也是个数一数二的。只是爹娘连累，人都道他是酒鬼的女儿，不来说亲。蹉跎日久，不觉蚤已十八岁了，愁香怨粉，泣月悲花，也是时常所有的。

一日，有个表兄，姓徐，叫徐铭，是个暴发儿财主，年纪约莫二十六七，人物儿也齐整。极是好色，家中义儿媳妇、丫头，不择好丑，没一个肯放过。自小见表妹时，已有心了。正是这日，因告两个租户，要柏清江出一出牌，走进门来，道："母舅在家么？"此时柏清江已到衙门前，蓝氏还未起，爱姐走到中门边，回道："不在。"那蓝氏在楼上，听见是徐铭，平日极奉承他的，道："爱姐，留里边坐，我来了。"爱姐就留来里边坐下，去煮茶。蓝氏先起来，床上缠了半日脚，穿好衣服，又去对镜子掠头。这边爱姐蚤已拿茶出来了。徐铭把茶放在桌上，两手按了膝上，低了头，痴痴看了道："爱姑，我记得你今年十八岁了。"爱姐道："是。"徐铭道："说还不曾吃茶哩！想你嫂嫂十八岁已养儿子了。"爱姐道："哥哥是两个儿子么？"徐铭道："还有一个怀抱儿，雇奶子奶的，是三个。"爱姐道："嫂嫂好么？"徐铭故意差接头道："丑，赶不上你个脚指头。明日还要娶两个妾。"正说时，蓝氏下楼，问："是为官司来么？"吃了茶，便要别去。蓝氏道："明日我叫母舅来见你。"徐铭道："不消，我自来。"

次日，果然来，竟进里边。见爱姐独坐，像个思量什么的。他轻轻把他肩上一搭，道："母舅在么？"爱姐一惊，立起来道："又出去了。昨日与他说，叫他等你，想是醉后忘了。"徐铭道："舅母还未起来？"爱姐道："未起。我去叫来。"徐铭道："不要惊醒他。"就一把扯爱姐同坐。爱姐道："这甚么光景！"徐铭道："我姊妹们何妨？"又扯他手，道："怎这一双笋尖样的手，不带一双金镯子与金戒指？"爱姐道："穷，那得来？"徐铭道："我替妹妹好歹做一头媒，叫你穿金戴银不了。只是你怎么谢媒？"觍觍觏觏的缠了一会，把他身上一个香囊扯了，道："把这谢我罢。"随即起身，道："我明日再来。"去了。

此时爱姐被他缠扰，已动心了。又是柏清江每日要在衙门前寻酒吃，蓝氏不肯蚤起，这徐铭便把官事做了媒头，日日早来，如入无人之境。忽一日，拿了枝金簪、两个金戒子走来，道："贤妹，这回你昨日香囊。"爱姐道："甚么物事，要哥哥回答！"看了甚是可爱，就收了。徐铭道："妹妹，我有一句话，不好对你说。舅舅酒糊涂，不把你亲事在心，把你青年误了。你嫂嫂你见的，又丑又多病，我家里少你这样一个能干人。我与你是姊妹，料不把来做小待。"爱姐道："这要凭爹娘。"徐铭道："只要你肯，怕他们不肯？"就把爱姐捧在膝上，把脸贴去，道："妹妹，似我人材、性格、家事，也对得你过。若凭舅老这酒糟头，寻不出好人。"爱姐道："兄妹没个做亲的。"徐铭道："尽多，尽多。明做亲多，暗做亲的也不少。"爱姐笑道："不要胡说。"一推，立了起身。只听得蓝氏睡醒，讨脸汤。徐铭去了。

自此来来往往，眉留目恋，两边都弄得火滚。一日，徐铭见无人，把爱姐一把抱定，道："我等不得了。"爱姐道："这使不得。若有苟且，我明日仔么嫁人？"徐铭道："原说嫁我。"爱姐道："不曾议定。"徐铭道："我们议定是了。”爱姐只是不肯。徐铭便双膝跪下，道：“妹子，我自小儿看上你到如今，可怜可怜。”爱姐道：“哥哥不要歪缠，母亲听得不好。”徐铭道：“正要他听得，听得强如央人说媒了。事已成，怕他不肯?”爱姐狠推，当不得他恳恳哀求，略一假撇呆，已被徐铭按住，揿在凳上。爱姐怕母亲得知，只把手推鬼厮闹，道：“罢，哥哥饶我罢，等做小时，凭你。”徐铭道：“先后一般，便早上手些儿更妙。”爱姐只说一句“羞答答成甚模样”，也便俯从。早一点着，爱姐失惊，要走起来，苦是怕人知，不敢高声。徐铭道：“因你不肯，我急了些。如今好好儿的，不疼了。”爱姐只得听他再试，柳腰轻摆，修眉半蹙，嘤嘤甚不胜情。徐铭也只要略做一做破，也不要定在今日尽兴。爱姐已觉烦苦极了，鲜红溢于衣上：

娇莺占高枝，摇荡飞红萼。

可惜三春花，竟在一时落。

凡人只在一时错，一时坚执不定，贞女淫妇，只在这一念关头。若一失手，后边越要挽回越差，必至有事。自此一次生，两次熟，两个渐入佳境，兴豪时，也便不觉丢出一二笑声，也便有些动荡声息。蓝氏有些疑心，一日听得内坐起边竹椅“咯咯”有声，忙轻轻蹙到楼门边一张，却是爱姐坐在椅上，徐铭站着，把爱姐两腿架在臂上，爱姐两只手搂住徐铭脖子，下面动荡，上面亲嘴不了。蓝氏见了，流水跑下楼来。两个听得响，丢手时，蓝氏已到面前。要去打爱姐时，徐铭道：“舅母不要声张，声张起来你也不像。我们两个已约定，我娶他做小，只不好对舅母说。如今见了，要舅母做主调停了。十八九岁，还把他留在家里，原也不是。”爱姐独养女儿，蓝氏原不舍难为的，平日又极趋承这徐铭，不觉把这气丢在东洋大海，只说得几声：“你们不该做这事。叫我怎好？酒糊涂得知怎了?”只是叹气连声。徐铭低声道：“这全要舅母遮盖调停。”这日也弄得一个爱姐躲来躲去，不敢见母亲的面。

第二日，徐铭带了一二十两首饰来送蓝氏，要他遮盖。蓝氏不收，徐铭再三求告，收了，道：“这酒糊涂没酒时，他做人执泥，说话未必听；有了酒，他使酒性，一发难说话。他也只为千择万选，把女儿留到老大，若说做你的小，怕人笑他，定是不肯。只是你两个做到其间，让你暗来往罢。”三个打了和局，只遮柏清江眼。甥舅们自小往来的，也没人疑心，任他两个倒在楼上行事，蓝氏在下观风。

日往月来，半年有余。蓝氏自知女儿已破身，怕与了人家有口舌，凡是媒婆，都借名推却。那柏清江不知头，道："男大须婚，女长须嫁。怎只管留他在家，替你做用?"蓝氏乘机道："徐家外甥说要他。"那柏清江带了分酒，把桌来一掀，道："我女儿怎与人做小？姑舅姊妹嫡嫡亲，律上成亲也要离异的。"蓝氏与爱姐暗暗叫苦。又值一个也是本县书手简胜，他新丧妻，上无父母，下无儿女，家事也过得。因寻柏清江，见了他女儿，央人来说。柏清江道他单头独颈，人也本分，要与他。娘儿两个执拗不定，行了礼，择三月初九娶亲。

徐铭知道，也没奈何。一日走来望爱姐，爱姐便扯到后边一个小园里，胡床上，把个头眠紧在他怀里，道："你害我，你负心！当时我不肯，你再三央及，许娶我回去，怎竟不说起？如今叫我破冠子怎到人家去?"徐铭道："这是你爹不肯。就是如今你嫁的是简小官，他在我后门边住，做人极贫极狠，把一个花枝般妻子，叫他熬清守淡，又无日不打闹，将来送了性命。如今把你凑第二个。"爱姐道："爹说他家事好。"徐铭道："你家也做书手，只听得你爹打板子，不听得你爹撰银子。"爱姐听了，好生不乐，道："适才你说在你后门头，不如我做亲后，竟走到你家来。"徐铭道："他家没了人，怕要问你爹讨人，累你爹娘。"爱姐道："若使我在他家里，说是破冠子，做出来到官，我毕竟说你强奸。"徐铭道："强奸可是整半年奸去的？你莫慌，我毕竟寻个两全之策才好。"

杨花漂泊滞人衣，怪杀春风惊欲飞。
何得押衙轻借力，顿教红粉出重围。

爱姐道："你作速计议。若我有事，你也不得干净。"徐铭一头说，一头还要来顽耍，被爱姐一推道："还有甚心想缠帐？我嫁期只隔得五日，你须在明后日定下计策覆我。"

徐铭果然回去，粥饭没心吃，在自己后园一个小书房里，行来坐去，要想个计策。只见一个奶娘王靓娘抱了他一个小儿子，进园来耍，就接他吃饭。这奶娘脸儿虽丑，身材苗条，与爱姐不甚相远，也阘得一双好小脚。徐铭见了道：

"这妮子，我平日寻寻他，做杀张致。我与家人媳妇丫头有些帐目，他又来缉访我，又到我老婆身边挑拨，做他不着罢！"筹画定了，来回覆爱姐。爱姐欢喜，两个又温一温旧。回来。做亲这日，自去送他上轿。

那简小官因是填房，也不甚请亲眷。到晚，两个论起都是轻车熟路，只是那爱姐却怕做出来，故意的做腔做势，见他立扰来，脸就通红，略来看一看，不把头低，便将脸侧了，坐了灯前，再也不肯睡。简小官催了几次，道："你先睡。"他却：

锦抹牢拴故殢郎，灯前羞自脱明珰。

香消金鸭难成寐，寸断苏州刺史肠。

漏下二鼓，那简小官在床上摸拟半日，伸头起来张一张，不见动静。停一会又张，只见他虽是卸了妆，里衣不脱，靠在桌上。小简道："爱姑，夜深了。你困倦了，睡了罢。"他还不肯。小简便一抱抱到床里，道："不妨得。别个不知痛养，我老经纪伏事个过的，难道不晓得路数?"要替他解衣。扭扭捏捏，又可一个更次。到主腰带子与小衣带子，都打了七八个结，定不肯解。急得小简情极，连把带子扯断。他道："行经。"小简道："这等蚤不说，叫我吃这许多力。"只得搂在身边，干调了一会睡了。

三朝，女婿到丈人家去拜见。家中一个小厮，叫做发财，爱姐道："你今做新郎，须带了他去，还像模样。"小简道："家中须没人做茶饭与你。"爱姐道："不妨，单夫独妻，少不得我今日也就要做用起。"小简听了，好不欢喜。

出门半饷，只见一个家人挑了两个盒子，随了一个妇人进门。爱姐也不认得，见了，道是徐家着人来望，送礼。爱姐便欢天喜地，忙将家中酒肴待他。那奶子道："亲娘，我近在这里，常要来的，不要这等费心。"爱姐便扯来同坐，自斟酒与他。外边家人正是徐豹，是个蛮牛，爱姐也与他酒吃。吃了一会，奶娘原去得此货，又经爱姐狠劝，吃个开怀，醉得动不得了。外边徐豹忙赶来道："待我来伏事他。"将他衣服脱下，叫爱姐将身上的衣服脱了与他，内外新衣，与他穿扎停当。这奶子醉得哼哼的，凭他两个抟弄。徐豹叫爱姐快把桌上酒肴收拾，送来礼并奶子旧衣，都收拾盒内，怕存形迹，被人识破。他早将奶子头切下，放入盒里。爱姐扮做奶子，连忙出门：

纷纷雨血洒西风，一叶新红别院中。

纪信计成能诳楚，是非应自混重瞳。

徐铭已开后门接出来，挽着爱姐道："没人见么?"爱姐道："没人。"又道："不吃惊么?"爱姐道："几乎惊死，如今走还是抖的。"进了后园，重赏了徐豹。又徐铭便一面叫人买材，将奶子头盛了，雇仵作抬出去。只因奶子日日在街上走东家、跑西家的，怕人不见动疑，况且他丈夫来时，也好领他看材，他便心死。一面自叫了一乘轿，竟赶到柏家。小简也待起身，徐铭道："简妹丈，当日近邻，如今新亲，怎不等我陪一钟?"扯住又灌了半日，道："罢，罢。晚间有事，做十分醉了，不惟妹丈怪我，连舍妹也怪我。"大家一笑送别了。

只见小简带了小厮到家，一路道："落得醉，左右今日还是行经。"踉踉跄跄走回，道："爱姑，我回来了。你娘上覆你，叫你不要记挂。"正走进门，忽见一个尸首，又没了头，吃上一惊道："是，是，是那个的?"叫爱姑时，并不见应，寻时并不见人，仔细看时，穿的正是爱姐衣服。他做亲得两三日，也认不真，便放声哭起"我的人"来，道："甚狠心贼，把我一个标标致致的的真黄花老婆杀死了!"哭得振天吟。邻舍问时，发财道："是不知甚人，把我们新娘杀死。"众人便跟进来，见小简看着个没头尸首哭，众人道："是你妻子么?"小简道："怎不是?穿的衣服都是，只不见头。"众人都道："奇怪。"帮他去寻，并不见头。众人道："这等，该着人到他家里报。"小简便着发财去报。

柏清江吃得个沉醉，蓝氏也睡了。听得敲门，蓝氏问时，是发财。得了这报，放声大哭，把一个柏清江惊醒，道："女大须嫁。这时他好不快活在那里，要你哭?"蓝氏道："活酒鬼!女儿都死了!"柏清江道："怎就弄得死?我不信。"蓝氏道："现有人报。"柏清江这番也流水赶起来，道："有这，有这等事?去，去去!"也不戴巾帽，扯了蓝氏，反锁了门，一径赶到简家。也只认衣衫，哭儿哭肉，问小简要头。小简道："我才在你家来，我并不得知。"柏清江道："你家难道没人?"小简道："实是没人。"蓝氏道："我好端端一个人嫁你，你好端要还我个人，我只问你要。斧打凿，凿入木。"小简对这些邻舍道："今日曾有人来么?"道："我们都出外生理，并不看见。"再没一个人捉得头路着，大家道："只除非是贼，他又不要这头，又不曾拿家里甚东西，真是奇怪。"胡猜鬼混，过了一夜。

天明一齐去告，告在本县钮知县手里。知县问两家口词，一边是嫁来的，须不关事，一边又在丈人家才回，贼又不拿东西，奸又没个踪影，忙去请一个蒙四衙计议。四衙道："待晚生去相验便知。"知县便委了他。他就打轿去看了，先把一个总甲，道是地方杀死人命大事，不到我衙里报，打了十板发威。后边道："这人命奇得紧，都是偿得命，都是走不开的。若依我问，平白一个人家，谁人敢来？一定新娘子做腔不从，撞了这简胜酒头上，杀死有之。或者柏茂夫妻纵女通奸，如今奸夫吃醋，杀死有之。只是岂有个地方不知？这是邻里见他做亲甚齐备，朋谋杀人劫财，也是有的。如今并里长一齐带到我衙中，且发监，明日具个由两请。"果然把这些人监下。柏茂与简胜央两廊人去讲，典史道："论起都是重犯。既来见教，柏茂夫妻略轻些，且与讨保。"这些邻舍是日趁日吃穷民，没奈何，怕作人命干连，五斗一石，加上些船儿钱、管家包儿、小包儿、直衙管门包儿，都去求放，抹下名字。他得了，只把两个紧邻解堂。里长他道不行救护，该十四石，直诈到三两才歇。

次日解堂。堂尊道："我要劳长官问一个明白，怎端然这等葫芦提？我想这人，柏茂嫁与简胜，不干柏茂事了。若说两邻，他家死人，怎害别人？只在简胜身上罢。"把个简胜双夹棍。简胜是个小官儿，当不过，只得招"酒狂，一时杀死"。问他要头，他道："撇在水中，不知去向。"知县将来打了二十，监下。审单道：

简胜娶妻方三日耳，何仇何恨，竟以酒狂手刃，委弃其头，惨亦甚矣。律以无故杀妻之条，一抵不枉。里邻邴魁、荣显，坐视不救，亦宜杖惩。

多问几个罪奉承上司，原是下司法儿。做了招，将一干人申解按察司。正是石廉使，他审了一审，也不难为，驳道："简胜三日之婚，爱固不深，仇亦甚浅。招曰酒狂，何狂之至是也？首既不获，证亦无人，难拟以辟。仰本府刑厅确审解报。"这刑厅姓扶，他道："这廉宪好多事。他已招了水 浯头去，自然没处寻；他家里杀，自然没人见。"取来一问，也只原招。道：

手刃出自简胜口供，无人往来，则吐之邴魁、荣显者，正自杀之证也。

虽委头于水，茫然无迹，岂得为转脱之地乎！

解去。石廉使又不释然，道："捶楚之下，要使没有含冤的才好。若使枉问，生者抱屈，那死的也仇不曾雪，终是生死皆恨了。这事我亲审，且暂寄监。"他亲自沐浴焚香，到城隍庙去烧香。又投一疏道：

璞以上命，秉宪一省；神以圣恩，血食一方。理冤雪屈，途有隔于幽明，心无分于显晦。倘使柏氏负冤，简胜抱枉，固璞之罪，亦神之羞。唯示响迩，以昭诬枉。

石廉使烧了投词。晚间坐在公堂，梦见一个"麥"字。醒来道："字有两个'人'字，想是两个杀的。"反覆解不出，心生一计，吊审这起事。

人说石廉使亲提这起，都来看。不知他一捱直到二鼓才坐，等不得的人都散了。石廉使又逐个个问，简胜道："是冤枉。实是在丈人家吃酒，并不曾杀妻。"又叫发财，恐吓他，都一样话。只见石廉使叫两个皂隶上前，密密分付道："看外边有甚人，拿来。"皂隶赶出去，见一个小厮，一把提了，便去带进。石廉使问他："你甚人家？在此窥伺。"小厮惊得半日做不得声，停了一会，道："徐家。"石廉使问道："家主叫甚名字？"小厮道："徐铭。"石廉使把笔在纸上写，是双立人，一个"夕"字，有些疑心，道："你家主与那一个是亲友？"小厮道："是柏老爹外甥。"石廉使想道："莫非原与柏茂女有奸，怪他嫁杀的？"叫放去这起犯人，且另日审。外边都哄然笑道："好个石老爷，也不曾断得甚无头事。"

过了一日，又叫两个皂隶："你密访徐铭的紧邻，与我悄地拿来。"两个果然做打听亲事的，到徐家门前去。问他左邻卖鞋的谢东山，折巾的一个高东坡，又哄他出门，道："石爷请你。"两个死挣，皂隶如何肯放？到司，石廉使悄悄叫谢东山道："徐铭三月十一的事你知道么？"谢东山道："小的不知。"石廉使道："他那日曾做甚事？"道："没甚事。"石廉使道："想来。"想了一会，道："三月他家曾死一个奶子。"石廉使道："谁人殡殓扛抬？"道："仵作卢麟。"石廉使即分付，登时叫仵作卢麟即刻赴司，候检柏氏身尸。差人飞去叫来。石廉使叫卢麟："你与徐铭家抬奶子身尸在何处？"道："在那城外义冢地上。"石廉使道："是你入的殓么？"道："不是小人，小人只扛。"石廉使道："有些古怪么？”卢麟道：“轻些。”

石廉使就打轿，带了仵作到义冢地上，叫仵作寻认。认了一会，认出来。石廉使道：“仍旧轻的么？”仵作道：“是轻的。”石廉使道：“且掀开来。”只见里边碍碌碌滚着一个人头。石廉使便叫人速将徐铭拿来，一面叫柏茂认领尸棺。柏茂夫妻望着棺材哭，简胜也来哭。谁知天理昭昭，奶子阴灵不散，便这头端然如故。柏茂夫妻两个哭了半日，揩着眼看时，道：“这不是我女儿头。”石廉使道：“这又奇怪了。莫不差开了棺？”叫仵作，仵作道：“小人认得极清的。”石廉使道：“只待徐铭到便知道了。”

两个差人去时，他正把爱姐藏在书房里，笑那简胜无辜受苦：“连你爹还在哭。”听得小厮道石爷来拿他，道：“一定为小厮去看的缘故。说我打点，也无实迹。”爱姐道：“莫不有些脚蹋？”徐铭笑道：“我这机谋，鬼神莫测，从那边想得来？”就挺身来见。不期这两个差人不带到按察司，竟带到义冢地，柏茂、简胜一齐都在，一口材掀开，见了，吃上一惊，道：“有这等事？”带到，石廉使道：“你这奴才，你好好将这两条人命，一一招来！”徐铭道：“小的家里三月间，原死一个奶子，是时病死的。完完全全一个人，怎止得头？这是别人家的。”卢磷道：“这是你家抬来的三樗松板材。我那日叫你记认，见你说不消，我怕他家有亲人来不便，我在材上写个‘王靓娘’，风吹雨打，字迹还在。”

石廉使叫带回衙门，一到，叫把徐铭夹起来。夹了半个时辰，只得招是因奸不从，含怒杀死。石廉使道：“他身子在那里？”徐铭道：“原叫家人徐豹埋藏。徐豹因尝见王靓娘在眼前，惊悸成病身死，不知所在。”石廉使道：“好胡说！若埋都埋了，怎分作两边？这简胜家身子定是了。再夹起来，要招出柏氏在那里，不然两个人命都在你身上。”夹得晕去，只得把前情招出，道：“原与柏氏通奸，要娶为妾，因柏茂不肯，许嫁简胜，怕露出奸情，乘他嫁时，假称探望，着奶子王靓娘前往，随令已故义男徐豹将靓娘杀死。把柏氏衣衫着上，竟领柏氏回家。因恐面庞不对，故将头带回。又恐王氏家中人来探望，将头殓葬，以图遮饰。柏氏现在后园书房内。”石廉使一发叫人拘了来，问时，供出与徐铭话无异。石廉使便捉笔判：

徐铭奸神鬼蜮，惨毒虺蛇。镜台未下，遽登柏氏之床；借箸偏奇，巧作不韦之计。纪信诳楚，而无罪见杀；冯亭嫁祸，而无辜受冤。律虽以雇工从宽，法当以故杀从重。仍于名下追银四十两，给还简胜财礼。柏茂怠于防御，蓝氏敢于卖奸，均宜拟杖。柏氏虽非预谋杀人，而背夫在逃，罪宜罚赎官卖。徐豹据称已死，姑不深求。余发放宁家。

判毕，将徐铭重责四十板。道："柏氏，当日人在你家杀，你不行阻滞，本该问你同谋才是。但你是女流，不知法度，罪都坐在徐铭身上。但未嫁与人通奸，既嫁背夫逃走，其情可恶！"打了廿五。"柏茂，本该打你主家不正，还可原你个不知情，已问罪，姑免打。"蓝氏纵女与徐铭通奸，酿成祸端，打了十五。徐豹，取两邻结状委于五月十九身死，姑不究。卢麟扛尸原不知情。邻里邴魁等该问他一个不行觉察，不行救护，但拖累日久，也不深罪。还恐内中有未尽隐情，批临江府详究。却已是石廉使问得明白了，知府只就石廉使审单敷演成招。自送文书，极赞道："大人神明，幽隐尽烛。知府不能赞一辞。"称颂一番罢了。

后来徐铭解司解院，都道他罪不至死，其情可恶，都重责，解几处，死了。江西一省都仰石廉使如神明，称他做"断鬼石"。若他当日也只凭着下司，因人成事，不为他用心研求，王靓娘的死冤不得雪，简胜活活为人偿命，生冤不得雪，徐铭反拥美妾快乐，岂不是个不平之政？至于柏茂之酒，蓝氏之懒，卒至败坏家声；徐铭之好色，不保其命；爱姐之失身，以致召辱；都是不贤，可动人之羞恶，使人警醒的。唯简胜才可云"无妄之灾，虽在缧绁，非其罪也"。

第二十二回　任金刚计劫库　张知县智擒盗

蜂虿起须臾，最束庸愚手。惟是号英雄，肯落他人囿？　笑谈张险局，瞬息除强寇。共羡运谋奇，岂必皆天祐。

右调《生查子》

从古最不好的人，莫如强盗窃贼，人人都是切齿的。不知原非父母生出来就是贼盗，只是饥寒难免，或是祖业原无贻留，自己不会营运，时年荒歉，生计萧条，在家有不贤妻子琐聒，在外有不肖朋友牵引，也便做出事来。小则为贼，大则为盗，甚而至于劫牢劫库，都是有的。但是为官，在平时要禁游惰，行乡约，拘他身心；遇凶年也须急蠲免时赈济，救他身家。人自学好的多，毕竟盗息民安。若是平常日子不能锄强抑暴，缓征薄敛，使民不安其生，是驱民为盗；不能防微杜渐，令行禁止，使民敢于作奸，是养民为盗。及至盗起，把朝廷仓库、自己身命一齐送他，岂不可笑？以我论之，若临民之上，只处平静无事时节，一味循良也彀了；若当事机仓猝，成败治乱，只在转眼之间，毕竟要个见机明慧，才是做官的手段。即如先年诸理斋先生名燮，他被谪通判，在广西，其年适当朝觐，县无正官，上司便委他去一个属县掌印。这日恰值守道临府，只得离县往府迎接。路上遇风吹折了引导蓝旗，他便急回府中，且不去接官，忙进牢点押。不期牢中有几个海贼，与外边的相应，被他进去一搜，搜出器械，他就拿来勘问。正勘问时，他又行牌属县，叫衙官整肃人役，把守狱库。也不待问完，交与本府一个孙推官研究，他自带了民壮，复赶到县。恰值强盗劫库，在县与人役拒敌，恰得他带人到县赶散。各官都称诵他神明，他道："强贼越狱，未有外无应而能成事者。料他毕□□□去接上司劫狱，此计不遂，故此乘□□□□□□□来劫库，理之显然，没有神术。"只是□个还在事尚未成，我可预防的。据我闻见，还有个事起于卒，终能除盗保身，这也是极能的能吏。

我朝嘉靖间有一位官人，姓张，名佳胤，号巏崃，曾在两浙做巡抚。此时浙江因倭子作乱，设有十营兵士，每月人与粮银一两。后来事平，要散他，只是人多，一时难散，止把兵粮减做一半银、一半钱给他。但当时钱不通行，他粮不彀吃，自然散去。不料这些兵中间有个马文英、杨廷用，作起耗来，拥到巡抚辕门，鼓噪进去讲。这巡抚没担当，见人来一跑，反被他拿去，把他丢在草荐上，还把他要上称竿，逼得司道应许，复他粮，又与他二千两犒赏才罢。奏上，朝廷旨下九卿会议，便会推了张佳胤督抚浙江军门。他闻报便单骑上道，未及择日到任。

先是杭州遭兵变之后，盗贼蜂起。有几个好事乡官，因盗贼搅扰，条陈每巷口要添造更楼，居民轮流巡逻。只是乡宦大户、生员官吏，俱已有例优免，止是这些小户人家轮守。可怜这些小户，辛苦一日，晚间又要管巡更。立法一新，官府正在紧头里，毕竟日夜出来查点。不造的要问罪，不巡逻的要打要申，又做了巡捕官的一个诈局。小民便不快道："我们穿在身上，吃在肚里，有甚偷去？如今忙了一日，夜间又与乡官大户管贼，小民该吃苦的?"便有一个余姚老学究丁仕卿来条陈，官府不理。又闪出几个来，拥了多人去告，又不理。大家便学兵样，作起怪来，放火烧了首事乡宦住屋，尽拆毁了更楼，汹汹为变。张副都闻了这消息，兼程到省，出示禁约。这些无赖扯毁告示，反又劫勍人财物，抢夺人酒食，这边放火，那边劫财。张副都知道大恼，暗暗请游击徐景星商议已定。

此时㨿木营兵十营，八营出海守汛，止有两营守省。张副都分付游击徐景星，率领把总哨官到辕门听令，便与总哨队什道："往日激变兵心，固失于调停，不尽是尔等之罪。今日民乱，尔等若能为我讨捕，便以功赎罪。只是不许恣行杀戮。"又叫马文英、杨廷用二人分付道："有功不唯赎罪，还有重赏。"杨、马两个随了徐游击出来。乱民听得发兵，那乖滑的得一手躲了，还有这些不识俏的，还这等赶阵儿，一撞兵来，束手就缚。中间也有无辜的。捆到辕门，先把拒敌官兵与身边搜有金银的，砍了五十多人，其余也打死百余。省城大定。张副都特赏了这两营，马文英、杨廷用都与冠带，安了他心。

汛毕，八营都回。暗着徐游击访了那八营助乱的与马、杨共九个，先日计议定了，择日委兵巡顾副使下操，十营齐赴教场。这厢徐游击暗暗差人，将这九人擒下，解入军门，历数他倡乱凌辱大臣罪状，绑出枭首，就将首级传至教场。顾副使正操，只见外边传这血淋淋九个头进来。众军正在惊愕，顾副使与徐游击便传令道："你们都得命了，快些向北谢恩！"众人没个主意，都面北叩头。顾副使又分付："当日作乱，你等都该处死。如今圣上天恩，都爷题请，止坏了为首九人，你们都免死。以后要尽心报国，不可为非。"循例颁了些赏，十营寂然。你看他何等手段！何等方略！不知他平日已预有这手段了。

当时初中进士，他选了一个大名府滑县知县。这滑县一边是白马山，一边滑河，还有黎阳津、灵昌津，是古来战争之地，还附近高鸡泊，是唐窦建德为盗之处。人性慓悍，盗贼不时出没。他一到任，立意在息盗安民。训练民壮，就里选出十六个好汉，轮番统领，缉捕巡警城里四隅、城外四乡。这十六个人叫做：

元善　卜兆　平四夷　和颜　禹鼎　狄顺　贝通　明鉴　伏戎　成治　纪绩　席宠　麻直　柯执之　昝盛　经纶

都是膂力精强，武艺纯熟，又伶俐机巧。每轮八个管巡，八个衙前听差。且喜贼盗不生，人民乐业。不知人不激不发，这些无赖光棍平日惯做歹事，如今弄得鸡犬也没处掏一个，自然穷极计生。

本县有个惯做剪绺头儿，坐地分赃的，叫做吉利，他不管你用铜皮、用铜钱，剪得来，要孝顺他；若不来，他会叫缉捕拿着你。又有一个应捕头儿、惯养贼的，叫做荀奇，由你挖壁扒墙，挤门撬窗，他都知道是那个手迹。一时孝顺不到，他去抓来送官。一个做响马的，叫做支广，尝时抓得些儿，到一个姓桑、插号"桑门神"家赌博。这桑门神家里是个惯开赌场，招引无赖，惯撮些头儿，收管放筹，买尊买酒过日子的。这吉利、荀奇、支广一班儿，坐落在他家要子。忽一日赌兴正高，却是你又缺管，我又无银，赌来都不畅意。支广道："兄弟，我连日生意少，怎你们也像没生意？"吉利道："可恨张知县，他一来，叫这些民壮在这闹市上巡绰。这些剪绺的靠是人丛中生意，便做不来，连我们也干阁。"荀奇道："正是，我也吃他的亏。冷了他们的生意，便绝了我衣食饭碗。"桑门神道："生意各别，养家一般。只许他罚谷罚纸，开门打劫，不许我们做些勾当。"支广道："如今我们先动手他起来，勾合一班，打入私衙，或是劫了他库，大家快活受用一受用，便死也甘心。"吉利道："我们这几个人，做得甚来？还须再勾几个可做。”苟奇道：“我那些部下，可也有四五十个，叫他齐来。”支广道：“那些鼠窃狗偷的，当得甚事！须我那几个哥哥来才好。”桑门神道：“寻来时，须带挈我，不要撇了我。”支广道：“自然。”

便一个头口赶到高鸡泊前，寻着一个好朋友，叫做张志，绰号张生铁，也是常出递枝箭儿、讨碗饭吃的。两个相见，道：“哥一向哩。”支广道：“哥生意好么？”张志道：“我只如常。这些客，如今等了天大明才行，也毕竟二三十个结队，咱一两个人，了他不来。已寻了几个兄弟，哥可来么？”支广道：“兄弟也要做一绺儿，也只为人少，故来寻哥。”张志道：“贤弟挈带一挈带。是甚么客人？”支广道：“不是。”悄悄附耳道：“滑县县库。”张志道：“这事甚大，又险。”支广道：“我们那一主银子不从险来？客人的货有限，库中是豆麦熟时征彀，有六七千银子，这才彀咱们用。”张志道：“然虽如此，你我合来不过百余个人，怕不济事。我这里还有一个任金刚任敬，他开着个店，外边卖酒，里边下客，做些自来买卖，极有志气，也须合着他才好。咱与你去寻他来。”两个便到任敬店中来。

任敬正立在柜里，见了张志，便走出来，邀进里面一座小小三间厅上坐下。任敬道：“此位何人？”张志道：“咱朋友，姓支名广，特来拜大哥的。”任敬道：“是有何见教？”张志蹴去他耳边轻轻的道：“他有一主大财，特来照顾哥哥。”任敬道：“是甚么财？”张志又近前道：“是滑县库里。”任敬道：“这财在县里，有人，不容易要他的。哥，过得罢了，走这险做甚么！”张志道：“哥，你过得些，咱过不得哩。银子可有多的么？哥不去，咱自去。”任敬道：“冒失鬼，且住着，待咱想。怎轻易把性命去博钱。”坐了一会，吃了杯茶，只见任敬走了进去，须臾戴了一顶纱帽，系了一条带，走将出来。张志便赶将过去，磕一个头道：“爷，小人磕头。”任敬道：“起来。”大家笑了一笑。张志道：“哥，那里来这副行头？”任敬道：“二月间是一个满任的官，咱计较了他，留下的。兄弟，咱戴了像个官么？”张志道：“像，只是带些武气。”任敬道：“正要他带武哩。”连忙进去脱了冠带，来附耳与张志说了几句。张志拍手道：“妙！妙！我道是毕竟哥有计较。”任敬道：“论起这事，只咱两做得来。”张志道：“是。咱前年在白马山遇着个现世报，他道：‘拿宝来。’咱道：‘哥递一枝箭儿来。’那厮不晓得递甚箭，我笑道：‘哥，性命恁不值钱？撞着一个了得的，干干被他送了。'那厮老实道：'咱不晓得这道儿。嫂子嫌咱镇日在家坐，教咱出来的。不利市，咱家去罢。'咱道：'哥也是恁造化。停会有一起客人，十来个，你照样去问他。他不肯下马，你道且着一个上来，咱便跑来，包你利市。'那厮道：'他来，我怎生？'我道：'现世报，适才独自不怕，有帮手倒怕？'照这样做去，客人不下马，吃咱上去一连三枝箭，客人只求饶命。咱去拿了两个挂箱，一个皮匾，赏一个挂箱与他，教他已后再不可出来。这便是只两个做了营生。"任敬道："怎还叫过不得？"张志道："自古空里来，巧里去。不半年，了在巢窠儿，并在赌场上了。"任敬道："但这劫库也不是小事，这也要应手。我又还寻两个人去。支兄不消得说，就是支兄所约的，也毕竟借重，没有个独吃自痾的理。"支广道："多谢哥带挈。"

须臾，只见又到了三个虎体彪形的大汉，相见了，大家一齐在酒店中坐下。任敬指着对张志与支广道："这三个都是咱兄弟。一个步大，他家有两个骡子，他自己赶脚，捉空也要布摆两个人。这阙老三，他虽是个车夫，颇有本事。这个桓福，是灵昌津渡子，也是个河上私商。"说了姓名，就对这三人道："后日蚤晨，咱有用着你处。"三人道："哥有用咱处，汤火不辞！"任敬道："明日阙老三与步老大与咱雇一辆大车，后日蚤在南门伺候，只见咱与张大哥抓一个人出来，都来接应。支大哥与你约的朋友，也都在南门车边取齐。一辆车坐了十多人也动疑，桓大哥可带小船一只，与咱家丁二人应咱，以便分路。是必不可误事。"正是：

闲云傍日浮，萧瑟野风秋。
浅酌荒村酒，深筹劫库谋。

六个人吃得一个你醉我饱分手，都各干自己的事。支广、步大一起，自在门外，桓福自在津口，不题。

只见这日张知县正坐堂，忽有门上报道："外边有锦衣卫差官见爷。"张知县心下也便狐疑，且叫"请"，便迎下卷篷来。却是一个官，一个校尉，随着行了礼。那官道："借步到后堂有话。"张知县只得请进后堂留茶。又道："请避闲人。"张知县一努嘴，这些门子吏书都躲了。也不曾坐下，那官一把扯住张知县道："张爷不要吃惊，咱不是差官，咱是问爷借几千银子用的。"那校尉蚤已靴内"搜"地一声，掣出一把刀来。张知县见了道："不必如此，学生断不把银子换性命。只下官初到，钱粮尚未追征，库中甚虚，怎么好?”那官道：“爷不必赖，咱已查将来了。”拿出一个手折来，某限收银若干，某限收银若干，库中也不下一万。张知县见了，侵着底子，也不敢辨，道：“是也差不远。只是壮士不过得钱，原与学生无仇，不要坏学生官。若一时拿去这些银子，近了京师，急卒不能解，名声播扬，岂不我要削职?况且库中银子，壮士拿去也不便用，不若我问本县大户借银五千，送与二位，不曾动着库中，下官还可保全草芥前程，二位亦可免异日发露。”那官道：“五千也不彀咱用，你不要耽延弄咱。”张知县道：“五千不彀使，便加二千。若说弄二位，学生性命在二位手里，这断不敢。”那校尉道：“便库中银胡乱拿些去罢，谁有工夫等!”张知县道：“这不但为学生，也为二位。”那官道：“只要找截些。”

张知县便叫听事吏。此时衙门人已见了光景，不肯过去。叫不过，一个兵房吏喻士奎过去，也是有算计的人。张知县道：“我得罪朝廷，奉旨拿问。如今二位讲他里面有亲识，可以为我挽回，急要银七千两，你如今可为我一借。”喻外郎道：“在那厢借?”张知道：“拿纸笔来，我写与你。”拿过纸笔便写道：

丁二衙、朱三衙、刘四衙，共借银一千两。

吏平四夷等，共借银六百两。

书手元善等，共借银四百两。

当铺卜兆四铺，各借银四百两。

富户狄顺八户，各借银三百两。

里长柯执之八名，各借银一百两。

又对这吏道：“这银子，我就在今年兑头、火耗、柴薪、马丁内扣还，决不差池。银子不妨零碎，只要足纹。”

打发了吏去，张知县就与那官同坐在侧边一间书房内。那校尉看一看，是斗室，没有去路，他便拿把刀只站在门口。张知县道：“下官蚤间出来，尚未吃午膳。二位也来久了，吃些酒饭何如?”那官道：“通得。”张知县便叫备饭。只见外边拿上两桌饭与酒进来。逊那官，那官不吃，道：“你先用。”张知县道：“你怕咱用药来?多虑。”便放开肚皮，每样吃上许多，一连斟上十来大杯酒，笑道：“何如?”这两个见了，酒虽不敢多吃，却吃一个饱。

只是喻外郎见了三个衙头，合了这一起民壮，道：“老爷叫借银，却写出你们一干人，明白借银子是假，要在我俩身上计议救他了。如今仔么处?”明鉴道：“如今这贼手拿着刀子，紧随着老爷，动不动要先砍老爷，毕竟要先驱除得这贼才好。”众人道：“这贼急切怎肯离身?”伏戎道：“罢，做咱们不着。喻提控，这要你先借二三百两银子，做样与他看。众兄弟料绞的、哨马的、顺袋的都装了石块，等咱拿着个挂箱，先是喻提控交银子，哄他来时，咱捉空儿照脑袋打上他一挂箱。若打交昏晕好了，或者打得他这把刀落，喻提控趁势把老爷抢进后堂，咱们这里短刀石块一齐上，怕不拿倒他？只是列位兄弟都要放乖觉些。”经纶道：“这计甚好。”三个衙头道：“果好，果好。”喻外郎便去库上那出二三百两银子。平四夷与元善装了书吏，准备抢张知县。其余都带了石块，身边也有短棍、铁尺、短刀，一齐到县。

喻士奎到书房门口禀道：“蒙老爷分付借银，各处已借彀了六千两，还欠一千，没处设处。”张知县道：“这一个大县，那不出这些些银子来？叫他们胡乱再凑些。十分不勾，便把库里零星银子找上罢。如今这干人在那边?”道：“都在堂上。”张知县便一把扯了那官，道：“我们堂上去收去。”那官也等了一会，巴不得到手，就随出来。只见三个衙头都过来揖，卷篷下站上一二十个人，都拿着拜匣皮箱、哨马料绞，累累块块，都是有物的。那官道：“张爷可点八个精壮汉子，与咱拿着，张爷自送咱到城门外。”张知县道：“这不难。只是这借来银子，下官也到过一过眼，怕里边夹些铅锡，或是缺上许多兑头，哄了二位去，我倒还他实银实秤。也要取几封兑，取几封瞧。”那两个见已是到手银子，便凭他兑。张知县叫取天秤过来，那喻士奎便将一张长桌横在当中，请那官儿看兑，早把假官与张知县隔做两下。只有校尉还拿着刀，紧紧随着。这边喻外郎早把银子摆上一桌，拆一封，果然好雪白粉边细丝，那里得知：

漫道钱归箧，谁知鸟入樊?

伏戎也就手捧一个顺袋，是要先兑模样，挤近校尉身边，兑一封，到也不差。张知县对着校尉道：“你点一点收去。”校尉正去点时，那伏戎看得清，把顺袋提起，扑直一下子，照头往那校尉打下，一惊一闪，早打了肩上。喻士奎与平四夷一掉，早把张知县掉入川堂，把川堂门紧紧拴好。那官儿见了慌张，拔出小刀赶来，门早已闭上，一脚踢去，止落得一块板，门不能开。校尉流水似把刀来砍伏戎，伏戎已是走到堂下。三个衙头、四衙，已护知县进后堂了。三衙走得，躲在典史厅。二衙是个岁贡，老了，走得慢，又慌，跌了一交，亏手下扶在吏房躲避。

堂下石块如雨似打来，假官便往公座后躲，校尉把张椅子遮。这边蚤已都有器械，竟把仪门拴上，里边传道："不要走了两个贼人，生擒重赏！"这两人听了，好不焦燥，瞧着石块将完，那官儿雷也似大吼一声，一手持刀，一手持桌脚，赶将出来，道："避我者生，当我者死！"那校尉也挺着刀，夹帮着。这些民壮原也是不怕事好汉，又得了张知县分付，如何肯放他？一齐攒将拢来，好场厮杀：

剑舞双龙，枪攒众蟒。纱帽斜按，怒吽吽闹鬼钟馗；戈戟重围，恶狠狠投唐敬德。一边的势孤援绝，持着必死之心；一边的戮力显功，也有无生之气。怒吼屋瓦震，战酣神鬼惊。纵饶探囊取物似英雄，只怕插翅也难逃网罟！

始初堂上下来还两持厮杀，只为要奔出门，赶下丹墀，被这些民壮一裹却围在中央，四面受敌，刀短枪长。那官儿料不能脱，大叫一声，道："罢！咱中了他缓兵之计，怎受他凌辱？"就把刀来向项下一刎，山裂似一声响，倒在阶下。

未见黄金归橐，却教白刃陨身。

假校尉见了慌张，也待自刎，只见伏戎道一声"着！"蚤把他腿上一枪，也倒在地。众人正待砍时，元善道："老爷分付，要活的。"只见一齐按住捆翻。假校尉只叫"罢了！"

众人扯向川堂，禀："假官自刎，假校尉已拿了，请爷升堂。"张知县便出来，坐了堂上，丹墀里边排了这些民壮，都执着刀枪。卷篷下立了这干皂隶，都摆了刑具，排了衙。先是二三衙来作揖问安，后边典史参见，外郎庭参，书手、门子、皂隶、甲首、民壮以次叩了头。张知县分付，各役不许传出去，掩了县门，叫带过那强盗来。张知县道："你这奴才，好大胆！朝廷库，怎么你来思量他？据你要银七千，这也不是两个人拿得，毕竟有外应余党，作速招来！"那假校尉道："做事不成，要杀便杀，做我一个不着罢，攀甚人！"张知县道："夹起来！"他只是不做声。张知县一面分拨人到城外市镇渡口，凡系面生可疑之人，暗暗巡缉，一面分付将假校尉敲夹。那校尉支撑不过，只得招承：假官叫做任敬，自己叫做张志。又要他招余党，只得又招原是任敬张主，要劫了库；还要张知县同人役送出城外，打发银子上车先行；还要张知县独自送几里才放回。雇车辆在城外接应的有支广、步大、阙三、吉利、荀奇、桑门神六个。车去在昌灵津，水口接应的是桓福与任敬家里两个火家绞不停、像意吃三人。

张知县即刻佥牌，两处捉拿。一路赶到城外集儿上，先是卜兆在那边看一辆大车，几个骡子在那里吃料，有几个人睡在车里，有几个人坐在人家门首，似在那边等人的。卜兆已去踹他，不知正是步大一起。步大与阙三叫车子五鼓前来，这厢支广已邀了荀奇、吉利、桑门神，说道只要他来收银子，那个不到？只是支广一起是本地人，怕有人认得，便睡在车中；步大、阙三两个坐在人家等待。初时巳牌模样，渐渐日午，还不见影，欲待进城打听，又怕差了路，便赶不着队，分不着银子，故此死定在那厢等。不期差人来拿，四衙随着。内中一个做公的，怕一捉时，走了人不好回话，先赶出城，见了车子道："是甚的车？本县四爷要解册籍到府，叫他来服事。"步大听了，便赶来："我们李御史家里车，叫定的，你自另雇。"那公人道："胡说！本县四爷叫不你车动？"揪住步大便打。这些人欺着公人单身，便来发作，卜兆与众人便来团，把这几个帮打的都认定了。典史到，叫拿，众人已把这来争闹的共八个、两个车夫背剪绑起来，起解进城。一路又来拿桓福，到河边道："那里是揽载船？"各船都撑拢问："是要那去？"大的嫌大，小的嫌小，有一只不来揽，偏去叫他。掀开篷，只见三个雕青大汉坐在船中，要叫他，他不肯。众人晓得是桓福了，道："任敬攀了你，你快走。"只见这三个人脸都失色。桓福便往水中一跳，早被一挠钩搭住。船里一行五个，都拿进城来。

一到，张知县叫他先供名字。一个个供来，张知县把张志供的名字一对，只有四个：韩阿狗、施黑子、华阿缺、戚七，张老二、任秃子、桓小九都是供状上没名的。张知县将这几个细审，两个是车夫，两个是船户。这三个，张老二是张志哥子，任秃子任敬兄弟，桓小九桓福儿子，张知县道："韩阿狗、施黑子是车夫，华阿缺、戚七船户，他不过受雇随来，原非知情。张老二、任秃子、桓小九，这是任敬等家丁，虽供状无名，也是知情的了。"将张志与支广等各打四十，张老二、任秃子、桓小九各打二十。韩阿狗四个免打，下了轻罪监，其余下大监。分付刑房取供，把任敬、张志，比照造谋劫库、持刀劫刺上官律，为首。支广、苟奇、吉利、桑门神、步大、阙三、桓福，比例劫库已行而未得财者律，为从，从重律。绞不停、像意吃、张老二、任秃子、桓小九，比劫库已行而未得财者，为从，从轻律。韩阿狗、施黑子、华阿缺、戚七，原系车夫船户，受雇而来，并不与谋，供明释放。连夜成招，申解大名府，转解守巡道。巡抚、巡按，具题参他这干处畿省之地，恣鬼域之谋，持刃凌官，拥众劫库，事虽未竟，为恶极深，宜照响马例枭示。圣旨依拟，着巡按监决，将张志枭首，支广等斩首，绞不停等充军。

张知县巡抚、巡按都道他贤能，交荐，后来升到部属，转镇江知府，再转两司，升抚台。若使当日是个委靡的，贪了性命，把库藏与了贼人，失库毕竟失官；若是个刚狠的，顾了库藏，把一身凭他杀害，丧身毕竟丧库。何如谈笑间，把二贼愚弄，缓则计生，卒至身全，库亦保守，这都是他胆略机智大出人头地，故能仓卒不惊。他后来累当变故，能镇定不动，也都是这厢打的根脚。似支广一干，平日不务生理，妄欲劫掠致富，任敬家既可以自活，却思履险得财，甚至挈弟陷了兄弟，携子害了儿子，这也可为图不义之财的龟鉴。

第二十三回　白镪动心交谊绝　双猪入梦死冤明

交情浪欲盟生死，一旦临财轻似纸。何盟誓？真蛇豕，犹然嫁祸思逃死。　天理昭昭似，业镜高悬如水。阿堵难留身弃市，笑冷傍人齿。

右调《应天长》

如今人最易动心的无如财，只因人有了两分村钱，便可高堂大厦，美食鲜衣，使婢呼奴，轻车骏马。有官的与世家不必言了，在那一介小人，也妆起憨来。又有这些趋附小人，见他有钱，希图叨贴，都凭他指使，说来的没有个不是的，真是个钱神。但当日有钱，还只成个富翁，如今开了个工例。读书的萤窗雪案，朝吟暮呻，巴得县取，又怕府间数窄分上多；府间取了，又怕道间遗弃。巴得一进学，侥幸考了前列，得帮补，又兢兢持持守了二三十年，没些停降，然后保全出学门，还止选教职、县佐贰，希有遇恩遴选，得选知县、通判。一个秀才与贡生，何等烦难！不料银子作祸，一窍不通，才丢去锄头匾挑，有了一百三十两，便衣巾拜客，就是生员。身子还在那厢经商，有了六百，门前便高钉贡元扁额，扯上两面大旗，偏做的又是运副运判、通判州同、三司首领，银带绣补，就夹在乡绅中出分子、请官，岂不可羡？岂不要银子？虽是这样说，毕竟得来要有道理，若是贪了钱财，不顾理义，只图自己富贵，不顾他人性命，谋财害命，事无不露，究竟破家亡身，一分不得。

话说南直隶有个靖江县，县中有个朱正，家事颇颇过得。生一子，叫名朱恺，年纪不上二十岁，自小生来聪慧，识得写得，打得一手好算盘，做人极是风流倜傥。原是独养儿子，父母甚是爱惜，终日在外边闲游结客，相处一班都是少年浪子，一个叫做周至，一个叫做宗旺，一个叫做姚明。每日在外边闲行野走，吃酒弹棋，吹箫唱曲，因家中未曾娶妻，这班人便驾着他寻花问柳。一日，三四个正捱着肩同走，恰好遇一个小官儿，但见：

额覆青丝短，衫笼玉笋长。
色疑娇女媚，容夺美人芳。
小扇藏羞面，轻衫曳暗香。
从教魂欲断，无复忆龙阳。

那朱恺把他看了又看，道："甚人家生这小哥？好女子不过如此。"那宗旺道："这是文德坊裘小一裘龙的好朋友，叫陈有容，是他紧挽的。"朱恺道："怎他这等相处得着？"姚明道："这有甚难？你若肯撒漫，就是你的紧挽了，待我替你筹画。"

姚明打听他是个寡妇之子，极在行的。次日绝早，姚明与朱恺两个同到他家，敲一声门，道："陈一兄在家么？"只见陈有容应道："是谁？"出来相见了，问了姓名，因问道："二位下顾，不知甚见教？"姚明道："朱兄有事奉渎，乞借一步说话。"三个同出了门，到一大酒店，要邀他进去。陈有容再三推辞，道："素未相知，断不敢相扰。"姚明便一把扯了道："四海之内，皆兄弟也。陈兄殊不脱洒。"陈有容道："有话但说，学生实不在此。"朱恺道："学生尽了一个意思，方敢说。"陈有容道："不说明，不敢领。"姚明道："是朱敝友要向盛友裘兄处戤几两银子，故央及足下。足下是个小朋友，若在此扯扯拽拽，反不雅了。"三个便就店中坐下。朱恺只顾叫有好下饭拿上来，摆了满桌，陈有容只是做腔不吃。姚明便放开箸子来，吃一个饱。吃了一会，那陈有容看朱恺穿得齐整，不似个借银的，故意道："二位有约在这边么？"姚明道："尚未曾写，还要另日奉劳。"那朱恺迷迷吐吐，好不奉承，临起身又捏手捏脚，灌上两钟，送他下楼，故意包中打开，现出三五两银子，丢一块与店家，道；"你收了，多的明日再来吃。"别了。

次日侵早，朱恺丢了姚明自去。叫得一声，陈有容连忙出来道："日昨多扰。"朱恺道："小事。前日苏州朋友送得小弟一柄粗扇在此，转送足下。"袖中取来，却是唐伯虎画祝枝山写一柄金面棕竹扇，又是一条白湖绸汗巾儿。陈有容是小官生性，见了甚觉可爱，故意推辞道："怎无功受禄？"朱恺道："朋友相处，怎这样铢两！"推了再四，朱恺起身往他袖中一塞，陈有容也便笑纳，问道："兄果是要问老裘借多少银子？此人口虽说阔，身边也拿不出甚银子。且性极吝啬，不似兄慷慨。"朱恺便走过身边，附耳道："小弟不才，家中颇自过得，那里要借银子？实是慕兄高雅，借此进身。倘蒙不弃，便拜在令堂门下，与兄结为弟兄。"此时陈有容见朱恺人也齐整，更言语温雅，便也有心，道："不敢仰攀。"朱恺道："说那里话！小弟择日便过来拜干娘。朱恺自去了。

不多时，裘龙走来，见了陈有容拿着这柄扇子，道："好柄扇儿。"先看了画，这面字读也读不来，也看了半日，道："那里来的？"有容道："是个表兄送的。"裘龙道："你不要做他表子。是那个？"道："是朱诚夫，南街朱正的儿子。"裘龙道："哦，是他。是一个浪子，专一结交这些无赖，在外边饮酒宿娼赌钱。这人不该与他走。况且向来不曾听得你有这门亲。"有容道："是我母亲两姨外甥。"裘龙听了，就知他新相与了，也甚不快。从此脚步越来得紧，钱也不道肯用，这陈有容也觉有些相厌。

不过两日，朱恺备了好些礼来拜干娘。他母亲原待要靠陈有容过活，便假吃跌收了他礼物，与他往来。朱恺尝借孝顺干娘名色，买些时新物件来，他母亲就安排，留他穿房入户，做了入幕之宾，又假眼瞎，任他做不明不白的勾当。朱恺又因母亲溺爱，尝与他钱财，故此手头极松，尝为有容做些衣服。两个恰以线结鸡，双出双入，真是割得头落。

那裘龙来时，母亲先回报不在家。一日，伺候得他与朱恺吃了酒回来，此时回报不得，只得与他坐下。那裘龙还要收罗他，与他散言碎语，说平日为他用钱，与他恩爱。那陈有容又红了脸道："揭他顶皮。"勉强扯去店中，与他作东赔礼。他又做腔不肯吃，千求万告，要他复旧时，也不知做了多少态，又不时要丢。到后来朱恺踪迹渐密，他情谊越疏，只是不见，及至路上相遇，把扇一遮过了。裘龙偏要捉清，去叫住他，朱恺却又站在前面等，陈有容就有心没相，回他几句话，一径去了。裘龙见了，怎生过得？想道："这个没廉耻的，年事有了，再作腔得几时？就是朱恺，你家事也有数，料也把他当不得老婆。我且看他。"又一回想道："我当日也为他用几分银子，怎就这样没情？便朱恺怕没人相与，偏来抢陈有容！"不觉气冲冲的。

一日，朱恺带着陈有容、姚明一干弟兄，在酒楼上唱曲吃酒，巧巧的裘龙也与两个人走来。陈有容见了，便起身。只见裘龙道："我这边也坐一坐，怎就要去？"一把扯住。陈有容道："我家中有事，去去便来。"裘龙那里肯放。朱恺道："实是他家有事，故此我们不留他。"裘龙道："你不留，我偏要留。"一把竟抱来，放在膝上。那陈有容便红了脸道："成甚么模样！"裘龙道："更有甚于此者。"朱恺道："人面前也要存些体面。"裘龙便把陈有容推开，立起身道："关你甚事，你与他出色？"那陈有容得空，一溜风走了。朱恺道："好扯淡，青天白日，酒又不曾照脸，把人搂抱也不像，却怪人说？"裘龙道："没廉耻小畜生，当日原替我似这样惯的，如今你为他，怕也不放你在心坎上。"又是一个人道："罢！不要吃这样寡醋。"姚明道："甚寡醋？他是干弟兄，傍观不忿，也要说一声。"裘龙道："我知道，还是入娘贼！"朱恺道："这厮无状，你伤我两个罢，怎又伤他母亲？"便待起身打去。那裘龙早已跳出身，一把扭住，道："甚么无状？"众人见了，连忙来拆，道："没要紧，为甚么事来伤情破面？"两个各出了几句言语。姚明裹了朱恺下楼，裘龙道："我叫你不要慌，叫你两个死在我手里罢了。"两下散了火。

朱恺仍旧自与陈有容往来，又为姚明哄诱，渐渐去赌，又带了陈有容在身边，没个心想。因为盆中不熟，自己去出钱，却叫姚明掷色，赢来三七分钱，朱恺发本得七分，姚明出手得三分。不期姚明反与那些积赌合了条儿，暗地泻出，不该出注，偏出大注，不该接盆，翻去抢。输出去倒四六分分，姚明得四股。却是姚明输赢都有，朱恺只是赢少输多，常时回家索钱。他母亲对朱正道："恺儿日日回家要钱，只见拿出去，不见拿进来，日逐花哄，怕荡坏身子，你也查考他一查考。"果然朱正查访，见他同走有几户积赌，便计议去撞破他。不料他耳目多，赶得到赌场上，他已走了。回来不过说他几声"习成不改"，甚是不快。只是他母亲道："恺儿自小不拘来他，任他与这些游手光棍荡惯了，以后只有事生出来，除非离却这些人才好。我有个表兄盛诚，吾见在苏州开段子店，不若与他十来个银子兴贩，等他日逐在路途上，可以绝他这些党羽。"朱正点头称是。

次日，朱正便对朱恺道："我想你日逐在家闲荡，也不是了期。如今趁我两老口在，做些生意。你是个�嗻的人，明日与你十来个银子，到苏州盛家母舅处撺贩些尺头来，也可得些利息。”朱恺道：“怕不在行。”朱正道：“上马见路，况有人在彼，你可放心去。”说做生意，朱恺也是懒得，但闻得苏州有虎丘各处可以顽耍，也便不辞。朱正怕他与这干朋友计议变卦，道：“如今你去，不消置货，只是带些银子去。今日买些送盛舅爷礼，过了明后日，二十日起身罢。”朱恺便讨了几钱银子出去买礼，撞见姚明，道：“大哥那里去？”朱恺道：“要买些物件到苏州去。”姚明道：“是那个去？”朱恺道：“是我去。”姚明道：“去做甚么？”朱恺道：“去买些尺头来本地卖。”姚明道：“几时起身？”朱恺道：“后日早。”姚明道：“这等，我明日与大哥发路。”朱恺道：“不消，明日是我做东作别。”姚明就陪他买了些礼物，各自回家。次日果然寻了陈有容与姚明、周至、宗旺，一齐到酒楼坐下。宗旺道：“不见大哥置货，怎就起身？”朱恺道：“带银子去那边买。”陈有容道：“多少？”朱恺道：“百数而已。”周至道：“兄回时，羊脂玉簪、纱袜、天池茶、茉莉花，一定是要寻来送陈大兄的了。”姚明道：“只不要张公衖新马头顽得高兴，忘了旧人。”朱恺道：“须吃袁龙笑了，断不，断不。”到会钞时，朱恺拿出银子道：“这番作我别敬，回时扰列兄罢。”众人也就缩手，谢了分手。宗旺道：“明日陈兄一定送到船边。”朱恺道：“明日去早，不消。”姚明道：“送君千里，终须一别，也便省了罢。”朱恺自回。

只有姚明因没了赌中酒，心里不快。正走时，只见背后一个人叫道：“姚二哥，那里去？”正是赌行中朋友钱十三，道：“今日赵家来了个酒，你可去与他来一来。”姚明道：“不带得管。”钱十三道：“你常时大主出，怕没管？”姚明暗道苦：“我是慷他人之慨，何尝有甚银子！”利动人心，也便走去。无奈朱恺不在，稍管短，也就没胆，落场掷着是跌八尖五，身边几钱碎银输了，强要去复，连衣帽也除光，只得回家。一到家中，迎着家婆，开门见他这光景，道：“甚模样！前日家中没米，情愿饿了一顿，不曾教你把衣帽来当。怎今日出去，弄得赤条条的？要赌，像朱家有爷阘在前边，身边落落动，拿得出来去赌。你有甚家计，也要学样？我看你平日只是叨贴他些，明日去了，将甚么去赎这衣帽？”姚明道：“没了朱恺，难道不吃饭？”家婆道：“怕再没这样一个酒了。”絮絮聒聒，再不住声。弄得姚明翻翻覆覆，整醒到天明，思出一条计策。忙走起来，寻了一顶上截黑下截白的旧绒帽，又寻了一领又蓝又青一块新一块旧的海青，抖去些黰气穿上了。又拿了一件东西，悄悄的开了门，到朱恺家相近。

此时朱恺已自打点了个被囊，一个挂箱、雨伞、竹笼等类，烧了吉利纸出门。那父亲与母亲送在门首，道："一路上小心，早去早回。"朱恺就肩了这些行李走路。才转得个湾，只见姚明道："朱大哥，小弟正来送兄，兄已起身了。此去趁上一千两。"朱恺道："多谢金口。"姚明道："兄挑不惯，小弟效劳何如？"朱恺道："岂有此礼？"两个便一头说，一头走。走到靖江县学前，此时天色黎明，地方僻静，没个人往来。朱恺是个娇养的，肩了这些，便觉辛苦，就庙门槛上少息。姚明也来坐了。朱恺见他穿带了这一套，道："姚二哥，怎这样打扮？"姚明道："因一时要送兄，起早了，房下不种得火，急率寻不见衣帽，就乱寻着穿戴来了。"随即叹息道："小弟前日多亏兄维持。如今兄去，小弟实难存活。"朱恺道："待小弟回时，与兄商量。"姚明道："一日也难过，如何待得回来？兄若见怜，借小弟一二十两，在此处生息，回时还兄，只当兄做生理一般。"朱恺道："说迟了，如今我已起行，教我何处那趱？"姚明道："物在兄身边，何必那趱？"朱恺道："奈是今日做好日出去，怎可借兄？"提了挂箱便待起身。姚明把眼一望，两头无人，便劈手把挂箱抢下，道："借是一定要借的。"往文庙中径走。朱恺道："姚兄休得取笑。"便赶进去。姚明道："朱兄，好借二十两罢。"朱恺道："岂有此理，人要个利市！"忙来夺时，扯着挂箱皮条，被姚明力大，只一拽，此时九月霜浓草滑，一闪早把朱恺跌在草里。姚明便把来按住，扯出带来物件，却尺把长一把解手刀。朱恺见了，便叫："姚明杀人！"姚明道："我原无意杀你，如今事到其间，住不得手了。"便把来朱恺喉下一勒，可怜：

> 夙昔盟言誓漆胶，谁知冤血溅蓬蒿。
>
> 堪伤见利多忘义，一旦真成生死交。

姚明坐在身上，看他血涌如泉，咽喉已断，知他不得活了，便将行囊背了，袖中搜有些碎银、锁匙，拿来放在自己袖里，急急出门。看见道袍上溅有血渍，便脱将来，把刀裹了，放在肋下，跨出学宫，便是得命一般。只见天已亮了，道："我又不出外去，如今背了行囊，倘撞着相识，毕竟动疑。如何是好？姊姊在此相近，便将行囊背到他家。”正值开门，姚明直走进去，见了姊姊，道：“前日一个朋友央我去近村帮行差使，今日五鼓回来，走得倦了，行囊暂寄你处，我另日来取。”姊姊道：“你身子懒得，何不叫外甥驼去？”姚明道：“不消得。左右没甚物在里边，我自来取。”就把原搜锁匙开了挂箱，取了四封银子，藏在袖内。还有血衣与刀，他暗道：“姊夫是个盐捕，不是好人。怕他识出。”仍旧带了回去。将次走到家中，却见一个邻人陈碧，问道：“姚辉宇，那里回，这样早？”姚明失了一惊，道：“适才，才去洗澡回来。”急急到家，忙把刀与衣服塞在床下，把银子收入箱中。家婆还未起来。吃些饭，就拿一封银子，去赎了衣帽回来。家婆问道：“怎得这衣帽转来？”姚明道：“小钱不去大不来，一遭折本一遭翻。今日被我翻了转来，还赢他许多银子。”就拿银子与妇人看，道：“你说朱恺去了我难过，这银子终不然也靠朱恺来的？”妇人家小意见，见有几两银子，也便快活，不查他来历了。

话说靖江有一个新知县，姓殷名云霄，是隆庆辛未年进士，来做这县知县，未及一年，正万历元年。他持身清洁，抚民慈祥，断事极其明决，人都称他做“殷青天”。一日睡去，正是三更，却见两个猪跪伏在他面前，呶呶的有告诉光景。醒来却是一梦：

霜冷空阶叫夜虫，纱窗花影月朦胧。

怪来头白辽东豕，也作飞熊入梦中。

那殷知县道：“这梦来得甚奇。”正在床中思想，只见十余只乌鸦咿咿哑哑只相向着他叫，这些丫鬟、小厮你也赶、我也赶，他那里肯走？须臾出堂，这些乌鸦仍旧来叫，也有在柏树上叫的，也有在房檐边叫的，还有侧着头看着下边叫的。殷知县叫赶，越赶越来。殷知县叫门子道：“你下去分付，道有甚冤枉，你去，我着人来相视。”门子掩着嘴笑，往堂下来分付。这堂上下人也都附耳说：“好捣鬼。”不期这一分付，那鸦哄一声都飞在半天，殷知县忙叫皂隶：“快随去！”皂隶听了乱跑，一齐赶出县门。人不知甚么缘故，问时道：“拿乌鸦，拿乌鸦。”东张西望，见一阵都落在一个高阁上，人道是学中尊经阁。又赶来，都沸反的在着廊下叫。众人便跑到廊下，只见一个先跑的一绊一交，直跌到廊下。后边的道：“是原来一个死尸，一个死尸！”看时，项下勒着一刀，死在地下，已是死两日的了。

忙到县报时，这厢朱正早起开门，见门上贴一张纸，道："是甚人把招帖粘我门上？"去揭时，那帖粘不大牢，随手落下。却待丢去，间壁一个邻人接去，道："怎写着你家事？"朱正忙来看时，上写："朱恺前往苏州，行到学宫，仇人裘龙劫去。"朱正便失惊道："这话跷蹊。若劫去，便该回来了。近日他有一班赌友，莫不是朱恺将银赌去，难于见我，故写此字逃去？却又不是他的笔，且开了店，再去打听。"又为生意缠住。忽听街坊上传道："文庙中杀死一个人了。"朱正听了，与帖上相合，也不叫人看店，不顾生意，跳出柜便走。走到学，只见一丛人围住。他努力分开人进去，看了不觉放声大哭。

这时知县正差人寻尸亲，见他痛哭，便扯住问。他道："这是我儿子朱恺。"众人便道："是甚人杀的？"朱正道："已知道此人了。"便同差人到店中，取了粘帖。他母亲得知，儿天儿地，哭个不了。

朱正一到县中，便大哭道："小的儿子朱恺，二十日带银五十两，前往苏州。不料遭仇人裘龙杀死在学宫，劫去财物。"殷县尊道："谁是证见？"朱正便摸出帖子，呈上县尊，道："这便是证见。"殷县尊道："是何人写的？何处得来？"朱正道："是早间开门，粘在门上的。"殷知县笑道："痴老子，若道你儿子写的，儿子死了；若道裘龙，裘龙怎肯自写出供状？若是傍观的，既见他，怎不救应？这是不足信的。"朱正道："老爷，裘龙原与小人儿子争丰有仇，实是他杀死的。他曾在市北酒店里说，要杀小人儿子。"殷知县道："谁听见？"朱正道："同吃酒姚明、陈有容、宗旺、周至，都是证见。"殷知县道："明日并裘龙拘来再审。"

次日，那裘龙要逃，怕事越敲实了，见官又怕夹打，只得设处银子。来了班上，道打得一下一钱，要打个出头，夹棍长些，不要收完索子。临审一一唱名，那殷知县偏不叫裘龙，看见陈有容小些，便叫他道："裘龙仔么杀朱恺？"有容道："小的不知。是月初与小的在酒店中相争，后来并不知道。"县尊道："叫下去，人犯都在二门伺候，待我逐名叫审。"又叫周至道："裘龙杀朱恺事有的么？"周至："小的不知。只在酒店相争是有的。"殷知县道："可取笔砚与他，叫自录了口词。"周至只得写道："裘龙原于本月初三与朱恺争丰相斗，其杀死事情并不得知。”又叫宗旺，也似这等写了。临后到姚明，殷知县看他有些凶相，便问他：“你多少年纪了?”道：“廿八岁，属猪的。”殷知县又想与梦中相合，也叫他写。姚明写道：“本月初三日裘龙与朱恺争这陈有容相斗，口称要杀他二人。至于杀时，并不曾见。”殷知县将三张口词仔细看了又看，已知杀人的了，道：“且带起寄铺。”即刻差一皂隶，臂上朱标：“仰拘姚明两邻赴审。”皂隶赶去，忙忙的拿了二个。殷知县道：“姚明杀死朱恺，劫他财物，你可知情?”两个道：“小人不知。”殷知县道：“他二十日五鼓出去杀人，天明拿他衣囊、挂箱回家，仔么有个不见?”一个还推，只是陈碧道：“二十天明，小人曾撞着，他说洗澡回来，身边带有衣服，没有被囊等物。”殷知县道：“他自学宫到家，路上有甚亲眷?”陈碧道：“有个姊姊，离学宫半里。”殷知县又批臂着人到他姊家，上写道：“仰役即拘姚氏，并起姚明赃物赴究，毋违。”

那差人火人火马赶到他家，值他姊夫不在，把他姊姊一把抠住，道：“奉大爷明文，起姚明盗赃。”姊姊道：“他何曾为盗?有甚赃物在我家?”差人道：“二十日拿来的，他已扳你是窝家，还要赖!”他外甥道：“二十日早晨，他自出去回来，驼不动，把一个挂箱被囊放在我家，并没甚赃。”差人道：“你且拿出来，同你县里去办。”即拿了两件东西，押了姚氏到县。叫朱正认时，果是朱恺行李。打开看时，止有银三十两在内。殷知县便叫姚氏：“他赃是有了。他还有行凶刀仗，藏在那边?”姚氏道：“妇人不知道。他说出外回来，驼不动，止寄这两件与妇人。还有一件衣服，裹着些甚么，他自拿去。”再叫陈碧道：“你果看见他拿甚衣服回家么?”陈碧道：“小人见来。”殷知县道：“这一定刀在里边。”即差人与陈碧到姚明家取刀，并这二十两银子。到他家，他妻子说道：“没有。”差人道：“大爷明文，搜便是了。”各处搜转，就是灶下、凡黑暗处、松的地也去掘一掘，并不见有。叫他开箱笼，止得两只破箱，开到第二只，看见两封银子，一封整的，一封动的。差人道：“你小人家，怎有这两封银子?这便是赃了。”妇人听了，面色都青，道：“这是赌场上赢来。”逼他刀仗，连妇人也不知。差人道：“这赖不过的。赖一赖，先拿去一拶子，再押来追。”妇人道：“我实不知。我只记得二十日早回，我未起，听得他把甚物丢在床下，要还在床下看。”差人去看时，只见果有一团青衣，打开都是血污，中间卷着解手刀一把，还有血痕。众人道："好神明老爷！"带了他妻，并凶器、赃银回话。

殷知县见了，便叫带过姚明一起来。那殷知县便拍案大怒，道："有你这奸奴！你道是他好友，你杀了他，劫了他，又做这匿名，把事都卸与别人。如今有甚说?"口词与匿名帖递下去，道："可是你一笔的么?"众人才知写口词时，殷知县已有心了。姚明一看，妻子、姊姊、赃仗都在面前，晓得殷知县已拘来问定了，无言可对。不消夹得，县尊竟丢下八枝签，打了四十，便援笔写审单道：

审得姚明与朱恺，石交也！财利熏心，遽御之学宫，劫其行李，乃更欲嫁祸裘龙，不惨而狡乎？劫赃已存，血刃具在，枭斩不枉矣。姚氏寄赃，原属无心；裘龙波连，实非其罪；各与宁家。朱恺尸棺，着朱正收葬。

审毕，申解了上司。

那姚明劫来银子不曾用得，也受了好些苦。裘龙也懊悔道："不老成，为一小官争闹，出言轻易，若不是殷青天，这夹打不免，性命也逃不出。"在家中供了一个殷爷牌位，日逐叩拜。只有朱正，银子虽然得来，儿子却没了，也自怨自己溺爱，纵他在外交游这些无赖，故有此祸。后来姚明准强盗得财伤人律，转达部。部覆取旨处决了。可是：

谩言管鲍共交情，一到临财便起争。

到底钱亡身亦殒，何如守分过平生。

第二十四回　飞檄成功离唇齿　掷杯授首殪鲸鲵

莲幕吐奇筹，功成步武侯。
南人消反侧，北阙奏勋猷。
襦袴歌来暮，旌旄卷素秋。
笑谈铜柱立，百世看鸿流。

用兵有个间谍之法，是离间他交好的人，孤他羽翼，没人救应；或是离他亲信的人，溃他腹心，没人依傍。但审情量势，决决信得他为我用，这才是得力处。若今平辽倚西虏，西虏在奴酋，势不能制奴酋，在我势不受我制，徒受要挟，徒费赏赉，只是羁哄他，难说受我间谍之计。不特西虏，我朝先以冠带羁縻他，目今为乱，为患中国的，东有建酋，黔有安位、奢崇明。奴酋之事不必言，安、奢二酋，一个杀了巡抚，攻城夺印，垂两三年，困捉了樊龙、樊虎。后来崇明部下刺死崇明，献送首级，也是内间之力。独有安位，杀抚臣王三善，杀总兵鲁钦，尚未归命，这也只在将士少谋。西南土官最桀骜，致大兴师动众的，是播州杨应龙，还有思恩府岑濬、田州府岑猛，这几个都因谋反被诛。我且说一个岑猛，见用间得力，见将官有谋。

这岑猛他祖叫岑伯颜，当初归我朝，太祖国曾有旨：岑、黄二姓，五百年忠孝之家，礼部好生看他。着江夏侯护送岑伯颜为田州土官知府，职事传授于子孙，代代相继承袭。也传了岑永通、岑祥、岑绍、岑鉴、岑镛、岑溥。每有征调，率兵效用。就是岑猛，也曾率兵攻破姚源叛苗，剿杀反贼刘召，也曾建功。其妻是归顺知州岑璋的女儿，生三个儿子：邦彦、邦佐、邦相。名虽是个知府，他在府中不下皇帝。说他宫室呵：

画阁巧镂檿柏，危楼尽饰沉香。花梨作栋紫檀梁，檐缀铜丝细网。
绿绮裁窗映翠，金铺钉户流黄。椒花泥壁暗生光，岂下阿房雄壮。

说他池馆：

香径细攒文石，露台巧簇花砖。前临小沼后幽岩，洞壑玲珑奇险。

百卉时摇秀色，群花日弄妖妍。五楼十阁接巫天，疑是上林池馆。

说他衣服：

裘集海南翠羽，布绩火山鼠毫。鲛宫巧织组成袍，蜀锦吴绫笼罩。

狐腋暖欺雪色，驼绒轻压风高。何须麟补玉围腰，也是人间绝少。

说他珍宝：

珠摘骊龙颔下，玉探猛虎巢中。珊瑚七尺映波红，祖母绿光摇动。

帘卷却寒奇骨，叶成辣軨神工。猫睛宝母列重重，那数人间常用。

说他古玩：

囊里琴纹蛇腹，匣中剑炳龙文。商彝翠色簇苔茵，周鼎朱砂红晕。

逸少草书韵绝，虎头小景宜人。牙签万轴列鱼鳞，汉迹秦碑奇劲。

说他器用：

簟密金丝巧织，枕温宝玉镶成。水晶光映一壶冰，玉斝金杯奇称。

屏刻琉璃色净，几镶玳瑁光莹。锦帏绣幄耀人明，堪与皇家争胜。

说他姬侍：

眉蹙巫山晚黛，眼横汉水秋波。齿编贝玉莹如何，唇吐朱樱一颗。

鬓亸轻云冉冉，貌妍娇亸猗猗。秦筝楚瑟共吴歌，燕赵输他婀娜。

说他饮食：

南国猩唇烧豹，北来黄鼠驼蹄。水穷瑶柱海僧肥，脍落霜刀细细。

翅剪鲨鱼两腋，髓分白凤双栖。荔枝龙眼岂为奇，琐琐葡萄味美。

世代相沿，有增无损。又府中有金矿，出金银；有宝井，出宝石。府城内外有凌时、砦马、万洞等四十八甲，每甲有土目卢苏、王受等，共四十八甲，每轮一个，供他饮食支用。有事每甲出兵一百，可得四千八百。好不快活。

只是这些土官像意惯了，羞的是参谒上司。凡遇差出抚巡，就差人到家送礼，古玩珍奇，不惜万金。若是收了他的，到任他就作娇，告病不来请见，平日还有浸润。若是作态不收，到任只来一参，已后再不来，任满回时，还来打劫。所以有司识得这格局，只是恐吓诈他些钱罢了。岑猛累次从征，见官兵脆弱，已有轻侮中国的心了。一日，只见田州江心浮出一块大石，倾卧岸边。民间谣言道："田石倾，田州兵；田石平，田州宁。"岑猛怪他，差人去锤凿，不期去得又生，似日夜长的般。

又来了一个呆道士钱一真，原在柳州府柳侯祠内守祠，祠中香火萧条，靠着应付。始初带了这祖传的金冠、象简、朱履、绣衣，做醮事甚是尊重。后来只为有了个徒弟，要奉承他，买酒买肉。象简当了，换了块木片；金冠当了，换个木的；一弄把一领道衣当去，这番却没得弄了，常是在家中教徒弟伏章做些水火炼罢了。一日穷不过，寻本道经去当酒吃，检出一本，也是祖传抄下的书，上面有斩妖缚邪、祈晴祷雨的符咒，在家没事，记了，就说"我会斩妖伏邪"。近村中有个妇女，有了奸夫，不肯嫁人，假妆做着邪的。爹娘不知，请他去。他去把几块砖摆了，说是设狱，要拿那妖怪进去。鹤儿舞，踹了半日罡；鬼画符，写了半日篆。赶到女人房里，念了都天大雷公的咒，混帐到晚。那奸夫冷笑了，却乘着阴晦，背后大把泥打去，惊得他"太乙救苦天尊"不绝声，抄近欲往树木里走，又被树枝钩住了雷巾，喊叫有鬼。那奸夫赶上，把他打上几个右手巴掌，喂了几个喂唾，还又诈也袖中衬钱折东。回来整整病了一月。好得，又遇府中祈雨，里递故意要他这说嘴道士，他又不辞。花费府县钱粮，五方设五个坛，五只缸注水，坛下二十四个道士诵经，二十四个小儿洒水，自家去打桃针。不期越打越晴，一会偶见云起，道："请县官接雨。"那知一个干天雷，四边云散了。知县跪了半日，大恼，将了打了十五，逐出境。只得丢了徒弟，出外云游。

恰值岑猛因看田州石浮江岸，寻人魇镇，他便赶去见了。他道："老爷曾读《鉴》，岂不闻汉宣帝时山石自立么？这正是吉兆，不须得禳。且贫道善相，老爷有天日之表；又会望气，田州有王气，后边必至大贵。"岑猛喜甚，就留在府中，插科打诨，已自哄得岑猛。他又平日与这些徒弟闲耍，合得些春药，又道会采战长生，把与岑猛，哄得岑猛与他姬妾个个喜欢，便也安得身。

田州原与泗城州接界，两处土目因争界厮打，把这边土目打伤了。岑猛便大恼，起兵相杀。钱一真道："我已请北斗神兵相助，往必大胜。"不知岑猛的兵是惯战之兵，岂有不胜之理？连破泗城州兵马几次。那知州大恼，雪片申文，呈他谋反。司道拿住这把柄，来要诈他。岑猛笑道："这些赃官，我又不杀他朝廷的百姓，攻夺朝廷的城池，我两家相争，要你来闲管？他要钱，我偏不与他钱。”这些官扫了兴，便申到抚台。这抚台也有个意儿要他收拾，他恼了不肯来；委司道勘理，他又不来相见。司道就说他跋扈不臣，不受勘理，巡抚就题本，命下议剿，议处了兵粮，分兵进讨。算计得第一路险要是工尧隘口，岑猛已差儿子邦彦与个土目陆绶率兵守把。众议参将沈希仪，他谋略超群，武勇出世，着他带兵五千攻打。那边岑猛听得抚台议剿，仰天笑道：“当初累次征讨，都亏得我成功，如今料没我的对手。我把来捉田鸡似，要一个拿一个，怕不彀我杀。”钱一真道：“小道前日望气而来，今日相逼，正逼老爷早成大业。江中石浮，正是老爷自下而升的兆。”两个只备些房中之术快乐。听得省中发兵，第一路沈参将领兵攻打工尧隘，便吃了一惊，道：“此老足智多谋，真我敌手。”分付陆绶只是坚守，不许出战；一边又差出头目胡喜、邢相、卢苏、王受，各路迎敌守把。

此时沈参将已逼隘口一里下寨，分兵埋伏左右山林，自领兵出战。无奈只是不出。沈参将在寨中与监军田副使两个计议道：“岑猛自恃险固，他四面固守，以老我师。若乘兵锐气，前往急攻，我自下仰攻，他自上投下矢石，势甚难克。这须智取，不可力攻。”田副使道：“正是。此酋斗力尚有余，斗智则不足。势须绝他外援，还图内间，可以有功。”沈参将道：“他外援有两支，一支武靖州岑邦佐，是他儿子。他父子之情，难以离间。我已差兵阨住他两下往来之路了，还虚声说要发兵攻武靖，除逆党，他必自守，不敢出兵。只有归顺知州岑璋，是他丈人，但闻得他女儿失宠，岑璋道是丈人分尊，岑猛道是知府官尊，两个不相下，近虽以儿女之情，不能断绝。以我观之，这支不惟不为外援，还可为我内应。”田副使道：“妙，妙。但我这边叫他不要救援，难保不为阴助。这须以术驾驭他才妙。”沈参将便把椅子移近，与田副使两个附耳低言了一会。只见叫旗牌赵能领差，赵能便过来跪下。田副使亲写一牌与他，沈参将又叫近前，悄悄分付了几句。赵能便连夜往归顺进发。

灭寇计须深，军中计断金。
兵符出帷幄，狂贼失同心。

这归顺州知州是岑璋，也是个土官。他长女与岑猛为妻，生有三子。后边岑猛连娶了几个妾，恩爱不免疏了。这岑氏偏是吃醋捻酸，房中养下几个鬼见怕的丫头，偏会说谎调舌：今日老爷与某姨笑，今日与某姨顽，今日与某姨打甚首饰，今日与某姨做甚衣服，今日调甚丫头。这岑氏毕竟做嘴做脸，骂得这侍妾们上不得前，道他哄汉子，打两下也有之。把一个岑猛道：“你是有了得意人，不要近我。”不许他近身，又不与他去，数说他。弄了几时，弄得岑猛耳顽了，索性闪了脸，只在众妾房中，不大来。这些妾见了岑猛光景，也便不怕他，等他嚷骂哭叫，要寻死觅活，只不理帐。以此岑璋差人探望，只是告苦去，道他欺爷官小没用，故此把他凌辱。岑猛因与其妻不睦，便待岑璋懈怠，两边原也不大亲密。

不料沈参将知这个孔隙，就便用间，着赵能口称往镇安泗城，便道过归顺。岑璋向来原托赵旗牌打探上官消息的，这日听得赵能过，不来见，心里大疑，便着人来追他。赵能假说限期紧急，不肯转。这些差人定要邀住，只得去见。两个相揖了，岑璋道：“赵兄，公冗之极，怎过门不入？”赵旗牌道：“下官急于请教，奈迫于公事，不得羁迟。”言罢又要起身。岑璋道：“怎这等急？一定要小饭。”坐定，岑璋道：“赵兄，差往那边？”赵能道：“就在左远。”岑璋道：“是那边？”赵能迟疑半日，道：“是镇安与泗城。”岑璋听了，不觉色变，心里想道：“泗城是岑猛仇敌，镇安是我仇家，怎到这边不到我？”越发心疑。那赵旗牌又做不快活光景，只是叹气，不时要起身。岑璋定要留宿，又在书房中酌酒。岑璋道：“赵兄，你平日极豪爽，怎今日似有心事？”他又不做声。岑璋道：“莫不于我有甚干碍？”赵旗牌又起身，叹上一口气。岑璋便不快道：“死即死耳！丈夫托在知己，怎这等藏头露尾，徒增人疑！”赵能便垂泪道：“今日之事，非君即我。我不难杀一身以救君全家，只是家有老母、幼子，求君为我看管耳。”岑璋便道：“岑璋有何罪过，至及全家？”赵能道：“各官道你是岑猛丈人，是个逆党。声势相倚，势当剪除，意思要镇安、泗城发兵剿灭，今我泄漏军机，罪当斩首。想为朋友死，我亦无辞。”就拿出牌看：

> 广西分守梧州参将沈，为军务事：看得归顺州知州岑璋，系叛贼岑猛逆党，声势相倚，法在必诛。仰该府督同泗城州知州，密将本管兵马整饬，听候檄至进剿。如违，军法从事。倘有漏泄军机，枭斩不贷。
>
> 右仰镇安府经历司准此

岑璋看了，魂不附体，连忙向赵能拜道：“不是赵兄，镇安与我世仇，毕竟假公济私，我全家灭绝了。只是我虽与岑猛翁婿，岑猛虐我女如奴隶，恨不杀他。今天兵讨罪，我岂有助之理？今赵兄肯生我，容我申文洗雪。”赵能道：“便洗雪也没人信你，还须得立奇功，可以保全身家。”岑璋想了一想，道：“兄说得是。若沈公生我，我先为沈公建一大功，十日之内，还取岑猛首级，献沈爷麾下。”赵能道：“做得来么？只怕无济于事。我你都不免。”岑璋道：“不妨。”因附耳说了一会，道：“这决做得来的。三日后叫沈参将竟领兵打工尧隘，只看兵士两腋下缀红布的，不要杀他。”赵能道：“事不宜迟，你快打点。”岑璋连忙写一禀帖道：

归顺州知州岑璋死罪，死罪。璋世受皇恩，矢心报国。属逆婿之倡乱，拟率众以除奸，岂以一女，致累全家！伏乞湔其冤诬，赐之策励，祈锄大憝，以成伟功。

又封了许多金珠与赵旗牌，叫他送田副使、沈参将。赵能道：“他两个是不爱钱的。我且带去赂他左右，叫他撺掇。只是足下不可失约。我误军机，不消说是一死，却替不得足下。”岑璋道：“我就发兵。”差头目马京、秦钺领兵三千，前至工尧隘。又写书一封与岑邦彦道：

闻天兵抵境，托在骨肉，不胜惊惶。特选精兵二千，以当一面。幸奏奇捷，以慰老怀。

邦彦接书大喜，就留他两个头目协同守隘。

这边赵旗牌回覆，田副使与沈参将看了，大喜道：“虏入吾彀中矣！”赵旗牌将发兵打隘事说了，又献金珠。二人道：“这不好受他的。但还他，他必生疑。你且收下，待班师时给还。”一面就议打隘事。沈参将道：“我差细作打听，他粮饷屯在隘后一里之地，已差精勇十个，扒山越岭去放火焚毁，以乱他军心，期在明日。明蚤我就进兵。”

次日，三个炮响，留五百守寨，沈参将领三千为前军，田副使督兵一千五百为后应，径到隘前。上边矢石如雨，这边各顶捱牌滚牌，步步挨进，直逼隘口。只是大石塞定，不能前去。忽见隘后黑烟四起，火光通红。岑邦彦忙自去救时，马京与秦钺大喊道：“天兵已进隘了！”先领兵一跑，田州兵也站脚不住，便走，那一个来射箭抛打石块？这边沈参将传令拆去石块，一齐杀进。陆绶还领几个残兵，要来抵敌，被沈参将兵砍做肉泥。归顺兵赶不上的，都张着两腋，执兵不动。沈参将已预先分付不杀。追去时，岑邦彦已因惊堕马，被马踹死。沈参将自鸣金收军，与田副使整队而进，一面差人督府报捷。

先时岑猛只怕得一个沈参将，听得他阻住工尧隘口，又听得归顺差兵二千协守，一发道是万全无事，日日与钱一真讲些笑话儿，与群妾吃些酒，或歌或舞，且是快活。忽听得道工尧隘已失，岑邦彦已死，心胆俱碎，道："我怕老沈，果然是他为害。"忙传令土目韦好、黄笋，督兵三千，迎敌沈参将；罗河、戴庆把守城池。沈参将兵已是过了险阻，望平川进发。只见前面来了一阵苗兵：

人人虎面，个个狼形。火焰焰红布缠头，花斑斑锦衣罩体。诸葛弩满张毒矢，线杆枪乱点新锋。铛铛鸣动小铜锣，狠狠思量大厮杀。

那韦好、黄笋正舞动滚牌滚来，沈参将便挺着长枪杀去。滚得忙，搠得快，一枪往他臀上点去，韦好已倒在地下，众军赶上砍了。黄笋见了，倒滚转逃去了。这厢田副使又驱兵杀进。苗军也是英勇，奈没了头目，只得走回。各路土目闻得工尧隘失，兵至城下，逃的逃了，有胆量的还来协理守城。各路官兵俱乘虚而入，都到田州，绕城子安下营垒。

岑猛登城一看，好不心惊，道："似此怎了？要降未必容我，要战料不能胜，守也料守不来，如何是好？"坐在府中，寻思计策。钱道士道："三十六着，走为上着。不若且逃之夭夭，不要坐在这里等他拿去。"只见归顺两个头目进来相见，道："天兵势大，不能抵当。小人们主意，且率领本部杀开重围，护送老爷与家眷到我归顺，再图后举。"钱道士道："正是。大人且去，留公子守城。到归顺借他全州人马，再招集些各洞苗蛮来救，岂可坐守孤城！"岑猛便叫韦好与卢苏、王受，辅佐邦佐守城，自向归顺讨救。将兵都留下，止带得四五十个家丁，收拾了些细软，打发妻妾都上了马。悄悄开了北门，马京当先，秦钺押后，岑猛居中，一齐杀出。三更天气，巡更知觉，报得赶来，他已去远了。止有沈参将已与归顺预定谋画，怕他从容生变，逃向别处，一路差人放炮，又于别路虚插旌旗，使他死心逃往归顺。

将到隘口，只见一支兵来，岑猛怕是官兵邀截，却是岑璋。下马相见，道："前日闻得工尧隘破，怕天兵临城，特来策应，喜得相遇。"两个并马进城，在公馆安下。岑璋就请去吃酒，道："贤婿，敝州虽小，可以歇马。你不若一边出本辩冤，道原系泗城州仇揭，初非反畔朝廷，又一边招集旧时部曲，还可复振。再不地连安南，可以逃至彼安身，官兵也无如何矣。"就为他觅人做本稿揭帖。

次日复请他吃酒，准备发本。岑猛就带了印去。正写时，有人来报道："田州已被官兵打破，罗河拒战被杀，三公子与卢苏一起，不知去向。见在发兵四处搜捕老爷与公子。"岑猛面如土色。只见岑璋斟上一杯酒，差人送来，道："官兵搜君甚急，不能相庇，请饮此杯，遂与君诀。"岑猛看了，却是杯鸩酒，看了大怒道："老贼敢如此无礼!"又叹道："一时不深思，反落老贼计中。"四顾堂下，见带刀剑的约有四五十人，自己身边并无一个，都是岑璋使计，在外边犒赏，都已灌醉擒下。他料然脱身不得，便满饮这杯，把杯劈脸望岑璋甩去。须臾七窍中鲜血并流，死于坐上。

杯酒伏干戈，弦歌有网罗。

英雄竟何在，热血洒青莎。

岑璋叫他把首级取了，盛在匣中，着人悄悄的送与沈参将。

这边各路正在猜疑，道他走在安南，走在武靖，四处找探。田副使已草就露布道：

玉斧画大渡之河，宋德未沦百粤；铜柱标点苍之麓，汉恩久被夜郎。易鳞介而衣裳，化刀剑为牛犊。白狼槃木，宜歌向化于不忘；金马碧鸡，共颂天威于不朽。素受羁羁，谁外生成？今逆酋岑猛，九隆余绪，六诏游魂。锡之鞶带，久作在鞲之鹰；宠以轩辂，宜为掉尾之犬。乃敢触轮以纤臂，肆虿如毒蜂。巧营燕垒，浪比丸泥；计藉蚁封，竟云磐石。包茅不入，来享不闻。阴崖朽木，甘自外于雨濡；大野槁枝，首召端于霜陨。罪与昆仑而俱积，恶同昆明而俱深。乃勒明旨，于赫天威，五道出师，一战尽敌。幕府老谋方召，留一剑以答恩；奇略范韩，散万金而酬士。白羽飞而纤月落，黄钺秉而毒霭消。前茅效命，后劲扬威。战酣转日，纠纠貔虎之师；阵结屯云，济济鹳鹅之列。或槎山而通道，或浮罂以渡军；或借箸而樽俎折冲，或枕戈而鼓鼙起士。杀戒五伐六伐，谋深七纵七擒。尸积山平，血流水赤。首恶岂逭诛，已县稿街之首；胁从敢逃戮，终为京观之魂。再鼓而妖魅清，三驾而氛祲息。威灵丕振，疥癞不存。从此帝日康哉，雨露风霆莫非教；民曰安矣，生杀予夺皆知恩。挂弓卧鼓，四郊无烽燧之惊；鼓腹含哺，百郡酝弦歌之化。地埒禹服，德并尧天。烈与汤武而齐驱，仁并唐虞而首出。

岑猛首级解至军门，军门具题，把田副使与沈参将做首。圣旨重行升赏，议改田州为流官知府。

后边岑猛部下土目卢苏、王受作乱，朝廷差王阳明总督。阳明先平江西宁王，威名大著。这两土目情愿投降，只求为岑猛立后。阳明把他旧管四十八甲割八甲做田州，立岑猛三子邦相，改府为田宁府。府用流官作知府，卢苏等九人作土巡检。又因苗夷畔服不常，议要恩威素著大将镇守，题请把沈参将以副总兵管参将事，驻札田宁府。一应生苗熟苗，都服他。卢苏还率兵随他征讨，尽平藤峡八寨乱苗立功，后升总兵，镇广西。他出兵神出鬼没，凡有大伙苗夷，据住高箐深洞，阻兵劫掠的，他定发兵往剿。来的奸细，都被他擒获。平日预备兵粮，择日讨贼时，今日传至某处驻札，明日传至某处屯兵，莫说苗人不知道他来捣巢，连兵也不知。一日托病，众将官问安，他道：“连日抑郁，欲思出猎，诸君能从乎?”各将官点选精锐从行，依他将令前去，却又是捣红华洞作乱生苗。其余小小为寇，不安生理的，他当时黑夜差人在山崖上放上一个炮，惊得这些苗夷逃的逃，躲的躲，跌死的跌死。家中妻子都怨怅道：“怎不学好，惹老沈?”都来投降，愿一体纳税，再不敢为非，一省安戢。即岑猛，若非他有奇计，使他翁婿连兵，彼此援应，毕竟不能克。那时赦他们，威令不行；若定要剿他，他固守山险，一时不克。行军一日，日费万金，岂特广西一省受害?故善用兵的，一纸书贤于十万师。那些土官，莫看今日奢崇明作乱被诛，石柱宣抚司秦夫人被奖，也该知警。只看此一节，岑猛得死，岑璋得生，也可明乎顺逆，思想趋避了。

第二十五回 凶徒失妻失财 善士得妇得货

纷纷祸福浑难定，摇摇烛弄风前影。
桑田沧海只些时，人生且是安天命。
斥卤茫茫地最腴，熬沙出素众所趋。
渔盐共拟擅奇利，宁知一夕成沟渠。
狂风激水高万丈，百万生灵倏然丧。
庐舍飘飘鱼鳖浮，觅母呼爷那相傍。
逐浪随波大可怜，萍游梗泛洪涛间。
天赋强梁气如鳄，临危下石心何奸。
金珠已看归我橐，朱颜冉冉波中跃。
一旦贫儿作富翁，猗顿陶朱岂相若。
谁知飘泊波中女，却是强梁鸳凤侣。
姻缘复向他人结，讼狱空教成雀鼠。
嗟嗟人散财复空，赢得人称薄幸侬。
始信穷达自有数，莫使机锋恼化工。

天地间祸福甚是无常，只有一个存心听命，不可强求。利之所在，原是害之所伏。即如浙江一省，杭、嘉、宁、绍、台、温都边着海，这海里出的是珊瑚、玛瑙、夜明珠、砗磲、玳瑁、鲛鲔，这还是不容易得的物件。有两件极大利，人常得的，乃是渔盐。每日大小鱼船出海，管甚大鲸小鲵，一罟打来货卖。还又是石首、鲳鱼、鳓鱼、呼鱼、鳗鲡各样，可以做鲞；乌贼、海菜、海僧，可以做干。其余虾子、虾干、紫菜、石花、燕窝、鱼翅、蛤蜊、龟甲、吐蚨、风馔、蟺涂、江蟠、鱼鳔，那件不出海中，供人食用、货贩？至于沿海一带沙上，各定了场分，拨灶户刮沙沥卤、熬卤成盐，卖与商人。这两项，鱼有渔课，盐有盐课，不惟足国，还养活滨海人户与客商，岂不是个大利之薮？

不期崇祯元年七月廿三日，各处狂风猛雨，省城与各府县山林被风害，坍墙坏屋，拔木扬砂，木石牌坊俱是风摆这一两摆，便是山崩也跌倒，压死人畜数多。那近海更苦，申酉时分，近海的人望去，海面黑风白雨中间，一片红光闪烁，渐渐自远而近，也不知风声水声。但听得一派似雷轰虎吼般近来。只见：

> 急浪连天起，惊涛卷地来。白茫茫雪巘平移，乱滚滚银山下压。一泊两泊三四泊，那怕你铁壁铜垣；五尺六尺七八尺，早已是越墙过屋。叫的叫，嚷的嚷，无非觅子寻妻；氽的氽，流的流，辨甚富家贫户。纤枝蔽水，是千年老树带根流；片叶随波，是万丈横塘随水滚。满耳是哭声悲惨，满眼是水势汪洋。正是陆地皆成海，荒村那得人。横尸迷远浦，新鬼泣青燐。

莫说临着海，便是通海的江河浦港，也都平长丈余，竟自穿房入户，飘凳流箱，那里遮拦得住。走出去水淹死，在家中屋压杀，那个逃躲得过。还有遇着夜间时水来，睡梦之中，都随着水赤身露体氽去。凡是一个野港荒湾，少也有千百个尸首，弄得通海处水皆腥赤。受害的凡杭、嘉、严、宁、绍、温、台七府，飘流去房屋数百万间，人民数千万口，是一个东南大害。海又做了害薮了。但是其间贫的富，富的贫，翻覆了多少人家；争钱的，夺货的，也惹出多少事务。内中却有个主意谋财的，却至于失财失妻；主意救人的，却至于得人得财。这也是尽堪把人劝戒。

话说海宁县北乡个姓朱的，叫做朱安国，家事也有两分，年纪二十多岁，做人极是暴戾奸狡。两年前，曾定一个本处袁花镇郑寡妇女儿，费这等两个尺头、十六两银子，择在本年十月做亲。他族分中，却也有数十房分，有一个族叔，叫做朱玉，比他年纪小两岁，家事虽穷，喜做人忠厚，朱安国倚着他年小家贫，时时欺侮他。到了七月廿三日，海水先自上边一路滚将下来，东门海塘打坏，塔顶吹堕于地，四回聚涌灌流。北乡低的房屋、人民、牛羊、鸡犬、桑麻、田稻、什物，氽个罄尽。高的水也到楼板上。朱安国乖猾得紧，忙寻了一只船，将家私尽搬在船中，傍着一株绝大树缆了，叫家中小厮阿狗稍了船，他自蓑衣箬帽，立在船上捞氽来东西。

此时天色已晚，只见水面上氽过两个箱子，都用绳索联着，上面骑着一个十七八岁女子，一个老妇人也把身子扑在箱上氽来。见了朱安国，远远叫道：“救人！救人！救得情愿将东西谢你。”安国想到：“这两个女人拼命顾这箱子，必定有物。”四顾无人，他便起个恶念，将船拨开去，迎着他手起一篙，将妇人一搠。妇人一滑，忙扯得一个索头。那女子早被箱子一荡，也滚落水，狠扯箱子。朱安国又是一篙，向妇人手上下老实一凿。妇人手疼一松，一连两个翻身，早已不知去向了。他忙把箱儿带住。只见这女子还半浮半沉，扑着箱子道：“大哥，没奈何只留我性命，我将箱子都与你，便做你丫头，我情愿。”安国看看，果然好个女子，又想道：“斩草不除根，萌芽依旧发。我若留了他，不惟问我讨箱子，还要问我讨人命。也须狠心这一次。”道：“我已定亲，用你不着了。”一篙把箱子一撳，女人身子一浮，他篙子快，复一推，这女子也汩汩渌渌去了。

泊天波浪势汤汤，母子萍飘实可伤。

惊是鱼龙满江水，谁知人类有豺狼。

他慢慢将箱子带住了，苦是箱子已装满了一箱水，只得用尽平生之力，扯到船上，沥去些水，叫阿狗相帮，扛入船。忙了半夜，极是快活。

只是那女子一连几滚，吃了五六口水，料是没命了。不期撞着一张梳桌，他命不该死，急扯住他一只脚，把身扑上，漾来漾去，漾到一家门首撞住。这家正是朱玉家里。朱玉先见水来，就赤了脚；赤得脚时，水已到腿边了；急跳上桌，水随到桌边。要走，走不出门，只得往楼上躲。听得这壁泥坍，那厢瓦落，房子也阁阁响，朱玉好不心焦。又听得什么撞屋子响，道：“悔气。现今屋子也难支撑，在这里还禁得甚木植磕哩。”黑影子内开窗看，是一张桌子，扑着个人在上面。那人见开窗，也嘤嘤的叫“救人”。朱玉道：“我这屋子，也像在水里一般了，再摆两摆，少不得也似你要落水，怎救得你？罢，且看你我时运，捱得过，大家也都逃了性命出，逃不出再处。”便两只手狠命在窗子里扯了这女子起来，沥了一楼子水。那张桌子撞住不走，也捞了起来。这夜是性命不知如何的时节，一个浸得不要，蹲在壁边吐水，一个靠着窗口，看水心焦。

只见捱到天明，雨也渐止，水也渐退，朱玉就在楼上煨了些粥请他吃。问他住居，他道：“姓郑，在袁花镇住。爷早殁，止得一个娘。昨日水来，我娘儿两个收拾得几匹织下的布、银子、铜钱、丝绵、二十来件绸绢衣服、首饰，又一家定我的十六两财礼、两匹花绸，装了两个小黑箱，缚做一块，我母子扶着随水汆来。到前边那大树下，船里一个强盗把我母亲推下水去，又把我推落水中，箱子都抢去。是这样一个麻脸，有廿多岁后生。如今我还要认着他，问他要。只是我亏你救了性命，我家里房屋已汆光，母亲已死，我没人倚靠，没甚报你，好歹做丫头伏侍你罢。"朱玉道："那人抢你箱子，须无证见。你既已定人，我怎好要你？再捱两日，等你娘家、夫家来寻去罢。"朱玉在家中做饭与他吃，帮他晒晾衣服。因他有夫的，绝没一毫苟且之心。

水退，街上人簇簇的道："某人得采，捞得两个箱子，某人收得多少家伙，某人汆去了多少什物，某人几乎压死，某人幸不淹杀……"朱玉的紧邻张千头道："我们隔壁朱小官也造化，收得个开口货。"众人道："这合不来，倒要养他。"一个李都管道："不妨。有人来寻。毕竟也还些饭钱，出些谢礼。没人来，卖他娘，料不折本。"张千头道："生得好个儿，朱小官正好应急。"适值朱玉出来，众人道："朱小官，你鼻头塌了，这是天付来姻缘。"朱玉道："甚么话！这女人并不曾脱衣裳困，我也并不敢惹他。"只见李都管道："呆小官，这又不是你去拐带，又不是他逃来，这是天灾偶凑。待我们寻他爷和娘来，说一说明，表一表正。"朱玉道："他袁花郑家只得娘儿两个，前日扶着两个箱子汆来，人要抢他箱子，把娘推落水淹死，只剩得他了。他又道先前已曾许把一个朱家，如何行得这等事？"李都管道："甚么朱家？这潮水不知汆到那里去了。我看后日是个好日，接些房族亲眷拢来，做了亲罢。不要狗咬骨头干咽唾。"正说，只见朱玉娘舅陈小桥在城里出来望他，听得说起，道："外甥，你一向不曾寻得亲事，这便是天赐姻缘，送来佳配。我做主，我做主。"前日朱玉捞得张抽斗桌，到也有五七两银子，陈小桥便相帮下帖，买了个猪，一个羊，弄了许多酒，打点做亲。

只是那日朱安国夺了两个箱子，打开来，见了许多丝布、铜钱、银子、衣服，好不快活。又懊悔道："当时一发收了这女子，也还值几个银子。"又见了两匹水浸的花绸，一封银子，却有些认得，也不想到，且将来晾上一楼，估计仔么用。只听得外面叫声，却是朱玉来请他吃亲事酒，他就封了一封人情，到那日去赴筵。但见里面有几个内眷，把这女子打扮的花花朵朵，簇拥出来，全不是当日在水里光景了：

涂脂抹粉一时新，袅袅腰肢煞可人。

缭绕炉烟相映处，君山薄雾拥湘君。

两个拜了堂，谒见了亲邻，放铳吹打，甚是兴头。只是这女子还有乐中之苦：

烛影煌煌照艳妆，满堂欢会反悲伤。

鸾和幸得联佳配，题起慈乌欲断肠。

这些亲邻坐上一屋，猜拳行令，吃个爽快。只朱安国见这女人有些认得，去问人时，道水氽来的。又问着张千头，张千头道："这原是袁花郑家女儿，因海啸，娘儿两个坐着两个箱子氽来，撞了个强盗，抢了箱子，推他落水。娘便淹死了，女儿令叔收得。他情愿嫁他，故此我们撺掇，叫他成亲。"朱安国道："袁花那个郑家？"张千头道："不知。"朱安国道："我也曾定一头亲在袁花，也是郑家，连日不曾去看得，不知怎么？"心里想到："莫不是他？"也不终席赶回去。这边朱玉夫妇自待亲戚酒散，两个行事。恰也是相与两日的，不须做势得。真白白拾了个老婆！

只是朱安国回去，看箱里那几锭银子与花绸，正是聘物，不快活得紧。一夜不困，赶到袁花郑家，地上片瓦一椽没了。复身到城里，寻了原媒张篦娘，是会篦头绞脸、卖鬏髻花粉的一个老娘婆。说起袁花郑家被水氽去，张篦娘道："这也是天命，怨不得我。"朱安国道："只是如今我被我阿叔占在那边，要你去一认。"张篦娘道："这我自小见的，怕不认得？"便两个同走。先是张婆进去，适值朱玉不在，意见了郑氏道："大姑娘，你几时来的？"那郑氏道："我是水发那日氽来的。"张篦娘道："老娘在那里？"郑氏哭道："同在水里氽来，被个强人推在水里淹死了。"张篦娘道："可怜，可怜。如今这是那家，姑娘在这里？"郑氏道："这家姓朱，他救我，众人撺掇叫我嫁他。"张篦娘道："那个大胆主的婚？现今你有原聘丈夫在那边，是这家侄儿，他要费嘴。"郑氏惊的不敢做声。张篦娘吃了一杯茶，去了。朱玉回来，郑氏对他一说，朱玉也便慌张，来埋怨李都管。李都管倒也没法。只见朱安国得了实信，一径走到朱玉家来，怒吼吼的道："小叔，你收留迷失子女不报官，也有罪了。却又是侄妇，这关了伦理，你怎么处?”朱玉正是无言，恰好郑氏在里面张见他模样，急走出来道：“强贼，原来是你么？你杀死我的母亲，抢了我箱子，还来争甚亲?”朱安国抬头一看，吃了一惊，道：“鬼出了!”还一路嚷出去道：“有这等事！明日就县里告你，你阿叔该占侄儿媳妇的么?”回去想了一夜，道：“我告他占我老婆，须有媒人作证；他告我谋财杀命，须无指实。况且我告在先，他若来告时，只是拦水缺。”

自古道：“先下手为强。”这边亲邻倒还劝朱玉处些财礼还他，他先是一张状子，告在县里。道：

> 灭伦奸占事：切某于天启六年二月，凭媒张氏礼聘郑敬川女为妻。兽叔朱玉，贪女姿色，乘某未娶，带棍劈抢，据家淫占。理说不悛，反行狂殴。泣思亲属相奸，伦彝灭绝；恃强奸占，法纪难容。叩天剪除断给，实为恩德。上告。

县尊准了，便出了牌，差了两个人。先到朱安国家吃了东道，送了个堂众包儿，又了后手，说自己明媒久聘，朱玉强占。

差人听了这些口词，径到朱玉家来。见朱玉是小官儿，好生拿捏道：“阿叔奸占侄儿媳妇，这是有关名分的。据你说，收留迷失子女，也是有罪，这也是桩大事。”朱玉忙整一个大东道，央李都管陪他。这讲公事是有头除的，李都管为自己，倒为差人充拓，拿出一个九钱当两半的包儿，差人递与李都管，道：“你在行朋友，拿得出？譬如水不氽来，讨这妇人，也得觔把银子，也该厚待我们些。”只得又添到一两二钱。一个正差董酒鬼后手三钱，贴差蒋独桌到后手五钱，约他诉状。朱玉央人作一纸诉状，也诉在县里，道：

> 劫贼反诬事：切某贫民守分，本月因有水灾，妇女郑氏，众怜无归，议某收娶。岂恶朱安国先乘氏避患，劫伊箱二只，并杀伊母胡氏。惧氏告理，驾词反诬。叩拘亲族朱凤、陈爱、李华等电鞫，殄贼超诬，顶恩上诉。

谢县尊也准了，出了牌，叫齐犯人，一齐落地。差人销了牌，承行吏唱了名，先叫原告朱安国上去。道：“小的原于天启六年用段四匹、财礼十六两，聘郑氏为妻，是这张氏作媒，约在目今十月做亲。不料今遇水灾，恶叔乘机奸占。”谢县尊听了，便问道：“莫不是水氽到他家，他收得么？这也不是奸占了。”便叫张氏问道：“朱安国聘郑氏事，有的么？”张氏道：“是妇人亲送去的。”县尊道：“这妇人可是郑氏么？”张氏道：“正是。”又叫朱玉：“你仔么收留侄妇，竟行奸占？”朱玉道：“小人七月廿三日在家避水，有这妇人汆来，说是袁花人，母子带有两个黑箱，被人谋财害了母亲，剩得他，要小人救。小人救在家里，等他家里来寻。过了五六日，并无人来。他说家里没人，感小的恩，情愿与小的做使女。有亲族邻人朱凤等，说小的尚未有妻，叫小的娶了。小的也不认得他是侄妇。后来吃酒时，郑氏认得朱安国是推他母子下水、抢他箱子的人。妇人要行告理，他便来反诬。”县尊道：“你虽不知是侄妇，但也不该收迷失子女。”朱玉道：“小的也不肯收，妇人自没处去。”县尊叫郑氏，问道：“你母亲在日，曾许朱安国来么？”郑氏道：“曾许一个朱家，不知是朱安国不是朱安国。”张篦娘道：“这是我送来的礼，怎说得不是？”郑氏道：“礼是有，两匹花绸、十六两银子，现在箱内，被这强贼抢去，还推我落水。”县尊道：“你既受朱家聘，也不该又从人了。”郑氏道：“老爷，妇人那时被这强贼劫财谋命，若不是朱玉捞救，妇人还有甚身子嫁与朱家？”县尊道：“论理他是礼聘，你这边私情，还该断与朱安国才是。”郑氏道：“老爷，他劫妇人财，杀妇人母，又待杀妇人。这是仇家，妇人宁死不从！”县尊道：“果有这样奇事？”叫朱安国：“你怎谋财谋命？”朱安国叩头道：“并没这事。”郑氏道：“你歇船在大树下，先推我母亲，后推我，我认得你。还有一腊梨小厮稍船，你还要赖。只怕劫去箱子与赃物，在你家里搜得出哩！”朱安国道：“阿弥陀佛！我若有这事，害黄病死。你只要嫁朱玉，造这样是非。”县尊道：“也罢。”叫郑氏：“你道是仔么两个箱，我就押你两人去取来。”郑氏道：“是黑漆板箱二个，一个白铜锁，后边脱一块合扇；一个是黄铜锁，没一边铜馆。”县尊又问道：“箱内是甚么物件？”就叫郑氏报，一个书手写：

丝一百二十两计七车，绵布六匹，苎布二匹半，绵兜觔半。铜钱三千二百文，锭银五两，碎银三两，银髻一顶，银圈一个，抹头一圈。俏花八枝，银果子簪二枝，玉花簪四枝，银古折簪二枝，银戒指八个，银乞一枝，银环二双。木红棉绸一匹。红丝绸袄一件，官绿丝绸袄一件，月白绵绸袄一件，青绢衫一件，红绸裙一条，蓝绸裙一条，大小青布衫三件，蓝布衫二件，白布裙二条，红布袄一件，沙绿布裙一条。聘礼红花绸一匹，沙绿花绸一匹，聘银四锭十六两。田契二张，桑地契一张。还有一时失记的。

县尊就着两个差人同朱安国、郑氏去认取："这两箱如有，我把朱安国定罪；如无，将郑氏坐诬。"差人押了到朱安国家，果见两只黑箱。郑氏道："正是我的。"朱安国说："不是。"差人道："是不是，老爷面前争。"便叫人扛了，飞跑到官。朱安国还是强争，郑氏执定道："是我的。"谢县尊道："朱安国，我也着吏与你写一单，你报来我查对。"朱安国道："小的因水来，并做一处，乱了，记不清。"县尊道："这等竟是他的了。"朱安国无奈，胡乱报了几件。只见一打开，谢县尊道："不必看了，这是郑氏的。"朱安国叩头道："实是小的财物，那一件不是小的苦挣的！"谢县尊道："且拿起来！你这奴才，你箱笼俱未失水，他是失水的。你看他那布匹衣服，那件没有水渍痕？你还要强争！"捡出银子、铜钱，数都不差。谢县尊叫夹起来，倒是朱玉跪上去道："小的族兄，止得这子，他又未曾娶妻，若老爷正法，是哥子绝了嗣了。况且劫去财物已经在官，小的妻子未死，只求老爷天恩。"谢县尊道："他谋财劫命，俱已有行，怎生饶得？"众人又跪上去道："老爷，日前水变，人家都有打捞的，若把作劫财，怕失物的纷纷告扰，有费天心。据郑氏说，杀他母亲，也无见证。"朱安国又叩头道："实是他箱子撞了小人的船，这女子振下水去，并不曾推他，并不曾见老妇人。小的妻子情愿让与叔子，只求老爷饶命。"县尊道："看你这人强梁，毕竟日后还思谋害朱玉，这决饶不得。"朱安国又叩头道："若朱玉后日有些长短，都是小人偿命。"亲族邻里又为叩头求饶，县尊也就将就。出审单道：

> 朱安国乘危射利，知图财而不知救人，而已聘之妻，遂落朱玉手矣。是天祸凶人，夺其配也。人失，而宁知已得之财，复不可据乎？朱玉拯溺得妇，郑氏感恩委身，亦情之顺。第郑氏之财归之郑氏，则安国之聘，亦宜还之安国耳。事出异常，法难深绳，姑从宽宥。仍立案以杜讼端。

县尊道："这事谋财谋命，本宜重处。正是灾荒之时，郑氏尚存，那箱子还只作捞取的，我饶你罪，姑不重究。朱安国还着他出一结状，并不许阴害朱玉。我这里还为他立案，通申三院。"众人都叩谢了出来。那边朱玉与郑氏欢欢喜喜，领了这些物事家去。到家，请邻舍，请宗族，也来请朱安国。朱安国自羞得没脸嘴，不去。他自得了个花枝样老婆，又得了一主钱，好不快活。

一念慈心天鉴之，故教织女出瑶池。

金缯又复盈笥箧，羞杀欺心轻薄儿。

只有朱安国叹气如雷，道当初只顾要财，不顾要人。谁知道把一个老婆送与了叔子，还又把到手的东西一毫不得，反吃一场官司，又去了几两银子，把追来的财礼也用去一半。整日懊恨不快，害成一个黄病，几乎死了。乡里间都传他一个黑心不长进的名。朱玉人道他忠厚慈心，都肯扶持他。这不可见狠心贪财的，失人还失财；用心救人的，得人又得财。祸福无门，唯人自召。故当时曾说江西杨溥内阁，其祖遇江西洪水发时，人取箱笼，他只救人。后来生了杨阁老，也赠阁老。这是朱玉对证。又有福建张文启，与一姓周的避寇入山，见一美女。中夜周要奸他，张力止，护送此女至一村老家，叫他访他家送还。女子出钗钏相谢，他不受。后有大姓黄氏招文启为婿，成亲之夕，细看妻子，正山中女子。是护他正护其妻，可为朱安国反证。谁谓一念之善恶，天不报之哉！

第二十六回　吴郎妄意院中花　奸棍巧施云里手

绰约墙头花，分辉映衢路。

色随煦日丽，香逐轻风度。

蛱蝶巧窥伺，翩翩竞趋附。

缱绻不复离，回环故相慕。

蛛网何高张，缠缚苦相怖。

难张穿花翅，竟作触株兔。

朱文公有诗云："世上无如人欲险，几人到此误平生。"见得人到女色上最易动心，就是极有操守的，到此把生平行谊都坏。且莫说当今的人，即如往古楚霸王，岂不是杀人不眨眼的魔君？轮到虞姬身上，至死犹然恋恋。又如晋朝石崇，爱一个绿珠，不舍得送与孙秀，被他族灭。唐朝乔知之爱一妾，至于为武三思所害。至若耳目所闻见，杭州一个秀才，年纪不多，也有些学问，只是轻薄，好挨光讨便宜。因与一个赌行中人往来，相好得紧，见他妻子美貌，他便乘机勾搭，故意叫妇人与他首饰，着他彻夜去赌，自己得停眠整宿。还道不像意，又把妇人拐出，藏在坟庵里。他丈夫寻人时，反帮他告状，使他不疑。自谓做得极好，不意被自家人知觉，两个双双自缢在庵中，把一个青年秀才陪着红粉佳人去死，岂不可惜！又还有踹人浑水，占了人拐带来的女人，后来事露，代那拐带的吃官司，吃敲吃打；奸人妻子，被人杀死；被傍人局诈。这数种，却也是寻常有的，不足为奇。如今单讲的是贪人美色，不曾到手，却也骗去许多银子，身受凌辱的，与好色人做个模样。

话说浙江杭州府，宋时名为临安府，是个帝王之都。南柴北米，东菜西鱼，人烟极是凑集，做了个富庶之地，却也是狡狯之场。东首一带，自钱塘江直通大海，沙滩之上，灶户各有分地，煎沙成盐，卖与盐商，分行各地。朝廷因在杭州菜市桥设立批验盐引所，称掣放行，故此盐商都聚在杭城。有一个商人姓吴名爚，字尔辉，祖籍徽郡，因做盐，寓居杭城箭桥大街。年纪三十二三，家中颇有数千家事，但做人极是啬吝，真是一个铜钱八个字。臭猪油成坛，肉却不买四两，凭你大熟之年，米五钱一石，只是吃些清汤，不见米的稀粥。外面恰又妆饰体面，惯去闯寡门，吃空茶，假耽风月，见一个略有些颜色妇人，便看个死。苦是家中撞了个妪人，年纪也只三十岁，却是生得胖大，虽没有晋南阳王保身重八百斤，却也重有一百廿，一个脸大似面盘，一双脚夫妻两个可互穿得鞋子。房中两个丫鬟，一个秋菊，年四十二；一个冬梅，年三十八。一个髻儿长歪扭在头上，穿了一双靸鞋，日逐在街坊上买东买西，身上一件光青布衫儿，龌龊也有半寸多厚。正是：

何处生来窈窕娘，悬河口阔剑眉长。

不须轻把裙儿揭，过处时闻酱醋香。

只因家中都是罗刹婆、鬼子母，把他眼睛越弄得饿了，逢着妇人，便出神的看。时尝为到盐运司去，往猫儿桥经过。

其时桥边有个张二娘，乃是开机坊王老实女儿，哥哥也在学，嫁与张二官，叫名张瑴。张家积祖原是走广生意，遗有帐目。张瑴要往起身进广收拾，二娘阻他，再三不肯，止留得一个丫鬟桂香伴他。不料一去十月有余，这妇人好生思想。正是：

晓窗睡起静支颐，两点愁痕滞翠眉。

云髻半鬆慵自整，王孙芳草系深思。

尝时没情没绪的倚着楼窗看。一日，恰值着吴尔辉过，便钉住两眼去看他。妇人心有所思，那里知道他看？也不躲避。他道这妇人一定有我的情，故此动也不动，卖弄身份。以后妆扮得齐齐整整，每日在他门前幌，有时遇着，也有时不遇着。心中尝自道："今日这一睃，是丢与我的眼色；那一笑，与我甚是有情。"若不见他在窗口时，便踱来踱去，一日穿梭般走这样百十遍。

也是合当有事，巧巧遇着一个光棍，道："这塌毛甚是可恶，怎在这所在哄诱人良家妇女！"意思道他专在这厢走动，便拿他鹅头。不料一打听，这妇人是良家，丈夫虽不在家，却极正气，无人走动。这光棍道：“待我生一计弄这蛮子。”算计定了，次日立在妇人门首，只见这吴尔辉看惯了，仍旧这等侧着头，斜着眼，望着楼窗走来。光棍却从他背后轻轻把他袖底一扯，道：“朝奉。”吴尔辉正看得高兴，吃了一惊，道：“你是甚人？素不相识。”这光棍笑道：“朝奉，我看你光景，想是看想这妇人。”吴尔辉红了脸道：“并没这事。若有这事，不得好死，遭恶官司。”光棍道：“不妨，这是我房下，朝奉若要，我便送与朝奉。”吴尔辉道：“我断不干这样事！”板着脸去了。次日，这个光棍又买解，仍旧立在妇人门前，走过来道：“朝奉，舍下吃茶去。”吴尔辉道：“不曾专拜，叨扰不当。”那光棍又倍着他走，说：“朝奉，昨日说的，在下不是假话。这房下虽不曾与我生有儿女，却也相得。不知近日为些甚么，与老母不投，两边时常竞气，老母要我出他。他人物不是奖说，也有几分，性格待我极好，怎生忍得？只是要做孝子，也做不得义夫。况且两硬必有一伤，不若送与朝奉，得几十两银子，可以另娶一个。他离了婆婆，也得自在。”吴尔辉道：“恩爱夫妻，我仔么来拆散你的？况且我一个朋友讨了一个有夫妇人，被他前夫累累来诈，这带箭老鸦，谁人要他！”光棍道：“我写一纸离书与你是了。”吴尔辉道：“若变脸时，又道离书是我逼勒写的，便画把刀也没用。我仔么落你局中？”光棍道：“这断不相欺。”吴尔辉道：“这再处。”自去了。

到第三日，这光棍打听了他住居，自去相见。吴尔辉见了，怕里面听得，便一把扯着道：“这不是说话处。”倒走出门前来。那光棍道：“覆水难收，在下再无二言。但只是如今也有这等迷痴的人，怪不得朝奉生疑。朝奉若果要，我便告他一个官府执照，道他不孝，情愿离婚，听他改嫁，朝奉便没后患了。”吴尔辉沉吟半日，道：“怕做不来。你若做得来，拿执照与我时，我兑二十两；人到我门前时，找上三十两，共五十两。你肯便做？”光棍道：“少些。似他这标致，若落水，怕没有二百金？但他待我极恩爱，今日也是迫于母命没奈何，怎忍做这没阴骘事？好歹送与朝奉，一百两罢。”吴尔辉道：“太多，再加十两。”两边又说，说到七十两，先要执照为据兑银。

此时光棍便与两个一般走空骗人好伙计，商量起来，做起一张呈子，便到钱塘县。此时本县缺官，本府三府署印面审词状。这光棍递上呈子，那三府接上一看：

具呈人张青，呈为恳恩除逆事：切青年幼丧父，依母存活。上年蹇娶悍妇王氏，恃强抵触，屡训不悛，忤母致病。里邻陈情、朱吉等证。痛思忤逆不孝，事关七出，鲠妇不去，孀母不生。叩乞批照离嫁，实为恩德。上呈。

那三府看了呈，问道："如今忤逆之子，多系爱妻逆母。你若果为母出妻，可谓孝子。但只恐其中或是夫妻不和，或是宠妾逐妻，种种隐情，驾忤逆为名有之。我这边还要拘两邻审。"光棍道："都是实情。老爷不信，就着人拘两邻便是。"三府便掣了一根签，叫一个甲首分付道："拘两邻回话。"

这甲首便同了光棍，出离县门。光棍道："先到舍下，待小弟邀两邻过来。"就往运司河下便走。将近肚子桥，只见两个人走来，道："张小山，仔么这样呆?"光棍便对甲首道："这是我左邻陈望湖，这是右邻朱敬松。"那敬松便道："小山，夫妻之情，虽然他有些不是，冲突令堂，再看他半年三月处置。"光棍道："这样妇人，一日也难合伙，说甚半年三月。"陈望湖道："你如今且回去，再接他阿哥，同着我们劝他一番。又不改，离异未迟。"光棍道："望湖，我们要做人家的人，不三日五日大闹，碗儿、盏儿甩得沸反，一月少也要买六七遭。便一生没老婆，也留他不得。如今我已告准，着这位老牌来请列位面审，便准离了。"敬松道："只可打拢，仔么打开？我不去，不做这没阴骘事。"甲首道："现奉本县老爷火签拘你们，怎推得不去?"陈望湖道："这也是他们大娘做事拙，实的虚不得。"光棍道："今日我们且同到舍下坐一坐，明日来回话。"甲首道："老爷立等。"敬松道："这时候早堂已退了，晚堂不是回话的时节，还是明日罢。"陈望湖道："巧言不如直道。你毕竟要了落老牌。屋里碗碟，昨日打得粉碎，令正没好气，也不肯替你安排，倒不如在这边酒店里坐一坐罢。"四个便在桥边酒店坐下，一头吃酒，一头说。敬松道："看不出，好一个人儿，仔么这等狠。"陈望湖道："令堂也琐碎些。只是逆来顺受，不该这等放泼，出言吐语，教道乡村。"甲首道："这须拿他出来，拶他一拶，打他二十个巴掌，看他怕不怕。"光棍道："倒也不怕的。"敬松道："罢，与他做甚冤家。等他再嫁个好主顾。"差人道："不知甚么人悔气哩。"吃了一会，光棍下楼去了一刻，称了差使钱来。差人不吃饭，写了一个饭票。这三个都吃了饭，送出差使钱来。差人捏一捏，道："这原不是斗殴户婚田土，讲得差使起的。只是也还轻些。"敬松道："这里想有三分银子，明日回话后，再找一分。"差人道："再是这样一个包儿罢。"陈望湖道："酌中找二分罢。"差人道："明日我到那边请列位。"望湖道："没甚汤水，怎劳你远走？明日绝早，我们三个自来罢。"差人道："这等，明早墺来桥边会，火签耽延不得的。"

次早，差人到得桥边，只见三个已在那边，就同到县中。伺候升了堂，差人过去缴签，禀道："带两邻回话的。"三府便道："仔么说？"光棍道："小人张青，因妻子忤逆母亲，告照离异，蒙着唤两邻审问，今日在这边伺候。"三府道："那两邻仔么说？"只见这两个道："小人是两邻。这张青是从小极孝顺的。他妻子委是不贤，常与他母亲争竞。前日失手推了母亲一交，致气成病，以致激恼老爷。"三府道："这还该拿来处。"光棍便叩头道："不敢费老爷天心，只求老爷龙笔赐照。"三府便提起笔写道：

王氏不孝，两邻证之已详，一出无辞矣。姑免拘究，准与离异。

批罢，光棍道："求老爷赐一颗宝。"三府便与了一颗印。光棍又用了一钱银子，挂了号，好不欣然。

来见吴尔辉，吴尔辉看了执照，道："果然你肯把他嫁我？"光棍道："不嫁你，告执照？"尔辉满心欢喜，便悄悄进去，拿了一封银子：十七两摇丝，三两水丝。光棍看了道："兑准的么？后边银水还要好些，明日就送过来。"尔辉道："我还要择一日。今日初七，十一日好，你可送到葛岭小庄上来。"那光棍已是诓了二十两到手了。

第二日，央了个光棍，穿了件好齐整海青，戴了顶方巾，他自做了伴当，走到张家来。那光棍先走到坐启布帘边，叫一声："张二爷在家么？"妇人在里边应道："不在家。"光棍便问道："那里去了？"里边又应道："一向广里去，还未回。"只见戴巾的对光棍道："你与他一同起身的，怎还未回？"光棍道："我与他同回的。想他不在这边，明日那边寻他是了。"戴巾的转身便去。那妇人听了，不知甚意，故忙叫："老爹请坐吃茶，我还有话问。"那人已自去了。妇人道："桂香，快去扯他管家来问。"此时这光棍故意慢走，被桂香一把拖住，道："娘有话问你。"光棍道："不要扯，老爹还要我跟去拜客。"桂香只是拖住不放。扯到家中，妇人问道："你们那家？几时与我二爷起身？如今二爷在那边？"这人越趄不说。妇人叫桂香拿茶来，道："一定要你说个明白。"光棍道："我姓俞，适才来的是我老爹，叫我在广东做生意。你们二爷一同起身，因二爷缺些盘缠，问我借了几两银子，故此我老爹来拜。"妇人道："他仔么没盘缠？"光棍道："他银子都买了苏木、胡椒与铜货，身边剩得不多，故此问我们借。"妇人道："他几时起身？"光棍道："是三月初三。"妇人道："你几时到的？"光棍道："前月廿八。"妇人道："怎同来，他又不到？你说明日那边寻，是那边？"光棍道："我说明日再寻他，不曾说那边。"妇人道："我明明听得的。好管家，说了我谢你。"光棍道："说了口面狼籍，又是我的孽。"又待要走，妇人便赶来留，说："桂香，我针线匾里有一百铜钱，拿来送管家买酒吃。"光棍道："说便说，二娘不要气。"妇人道："我不气便了。"光棍道："你二爷在广时，曾嫖一个杨鸾儿，与他极过得好，要跟二爷来。二爷不肯，直到临起身，那杨鸾哭哭啼啼，定要嫁他，身边自拿出一主银子，把二爷赎身，二爷一厘不曾破费。因添了一个内眷，又讨了一个丫头，恐怕路上盘缠不彀，问我借银十两同来。"妇人道："既同来，得知他在那里？"光棍道："这不好说。"妇人道："这一定要说。"光棍道："这内眷生得也只二娘模样，做人温柔，身边想还有钱。二爷怕与二娘合不来，路上说要寻一个庄，在钱塘门外与他住。故此到江头时，他的货都往进龙浦赤山埠湖里去，想都安顿在庄上。目下也必定回了。"妇人道："如何等得他回？一定要累你替我去寻他。"光棍道："我为这几两银子，毕竟要寻他，只是不好领二娘去。且等明日，寻着了他来回覆。"这光棍骗了一百钱去了。

这妇人气得不要，人上央人，去接阿哥王秀才来。把这话一说，连那王秀才弄得将信将疑，道："料也躲不过，等他自回。"妇人道："他都把这些货发在身边发卖，有了小老婆，又有钱用，这黑心忘八还肯回来？好歹等那人明日回覆，后日你倍我去寻他。"兄妹两个吃了些酒，约定自去。等到初十下午，只见这光棍走将来。桂香看了，忙赶进去道："那人来了。"这妇人忙走出道："曾寻着么？"光棍道："见了，在钱塘门外一个庄上。早起老爹去拜，你二爷便出来相见，留住吃饭。这货虽发一半到店家，还未曾兑得银子，约月半后还。姨娘因我是同来熟人，叫我到里面，与我酒吃。现成下饭，烧鸭、煊蹄子、湖头鲫鱼，倒也齐整。姨娘不像在船中穿个青布衫，穿的是玄色冰纱衫，白生绢袄衬，水红胡罗裙，打扮得越娇了。二爷问我道：‘你曾到我家么?’我道：‘不曾。’他说：‘千定不可把家中得知。’昨日不曾分付得，我又尖了这遭嘴。”这妇人听了，把脚来连顿几顿，道：“有这忘八，你这等穿吃快活，丢我独自在家。明早央你替我同去寻他。”光棍道：“怕没工夫。况且我领了你去，张二爷须怪我，后边不好讨这主银子。”妇人道：“你只领我到，我自进去罢。日后银子竟在我身上还，没银子我便点他货与你。”又留他吃了些酒，假喃喃的道：“没要紧，又做这场恶。”妇人又扎缚他道：“我们明日老等你，千定要来。”光棍去了。

妇人隔夜约定轿子，又约了王秀才。清晨起来，煮了饭，安排了些鱼肉之类。先是轿夫到，次后王秀才来。等了半饷，这光棍洋洋也到。那妇人好不心焦，一到便叫他吃了饭，分付桂香看家。妇人上了轿，王秀才与光棍随着，一行人望钱塘门而来。

这厢吴尔辉自得了执照，料得稳如磐石，只是家中妪人不大本分，又想张家娘子又是不怕阿婆的，料也不善，恐怕好日头争竞起来。他假说芜湖收帐，收拾了铺陈，带了个心腹小郎欢哥、一个小厮喜童，来到湖上，赁了个庄，税了张好凉床、桌椅，买了些动用家伙碗盏，簇新做顶红滴水月白胡罗帐，绵绸被单，收拾得齐齐整整，只等新人来。只见这张家轿夫抬个落山健，早已出钱塘门。光棍与王秀才走了一身汗，也到城外。妇人推开帘儿问道：“到也不曾?”光棍道：“转出湖头便是。只是二娘这来，须见得张二爷，好说话。若他不在，止见得姨娘，他一个不认帐，叫我也没趣。况且把他得知了，移了窠，叫我再那里去寻?如今轿子且离着十来家人家歇，等我进去先见了，我出来招呼，你们便进去，我不出来，你们不要冲进。我直要骗他到厅上，叫他躲不及你们方好。”王秀才连声道：“有理，有理。”就歇下轿，王秀才借人家门首坐了。

光棍公然摇摆进去，见了吴尔辉。吴尔辉道：“来了么?”光棍道：“轿已在门前，说的物可见赐。”吴尔辉说：“待人进门着。”光棍道：“这吴朝奉，轿在门前，飞了去？只是在下也有些体面，就是他令兄，也是个在庠朋友，见在外边送。当面在这里兑银子，不惟在下不成模样，连他令兄也觉难为。如今我自领了银子去，等他令兄进来。只是他令兄，朝奉须打点一个席儿待一待，也是朝奉体面。”吴尔辉便叫小厮去看，道果然轿子歇在十来家门前。尔辉便叫小厮去叫厨子，将银子交出。都不是前番银子，一半九二三逼冲，一半八程极逼火。光棍道：“朝奉不忠厚，怎拿这银子出来？要换过。”吴尔辉道：“兄胡乱用一用罢。这里寓居，要换不便。”光棍定要换，吴尔辉便拿出一两逼火，道：“换是没得换，兄就要去这两作东罢。”光棍恐怕耽延长久，妇人等不得赶进来，便假脱手道：“罢，罢，再要添也不成体面。”作辞去了。走到轿边，道：“两个睡得高兴，等了半日才起来。如今正在厅上与个徽州人说话，快进去。”妇人听了，忙叫轿夫，一个偏在那里系草鞋带，不来。妇人恨不得下轿跑去，便与王秀才一同闯进庄门。

吴尔辉正穿得齐齐整整的，站在那边等王秀才。这妇人一下轿道：“欺心忘八，讨得好小！”那吴尔辉愕然道：“这是你丈夫情愿嫁与我，有甚欺心？”妇人一面嚷，王秀才道：“舍妹夫在那里？”吴尔辉道：“学生便是。”王秀才道：“混帐！舍妹夫张二兄在那里？”吴尔辉道：“他收了银子去了，今日学生就是妹夫了。”王秀才道：“他收拾银子躲了么？闻他娶一个妾在这里。”吴尔辉道：“娶妾的便是学生。”王秀才道：“妹子不要嚷，我们差来了，娶妾的是此位，张二已躲去了。我们且回罢。”吴尔辉道：“仔么就去？令妹夫已将令妹嫁与学生，足下来送，学生还有个薄席，一定要宽坐。”王秀才道：“这等叫舍妹夫出来。”吴尔辉道：“他拿了银子去了，还在轿边讲话。”此时说来，都是驴头不对马嘴。妇人倒弄得打头不应脑，没得说。王秀才道：“才方轿边说话的，是俞家家人，是领我们来寻舍妹夫的，那里是舍妹夫。”吴尔辉道：“正是你前边令妹夫。他道令妹不孝，在县中告了个执照，得学生七十两银子，把令妹与学生作妾。”王秀才道：“奇事！从那边说起？舍妹夫在广东不回，是这个人来说，与他同回，带一个妾住在这厢，舍妹特来白嘴。既没有妾在此，罢了，有甚得你银子、嫁你作妾事？”吴尔辉道：“拿执照来时，兑去二十，今日兑去五十，明明白白。令妹夫得银子去，仔么没人得银？”扯了王秀才道：“学生得罪！宅上不曾送得礼来，故尊舅见怪，学生就补来。桶儿亲，日后正要来往，恕罪，恕罪。”王秀才道：“仔么说个礼？连舍妹早丧公婆，丈夫在广，有甚不孝，谁人告照？”吴尔辉道：“尊舅歪厮缠，现有执照离书在此。”忙忙的拿出来看，王秀才看了道：“张青也不是舍妹夫名字。是了，你串通光棍，诓骗良人妻子为妾。”一把便来抢这执照。吴尔辉慌忙藏了，道：“你抢了，终不然丢去七十两银子？这等是你通同光棍，假照诓骗我银子了。”王秀才道：“放屁！”一掌便打过去，吴尔辉躲过，大叫道：“地方救人！光棍图赖婚姻打人！”王秀才也叫道：“光棍强占良人妻子，欧辱斯文。”哄了一屋的人，也不知那个说的是。王秀才叫轿夫：“且抬了妹子回去，我自与他理论。”吴尔辉如何肯放，傍边人也道：“执照真的，没一个无因而来之理。”两下甚难解交。

巧巧儿按察司湖船中吃酒回，一声屈，叫锁发钱塘县审，发到县来。王秀才说是秀才，学中讨收管，吴尔辉先在铺中受享一夜。次日，王秀才排了破靴阵，走到县中，行了个七上八落的庭参礼。王秀才便递上一张是“假照诓占事”，道：“生员有妹嫁与张彀。土豪吴爚乘他夫在广，假造台台执照，强抢王氏，以致声冤送台，优乞正法。”你一句，我一句，那三府道：“知道，我一定重处。”就叫这一起。只见吴爚也是一张状子，道“诓劫事”道：“无子娶妾，遭光棍串同王氏，诓去银七十两。”那三府道：“王生员，你那妹子没个要嫁光景，怎敢来占？”王秀才道：“生员妹子原有夫张彀，在广生理。土豪吴爚贪他姿色，欺他孤身，串通光棍，假称同夥，道生员妹夫娶妾在吴爚家，诓生员妹子去。若不是生员随去，竟为强占了。”三府叫吴爚道：“你怎敢强占人家子女？”吴爚道：“小人因无子，要娶妾。王氏夫张青拿了爷台执照，说他妻子不孝，老爷准他离异，要卖与小的。昨日他送这妇人到门，兑七十两银子去，却教这王生员道小人强占，希图白赖。”就递上抄白执照，三府道：“王生员，这执照莫不是果有的事？”王秀才道：“老大人，舍妹并无公婆，张彀未回，两邻可审，见在外边。”三府道：“叫进来。”只见众邻里一齐跪在阶下。三府道：“叫一个知事体的上来。”一个赵裁缝便跪上去。三府道：“张青可是你邻里么？”赵裁道：“小的邻舍只有张壳，没有张青。”三府道：“是张彀么”赵裁道："是，是。"三府道："如今在那里？"赵裁道："旧年八月去广里未回。"三府道："王氏在家与何人过活？"赵裁道："他阿婆三年前已死，阿公旧年春死在广东，家中止有一个丫头桂香。"三府道："他前日为甚么出去？"赵裁道："是大前日，有个人道他丈夫讨小在钱塘门外，反了两日，赶去的。余外小的不知。"三府道："你不要谎说。"赵裁道："谎说前程不吉。"三府道："你莫不是买来两邻？"赵裁慌道："见有十家牌，张壳过了，赵志裁缝生理，便是小的。"三府讨上去一看，上边是：

周仁酒店。吴月织机。钱十淘沙。孙经挑脚。冯焕篦头。

李子孝行贩。王春缝皮。蒋大成摩镜。

共十个，并没个陈清、朱吉，心里也认了几分错，就叫吴爚道："执照是你与张青同告的么？"吴爚道："是张青自告的。"三府道："你娶王氏，那个为媒？"吴爚道："小的与他对树剥皮，自家交易的。"三府道："兑银子时，也没人见了？"吴爚道："二十两摇丝，五十两冲头，都是张青亲收。"三府道："在那家交银？妇人曾知道么？"吴爚道："昨日轿子到门，交的银子。原说瞒着妇人的。"三府道："好一个兀突蠢才！娶妾须要明媒，岂有一个自来交易的？"吴爚道："小的有老爷执照为据。"三府道："拿上来。"吴爚道："小的已抄白在老爷上边，真本在家里。"三府便叫前日拘张青两邻差人。那甲首正该班，道："是小的。"三府道："张青住在那里？"答应道："说在荐桥。"三府道："你仍旧拘他与两邻来。"甲首道："那日是他自来的，小的并不曾认得所在。"三府道："又是一个糊涂奴才。"三府便叫王生员："我想你两家都为人赚了。你那妹子原无嫁人的事，不消讲了。"便叫吴爚："你这奴才，若论起做媒没人，交银无证，坐你一个诓骗人家子女，也无辞。"吴爚便叩头道："老爷，冤枉！""只是你还把执照来支吾，又道见妇人到门发银，也属有理。如今上司批发，不可迟延。限你五日内，与那差人这奴才寻获张青。若拿不到，差人三十板，把这朦胧告照、局骗良人妇女罪名坐在你身上。"叫讨的当保，王生员与王氏邻里，暂发宁家。

可笑这吴爚，在外吃亲友笑，在家吃妪人骂，道："没廉耻入娘贼，瞒我去讨甚小老婆。天有眼，银子没了，又吃恶官司。"耐了气，只得与差人东走西闯，赔了许多酒食，那里去寻一个人影儿？到第四日，差人对吴爚道："吴朝奉，我认晦气，跑了四日了，明朝该转限。我们衙门里人，匡得伸直脚打两腿；你有身家的人，怎当得这拷问？况且朦胧诓骗，都是个该徒的罪名，须寻得一个分上才好。"吴爚原是一个臭吝不舍钱的，说到事在其间，也啬吝不得，便与他去寻分上。正走间，一个人道："张二倒回来了，王秀才妹子着甚鬼，东走西跑打官司。"差人道："我们也去看看，莫不是张青？"去时，只见张家堆上许多货，张毂还立在门前收货，妇人立在帘边。这张二且是生得标致，与张青那里有一毫相像。吴爚见了，越觉羞惭。正是：

柳姬依旧归韩子，叱利应差错用心。

差人打合吴爚，寻了一个三府乡亲，倒讨上河，说要在王氏身上追这七十两银子。分上进去，三府道："他七十两银子，再不要提起罢了。只要得王秀才不来作对，说你诓骗，还去惹他？"但是上司批发，毕竟要归结，止可为他把事卸在张青身上，具由申覆。只这样做，又费两名水手。三府为他具由，把诓骗都说在张青身上，照提缉获。吴爚不体来历，罚谷，事完也用去百十两。正是：

羊肉不吃得，惹了一身羶。

当时街坊上编上一个《挂枝儿》道：

吴朝奉，你本来极臭极吝。人一文，你便当做百文。又谁知，落了烟花穽。人又不得得，没了七十金。又惹了官司也，着甚么要紧！

总之，人一为色欲所迷，便不暇致详，便为人愚弄。若使吴君无意于妇人，棍徒虽巧，亦安能诓骗得他？只因贪看妇人，弄出如此事体，岂不是一个好窥瞷良家妇女的明鉴？古人道得好：他财莫要，他马莫骑。这便是个不受骗要诀。

第二十七回 贪花郎累及慈亲 利财奴祸贻至戚

莫笑迂为拙，须知巧是穷。奇谋秘计把人蒙，浪向纤纤蜗角，独称雄。

俭险招人忌，骄盈召鬼恫。到头输巧与天公，落得一身萧索，枉忡忡。

右调《南柯子》

这调是说巧不如拙。我尝道拙的计在迟钝，尺寸累积，鸠巢燕垒，毕竟成家；巧的趋在便捷，一旦繁华，海市蜃楼，终归消灭。况且这天公又怜拙而忌巧。细数从来文中巧的，莫如班、马，班固死于狱中，史迁身下蚕室；武中巧的，莫如孙、吴，孙膑被庞涓刖足，吴起被楚宗室射死；诗中巧的莫如李、杜，李白身葬采石，杜甫客死四川；游说中巧的莫如苏、张，苏秦车裂齐国，张仪笞辱楚相。就是目今，巧窃权是阉宦魏忠贤，只落得身磔家藉，子侄死徙；巧趋附是崔尚书一流，崔宦戮尸，其余或是充军，或是问徒，或是罢职。看将起来，真是巧为拙奴，巧为拙笑。就我耳中所闻，却有个巧计赚人，终久自害的。

说话浙江绍兴府山阴县，有一个乡宦姓陈，自进士历官副使，因与税监抗衡，致仕回家。夫人郑氏，生有一子，止得九岁。到是初中时，在扬州娶得一个如夫人，姓杜，生有一子，已是十七岁了，唤名陈镳，字我闲，已娶李侍御次女为妻。陈副使为他求师，略在亲友面前讲得一声。只见这边同年一封荐书，几篇文字，道："此人青年笃学，现考优等，堪备西席。"这相知一封荐书，几篇文字，道："此人老成忠厚，屡次观场，不愧人师。"又有至亲至友荐的。陈副使摆拨不下，道："青年的文字毕竟合时，但恐怕他轻佻没坐性；老成的毕竟老于教法，但恐怕笔底违时。"正迟疑间，适值李亲家李侍御荐一个先生，姓钱名流，字公布，前道帮补，新道又是一等第六，是个时髦。陈副使道："丈人为女婿访求，必定确的了。"便自家去一拜，就下了一个请书。

只见这先生年纪三十多岁，短胡，做人极是谦虚，言语呐呐不出口，叩他经史，却又响应。陈副使道：“小儿虽是痴长，行文了两年，其实一窍不通。今遇老师，一定顿开茅塞。”钱公布道：“末学疏浅，既蒙老先生、李老先生重托，敢不尽力！”陈副使想道：“我最怪如今秀才，才一考起，便志气嚣，逞才傲物。似这先生，可谓得人了。”谁知这钱公布，他笔底虽是来得，机巧甚是出人。他做秀才，不学这些不肖，日夕上衙门，自坏体面，只是往来杭州代考。包覆试，三两一卷；止取一名，每篇五钱；若只要黑黑卷子，三钱一首。到府间价又高了。每考一番，来做生意一次。及至帮补了，他却本府专保冒籍，做活切头。他自与杭、嘉、湖富家子弟包倒，进学三百两。他自去寻有才有胆不怕事秀才，用这富家子弟名字进试，一百八十两归做文字的，一百二十两归他。覆试也还是这个人，到进学却是富家子弟出来，是一个字不做，已是一个秀才了。回时大张旗鼓，向亲邻道冒籍进学。又捱一两年，待宗师新旧交接时，一张呈子，改回原籍，怕不是个秀才？是一个大手段人。

陈副使不知道，送了张五十金关书，择日启馆，却在陈副使东庄上。但见：

翠竹敲风，碧梧蔽日。疏疏散散，列几树瑶草琪葩；下下高高，出几座危楼高阁。曲房临水倚，朱栏碧槛水中浮；孤馆傍山开，碧瓦红檐山畔出。香拂拂花开别径，绿阴阴树满闲阶。萧条草满少人来，一鸟不鸣偏更寂。

这先生初到馆，甚是勤谨，每日讲书讲文，不辞辛苦，待下人极其宽厚。陈公子是公子生性，动不动打骂，他都为他委曲周旋劝解，以此伏待僮仆没一个不喜欢。就与陈公子，或称表字，或称老弟，做来文字只是圈，说来话只是好。有时园中清话，有时庄外闲行。陈公子不是请个先生，到是得个陪堂，两边殊是相安。

忽一日，对陈公子道：“我闲，知道令岳荐我来意思么？”陈公子道：“不知。”钱公布道：“令岳闻知令尊有个溺爱嫡子之意，怕足下文理欠通，必至为令尊疏远。因我是他得意好门生，故此着我来教足下。足下可要用心，不可负令岳盛意。”陈公子道：“正是。连日家父来讨文字，学生自道去不得，不敢送去。”钱公布道：“足下文字尽清新，送去何妨？”陈公子道：“这等，明日送去罢。”钱公布道：“这且慢。令尊老甲科，怕不识足下新时调，还得我改一改拿去。”次早，将来细细改了，留得几个之乎也者字，又将来圈了，加上批语送去。果然陈副使看了大喜，道："这先生有功。"对如夫人说，这如夫人听得儿子文理通，也大欢喜，供给极是丰厚。后边陈副使误认了儿子通，也曾大会亲友面课，自在那边看做。钱公布却令小厮，将文字粘在茶杯下送与他，照本誊录。一次陈公子诈嫌笔不堪写，馆中取笔，把文字藏在笔管中与他，把一个中外都瞒得陈公子是个通人了。但是钱公布这番心，一来是哄陈副使，希图固馆；二来意思要得陈公子感激，时尝赍助。不料止博得一个家中供给齐整，便是陈公子也忘记了自己本色，也在先生面前妆起通来，谭文说理。先生时常在他面前念些雪诗儿，道家中用度不足，目下柴米甚是不给，欲待预支些修仪，不好对令尊讲。陈公子不过答应得声"正是呢"，也不说是学生处先那几何。几番又道缺夏天衣服，故意来借公子衣服，要动他，公子又不买。

钱公布心中便也怏怏，道："这不识好的，须另用法儿敲他。"一晚步出庄门，师徒两个缓缓的走。打从一个皮匠门首过，只听得一声道："打酒拿壶去!"这声一似新莺出谷，娇鸟啼花，好不呖呖可听。师徒二人忙抬头看时，却是皮店厨边立着一个妇人，羞羞缩缩，掩掩遮遮，好生标致：

鬓拥轻云堕，眉描新月湾。

嫣然有余媚，袅娜白家蛮。

天下最好看的妇人，是月下、灯下、帘下，朦朦胧胧，十分的美人，有十二分。况村庄之中，走出一个年纪不上二十来，眉目森秀，身体娇柔，怎不动人。钱公布道："这妇人是吃钟儿的。"陈公子道："先生怎知道?"钱公布道："我只看见他叫打酒，岂不吃钟儿?"陈公子道："那秋波一转，甚是有情。"钱公布道："谁教你生得这等俏。"也是合当有事，陈公子走不过十数间门面，就要转来。来时恰好皮匠打酒已回，妇人伸手来接，青苎衫内露出只白森森手来，岂不可爱。陈公子便是走不动般，伫了一会方去。回到庄中，道："好一个苎罗西子，却配这个麦粞包。"钱公布道："只因老天配得不匀，所以常做出事来。你想这样一个妇人，配这样一个蠢汉，难道不做出私情勾当?"陈公子道："只怕也有贞洁的。"钱公布道："我闲，那个人心不好高?只因他爹娘没眼，把来嫁了这厮，帽也不戴一顶，穿了一领油腻的布衫，补洞的水袜，上皮湾的宕口草鞋，终日手里拿了皮刀，口中衔了苎线，成甚模样?未必不厌他。若见一个风流子弟，人物齐整，衣衫淹润，有不输心输意的么?虽然是这样说，我们读书人，须要存些阴德，不可做这样事。”

谁知陈公子悔气到了，恰是热血在心，不住想他。撇开先生，常自观望。似此数日，皮匠见他光景，有些恼了，因是陈公子，不敢惹他。只见这日钱公布着了一双旧鞋，拿了十来个钱，去到他家里打掌，把鞋脱与他，自坐着等。巧巧陈公子拜客回来，见了道：“先生在这里做甚么？”钱公布道：“在这里打掌。”陈公子便捱到先生身边，连张几张不见。钱公布道：“你先回去。”那陈公子笑一笑道：“让你罢。”去了。那皮匠便对钱公布道：“个是高徒么？”钱公布道：“正是。是陈宪副令郎。”皮匠便道：“个娘戏！阿答虽然不才，做个样小生意。阿答家叔洪仅八三，也是在学，洪论九十二舍弟见选竹溪巡司，就阿答房下，也是张堪舆小峰之女。咱日日在个向张望，先生借重对渠话话，若再来张看，我定用打渠，勿怪粗鲁。”钱公布道：“老兄勿用动气，个愚徒极勿听说，阿答也常劝渠，一弗肯改，须用本渠一介大手段。”洪皮匠道：“学生定用打渠。”钱公布道：“勿用，我侬有一计，特勿好说。”便沉吟不语。皮匠道：“驼茶来，先生但说何妨。”钱公布道：“渠侬勿肯听教诲，日后做向事出来，陈老先生毕竟见怪。渠侬公子，你侬打渠，毕竟吃亏。依我侬，只是老兄勿肯。”皮匠道：“但话。”钱公布道：“个须分付令正，哄渠进，老兄拿住子要杀，我侬来收扒，写渠一张服辨，还要诈渠百来两银子，渠侬下次定勿敢来。”皮匠欢天喜地道：“若有百来两银子，在下定作东，请老先生。钱公布道：“个用对分。”皮匠道：“便四六分罢，只陈副使知道咱伊？”钱公布道：“有服辨在东，怕渠？”此时鞋已缝完，两个又附耳说了几句，分手。

到得馆中，陈公子道：“先生今日得趣了。”钱公布道：“没甚趣，女子果然好个女子，拿一钟茶出来请我，一发洁净喷香。”陈公子道：“果然？”钱公布道：“真当。”陈公子道：“这先生吃醋，打发我回，便同吃钟茶也不妨。”钱公布道：“妇人倒是有情的，只是这皮匠有些粗鲁，不好惹他。”陈公子道：“先生，你本怕我括上手，把这话来矬我。”钱公布道：“我好话，若惹出事来，须不关我事。”陈公子一笑，自回房去了。次日，把脚下鞋子拆断了两针线脚，便借名缝绽，到他家来。只见皮匠不在，叫了两声，妇人出来，道：“不在家。”陈公子看时，越发俊俏。道：“要他做些生活，不在，大娘子胡乱替我缝一缝罢。”那妇人笑道：“不会。”公子便脱下来递去，道：“大娘子看一看，不多几针。”妇人来接时，公子便捏上一把，甚是软滑柔润。那妇人脸上一红，道：“相公，斯文家不要粗鲁。”公子也陪笑了一笑。妇人道：“明日来罢。”公子道：“明日晚来。”妇人道：“晚，他在邻家吃酒未得回，饷午罢。”公子趑趄出门，妇人也丢一个眼色，缩进去了。

陈公子巴不得天明，又巴不得天晚，打扮得齐齐整整，戴了玉簪金穵，金茉莉筌，一身纱罗衣服，袖子内袖了二三两小锞儿，把一条白纱汗巾包了，对小厮道：“我出去就来，不必跟我。”径到皮匠家来。此时局已成了，听得他叫，皮匠便躲了，教妇人在里面回报不在。陈公子听得声不在，便大踏步跳来，妇人已怜他落局，暗把手摇，道不要来。那公子色胆如天，怎肯退步？妇人因丈夫分付，只得往楼上便跑。陈公子也跟上，一把抱住，便把银子渡去。那妇人接了，道：“且去，另日约你来。”陈公子道：“放着钟不打，待铸？”一连两个“亲亲”，伸手去扯小衣。只听得楼门口脚步响，回头看时，皮匠已拿了一把皮刀赶来了。公子急了，待往楼窗跳下，一望楼又高，舍不得性命，心又慌，那不得脚步，早被皮匠劈领一把，揿在地下。忙把刀来切时，却被妇人一把抢去，道：“王大哥，做甚贼势！”那皮匠便将来骑住，劈脸墩上两拳，公子便叫：“饶命！”妇人又道：“打杀人也要偿命，不要蛮。”公子又叫：“娘子救命！”只见凳上放着这妇人一双雪白好裹脚，被皮匠扯过来，将手脚捆住。这公子娇细人，惊得莫想挣一挣。正捆时，只听得先生高高的唱着“本待学”过来，公子便高叫：“先生救我一救！”皮匠道：“我也正要捉这蛮子，一同送官。”便跳起身来，往下便走。

却好先生正到门前，这皮匠一把揪住，便是两掌。钱公布道：“这厮这样可恶！”皮匠道：“你这蛮子，教学生强奸人妇女，还要强嘴！”钱公布道：“那，那有，有这，这样，样事？”陈公子又叫：“先生快来！”一结一纽，两个一同上楼。钱公布道：“我教你不要做这样事，令尊得知，连我体面何在？”那皮匠又赶去陈公子身上狠打上几下，道：“娘戏个，我千难万难，讨得个老妈，你要戏渠！”公子熬不得，道：“先生快救我！”

野花艳偏奇，狂且着贪想。

浪思赤绳系，竟落青丝网。

先生便问道：“老兄高姓？”皮匠道：“我是洪三十六。”先生便道：“洪兄，愚徒虽然弗好，实勿曾玷污令正。如今老兄已打了渠一顿，看薄面，饶了渠，下次再弗敢来。”皮匠道：“苍蝇戴网子，好大面皮。虽是不曾到手，也吃渠亲了两个嘴，定用打杀。”钱公布道：“罢！饶了渠，等渠再陪老兄礼罢。”皮匠道：“打虎不倒被虎咬。我弗打杀，定用送官立介宗案。”钱公布道：“到官也须连累尊正。”皮匠摇得头落，道：“也顾勿得。”亏得妇人道：“我宁可死，决勿到官个。你怕后患，写渠一张，放子渠去罢。”公子道：“一凭娘子。”钱公布道：“洪兄，放渠起来写。”皮匠只不做声。钱公布道：“你还有甚题目话么?”皮匠道：“我还要三百两银子，饶渠性命。”钱公布道：“那得多呵！送五两折东陪礼。”皮匠便跳起道：“放屁！你家老妈官与人戏，那三五两便歇?”钱公布道：“不要粗糙。”公子捆缚不过，便道：“先生加他些。”自十两起，直加至一百两。皮匠还做腔，又亏得妇人道：“没廉耻，把老婆骗钱，还只顾要!”皮匠与公布怕做出马脚来，便住手。一时没现钱，把身上衣服、头上簪乞都除去，先生又到馆中，将他衣被，有七八十两玩器手卷，都押在他家，限三日内银赎，才放陈公子起来，手脚已麻了。又拿了一枝烂头笔，一张纸，要他写。公子没奈何，只得随着皮匠口里说写去：

> 立服辨人陈某，不合于今四月廿三日，窥见邻人岑氏，颇有姿色，希图奸宿，当被伊夫洪三十六拿住，要行送官。是某情极，央求亲人钱某求释。如或不悛，仍行窥伺，听凭告理。立此服辨是实。

写到“听凭告理”处，皮匠还念两句道：“如岑氏遭逼不愤，致生事端，亦某抵偿。”陈公子也待下笔，倒是钱公布道：“这事断没有得，不消写。”不写了。公子与钱公布俱押了字，方得出门。

那陈公子满脸惭惶，钱公布又路上动喃道累他受气，累他陪口分拆，后生家干这样没要紧事。陈公子默默无言。到得房中，房中已收拾得罄尽，只得回家，对他妻说，某好友要将田戤银百两，骗得出来。果是先生去了半日，随着人把衣服书玩都一一搬来，只说妇人留住了金乞玉簪，说不曾有。次日，连皮匠夫妇俱已搬去，公子甚是欢喜，道：“省得拿这张服辨在此，劫持我。”不知里边有许多委曲。廿四日，陈公子回家去设处银子，他就暗地到皮匠家去分了这些物件，只检好玉瓶、古炉、好手轴袖回馆中，又吃了他一个肥东。到了廿五日，陈公子拿了银到馆，交付钱公布，道：“先生，银子已有了，快去赎来，怕老父到馆，不见这些玩物生疑。”公布道：“我就去。只是你忒老实，怎都是纹银，你可收去十两，我只拿九十两去，包你赎来。”打发他出房，就将九十两银子收入书箱，把这几件玩物带到皮匠家，慌慌张张的径入里边。皮匠道：“银子来了么？”钱公布道：“还要银子？那日我这节事，众小厮都分付了，独不曾分付得一个，被他竟对主母说了。主母告诉了陈副使，昨日便叫了陈公子回去，说他不肖，今日亲自府问下状，连公子都告在里边，说你设局诓诈，明日准准差公来。我想这事，怎好我得钱，累你受害？故此把这些物件都归了你，把你作官司本，只不要扯我在里边。”皮匠便跌脚道：“这原是你教我的，如今这些物件，到官都要追出去，把我何用？”妇人道：“我叫你不要做这事，如今咱伊，还是你依同我，将这多呵物件到陈衙出首便罢。”钱公布道：“这拿头套枷戴，勿可，勿可。陈老先生只为钱，你不若把个些物件还了陈公子，等渠还子爷，便无话哉。便公差来，你暂躲一躲便了。”皮匠还没主意，到是妇人立定主意交还，止落得几两陈公子暗与他的银子。钱公布自着人搬回了。他夫妻两个计议，怕一到官要难为，苦使家私无些，便收拾做一担儿，两个逃往他乡，实何尝得这九十两银子，勒他簪乞？到午节边，先生回，陈公子把存下十两银子分五两送他，又送几件玩器，彼此相忘。直至午节后，复到馆，师生越加相得。

一日，两个在竹阴中闲谭，只见花径两个人走将进来，要见钱相公与陈相公。钱公布道：“是甚么人？”两个俱披着衫儿，与他相见。那两人道：“小人是本府刑厅，有事来见二位相公。”钱公布道：“刑厅有甚事来见我们？”那两人道：“小可唐突。钱相公不讳流，陈相公不讳镳么？”钱公布道：“正是。”两人道：“这等，小可来得不差了。本主奉有按院批准洪三十六告词，特来奉请二位相公。”钱公布道：“我们并不晓这人。”陈公子早已脸色惊白了。只见年纪老成公差道：“昨日那原告来请封条去封尸棺，两在下曾会来，道是个皮匠，陈相公倚势强奸他妻岑氏，以致身死。”钱公布道：“捉奸见双，有何凭证？”那后生公差道：“岂有无证之理？他道有陈相公的服辨，买求的银子，与钱相公过付。这事二位相公自与他分理，不干二在下事。”陈相公听得事逼真，低了头思想，不发一言。公布道：“官差吏差，来人不差。且备饭。”陈公子叫摆饭在水阁，问他两个姓名。一个姓吴名江，号仰坡，一个姓冯名德，号敬溪。两个略谦一谦，便坐上边，在席上假斯文，不大吃，又掉文淡，道：“敝厅主极是公明，极重斯文，二位去见，必定周旋。况有令尊老爷分上，这蛮子三十板，一名老徒稳稳，二在下没有个不效劳。就是两班门上一应人，若是两在下管的，便没敢来做声。就是仵作，也听两在下说的。”吃了半日，假起身告辞。钱公布假相留，冯敬溪道：“正是扰了半日，牌也不送看一看，倒是白捕了。伙计看牌，虽有个例，如今二位相公体面中，且先送看。”吴仰坡便在牌包中检出一张纸牌来，双手递与钱公布，公布便与陈公子同看。上写道：

绍兴府理刑厅为奸杀事：本月初六日，蒙浙江巡按御史马，批准山阴县告人洪三十六告词到厅，合行拘审。为此仰役即拘后开人犯，赴厅研审，毋违。须至牌者。计拘：

陈　镳　钱　流俱被犯。

张德昌　岑　岩俱干证。

洪三十六原告。　　　　　　　　　　　差人　吴　江

钱公布看了，将来送还，道：“张、岑两个是甚么人？”吴仰坡道：“是他亲邻。”说罢，师生两个计议送他差使钱，是六两作十两。钱公布道：“拿不出，加到九两作十五两。”钱公布递去，那吴仰坡递与冯敬溪，道：“伙计，二位相公盛意，你收了。”那冯敬溪捏在手中道：“多谢二位相公。不知是那一位见惠的？两在下这一差，非是小可，原是接老爷长差，又央门官与管家衬副，用了一二十两，才得到手。怎轻轻易易拿出这个包儿来？也须看‘理刑厅’三个字。”吴仰坡道：“伙计，这是看牌包儿。若说差使钱，毕竟我你二人一人一个财主。”陈公子听了木呆，钱公布附耳道：“口大，怎么处？”陈公子道：“但凭先生，今日且打发他去。”钱公布道：“这不是甚差使钱，因馆中有慢……”吴仰坡便插一句道：“这等，明日陈爷那边去领赏罢。”陈公子忙道：“不要去。只到这厢来。”钱公布道：“因慢，以此折东，差使后日了落。”吴仰坡道：“敝主甚是性急，洪三十六又在那厢催检尸，二位相公投到了。若不出去，敝主出文书到学道申请，恐两在下也扶持不得。”钱公布道：“且耽延两日。”两个差人便起身作别，道：“这等，后日会。”

饮若长鲸吸，贪如硕鼠能。

从教挽大海，溪壑正难平。

送了两个差人出去，钱公布连声叹气道：“罢了。这前程定用送了。”又对

陈公子道："这事弄得拙，须求令岳、令尊解纷。"陈公子道："家父知道，定用打杀。还是先生周支。"公布道："我怎周支得？须求孔方。如今若是买上不买下做，推官向贴肉摁，少也得千金，检尸仵作也得三百，个日铺堂也要百来两，再得二三百两买嘱这边邻里，可以胜他。这是一着，恐怕他又去别处告。若上和下睦做，上边央了分上，下边也与洪三十六讲了，讨出了那张服辨，买了硬证，说他自因夫妻争殴身死，招了诬，可也得千余金。"陈公子道："怎不见官，免致父亲得知方好。"钱公布咬指道："这大难。"想了又想，道："有个机会。目今李节推行取，你如今匡得二百时银与差人，教他回你在京中令岳处，我游学苏州。里边还要一个三百金分上，不然节推疑我们脱逃。书房中也得二百时银，教他搁起莫催。洪三十六也得五七百金，与他讲绝，私和，不要催状。待到新旧交接，再与差人与书房讲，竟自抹杀。这可以不见官。但这项银子就要的。如何是好？还再得一个衙门中熟的去做事方好。"陈公子道："又去央人彰扬，只累先生罢。但急切如何得这银子？"钱公布道："这须不在我，你自家生计策，或者亲友处借贷些。"陈公子道："如今这些乡绅人家，欠他的如火之逼，借与他其冷如冰，谁人肯借？"钱公布道："自古道：儿女之情，夫妻之情。你还到家中计议，或者令堂有些私房，令正嫁资少可支持。后日差人就来了，被他逼到府前，四尊有令尊体面，讨保，这也还好。若道人命事大，一落监，这使费还多。你自要上紧。"

陈公子思量无计，只得回家。走到房，拿来茶水，只是不吃，闷闷昏昏，就望床中睡去。他夫妇是过得极恩爱的，见他这个光景，便来问他道："为着甚事来？"只见陈公子道："是我作事差，只除一死罢。"李小姐道："甚事到死的田地？说来。"陈公子只是拭泪不说。李小姐道："丫鬟，叫书童来，我问他。"陈公子道："不要叫。只是说来，你先要怪我。"李小姐道："断不怪你。"陈公子便将前日被皮匠逼诈，如今他妻死告状，与先生计议事都说了。李小姐也便惊呆，道："因奸致死，是要偿命的。如何是好？"陈公子越发流泪，道："我只是一死。"李小姐道："若说丈人在家，教他与你父亲去讲，还是白分上，好做。若说要二三千银子，便我有些，都将来生放，箱中不过一二百，首饰一时典换不及，母家又都随任，无可掇那，怎生来得？不若先将我身边银子且去了落差人，待我与婆婆再处。"可笑陈公子是娇养惯的，这一惊与愁，便果然病起，先将银子寄与钱公布，教他布置。自己夫妻在家中，暗地着人倒换首饰，一两的也得五钱，折了好些。那边钱公布又雪片般字儿来，道洪三十六又具状吊尸棺，房里要出违限，真是焦杀。

这边陈公子生母杜氏闻得他病，自到房来。媳妇迎着，问道："为甚忽然病起来？"李小姐道："是个死症，只是银子医得。"杜氏道："是甚话！"来到床边，看了儿子，道："儿，你甚病？"陈公子也只不应。李小姐要说时，他又摇头。杜氏道："这甚缘故？"李小姐道："嫡亲的母亲，便说何妨。"便将前事细细说了一遍，道："故此我说是死症，只要银子。"杜氏听了，不觉吃了一惊，道："儿子，你真犯了死症了。我记得我随你父亲在关内做巡道时，也是一个没要紧后生，看得一个寡妇生得标致，串通一个尼姑骗到庵中，欺奸了他。寡妇含羞自缢，他家告状，县官审实，解到你父亲。那边也有分上，你父亲怪他坏人节，致他死，与尼姑各打四十，登时打死，这是我知道的。怎今日你又做这事？你要银子，你父亲向做清官，怎有得到我？就你用钱挣得性命出来，父亲怪你败坏他门风，料也不轻放你。"叹一口气，道："我也空养了你一场。"立起身去了。到晚间，千思万想，一个不快活起来，竟自悬梁缢死。正是：

舐犊心空切，扶危计莫筹。

可怜薄命妾，魂绕画梁头。

到得次日，丫鬟见了，忙报陈副使。陈副使忙来看时，果是缢死。不知甚么缘故，忙叫两个伏侍丫鬟来问时，道不知。再三要拷打，一个碧梧丫头道："日间欢欢喜喜的，自看大相公回来，便这等不快。吃晚饭时，只叹一口气道：'看他死不忍，要救他不能。'只这两句话。"陈副使想道："为儿子病，也不必如此。正坐在楼上想，此时陈公子俱在房中来看。陈公子抚着尸，在那边哭。只见书房中小厮书童走到陈公子身边，见他哭，又缩了开去，直待哭完了，蹴到身边，递一个字与他。不期被陈副使看见，问道："是甚么字，这等紧要？"书童道："没甚字。"问公子，公子也道没有。陈副使便疑，拿过书童要打，只得说："钱相公字儿。"陈副使便讨来看，公子道："是没紧要事。"副使定要逼来，却见上边写道：

差人催投文甚急，可即出一议。

陈副使见了，道："我道必有甚事。"问公子时，公子只得直奏。陈副使听了大恼，将公子打上二三十，要行打死，不留与有司正法。却是李小姐跪下，为他讨饶，道："亡过奶奶只这一点骨血。还求老爷留他。"陈副使哭将起来，一面打点棺木殡殓，一面便想救儿子之计。问公子道："妇人是本日缢死的么？"公子道："事后三日搬去，那时还未死。初十日差人来说，是死了告状。"副使道："若是妇人羞愤自缢，也在本日，也不在三日之后。他如今移在那里？可曾着人打听么？"公子道："不曾。"副使道："痴儿，你一定被人局了。"教把书童留在家中，要去请一个陪堂沈云峦来计议。

恰好此人因知如夫人殁了来望，陈副使忙留他到书房中。那云峦问慰了，陈副使便道："云老，近日闻得不肖子在外的勾当么？"沈云峦道："令郎极好，勤学，再不见他到外边来，并没有甚勾当。"陈副使道："云老，不要瞒我。闻得不肖子近日因奸致死一个妇人，现告按院，批在刑厅。"沈云峦道："是几时事？"陈副使道："是前月。"沈云峦道："这断没有的。一个霹历天下响，若有这事，阶坊上沸反，道陈乡宦公子因奸致死了某人家妇人，怎耳朵里并不听得？"陈副使道："不肖子曾见牌来。"沈云峦道："这不难。晚生衙门极熟，一问便知。"就接陈公子出来，问了差人名姓模样，原告名字朱语，便起身别了陈家父子，径到府前。遇着刑厅书手旧相知徐兰亭。沈云峦道："兰老一向！"两个作了揖。沈云峦道："连日得采？"徐兰亭道："没事。"沈云峦道："闻得陈副使乃郎人命事，整百讲公事不兴？"徐兰亭道："没有。"沈云峦道："是按院批的。"徐兰亭道："目下按院批得三张，一张是强盗，上甲承应；一张是家财，中甲承应；我甲是张人命，是个争地界打杀的。没有这纸状子。"云峦道："有牌，差一个甚吴江，老成朋友。"兰亭道："我厅里没有个吴江。只有个吴成，年纪三十来岁，麻子；一个新进来的吴魁，也只廿五六岁。没有这人。莫不批在府县？"沈云峦说："是贵厅。"兰亭道："敝厅实是没有。"沈云峦得了这信，便来回覆陈副使。副使道："这等，是光棍设局诓我犬子了。"云峦道："这差不多。看先生狠主张用钱，一定也有跷蹊。"陈副使道："他斯文人，断无这事。"云峦道："老先生不知。近日衙门打发，有加二除的，怕先生也便乐此。如今只拿住假差，便知分晓。"

这是三日开丧，先生见书童不来，自假吊丧名色来催。这边陈公子因父亲分付，假道："有银几百两，与先生拿去。却有吊丧的人，不得闲。"先生便一边陪丧，一边守银。不期这陈副使与沈云峦带了几个家人，在书房中。巧巧这两个假差走来，管园的道："相公去见公子便来，二位里面请坐。"一进门来，门早关上。两个撞到花厅，只见陈副使在那厢骂道："你这两个光棍，便是行假牌逼死我夫人的么？"那小年纪的倒硬，道："官差吏差，来人不差。现奉有牌。"副使道："拿牌来看。"那小年纪的道："厅上当官去看。"沈云峦道："你两个不要强。陈爷已见刑厅，道没有这事。仔么还要争？"这两个听了这一句，脸色皆青，做声不得。陈副使便问："洪三十六在那边？"两人答应不出。沈云峦道："这等，你二人仔么起局？"陈副使叫声打，这些管家将来下老实一顿，衣帽尽行扯碎，搜了纸牌。陈副使问他诈过多少银子，道："止得六十两。"沈云峦道："令郎说一百二十，可见先生到得六十两。陈副使道："这是先生串你们来的么？"两个被猜着了，也不回言。陈副使教拴了，亲送刑厅，一边教公子款住先生。

到得府前，阴阳生递了帖，陈副使相见。陈副使道："有两个光棍，手持公祖这边假牌，说甚人命，吓要小儿差使，诈去银一百二十两，西宾钱生员付证。如今又要打点衙门，与了落书房银三百两。小儿因此惊病，小妾因此自缢。要求公祖重处。"那四府唯唯。副使递过假牌，便辞起身。四尊回厅，就叫书房拿这牌与看，道："这是那个写的牌？"众书吏看了，道："厅中原没这事，都不曾写这牌。便是花押也不是老爷的。甲首中也没吴江名字。"四府听了，使叫陈乡宦家人与送来两个光棍带进，道："这牌是那里来的？"两人只叫"该死"。四府叫夹起来，这些衙门人原不曾得班里钱，又听得他假差诈钱，一人奉承一副短夹棍，夹得死去。那年纪小的招道："牌是小的，朱笔是舅子钱生员动的。"四府问："那洪三十六在那边？"道："并不曾认的，干证也是诡名。"四尊道："这等，你怎生起这诈局？"道："也是钱生员主张。"四尊道："诈过多少银子？"道："银子一百二十两，钱生员分去一半。"四尊道："有这衣冠禽兽！那一名是吴江？"道："小人也不是吴江，小的是钱生员妹夫杨成，他是钱生员表兄商德。"四尊道："钱生员是个主谋了，如今在那里？"道："在陈副使家。"四尊叫把这两人收监，差人拿钱生员。

陈管家领了差人，径到家中，先把问的口词对家主说了，然后去见钱公布，道："钱相公，外边两个刑厅差人，要见相公。"钱公布道："仔么来到这里？"

起身来别陈公子，道："事势甚紧，差人直到这里。"公子也只无言。陪宾送得出门，却不是那两人。钱公布道："二位素不相识。"两个道："适才陈副使送两个行假牌的来，扳有相公，特来奉请。"钱公布慌了道："我是生员，须有学道明文，才拿得我。"差人道："拿是不敢拿相公，只请去见一见儿。"钱公布左推右推，推不脱，只得去见四尊。四尊道："有你这样禽兽！人家费百余金请你在家，你驾妇人去骗他，已是人心共恶。如今更假官牌去，又是官法不容。还可留你在衣冠中？"钱公布道："洪三十六事，生员为他解纷，何曾骗他？"四尊道："假牌事仔么解？"公布道："假牌也不是生员行使。"四尊道："朱笔是谁动的？且发学收管，待我申请学道再问。"钱流再三恳求，四尊不理，自做文书申道。次日陈副使来谢，四尊道："钱流薄有文名，不意无行一至于此，可见如今延师，不当徇名，只当访其行谊。如夫人之死，实由此三人，但不便检验，不若止坐以假牌。令郎虽云被局，亦以不捡招衅，这学生还要委曲。"陈副使道："公祖明断。只小犬还求清目。"四尊道："知道，知道。"过了数日，学道批道："钱流设局阱人，假牌串诈，大干行止。先行革去衣巾，确审解道。"四尊即拘了钱流，取出这两个假差，先问他要洪三十六。杨成、商德并说不曾见面。问钱流，钱流道搬去，不知去向。四尊要卫护陈公子，不行追究，单就假牌上定罪。不消夹得，商德认了写牌，钱流也赖不去佥押，杨成、商德共分银一半，各有三十两赃，钱流一半，都一一招成。四尊便写审单道：

钱流，宫墙跞跖也。朱符出之掌内，弄弟子如婴孩；白镪敛之囊中，蔑国法如弁髦。无知稚子，床头之骨欲支；薄命佳人，梁上之魂几绕。即赃之多寡，乃罪之重轻。宜从伪印之条，以惩奸顽之咎。商德躬为写牌，杨成朋为行使，罪虽未减，一徒何辞。陈镳以狂淫而召衅，亦匍匐之可矜，宜俟洪三十六到官日结断。张昌、岑岩俱系诡名，无从深究。

四尊写了，将三人各打三十。钱流道："老爷，看斯文分上。"四尊道："还讲斯文，读书人做这样事？"画了供，取供房便成了招。钱流准行使假牌、吓诈取财律，为首，充军。杨成、商德为从，拟徒。申解，三个罪倒轻了。当不得陈副使各处去讲，提学守巡三道，按察司代巡各处讨解，少也是三十，连解五处，止商德挣得命出。可怜钱公布用尽心机，要局人诈人，钱又入官，落得身死杖下。正是：

阱人还自阱，愚人只自愚。

青蚨竟何往，白骨委荒衢。

后来陈副使课公子时，仍旧一字不通，又知先生作弊误人。将来关在家中，从新请一个老成先生另教起。且喜陈公子也自努力，得进了学，科考到杭。一日，书童叫一个皮匠来上鞋子，却是面善，陈公子见了道："你是洪三十六?"那皮匠一抬头，也认得是陈公子，便捣蒜似叩头，道："前日都是钱相公教的，相公这些衣服、香炉、花瓶各项，第三日钱相公来说，老爷告了状，小人一一央钱相公送还，并不曾留一件。"陈公子道："我有九十两银子与你。"皮匠又磕头道："九厘也不曾，见，眼睛出血。"书童道："你阿妈吊死了么?"皮匠道："还好好在家，相公要，就送相公，只求饶命。"陈公子笑了又笑，道："去，不难为你。"皮匠鞋也不缝，挑了担儿飞走。书童赶上，一把扯住。皮匠道："管家，相公说饶我了，管家你若方便，我请你呷一壶。"书童道："谁要你酒吃。只替我缝完鞋去。"似牵牛上纸桥般，扯得转来。书童又把钱公布假牌事一一说与，那皮匠道："这贼娘戏，他到得了银子，惊得我东躲西躲两三年。只方才一惊，可也小死，打杀得娘戏好。"陈公子又叫他不要吃惊，叫书童与了他工钱去了。方知前日捉奸，也是钱公布设局。

可见从今人果实心为儿女，须要寻好人，学好样。若只把耳朵当眼睛，只打听他考案，或凭着亲友称扬，寻了个倨傲的人，不把教书为事，日日奔走衙门，饮酒清谭，固是不好；寻了一个放荡的人，终日把顽耍为事，游山玩水，宿娼赌钱，这便关系儿子人品；若来一个奸险的，平日把假文章与学生哄骗父兄，逢考教他倩人怀挟，干预家事，挑拨人父兄不和，都是有的。这便是一个榜样，人不可不知。

第二十八回 痴郎被困名缰 恶髡竟投利网

壮夫志匡济，蠹简为津梁。
朝耕研田云，暮撷艺圃芳。
志不落安饱，息岂在榆枋。
材借折弥老，骨以磷逾强。
宁逐轻薄儿，肯踵铜臭郎。
七幅豁盲者，三策惊明王。
杏园舒壮游，兰省含清香。
居令惩缪格，出俾凋瘝康。
斯不愧读书，良无惭垂黄。
穷达应有数，富贵真所忘。
毋为贪心炽，竟入奸人缰。

右五言排律

男儿生堕地，自必有所建立，何必一顶纱帽？但只三考道是奴才官，例监道是铜臭。这些人借了一块九折五分钱重债出门，又堂尊处三日送礼，五日送礼，一念要捉本钱，思量银子，便没作为。贡举又道日暮途穷，岁贡捱出学门，原也老迈，恩选孝廉，岂无异才？却荐剡十之一，弹章十处八，削尽英雄之气。独是发甲可以直行其志，尽展其才，便是招人忌嫉，也还经得几遭跌磕，进士断要做的。虽是这样说，也要尽其在己，把自己学问到识老才雄，悟深学富，气又足，笔又锐，是个百发百中人物，却又随流平进，听天之命，自有机缘。如张文忠五十四中进士，遭际世庙，六年拜相，做许多事业，何妨晚达？就是嘉兴有个张巽解元，文字纰缪，房官正袋在袖中，要与众人发一番笑话。不期代巡见了讨去，看做个奇卷，竟作榜首，是得力在误中。后来有一起大盗，拿银三千，央他说分上。在宾馆中遇一吏部，是本府亲家，吏部谭文，将解元文字极其指摘唾骂。骂了请教姓名，他正是解元，自觉惭惶，竟一肩为他说了这分上，是又得力在误中。人都道可以幸胜。又见这些膏粱子弟、铜臭大老得中，道可以财势求，只看崔铎，等到手成空，还有几个买了关节，自己没科举，有科举又病，进不得场，转卖与人。买得关节，被人盗去，干赔钱。买关节，被中间作事人换去，自己中不着。还有事露，至于破家丧身。被哄银子被抢，都是一点躁心，落了陷阱。又有一个也不是买关节，只为一念名心未净，被人赚掇，不唯钱财被诓，抑且身家几覆。

话说湖州有个秀才，姓张，弱冠进了学。家里田连阡陌，广有金银，呼奴使婢，极其富足。娶妻沈氏，也极有姿色，最妙是个不妒。房里也安得两个有四五分姿色丫头，一个叫做兰馨，一个叫做竹秀。还有两个小厮，一个叫做绿绮，一个叫做龙纹，伏侍他。有时读书，却是：

柔绿侵窗散晓阴，牙签满案独披寻。
飞花落研参朱色，竹响萧萧和短吟。

倦时花径闲步：

苔色半侵屐，花梢欲殢人。
阿谁破幽寂，娇鸟正鸣春。

客来时，一室笑谭：

对酒恰花开，诗联巧韵来。
玄诠随麈落，济济集英才。

也是个平地神仙，岂是寒酸措大。

一日，只见其妻对着他道："清庵王师父说，南乡有个道睿和尚，晓得人功名迟早、官职大小，附近乡官举监，都去拜在门下。你也去问一问。"张秀才道："仔么这师姑与这和尚熟？我停日去看他。"恰好一个朋友也来相拉，他便去见他。不知这和尚是个大光棍，原是南京人，假称李卓吾第三个徒弟，人极生得齐整，心极玲珑，口极快利，常把些玄言悟语打动乡绅，书画诗词打动文士，把些大言利嘴诳惑男妇。还有个秘法，是奉承结识尼姑。尼姑是寻老鼠的猫儿，没一处不钻到，无论贫家、富户、宦门，借抄化为名，引了个头，便时常去闯。口似蜜，骨如绵，先奉承得人喜欢，却又说些因果，打动人家，替和尚游扬赞诵。这些妇女最听哄，那个不背地里拿出钱，还又撺掇丈夫护法施舍。但他得了这诀，极其兴了。还又因这些妖娆来拜师的、念佛的，引动了色火，便得两个行童徒孙，终不济事，只得重贿尼姑，叫他做脚勾搭。有那一干，或是寡妇独守空房，难熬清冷，或是妾媵，丈夫宠多，或是商贾之妇，或是老夫之妻，平日不曾餍足他的欲心，形之怨叹，便为奸尼乘机得入。还有喜淫的借此解淫，苦贫的望他济贫。都道不常近妇人面，毕竟有本领，毕竟肯奉承，毕竟不敢向人说。有这几件好，都肯偷他。只这贼秃见援引来得多，不免拣精拣肥；欲心炽，不免不存形迹。那同寺的徒弟徒孙，不免思量踹浑水、捉头儿。每每败露，每每移窠，全无定名。这翻来湖州，叫做道睿，号颖如，投了个乡绅作护法，在那村里谭经说法。

这王师姑拜在他门下，因常在张家打月米，顺口替他荐扬。又有这朋友叫做钟暗然，来寻他同去。好一个精舍：

径满松杉日影微，数声清梵越林飞。
花烹梭水禅情隽，菜煮馈蓠道味肥。
天女散花来艳质，山童面壁发新机。
一堂寂寂闲钟磬，境地清幽似者稀。

先见了知客，留了茶，后见颖如。看他外貌极是老成镇重：

满月素涵色相，悬河小试机锋。
凛凛泰山乔岳，允为一世禅宗。

叙了些闲文，张秀才道："闻得老师知人休咎、功名早晚，特来请教。"颖如道："二位高明。这休咎功名，只在自身，小僧不过略为点拨耳。这也是贵乡袁了凡老先生已事。这老先生曾遇一孔星士，道他命中无子，且止一岁贡，历官知县。后边遇哲禅师指点，叫他力行善事，他为忏悔。后此老连举二子，发甲，官至主政。故此小僧道在二位，小僧不过劝行忏悔而已。就是这善行，贫者行心，富者行事，都可行得。就如袁了凡先生宝坻减粮一事，作了万善，可以准得。故此和尚也尝尝劝行，尝尝有验，初不要养供小僧，作善行也。"钟暗然道："张兄，你尚无子，不若央颖老师起一愿，力行千善，祈得一子。这只在一年之间，就见晓报的。况且你们富家，容易行善。"张秀才道："待回家计议。"钟暗然道："这原是你两个做的事，该两个计议。"两个别了，一路说："这和尚是有光景的。我自积我的阴德，他不骗我一毫。使得，使得。"钟暗然道："也要你们应手。"

果然张秀才回去计议，那尊正先听了王师姑言语，只有撺掇，如何有拦阻？

着人送了二两银子、两石米，自过去求他起愿。颖如道："这只须先生与尊正在家斋戒七日，写一疏头，上边道愿力行善事多少，求一聪明智慧、寿命延长之子就是了，何必老僧。"张秀才道："学生不晓这科仪，一定要老师亲临。"颖如见他已着魔了，就应承他。到他家中，只见三间楼上，中悬一幅赐子白衣观音像，极其清雅。他尊正也过来相见。颖如就为他焚符起缘，烧了两个疏头，立了一个疏头。只是这和尚在楼上看了张秀才尊正，与这两个丫头，甚是动火。

呖呖一群莺啭，袅袅数枝花颤。

司空见惯犹闲，搅得山僧魂断。

这边夫妻两个也应好日起愿，那边和尚自寻徒孙泄火。似此张秀才夫妻遂立了一个行善簿，上边逐日写去，今日饶某人租几斗，今日让某人利几钱，修某处桥助银几钱，砌某处路助银几钱，塑佛造经，助修寺、助造塔、放鱼虾、赎龟鳖。不上半年，用去百金。一千善立完，腹中已发芽了，便请他完愿。张秀才明有酬谢，其妻的暗有酬谢。自此之后，常常和尚得他些儿，只是和尚志不在此。不期立愿将半年，已是生下一个儿子。生得满月，夫妻两个带了到精舍里，要颖如取名，寄在观音菩萨名下。颖如与他取名观光，送了几件出乡的小僧衣、小僧帽，与他斋佛看经，左右都出豁在张秀才身上。夫妻两个都在庵中吃斋，王师姑来陪。

回家劝说，劝行善有应，不若再寻他起一个愿，求功名。张秀才道："若说养儿子，我原有些手段，凑得来。若说中举中进士，怕本领便生疏，笔底垒滞，应不得手。"其妻道："做看。"巧是王师姑来，见了他夫妇两个，道："睿老爷怠慢相公、大娘。"沈氏道："出家人甚是搅他。"王尼道："前日不辛苦么？"沈氏道："有甚辛苦。正在这里说，要睿师父一发为我们相公立愿，保祐他中举，我们重谢他。"王尼道："保祐率性保个状元。中了状元，添了个护法了，还要谢？只是要奶奶看取见尼姑，这事实搭搭做得来。上科县里周举人，还有张状元、李状元，都是他保的。我们出家人，怎肯打诳语？我就去替相公说。只是北寺一尊千手千眼观音要装，溪南静舍一部《法华经》缺两卷，我庵里伽蓝不曾贴金，少一副供佛铜香炉，这要相公、亲娘发心发心，先开这行善簿子起。"沈氏道："当得，当得。"吃了些斋，就起身来见颖如。一个问讯道："佛爷好造化。前日立愿求子的张相公，又要求个状元，要你立愿。他求个儿子，起发他布施酬谢，也得二三十两。这个愿心，怕不得他五七十金？"颖如道：

"我这里少的那里是银子?"王尼道:"是,是,是少个和尚娘。"颖如道:"就是个状元,可以求得的?"王尼道:"要你的?求不来要你赔?把几件大施舍难他,一时完不来的,便好把善行不完推。这科不停当,再求那科,越好牵长去。只是架子要搭大些。"颖如道;"不是搭架子,实是要他打扫一所净室,只许童男童女往来。恨我没工夫,我也得在他家同拜祷三七日才好。"王尼道:"你没工夫,我来替。"颖如:"怕你身子不洁净。"王尼道:"你倒身子洁净么!有些符咒文疏,这断要你去的。只是多谢你些罢了。"他两个原有勾搭,也不必定要在这日,也不必说他。去回覆道:"去说,满口应承,道要礼拜三七日,怕他没工夫。我道张相公仔么待,你便费这二十日工夫,张相公料不负你。"

张秀才夫妇欣然打扫三间小厅,侧首三间雪洞,左首铺设一张凉床、罗帐、净几、古炉、蒲团等项,右首也是床帐,张秀才自坐。择了日,着人送了些米、银子,下一请书去请他来。厅内中间摆设三世佛、玉皇各位神祇,买了些黄纸,写了些意旨,道愿行万善,祈求得中状元。只见颖如道:"我见道家上表,毕竟有个官衔,甚么上清三洞仙卿、上相九天采访使,如今你表章上也须署一个衔才好。"张秀才道:"甚么官衔?填个某府某县儒学生员罢。"颖如道:"玉帝面前表章,是用本色了。但这表要直符使者传递,要进天门,送至丘、吴、张、葛各天师,转进玉帝。秀才的势,怎行得动?须要假一个大官衔佥署封条牒文,方行得去。"张秀才道:"无官而以为有官,欺天了。"颖如道:"如今俗例,有借官勘合,还有私书用官封打去,图得到上官前,想也不妨。"张秀才道:"这等假甚么官?"颖如道:"圣天子百灵扶助,率性假个皇帝。"张秀才道:"这怎使得?"颖如道:"这不过一时权宜,止得你知我知,哄神道而已。"两个计议,在表亟上写一个道"代天理物抚世长民中原天子大明皇帝张某谨封",下用一个图书,牒上写道"大明皇帝张",下边一个花押,都是张秀才亲笔。放在颖如房中。先发符三日,然后斋天进表。每日颖如作个佛头,张秀才夫妇随在后边念佛,做晚功课。王尼也常走来,拱得他是活佛般。若是走时,张秀才随着,丢些眼色,那沈氏一心只在念佛上,也不看他。夜间沈氏自在房中宿,有个"相见不相亲"光景。到了焚表,焚之时,颖如都将来换过了。

堪笑痴儒浪乞恩,暗中网罟落奸髡。

茫茫天远无从问,尺素何缘达帝阍。

鬼混了几日,他已拿住了把柄,也不怕事。况且日日这些娈童艳婢,引得眼中火发，常时去撩拨这两个小厮。每日龙纹、绿绮去伏侍他，一日他故意把被丢在床下，绿绮钻进去拾时，被他按住。急率走不起，叫时，适值张秀才在里边料理家事，没人在，被他弄一个像意。一个龙纹小些，他哄他作福开裆，急得他哭时，他道："你一哭，家主知道，毕竟功德做不完，家主做不得状元，你也做不成大管家。"一破了阵，便日日戏了脸，替这两个小厮缠。倒每日张秀才夫妇两个斋戒，他却日日风流。就是兰馨、竹秀，沈氏也尝使他送茶送点心与他，他便对着笑吟吟道："亲娘，替小僧作一个福儿。"两个还不解说。后来兰馨去送茶，他做接茶，把兰馨捏上一把。兰馨放下碗飞跑，对沈氏道："颖如不老实。"沈氏道："他是有德行和尚，怎干这事？你不要枉口拔舌。"兰馨也便不肯到他房里，常推竹秀去。一会竹秀去，他见无人，正在那边念经，见了竹秀，笑嘻嘻赶来，一把抱定。那竹秀倒也正经，道："这甚模样！我家里把你佛般样待，仔么思量做这样事？"颖如笑道："佛也是做这样事生出来的。姐姐便做这好事。"竹秀道："你这贼秃无礼！"劈头两个栗暴。颖如道："打凭你打，要是要的。"涎着脸儿，把身子去迭，手儿去摸。不料那竹秀发起性来，乘他个不备，一掀，把颖如掀在半边，跑出房门："千贼秃、万贼秃，对家主说，叫你性命活不成。"颖如道："我活不成！你一家性命，真在荷包里。"竹秀竟赶去告诉沈氏。颖如道："不妙，倘或张秀才知机，将我打一顿，搜了这张纸，我却没把柄。"他就只一溜走了。

竹秀去说，沈氏道："他是致诚人，别无此意。这你差会意，不要怪他。"只听得管门的道："睿师太去了。"张秀才夫妇道："难道有这样事？一定这丫头冲撞。且央王师姑接他来，终这局。"不知他先已见王师姑了。王尼道："佛爷，张家事还不完，怎回来了？"颖如道："可恶张家，日久渐渐怠慢我，如今状元是做不成了，他如今要保全身家，借我一千银子造殿。"王尼道："一千银子，好一桩钱财，他仔么拿得出？"颖如道："你只去对他说，他写的表与牒都在我身边，不曾烧，叫他想一想利害。"王尼道："这是甚话！叫我怎么开口。"只见张家已有人来请王尼了，王尼便邀颖如同去。颖如道："去是我断不去的，叫他早来求我，还是好事。"颖如自一径回了。

这王尼只得随着人来，先见沈氏。沈氏道："睿师太在这里怎经事不完去了？"王尼道："正是，我说他为甚么就回，他倒说些闲话，说要借一千两银子，保全你们全家性命。"沈氏道："这又好笑。前日经事不完，还要保禳甚的？”此时张秀才平日也见他些风色，去盘问这两个小厮，都说他平日有些不老成。张秀才便恼了，见了王尼道：“天下有这等贼秃，我一桩正经事，他却戏颠颠的，全没些致诚。括我小厮，要拐我丫头，是何道理？”王尼道：“极好的呢！坐在寺里，任你如花似玉的小姐奶奶拜他，问他，眼梢也不抬。”沈氏道：“还好笑，说要我一千银子，保全我一家性命。”张秀才听到这句，有些吃惊，还道是文牒都已烧去，没踪迹，道：“这秃驴，这等可恶！停会着人捉来，打上一顿送官。”王师姑：“我也道这借银事开不得口，他道你说不妨，道相公亲笔的表章文牒都不曾烧，都在他那里，叫相公想一想利害。”张秀才道：“胡说，文牒我亲眼看烧的。你对他说，莫说一千，一钱也没得与他，还叫他快快离这所在。”沈氏道：“这样贪财好色的和尚，只不理他罢了，不必动气。”

王师姑自回了，到庵里去回覆，怨畅颖如道：“好一家主顾，怎去打断了？张相公说你不老实，戏弄他小厮、丫鬟。”颖如道：“这是真的。”王尼道：“阿弥陀佛，这只好在寺里做的，怎走到人家也是这样？就要也等我替你道达一道达才好，怎么生做！”颖如笑道：“这两个丫头究竟也还要属我，我特特起这衅儿。你说的怎么。”王尼道：“我去时，张相公大恼，要与你合嘴，亏得张大娘说罢了。”颖如笑道：“他罢我不罢，一千是决要的。”王尼道：“佛爷，你要这银子做甚？”颖如道：“我不要银子，在这里做甚和尚？如今便让他些，八百断要的。再把那两个丫鬟送我，我就在这里还俗。”王尼道：“炭堑八百九百，借银子这样狠。”颖如道：“我那里问他借，是他要送我的买命钱。他若再做一做腔，我去一首，全家都死。”王尼道：“甚么大罪，到这田地？我只不说。”颖如道：“你去说，我把你加一头除；若不说，把你都扯在里边。”王尼道：“说道和尚狠，真个狠！”只得又到张家来，把颖如话细细告诉。

沈氏对张秀才道：“有甚把柄在他手里么？”张秀才又把前事一说，沈氏道：“皇帝可假得的？就烧时也该亲手烧，想是被他换去，故此他大胆。你欠主意，欠老成。”张秀才道：“这都是他主谋。”沈氏道：“须是你的亲笔。这仔么处？”张秀才道：“岂有我秀才反怕和尚之理？他是妖僧哄我，何妨！”嘴里假强，心中也突突的跳。那王尼听了“头除”这句话，便扯着沈氏打合，道：“大娘，这和尚极是了得的，他有这些乡官帮护，料不输与相公。一动不如一静，大娘劝一劝，多少撒化些，只当布施罢。常言道：做鬼要羹饭吃。”沈氏道：“他要上这许多，叫我怎做主？况这时春三二月，只要放出去，如何有银子收来与他！”王尼道：“我不晓得这天杀的，绝好一个好人，怎起这片横心？他说造殿，舍五十两与他造殿罢。”张秀才道：“没这等事。舍来没功德。”沈氏道：“罢！譬如旧年少收百十石米，赏与这秃罢。”王尼只得又去，道：“好了，吃我只替他雌儿缠，许出五十两。”颖如道：“有心破脸，只这些儿？”王尼道：“你不知道，这些乡村大户，也只财主在泥块头上，就有两个银子，一两九折五分钱，那个敢少他的？肯藏在箱里？得收手罢，人极计生。”颖如道：“银子没有，便田产也好。五百两断断要的。”王尼道：“要钱的要钱，要命的要命，倒要我跑。”赶来朝着沈氏道：“说不来，凭你们。再三替你们说，他道便田产也定要足到五百。张相公，打意得过，没甚事，不要理他。作腔作势，连我也厌。”张秀才道：“没是没甚事。”沈氏道：“许出便与他，只是要还我们这几张纸。”王尼道：“若是要他还甚么几张纸，他须要拿班儿。依我五十两银子、十亩田，来我庵里交手换手罢。”张秀才假强摇头，沈氏口软，道：“便依你，只是要做得老到。”

跑了两日，颖如只是不倒牙，王尼见张家夫妇着急，也狠命就敲紧。敲到五十两银子，四十亩田，卖契又写在一个衙院名下，约定十月取赎。临时在清庵里交，他又不来，怕张秀才得了这把柄去，变脸要难为他，又叫徒弟法明临下一张，留着做把柄，以杜后患。张秀才没极奈何，只得到他静室。他毕竟不出来相见，只叫徒弟拿出这几张纸来。王尼道：“相公自认仔细，不要似那日不看清白。”张秀才果然细看，内一张有些疑心。法明道：“自己笔迹认不出，拿田契来比么。”张秀才翻覆又看一看，似宝一般收下袖中，还恐又变，流水去了。王尼却在那边逼了十两银子，又到张家夸上许多功。张秀才与了他五两银子、五石米，沈氏背地又与他五七两银子、几匹布。张秀才自认悔气，在家叹气叫屈，不消说了。

颖如也怕张秀才阴害他，走到杭州。他派头大，又骗着一个瞎眼人家，供养在家，已是得所了。只是颖如还放不这两个丫头下，又去到王尼庵中道：“我当日还留他一张牒文做防身的，我如今不在这边，料他害我不着。不若一发还了他，与他一个了断。如今他家收上许多丝，现在卖丝，我情愿退田与他，与我银子。这只完得旧事，新事只与我两个丫头罢了。”王尼道：“这做过的事，怎又好起浪。明明白白交与他这四张纸，怎又好说还有一张？”颖如道：“当日你原叫他看仔细，他也看出一张不像，他却又含糊收了。他自留的酒碗儿，须不关你我事。”王尼道：“是倒是，只是难叫我启口。就是你出家人，怎带这两个丫头？”颖如道：“我有了二三百银子，又有两个女人，就还了俗，那个管我。”王尼道：“一日长不出许多头发。”颖如道：“你莫管我，你只替我说。”王尼道：“不要。你还写几个字脚儿与我，省得他疑我撮空。”颖如道：“不难，我写我写。”写道：

张秀才谋做皇帝文字，其真迹尚在我处，可叫他将丫头兰馨、竹秀赠我，并将前田俱还价，我当尽还之。不则出首莫怪。

写了道：“歇半月我来讨回覆。”去了。王尼道：“也是不了事件，还与他说一说。”又到张家来。

恰是沈氏抱着儿子吃乳，张秀才搭着肩头在那厢逗他耍。只见王尼走到，相唤了。王尼对着张秀才道：“好不老成相公，当日仔么替你说？又留这空洞儿等和尚钻。”张秀才道：“甚空洞儿？”王尼道：“你当日见有一张疑心，该留住银子，问颖如要真的，怎胡乱收了，等他又起浪？”便递出这张字儿。其时兰馨在面前，王尼故意作耍景他，道：“难道这等花枝样一个姐儿，叫他去伴和尚？”沈氏道：“便与他，看他仔么放在身边。”王尼道：“放在身边，包你还两个姐姐快活。”张秀才看字，待扯，沈氏笑道：“且慢，我们计议，果若断绝得来，我就把兰馨与他。”只见兰馨便躲在屏风后哭去了。

雨余红泪滴花枝，惨结愁深不自持。

羞是书生无将略，和戎却自倩蛾眉。

正说时，却遇舅子沈尔谟来，是个义烈汉子，也是个秀才。见他夫妻不快，又听得兰馨哭，道：“妹子，将就些，莫动气。”沈氏道：“我做人极将就，他哭是怕做和尚婆。”张秀才忙瞅一眼，沈氏道：“何妨得，我哥哥极直，极出热，只为你掩耳偷铃，不寻个帮手，所以欺你。”便把这事认做自家错，道：“是我误听王尼姑，他又不合听和尚哄，写甚官衔。遭他捏住，诈去银子五十两，并田四十亩。如今又来索诈，勒要兰馨、竹秀，故此我夫妇不快，兰馨这里哭。”沈尔谟道：“痴丫头，人人寻和尚，你倒怕他。”又大声道：“妹子，这妹夫做拙了。要依他，他不要田，便与他银子，没有我那边拿来与他。丫头他也不便，好歹再与他二十两罢。不要刀口上不用，用刀背上钱。”张秀才忙摇手叫他不要说时，那里拦得住，都被王尼听了。须臾整酒在书房，三个在那边吃，沈尔谟道：“妹子，这是老未完，诈不了的。毕竟要断送这和尚才好。如今我特把尼姑听见，说我们肯与他银子，哄他来。县尊，我与妹夫都拜门生，不知收了我们多少礼，也该为我们出这番力。且待此秃来动手。”两个计议已定，只等颖如来。

不期这和尚偏不失信，到得月尽来了。王尼把事说与他，道：“他舅子肯借银子，丫头与你二十两自讨。”颖如道：“怕讨不出这等好的。”王尼道：“看他势头，还措得出。多勒他几两就是，定要这绊脚索?”颖如道：“也是，省得有了他，丢了你。叫他明日我庵中交银。”王尼来说，沈氏故意把银子与他看了，约在次日。

这边郎舅两个去见县尊，哭诉这节情事。县尊道：“有这等光棍和尚!”便分付四个差人，叫即刻拿来，并取他行李。张秀才便拿出二十两送了差人，自己还到庵里。只见王尼迎着道：“在这里等了半日。”颖如倚着在自己庵里，就出来相见。只见驼拜匣的两个后生放下拜匣，将颖如缚住。颖如忙叫徒弟时，张秀才径往外跑，又领进六个人来，道是县里访的，搜了他出入行囊。这些徒弟都各拿了他些衣钵走了，那个来顾他？带至县里，适值晚堂。县尊道：“你这秃厮，敢设局诈人?”颖如道：“张生员自谋反，怕僧人发觉，买求僧人。”县尊道：“有甚么证据?”道：“拜匣中有他文牒。”忙取出来看了，道：“这又不干钱谷刑名，是个不解事书生胡写的，你就把来做诈端。”便拔签叫打四十。一声“打”，早拿下去，张秀才用了银子，尿浸的新猫竹板子，着着实打上四十下，文牒烧毁，田契与银子给还。颖如下监，徒弟逃去，没人来管，不二日，血胀死了。尝戏作一颂子，云：

睿和尚，祝发早披缁。夜枣三更分行者，菩提清露洒妖尼，犹自起贪痴。

睿和尚，巧计局痴迷。贪想已看盈白镪，淫心犹欲搂娇姿，一死赴泥犁。

在监中搁了两日，直待禁子先递病呈，后递绝呈，才发得出来，也没个人收葬。这便是设局害人果报。

张秀才也因事体昭彰，学道以行捡退了前程。若使他当日原是个书呆子，也只朝玩夜读，不能发科甲，也还作秀才。只为贪而愚，落人机阱，又得县令怜才，知他不过一时愚呆，别无他想，这身家才保得，诈端才了得，还又至状元不做得，秀才且没了。不然，事正未可知，不可为冒进的鉴戒么!

第二十九回　妙智淫色杀身　徐行贪财受报

酒为误基，色为祸资。
唯贪招愆，气亦似之。
展转纠缠，宁有已时。
桀殒妹喜，纣丧酒池。
回洛亡隋，举世所嗤。
刚愎自庸，莽也陈尸。
覆辙比比，曷不鉴兹。
聊付管彤，明者三思。

世上称为累的，是“酒、色、财、气”四字。这四件，只一件也彀了，况复彼此相生？故如古李白乘醉，丧身采石，这是酒祸；荀倩爱妻，情伤身毙，这是色祸；慕容彦超聚敛吝赏，兵不用力，这是财祸；贺拔岳尚气好争被杀，这是气祸。还有饮酒生气被祸的，是灌夫，饮酒骂坐，触忤田蚡，为他陷害。因色生气被祸的，是乔知之，与武三思争窈娘，为他谤杀。因财生气被祸的，是石崇，拥富矜奢，与王恺争高，终为财累。好酒渔色被祸的，是陈后主，宠张丽华、孙贵嫔，沉酣酒中，不理政事，为隋所灭。重色爱财被祸的，是唐庄宗，宠刘后，因他贪黩，不肯赏赉军士，军变致亡。这四件甚是不好。但传闻中一事，觉件件受害，都在里边，实可省人。

话说贵州有个都匀府，辖下麻哈州，也是蛮夷地方。州外有座镇国寺，寺中两房和尚。一边东房，主僧悟定。这房是守些田园花利，吃素看经，杜门不出，不管闲事的。西房一个老僧悟通，年纪七十多岁，老病在床不出。他有个徒弟妙智，年纪四十，吃酒好色，刚狠不怕事的。徒孙法明，年纪三十来岁，一身奸狡。玄孙圆静，年纪十八九，标致得似一个女人。他这房，悟通会得经营算计，田产约有千金，现银子有五七百两，因富生骄，都不学好。有了一个好徒弟，他还不足，要去寻妇人。本地有个极狡猾、略有几分家事的土皇帝，叫做田禽，字有获，是本州的礼房吏，常来寺里扯手，好的男风，倒把圆静让他。把一个禅居造得东湾西转，曲室深房，便是神仙也寻不出。

这悟通中年时曾相处一个菩提庵秋师姑，年纪仿佛，妙智也去踹得一脚浑水。当日有一个秋尼徒弟管净梵，与妙智年纪相当，被秋尼吃醋，管得紧，两个有心没相，亏得秋尼老熟病死，净梵得接脚，与妙智相往。法明又搭上他徒弟洪如海，彼此往来，已非一日。只是两个秃驴得陇望蜀，怪是两个尼姑年纪相当，生得不大有颜色，又光头光脑，没甚趣向，要寻一个妇人。师徒合计，假道人屠有名出名，讨了个官卖的强盗婆，叫做钮阿金，藏在寺中，轮流受用。那屠有名有些不快，他便贴他几两银子，叫他另讨。这屠有名拿去便嫖便吃，吃得稀醉，就闯进房里寻阿金，道："娼妇躲在那里？怎撇了我寻和尚？"妙智定要打他，法明出来兜收。屠有名道："罢！师父，没有个有名没实的，便四个一床夹夹儿。"法明连道："通得。"便拿酒与他。他道："酒，酒，与我好朋友。"拿住钟子不放，一面说，一面吃，道："师父，不是我冲撞你，都是这酒。故此我怪他，要吃他下去。"绵绵缠缠，缠到二三更，灌得他动不得，才得脱身去快活。如此不止淘他一日气了。毕竟妙智狠，做一日灌他一个大醉，一条绳活活的断送了他。

三杯壮胆生仇隙，一醉昏沉赴杳冥。
浪道酒中能证圣，须知荷钟笑刘伶。

自家寺里的人，并无亲戚，有了个地老虎管事，故没人来说他。搁两日，抬到寺后，一把火烧了。这番两个放心作乐。就是两个尼姑因他不去，就常来探访他，他只留在外边自己房里，不令他到里轩，也都不知。

争奈两个人供一个人，一上一落，这个人倒不空，这边两个合一个，前边到任，后边要候缺。过去佛却已索然兴尽，未来佛耳朵里听的，眼睛里看的，未免眼红耳热难熬。要让一边，又不怯气，每日定要滚做一床。只是妙智虽然年纪大些，却有本领，法明年纪虽小，人儿清秀，本事也只平常。况且每日一定要让妙智打头，等了一会，欲火动了，临战时多不坚久，妇人的意思不大在他。他已识得，道："三脚虾蟆无寻处，两脚婆娘有万千。"便留心了。去到人家看经，便去涎脸，思量勾搭。

一日，在城里一家人家看经，隔壁帘里几个内眷，内中有两个绝色，他不住偷眼去看他。那妇人恼了，折拽他，故意丢一眼，似个有情。他正看经时，把他袖底一扯，他还不解，又扯一扯。低头去看，是一个竹箬包的包儿，帘里递来的，偷便轻轻的丢在袖里，停会看时，两个火热馒头，好不欢喜。坐定又扯，又递一个火热箬包，他又接了，回头一看，却是那最标致的这个。口里喃喃假念，心里只想如何近他。一会，众人道："那里烧布衣臭？"彼此看，没有。又一会，法明长老袖子烟出，看时袖里一块大炭，把簇新几件衣服烧穿，连声道："适间剪烛落下个灯煤。"忙把手揿水泼，几件衣服都是酱了。

难禁眼底馋光，惹出身边烈焰。

那边女人欢笑，他就满面羞惭，不终事去了。

只是这色心不死，要赌气寻一个。恰好遇着个姓贾的寡妇，原住寺中房子，法明讨房租尝见的，年纪廿二三，有五六分颜色，挣得一副老脸，催修理，要让租，每常撩口。法明也尝做些人情，修理先是他起，银子是他后收，便七成当八成，九分半作一钱，把这些私恩结他。丈夫病时，两个就有些摸手摸脚，只不得拢身。没了丈夫，替他看经，衬钱都肯赊，得空便做一手儿。这些邻舍是他房客，又道这是狠过阎罗王的和尚，凶似夜叉的妇人，都不敢来惹他。况且房子临着他寺中菜园，极其便当。死不满百日，他便起更来，五鼓去，尝打这师父偏手。他还心里道："我在这里虽是得手，终久贼头狗脑，不得个畅快。莫若带他进寺中，落得阔他一阔。不要等阿金这狗妇，只道独他是个奇货，妆憨。"这贾寡妇原是没有娘家，假说有个寡居姑娘，要去搭住，将家伙尽行卖去。一个晚出了门，转身从寺后门中，竟到了西房。进了小厅，穿过佛堂，又进了一带侧房，是悟通与圆静房；转一个小同，一带砖墙小门，是妙智、法明内房。当中坐启，两边僧房，坐启后三间小轩，面前摆上许多盆景，朱栏纱窗，是他饮酒处，极其幽雅。又转侧边一带白粉门，中有一扇暗门，开进去是过廊。转进三间雪洞，一间原是阿金住，一间与贾氏。两个相见，各吃一惊。妙智道：

“一家人，不要疑忌。”四个都坐在一堆，喜得这两个女眷恰好老脸，便欣然吃了一会，四个滚作一床：

桃径游蜂，李蹊聚蝶。逞着这纷纷双翅，才惊嫩蕊，又入花心；凭着这袅袅娇姿，乍惹蜂黄，又沾蝶粉。鹳巍巍风枝不定，温润润花露未唏。战酣人倦，菜园中倒两个葫芦；兴尽睡浓，绿沼里乱一群鸳鹭。正是：那管秽污三摩地，直教春满梵王宫。

两个好不快活。

只见一日，圆静忙忙的走来，神色都失。妙智问他是甚缘故，圆静道：“不好说得。我一向在田有获家，两边极是相好，极是相知。他的老婆怀氏与妾乐氏，都叫我小师父，都是见的。有两个丫头，大的江花，十八岁，小的野棠，十三岁，时常来书房里耽茶送水。江花这丫头极好，常道：‘小师父，你这样标致，我嫁了你罢。’又替他里边的妾拿香袋与我，拿僧鞋与我，逼着要与我好。我一时间不老成，便与他相处。后来我在那边歇时，田有获毕竟替我吃酒，顽到一二更才去。去得他就蹴出来陪我。后边说出田有获妾喜我标致，要我相见。我去时，他不繇分说一把抱住，道：‘小冤家，莫说他爱你，我也爱你。前日你替他在书房中做得好事，教我看得好不气。如今你抢了我的主顾去，依然要你赔。’我见他比江花生得又好，一时间进去，出不得来，只得在那边歇了。缠了一夜辛苦，出来得迟，撞了野棠，又慌忙落了一个头上搭儿。不料野棠拾了，递与他怀氏，怀氏收了。昨日与乐氏争风，他便拿出来道：‘没廉耻！你有了个小和尚彀了，还要来争。’江花来对我说，吃我走来。他来白嘴怎处？”妙智道：“不妨。他也弄得你，你也弄得他小阿妈，兑换。”法明道：“不是这样说。我们做和尚的，有一件好，只怕走不进去。走了进去，到官便说不得强奸，自然替我们遮盖。田有获是个有手段光棍，他为体面，断不认帐。只是你已后不要去落局，来是断不来说的。”圆静道：“既然如此，他丫头江花要跟我逃来，索性该领来，他决不敢来讨。”法明道：“这却使不得。”果然，田有获倒说野棠造谤，打了几下。后来见圆静不来，知是实事，他且搁起，要寻事儿弄他。

恰值本州州尊升任，一个徐州同署事，是云南嵩明县人，监生出身，极是贪狠。有个儿子徐行，字能长，将二十岁。妻真氏标致，恩爱得紧。患了个弱病，医人道须得萧散几时才好。田有获就荐到寺里来。徐州同道："我见任官，须使不得。"田有获道："暂住几日不妨。"就在西房小厅上暂住，拨了个门子、一个甲首服事。田有获不时来望，来送小菜。他当日圆静与田有获相好时，已曾将寺中行径告诉他，他就在徐公子面前道："徐公子，你曾散一散，到他里边去么？绝妙的好房，精致得极。"公子道："怎不借我？"田有获道："这借不得的。"便在徐公子耳边，附耳说了一会，徐公子笑道："有这等事？"两个别了。田有获故意闯到圆静房里，抱住一连做了几个嘴，道："狗才，丢得我下，一向竟不来看我，想是我冲突了你。不知是师公吃醋，还是新来收南货的徐相公，忘了我？"两个抱着笑。只见妙智怕田有获来寻圆静甚事，也赶来，却是抱住取笑。田有获忙叫："妙公走来，你莫怪我，我两个向来相与的。只为他见怪，向来不肯望我，特来整个东道赔礼。"便拿出三钱一块银子，道："妙公，叫道人替我做东道请他。"正说，法明走来道："这怎要田相公作东？圆静薄情，不望相公，该罚圆静请才是。"妙智道："也不要田相公出，也不要圆静罚。田相公到这里，当家的请罢了。"大家一笑，坐下。说起徐公子，田有获道："这些薄情的，"把手抄一抄，道："又恶又狠，好歹申府申道，极恶的恶人。他儿子须好待他些。"须臾摆上酒肴，田有获且去得此货。四个人猜拳行令，吃个热闹，扯住了妙智的耳朵灌，捏住了法明的鼻头要他吃，插科打诨，都尽开怀。

杯中浮绿蚁，春色满双颐。

争识留连处，个中有险巇。

大家吃酒。不知这正是田有获缒住这两个，使徐公子直走魏都。

果然这徐公子悄悄步入佛堂，蹴过僧房，转入墙门，闯入小轩：

静几余残局，茶炉散断烟。

萧萧檐外竹，写影上囱间。

真是清雅绝人。四顾轩侧小几上，菖蒲盆边，一口小金磬，他将来"精精"三下，只听得划然一声，开出一扇门，笑嘻嘻走出两个女人来，道："是那一个狗秃走来？"跑到中间，不堤防徐公子凹在门边，早把门拦住，道："好打和尚的，试打一打我。"抬眼看这两个：

一个奶大胸高，一个头尖身小。一个胖憨憨，好座肉眠床；一个瘦伶

伶，似只痴鸭子。一个浓描眉，厚抹粉，妆点个风情；一个散挽髻，斜牵

袖，做出个窈窕。这是蘼芜队里蓬蒿树，饿鬼丛中救命王。

这两个正要进去，不得进去，徐公子戏着脸去呆他。

这边行童送茶，不见了徐公子，便赶来寻着田有获道："徐相公在么？"田有获假醉，瞪着眼道："一定殿上散心去了。"把法明一推，道："你去陪一陪。"法明走得出去，只见行童慌慌张张的道："徐相公在轩子里了。"田有获道："也等他随喜一随喜。"那妙智听了，是有心病的，竟往里面跑来。只见徐公子把门拦住，阿金与贾寡妇截定在那里，惊得呆的一般。徐公子道："好和尚，做得好事！我相公在这里，也该叫他陪我一陪，怎只自快活！叫门子拴这狗秃去。"妙智一时没个主意，连忙叩头道："只求相公遮盖。"

门户锁重重，深闭倾城色。

东风密相窥，漏泄春消息。

那徐公子摇得头落要处。

那田有获假妆着醉，一步一跌，撞将进来，道："好处在，我一向也不知道。"见了两个妇人，道："那里来这两个尿精？想是公子叫来的妓者，相公不要秽污佛地。"徐公子道："他这佛地久污的了，我今日要与他清净一清净。"田有获又一把去扯妙智起来："我这徐相公极脱洒的。"那妙智还是磕头。徐公子对田有获道："这两个秃驴，不知那边奸拐来的。我偶然进来遇见，一定要申上司究罪，毁这寺。"田有获连连两个揖道："公子，不看僧面看佛面，再不看学生狗面，饶了他罢。"徐公子道："这断难饶的。"田有获道："学生也赔跪，饶了他，等他送五十两银子买果子吃。"徐公子道："我那里要他钱，我只要驱除这秃。"田有获道："我就拜，一定要相公宽处。"一踵跌了一交。妙智道："田相公处一处。"田有获道："相公，待他尽一个礼罢了。"徐公子道："既是田先生说，送我一千。"田有获道："来不得，来不得。吃得把这几个和尚、两个婆娘称，好歹一百。"徐公子道："他一房性命，都在我手，怎只一百两？我只叫总甲与民壮拿他。"折身就走，妙智死命扯住。田有获道："相公，实是来不得，便二百罢。"这公子如何肯，一揹揹到五百两。诉穷说苦，先送二百两。田有获做好做歹，收了。

漫喜红颜入掌，那堪白镪归人。

田有获道："和尚，料不怕他再敢生变，且到明日来了帐。"

不期到晚，妙智叹气如雷。终是法明有些见识，道："师父，我们只藏过这两个，没了指实，就不怕他了。他现任官儿子，该在僧房里住诈人么！"妙智道"是"，忙进里边，与这两个叙别，连夜把这两个妇人戴了幅巾缁衣。不敢出前门，怕徐公子有心伺候，掇条梯子扒墙。法明提了灯笼远远先走，妙智随了，送到菩提庵来。敲门，净梵开门，见了法明道："甚风吹你来？"道："送两个师父与你。"净梵到里头一相，道："怪见有了这两个师父，竟不采我。我这里庵小，来往人多，安身不得。"妙智再三求告，许他三钱一日，先付现银十两。后边妙智为事，净梵见他久住，银子绝望，琐聒起来。两个安身不牢，只得另寻主顾去了。

妙智师徒两个，如今放心。早起田有获来，要足五百两数。这两个和尚你推我攘，道："我们和尚钱财，十方来的，得去也难消受，怎要得我们的？如今只有两条穷命在这里。他现任子弟，怎该倚官诈人？"田有获挑一句："昨日是他拿住把柄，所以我只得替你许他。若要赖他的，须得移窠才好。"法明道："我们原没甚的。"田有获道："若是闪了开去，可以赖得了。只是他爷在这里做官，怕有后患。"妙智道："我还要告他。"田有获道："告他须用我证见。不打紧，我打发他去，只要谢我。"来见徐公子道："昨说僧人一时来不及，求公子相让。"徐公子道："昨日我因先生说，饶了他一房性命。申到上司，怕他一房不是死？怎么还说让？"田有获把椅移一移近，道："把柄没了，他不知藏在何处去，如今还在那边油嘴。可即回，与令尊商议摆布他。"徐公子假道："这都是公哄我了。公缓住我，叫和尚赖我钱。"田有获道："公子，得放手时须放手罢。"公子道："公欺我，公欺我！"便竟自带人起身去了。田有获道："如今他使性走去，毕竟说与乃尊，还修饰才是。"妙智道："我们和尚，'钱财性命，性命卵袋'，那二百两也是多的。只等他升任，田相公，你作作硬证，这二百两定要还我。"田有获道："是，是。"

那厢徐公子回去，果然把这桩事说与徐州同。州同道："怎不着人来通知我？可得千金。轻放了，轻放了。"公子道："他昨日送得二百两，讲过今日还有三百，他竟然赖了。”徐州同顿足道：“你不老到，你不老到。不妨，有我在。”叫一个皂隶，封了一两银子，道：“老爷说公子在这厢搅扰，这些须薄意，谢你的薪水之资。公子还吃得你们这里的泉水好，要两瓶。”这两个和尚得志得紧，道：“薪水不收。要水，圆静领他去打两吊桶。”差人回覆。徐州同还望他来收火，发出水去，道这水不是泉水，要换，他端只将这水拿两瓶去，徐州同看了大恼。

田有获原要做和尚一裆儿报仇，自己要索他百来两谢，见事走了滚，故意在徐州同面前搠他道：“他还要上司告公子。”徐州同越恼，要寻事摆布。正值本州新捉着一伙强盗杨龙等，就分付狱卒，教“攀他做窝家，我饶他夹打”。杨龙果然死口攀了。登时出牌，差人拿妙智、法明。两个先用了一块差使钱。一到，不由分剖就夹，要他招赃。两个抵死不招，下了重监。田有获道：“他还有个圆静，是行财的，决该拿来，要他身上出豁。”徐州同即便拘来一夹，讨保，教田有获去赴水，要他一千。圆静只得卖田卖地，苦凑五百，央田有获送去。田有获乘此机会，也写得十来亩田。不意徐州同贪心不满，又取出来一夹。这妙智是个狠和尚，气得紧，便嚷道：“我偷妇人，罪有所归。你儿子诈了我二百，你又诈我五百，还不如意？得这样钱，要男盗女娼!”徐州同体面不像，便大恼道：“这刁秃驴，你做了强盗，怪老爷执法，污蔑我。”每人打了四十收监。与儿子计议，道刁僧留不得，取了绝呈。可怜这两个淫僧，被狱卒将来，上了匣床，脸上搭了湿毛纸。狱卒道：“这不关我事。冤有头，债有主，你只寻徐爷去。”一时间活活闷死，倒还不如屠道人，也得一醉。

脂香粉腻惹袈裟，醉拥狂淫笑眼斜。
今日朱颜何处在，琵琶已自向他家。

又：

披缁只合演三车，眷恋红妆造祸芽。
怨气不归极乐国，阴风圜土鬼膦斜。

寺中悟通年纪已老，因念苦挣衣钵，一朝都尽，抑郁身死。圆静因坐窝赃，严追自缢。起根都只为一个圆静奸了田有获的妾，做了火种，又加妙智、法明拐妇人做了衅端，平白里把一个好房头至于如此。徐州同为此事，道间把做贪酷逐回。在任发狠诈人，贴状的多，倒赃的亦不少，衙门几个心腹，却被拿问。田有获因署印时与徐州同过龙说事，问了徒。百姓又要抢徐州同行李，徐州同将行李悄悄的令衙役运出，被人乘机窃去许多。自己假做辞上司，一溜风赶到船边，只见四个和尚立在船边，抬头一看，一个老的不认得，这三个一个妙智，一个法明，一个圆静。这一惊非同小可，慌忙下船。数日来惊忧悒郁，感成一个怔忡，合眼便见这四个和尚。自家口里说道："他罪不至死，就是赖了公子的钱可恼。但我父子都曾得他钱，怎就又伤他性命？原也欠理。"时常自言自语。病日重，到家便作经事超度禳解，济得甚事？毕竟没了。临没对儿子道："亏心事莫作，枉法钱莫贪。"

笑是营营作马牛，黄金浪欲满囊头。

谁知金丧人还丧，剩有污名奕世流。

喜得宦囊还好，徐公子将来从厚安葬。却常懊悔自家得了二百两，如何又对父亲说，惹出如许事端，渐觉心性乖错。向娶一妻真氏，人也生得精雅，又标致，两个甚是和睦。这番因自己心性变得不好，动辄成争。家里原有两个人，如今打发管庄的管庄，管田的管田，家里只剩得一房家人徐福，年纪三十四五，一个丫头翠羽，十五岁，一个小厮婉儿，十三岁。自己功不成，名不就，游嘻浪荡，也喜去嫖，丢了一个真氏在家，甘清守静。还又道自在外嫖，怕他在家嫖，日渐生疑。没要紧一节小事，略争一争，就在自己书房捧了个翠羽，整整睡了半月，再不到真氏房中。

真氏只因当他不得的暴戾，来不来凭他。他倒疑心，或时将他房门外洒灰记认，或时暗将他房门粘封皮。那真氏觉得，背地冷笑。偏古怪，粘着封儿常被老鼠因是有浆咬去，地下灰长因猫狗走过踏乱，他就胡言枉语来争。这真氏原是个本分人，先着了气，不和他争。他便道有虚心事，故此说不出，这是一疑无不疑。

一日，从外边来，见一个小和尚，一路里摇摇摆摆走进来，连忙赶上，转一个湾就不见了，竟追进真氏房中。只见真氏独坐刺绣。真氏见他竖起两道眉，睁起两只眼，不知着甚头由，倒也一慌。他自赶到，床上张一张，帐子掀一掀，床下望一望，把棍子搠两搠，床顶上跳起一看，两只衣厨打开来寻，各处搜遍。

真氏寻思倒好笑他。他还道："藏得好，藏得好。"出去又到别处寻。叫过翠羽要说，翠羽道实没有，掺婉儿，婉儿说是没人。还到处寻觅嚷叫。从此竟不进真氏房中，每晚门户重重，自去关闭记认。真氏见这光景，心中不快，道："遇这等丈夫，无故受他这等疑忌，不如一死罢了。"倒是徐福妻子和氏道："大娘，你若一死，倒洗不清。耐烦再守三头五月，事决明白。他回心转意，还有和美日子。自古道得好：好死不如恶活，且自宽心。"可怜那真氏呵：

愁深日似深填黛，恨极时将泪洗妆。

一段无辜谁与诉，几番刺绣不成行。

徐公子书房与真氏卧房隔着一墙，这日天色已晚，徐公子无聊无赖，在花径闲行。只见墙上一影，看时却是一个标致和尚，坐起墙上，向着内房里笑。徐公子便怒从心起，抉起一块砖打去，这砖偏格在树上落下，和尚已是跨落墙去了。徐公子看了大怒，

墙阴花影摇，纤月落人影。

遥想孤帏中，双星应耿耿。

道："罢，罢！他今日真赃实犯，我杀他不为过了。"便在书房中，将一口剑在石上磨，磨得风快。赶进房来，又道："且莫造次，再听一听。"只听得房中大有声响，道："这淫妇与这狗秃正高兴哩。"一脚踢去，踢开房门。真氏在梦中惊醒，问是谁，徐公子早把剑来床上乱砍。真氏不防备的，如何遮掩得过，可怜一个无辜好女人，死在剑锋之下。

身膏白刃冤难白，血与红颜相映红。

案上一灯，欲明欲灭，徐公子拿过来照时，只见床上止得一个真氏，拥着一条被，身中几剑气绝。徐公子道："不信这狗秃会躲。"又听得床下有声，道："狗秃在了。"湾着腰，忙把剑在床底下搠去。一连两搠，一只狗拼命劈脸跳出来。徐公子惊了一跌，方知适才听响的是狗动，还痴心去寻这和尚，没有。坐在房中，想这事如何结煞，想一想道："如今也顾不得丑名，也顾不得人性命。"竟提了剑走出中堂来叫："徐福！徐福！"和氏道："相公昨日打发去庄上未回。"徐公子道："这等怎处？"没处摆布，这做婉儿不着。赶到灶前来叫婉儿，叫了八九声，只见他应了，又住，等了一会，带着睡踵将出来。徐公子等

得不耐烦，一剑砍去，便砍死了。一连杀了两个人，手恰软了，又去擂了半日，切下两个头。已是天亮，和氏与翠羽起来，看见灶下横着婉儿的尸，房中桌上摆着两个头，公子提着一把剑呆坐，床里真氏血流满床。和氏暗想："自己丈夫造化，不然就是婉儿了。"忽然见徐公子吃了些早饭，提头而去。两个看着真氏痛哭，替他叫冤说苦。

这徐公子已赶到县间去，哄动一城人，道徐家杀死奸夫奸妇，也有到他家看的，也有到县前看的，道真是个汉子。连真家也有两三个秀才，羞得不敢出头，只着人来看打听。须臾县尊升堂，姓饶，贵州人，选贡，精明沉细，是个能吏。放投文，徐公子就提了头过去，道："小人徐州同子徐行，有妻真氏，与义男婉儿通奸，小人杀死，特来出首。"那饶县尊就出位来，道："好一个勇决汉子，只不是有体面人家做的事。"一眼看去，见一颗头一点儿的，便叫取头上来，却见一个妇人头，颇生得好，一个小厮头，发才到眉。县尊便道："这小厮多少年纪了？"徐行道："十四岁。"那县尊把带掇了一掇，头侧了一侧，叫打轿相验，竟到他家。轿后拥上许多人。

县尊下轿进去，道："尸首在那边？"徐行道："在房里。"进房，却见床上一个没头女尸，身上几剑，连被砍的，身上还紧紧裹着一条被。县尊看了道："小厮尸怎不在一处？"道："在灶前。"到灶前，果见小厮尸横在地上，身中一剑，上身着一件衣服，下身穿一条裤子。县尊叫扯去裤子，一看，叫把徐行锁了，并和氏、翠羽都带到县里，道："徐行，你这奴才，自古'撒手不为奸'。他一个在床上，一个在灶前，就难说了。况且你那妻子尚紧拥着一条被，小厮又着条裤，这奸的事越说不去了。若说平日，我适才验小厮尚未出幼，你仔么诬他？这明明你与妻子不睦，将来杀死，又妄杀一个小厮解说。你欺得谁？"叫取夹棍，登时把徐行夹将起来。徐行道："实是见一和尚扒墙进真氏房中，激恼杀的。"县尊道："这等小厮也是枉杀了。你说和尚，你家曾与那寺和尚往来？叫甚名字？"徐行回话不来，叫丢在丹墀内。叫和氏道："真氏平日可与人有奸么？"和氏道："真氏原空房独守，并没有奸。只是相公因嫖，自己不在家，疑心家中或者有奸情，镇日闹炒。昨晚间就是婉儿并不曾进真氏房中，不知怎的杀了真氏，又杀小厮。"叫翠羽，翠羽上去与和氏一般说话。县尊道："徐行，你仔么解?”徐行只得招了，因疑杀妻，恐怕偿命，因此又去杀仆自解。县尊大恼，道:“既杀他身，又污他名，可恶之极!”将来重打四十。

这番真家三两个秀才来讨命，道:“求大宗师正法抵命，以泄死者之冤。”县尊道:“抵命不消讲了。”随出审单道:

真氏当傲狠之夫，恬然自守，略无怨尤，贤矣。徐行竟以疑杀之，且又牵一小童以污蔑，不惨而狡欤？律以无故杀妻，一绞不枉。

把徐行做了除无故杀死义男、轻罪不坐外，准无故杀妻律，该秋后处决。解道院，复行本府刑厅审。徐行便去央分上，去取供房用钱，要图脱身。不知其情既真，人所共恶，怎生饶得？刑厅审道:

徐行无故惨杀二命，一绞不足以谢两冤。情罪俱真，无容多喙。

累次解审，竟死牢中。

冤冤相报不相饶，圜土游魂未易招。

犹记两髡当日事，囹圄囊首也萧条。

这事最可怜的是一个真氏，以疑得死，次之屠有名，醉中杀身。其余妙智，虽死非罪，然阴足偿屠有名；徐行父子，阴足偿妙智、法明；法明死刑，圆静死缢，亦可为不守戒律，奸人妇女果报。田禽淫人遗臭，诈人得罪，亦可为贪狡之警。总之，酒色财气四字，致死致祸，特即拈出，以资世人警省。

第三十回　张继良巧窃篆　曾司训计完璧

衽席藏戈，虿蜂有毒，不意难防。嚬笑轻投，威权下逮，自惹抢攘。英雄好自斟量，猛然须奋刚肠。理破柔情，力消欢爱，千古名芳。

右调《柳梢青》

历代尝因女色败亡，故把女色比做兵，道是女戎。我道内政不出壶，女人干得甚事？若论如今做官，能剥削我官职，败坏我行谊，有一种男戎。男戎是甚么？是如今门子。这些人出来是小人家儿子，不大读书，晓得道理，偶然亏得这脸儿有些光景，便弄入衙门。未得时时节，相与上等是书手外郎，做这副腻脸，捱他些酒食。下等是皂隶、甲首，做这个后庭，骗他银子。耳朵里听的，都是奸狡瞒官作弊话；眼睛里见的，都是诡诈说谎骗钱事。但只是初进衙门，胆小怕打，毕竟小心，不过与轿夫分几分押保认保钱，与监生员递呈求见的，骗他个包儿，也不坏事。尝恐做官的喜他的颜色，可以供得我玩弄；悦他的性格，可以顺得我使令，便把他做个腹心。这番他把那一团奸诈，藏在标致颜色里边；一段凶恶，藏在温和体度里面。在堂上还存你些体面，一退他就做上些娇痴，插嘴帮衬。我还误信他年纪小，没胆，不敢坏我的事，把他径窦已熟，羽翼已成，起初还假我的威势骗人，后来竟盗我威势弄我，卖牌批状，浸至过龙、撞木钟，无所不至。这番把一个半生灯窗辛苦，都断送在他手里了。故有识的到他，也须留心驾驭，不可忽他。我且道一个已往的事。

我朝常州无锡县有一个门子，姓张名继良。他父亲是一个卖菜的，生下他来，倒也一表人材。六七岁时，家里也曾读两句书，到了十四五岁，越觉生得好：

双眸的的凝秋水，脸娇宛宛荷花蕊。
柳眉瓠齿绝妖妍，贯玉却疑陈孺子。

恰也有好些身分，浅颦低笑，悄语斜身，含情弄态，故故撩人，似怨疑羞，又频频拒客。

徙倚类无骨，娇痴大有心。

疑推复疑就，个里具情深。

可惜一个标绝的小厮，也到绝时年事，但处非其地，也不过与些市井俗流，游食的光棍，东凹西靠，赚他几分钱罢了。不料十五岁上娘亡，十六岁上爷死，这样人家穿在身上，吃在肚里，有甚家事？却也一贫彻骨。况且爹亲娘眷都无，那里得人照管。穿一领不青不蓝海青，着一双不黑不白水袜，拖一双倒根鞋，就是如花似玉，颜色也显不出了。房钱没得出，三餐没人煮，便也捱在一个朋友家里。不期这朋友是有妻小的，他家婆见他脸色儿有些丰艳，也是疑心。不免高兴时也干些勾当儿，张继良不好拒得，浅房窄屋，早已被他知觉，常在里边喃喃骂道："没廉耻！上门凑！青头白脸好后生，捱在人家，不如我到娘家去，让你们一窠一块。"又去骂这家公道："早有他，不消讨得我。没廉没耻，把闲饭养闲人。"就茶不成茶，饭不成饭，不肯拿出来，还饶上许多絮聒。张继良也立身不住，这朋友也难留得。又捱到一家朋友，喜是光棍，日间彼此做些茶饭儿过日，夜间是夫妇般。只是这人且会吃寡醋。张继良在穷，也便趁着年纪滥相处几个，他知得便寻闹，又安不得身。亏得一个朋友道："锡山寺月公颇好此道，不若我荐你在那边栖身。"便领他去寺中，见月公道："我这表弟十六岁，父母双亡，要在上刹出家，我特送来。"月公道："我徒弟自有，徒孙没有，等他做我徒孙罢。"就留在寺中。这张继良人是个极会得的，却又好温性儿，密得月公魂都没，替他做衣服，做海青。自古道：人要衣装，马要鞍装。这一装束便弄得绝好了。

也是他该发迹，本县何知县忽一日请一个同年游锡山，这何知县是个极好男风，眼睛里见不得人的。在县里吏书皂快，有分模样的便一齐来，苦没个当意的。这时同年尚未来，他独坐，甚是无聊，偶然见张继良一影，他见是个扒头，便道："甚么人？"叫过来问时，是本寺行童。何知县道："不信和尚有这等造化。我老爷一向寻不出一个人。"问他："有父兄么？"道："没有。"那答应的声儿娇细，一发动人。就道："你明日到县伏侍我罢，我另眼看你。"他自吃酒去了。月公得知，甚是不快活，道："仔么被他看见了？父母官，须抗他不得。”两个叙别了一夜，只得送他进县，分付叫他小心伏侍，闲暇时也来看我一看。一进衙门，何知县道：“你家中无人，你就在后堂侧边我书房中歇落。”本日就试他，是惯的，没甚畏缩，还有那些媚态。何知县就也着了迷，着库上与他做衣服，浑身都换了绸绫。每日退堂，定要在书房中与他盘桓半日，才进私衙。他原识两个字，心里极灵巧，凡一应紧要文书、词状简札，着他收的，问起都拿得来，越发喜他有才。又道他没有亲眷，没人与他兜揽公事，又向在和尚寺里，未免晓得在衙门作弊，况且又在后堂歇落，自已不时叫在身边，也没人关通，凡事托他做腹心，叫他寻访。

不知这衙门中，书吏、皂甲极会钻，我用主文，他就钻主文；我用家人，他就钻家人。这番用个门子，自然寻门子。有那烧冷灶的，不曾有事寻他，先来相处他，请酒送礼，只拣小官喜欢的香囊、扇子、汗巾之类送来，结识他做个靠山。有那临渴掘井的，要做这件，大块塞来，要他撺掇。皂甲要买牌讨差，书吏要讨承行，渐渐都来丛他。内中也有几个欺他暴出龙，骗他，十两公事做五两讲。又有那讨好的，又去对他讲，道这件事毕竟要括他多少，这件事不到多少不要与他做。他不乖的，也教会了，况且他原是个乖的人。但是官看三日吏，吏看三日官。官若不留些颜色，不开个空隙把他，他也不敢入凿。先是一个何知县，因他假老实，问他事再不轻易回覆，侧边点两句，极中窍，便喜他，要抬举他。一日，佥着一张人命牌，对张继良道：“这差使是好差，你去，那个要的，你要他五两银子，佥与他。”一个皂隶莫用知得，就是五两时银来讨。正与张继良说，一个皂隶魏匡，一个眼色，张继良便回莫用道少。这边魏匡就是五两九成银递去。张继良见光景可措，道要十两，魏匡便肯加一两。这边一个李连，忙央一个门子，送八两与张继良。魏匡拿得银子来，这厢已佥了李连，张继良已将牌递与了。一日，有张争家私状子，原烧冷灶的一个吏房书手陈几，送他两匹花绸，要他禀发。张继良试去讨一讨，不料何知县欣然。

这番衙门里传，一个张继良讨得差，讨得承行，有一个好差，一纸好状子，便你三两，我五两，只求得个他收。他把几件老实事儿结了何知县，知县说着就依，他就也不讨。讲定了见佥着这牌，便道原差某人、该差某人，某人接官该与、某人效劳该与，何知县信得他紧，也就随他说写去。呈状也只凭他，道是原行，或是该承。还有巧处，该这人顶差，或该他承应，他把没帐差牌呈状，踏在前面，佥与了他，便没个又差又批的理，这就是夺此与彼的妙法。到后他手越滑，胆越大，人上告照呈子，他竟袖下，要钱才发。好状子他要袖下，不经承发房挂号，竟与相知。莫说一年间他起家，连这几个附着他的吏书、皂甲，也都发迹起来。何知县也道差使承行左右是这些衙门里人，便颠倒些也不是坏法，故此不在意。不知富的有钱买越富，穷的没钱买越穷，一个官、一张呈状，也不知罚得几石谷、几个罪。若撞着上司的，只做得白弄，他却承行差使都有钱赚，他倒好似官了。

其时一个户房书手徐炎，见他兴，便将一个女儿许与他，一发得了个教头，越会赚钱。却又衙门人无心中又去教他，乘有一个人有张要紧状子，连告两纸不准，央个皂隶送二两，叫他批准。皂隶因而就讨这差，自此又开这门路。书手要承应，皂隶要差，又兜状子来与他批，一二两讲价。总之趁着这何知县尝与他做些歪事，戏脸惯了，倚他做个外主文。又信他得深了，就便弄手脚，还不曾到刑名上。争奈又是狱中有狱卒牢头，要诈人钱，打听有大财主犯事，用钱与他，要他发监，他又在投到时，叫写监票，可以保的竟落了监，受尽监中诈害。人知道了，便又来用钱，要他方便。至于合衙门人，因他在官面前说得话，降得是非，那个不奉承？那个敢冲突他？似库书库吏收发上有弊，吏房吏农充参，户房钱粮出入，礼房礼仪支销，兵房驿递工食，刑房刑名，工房造作工价，那一房不要关通他？那一处不时时有馈送？甚至衙头书房里都来用钱，要批发，二三四衙都有礼送他，阖县都叫他做张知县。

先时这何知县也是个要物的，也有几个过龙书吏，起初不曾合得他，他却会得冷语，道："这事没天理，不该做的。"那何知县竟回出来。或时道这公事值多少，何知县捏住要添。累那过龙的费尽口舌，况且事又不痛快，只得来连他做。连着要打那边三十，断不是廿五下；要问他十四石，断不是一两三；要断十两，断不是九两九钱。随你甚乡官阔宦，也拗不转。外边知道消息，都不用书吏，竟来投他。他又乖觉，这公事值五百，他定要五百；值三百，定要三百。他里边自去半价儿，要何知县行。其余小事儿，他拿得定，便不与何知县，临审时三言两语一点掇，都也依他。外边撞太岁、敲木钟的事也做了许多，只有他说人是非，那个敢来说他过失？把一个何知县竟做了一个傀儡。

　　简书百里寄专成，闾里须教诵政声。

线索却归豪滑手，三思应也愧生平。

凡是做官，不过爱民礼士。他只凭了一个张继良，不能为民辨明冤枉。就是秀才举监有些事，日日来讨面皮，博不得张继良一句。当时民谣有道："弓长固可人，何以见君王。"又道："锡山有张良，县里无知县。"乡官纷纷都要等代巡来讲他是非。

亏得一个同年省亲回来的周主事，知道这消息，来望他，见一门子紧捱在身边。他看一看道："年兄，小弟有句密语。"何知县把头一侧，门子走开。周主事道："年兄，这不是张继良么？"何知县道："是。年兄仔么认得？"周主事道："外边传他一个大名。"何知县道："传他能干么？"周主事说："太能了些，几乎把年兄官都坏了。"何知县道："他极小心，极能事。"周主事道："正为年兄但见其小心，见其能事，所以如此。若觉得，便不如此了。外边士民都说年兄宠任他，卖牌准状，大坏衙门法纪。"何知县道："这一定衙门中人怪他，故此谤他。"周主事道："不然。还道他招权纳赂，大为士民毒害。"何知县道："年兄，没这样事。"周主事道："年兄，此人不足惜，还恐为年兄害。外面乡绅虽揭他的恶，却事都关着年兄，小弟是极力调停。只恐陈代巡按临，上司有话，怎么处？"何知县颜色不恰，周主事也别了。

只见何知县走到书房中，闷闷不悦。张继良捱近身边，道："老爷，适才周爷有甚讲？"何知县一把捏住他手，道："我不好说得。"张继良道："老爷那一事不与小的说？这事甚么事，又惹老爷不快？"何知县把他扯近，附耳道："外边乡绅怪我，连你都谤在里边。周爷来通知，故此不快。"张继良便跪了道："这等，老爷不若将小的责革，以舒乡绅之愤，可以保全老爷。"何知县一把抱起，放在膝上，道："我怎舍得。他们不过借你来污蔑我，关你甚事？"张继良道："是老爷除强抑暴，为了百姓，自然不得乡绅意。要害老爷，毕竟把一个人做引证。小的不合做了老爷心腹，如今任他乡绅流谤，守巡申揭，必定要代巡自做主。小的情愿学貂蝉，在代巡那边，包着保全老爷。"何知县道："我进士官，纵使他们谤我，不过一个降调，经得几个跌磕，不妨。但只是你在此，恐有祸，不若你且暂避。"张继良道："小的也不消去，只须求老爷仍把小的作门役，送到按院便是。"何知县道："我正怕你在此有祸，怎还到老虎口中夺食？倘知道你是张继良，怎处？"张继良道："不妨。老爷只将小的名字改了，随各县大爷送门役送进，小人自有妙用。”何知县还是摇头。

过了半月，按院巡历到常州。果然各县送人役，张继良改做周德，何知县竟将送进。也是何知县官星现，这陈代巡是福建人，极好男风。那张继良已十七岁了，反把头发放下，做个披肩。代巡一见，见他矬小标致，竟收了。他故意做一个小心不晓事光景，不敢上前。那代巡越喜，道是个笃实人。伏侍斟酒时，便低着头。问他道：“你是无锡那里人？”道：“在乡。”他脸也通红。代巡道：“你是要早晚伏侍我的，不要怕得。”晚间就留在房中。这张继良本是个久惯老手，倒假做个畏缩不堪的模样，这代巡早又入他彀：

才离越国又吴宫，媚骨夷光应与同。

尺组竟牵南越颈，奇谋还自压终童。

初时先把一个假老实愚弄他，次后就把娇痴戏恋他，那代巡也似得了个奇宝。凡是门子进院，几时一得宠，不敢做别样非法事？若乞恩加赏，这也是常情。他在那边木木讷讷，有问则答，无问则止，竟不乞恩讨赏，陈代巡自喜他，每次赏从厚。要赏他承差，他道日后不谙走差，不愿，道办也不愿，道是无锡人，求赏一个无锡典吏。陈代巡竟赏。闲时也问及他本地风俗，他直口道乡官凶暴，不肯完纳钱粮，又狠盘算百姓，日日告债告租。一县官替他管理不了，略略不依，就到上司说是非，也不知赶走多少官，百姓苦得紧。已自为何知县解释。又得查盘推官与本府推官，都是何知县同年，也为遮盖，所以考察过堂，得以幸全。

及至代巡考察，审录、比较、巡城、阅操，各事都完。因拜乡宦，只见纷纷有揭。代巡有了先入之言，只说乡宦多事。后边将复命纠劾有司，已拟定几个，内中一个因有大分上来，要改入荐，只得把何知县作数，取写本书吏，要待写本。张继良见了，有些难解，心里一想，道：“我叫他上不本成。”恰值这日该书办众人发衣包，先日把陈代巡弄个疲倦，乘他与别门子睡，暗暗起来，将他印匣内关防取了，打入衣包里边。次日早堂，竟行发起这关防，先寄到他丈人徐炎家，徐炎转送了何知县。

篆文已落段司农，裴令空言量有容。

始信爱深终是祸，变兴肘腋有奇凶。

次早用印，张继良把匣一开，把手一摸，又假去张一张，只见脸通红，悄悄来对陈代巡道："关防不见。"陈代巡吃了一惊，还假学裴度模样，不在意，一连两个腰伸了，道："今日困倦，一应文书都明日印。"坐在后堂不悦。张继良倒假做慌忙，替他愁。陈代巡道："不妨。这一定是我衙门中盗去印甚文书，追得急，反将来毁了。再待一两日，他自有。"

等了两三日，不见动静，这番真是着急。知是门子书办中做的事，一打拷追问，事就昭彰，只得妆病不出，叫掌案书办计议。书办听得也呆了，只教且在衙门中寻。这四个门子、两个管夫、八个书办着鬼的般，在衙门里那一处不寻到？还取夫淘井，也不见有。寻思无计，内中一个书办道："如今寻不出，实是不好。闻得常州府学曾教官，是个举人出身，极有智谋，不若请他来计议。"果然小开门，请曾教官看病。他是泰和人，极有思算，有手段的。曾教官道："甚么人荐我？我从不知医。"一到传鼓，请进川堂相见了，与坐留茶，赶去门子，把这失印一节告诉他。那教官也想一会，道："老大人，计是有一个，也不是万全。老大人自思，在本府尝与那个有隙？曾要参何人？"陈代巡也想一想，附耳道："我这里要参无锡何知县。"曾教官道："这印八分是他。如今老大人只问他要。"陈代巡道："我问他要，他不认怎生？"曾教官道："也只教他推不得。目下他也在这厢问安，明日老大人暗将空房里放起火来，府县毕竟来救，老大人将敕交与别县，将印竟交与他。他上手料不敢道看一看内边有关防没有，他不得已，毕竟放在里；他若不还，老大人说是他没的，也可分过。这是万或可冀之策，还求老大人斟酌行之。"陈代巡道："这是绝妙计策，再不消计议得，只依着做去。"曾教官道："教官还有一说。观此人既能盗印，他把奸人已布在老大人左右了。此事不能中伤，必复寻他事。况且今日教官之谋，他也毕竟知道，日后必衔恨教官。这还祈老大人赦他过失，使他自新。这在老大人可以免祸，在教官可以不致取怨。"代巡点头道："他若不害我，我也断不害他。"留了一杯茶，就送了教官出来。还倚张继良做个心腹，叫与一个掌案书办行事。在里边收拾花园中一间小书房，推上些柴，烧将起来。

这边何知县自张继良进了院去，觉得身边没了个可意人，心中甚是不快。到参谒时，略得一望，相见不见亲，越觉懊恼。喜得衙门中去了他，且是一清。凡有书信，都托徐炎送与何知县。考察过堂无事，何知县满心欢喜："这一定是张继良的力，好一个能事有情的人。"这日，只见徐炎悄悄进见。何知县知有密事，赶开人，叫他近来，只见递出一个信并印。何知县见了访款，倒也件件是真，条条难解，又见关防，笑道："这白头本也上不成。"收了，重赏徐炎。打听甲首报按院有病不坐，他又笑道："是病个没得出手。"也思量要似薛嵩送金盒与田承嗣般，惊他一个，两边解交，恐怕惹出事来，且自丢起，将关防密密随着身子。此时也只因问代巡安，来到府中。这日正值张知县来拜，留茶，两个闲谭。只见一个甲首汗雨淋淋赶来，道："禀老爷，察院里火起，太爷去救去了。"这知县连忙起身，何知县打轿相随。那知府已带了火钩火索，赶入后园去了。这两个赶到，却早代巡立在堂上，在那里假慌。见他两个，道："不要行礼，不要行礼。不知仔么空屋里着起来，多劳二位。"忙取过敕寄与张知县，把印匣递与何知县，道："贤大尹，且为我好收。"递得与他，自折身里面去了。

烟火暗庭除，奔趋急吏胥。

片时令璧返，画策有相如。

须臾火熄，分付道："一应官员，晚堂相见。"

那张继良见何知县接了印匣，已自跌脚道："你是知道空的，仔么收他的？如今怎处？"这何知县掇了个空印到下处，好生狐疑，道："这印明明在我这里，他将印匣与我，我又不好当面开看。如今还了印，空费了张继良一番心；若不还时，他赖我盗印，再说不明，如何是好？"想了半日，道："没印，两个一争就破脸，不好收拾；有印，或者他晓得我手段，也不敢难为我，究竟还的是。"将印放在匣内，送到院前。先是知府进见，问慰了，留茶。次得张知县交敕，何知县交印，就问候，代巡也留茶送出。这班书办晓得匣里没印，不敢拿文书过来用印。倒是代巡叫："连日不曾佥押用印文书，拿过来。"众人倒惊道："印没了，难道押下写一'印'字的理？把甚么搭？难道这两日那里弄得方假印来？被人辨认出也不像。"都替代巡踟蹰。只见文书取到，批佥了，叫张继良开匣取印。只见一颗印宛然在里边，将来印了。书办们已知这印如何在何知县身边，周德原是何知县送来的人，一定是他弄手脚了。

次日，何知县辞回，巡按留饭，道："贤大尹好手段。"何知县道："不敢。"便诌一个谎道："知县未第时，寄居在本地能仁寺读书。邻房有一人，举止奇秘。知县知他异人，着实加礼。一日在家，他薄晚扣门，携着一人首，道在此有仇已报，有恩未酬，问知县借银二十两酬之。知县将银饰相赠，许后有事相报。别来音信杳然。数日前忽中夜至衙，道：‘奸人谤你，代巡有意信谗。我今取其印，令不得上疏，可以少解。’知县还要问个详细，只见他道：‘脱有缓急，再来相助。’已飞身去了。知县细看，果是代巡的，要送来，怕惹嫌疑，不敢。昨蒙老大人委管印匣，乘便呈上。”代巡道：“有这等事！前已知无锡乡绅豪横，作令实难，虽有揭帖，本院这断不行的。贤大尹贤能廉介，本院还入荐剡，贤大尹只用心做官，总之不忤乡绅，便忤了士民了。”何知县谢了，自回县。

陈代巡初时也疑张继良，印来到时，竟疑了八分，但是心爱得他紧，不肯动他。何知县又说这一篇谎，竟丢在水里。果然复命举劾，不惟不劾何知县，又得荐。曾教官也在教职内荐了，得升博士。一县乡绅都尽惊骇，道是神钻的，若是这样官荐，那一个不该荐？这样官不劾，那一个该劾？如此作察院，也负了代巡之名。有的道：“如今去了个张门子，县中也清了好些，应是这缘故。”不多几时，只见按院批下一张呈子，是吏农周德的，道在院效劳，乞恩赏顶充户房吏农王勤名缺，是个现缺，那个敢来争他的？这是陈代巡复命，要带张继良进京。张继良想道：“自为何知县进院，冷落了几时不赚钱，如今还要寻着何知县补。若随去，越清了。”故此陈代巡要带他复命，他道家有老母，再三恳辞，只愿在本县效役，可以养母。陈代巡便叫房里查一个本县好缺与他，还批赏好些银两。送至扬州，陈代巡还恋恋不舍。他记挂县中赚钱，竟自回了。

计就西施应返越，谋成红线自归仙。

他一到县，做了亲，寻了大宅住下。参见了何知县，喜得不胜，感得不胜。县里这些做他羽翼的，欢喜他靠山复来，接风贺喜，奉承不暇。这些守本分的，个个攒眉。向来吏书中有几个因他入院，在这厢接脚过龙。门子有几个接脚得宠，不惟缩手，也还怕他妒忌。知机的也就出缺告退，不识势的也便遭他陷害。先时在县，还只当得个知县，凌轹一县的人；如今自到了察院去，也便是个察院了，还要凌轹知县，说道：“他这个官亏我做的，不然，这时不知是降是调，赶到那里去了。”六房事，房房都是他，打官司没一个不人上央人来见他。官司也不消何知县问得，只要他接银子时仔么应承，他应承就是了。一个何知县只在堂上坐得坐，动得动笔罢了。一年之间，就是有千万家私的，到他手里，或是陷他徭役，或人来出首，一定拆个精光，留得性命也还是绝好事。县里都传他名做"拆屋斧头"、"杀人刽子"。何知县先时溺爱他，又因他救全他的官，也任着他。渐渐到后来，立紧桌横头，承应吏捧得一宗卷过来，他先指手划脚，道这该打，这该夹，这该问罪，竟没他做主，也觉不成体面。又是他每事独捉，不与何知县，又不与里边主文连手，里边票拟定的，他都将来更乱。向来何知县也得两分，自此只得两石谷、两分纸，他还又来说免。更有他作弊处，凡一应保状，他将来裁去，印上状格，填上告词，日子是何知县亲标，就作准出牌，来买便行搁起，和息罚谷，自行追收，不经承发挂号，竟没处查他。何知县甚是不堪，道："周外郎，你也等我做一做。你是这样，外观不雅。难道你不怕充军徒罪的？"他也不采，只是胡行。何知县几次也待动手，但是一县事都被他乱做，连官不知就里，一县人都是他心腹，没一个为官做事的。那周德见他愤愤的，道："先下手为强。莫待他薄情，反受他的祸。"挽出几个举人、生员，将他向来受赃枉法事在守道府官处投揭。这番里边又没个张继良，没人救应，竟谪了闲散。

私情不可割，公议竟难逃。

放逐何能免，空为泽畔号。

张继良自援了两考，一溜风挈家到京，弄了些手脚，当该官办效劳，选了一个广州府新会县主簿。到家闹哄哄上了任。有的人道："没天理，害了这许多人，却又兴，得官。"他到任又去厚拱堂官，与堂官过龙。执行准事惯了，又仍旧作恶害人，靠了县尊。有一个生员家里极富，家中一个丫头病死，娘家来告，他定要扭做生员妻打死，要诈他，又把他一个丫头夹拶。秀才哄起来，递了揭，三院各处去讲，百姓乘机来告发。刑厅会同查盘官问。这查盘是韶州府推官，自浙江按察司照磨升来的，正是何知县。知是张继良，当日把他坏事、又揭害他的事，一一说与广州推官。两个会问时，撤定他几件实事，坐了他五百赃，问了充军，着实打了他二十，在广州府监里坐得个不要，家眷流落广州。这的是张继良报应。但是这些人，有甚人心？又有一班狡猾的驾着，有钱要撰，有势就使，只顾自饭碗里满，便到充军摆站，败坏甚名捡？做官官职谪削事小，但一生名捡已坏，仔么不割一时之爱？至如养痈一般，痈溃而身与俱亡，此是可笑之甚。故拈出以佐仕路观感。

第三十一回　阴功吏位登二品　薄幸夫空有千金

新红染袖啼痕溜，忆昔年时奉箕帚。
茹荼衣垢同苦辛，富贵贫穷期白首。
朱颜只为穷愁枯，破忧作笑为君娱。
无端忽作附炎想，弃我翻然地上芜。
散同覆水那足道，有眉翠结那可扫。
自悔当年嫁薄情，今日翻成不自保。
水流花落两纷纷，不敢怨君还祝君。
未来光景竟何在，空教离合如浮云。

右《去妇词》

眉公云：福厚者必忠厚，忠厚而福益厚；薄福者必轻薄，轻薄而福益薄。真是薄幸空名，营求何在？笑是吾人妄作思想，天又巧行窥伺，徒与人作话柄而已。“富易交，贵易妻”，这两句不知甚么人说的，如今人作为口实。但是富易交之人，便是不可与友的人，我先当绝他在臭味未投之先也，不令他绝我在骄倨之日。只是一个妻，他苦乐依人，穷愁相守。他甘心为我同澹泊，可爱；就是他勉强与我共贫穷，可怜。怎一朝发迹，竟不惜千金买妾，妄生爱憎？是我处繁华，他仍落莫，倒不如贫贱时，得相亲相爱。我且试把一个妄意未来之钱，竟去久婚之配，终至钱物不得，客死路傍的试说一说。

话说直隶江阴县有一个相士胡似庄，他也是个聪明伶俐人儿，少年师一个袁景庄先生学相，到胡诌得来。娶一个妻叫马氏，生相矬小，面色紫膛，有几点麻。喜得小家出身，且是勤俭得紧，自早至晚，巴家做活，再不肯躲一毫懒。这胡似庄先在人丛中摆张轴儿，去说天话勾人，一日去骗得几个乡里人，分得两三张纸，也不过赚得二三分铜钱银子，还有扯不人来时。只是他在外边行术，毕竟也要披件袍仗儿动人，这件海青是穿的。立了一日肚饿，也到面店中吃碗。苦是马氏在家，有裙没裤，一件衫七补八凑，一条脚带七接八接，有一顿没一顿，在家捱。喜是甘淡薄性儿，再没个怨丈夫光景。那胡似庄弄到一个没生意，反回家来贼做大，叹气连声，道："只为你的相贫寒，连我也不得发达。"马氏再也不应他，真个难捱。亏得一个房主杨寡妇，无子，止得一女，尚未适人。见马氏勤苦，不来讨他房钱，还又时常周济。一日，杨寡妇偶然到他家中，急得马氏茶也拿不一钟出。却是胡似庄回来，母子去了。胡似庄问道："方才那女子那家?"道："是房主人家。"胡似庄道："也似一个夫人，等我寻个贵人与他，报他的恩。"不题。

他行术半年，说些眼前气色，一般也吃他闯着几个，生意略兴。他道："我们方术人，要铺排大，方动得人。"积趱得一百七八十块银子，走到银店里一销，销得有五钱多些，买了三匹稀蓝布，几枝细竹竿，两条绳，就在县前撑了。凭着这张嘴，一双眼睛，看见衣服齐整的，拱上一篇；衣衫蓝缕的，酱上几句。一两句讨不马来，只得葫芦提收拾。亏他嘴活，倒也不曾吃大没意思。

面有十重铁甲，口藏三寸钢钩。

惯钓来人口气，乱许将相公侯。

一日立在县前，只见县里边走出几个外郎来。内中一个道："我们试他一试。"齐环住了这帐儿下，一个捱将近来。他个个拱上几句，道一定三尹、一定二尹，可发万金、可发千金。将次相完，有这等一个外郎，年纪二旬模样，也过来一相。他暗暗称奇，道："此位却不是吏道中人。他两颧带杀，必总兵权；骨格清奇，必登八座；虎头燕颔，班超同流；鹤步熊腰，萧何一辈。依在下相，一妻到老，二子送终，寿至八旬，官为二品。目下该见喜，应生一个令郎。"一个外郎道："小儿尚未有母，娶妻罢。"胡似庄道："小子并无妄言，老兄请自重。"这人笑道："我如今已在吏途中混了，有甚大望。"胡似庄道："老先生高姓大名？后日显达，小生要打抽丰。"这人道："说他仔么！"却是一个同伴要扯他同走，怪胡似庄缠住，道："是兵房徐老官，叫做徐晞，在县里西公廨住。"

风尘混迹谁能鉴，长使英雄叹暗投。

喜是品题逢识者，小窗嘘气欲冲牛。

本日亏这一起人来，胡似庄也赚了钱数骚铜，回到家中道："我今日撞得一个贵人，日后要在他身上讨个富贵。"正说，只见一个丫鬟拿了些盐菜走来，道："亲娘见你日日淡吃，叫我拿这些菜来。"恰是杨家。胡似庄道："多谢奶奶亲娘，承你们看顾，不知亲娘曾有亲事么？我倒有一头绝好亲事，还不晓要甚人家。"丫头道："不过是过当得人家，只是家里要入赘。"胡似庄道："我明日问了来说。"丫头去了。胡似庄道："妙，妙。后面抽丰且慢，先趁一宗媒钱。"马氏道："媒不是好做的。如今杨奶奶且是好待，不要因说媒讨打吃。"胡似庄道："不妨。"

次日拿了一个钱，买了个帖子，来拜徐晞。恰值官未坐，还在家下。徐外郎道："昨承先生过奖。"胡似庄道："学生这张嘴，再不肯奉承，再不差。依学生，还该读书才是。"徐外郎道："这不能了。"正说间，堂上发梆，徐外郎待起身，胡似庄一把扯住道："还有请教。昨闻老先生未娶，不知要娶何等人家？"徐外郎道："学生素无攀高之心，家事稍可存活，只要人是旧家，女人齐整罢了。"胡似庄道："有一寡居之女，乃尊二尹，殁了，家事极富，人又标致，财礼断是不计的。公若入赘，竟跌在蜜缸里了。"徐外郎道："学生意在得人，不在得财。"胡似庄道："先生，如今人说有赔嫁，瞎女儿也收了。只是这女儿，房下见来，极端庄丰艳，做人又温克。"徐外郎要上堂，忙忙送他。他又道："学生再不说谎的。"别了。

来县前骗了几分银子，收拾了走到杨家。杨家小厮杨兴道："胡先生，来还房钱么？"道："有话要见奶奶。"其时杨寡妇已听丫鬟说了，便请进相见。胡似庄先作五七八个揖，谢平日看取，就道："昨日对阿姐说，有一个本县徐提控，年纪不上二十岁，才貌双全，本县大爷极喜他，家事极好。我前日相他，是大贵之人，恰与令爱相对。学生待要作伐，若奶奶肯见允，明日他来拜学生，可以相得。这人温柔，极听在下说，可以成得，特来请教。"杨寡妇道："老身没甚亲眷，没个打听。先生，他根脚也清，家事果好么？"胡似庄道："学生不打听得明白，怎敢胡说？"寡妇道："不是过疑。只这些走街媒婆，只图亲事成，便人家义男，还道是旧族人家；一文钱拿不出，还道是财主；四五十岁，还道廿来岁后生；有疾的，还道齐整。更有许一百财礼，行聘时，只得五六十两哄人。事到其间，不得不成，就是难为了媒人，女儿已失所了。故此要慎重。”胡似庄道：“奶奶，须知学生是学做媒的，那里有这些奸狡？这徐老官是出得钱起，现参，日日有钞括。若说人品年纪，明日便见。”吃了杯茶出来。

次日徐外郎果然来拜，杨寡妇先在里边张望。胡似庄又在徐外郎前，极口赞扬一翻。去后，又在杨寡妇前读上几句相书，说他必贵。这杨寡妇已是看中了人物，徐外郎处胡似庄一力撺掇，竟成了这亲，徐外郎就入赘他家。胡似庄也得了两家谢礼，做了通家往还。

一日徐外郎在家，只见这胡似庄领了一个人来见，衫蓝褛得紧。徐外郎与他相见，坐了。胡似庄道：“这一个是我表外甥，他叫史温，是廿三都里当差的。本都里有一户史官童，他为三丁抽一事，在金山卫充军，在籍已绝，行原籍勾补。他与史官童同姓不亲，各立户头的。里长要诈他丢儿，他没有，要卸过来。这事在贵房，特来相恳。”徐外郎道：“既是户绝，自应免勾，岂有把别户代人当军之理？你只明日具呈，我依理行。”正说了，送出门。那杨兴悄悄走来，把胡似庄一拽，要管家包儿。胡似庄笑道：“连相公怕还脱白，你的在我身上补来。”杨兴道：“你招得起，不少房钱了。”大家分手。

次日，果然史温具呈，他便为清查，原系别籍。正在做稿回卫。却是胡似庄又来道：“舍亲要求清目，特具一杯奉屈，这是芹敬。”徐外郎道：“令亲事，我已周支，只要回卫了，也不须得酌。”胡似庄道：“脱一名军小事，若没有提控，这时佥妻起解。炒菜当肉香，提控不要嫌怠慢罢。”一把扯了，步出城，见破屋一间，桌凳略具。那史温忙出来相迎。茶罢，便是几盘下饭，也不过只鸡鱼肉而已，却也精洁。酒不上三巡，那胡似庄放开肚皮大嚼一阵，吃得盘碟将完，忙失惊道：“忘了，忘了，今日县里邹都堂家成一块坟地，要我作中，为邀徐提控跑来，讲久才成。仔么有煮成饭与他人吃的？不得奉陪了。”立起便走。徐外郎也待同行，胡似庄道：“如此是学生得罪了，一定还要一坐。”徐外郎只得坐下。史温相送出门，把门带上。

二人一去不来，天色又将晚，徐外郎踌蹰，没个不别而行之理。只见里边闪出一个妇人来：

容色难云绝代，娇姿也可倾城。

不带污人脂粉，偏饶媚客神情。

脸琢无瑕美玉，声传出谷新莺。

虽是村庄弱质，妖娆绝胜双成。

这妇人向前万福了，走到徐外郎身边。看他也是不得已的，脸上通红，言语羞缩，说不出来。一会道：“妾夫妇蒙相公厚恩，实是家寒，无可报答，剩有一身，愿伏侍相公。”徐外郎头也不抬，道：“娘子，你是冤枉事，我也不过执法任理。原不曾有私于你，钱也不要，还敢污蔑你么？”言罢起身，妇人一把扯住道：“相公，我夫妇若被勾补，这身也不知丧在那里。今日之身，原也是相公之身。”徐外郎道：“娘子，私通苟合，上有天诛，下有人议。若我今日虽保得你一身，却使你作失节之人，终为你累。你道报德，因你我亏了心，反是败我德了。”妇人道：“这出丈夫之意，相公不妨俯从。不然，恐丈夫嗔我不能伏侍相公。”徐外郎道：“这断不可，我只为你就行罢了。”忙把门拽，门是扣上的，着力一拽才开，连道：“娘子放心，我便为你出文书。”赶了回来。

方寸有真天，昭然不容晦。

肯恋瞬息欢，顿令红妆浼。

史温是与胡似庄串通的，在一个附近古庙里捱了一夜，直到早饭时才回，道：“去了么？没奈何，没钱做身子着。”其妻的道：“他昨晚不肯，就去了。”史温道：“没这等事。这事原是我强你的，也不妨。”其妻的道：“实是没事，苦留不依。”史温便呆了，道：“不好了，这些拖牢洞的狗吏，原是食在嘴头，钱在心头。见钱欢，见你不见钱，就不欢，一定做出来。”其妻的道：“他说就行。”史温道：“正是，没钱就行出来？且走趱几钱银子，再央胡似庄去求求他。”走到县前，胡似庄丛紧许多人，说不得话。直待人散，悄悄扯胡似庄道：“昨日事不妥，怎处？”胡似庄道：“美人局是极好的，难道毕竟是钱好？”史温道：“如今东那西凑，设处得五钱银子，央你去再求。”史温留胡似庄在店中吃了两壶，走去见徐外郎。

只见杨兴在门前道：“不在。”胡似庄道：“提控昨日出去，几时回的？”

道："傍晚就回。"这番两个信他真没事。史温道："管家，提控在那边？"杨兴道："不知道。"胡似庄晓得，便在史温身边取出银子，与他一幌，道："招的在这边。"杨兴道："我买物事才回，我与你去问一声。"胡似庄道："史大官，你道何如？毕竟要钱。昨日没钱，自然没干。"只见杨兴走来道："在，是我不曾回，他先回的。"两个就进去相见。徐外郎道："日昨多扰。"胡似庄道："昨日得罪，失陪。"徐外郎道："所事今早已佥押用印，我亲手下了封筒，交与来勾差人，回是户绝了。"胡似庄看一看史温道："拿出来。"史温便将出那五钱银子，道："昨日提控见弃，今日有个薄意。"徐外郎道："这断不收。老丈当贫困之时，又是诬陷，学生可以与力便与力，何必索钱。"胡似庄道："意思是不成的，看薄面。"徐外郎道："若我收，把我一团为人实心都埋没。兄自拿回。"胡似庄道："恭敬不如从命。徐提控是赚大钱的，那在些须。"史温便下拜道："这等，愚夫妇只立一生位，保佑提控前程远大罢了。"别了出来，杨兴赶来，扯住要钱。胡似庄打合，与他一个三分包儿。史温又称一个二钱银子，谢了胡似庄。

本年一考役满，转参又得兵房，凡有承行，都做些阴骘。似此三年两考了，进京，考功司拨在工部营缮司当该。不期皇木厂被焚，工部大堂与管厂官心焦，道将甚赔补，只得呈堂转题。此时大堂姓吕名震，做成本稿，正与管厂主事看稿计议。此时徐当该恰随本司在堂上，看见本上道"烧毁大木三千株"，也是他福至心灵，过去禀大堂道："这本上，恐圣旨着管厂官吏赔补，毕竟贻害。不若将大木上加'拣存'二字，或者可以饶免。"吕尚书道："这也说得是。你叫甚名字？"道："营缮司当该徐晞。"吕尚书道："好，倒也有识见。"依此具题。只见圣旨道："既是拣存的，免追补。"这番一部都道："好个徐当该，了得。"吕尚书也奇他。恰值着九卿荐举人材，吕尚书就荐举了他，升了个兵部武库司主事。

材生岂择地，人自多拘牵。

索具萧曹才，何妨勒凌烟。

一边去取家眷。胡似庄也来贺喜，因是他做媒，在杨奶奶面前说得自己相术能神，作娇要随行，道："县间生意萧条，差不多这几个人都骗过了。还到京中觅封荐书，东跑西走，可以赚块大钱。”徐奶奶道：“我老爷虽做了主事，却终久吏员出身，人不重他，恐你去不大得力。不若等转外官，来请你。”胡似庄道：“只恐贵人多忘事。”徐奶奶道：“断不。”又厚赠了他起身。他也勉强寻些贶礼，还与杨兴送行。临行，他妻马氏也借了两件衣服来相送，杨奶奶母子也有私赠。

一行到了北京，果是徐主事出身吏员，这些官员轻他，道：“我们灯窗下不知吃了多少辛苦，中举中进士。若是侥幸中在二甲，也得这个主事；殿三甲，选了知县推官，战战兢兢，要守这等六年，能得几个吏部、两衙门？十有八九得个部属。还有悔气，遇了跌磕降调，六年也还巴不来。怎他日逐在我们案前跑走驱役的，也来夹在我们队里？”有一个厉主事，他是少年科第的，一发不奈烦，常在他面前故意把吏员们来骂，道你这狗吏长，狗吏短。徐主事恬然，绝不在意。众人也向厉主事道：“既做同僚，也存些体面。”厉主事道：“那里是我们同袍？我正要打狗与猢狲看。”常是这样作呆。无奈徐主事反谦恭欢笑，倒也觉没意思，才歇。本年厉公病死，他须不似徐主事，须有三百个同年，却也嗔他暴戾，也不过体面上吊赙罢了。倒亏得徐主事怜他少年，初任京官，做人也清，宦囊凉薄，为他经理，赍助送他棺榇还乡。人上见这个光景，都道他量大能容，又道他忠厚，肯恤孤怜寡。在部数年，转至郎中，实心任事，谙练边防。宣德十年九月，朝议会推，推他兵部右侍郎，都察院右佥都御史，巡抚甘肃等处地方。前任巡抚得知命下，便差了个指挥，率领军士至京迎接。因未起身，夫人在私寓说起胡似庄相术颇通，未曾看他，如今到任，等他来说一个小小分上，也是一番相与。徐抚台便也点头。夫人就差了杨兴，还与他一个公干小票，叫他同胡似庄到任所相见。他自与夫杨奶奶一齐离京。一路呵：

旌干摇日影，鼓吹杂鸿声。林开绣帐，与宝幰而交辉；风蹙红尘，逐香车而并起。打前站，诈得驿丞叫屈；催夫马，打得徒夫呼冤。席陈水陆，下马饭且是整齐；房满帟帷，上等房极其整肃。正是：纷纷武士拥朱轮，济济有司迎节钺。

一到任，那一个守巡参游不出来迎接？任你进士官也要来庭参谒见他。金带豸绣，好不整齐。

这边杨兴有了小票，是陆路马二匹，水路船一只，口粮二分。他都折了一半，来到家中。此时胡似庄年已四十多岁，生意萧条，正是难过。一日，把原先画的各样异相图粘补一粘补，待要出去，只听得外面叫一声："胡相公在么?"胡似庄在门里一张，连忙走将出来，道："杨大叔，几时回来的？小弟不知，风也不接。"杨兴道："不消。"胡似庄就一连两个揖，请来上坐，道："老爷、奶奶、太奶奶好么?"道："都好。老爷已升甘肃巡抚。"胡似庄道："一发恭喜。学生因家寒，不曾问候。"杨兴道："正是，老爷、夫人也道你薄情。"胡似庄慌道："这老爷上明不知下暗。我们九流，说谎骗人，只好度日，那里拿得三两出来做盘缠上京？况且又要些礼仪，实是来不得，不是不要来。"杨兴道："我也似这样替你解，如今老爷叫请你任上相见。"胡似庄又惊又喜，道："果有这事么?"杨兴道："果然。只是说来分上，要三七分分。"胡似庄道："既承老爷不忘旧，大叔提携，但凭，但凭。"杨兴道："这等停五六日，与先生同行。"胡似庄忙叫马氏打点饭。马氏在里边也替他欢喜，忙脱一个布衫，把胡似庄去当，买鱼买肉。自立在中门边，问老爷奶奶的万福。须臾，胡似庄买了酒食回来，胡似庄与杨兴对酌，灌得杨兴一些动不得，还未住。两个约了日期起身。

只见这胡似庄倒不快活起来。马氏道："好了，徐老爷这一来请，少也趁他十来两，我们有年把好过。"胡似庄道："正是，正是。"一头且想道："我这一去，少也得湖绸二匹，湖绵一觔。杨奶奶所好是苏州三白、火腿、白鲞，还再得些好海味，还要路上盘费，要得十来两才好。这那里得来?"翻翻覆覆，过了一夜。将天亮，生出一个计来，道："我想我这妻子，生得丑，又相也相得寒，连累我一生不得富贵。况且我此去要措置那边去的盘缠，又要打点家里安家，越发来不得。不如卖了他，又有盘缠，又省安家。出脱了这寒乞婆，我去赚上他几百两。往扬州过，讨了一个绝标致的女子，回到江阴，买一所大宅子，再买上百来亩肥田，呼奴使婢，快活一快活。料他也没这福。"便四处兜人。

巧是史温夫妇勤俭，家事已好了，不料其妻病亡，留下两个儿女，没人照管，正要寻亲。他去见道："史大哥，我前相你日下该有刑克、令正也该身亡，果然。只是丢下两个儿女，你男人照管不来，怎处?"史温道："正是。如今待将就娶一个重婚的，作伴罢了。”胡似庄道：“我到有个表妹，年纪已近三十，人儿生得不如令正，恰是勤俭。也因丧偶，在我舍下，亲族无人，我做得主。他也不要甚财礼，只有十多两债，是要还人，这是极相应的。我料不要你媒钱。”史温道：“可以相得么?”胡似庄道：“不消得，我学生断不肯误人。你看我为你脱军一节，拿定做得与你做。”史温倒也信他，说道：“来不得。”与了十二两银子，他才说：“这是房下，不是表妹，穷得紧，要到徐都院任上去，没钱，只得如此。我与你原是朋友，没甚名分，娶得的。”此时史温倒心中不快，却闻得他老婆勤俭，也罢了。

胡似庄回到家中，对马氏道：“我如今设处得几两银子，要往徐老爷任上。你在家中无人养赡，我已寄你在一个史家，我去放心。明早叫轿送你去。”马氏道：“你去不过半年，我独自个熬清受淡过罢，又去累人。”胡似庄道：“罢！你只依我。”夜间两个叙别，只说叙个数月之别，不期倒也做个永别。第二日，轿已在门，马氏上轿来到史家，只见点着花烛，不解其意。不意进门，史温要与交拜，马氏不肯。史温道：“胡先生要到甘肃去，已有离书，退与我了。”马氏气得哑口无言，道：“这薄情的，你就拿定一时富贵，就把我撇去了。我也须与你同有十来年甘苦，并没一些不好，怎生下得?”要转去时，也没得把他做主，只得从了史温。

薄命似惊花，因风便作家。

才悲沾浅草，又复寄枯槎。

胡似庄一溜风与杨兴去了。杨兴知道，也怪他薄情。一路行着这张小票，到也不消盘缠。来到甘州，此时徐佥都已到任半年了。他与杨兴在外先寻了两个人情，一个是失机指挥，只求免过铁，不要翻黄，子孙得荫袭的，肯出三千两；一个要补嘉峪关管兵把总，三百两，都应了，心里想道：“大的说不来，说小的。”封停当了物，私自许杨兴一个加三。两个进见，送了些礼，就留在里面书房中。晚间小酌，那胡似庄把身子略在椅上沾得一沾，横一躬，竖一躬，道：“老爷威望，一路远播，这兵部尚书手掌上的了。”徐佥都道：“到此已是非望，还敢得陇望蜀?”胡似庄道：“不然。当日萧何也曾作丞相，一定还要大拜。”满口奉承而已。徐佥都问他家事，极道凉薄；问他妻子，也含糊道好。不知里头徐夫人母子，在杨兴前问起家中亲眷，也问起马氏。杨兴道：“因要来没盘缠，要买礼没钱，卖与史温了。”徐夫人道：“我这里也不消得礼，倒是我要看他夫妻，反拆他夫妻了。”杨兴道：“他也原主意要在扬州讨个标致的，故此卖了。”徐夫人听到这句，也大恼道：“未见风，先见雨。怎就见得打帐富贵了，把一个同甘苦的妻子卖去。这真薄情人。如今我们盛来趋我，若是寥落，也不在他心上了。”就不与相见。

过了两日，说起这分上，徐佥都道：“把总事小，率性听了你那指挥的，你也得二三千金，家中夫妇好过。”次日升堂，正值外边解审，将来一造板子打死，免了揭黄。胡似庄怕外边赖了他的银子，就辞了要回。徐佥都也送了他五六十金，因他有银子，路上不便，假认他作亲，还分付一个浙直采买马市官，叫带他回家。他一出衙门，央分上的已置酒交还银两。贫人骤富，好不快活，一连在甘州嫖上几夜，东道歇钱已去几两。不数日，马市官起行，他也赶着同走。一路算计道：“有心这样快活，率性在扬州做三百两不着，讨二个小，两个丫鬟。县里吴同知房子要卖，倒也齐整，也得八百。还又张小峰他有田八十亩，央我做中出卖，没有主子，好歹回去买了。衣服、首饰、酒器、动用家伙，也得三百。余下一千，开个小小当儿。我那妇人那有这等福消受?”一路算计，可也一夜没半夜睡。马市官又因他是都院亲，极其奉承，每日上坐吃酒，说地谭天。这一夜快活得紧，大六月吃上许多烧刀子，一醉竟醉死在驿里。

　　囊中喜有三千，筹算不成一梦。
　　那知薄命难消，竟作道傍孤冢。

此时已离甘州五六日，马市官只得拿银子出来，为他殡殓。又道他辞抚台时好端端的，如今死了，怕抚台见疑，将他行李点明固封，差人缴上，还将病故缘因并盘出银两数目，具一密揭，报与徐抚台。一日抚台正坐，外面投文，递有禀揭，并有行李。看揭是胡似庄已故，缴他的行李，吃了一惊，分付抬进私衙。拿了揭来见夫人，道：“我本意欲扶持胡似庄，不料倒叫他死在异乡。”开他行李箱笼，见自己赠他的与外面参游把总送他程仪赆礼，也不下八百余金。又有银三千，内中缺了十二两，查他的日用使费帐，却是嫖去。徐佥都道：“我着意作兴他一场，不意只用得十二两银子，反死异乡。想银子这等难消受。”只见徐夫人方才道："只这十二两是偿他的。他这样薄幸人，也该死哩。"徐佥都道："夫人何所见，道这两句？"徐夫人道："胡相士极穷，其妻马氏极甘淡泊，真是衣不充身，食不充口守他。幸得相公这厢看取，着人请他，他妻喜有个出头日子，他却思量扬州另娶，将他卖了与人。可与同贫贱，不与同安乐。岂有人心的所为？原卖马氏十二两盘费，故我道十二两是偿他的。才将得志，便弃糟糠，故我道他薄幸。"徐佥都也叹息道："可见负心的天必不佑。若使胡似庄不作这亏心事，或者享有此三千金，也未可知。"

富贵方来便易心，苍苍岂肯福贪淫。

囊金又向侯门献，剩有游魂异国吟。

将银子收了，差一个管家，与他些盘缠，发遣他棺木回家。封五十两为他营坟，一百两访他妻马氏与他。这管家到家，胡相士又无弟男子侄，只得去寻他妻，道在城外史家。去时家里供着一个徐佥都生位，正是他因脱军时供的。见说与他妻银子，不胜感激，道："他时犬马相报。"管家就将胡相士棺木托他安葬，自己回话。

后来徐佥都直升到兵部尚书，夫妻偕老。只可笑胡似庄能相人，不能相自；能相其妻不是财主的，怎不相自己三千金也消不起？马氏琵琶再抱，无夫有夫；似庄客死他乡，谁怜谁惜？如今薄情之夫，才家温食厚，或是须臾峥嵘，同贫贱之妻毕竟质朴少容华，毕竟节啬不骄奢，毕竟不合，遂嫌他容貌寝陋，不是富贵中人，嫌他琐屑，没有大家手段。嫌疑日生，便有不弃之弃，记旧恨、问新欢，势所必至。那妇人能有几个有德性的？争闹又起了。这也不可专咎妇人之妒与悍，还是男子之薄。故此段我道薄情必不看，却正要薄情的一看。

第三十二回　三猾空作寄邮　一鼎终归故主

世情变幻如云乱，得失兴亡何足叹。
金人十二别秦宫，又见铜仙泣辞汉。
繇来富贵是皇家，开落须臾春日花。
且将虚衷任物我，放开眼界休嗟呀。
鬼域纷纷满世路，相争却似荷盘露。
方圆离会无定所，劝君只合狥天赋。

造化小儿，尝把世间所有，颠弄世间，相争相夺，逞智逞强，得的喜，失的忧，一生肺肝，弄得不宁。不知识者看来，一似一场影戏。人自把心术坏了，机械使了。我观人最可无、人最要聚的，是古玩。他饥来当不得食，寒来当不得衣，半个铜钱不值的，被人哄做十两百两。富贵时十两百两谋来的，到穷来也只做得一分二分。如唐太宗要王羲之《兰亭记》，直着御史萧翼扮做商人，到山阴，在智永和尚处赚去，临死要殉入棺中。后被温韬发陵，终又不得随身。桓玄见人有宝玉，毕竟赚他赌，攫取他的。及至兵败逃亡，兵士拔刀相向，把只碧玉簪导要买命。可笑杀了你，这玉簪不是他的么？我朝有一大老先生，因权奸托他觅一古画，他临一幅与之，自藏了真迹，竟为权奸知得，计陷身死。还有一个大老先生，闻一乡绅有对碧玉杯，设局迫取了。后来他子孙还礼，也毕竟夺去此杯，还至子孙受他凌辱。这都是没要紧，也不过与奸人小人同做一机轴，令人发一场笑便了。

试说直隶徐州有个秀才，姓任名杰，字天挺。祖也曾做云南副使，父是一个监生，才选得一个湖广都司副断事，未到任病亡，援纳等项，费去银千余两，无处打捞，还揭下许多债负。任天挺只得将田地推抵，孑然一身，与一个妻惠氏苦苦过日。喜得任天挺勤学好问，沉心读书，早已进学本州。只是家事寥落，不能存济，又没个弟兄为他经营。惠氏娘家也好，又因时常去借贷无还，也没脸嘴再说。衣衫典尽，渐渐家伙也难留。

这年恰值大比，满望得名科举，或者还望一个中。不期遇了一个酒糊涂，考时也是胡乱。到出案时，尽了些前道前列、两院观风、自己得钞的，与守巡批发，做了一等，其余本地乡绅春元、自己乡亲开荐、衙门人役禀讨，都做二等，倒剩下真材。任天挺早已在剩数里边，只得与这起穿了衣巾，拿了手本，捱去求续。门上又推攘不放，伺候得出来，他伞一遮，一跑去了。众人情急，等得他回时，远远扯住轿扛，也有求的，也有嚷的，也有把手本夹脸甩的，只不放他进门。知州被缠不过，道捡卷续取。喜得续出一名来，不意学院截下，不得赴考，只得闷坐家中。

适遇一个父亲手里的帮闲水心月来，道："官人，如今时势，只论银子，那论文才？州中断要分上。若靠文字，便是绵绣般，他只不看怎处？这还该文财两靠。"任天挺道："不是我不央分上，奈家中柴米不敷，那得银子请托？"水心月道："瘦杀牯牛百廿肋。你们这样人家，莫说衣饰，便书画古玩，可也有百两银子。"任天挺道："衣饰苦已当完，书是要的，画与古玩也都当去，不甚有了。"又想道："还有一个鼎。"水心月道："不是那龙纹鼎么？这我经手，窦尚书家卖与你们的，讨一百二十两，后边想三十两买的。"任天挺道："这是六十两。"水心月道："是，想是加到六十两。这样物件还留在家，真看米饿杀。只是这件东西，也是穷憎嫌，富不要，急难脱手的。拿来我看一看。"任天挺果然去取出来，却是玛瑙座，沉香盖，碧玉顶，一座龙纹方炉，放在一个紫檀匣内：

点点朱砂红晕，纷纷翡翠青纹。微茫款识灭还明，一片宝光莹莹。

嗅去泊然无气，敲时哑尔无声。还疑三代铸将成，岂是今时赝鼎！

水心月看了，道："好一个鼎，倒也妆饰得好，打扮价钱多似鼎。"仔细看了一看，道："任相公，也不知甚人骗了窦尚书，如今又转骗令尊。凡古铜入水千年则青，入土千年则绿，人世传玩则有朱砂班。如今都有，便是伪做了。"任天挺道："我先君眼力不错，尝道可值三百。"水心月道："这些贵公子，识古董也只三脚猫，看得是红红绿绿便好了，自道在行，偏不在行。如今亏得这妆点，可以得十来两银。"任天挺道："怎这等天渊相隔？这等我且留着。"水心月道："正是，正是。"去了。倒是他妻惠氏道："这些东西，当不得羹，做不得饭，若是你得了科举，中得举，做得官，怕少这样东西?”任天挺道：“也有理。”

次日，来见水心月，道：“那鼎我甚不舍，倒是房下说，不若且卖去，成名再置。”水心月道：“好说。如今放在家里，也没要紧。只是我也认不真，南门有个詹博古，不若拿到他家一估，就知真假了。我在门边候。”任天挺去取鼎时，他已与詹博古说定。博古一上手，弹一弹，看一看，道：“可惜，好个模样儿，却是假的。”水心月道：“这他令尊估过几处才买，都道值一百多两。”詹博古笑一笑道：“零头是值。如今卖马的卖鞍罢。这个座儿、盖与顶、匣儿倒也值几两，骗得着，骗他十来两，骗不着，五七两罢了。”水心月道：“我不信，不信。”任天挺拿了对水心月道：“有甚主儿么？可拿去卖一卖看。”道：“州前有个孙家，他家倒收古玩。相公相托，我拿去与一看。”任天挺道：“你拿去，便二三十两罢。”递与水心月，自己回家。

水心月去见孙家，也是个监生。见了这鼎，道：“好一个鼎。要多少?”道：“要三百两。”孙监生道：“六十两。”水心月道不肯，“若要，实得一百五十两。一百两到他，五十两我的后手。”孙监生只肯八十，道留着再估。他一竟来见任天挺，道：“恭喜，有了主儿了。先寻周参政家，不要，又到邵御史家，还得四两。王公子家，也还八两。临后到孙监生家，被我一哄，也到十二两了。留在那壁，候相公分付。”任天挺道：“实是六十两买的，便三十两罢。”水心月摇头道：“不能。”只见里边惠氏叫任天挺道：“便十二两，把六两央了府考，六两盘缠应试罢了。”任天挺道：“好歹廿四两，事完送兄加一。”水心月道：“我巴不得为你多要些，也是相处分上。这些财主便宜了他，他也不知，只说是他有钱，杀得人落。我去与你做，做不来只看得。”

正回家，恰见詹博古在家，道：“水兄得采。”水心月道：“没甚兴头。”詹博古道：“州前孙监生是我赌场中最相知，他适才接我去看一个古鼎，正是早间估的。我就极力称赞。只是早间那主儿是个败落人家，又不识货的，料得二三十两可以打倒。兄里边可坐小弟一脚儿。”水心月道：“兄来迟了，我已回覆卖主，道孙家止肯八十，他还不肯。怎打得落？兄再去称扬一称扬，八十之外，与兄八刀。”詹博古辞了，心里想：“这厮央我估做假的，岂有与他八十之理?他要独捉，不肯分些儿把我。记得在我店里估时，挑水的张老儿也来看一看，与他叹口气，毕竟有因，我去问他。”将次到家，适值张老儿挑担水别家去，詹博古忙叫一声，张老儿歇下。博古道："老张，早间拿香炉来看的人，你可认是么？"老张道："他便是任副使孙子。这香炉我还认得，是我旧主人窦公子的。卖时我还披着发，我捧去。那时他父亲好不兴，如今他却自捧出来要卖，故此我见了叹气。"詹博古道："如今住在那里？"老张道："督税府东首一所破落房子内。"詹博古问了，径来。任天挺正在家等水心月，詹博古叫了声："有人么？"任天挺出来相见。詹博古道："早间那炉，相公实要多少？"任天挺道："原价六十，如今少些罢。"詹博古："曾对一个敝友讲，他是少了宦债，要拿去推的，出不起大钱，只可到十五六两之数。相公假的当了真的卖，他少的当了多的推，两便益些，不知肯么？"任天挺道："水兄在此已还我十六两了。兄要，好歹三十两罢。"詹博古道："相公再让些，我叫那人添些，明早过来。"

这边去后，那水心月去与孙监生杀到一百，还假不肯，拿了鼎来，心里想道："孙监生是决要的了，任天挺是急要卖的了，不若我贱打了他的，得老孙高价。"家中原有自己积下银八两，又当了三两，出些八九成银，做十二两，连晚来见任天挺，道："那人不肯，只肯十二两，银子与鼎都在这里，凭你要那一件。"任天挺道："再十二两罢。"水心月道："十二厘也不能彀，宁可我白效劳罢。"任天挺暗想："卖与詹博古，已还了十六两；不卖，怕詹的不来，走了稍。"道："天晚了，银子兄且带回，明日再议。"水心月道："正是，这也不可强你，夜间再与令正商议一商议。"

夫妻两个正商议不下，早起詹博古已同一人来了，拿出鼎去。那人再三憎嫌，詹博古再三撺掇，兑出二十两。任天挺看看银子比水心月多八两，又拴整，不似昨日的，便假吃跌道："这廿四两断要的。"詹博古道："这事成，相公也毕竟要谢我两数银子，如今我不要罢。"任天挺收了银子，詹博古捧着鼎去了。

马牛役役岂言烦，居积深思及后昆。
冢上松杉方欲拱，龙纹已自向他门。

早饭时，水心月拿定决肯的，来时，惠氏回报籴米去了，不在。水心月道："这穷鬼，那里弄得丢儿来？"午后又去，道："香炉的事肯不肯？如不肯，我好还他银子。"只听得里边道："不卖了。"倒吃了一惊，想道："他要卖，没这样快，想是那里那得一二两银子，就阔起来。少不得是我囊中之物。"只见路上遇着任天挺赎当回来，水心月还拿着这银子，道："所事如何？不要，我好将银子还孙家。”任天挺道：“价太少。”水心月道：“这是足价，一厘也加不得。你再寻人看。”任天挺故意要塞他嘴，道：“倒亏得古董店，出二十两拿去了。”水心月道：“不是那姓詹的么？”道：“正是。”水心月道：“那银子莫不有假？”任天挺道：“都是好的。早间籴米，如今赎当，都是他。”水心月木呆了半日，道：“也不知骗着那个。”别了去，一路想道：“一个白老鼠赶去与老詹，自己银子不赚得。”去见詹博古，一见道：“老詹好道化，你倒得采了，也亏我领来。”詹博古道：“待我寻着主儿，一百两之外，与兄八刀。”

水心月一个扫兴，来回报孙监生，道：“被詹博古抢买去了。”孙监生道：“我昨日一百两还不肯，他那有这主大钱？”水心月道：“不晓得。”那孙监生便怪了詹博古，心里想一想，道：“他是有个毛病的。前日赢了二十多两，想是把来做揎头，夺买我的。我如今有个处，我做一百博他罢。”

原来这詹博古收些古董，在清行里，也常在大老里边顽要，不过是助助兴儿，是个有赢脸，没输脸的。赢了二三十两便快活，一输就发极、就慌。孙监生算定了，邀了个舅子惠秀才、外甥钮胜，合伙要局詹博古。着人去道：“相公闻得你买了个好鼎，要借看一看。”这詹博古原只思量转手，趁人些儿，巴不得要钓上孙监生，少也有一百，把来揩磨了半日，带到孙家。大家相见，孙监生看了看，道：“好个鼎，正是我前日见的。你多少买了？”詹博古道：“照相公价。”孙监生道：“百两？”詹博古道：“差不多。”孙监生连声道好。坐了一会，孙监生道：“舍亲在此，同到书房小酌。”坐在书房里，可有一个时辰，不见酒来。钮胜道：“没兴，我们掷一掷。詹老兄也来？”詹博古道：“没管。”惠秀才道：“鼎就是管了。”詹博古也想几次赢了，就技痒，打了筹马。不料这三个做了一路，只拣手硬的与他对。詹博古不敢大注出，这三个偏要大注庄他。早已输了二十多两，詹博古心慌，把骰子乱甩。众人又趁他手低一赶，到晚输下六十两，这鼎也就留在孙家作当头了。大家吃了一会，散讫。

次早，詹博古急急来翻筹，不期胆怯，又输了二十两。做几日连输，弄到一百八十两，只得把炉归了孙监生。孙监生应银打发，原议输只独召，赢时三七分分。孙监生出不过四五十两。却好水心月走来，见了道：“詹兄便宜，二十两买的，做一百八十输，有甚不好？”

莫作得时欢忭，休为失处嗟呀。

须信世间尤物，飘流一似飞花。

詹博古也就知他们局赌他了。喜的是亏得买时占了便宜，故此输时做得这计，多恼的是连自己这二十两也弄没了。

闷闷昏昏，正在家里坐着，只见一个人走来，京帽屯绢道袍，恰是督税府王司房的小司房时必济，走来道："詹兄，目下税府陈增公公寿日，王爷已寻下许多寿锦、玉杯、金卮，还要得几件古铜瓶炉之类，我特来寻你。"詹博古道："家下止有一个商尊、汉牛耳鼎，兄可拿去一看。"只见去了，第二日来道："王爷道：商尊'商'字不好听，牛耳鼎'牛'字不雅，再寻别一件。"詹博古道："没有。只有一个龙纹鼎，我输了孙监生赌钱，被他留在那里，委是好个鼎。"时必济道："要多少？我与你赎，怕不赎来？"果然时必济去，拿出两个元宝道："王爷着你去赎来，再找上。"

去时，巧巧遇水心月，见他来赎，故意在孙监生面前耸嘴儿，道："这鼎实值三百，他不得这价，断不来赎。"孙监生就不肯起来，要一百八十。詹博古道："这鼎先时你只要用一百两买，如今我兑一百两，该还我了。"孙监生道："先时推一百八十两赌钱，我要一百八十两。"詹博古道："赌钱也没讨足数的。"水心月道："兄呀，他当日看鼎分上，便把你多推些。如今论银子，他自要一百八十两。"往返了几次，只是不肯。王司房因是次日要送礼，又拿出一个元宝来，孙监生只做腔不肯。詹博古强他不过，也罢了。

倒恼了一个王司房，道："送是等不着送了，但他这等撇古，我偏要他的。"打听得他家开一个典铺，他着一个家人，拿了一条玉带去当。这也是孙监生悔气，管当的不老成，见是玉带，已是推说不当。那人道："你怕我来历不明么？我是贺总兵家里的，你留着，我寻一个熟人来。"去得不多一会，只见一个人闪进来，看见条玉带，道："借过来一看。"管当的道："他是贺总兵家要当的，还未与他银子。"这人不容分说，跳进柜来拿过一看，道："有了贼了！"就外边走上七八个人来，把当里四五个人一齐拴下，道："这带是司房王爷代陈爷买来进上的，三日前被义男王勤盗去，还有许多玩器。如今玉带在你这里，要你们还人，还要这些赃物。"把这个当中人惊得面如土色，早已被拿进府中。先见两个小掌家内相，王司房过去讲了几句，那小内相叫抓过来，先是一人一套四十京板，一拶一夹，要他招赃。管当道："实是贺总兵家里人来当的，不与小的相干。”小内相便着人去问贺家，道家里别没有玉带，别没人去当。两内相道：“这等，你明明是个贼了，还要推谁？你道是当的，你寻这个人来与咱。你偷盗御用物件，便该斩；你擅当御用物件，也该充军。据王司房告许多赃，一件实，百件实。且拿去墩了，拿他家主追。”一面把这几个人墩在府中，一面来拿孙监生。

孙监生没奈何，央了两个乡官。王司房做了主，只不许他相见。又寻了些监生秀才去，撞了这两个蛮掌家，道：“他盗了咱进御玉带，还要抄没他。干你鸡巴鸟事，来闲管!”嚷做一团，全没一些重斯文意思，众人只得走了。孙监生家里整整齐齐坐了八个牢子，把了他八十两差使钱，还只要拿孙监生，没有要拿女人。逼得孙监生极了，只得央几个至亲、惠秀才一干去拜王司房。门上不肯通报，早去伺候他出来，道府中事忙去了。直到将午后，他回来，只得相见。坐定，众人道：“舍亲孙监生，他家人不知事，当了老先生玉带，如今被拿，实是家人不知事，与主人无干。就是余赃，这干人不过误当，并不知道，求老先生开恩。”王司房道：“寒家那有玉带，是上位差学生买来进御的。有些古玩酒器，这是家下之物，只要还了学生这些物件，把这几人问罪，不及令亲罢了。”惠秀才道：“实是没有。”王司房道：“我知道令亲极好古董，专惯局赌人的，窝藏人盗来的。赃若不还，令亲窝家也逃不去。上位还要具疏，题他偷盗御用器物。这样事，列公也少管。”众人见说不入，只得辞了。

来见孙监生，说起，孙监生道：“是了，是了。他说我局赌，应是为龙文鼎起的祸了。”惠秀才道：“既晓得病，就要服药。这些内官虎头蛇尾，全凭司房拨置。放得火，也收得火，毕竟要去寻他。”孙监生道：“这等做你不着。”惠秀才道：“我去不妥。王司房见我们正人，发不话出。”又道：“我们有前程，日后要倒赃，断是要做腔。还只寻他家走动行财的。”孙监生道：“他先时曾叫詹博古来赎鼎，如今还去寻詹博古。”詹博古道：“不曾与他相识。”复身又央时必济，说情愿送鼎，要他收局。时必济道：“如今单一个鼎，收不局来了。”去见王司房，道：“我仔么要这铜炉？一钱五分买了一觔。只要他还我金银酒器罢了。”时必济道：“委实没有，求爷宽处罢。”王司房道：“这等，两掌家处要他收拾。”时必济道：“他仔么收拾得，这还要爷分上。”王司房道：“没有我得得一个惫炉，却应银了落之理。还要他自去支持。”回覆，孙监生只得送了鼎，又贴他金杯二对、银台盏、尺头，两个内相二百两，衙门去百金，玉带还官，管当人问个不应完事。这孙监生鼎又不得，还赔了好些银子。

龙纹翠色郁晴岚，触处能生俗子贪。

谁识奸谋深似海，教人低首泣空函。

这边为鼎起上许多口面，那厢任天挺到亏了这鼎，脱得这几两银子，果然六两银子取了个一等，到道里取了一名遗才。剩下银子，足备家中盘费，着实去读。落在个易二房，这房官是淮安府推官，要荐他做解元。大座师道他后场稍单弱，止肯中在后边些。房官不肯，要留与他下科做解元。又得易四房这位房官道："兄不要太执，不知外边这人，便中六十，他也快活的。你不看见读书的，尽有家事寒的，巴不得侥幸，一日难过，况是三年？又有因座师鳖气不中得，一个备卷，终身不振，有愤郁致死的。不如且中他，与兄会场争气罢。"本房倒也听了，中在中间七十名上。中后谒见座师，座师极言自己不能尽力，不能中他作元，负他奇才。不知这任天挺果是只要得中，顾甚先后。到家，夫妻两个好生欢喜。任天挺对惠氏道："亏得这个鼎，央得分上。那有场外举人？故此人要尽人事，听天命。"惠氏道："莫说分上，只这几个月饱食暖衣，使你得用心读书，也是鼎的功。"就兑了二十两银了，来见詹博古。博古备说自己夺买了这鼎，被孙监生怪恨局去，折了廿两。孙监生又因王司房来买不肯，被他计害，也折数百金。如今已归王司房，不能赎了。任举人怏怏而回，对惠氏道："可惜这鼎，是我父遗，又是我功臣，如今不能复回了。"惠氏道："你道是功臣，看起这两家没福消受，便也是祸种了。"

将次十一月，任举人起身进京。不期到京联捷，中了进士，在京观政。一个穷儒，顿然换了面目，选了黄州推官，却也就是乡试房师的公祖。一路出京到家，声势赫奕。当日水心月这干，也就捱身帮闲趋奉。

正打点起身，只见税监陈增身死了。这些爪牙都是一干光棍，动了一个本，弄他出来，也有做司房的，也有做委官的。一个村镇，便扯面黄旗，叫是皇店，诈害商民，着实遭他扰害，有司执持的，便遭参题革任，官民皆是痛恨的。如今没了主，被这些官民将来打死的打死，沉水的沉水。王司房是奏带参随，拿来监了，要着我清查经手钱粮，并陈增家私，是淮安推官审问。那王司房原做过个主簿，家事也有数千，没来繇贪心不足，又入这网。军是他一做司房时便打点做的了，他意思只求免打，少坐些赃私，可以挣出头。晓得任推官是淮安推官的门生，又是公祖，央水心月来钻。任推官道：“这些人蠹国嚼商，死有余辜，我不管。”水心月道：“如今罪料不到死，不过充军。他也是不求减的，只怕四府重刑拷打，要求老爷说，将就些。还有给主赃，少不得要坐的，求坐少些。这也不伤阴骘事。”任推官只是不肯。又央惠氏兄弟惠及远再三来说，道：“这干光棍诈人钱财，原是不义的，正该得他些，不为过。”讲到二千分上，饶打少坐赃，先封银一千两，金银酒器约有五百两。这遭龙文鼎、白玉瓶、一张断纹琴、端溪鸲鹆眼砚，还有手卷杂玩封着。

正要去说，恰好淮安四府把这件事做贶礼送来，叫他说，任推官就随机发一封书，为王司房说要少坐赃饶打。果然审时，那四府逐款款审过，连孙监生也在被害数内。孙监生道：“他的解京赃多，料轮不我着。”省了这奔波，不出官。四府也不来提，只就现在一问，道：“据你为害诈人，今日打死你不为过，坐你十万赃也该。如今我从宽。”打了二十板，坐赃二万，做拨置内臣充军。王司房已自甘心。这边任推官银子、古董、酒器，已自落手。任推官道：“看这些物事，我也不介意，喜得这鼎是我功臣，今日依然还我。”惠氏道：“你曾记得卖鼎时我说，若得中举做官，料不少这东西，此言可应么？”

小窗往事细追寻，自是书中却有金。

指顾竟还和氏璧，笑他奸诡枉劳心。

后来任推官屡任，道：“财物有主，詹博古还是以财求的，孙监生便以术取，王司房却以势夺，如今都不能得，终归于我。财物可以横得么？”所至都清廉自守，大有政声。就此一节看，如今人捐金聚古玩，把后人贱卖，为人智取，也是没要紧。若是乘人的急，半价买他，夺人所好，用强使术，还怕不是我传家之物，还是我招祸之媒哩！高明人为何如？

第三十三回　八两银杀二命　一声雷诛七凶

天意岂渺茫，人心胡不臧。
阴谋深鬼蜮，奇阱险桁杨。
鉴朗奸难匿，威神恶必亡。
须严衾影惧，遮莫速天灾。

暗室每知惧，雷霆恒不惊。人心中抱愧的，未有不闻雷自失。只因官法虽严，有钱可以钱买免，有势可以势请求，独这个雷，那里管你富户，那里管你势家！故我所闻有一个牛为雷打死，上有朱字，道他是唐朝李林甫，三世为娼七世牛，这是诛奸之雷。延平有雷击三个忤逆恶妇，一个化牛，一个化猪，一个化犬，这是剿逆之雷。一蜈蚣被打，背有“秦白起”三字，他曾坑赵卒二十万，是翦暴之雷。一人侵寡嫂之地，忽震雷缚其人于地上，屋移原界，是惩贪之雷。一妇因娶媳无力，自佣工他人处，得银完姻。其媳妇来，不见其姑，问夫得知缘故，当衣饰赎姑，遭邻人盗去，其媳愤激自缢。忽雷打死邻人，银还在他手里，缢死妇人反因雷声而活，这是殄贼之雷。不可说天不近。《辍耕录》又载：一人欲谋孤侄，着婢买嘱奶娘，在乳中投毒。正要放他口中，忽然雷震，婢与奶娘俱死，小儿不惊。若迟一刻，小儿必死，道是性急之雷。已是奇了，还有一雷之下，杀七个谋财害命凶徒，救全两个无辜之人，更事之出奇了。

话说苏州府嘉定县有一瞟城乡，有一个乡民，姓阮名胜，行一，人取他个号叫敬坡。母亲温氏，年已六十多岁。一妻劳氏，年才二十多岁，也有几分颜色。至亲三口，家里有间小小住屋，有五七亩田，又租人几亩田，自己勤谨，蚕耕晚耘，不辞辛苦。那妇人又好得紧，纺得一手好纱，绩得一手好麻，织得一手赛过绢的好布，每日光梳头，净洗脸，炊煮三餐之外，并不肯偷一刻的闲。能得六七家邻舍，也住得散，他也并不肯走开去闲话。家中整治些菜蔬，毕竟好的与婆婆，次些的与丈夫，然后自吃，并不贪嘴。就是家事日渐零落，丈夫挣不来，也没个怨怅的意思，琐碎话头。莫说夫妻相安，婆婆欢喜，连乡里乡间也都传他一个名，道阮大遇得个好家婆，又勤谨，又贤惠。

但是妇人能干，能不出外边去，这全靠男子。无奈阮大一条忠厚怕事的肚肠，一副女儿脸，一张不会说的嘴。苏淞税粮极重，粮里又似老虎一般嚼民，银子做准扣到加二三，粮米做准扣到加四五，又乱派出杂泛差徭，干折他银子；巧立出加贴帮助，科敛他铜钱。不说他本分怜他，越要挤他。还租时，做租户的装穷说苦，先少了几斗，待他逼添。这等求爷告娘，一升升拿出来，到底也要少他两升。他又不会装，不会说。还有这些狡猾租户，将米来着水，或是洒盐卤、串凹谷，或是熬一锅粥汤，和上些糠拌入米里，叫糠拌粥，他又怕人识出不敢。轮到收租时节，或是送到乡宦人家，或是大户自来收取，因他本分，都把他做榜样，先是他起，不惟吃亏，还惹得众人抱怨，道他做得例不好，连累众人多还，还要打他骂他，要烧他屋子。只得又去求告。似此几年，自己这两亩田戤与人赔光了，只是租人的种。出息越少，越越支撑不来。一个老人家老了，吃得做不得。还亏家中劳氏能干，只是纺纱，地上出的花有限，毕竟要买。阮大没用，去买时只是多出钱，少买货。纺了纱，织了布，毕竟也阮大去卖，他又毕竟少卖分把回来。日往月来，穷苦过日子，只是不彀。做田庄人，毕竟要吃饭。劳氏每日只煮粥，先饼几碗饭与阮大吃，好等他田里做生活；次后把干粥与婆婆吃，道他年老饿不得；剩下自己吃，也不过两碗汤、几粒米罢了。穿的衣服，左右是夏天，女人一件千补百衲的苎布衫，一腰苎布裙、苎布裤；男人一件长到腰，袖子遮着肘褂子，一条掩膝短裈，或是一条单稍。莫说不做工的时节如此，便是邻家聚会吃酒，也只得这般打扮。正是他农家衣食，甚是艰难得紧。

催耕未已复促织，天道循环无停刻。
农家夫妇何曾闲？捻月锄星岂知息。
夜耨水没踝，朝耕日相逼。
嗟晴苦雨愁满怀，直是劳心复劳力。
布为他人衣，谷为他人殖。
才复偿官租，私贷又孔亟。

大儿百结悲悬鹑，小儿羹藜多菜色。

嗟彼老夫妇，身首颇黎黑。

朝暮经管徒尔为，穷年常困缺衣食。

谁进祁寒暑雨箴，剜肉补疮诉宸极。

遍选循良布八方，击壤重见雍熙域。

他两个虽苦，倒也相安。只是邻舍中有这两个光棍，一个是村里虎鲍雷，是个里书，吃酒撒泼，欺善怕恶，凡事出尖，自道能的人。一个是村中俏花芳，年纪也到二十，只是挣得一头日晒不黄的头发，一副风吹不黑的好脸皮，妆妖做势，自道好的人，与鲍雷是紧挽好朋友。这花芳见阮大穷，劳氏在家有一餐没一餐，披一爿，挂一片，况且阮大忧愁得紧，有个未老先老光景。他道这妇人毕竟没老公的心，毕竟甘清淡不过，思量这野食。自己也是个一表人材，要思量勾搭他。二十岁不冠巾的老扒头，他自己还道小，时常假着借锄头、借铁扒名色，或是假献勤，替他带饭到田头去。把个身子戤了他门拮道："一嫂，亏你得势。我们一日也不曾做得多呵，又要煮饭，又要纺纱织布，这人家全是你做的。"劳氏道："不做那得吃？"花芳道："一嫂，那不做的倒越有得吃哩！"常这等奖他，要他喜欢。又时道："一嫂，一哥靠得个锄头柄，一嫂靠得这双手，那做得人家起？只好巴巴结结过得日子。只是捱得熟年，怕过不得荒年，也不是常算。"把这等替他计较的话儿，要把他打动。还有絮絮的话："我看一哥一会子老将下来，真是可惜。后生时不曾快乐得，把这光阴蹉过了。就是一嫂，也觉得苍老些，也还是一嫂会打扮。像前村周亲娘，年纪比一嫂大五七年，每日蓬子头，赤子脚，一发丑杀子人。且是会养儿女，替个里皮三哥一发过得好。那周绍江自家穷，没得养请他，竟放他这条路。"把这榜样撩拨他。

争奈这劳氏是懒言语的，要甚物事，递与了他，便到机上织布、车边纺花。任他戏着脸，只当不见，说着话，一只耳朵进，一只耳朵出，只做不听得一般，真是没处入凿。他没处思量，不知那里去打了一只银簪、两个戒指，拿来样与他看，道："这是皮三官央我打与周亲娘的，加一工钱，不吃亏么？这皮三官为周亲娘破费得好钱，周亲娘做这身子不着，倒也换得他多哩。首饰衣裳，又每日大鱼大肉吃。"把这私通有利益哄他，他又只是不理，扫兴得紧。那痴心人偏会痴想，道脸儿扳扳，一问就肯，他不做声，也只是不好开口。他便大了个胆，一日去带饭，把他手掌捏上一把。只见劳氏便竖起眉，睁着眼，道：“臭小乌龟，那介轻薄！”花芳连道：“失错，失错。”拿了饭飞跑。劳氏也只恼在心里，怕动丈夫的气，不说。只是花芳低了头跑时，也不顾人乱撞，劈头撞了一个人，饭蓝儿几乎撞翻，恰是鲍雷。鲍雷一把抱住道：“小冤家，那介慌。”花芳道：“是怕饭迟了。”鲍雷道：“贼精，迟了饭，关你事？一定有甚，要对我说。”花芳被他抱住不放，只得把捏劳氏被骂说了。鲍雷道：“这妇人阮大料也留不牢，好歹讨了他的罢了，偷的长要吃惊。”花芳道：“他这样个勤谨家婆，又好个儿，他肯放他？”鲍雷道：“消停，包你教他嫁你便了。”

可可天启七年，这一年初夏百忙里，阮大母亲温氏病了个老熟。劳氏日逐去伏事，纺绩工夫没了一半。这牵常的病已费调理，不期阮胜因母亲病，心焦了，又在田中辛苦，感冒了风寒，又病将起来。一病病了十四日，这人便瘦得骷髅一般。此时劳氏调理病人尚没钱，那有钱雇人下田？这田弄得一片生，也不知个苗，分个草，眼见秋成没望了。没将息，还又困了半月，阮胜勉强挣来，坐在门前。

骨瘦崚如削，黄肌一似涂。

临风难自立，时倩杖来扶。

劳氏正叫道：“门前有风，便里面坐罢。”不期一个邻舍尤绍楼、史继江肩着锄头，一路说来。见了，尤绍楼道：“恭喜，阮敬老好了。我们三分一个与他起病。”史继江道：“也是死里逃生，只是田荒了，怎处？”正说，鲍雷插将来道：“阿呀，阮敬老好了。恭喜，恭喜。”阮胜道：“荒田没得吃，左右是死数。”鲍雷道：“除了死法有活法，只捱得今年过，明年春天就有豆，可度活了。”阮胜道：“田荒了，家中什物换米吃、当柴烧了，寡寡剩得三个人，仔么捱？”鲍雷道：“有了人，就好设处了。譬如死了，那个还属你？”尤绍楼道：“他靠的是大嫂，怎说这话。”鲍雷道：“你不看《祝发记》有米三口生，无米三口死，夫人奶奶也换米。”大家散了。

过了两日，实是支持不来，阮胜倒也想鲍雷说话有理，对着劳氏道：“我娘儿两个，亏你拾得这性命，但病死与饿杀，总只一般。不若你另嫁一个，一来你得吃碗饱饭，我母子仅可支持半年。这也是不愿见的事，也是无极奈何。”劳氏道：“宁可我做生活供养你们，要死三个死，嫁是不嫁的。”过了两日，实没来路，两日不上吃得两顿。只见温氏道："媳妇，我想我们病人，再饿了两日，毕竟死了。不若你依了丈夫，救全我们两个罢。"劳氏听了，含泪不语。阮胜也就着媒婆寻人家。

花芳听了，去见鲍雷道："阮胜老婆嫁是实了，怎得嫁我?"鲍雷道："不难，打点四两银子，包你打他个烂泥桩。"花芳道："只不要说我，前日调了他，怕他怪。"鲍雷道："正该说你，晓得你是个风月人儿，这一村也标致你不过。"鲍雷自倚着他强中硬保惯了，又忒要为花芳，道是二两银子，二两票子，陆续还。阮胜道："待我与房下计议。"劳氏道："有心我出身，也要彀得养你母子半年。二两银子，当得些甚事?"温氏道："这人四两银子拿不出，必是穷人。你苦了他几年，怎又把个穷鬼？且另寻。"阮胜便回报阿妈不肯。鲍雷冷笑了一笑，道："且停一日，我教他凑足四两罢。"花芳来见道："哥有心周旋，便是四两现物。只蚤做两日亲，也便好了。"鲍雷道："不要急，要讨的毕竟要打听我们两邻。我只说有夫妇人，后边有祸的，那个敢来讨？稳稳归你。且阁他两日。"

鲍雷正计议阁他，不料前村一个庾盈，家事也有两分，春间断了弦，要讨亲。听得劳氏肯嫁，他已知得他是个极勤谨妇人，竟也不打听，着个媒人来说，财礼八两，又自家说要成个体面，送了一只鹅、一肘肉、两只鸡、两尾鱼，要次日做亲。劳氏见了，不觉两泪交流。两个夜间说不尽几年绸缪艰苦，一个教他善事新人，一个教他保养身体；一个说"也是不得已，莫怨我薄幸"，一个说"知是没奈何，但愿你平安"，可也不得合眼。到天明，婆媳两个又在那边哭了说，说了哭，粥饭不吃，那个去打点甚酒肴，到晚媒婆走来，三口儿只得哭了，相送出门。

白首信难偕，伤心泪满怀。
柴门一相送，咫尺即天涯。

这些邻舍，鲍雷因不替花芳成得事，与花芳都不来。其余尤绍楼、史继江，还有个范小云、郎念海、邵承坡，都高高兴兴走来相送。他这边哭得忙，竟也不曾招接，扑个空散了。次早，花芳故意去扫鲍雷道："我来谢你这撮合山，你估计包得定，怎走了帕子外去?"鲍雷道："不消说，我替你出这口气，叫那讨老婆的也受享不成。"知得众人噇不酒着，偏去景他道："昨日有事失陪，他打点几桌奉请?”史继江道:“昨日走去,留也不留。我自回家打得坛白酒,倒也吃了快活。”尤绍楼道:“不晓事体的,嫁了一个人,得了十来两银子,不来送,也须请我们一请。”范小云道:“昨日没心想,或者在今日。”邵承坡道:“不像,葱也不见他买一个钱,是独吃自痾了。”郎念海道:“怕没个不请之理。”鲍雷道:“列位,吃定吃他的不着了,晚间到是小弟作一东罢。”果然鲍雷抬上两埕酒,安排两桌,去请这五个。邵承坡怕回席,不肯来,被他一把扯住,也拖将来,猜拳行令,吃个八六三,大家都酒照脸了。鲍雷道:“可耐阮大这厮欺人,我花小官且是好,我去说亲,他竟不应承;列位去送,也不留吃这一钟。如今只要列位相帮我,拆拽他一番。若不依的,我先结识他。”众人见他平日是个凶人,也不敢逆他,道:“使得,使得。只不知出甚么题目?”鲍雷见众人应了,便又取酒来,叫道:“壮一壮胆,吃了起身。”又道:“你们随我来,银子都归你们,我只出这口气。”乘着淡月微茫,赶到阮大后门边来。

可怜这阮大娘儿两个,有了这八两银子,算计长,算计短,可也不睡,藏起床头。听得鲍雷抉笆篱,就走起来,摸出门边,只见鲍雷正在那厢掇门,忙叫有贼。鲍雷蚤飞起一脚,踢在半边,花芳赶上,照太阳两下。久病的人,叫得一声,便呜呼了。尤绍楼见了,道:“鲍震宇,仔么处?”鲍雷道:“事到其间,一发停当了婆子,拿银子与你们。”郎念海道:“我们只依着大王就是了。”那黑影子里,温氏又撞将起来,大家一齐上,又结果了。鲍雷去寻时,一只旧竹笼,里边是床被绵,有两件绵胎。又去寻,寻到床头,阮大枕下草荐上,一块破布千结万结的包着。鲍雷拿了银子,大家同到家中,一人一两三钱,六个均分。这五个人穷不得这主银子,也都收了,道:“你仔么一厘不要?”鲍雷道:“原说不要。”不知他阮胜户绝,这间屋子只当是他们的了。其时花芳道:“大哥,他这两个尸首怎处?”鲍雷道:“包你有人偿命。若不偿命,还是我们一主大财。”便指天划地,说出这计策来。众人听了,齐声道:“好,这脱卸干净。凡是见的就要通知,不可等他走了。”一行计议了,自行安息。

却说劳氏虽然嫁了,心里不忘阮大母子两个,道:“原约道三日,婆婆拿两个盒儿来望我,怎不见来?”要自去望看,庚盈道:“你是他家人,来的两日又去,须与人笑话。我替你去看个消息。”戴了一顶瓦楞帽,穿了一领葱色绵绸道袍,着双宕口鞋,一路走将过来。花芳迎着道:“庚大哥,来回郎么?”庚盈笑道："房下记念他母子，叫我来望一望。"花芳道："好，不忘旧。"便去寻鲍雷去了。庚盈自向阮家来，见门关得紧紧的，心里道："这时候还睡着，想只为没了这妇人，两个又病，便没人开门闭户。"要回去，不得个实信，便敲门，那里得应？转到后门边，只见这笆篱门半开，便趁步走进去，才把门推，是带拢的，一推豁达洞开。看时，只见门边死着阮大，里边些死着温氏，惊得魂不附体，转身便走。将出柴门，听一声道："庚大郎望连联么！好个一枝花娘子，没福受用，送与你。"就一把扯着手道："前日送来的鸡鹅还在，可以作东，怎就走去？待小弟陪你，也吹个木屑。"扯了要同进去，庚盈道："来望他娘儿两个，不知仔么死了。"鲍雷笑道："昨日好端端的，怎今日死得快？不信。"扯了去看，只见两个尸首挺着。鲍雷道："这甚缘故？"庚盈道："我并不知道。"鲍雷道："你在他家出来，你不知道，那个知道？兄来得去不得了。"便叫："尤绍楼在么？"一叫，却走过两三个来。鲍雷道："昨日阮家娘儿两个好端端的，今日只有庚盈走出来，道他娘儿两个已死了。列公，这事奇么？"尤绍楼道："这事古怪，庚仰仔么说？"庚盈道："我房下教我来望，前门敲不开，我转进后门去，只见两个死人在地下。我并不晓得甚缘故，并不关我事。"史继江道："只是仔么死得快，恰好你来见？也有些说不明。"范小云道："如今做庚仰不着，等他收拾了这两个罢。"花芳道："还要做个大东道请我们。"鲍雷道："这小官家不晓事。这须是两条人命，我们得他多少钱，替他掩？做出来，我们也说不开个同谋。"邵承坡道："庚仰，仔么？"庚盈道："叫我仔么？这天理人心，虚的实不得。我多大人家，做得一个亲，还替人家断送得两个人？"鲍雷道："只要你断送，倒便宜了。"花芳道："兄，也是你悔气，若我讨了他的老婆，我也推不脱。庚仰处好。"庚盈道："我处？终不然我打杀的？"鲍雷道："终不然我打杀的？"鲍雷见庚盈口牙不来，中间没个收火的，料做不来，兜胸一把结了，道："我们到县里去。"这些人听他指挥的，便把一个庚盈一齐扛到县里。正是：

高张雉网待冥鸿，岂料翩翩入彀中。
任使苏张摇片舌，也应难出是非丛。

此时劳氏听得，要寻人来救应，也没个救应，蚤被这些人扯了，送到县中。

县官是宁波谢县尊，极有声望，且是廉明。鲍雷上去禀道："小的们是瞿城乡住民，前日有邻人阮胜，因穷将妻子嫁这庾盈。昨夜阮胜母子俱是好的，今日小的们去看时，只见庾盈在他家走来，说道阮胜母子都死了。小的们招集排邻去看时，果然两个都死在地下。小的们因事关人命，只得拿了庾盈，具呈在台前。”县尊道：“你叫甚名字？”道：“小人鲍雷。”县尊道：“那两个是他紧邻？”尤绍楼道：“小的尤贤与那史应元是他相近，委是他家死两个人。庾盈说与鲍雷，小的们知道的。”县尊道：“仔么一个近邻，不知些声息？”尤贤道：“小的与他隔两亩绵花地。”史应元道：“小的与他隔一块打稻场，实不听得一毫动静。”叫庾盈道：“你仔么说？”庾盈道：“小人前日用银八两，娶阮胜妻为妻。今日小人妻子教小人去望，小人见前门不开，去到后门边，推进去，只见他母子已死。”县尊道：“你进去，有人见么？”道：“没人见。”县尊便委三衙去相尸，回覆道：“阮胜阴囊踢肿，太阳有拳伤，死在后门内。温氏前后心俱有拳伤，死在中门边。俱系殴死，已着地方收尸。”县尊见了回覆手本，道：“我道没个一齐暴亡之理。我想这一定是八两银子为害了，那夜莫不有甚贼盗么？”尤贤道：“并不听见有。”县尊道：“这还是你两个紧邻见财起意，谋财害命。”尤贤与史应元道：“老爷，小的与他老邻舍，极过得好的，怎为这八两银子，害他两条性命？这明是庾盈先奸后娶了劳氏，如今虽讨了有夫妇人，怕有后患，故此来谋害他，要移祸把小的们邻里。老爷，不是光棍，敢讨有夫妇人？老爷只问他来做甚么，仔么前门不走，走后门？这是天网恢恢，撞了鲍雷。不然他打杀人，小的们替他打没头官司？”一片话却也有理。县尊便道：“庾盈，我想妇人既嫁，尚且与他义绝，你仔么倒与他有情？”庾盈道：“实是小的妻子记念，着小的去望。”县尊道：“就望，怎不由他前门，却由后门？这都可疑。这一定假探望之名，去盗他这几两银子，因他知觉，索性将他谋害。这情是实了。”庾盈道：“爷爷，冤枉！实是去时已死在地下了。”鲍雷道：“看见他死，也该叫我们地方，为何把他门层层带上竟走？不是我撞见问起，直到如今，我们也不得知。杀人偿命，理之当然，不要害人。”庾盈道：“其实冤屈，这还是你们谋财害他的。”鲍雷道：“我还得知你来，推与你？从直认了，省这夹打。”谢知县叫把庾盈夹起来，夹了把来丢在丹墀下，半日叫敲，敲上五六十，庾盈晕了去，只得招是打杀的。教放了夹棍，又叫：“爷爷，实是无辜，被这一干倾陷的，宁可打死不招！”谢知县疑心，教将庾盈收监，尤贤等讨的当保再审。这些人虽是还怀鬼胎，见光景道也不妨，却称赞尤绍楼会话，鲍雷帮衬得好，一齐回到家中。苦只是苦了个庾盈，无辜受害。

那劳氏只在家拜天求报应。这日还是皎日当天，晴空云净，只见：

> 灿烁烁火飞紫焰，光耀耀电闪金蛇。金蛇委转绕村飞，紫焰腾腾连地赤。似塌下半边天角，疑崩下一片山头。怒涛百丈泛江流，长风弄深林虎吼。

一会子天崩地裂，一方儿雾起天昏，却是一个霹雳过处，只见有死在田中的，有死在路上的，跪的，伏的，有的焦头黑脸，有的偏体乌黑。哄上一乡村人，踏坏了田，挤满了路，哭儿的，哭人的，哭爷的，各各来认。一个是鲍雷，一个是花芳，一个是尤绍楼，一个史继江，一个范小云，一个邵承坡，一个郎念海，却是一块儿七个。

> 衬人乃衬己，欺人难欺天。
>
> 报应若多爽，举世皆邪奸。

里递做一桩奇事呈报。劳氏也去替庾盈出诉状，道“遭鲍雷等七人陷害，今七人俱被天谴，乞行审豁。”县尊见了事果奇特，即拘七人家属。只见尤贤的儿子正拿了这分的一两三钱银子去买材，被差人拿住，一齐到官。县尊一吓，将鲍雷主谋，花芳助力，众人分赃，一一供出。县尊因各犯都死，也不深究，止将银子追出。将庾盈放了。房屋给与劳氏，着他埋葬温氏。庾盈虽是一时受诬，不数日便已得白。笑是鲍雷这七凶，他道暗室造谋，神奇鬼秘，又七个证一个，不怕庾盈不偿命。谁知天理昭昭，不可欺昧。故人道是问官的眼也可瞒，国家的法也可骩，不知天的眼极明、威极严，竟不可躲。若使当日庾盈已成狱，也不奇；七人剩一个，也不奇；谁知昭昭不漏如此乎？可以三省。

第三十四回　奇颠清俗累　仙术动朝廷

有腹皤然，有发卷然。须萧萧而如戟，口沥沥而流涎。下溷犬豕，上友圣贤。心炯炯兮常灵，是其颠也而犹仙。

右《周仙赞》

天地以正气生圣贤豪杰，余气生仙释之流。释不在念佛看经，仙岂在烧丹弄火？但释家慈悲度人，要以身入世；仙家清净自守，要以身出世。先把一个身子如痴如狂，断绝妻子、利名之想。然后把个身子处清，高卧山林也使得；把个身子处浊，栖迟玩世也得；把个身子在市井，友猪侣犬，人也不能縻我以衣食；把个身子在朝廷，依光近日，人也不能豢我以富贵。却又本性常存，色身难朽，常识帝王在将达未达之间，又超然远举，不受世染，这便是真仙。若那些炼丹养气，也只旁门；斩妖缚邪，还是术士。在宋，识宋太祖在尘埃之中，许他是做紫薇帝星，闻他陈桥兵变，即位称帝，抚掌欢庆，道"天下自此定矣"，因而堕驴。后来三聘五召，不肯就官；赐他宫女，洁然不近。这是陈抟。我朝异人类聚，一个冷谦，怜友人贫，画一门一鹤守着，令他进去取钱。后来内库失钱，却见他友人遗下一张路引，便来拿友人。友人急了，供出他来。他现做协律郎，圣旨拘拿。到路上，他要水吃，吃了，一脚插入水瓶中，后边和身隐在瓶里。拿的人只得拿这瓶去见圣上。问时，他在瓶里应，只不肯出来。圣上大怒，击碎此瓶。问时，片片应，究竟寻不出。一个金箔张，在圣上前能使火炙金瓶，瓶内发出莲花。又剪纸作采莲舟，在金水桥河下，许多娇女唱歌，他也跃身在舟。须臾风起，船并金箔张俱不见。这也是汉左慈一流。若能识太祖在天下未定时，有个铁冠道人，有个张三丰。至能识天子，又能救天子在疾病之中，终飘然高逝，天子尊礼之，不肯官爵，这个是周颠仙。

颠仙家住江西建昌县。江西山有匡庐，水有鄱阳，昔许旌阳仙长尝于此飞升，是个仙人之数。他少年生得骨格崚嶒，气宇萧爽，也极清雅。六七岁在街上顽耍，曾有一头陀见了，一看，道："好具仙骨，莫教蹉坏了。"及到了十四岁，家里正要与他聘亲，忽然患起颠病来。

眼开清白复歪斜，口角涎流一似蜗。

晓乞街坊惊吠犬，晚眠泥滓伴鸣蛙。

千丝缕结衣衫损，两鬓蓬松有鬒发髟。

潦倒世间人不识，且将鸾凤混乌鸦。

风狂得紧，出言诳诞。家中初时也与他药吃，为他针灸，后来见他不好，也不采他，任他颠进颠出。他渐渐在南昌市上乞起食来，也不归家。人与他好饮食，吃；便与他秽污的，也吃。与他好说，笑；打骂他，也是笑。在街上见狗也去弄他，晚来又捧着他睡。尝时在人家猪圈羊棚中，酣打得雷一般，人还道他是贼。后边人都认得他是周颠，也不惊异。

此时我太祖起兵滁和，开府金陵了。他不拘与人说话乞食，先说了"告太平"，庸人那解其意？一日，忽然在街上叫道："满城血，满城血！"好事的道他胡说，要打他。他不顾而去，一路乞食到南京。不多时，降将祝宗复反，杀个满城流血。游到金陵，适值太祖建都在那厢。他披着件千拼百凑、有襟没里的件道袍，赤了脚，蓬了头，直撞到马前，一个大躬，道："告太平。"太祖吃了一惊，问人，是颠的，也不计较他。他便日日来马首缠，道："告太平。"手下扯不开，赶不退。太祖道："这颠人，打也不知痛，拿烧酒来与他吃。"他却：

一杯复一杯，两碗又两碗。那管瓮头干，不怕钟中满。何须肴和馔，那问冷和暖。放开大肚吃，开着大口咽。筛的不停筛，灌的不停灌。面皮不见红，身子不见软。人道七石缸，我道漏竹管。人道醉酩酊，他道才一半。李白让他海量，刘伶输他沉湎。他定要吸干瀚海涛千尺，方得山人一醉眠。

他斜着眼，歪着个身，似灌老鼠窟般，只顾吃。看那斟酒的倒也斟不过了，他道："也罢，难为你了，把那壶赏与你吃。"那人正待拿去，他跳起夺住，道："只道我量不济，要你替，还是我吃。"一个长流水，又完了。跳起身道："不得醉，不得醉。"把张口向太祖脸上一呵，道："一些酒气也没，那一个再舍些？”太祖道：“再吃便烧死。”道：“烧不死，烧不死。内烧烧不死，你便外烧。”太祖道：“仔么外烧？”道：“把缸合着烧。”太祖道：“不难。”叫取两只缸，取柴炭来。他欣然便坐在缸中。兵士将缸来盖上，攒了好些炭，架上许多柴，一时烧将起来。只听烘烘般的柴声，逼剥是炭声，可也炼了一夜，便是铜铁可烊，石也做粉。这些管添炭的道：“停会要见，是个田鸡干了。”又个道：“还是灰。”比及太祖升帐，只听得缸一声响，爆做两开，把炭火打得满地是，缸里端然个周颠。他舒一舒手，叩一叩齿，擦一擦眼，道：“一觉好睡，天蚤亮了。”这些兵士看了倒好笑，道：“莫说他皮肤不焦，连衣摺儿也不曾焇坏一些，真是神仙。”先时太祖还也疑他有幻术，这时也信他是个真仙，也优待他。帐下这些将士，都来拜师，问他趋避。周颠道：“你们问趋避，活也是功臣，死也是个忠臣。”平章邵荣来见，周颠道：“莫黑心，黑心天不容。”邵荣不听，谋反被诛。

其时太祖怕他在军中煽惑了军心，把他寄在蒋山寺，叫寺僧好待他。住持是吴印，后来太祖曾与他做山东布政。因太祖分付，每日齐整斋供他，他偏不去吃，偏在遍寺遍山跳转。走到后山树林里，看见微微烟起，他便闯去，见是一坛狗肉，四围芦柴、草鞋爿熩着，道：“我前熩不熟，你今日却被这秃熩熟了。”双手拿了，竟赶到讲堂，扑地一甩。众僧见了掩口。周颠道：“背面吃他，当面怕他。”几个哈哈走了。众僧自在那厢收拾。到了夜，众僧在堂上做个晚功果，搂了个沙弥去房中睡。他到中夜，把他门鼓一般擂道：“你两个干得好事，还不走下来？”去惊他，搅他。见僧人看经，就便要他讲，讲不出，大个栗暴打去。说是入定，他偏赶去，道：“你悟得甚么？悟得婆娘那个标致？银子仔么赚？”说止静，他偏去把那云板敲。今日串这和尚的房，那日串那个和尚的房，藏得些私房酒儿，都拿将出来，一气饮干无滴。佛殿日屙屎，方丈屡溺尿，没个饥，没个饱，拿着就吃。偏要自上灶，赶将去，把他锅里饭吃上半锅。火工道人来说，他便拿着火叉打去。其时还是元末，各寺院还照着元时风俗，妇人都来受戒。他便拍手道：“一阵和尚婆。”扯住那些男子道：“不识羞，领妻子来打和尚。”妇人们到僧房去受戒，他也捱将去。一寺那一个不厌他，却没摆布他。

一日走到灶前，见正煮着一锅饭，熬上大锅豆腐，灶上灶下忙不及。只见他两手拿了两件道："我来与你下些椒料。"见两只手一顿捻，捻在这两个锅里，却是两撅干狗屎。这些和尚道人见了，你也唾唾，我也掩嘴，一阵去了。他一跳坐在灶栏上，拿一个木杓，兜起来只顾吃。众和尚见他吃了一半，狗屎末都吃完了，大家都拿了淘箩瓦钵，一齐赶来。他道："你这些秃驴，藏着妆佛钱、贴金钱、买烛钱、烧香钱，还有衬钱、开经钱、发符钱，不拿出来买吃，来抢饭?"坐得高，先霹栗扑碌把手一掠，打得这些僧帽满地滚，后边随即两只手如雨般，把僧头上栗暴乱凿。却也吃这些僧人抢了一光。还有两碗来饭，一个小沙弥半日夹不上，这番扑起灶上来盛，被他扯住耳朵，一连几个栗暴，打得沙弥大哭，道："这风子，你要吃，我要吃，怎蛮打我?"这些和尚也一齐上道："真呆子，这是十方钱粮，须不是你的，怎这等占着不容人?"

餐松茹术神仙事，岂乐蝇营恋俗芬。

却笑庸僧耽腐鼠，横争蚁穴故纷纭。

周颠笑道："你多我吃来，我便不吃你的。此后莫说粥饭不来吃，连水也不来吃。"众僧怕太祖见怪，只得拿去与他吃，他只是不吃。厨头道："好汉饿不得三日，莫采他，他自来。"故意拿些饮食在他面前吃，他似不见般。

似此半月，主僧只得来奏与太祖，太祖知他异人，分付再饿他。这些和尚怪得他紧，得了这句，把他锁在一间空房里，粥饭汤水纤毫不与，他并不来要，日夜酣酣的睡。太祖常着人来问，寺僧回官道："如今饿已将一月，神色如故。"太祖特一日自到寺中，举寺迎接。只见他伏在马前，把手在地上画一个圈儿，道："你打破一桶，再做一桶。"这明明教道：陈友谅、张士诚这两个大寇，使他连兵合力，与我相杀，我力不支；若分兵攻战，也不免首尾不应。只该先攻破了一个，再攻一个。正是刘军师道："陈友谅志大而骄，当先取之；张士诚是自守虏，当后边图他。"也是此意。太祖到寺中，见他颜色红润，肌肤悦泽，声音洪亮，绝不是一个受饿的，叫撤御馔与他吃。随行将士带有饮食，与他的可也数十人吃不了，他也不管馍头馂蒸、干粮煤炒，收来吃个罄尽。这班僧人道："怪道饿得，他一顿也吃了半个月食了，只当饿得半月。"又一个道："只是这肚皮忒宽急了些。"太祖依然带他在军中。他对这些和尚道："造化了你们，如今拐徒弟也得个安稳觉儿，吃酒吃狗肉也不管了。"

其时陈友谅改元称帝，率兵围住南昌。太祖在庐州领兵来救，叫他来问道：

“陈友谅领兵围住南昌，我如今发兵去救，可好么?”他连把头颠儿颠道：“好，好。”太祖道：“他如今已称帝，况且他势强，我势弱，恐怕对他不过。”那周颠伸起头，看一看天，摇手道：“上面有你的，没他的。不过两个月狂活，休要怕他。”太祖一笑，择日兴师。时只见他拿了根拐杖，高高的舞着，往前跳去，做一个必胜模样。太祖整兵十万，下了船，沿江向南昌进发。只一路都是逆水，水势滔滔汩汩滚下来，沿江都是芦苇，没处扯牵，一日不过行得几里儿。太祖心焦，着人来问周颠道：“此行去几时得遇顺风?”周颠道：“有，有，有，就来了。只是有胆行去，便有风助你；没胆不去，便没风。”差人回覆，太祖催督各军船只前进，行不上二三里，只见：

天角乱移云影，船头急溅浪花。虚飘飘倒卷旗旛，声晰晰响传芦叶。前驱的一似弩乍离絃，布帆斜挂；后进的一似泉初脱峡，篷扇高悬。山回水转，入眼舟移；浪激波分，迎耳水泻。正是：雀舫急如梭，冲风破白波。片时千里渡，真不愧飞舸。

初时微微吹动，倏然风势大作。各只兵船呼风发哨，都放了挠楫，带着篷脚索，随他前进，飘飘一似泛叶浮槎。一会才发皖城，早已来至小孤山了。风涌浪起，江中癞头鼋随水洋洋漾将来；那江猪水牛般大，把张莲蓬嘴铺铺的吹着浪，一个翻身，拱起身子来，一个翻身，漾起头来，在江心作怪。

这时周颠正坐在兵船上，看见了道：“这水怪出现，前头毕竟要损多人。”不期太祖不时差人来听他说话的，听了这句，大恼道：“他煽惑军心。”分付把这颠子撇在江里，祭这些水怪。帐下一个亲军都指挥韩成，便领了钧旨，也不由分说，赶将来，夹领子一把扯住，道：“先生，不关我事，都是你饶舌惹的祸。你道损人多，如今把你做个应梦大吉罢。”周颠道：“你这替死鬼，要淹死我么?你淹，你淹，只怕我倒淹不死，你不耐淹。”早被他“朴洞”一声，甩下水去。众人道：“这两个翻身，不知那里去了。”却又作怪，上流头早漾下一个人来，似灼龟人家画的画儿，人坐在大龟背上模样，正是周颠坐在一个大白盖癞头鼋身上来了。众人都拍手笑道：“奇!”韩成分付叫推，军士一齐把篙子去推。果然两个水窝儿，又下去了。众人道：“这番要沉到底了。”正看时，却又是骑牛的牧童跨在一个江猪身上，又到船边，衣服也不曾沾湿。众人道：“他是道家，学的水火炼。前日火炼不死，今日水炼一定也不死。”一个好事的水手道："三遭为定。这遭不死，再不死了。"劈头一篙打去，那周颠又侧了下水，众人道："这番一定不活。"那知他又似达磨祖师般，轻轻立在一枝芦上，道："列位，承费心了。"众人道："真神仙！"韩成道："周先生，我如今与你见殿下，若肯饶便饶了你，不要在这边弄障眼法儿哄人。"周颠道："去，去，去。"那芦柴早已浮到船边，周颠举身跃上船来。

韩成与他同见太祖，太祖道："仔么同他来？"韩成道："推下水三次，三次淹不死。"只见周颠伸了个头，向太祖道："淹不死，你杀死了罢。"太祖笑道："且未杀你。"适值船中进膳，太祖就留他在身边，与他同吃，他也不辞。到了第二日，他驼了拐杖，着了草鞋，似要远去的模样，向着太祖道："你杀了么？"太祖道："我不杀你，饶你去。"周颠看一看，见刘伯温站在侧边，道："我去，我去。你身边有人，不消得我。此后二十五年，当差人望你。还有两句话对你说，道：临危不是危，叫换切要换。"
他别了，便飘然远去，行步如飞。

这厢太祖与陈友谅相持，舟凑了浅，一时行不得，被汉兵围住。正危急之时，得韩成道："愿为纪信诳楚。"就穿了太祖衣服，自投水中，汉兵就不来着意。又得俞通源等几只船来，水涌舟活，脱了这危难，这是"临危不是危"；韩成的替死又已定了。"叫换切要换"，这也在鄱阳湖中，正两边相杀，忽然刘伯温在太祖椅背后，连把手挥道："难星过度，难星过度，快换船。"太祖便依了。正过船时，一个炮来，原坐船打得粉碎。他又见在刘伯温先了。此后他踪迹秘密，并不来乞食入城。但认得的，常见他在匡庐诸山往来。本年太祖破陈友谅，定江湖；又平张士诚，取苏杭；分兵取元都，执陈友定，有福建；降何真，有两广；灭明玉珍，取四川；灭元梁王，取云贵。天下大定，从此尽去胡元的腥膻、举世的叛乱，才见太平。他逢人告太平的，正是先见。

到二十五年，太祖忽患热症，太医院一院医官都束手，满朝惊惶。忽然一个和尚：

面目黑如漆染，须发一似螺卷。

一双铁臂捧金函，赤脚直趋玉殿。

赤着一双脚，穿件破偏衫，竟要进东长安门来。门上挡住，拿见阁门使刘伯温之子刘璟，道："小僧奉周颠分付，道圣上疾病，非凡药之所能治，特差小僧进药二品。他说曾与令尊有交，自马当分手，直至今日。”刘阁门道：“圣上一身社稷所系，诸医尚且束手，不敢下药，你药不知何如，怎生轻易引奏？”赤脚僧道：“君父临危，臣子岂有不下药之理？况颠仙不远千里，差山僧送药，若阁门阻抑不奏，脱有不讳，岂无后悔？”刘阁门为他转奏，举朝道：“周颠在匡庐，仔么知道圣上疾病？这莫非僧人谎言？”只是太祖信得真，取函一看，内封道：

温凉石一片。其石红润，入手凉沁心骨。

温凉药一丸。圆如龙眼，亦淡红色，其香扑鼻。

道：“用水磨服。”又写方道：“用金盏注石，磨药注之，沉香盏服。”圣上展玩，已知奇药，即叫磨服。医官如法整治。只见其药香若菖蒲，盏底凝朱，红彩迥异。圣上未刻进药，到酉未遍体抽掣，先觉心膈清凉，繁燥尽去。至夜遍体邪热皆除，霍然病起，精神还比未病时更好些，道：“朕与周颠别二十五年，不意周颠念朕如此。”次日设朝，延见文武臣寮，召赤脚僧见，问他：“周颠近在何处？几时着你来？”那僧道：“臣天眼尊者侍者，半年前周颠仙与臣师天眼尊者同在广西竹林寺，道紫微大帝有难，出此一函，着臣赍捧到京投献。臣一路托钵而来，至此恰值圣上龙体不安，臣即恭进。”圣上道：“如今还在竹林寺么？”僧人道：“他神游五岳三山，踪迹无定，这未可知。期臣进药后，还于竹林寺相见。”圣旨着礼部官陪宴，着翰林院撰御书，道皇帝恭问周神仙。差一个官与赤脚僧同至竹林寺，礼请周神仙诣阙。

差官与赤脚僧一路夫马应付，风餐水宿，来至竹林寺。寺僧出来迎接了，问：“周颠仙在么？”道：“在竹林里与天眼尊者谈玄。”那差官赍了御书，同赤脚僧前去。但见：

满前苍翠，一片筀竿。清影离离，绿凤乘风摇尾；翠梢历历，青鸾向日梳翎。苍的苍，紫的紫，海底琅玕；低的低，昂的昂，澄湖翻浪。稍含剩粉，青女理妆；笋茁新苞，佳人露指。因烟成媚色，逐风斗奇声。迎日弄金晖，丽月发奇影。郁郁清凉界，冷冷仙佛林。

只见左首石凳上坐着一位：

卷发半垂膝，双眸微坠星。金环常挂耳，玉麈每随身。蚕眉狮鼻稀奇相，十八阿罗第一尊。

右首坐着一个，

长髯飘五柳，短髻耸双峰。坦腹皤如斗，洪声出似钟。色身每自溷泥沙，心境莲花浑不染。

赤脚僧先过来问讯了，次后差官过来，呈上御书。周颠将来置在石几上，恭诵了。差官道上意，说："圣躬藉先生妙药，沉疴顿起，还乞先生面诣阙庭。"周颠道："山人麋鹿之性，颇厌拘束。向假佯狂玩世，今幸把臂入林。若使当日肯戮力竖奇，岂不能与刘伯温并驱中原？今日伯温死而山人生，真喜出世之早，宁复延颈以入樊笼哉！就是日前托赤脚侍者致药，也只不忘金陵共事之情，原非有意出世，妄希恩泽也。使者幸为山人善辞。"差官道："圣上差下官敦请，若先生不往，下官何以复命？下官分付驿递，明日整齐夫马，乞先生束装同行。"周颠道："山人一杖一履，何装可束？亦断不仆仆道途，以烦邮传。往是断不往的了。"

次日差官整备夫马复往，只见竹林如故，石几宛然，三人都不见影，止在石几上有一书，是答圣上的。忙叫寺僧问时，道："三人居无床褥，行无瓢笠，去来无常，踪迹莫测。昨夜也不知几时去的，也不知去向。"

云想飘然鹤想踪，杯堪涉水杖为龙。
笑人空作鸿冥慕，知在蓬莱第几峰。

差官只得赍书复命，道："已见颠仙，他不肯赴阙，遗书一封，飘然远去。"圣上知他原是不可招致的，也不罪差官。后来又差官访张三丰，兼访颠仙，名山洞府，无不历遍，竟不可得。至三十一年，赤脚僧又赍书到阙下，也不知道些甚么，书在宫禁不传。圣上念他当日金陵夹辅之功，又念他近日治疾之事，亲洒翰墨，为他立传，道《周颠仙传》，与御制诸书并传不刊。

第三十五回　前世怨徐文伏罪　两生冤无垢复仇

报！非幽，非杳！谋固阴，亦复巧。白练横斜，游魂缥缈。漫云得子好，谁识冤家到？　　冤骨九泉不朽，怒气再生难扫。直教指出旧根苗，从前怨苦方才了。

右《一七体》

天理人事，无往不复，岂有一人无辜受害，肯饮忍九原，令汝安享？故含冤负屈，此恨难消，报仇在死后的，如我朝太平侯张輗，与曹吉祥、石亨计害于忠肃，波及都督范广。后边路见范广身死，借刀杀人。忠良饮恨，报仇在数世后的，如汉朝袁盎，谮杀晁错，后过数世，袁盎转世为僧，错为人面疮以报，盎作水忏而散。还有报在再生，以误而报以误的，如六合卒陈文持枪晓行，一商疑他是强盗，躲在荆棘丛中，陈文见荆棘有声，疑心是虎，一枪刺去，因得其财，遂弃铺兵，住居南京。一晚见前商走入对门皮匠店，他往问之，道生一子。他知道是冤家来了，便朝妻子说："我梦一贵人生在对门，可好看之，视之如子。"九岁，此人天暑昼卧，皮匠着儿子为他打扇赶苍蝇，此子见他汗流如雨，以皮刀刮之。陈文梦认作蝇，把手一记打下，刀入于腹。皮匠惊骇，他道："莫惊，这是冤业。"把从前事说之，将家资尽行与他，还以一女为配。这是我朝奇事。不知还有一个奇的，能知自己本来，报仇之后，复还其故。道是天顺间，英山清凉寺一个无垢和尚。

和尚俗姓蔡，他母亲曾梦一老僧持青莲入室，摘一瓣令他吃了，因而有娠。十月满足，生下这儿子，却也貌如满月，音若洪钟，父母爱如珍宝。二岁断了乳，与他荤都不吃，便哭；与他素便欢喜。到三岁，不料身多疾病，才出痘花，又是疹子，只见伶仃，全不是当日模样了。他母亲求神问佛，一日，见一个算命的过来：

头戴着倒半边三角方巾，身穿着新浆的三镶道服。白水袜有桶无底，黄草鞋出头露跟。青布包中，一本烂纽头似百中经，白纸牌上，几个鬼画符似课命字。

他在逐家叫道："算命起课，不准不要钱。"可可走到蔡家，蔡婆道："先生会算命?"道："我是出名兰溪邹子平，五个钱决尽一生造化。"蔡婆便说了八字，他把手来轮一轮道："婆婆，莫怪我直嘴。此造生于庚日，产在申时，作身旺而断，只是目下正交酉运，是财官两绝之乡，子平叫做身旺无依，这应离祖。况又生来关杀重重，落地关，百日关，如今三岁关，还有六岁关，九岁关，急须离祖，可保长生。目下正五九月，须要仔细。"蔡婆道："不妨么?"道："这我难断。再为你起一课，也只要你三厘。"忙取出课筒来，教他通了乡贯，拿起且念且摇。先成一卦，再合一卦，道："且喜子孙临应，青龙又持世，可以无妨。只嫌鬼爻发动，是未爻，触了东南方土神。他面黄肚大，须要保禳，谢一谢就好。"蔡婆道："这等，要去寻个火居道士来?"子平道："婆婆，不如我一发替你虔诚烧送，只要把我文书钱，我就去打点纸马土诰，各样我都去请来。若怕我骗去，把包中百中经作当。"就留下包袱。蔡婆便与了二分银子，嫌不彀，又与了两个铜钱。蔡公因有两个儿子，也不在心，倒是蔡婆着意，打点了礼物。他晚间走来，要什么镇代替银子，祭盅鸭蛋，鬼念送半日，把这银子鸭蛋都收拾袖中。还又道文书符都是张天师府中的，要他重价。蔡公道："先生，你便是仙人，龙虎山一会也走个往回?"还是蔡婆被缠不过，与了三分骚铜、一二升米去了。

这病越是不好，还听这邹子平要离祖，寄在清凉寺和尚远公名下。到六岁，见他不肯吃晕，仍旧多病多痛，竟送与远公做了徒弟。那师祖定公甚是奇他。到得十岁，教他诵经吹打，无般不会。到了十一二岁，便无所不通。定公把他做活宝般似，凡是寺中有人取笑着他，便发恼，只是留他在房中，行坐不离。喜得这小子极肯听说，极肯习学经典，人却脱然换了一个，绝无病容。看看十三，也到及时来。不期定公患了虚痨，眼看了一个标致徒孙，做不得事，恹恹殆尽。把所有衣钵交与徒弟远公，暗地将银一百两与他，道："要再照管你几年，也不能彀，是你没福；我看了你一向，不能再看一两年，也是我没福。"又分付徒弟："我所有衣钵都与你了，只有这间房与些动用家伙，与了这小徒孙，等他在里边焚修，做我一念。二年后便与他披剃了，法名叫无垢。”不数日涅槃了。

转眼韶华速，难留不死身。

西方在何处，空自日修焚。

无垢感他深恩，哭泣尽礼。这远公是个好酒和尚，不大重财，也遵遗命，将这两间房儿与他。他把这房儿收拾得齐齐整整，上边列一座佛龛，侧边供一幅定公小像，侧边一张小木几，上列《金刚》、《法华》诸经、梁王各忏，朝夕看诵，超荐师祖。尚有小屋一间，中设竹床纸帐，极其清幽。小小天井，也有一二碧梧紫竹、盆草卷石，点缀极佳。

只是无垢当时有个师祖管住，没人来看相他。如今僧家规矩，师父待徒弟极严的。其余邻房、自己房中、长辈同辈，因他标致，又没了个吃醋的定公，却假借探望来缠。一个邻房无尘，年纪十八九，是他师兄，来见他诵经资荐师公，道："师弟，有甚好处，想他？我那师祖，整整淘了他五六年气。记得像你大时，定要我在头边睡，道：'徒孙，我们禅门规矩，你原是伴我的，我的衣钵后来毕竟归你，凡事你要体我的心。'就要我照甚规矩，先是个一压，压得臭死。到那疼的时节，我哭起来，他道：'不妨，慢些，慢些。'那里肯放你起来。一做做落了规矩，不隔两三日就来。如今左右是惯的，不在我心上。只是看了一日经，身子也正困倦，他定要缠；或是明早要去看经，要将息见，他又不肯。况且撞着我与师兄师弟众人伙里说说笑笑，便来炒闹。师弟，你说我们同辈，还可活动一活动，是他一缠住，他到兴完了，叫我们那里去出脱？如今你造化了，脱了这苦。又没他来管，可以像意得。”无垢道："我也没甚苦。师祖在时也没甚缠。”无尘道："活贼，我是过来人，哄得的？”就捱近身边去，道："你说不苦，我试一试看，难道是黄花的？”就去摸他。无垢便不快道："师兄，这个甚么光景？”无尘道："我们和尚没个妇人，不过老的寻徒弟，小的寻师弟，如今我和你兑罢。便让你先。”无垢道："师兄不要胡缠。”无尘道："师弟，两方便。”又扯无垢手去按他阳物，道："小而且细，须不似老和尚粗蠢。”无垢道："师兄不来教道我些正事，只如此缠，不是了。”无尘道："师弟，二婚头做甚腔？”直待无垢变脸，才走。

一日又来，道："师弟，一部《方便经》你曾见么？”无垢道："不曾。”无尘便将出来，无垢焚香礼诵。只见上面写道：

如是我闻：佛在给孤独园，比丘、比丘尼、优婆塞、优婆夷，一切天人咸在。世尊放大光明，普照恒河沙界。尔时阿难于大众中，离坐而起，绕佛三匝，偏袒右肩，右膝着地，叉手长跪，而白佛言："我闻众僧，自无始劫来，受此色身，即饶欲想，渐染延灼，中夜益炽，情根勃兴，崛然难制。乃假祖孙，作为夫妇，五体投地，腹背相附，一苇翘然，道岸直渡，辟彼悟门，时进时止，顶灌甘露，热心乃死，此中酣适，彼畏痛楚，世尊何以令脱此苦？"世尊："阿难，人各有欲，夜动昼伏，丽于色根，展转相逐，悟门之开，得于有触，勇往精进，各有所乐，心地清凉，身何秽浊？积此福田，勉哉相勖。"大众闻言，皆忘此苦，皆大欢喜。作礼而退，信受奉行。

无垢念了一遍，道："我从不曾见此经，不解说。"无尘道："不惟可讲，还可兼做，师弟只是聪明孔未开。"又来相谑。无垢道："师兄何得歪缠。我即持此经，送我师父。"无尘道："这经你师父也熟读的。"无垢便生一计，要师父披剃，要坐关三年，以杜众人缠绕。师父也凭他，去请位乡绅，替他封关出示。他在关中，究心内典，大有了悟。因来往烧香的见他年纪小，肯坐关，都肯舍他。

他坐关三年，施舍的都与师父。止取三十余两，并师祖与他的，要往南京印大乘诸经，来寺中公用，使自得翻阅。师父也不阻他。他便将房屋封锁，收拾行李就起身。师父道："你年纪小，不曾出路。这里有个种菜的聋道人，你带了他去罢。"无垢道："一瓢一笠，僧家之常，何必要人伏事？"竟自跳船。到南京，各寺因上司禁游方僧道，不肯容他，只得向一个印经的印匠徐文家借屋住宿。

一到，徐文备斋请他，无垢就问他各经价数。徐文见他口声来得阔绰，身边有百来两之数，听了不觉有些动火，想道："看这和尚不出，倒有这一块。不若生个计弄了他的，左右十方钱财，他也是骗来的。"晚间就对老婆彭氏道："这和尚是来印经，身边倒有百来两气候。他是个孤身和尚，我意欲弄了他的，何如？"彭氏道："等他出去，抉进房门，偷了他的，只说着贼便了。"徐文道："我须是个主人家。我看这小和尚，毕竟有些欠老成，不若你去嗅他。"彭氏道："好，你要钱，倒叫我打和尚。"徐文道："困是不与他困，只嗅得他来调你，便做他风流罪过，打上一顿，要送。他脱得身好了，还敢要钱？哄得来大家好过。"彭氏到点头称是。次早，见无垢只坐在房中不出来，彭氏便自送汤送水进去，娇着声儿去撩他。那无垢只不抬头，不大应声，任他在面前装腔卖俏。彭氏道："小师父，怎只呆坐。报恩寺好个塔，十庙观星台，也去走一走。"无垢道："小僧不认得。"彭氏道："只不要差走到珠市楼去。"笑嘻嘻去了。午间拿饭去，道："小师父，我们家主公，他日日有生意不在，只有我。你若要什么，自进来拿。我们小人家，没甚内外的。"无垢道："多谢女菩萨，小僧三餐之外，别不要甚的。"捱到下午，假做送茶去，道："小师父，你多少年纪？"无垢道："十八岁了。"彭氏道："好一个少年标致师父。说道师公替徒孙，是公婆两个一般，这是有的么？"无垢道："无此事。女菩萨请回，外观不雅。"彭氏道："这师父还脸嫩。我这里师父们见了女人，笑便堆下来，好生欢喜哩。也只是年纪小，不知趣味。"无垢红了脸，只把经翻。入不得港，去了。

一日，徐文道："何如？你不要欠老到，就跌倒。"彭氏道："胡说。只是这和尚假老实，没处入港，仔么？"徐文想想道："这和尚嗅不上，我想他在我家已两日，不曾出外，人都不知，就是美人局，他一个不伏，经官也坏自己体面，倒不如只是谋了他罢。再过两日，人知道他在我家下银子散了，就大事去了。"夫妇两个便计议了。到次日是六月六日，无垢说了法，念了半日经，正睡。只见他夫妇悄悄的做下手脚，二更天气，只听得他微微有鼾声，徐文先自己去抉开房门，做了个圈，轻轻把来套在颈上。夫妻两个各扯一头，猛可的下老实一扯，只见喉下这一箍紧，那和尚气透不来，只在床上挣得几挣，早已断命。他夫妻尚紧紧的扯了一个时辰，方才放手。放时只见和尚眼突舌吐，两脚笔直。

疏月绮窗回，金多作祸媒。
游魂渺何许，清夜泣蒿莱。

徐文将他行李收拾到自己房中，又将锄头掘开地下，可二尺许，把和尚埋在那小房床下，上面堆些坛瓮。把他竹笼打开来，见了一百二十两银子，好不欢喜，不消得说。

只此时彭氏见有娠了，十月将足。这日夜间，只听得徐文魇起来，失惊里道："有鬼！有鬼！"彭氏问时，道："我梦见那无垢，直赶进我房中来，因此失惊。"彭氏也似失惊般，一会儿身子困倦，肚腹疼痛，一连几次痛阵，紧生下一个小厮来。倒也生得好，徐文仔细一看，与无垢无二，便要淹死。彭氏道："当日你已杀他一命，如今淹死，是杀他二命了。不若留他，做我们儿子，把这一主横财仍旧归了他，也是解冤释结。"徐文也便住了手，彭氏便把来着实好看待他。只是这小厮真性不移，也只吃胎里素，母亲抱在手里，见着佛堂中供养，原是他的经，他便扑去要看。他看见他原带来竹笼尚在，常扑去看。徐文心知是冤家，也没心去管理他，自把这宗银子暗暗出来，合个伙计在外做些经商生意。彭氏因没子，倒也顾念他。更喜得这小厮一些疮毒不生，一毫病痛没有。不觉已是六岁，教他上学读书。他且是聪明，过目成诵，叫名徐英。只是这徐英生得标致，性格儿尽是温雅，但有一个，出门欢喜入门恼。在学中欢欢喜喜，与同伴顽也和和顺顺的；一到家中便焦躁，对着徐文也不曾叫个爷，对着彭氏也不曾叫个娘，开口便是"老奴才"、"老畜生"、"老淫妇"、"老养汉"。几次徐文捉来打，他越打越骂，甚至拿着刀，便道："杀你这两个老强盗才好！"那徐文好不气恼。

间壁一个吴婆道："徐老爹，虎毒不吃儿，仔么着实打他？这没规矩，也是你们娇养惯了。比如他小时节，不曾过满月，巴不得他笑，到他说叫得一两个字出，就教他骂人，'老奴才'、'老畜生'、'老养汉'、'小养汉'，骂得一句，你夫妻两个快活；抱在手中，常引他去打人，打得一下，便笑道'儿子会打人了'，做桩奇事。日逐这等惯了，连他不知骂是好话，骂是歹话，连他不知那个好打，那个不好打。也是你们娇养教坏了他。如今怎改得转？喜得六岁上学，先生训他，自然晓得规矩。你看他在街上走，摇摇摆摆，好个模样，替这些学生也有说有道，好不和气，怎你道他不好？且从容教道他，恕他个小。"彭氏道："不知他小时节也好，如今一似着伤般，在家中就劣崛起来，也是我老两口儿的命。"吴婆道："早哩，才得六七岁，那里与他一般见识得。"彭氏也应声道："正是，罢了。"无奈这徐英一日大一日，在家一日狠一日，拿着把刀道："我定要砍死你这老畜生、老淫妇。"捉着块石头道："定要打死你这老忘八、老娼根。"也曾几次对先生讲他，他越回家嚷骂不改。邻舍又有个唐少华，也来对徐英道："小官，爷和娘养儿女，也不是容易得的。莫说十个月怀着这苦，临产时也性命相搏，三年乳哺，那一刻不把心对？忙半日不与乳吃，怕饿了小厮；天色冷，怕冻了小厮；一声哭，不知为着甚么，失惊里忙来看。揩尿抹屎，哺粥喂饭，何曾空闲？大冷时夜间，一泡尿出屎出，怕不走起来收拾？还推干就湿，也不得一个好觉儿。你不听得那街上唱歌儿的道：'奉劝人家子孙听，不敬爹娘敬何人？三年乳哺娘辛苦，十月怀耽受母恩。'学生这句句都是真话。学生你要学好，不可胡行。"徐英道："我也知道，不知仔么，见了他便生恼。"唐少华又道："没有不是父母，你要听我说。"这徐英那里得个一日好？到得家里便旧性发了。

似此又五六年，也不知被他呕了多少气。这日学中回来，道饭冷了，便骂彭氏。彭氏恼了，赶来正要打他，被他一掀一个翻筋斗，气得脸色如土。复身赶来，一把要捋他头发，被他臂上一拳，打个缩手不及。徐文正在外面与这些邻舍说天话，听得里面争嚷，知是他娘儿两个争了，正提了一根棍子赶将进去，恰遇他跑出来时，一撞也是一交。徐英早是跳去门外了。众人看见徐英，道："做甚么？做甚么？"随即见徐文夫妇忙赶出来，道："四邻八舍，替我拿住这忤逆贼。"徐英道："我倒是贼？我不走，我不走。"彭氏道："我养了他十四岁，不知费了多少辛苦。他无一日不是打便是骂，常时驮刀弄杖要杀我。适才把我推一交，要去捋他头发时，反将我臂膊上打两下，老儿走来，又被他丢一交。列位，有这等打爷骂娘的么？"徐文道："我只打死了这畜生罢，譬如不养得。"徐英道："你还要打死我！"便就地下一抉两抉，抉了一块大石头，道："我先开除你这两个老强盗。"

怒气填胸短发支，夙冤犹自记年时。
拟将片石除凶暴，少泄当年系颈悲。

正待打来，亏得一个邻舍来德抢住了，道："你这小官，真不好！这须是我们看见的，教道乡村个个是你，也不要儿女了。"唐少华道："学生，我们再要如何劝你？你不肯改，若打杀爷娘，连我们邻舍也不好。你走过来，依我，爹娘面前叩个头陪礼，以后再不可如此。"徐英道："我去磕这两个强盗的头？不是他死，我死。今日不杀，明日杀，决不饶他。"众人听了，都抱不平。跳出一个邻舍李龙泉道："论起不曾出幼，还该恕他个小，但只是做事忒不好得紧。我们不若送他到官，也惊吓他一番，等他有些怕惧。不要纵他，弄假成真，做人命干连。”便去叫了总甲。这时人住马不住，徐英道：“宁可送官，决不陪这两个强盗礼。”

众人便将他拥住了，来见城上御史。这御史姓祁：

冠顶神羊意气新，闲邪当道誉埋轮。

霜飞白简古遗直，身伏青蒲今诤臣。

辇毂妖狐逃皎日，郊圻骢马沐阳春。

何须持斧矜威厉，已觉声闻自轶尘。

他夜间忽梦一金甲神，道：“明日可问他六月六日事，不可令二命受冤也。”早间坐堂，适值地方解进，道地方送忤逆的。御史问时，道：“小的地方有个徐文的子徐英，累累打骂父母，昨日又拿石块要打死他两个。小的拿住，送到老爷台下。”御史叫徐文道：“这是你第几个儿子？”徐文道：“小的止得这一个。”御史道：“若果忤逆，我这里正法，该死的了，你靠谁人养老？”徐文道：“只求爷爷责治，使他改悔。”御史便叫徐英。徐英上去，御史一看：

短发如云仅覆肩，修眉如画恰嫣然。

瓠牙樱口真堪爱，固是当今美少年。

御史心里便想道：“他恁般一个小厮，怎做出这样事来？”便叫徐英：“你父亲止生得你一个，你正该孝顺他。况你年纪正小，该学好，怎忤逆父母，是甚缘故？”徐英道：“连小的也不知道甚缘故，只是见他两个，便心里不愤的。”御史把须捻上一捻，想了一会，就叫彭氏道：“这不是你儿子，是你冤家了。他今年十几岁？”彭氏道：“十四岁。”御史道：“你把那十四年前事细想一想，这一报还一报。”连把棋子敲上几声，只见彭氏脸都失色。御史道：“你快招上来。”这些邻舍听了道：“这官好糊涂，怎告忤逆，反要难为爹娘？”只见那御史道：“昨日我梦中，神人已对我说了。快将那事招来。”彭氏只顾回头看徐文，徐文已是惊呆了。御史又道：“六月六日事。”这遭彭氏惊得只是叩头道：“是，神明老爷，这事原不关妇人事，都是丈夫主谋。”御史叫徐文道：“六月六日事，你妻已招你主谋了。快快招，不招看夹棍伺候。”徐文只得把十四年前事一一招出，说：“十四年前六月初四，有个英山清凉寺和尚叫做无垢，带银一百二十两，来南京印经。小人一时见财起意，于初六日晚将他绞死，这是真情。”御史道：“尸骸如今在那里？”徐文道：“现埋在家中客房床底下。”御史随着城上兵马发验。又问："这徐英几时生的?"徐文道："就是本月初九生的。"御史道："这就是无垢了。"就叫徐英："你忤逆本该打死，如今我饶你。你待做些什么?"徐英道："小的一向思量出家。"御史点一点头道；"也罢，我将徐文家产尽给与你，与你做衣钵之资。"只见徐英叩头道："小人只要原谋的一百二十两，其余的望老爷给彭氏，偿他养育的恩。"御史又点头道："果是个有些来历的，故此真性不迷。"这些邻舍听了，始知徐文谋杀无垢，徐英是无垢转世，故此还报要杀。若使前世杀他，今世又枉杀他，真不平之事，所以神人托梦，又得这神明的官勘出。须臾兵马来报，果然于徐文家取出白骨一副。御史就将徐文问拟谋财杀命斩罪，参送法司。又于徐文名下追出原谋银一百二十两、当日随身行李。其余邻里因事经久远免究。

徐英出衙门，彭氏便于房中取出他当日带来竹笼，并当日僧鞋、僧帽、僧衣、经卷还他，他就在京披剃了，仍旧名无垢，穿了当日衣帽，来谢祁御史伸冤救命大恩。那御史道："你能再世不忘本来，也是有灵性的了。此去当努力精进，以成正果。"仍又在南京将这一百二十两银子印造《大乘》诸经，又在南京各禅刹参礼名宿。他本来根器具在，凡有点拨，无不立解。小小年纪，也会讲经说法。

真性皎月莹，岂受浮云掩。
翻然得故吾，光明法界满。

一时乡绅富户都说他是个再来人，都礼敬他，大有施舍。

在南京半年，他将各部真经装造成帙，盛以木函，拜辞各檀越名宿，复归英山。只见到寺山麓，光景宛然旧游，信步行去，只见寺宇虽是当年，却也不免零落。见一个小沙弥，道："你寺里一个无垢和尚，你晓得么?"道不晓得。一个老道人道："有一个无垢师父，是定师太徒孙，远师太徒弟。十来年前，定师太死，把他七八个银子，他说要到南京去印经，一去不来，也不知担这些银子还俗在那边，也不知流落在那边。如今现现关锁着一所关房，是他旧日的。"无垢道："如今远师太好么?"道："只是吃酒，一坛也醉，两坛也醉。不去看经应付，一发不兴。"无垢听了，便到殿上礼拜了世尊，把经卷都挑在殿上，打发了这些挑经的。这各房和尚都来看他，道："那里来这标致小和尚?"他就与这干和尚和南了，道："那一位是远师父?"一个和尚道："师祖在房中。"无垢道："这等，烦同一见。"众人道："酒鬼那里来这相识？"无垢竟往前走，路径都是熟游，直到远公房中。

此时下午，他正磁壶里装上一壶淡酒，一碟酶菜儿，拿只茶瓯儿在那边吃。无垢向前道："师父稽首。"把一个远公的酒钟便惊将落来，道："师父那里来？"无垢道："徒弟就是无垢。"远公道："出家人莫打诳语。若是我徒弟去时还了俗，可也生得出你这样个小长老哩。"无垢道："师父，我实是你再生徒弟。你把这行李竹笼认一认。"远公擦一擦模糊醉眼，道："是，是，是，怎落在你手里？"无垢便将十四年前往南京遭徐文谋害，后来托生他家，要杀他报仇，又得神托梦与祁御史，将徐文正法，把原带去银一百二十两尽行给我，我仍旧将来造经以完前愿。如今经都带在外边，连忙请远公在上参拜了。远公道："这等，我与你再世师徒了。只是自你去后，我贪了这几钟酒，不会管家。你这些师弟师侄都是没用的，把这一个房头竟寥落了。那知你在南京吃这样苦，死了又活。如今好了，龙天保祐，使你得还家，你来我好安耽了。只是你的房，我一年一年望你回来，也不曾开，不知里面怎么的了。"无垢来开时，锁已锈定，只得敲脱。开门，里边但见：

佛厨面蛛丝结定，香几上鼠矢堆完。莲经零落有风飘，琉璃无光唯月照。尘落竹床黑，苔生石凳青。点头翠竹，如喜故人来；映日碧梧，尚留当日影。

无垢一看，依然当日栖止处，在就取香烛，在佛前叩了几个头，又在师祖前叩了几个头。

各房遍去拜谒，叙说前事，人人尽道稀奇，相见。无尘道："前日师弟标致，如今越标致了。年纪老少不同，可也与无垢师弟面庞相似，一个塑子塑的。"无垢又在寺中打斋供佛，谢佛恩护祐，并供韦驮尊者，谢他托梦。又将南京人上施舍的，都拿来修葺殿宇，装彩殿中圣像，每日在殿上把造来经讽诵解悟。其时蔡老夫妇尚在，也来相见，说起也是再生儿子，各各问慰了。阖城知他这托生报仇，又不忘本来，都来参谒、施舍。他后来日精禅理，至九十二岁，趺坐而终。盖其为僧之念，不因再生忘，却终能遂其造经之愿，这事也极奇，僧人中也极少。

第三十六回　勘血指太守矜奇　赚金冠杜生雪屈

天理昭昭未许蒙，谁云屈抑不终通。

不疑岂肯攘同舍，第五何尝挞妇翁。

东海三年悲赤地，燕台六月睹霜空。

繇来人事久还定，且自虚心听至公。

忠见疑，信见谤，古来尝有。单只有个是非终定，历久自明。故古人有道：

周公恐惧流言日，王莽谦恭下士时。

假若一朝身便死，后来真假有谁知？

不知天偏教周公不死，使居东三年之后，晓得流谤说他谋害成王的，是他兄管叔、弟蔡叔。成王不能洗雪他，天又大雷电疾风，警动成王，这是无屈不伸。就如目下魏忠贤，把一个“三案”，一网打尽贤良。还怕不彀，又添出“封疆行贿”一节，把正直的扭作奸邪，清廉的扭做贪秽，防微的扭做生事，削的削，死的死，戍的戍，追赃的追赃。还有一干巧为点缀，工为捃摭，一心附势，只手遮天，要使这起忠良决不能暴白。不期圣主当阳，覆盆尽烛，忠肝义胆，终久昭然天下。这是大事，还有小事。或在问官之糊涂，或事迹之巧凑，也没有个一时虽晦，后来不明之理。

话说我朝处州府有一个吏姓杜，他原是本府龙泉县人，纳银充参在本府刑房。家里有三五十亩田，家事尽可过得。妻王氏，生有一个儿子，因少乳，雇一个奶娘金氏。还有小厮阿财，恰倒是个守本分的。住在府二门里。西边公廨，有一冯外郎，是在兵房的，也有家私。母邵氏，妻江氏，出入金冠金髻，尝请人，专用些银杯之类。两家相近，杜外郎后门，正对着冯外郎前门，两家尝杯酒往来，内里也都相见，是极相好的。故此杜家这奶娘每常抱了这娃子，闯到他家，各家公廨都也不甚大，房中竟是奶子尝走的。一日，只见冯外郎有个亲眷生日，要阖家去拜贺。这奶子便去帮他戴冠儿、插花儿，撺掇出门。冯外郎倚着在府里，因不留人照管，锁了门，竟自去了。

不期撞出他一个本房书手张三来，这人年纪不多，好的是花哄嫖赌，争奈家中便只本等，娶得一个妻小，稍稍颇有些儿赔嫁，那里彀他东那西掩？就是公事，本房也少，讲时节又有积年老先生做主，打后手，他不过得个堂众包儿。讲了一二两，到他不过一二钱，不彀他一掷。家里妻子时常抱怨他，他不在心上。今日出几钱分子在某处串戏，明日请某人游山，在某处小娘家嫖，也是小事。只坏事是个赌，他却心心念念只在这边。不知这赌场上最是难赌出的，初去到赢一二钱银子，与你个甜头儿，后来便要做弄了。如钳红捉绿，数筹马时添水，还有用药骰子，都是四五六的。昔日有一个人善赌，善用药骰子，一个公子与他赌，将他身边搜遍。只见赌到半阑时，他小厮拿一盘红柿卖尊，他就把一个撮在口里，出皮与核时，已将骰子出在手中，连掷几掷，已赢了许多。他复身又裹在柿皮里，撇在地下，那个知得？所以都出不得积赌手。他自道聪明，也在赌行中走得的，钻身入去。不期今日输去毯帽，明日当下海青。输了当去翻，先是偷老婆衣饰，及到后头没了，连家中铜杓、镟子、锡壶、灯台一概偷去。管头少不彀赌，必至缩手缩脚，没胆，自然越输。

这日输得极了，意思要来衙门里摸几分翻筹。走到门上，见一老一少女人走出来，上轿，后边随着一个带騣方巾、大袖蓝纱海青的，是他本房冯外郎，后面小厮琴童挑着两个糕桃盒儿。张三道：“这狗蛮倒阔，不那里去？”走进房里，只见一人也没。坐了一会，想道：“老冯这蛮子，向来请我们，他卖弄两件银器。今日全家去吃酒，料必到晚才回。我只作寻他，没人时做他一裆，决然彀两日耍。公事这两分骚铜，那当得甚事？”从来人极计生，又道近赌近贼，走到他门前，见是铁将军把门，对门没个人影，他便将锁扭，着力一扭，拳头扭断，划了指头，鲜血淋漓。心里想道：“出军不利。”又道：“是血财，一定有物。”反拴了门，直走进去。指上血流不止，拾得一条布儿将来缠了。径入房中，撬开箱子，里边还剩得一顶金冠、两对银杯、一双金钗、几枝俏花。他直翻到底，有一封整银，又几两碎银，都放在身边。心忙手乱，早把手上布条落在箱中，他也不知，走出来，竟往外边一溜。

素有狗偷伎俩，喜得钱财入掌。

只顾一时不知，恐怕终成魔障。

又想："我！向来人知我是个骯鬼，那得这许多物件？况六月单衣单裳，吃人看见不雅。"转入房中，趁没人，将金冠、钗、花、银杯放入一个多年不开的文卷箱内，直藏在底里，上面盖了文卷。止将银子腰在身边，各处去快活。

只是冯外郎在那箱吃酒看戏，因家中无人，着琴童先回来看家。琴童贪看两折戏不走，直至半本。回家，看见门上锁已没，一路进去，重重门都开。直到里边，房门也开的，箱子也开的，急忙跑出门来，报知家主公。偶然杜家奶子开出后门，见他慌慌的，问道："琴童，甚么忙？"回道："着了贼，着了贼！"一径走到酒席上，对冯外郎道："爷，家下着贼了，着贼了！"冯外郎道："不没甚么？"琴童道："箱子都开了。"冯外郎丢了酒钟便走，两个内眷随即回来。外面铜杓、火锹都不失，走到房中，只见打开两只箱子，里边衣服都翻乱到底，不见了金冠、钗、花、酒杯、银两。这两个内眷又将衣服逐件提出来查，却见这布条儿圆圆筒着，上边有些血痕。两个道："衣裳查得不缺，这物是那里来的？"冯外郎道："这一定是贼手上的，且留着。"随即去叫应捕来看，应捕道："扭锁进去，不消得说，像不似个透手儿。只青天白日，府里失盗，外贼从何得来？这还在左右前后踹。"冯外郎就在本府经历司递了张失单。杜外郎也来探望，亦劝慰他。

但是失物怨来人，冯家没了物事，自然要胡猜乱猜。又是应捕说了句府中人，因此只在邻近疑猜。晚间三个儿吃酒，忽然冯外郎妻江氏道："这事我有些疑心。对门杜家与我门紧对门，莫不是他奶子？平日在我家穿进穿出，路径都熟，昨日又来这边撺掇我们穿戴，晓得我们没人，做这手脚。路近搬去，所以无一人看见。"琴童立在那边筛酒，听得这话，便道："正是，我昨日出门来说的时节，那奶子还站在后门边看。说道箱子里寻出甚缚手布条儿，我记得前日他在井上破鱼，伤了指头，也包着手。想真是他。"邵氏道："这些奶子，乡下才来的还好，若是走过几家的过圈猪，那里肯靠这三四两身钱？或是勾搭男人，偷寒送暖；或是奉承主母，搬是挑非。还又贼手贼脚，偷东摸西，十个中间没一两个好。故此我说，这些人不要把他穿房入户。那小厮阿财，鹰头鹘脑，一发是个贼相。一个偷，一个递，神出鬼没，自然不知不觉。”冯外郎道：“这事不是作耍的，说不着，冤屈平人，反输一帖。况且老杜做人极忠厚，料不做这事。”邵氏道：“老杜忠厚，奶子与阿财须不忠厚。应捕也说是脚跟头人。”冯外郎道：“且慢慢着应捕踹他。”又道琴童不早回看家，要打他。

次早，琴童带了气，认了真，即便对着杜家后门骂道：“没廉耻的，银子这等好用，带累我要打！若要银子，怎不养些汉？你平日看熟路，正好掏，掏去的，只怕不得受享！”走出走进，只在那厢骂。后门正是杜家厨房，这奶子平日手脚绝好，只是好是与人对嘴儿，听了道：“这小厮一发无礼，怎对着我家骂？”王氏道：“他家里不见物事，家主要打他。也要骂，不要采他。”捱到晚，奶子开门出去泼水，恰好迎着这小厮在那里神跳鬼跳，越发骂得凶，道：“没廉耻养汉精，你只偷汉罢了，怎又来偷我家物事？金冠儿好戴，怕没福；银子好用，怕用不消！”奶子不好应他。不合骂了，来把奶子手一扯，道：“奶阿姆，我记得你前日手上破鱼伤了，缚条白布条，我家箱里也有这样一个白布条！”奶子听他骂了半日，声声都拦绊着他，心中正恼，听了这一句，不觉脸儿通红，一掌打去，道：“你这小贼种！在此骂来骂去，与我无干，我并不理你，怎说到我身上来？终不然我走熟路径，掏你家的？”琴童捏住手道：“真赃实物现在，难道我家里做个箍儿冤你？”奶子动气，两个打做一团。两家主人与邻舍都出来看，一个道：“你冤人做贼！”一个道：“你手上现现是个证见，再折不开！”杜外郎道：“我这阿姆，他手脚极好，在我家一年，并不曾有一毫脚塌手歪，莫错冤了人。”冯外郎道：“事值凑巧，怪不得我小厮疑心。”两下各自扯开自己的人，只是两边内里都破了脸。杜家道：“他自在衙门，不晓法度，贼怎好冤人？这官司怕吃不起。”冯家道：“没廉耻，纵人做贼，还要假强。”两边骂个不歇。杜家阿财也恼了，就赶出来相骂，渐渐成场。众人都暗道冯家有理。连这两个男人，一个要捉贼，一个要洗清，起初还好，夜来被这些妇人一说，都翻转面来。冯外郎告诉两廊，却道再没这凑巧的。张三也每日进衙门看些动静，看看卷箱，夹在人伙里道：“这指头便是此处无银。”两个外郎一齐拥到经历司，经历出来，两个各执一说，你又老公祖，我又老公祖。这经历官小，压不伏，对了冯外郎道："这原有些形迹。"对杜外郎道："贼原是冤不得的。"分理不开，道："这事大，我只呈堂罢了。"不敢伤及那边，只将冯外郎原递失单并两家口词录呈。

早间知府升堂时，两边具状来告，一个告是"窝盗"，一个告是"诬陷"。知府先问冯外郎，道："小的本府吏，前日举家去拜寿，有贼抉入公廨，盗去金冠、银两等物。箱内遗有带血布一条。小厮琴童见杜外郎家奶子常在小的家出入，他指上带有伤痕。去问他，两边争闹激恼。"老爷又问杜外郎，道："小的也是本府吏，家里有奶子金氏，平日极守分。前日实在家中，并不曾到冯外郎家，遭他诬陷，不甘具告。"知府道："我这府里尝告失盗，我想门上把守甚严，内外一清如水，谁敢进来作贼？一定是我衙门人役。"叫拿那布条来看，原是裹在指上，筒得圆圆的。知府看了，叫皂隶："看奶子指上果有伤么？"皂隶看了，道："有伤，似划开的，将好了。"叫拿这布条与他套，皂隶走去，扯过指头，只一揿，果然揿上，道："套得上的。"知府笑了一笑，道："这明是平日往来，轻车熟路，前日乘他无人，盗他财物，慌忙把这物落在箱中。再不消讲得，不然天下有这等凑巧的事？拶起来！"一拶拶得杀猪般叫道："实是不曾。"知府道："他一个女人，也没胆，他家还有人么？"冯外郎道："他家还有个阿财。"叫拿来。捉到，要他招同盗，阿财道："前日金氏在家，并不曾出门，说他偷，真是冤枉，怎干连得小人？"知府道："你说得他干净，说你也干净，正是同谋。"一夹棍不招，再一夹棍，夹得阿财晕去，脚都夹折。那边奶子一夹棍，当不得，早已招成盗了。问是与阿财同盗，他又招了。只有赃指东话西，推阿财，阿财推奶娘，招得糊涂。知府问他两人家住那里，一个是龙泉，一个是宣平，都是外县。知府道："这不消说，赃还在杜外郎家。"要夹起来，杜外郎道："他两个胡打乱招，赃实是没有。"知府道："他两个没你做窝主，怎敢在我府中为盗？决要在你身上追赃给主。"搁上夹棍。一个杜外郎叹口气，道："这真是冤屈无伸，枉受刑罚。"只得认个赔赃。知府已将来打了二十，拟做窝盗，免刺发徒，前程不消说了。阿财窃盗刺徒，金氏赎徒。把阿财监了，杜外郎、金氏召保。

一府书吏都道这事是真，杜外郎不该来争，惹火烧身。有怪他的道："府里常常着贼，杜外郎坐地分赃，应该吐些出来：”又有怜他的道：“人是老实人，或者是这两个做贼，赃必是他两个人寄回家去，没奈何只得认赔。”那刻毒的又道：“有在一家不知的？拿赃出来，实搭搭是贼。赔赃还好解说，这是后来辨复前程巧法。”可怜一个杜外郎，本是清白的人，遭这冤枉，在府中出入，皂甲们都指搠，道是个贼头。候缺典吏道他缘事，要夺他缺；各公廨道他窝家，要他移出府去。气不愤，写一张投词，开出金氏生年月日，在本府土谷并青面使者祠前，表白心事。又有那恶薄的，在投词后标一笔道：“窝贼为盗，本府太爷审确，无冤可伸，不必多说。”

事成弓影只生疑，众口寻声真是迷。

独恃寸心原不枉，冥冥好与老天知。

又粘几张招贴，写道：“冯家失物，有人获着，情愿谢银十两。”人都道：“胡说。”还惹得一个奶娘在家枉耽了贼名，只要寻死觅活，亏得王氏道：“你看我家无辜，担了一个窝家臭名，还在这里要赔赃。你如今死了，有事在官，料诈他不得，人还说你惧罪寻死。这都是天命，莫把性命错断送。天理昭彰，日久事明。”时刻只在家求神拜佛，要辨明冤枉，洗雪他一身行止。审单已出，取供房一面做稿，申解守巡。

只便宜了张三，今日这坊里赌，明日那家里嫖，每日只进来看一看卷箱，他自心照去了，那里顾杜外郎为他负屈含冤，为他干受罪？只是没本心的银子，偏不彀用，随手来，随手去，不多几日，弄得精光。如今要来思量金冠之类，只是几次进来时，或是撞着有人在那里书写，不好去翻动。自己不动笔，痴呆般在那里坐又不像，只得回去。这日等得人散，连忙揭开卷箱，取出金冠，放在袖中。正要寻纸包，恰值本房一个周一官失落一把扇子，走来东张西望。扇在桌下，低头拾时，却见张三袖中突然。两个取笑惯的，便道：“张三老，你今日得采，要做个东道请我。”伸手去捏他的，张三忙把袖子洒了开去，道：“捏不得的。”周一道：“甚么纸糊的？”道：“不是，是个亲眷要主银子用，把一顶金冠央我去兑换。若换得有茶钱，我请你。”周一道：“我姑娘目下嫁女儿，他说要结金髻，供给费事，不如换了现成的省事。你多少重？要几换？我看一看，若用得着，等我拿去换了。”扯住定要看。张三道：“是旧货，恐不中意，不要看他。”周一道：“我姑娘原也不接财礼，聊且将就赔嫁。你但拿我一看，难道便抢了去？”只得把与周一看了，道：“这个倒是土货，不是行货。怎口都撳匾了，梁上捏了两个凹，又破了一眼。”张三道：“少不得要结鬏髻的，盔洗不妨得。”周一道：“是，是。”又看了看，里边有个花押，是冯外郎的一般，因对张三道：“料你不肯相托，我问姑娘拿银子来，只是要让他些。”张三道：“自然。”流水里去了。

周一是一个伶俐人，想道：“张三这赌贼，抓得上手就要赌，便是老婆的，也不肯把他，怎有这瞎眼亲眷？拿与他，左右是送了。”后边又想道：“既是央他换，怎的分两晓不得？口都弄匾了，其中必有跷蹊。”正沉吟时，却见冯外郎带了个甲首来，道：“早间签下一张拨马的牌，你寻一寻与他。”寻与了甲首。那周一忽然触起，道：“冯老官，你前被盗去金冠，是五梁儿、半新、当面又破着一眼的么？”冯外郎道：“破一眼我原不知，只是五梁暗云，在家里结的，不上戴得三四年。”问：“里边有甚花字么？”冯外郎道：“是旧年我因争缺要用，将来当在府前当里，诚恐调换，曾打一花押在圈边，就与平日一样的。”周一道：“我只为花押有些疑心。这人要换，不若你有银子拿十两来，我替你押来细看。”冯外郎道：“是那个？”周一道：“若是说出这个人，不是，道我冤他，那人知道怪我。”冯外郎道：“你莫哄我。”周一道：“我你一房人，胳膊离不得腿，难道哄你这几两银子？只是寻着自己原物，须大大请我一个东道。”果然冯外郎去拿了一封四锭冲头，付与周一。周一便来寻张三。不料张三又等不得，在大街上当铺内，已是当了五两银子。赶去一个时辰，都送了。周一到张三家，他妻子道：“早间府里去，未回。”周一只得走转，不上走了十间门面，张三闷闷的恰好撞来。周一道；方才已对姑娘说，拿十两银子押去一看，中意，公估兑换。”张三道：“迟了些，他因会钱要紧，当了五两，票子在我身边。”周一道：“既是当了，我替你同到当中抵去兑换，也免得后日出利钱。”张三想道：“换得，又多两两，可以翻筹。”就同他去。走到当里，道：“这冠不止十两。”周一道：“你只要估值五两当头。”当中只得注了票子，将金冠付与周一。周一道：“这事只在明日定夺，你明日在家等我。”

两个别了，周一竟到府前来寻冯外郎。冯外郎正在家里等回报，见了周一，道："物来了么？"周一道："八分是你的，脚迹像。"还是一张写坏的牌花包着，递与冯外郎。冯外郎看冠儿倒不大的确，见了花字，连声道："是。"周一道："这不可造次，你还拿进里边一看。"进去，只见江氏认得的真，道："正是我家的，面前是小女儿不晓得，把簪脚捌破一眼。"冯外郎见了真赃，便留住周一吃酒，问："是那个？莫不是老杜？"周一道："不是，是本房赌贼张三。"冯外郎道："一定是老杜出不得手，央他兑换的了。"周一道："老杜与张三不熟。"冯外郎道："莫管他，明日捉了张三，便知分晓。"周一自去了。

金归箧底何从识，怨切沦肌孰与伸。

谁料傍观饶冷眼，不教抱璞泣荆人。

此时杜外郎招成，只待起解。因要人、赃起解，没有原赃，只得卖田，得银八十两。急于脱手，折了一个加三。在家里叹息道："有这样命运？人只破财，不伤身罢了，如今打了又赔钱，还担了一个贼名，没了一个前程。后日解道，少则十五板，还添班里门上杖钱，要今日设处。"好生怨恨，道："有这样歪官！"只见这厢冯外郎早堂竟禀府尊道："前日盗赃，已蒙老爷判价八十两，批着杜外郎赔偿，见在候解。昨日适有吏员本房书手张三，拿金冠一顶，央同房书手周一兑换。吏员看见，正是吏员的。伏乞老爷并究。"知府道："这就是杜外郎一伙了。"叫张三，房里回覆不在，知府就差人去拿。到他家里时，他正等老周，听得叫一声，便道："周一哥么？"走出来，却是一个皂隶，道："老爷叫你。"张三道："没甚事？"就分付老婆道："周一老来，叫他在这里等我。"皂隶道："他在府前等你哩。"张三便往府前。知府还未退堂，皂隶道："张三带到。"知府道："你是我这边书手么？昨日金冠是那里来的？"张三道："是小的亲眷央小的换的。"知府道："是那一家的？"张三答应不来。知府道："是杜外郎央你换的么？"张三便含糊道："是。"只见杜外郎正在家设处解道班里钱，听得说冯外郎家金冠是他本房张书手偷，便赶出来看。听得张三含糊应是他央换，便跪下去道："张三，天理人心！你做贼，害得我奶子被夹，小厮腿都夹折，我坏了前程，吃打赔赃。如今天近做出来，你还要害人。是我那只手那边与你的？没的有不得。"张三要执执不住，只是磕头。

知府叫夹起来，一上夹棍，张三只得招承："原在府门首，见他夫妇出外，乘他无人，前往窃取。扭门进去，开他箱子，盗有金冠一顶、金钗一双、珠花六支、银杯四只、银十六两。俱自盗，并不与奶娘、阿财相干。”问他赃物，道：“银子已经与周一嫖赌花费，金冠抵付周一，银杯、钗花藏在本房卷箱内。”即时起出，冯外郎都认了。知府问那箱中血染布条，道：“因扭锁伤指裹上，随即脱落箱中。”知府点头道：“事有偶然如此。若非今日张三事露，岂不枉了奶子与小厮？杜外郎枉赔了许多钱钞，坏了一个前程。”叫着实打，打了廿五，画招，拟他一个窃盗。便叫杜外郎道：“是我一时错认，枉了你了！幸得尚未解道，出缺文书还未到布政司，你依旧着役。”把冯外郎小厮琴童打了十五板，自己给二两银子与阿财，还着冯外郎出银将养，即时释放。又叫六房典吏道：“他两个典吏，原无仇隙，只因一边失盗，急于寻赃，却有这凑巧事，便至成讼，中间实是难为了杜典吏。我如今一一为他洗雪，还要另眼看他。那冯典吏也须赔他一个礼。这在你们同袍，也该与他处一处。”又对冯外郎道：“我当日原据你告词勘问，若到上司，你该坐诬。你不可不知机。”冯典吏连叩头道：“只凭老爷分付。”

暂尔浮云蔽太阳，覆盆冤陷痛桁杨。

中天喜见来明鉴，理直须知久自彰。

那周一虽是无心为杜外郎，却像使他洗雪。只是张三恨他，扯做赌友，道他赢去银五两，费了好些唇舌。这番阖衙门才方信天下有这样冤枉事。奶子原是个好人，连阿财是个无辜，杜外郎乃老实人，赔赃是冤枉，他家里拜佛求神，果然报应。

事一明白，奶子要赶到冯外郎家，与他女人白嘴，道冤他做贼，害他出丑受刑。阿财也瘫去，要冯外郎赔这双脚。奶子老公与阿财父母先前怕连累，不敢出头，如今一齐赶来替老婆儿子出色，登门嚷骂。喜得一个冯外郎躲了不敢出头，央人求释。那杜外郎量大，道：“论起他这等不认得人，诬人做贼，夹拶坏了我的家人，加我一个贼名，一个前程几乎坏了，还破费我几两银子，该上司去告他，坐他一个诬陷，才雪我的气。但只是怕伤了本府太爷体面，况且是我年命，只要列位晓得我不是个窝盗养贼，前日投词上都是真情罢了。”众人道：“当日我们都说你原是个正直的人，到是太爷当了真，救解不来。如今日久见人心了，冯老官原是你相好的，便将就些罢。”冯外郎即便自己登门谢罪，安排戏酒，央两廊朋友赔老杜的话。冯外郎道：“小弟一时误听小价、老母与房下，道奶娘频来，事有可疑，得罪了老丈。”杜外郎道：“老丈，小弟如今说过也罢了。只是才方说误听阿价与内人，差了。我们全凭着这双眼睛认人，全凭着肚里量人，怎么认不出老杜不是窝盗的，量不出老杜不肯纵人为非的？却凭着妇人女子之见，妇人女子能有几个识事体的？凡人多有做差的事，大丈夫不妨直认，何必推人！”冯外郎连声道是。众人都道说得有理，大家欢饮而散。又将息阿财，求释奶子，结了个局。

后来张三解道解院，发配蓬莱驿摆站。杜外郎，太尊因他正直受诬，着实看取，诸事都托他，倒起了家。只是这事杜外郎受枉，天终为他表白。奶子惯闯人家，至有取疑之理。但天下事何所不有？冯外郎执定一个偶凑之事，几至破人家，杀人身。若一翻局，自己也不好。做官要明、要恕，一念见得是，便把刑威上前。试问，已死的可以复生，已断的可以复续么？故清吏多不显，明吏子孙不昌，也脱不得一个“严”字。故事虽十分信，还带三分疑。官到十分明，要带一分恕。这便是已事之鉴。

第三十七回　西安府夫别妻　郃阳县男化女

举世趋柔媚，凭谁问丈夫。
狐颜同妾妇，猬骨似侏儒。
巾帼满缝掖，簪笄盈道涂。
莫嗟人异化，寓内尽模糊。

我尝道：人若能持正性，冠笄中有丈夫；人若还无贞志，衣冠中多女子。故如今世上，有一种娈童，修眉曼脸，媚骨柔肠，与女争宠，这便是少年中女子。有一种佞人，和言婉气，顺旨承欢，浑身雌骨，这便是男子中妇人。又有一种蹐躬蹒步，趋膻附炎，满腔媚想，这便是衿绅中妾媵。何消得裂去衣冠，换作簪袄？何消得脱却须眉，涂上脂粉？世上半已是阴类。但举世习为妖淫，天必定与他一个端兆。尝记宋时宣和间，奸相蔡京、王黼、童贯、高俅等专权窃势，人争趋承。所以当时上天示象，汴京一个女子，年纪四十多岁，忽然两颐痒，一挠挠出一部须来，数日之间，长有数寸。奏闻，圣旨着为女道士，女质袭着男形的征验。又有一个卖青果男子，忽然肚大似怀娠般，后边就坐蓐，生一小儿，此乃是男人做了女事的先兆。我朝自这干阉奴王振、汪直、刘瑾与冯保，不雄不雌的，在那边乱政，因有这小人磕头搬脚、搽脂画粉去奉承着他，昔人道的举朝皆妾妇也。上天以灾异示人，此隆庆年间，有李良雨一事。

这李良雨是个陕西西安府镇安县乐善村住民，自己二十二岁。有个同胞兄弟李良云，年二十岁。两个蚤丧了父母。良云生得身材瑰玮，志气轩昂。良雨生得媚脸明眸，性格和雅；娶一本村韩威的女儿小大姐为妻。两个夫妇呵：

男子风流女少年，姻缘天付共嫣然。
连枝菡萏双双丽，交颈鸳鸯两两妍。

这小大姐是个风华女子，李良雨也是个俊逸郎君，且是和睦。做亲一年，生下一个女儿叫名喜姑，才得五个月，出了一身的疹子，没了。他兄弟两个原靠田庄为活，忽一日，李良雨对兄弟道："我想我与你终日弄这些泥块头，纳粮当差，怕水怕旱，也不得财主。我的意思，不若你在家中耕种，我向附近做些生意，倘撰得些，可与你完亲。"良云道："哥，你我向来只做田庄，不晓得生理，怕不会做。"李良雨道："本村有个吕达，他年纪只与我相当，到也是个老江湖。我合着他，与他同去。"李良云道："不是那吕不拣么？他终年做生意，讨不上一个妻子，那见他去撰钱？况且过活得罢了，怎丢着青年嫂嫂，在外边闯？"韩氏便道："田庄虽没甚大长养，却是忙了三季，也有一季快活，夫妻兄弟聚做一块儿。那做客餐风宿水，孤孤单单，谁来照顾你？还只在家。"那李良雨主意定了，与这吕达合了伙，定要出去，在邻县郃阳县生理，收拾了个把银子本钱。韩氏再三留他不住，临别时再三嘱付，道自己孤单，叫他蚤蚤回家。良雨满口应承，两两分别。

客路暮烟低，香闺春草齐。
从今明月夜，两地共凄凄。

韩氏送出了门，良云恰送了三五里远，自回家与嫂嫂耕种过活。

这边李良雨与吕达，两个一路里带月披星，来至郃阳，寻了一个主人闵子捷店中安下。这李良雨虽是一个农家出身，人儿生得标致，又好假风月。这吕达日在道路，常只因好嫖花哄，所以不做家。两个落店得一两日，李良雨道："那里有甚好看处，我们同去看一看。"此时吕达在郃阳原有一个旧相与，妓者栾宝儿，心里正要去望他，道："这厢有几个妓者，我和兄去看一看，何如？"李良雨道："我们本钱少，经甚嫖？"吕达道："嫖不嫖由我。我不肯倒身，他仔么要我嫖得？"两个笑了，便去闯寡门。一连闯了几家，为因生人，推道有人接在外边的，或是有客的，或是几个锅边秀在那厢应名的。落后到栾家，恰值栾宝儿送客，在门首见了吕达，道："我在这里想你，你来了么。"两边坐下，问了李良雨姓，吃了一杯茶。吕达与这栾宝儿两个，说说笑笑，打一拳，骂一句，便缠住不就肯走起身。李良雨也插插趣儿。鬼混半饷，吕达怕李良雨说他一到便嫖，假起身道：“我改日来望罢。”那栾宝道：“我正待作东，与你接风。”吕达道：“仔么要姐姐接风？我作东，就请我李朋友。”李良雨叫声：“不好叨扰。”要起身，吕达道：“李兄，你去便不溜亮了。”栾宝儿一面邀入房里，里面叫道：“请心官来。”是他妹子栾心儿，出来相见，人材不下栾宝儿，却又风流活动。

冶态流云舞雪，欲语鹦声鹂舌。

能牵浪子肝肠，惯倒郭家金穴。

便坐在李良雨身边，温温存存，只顾来招惹良雨。半酣，良雨假起身，吕达道：“宝哥特寻心哥来陪你，怎舍得去？”良雨道：“下处无人。”吕达道：“这是主人干系，何妨？”两个都歇在栾家。次日就是李良雨回作东，一缠便也缠上两三日。

不期李良雨周身发起寒热来，小肚下连着腿起上似馒头两个大毒。吕达知是便毒了，道：“这两个一齐生，出脓出血，怎好？”连吃上些清凉败毒的药，遏得住。不上半月，只见遍身发瘰，起上一身广疮。客店众人知觉，也就安不得身，租房在别处居住。只有吕达道：“我是生过的，不妨。”日逐服事他。李良雨急于要好，听了一个郎中，用了些轻粉等药，可也得一时光鲜。谁想他遏得蚤，毒毕竟要攻出来，作了蛀梗，一节节儿烂将下去，好不奇疼。吕达道：“这是我不该留兄在娼家，致有此祸。”李良雨道：“我原自要去，与兄何干？”并没个怨他的意思，那吕达尽心看他。将及月余，李良雨的本钱用去好些，吕达为他不去生意，赔吃赔用。见他直烂到根边，吕达道：“李大哥，如今我与你在这边，本钱都弄没快了。这也不打紧，还可再凑。只是这本钱没了，将甚么赔令正？况且把你一个风月人干鳖杀了。”李良雨在病中，竟发一笑。不上几日，不惟蛀梗，连阴囊都蛀下。先时李良雨嘴边髭须虽不多，也有半寸多长，如今一齐都落下了。吕达道：“李大哥，如今好了，绝标致一个好内官了。”那根头还烂不住，直烂下去。这日一疼疼了个小死，竟昏晕了去。只见恍惚之中，见两个青衣人，一把扯了就走。一路来惟有愁云黯黯，冷雾凄凄，行了好些路，到一所宫殿。一个吏员打扮的走过来见了，道：“这是李氏么？这也是无钱当枉法，错了这宗公案。”须臾，殿门大开：

当殿珠帘隐隐，四边银烛煌煌。香烟缭绕锦衣旁，珮玉声传清响。

武士光生金甲，仙官风曳朱裳。巍巍宫殿接穹苍，尊与帝王相抗。

良雨偷眼一看，阶上立的都是马面牛头；下边缚着许多官民士女，逐个个都唱名过去。到他，先是两个青衣人过去道：“李良雨追到。”殿上道：“李良雨，查你前生合在镇安县李家为女，怎敢贿嘱我吏书，将女将男？”李良雨知是阴司，便回道：“爷爷，这地方是一个钱带不来的所在，吏书没人敢收，小人并没得与。”一会殿令传旨：“李良雨仍为女身，与吕达为妻，承行书吏，免其追赃，准以错误公事拟罪。李氏发回。”

廿载奇男子，俄惊作女流。

客窗闲自省，两颊满娇羞。

就是两个人将他领了，走有几里，见一大池，将他一推，霍然惊觉。开眼，吕达立在他身边，见了道：“李大哥，怎一疼竟晕了去？叫我耽了一把干系。同你出来，好同你回去才是。”忙把汤水与他。

那李良雨暗自去摸自己的，宛然已是一个女身，倒自觉得满面羞惭，喜得人已成女，这些病痛都没了。当时吕达常来替他敷药，这时他道好了，再不与他看。将息半月，脸上黄气都去，髭须都没，唇红齿白，竟是个好女子一般。那吕达来看，道：“如今下面仔么了？”李良雨道：“平的。”吕达道：“这等是个太监模样么？”出他不意，伸手一摸，那里得平，却有一线似女人相似。李良雨忙把手去掩了。吕达想道：“终不然一烂，仔么烂做个女人不成？果有此事，倒是天付姻缘，只恐断没这理。”这夜道天色冷，竟钻入被中。那李良雨死命不肯，紧紧抱住了被。吕达道：“李大哥，你一个病，我也尽心伏事，怎这等天冷，共一共被儿都不肯？”定要钻来。那李良雨也不知仔么，人是女人，气力也是女人，竟没了，被他捱在身边。李良雨只得背着他睡，他又摸手摸脚去撩他，撩得李良雨紧紧把手掩住胯下，直睡到贴床去。吕达笑了道：“李大哥，你便是十四五岁小官，也不消做这腔。”偏把身子逼去，逼得一夜不敢睡。吕达自鼾鼾的睡了一觉，心里想：“是了，若不变做女人，怎怕我得紧？我只出其不意，攻其无备。”倒停了两日，不去扰他。

这日打了些酒，买了两样菜，为他起病。两个对吃了几钟酒，那李良雨酒力不胜，早已：

新红两颊起朝霞，艳杀盈盈露里花。

一点残灯相照处，分明美玉倚蒹葭。

正是酒儿后，灯儿下，越看越俊俏。吕达想道：“我闻得南边人作大嫩，似此这样一个男人，也饶他不过。我今日不管他是男是女，捉一个醉鱼罢。”苦苦里挜他酒。那李良雨早已沉醉要睡，吕达等他先睡了，竟捱进被里。此时李良雨在醉中不觉，那吕达轻轻将手去扪，果是一个女人。吕达满心欢喜，一个翻身竟跳上去。这一惊，李良雨早已惊醒，道：“吕兄，不要啰唣。”吕达道：“李大哥，你的光景我已知道，到后就是你做了妇人，与我相处了三四个月，也写不清。况我正无妻，竟可与我结成夫妇，你也不要推辞。”李良雨两手恨命推住，要掀他下来时，原少气力，又加酒后，他身子是泰山般压下来，如何掀得？急了，只把手掩。那吕达紧紧压住，乘了酒力，把玉茎乱攻。李良雨极了道：“吕大哥，我与你都是一个顶天立地的男子，今日虽然转了女身，怎教我羞搭搭做这样事？”吕达道：“你十五六岁时不曾与人做事来？左右一般。如今我兴已动了，料歇不得手。”李良雨道：“就是你要与我做夫妻，须要拜了花烛，怎这造次！”吕达道：“先后总是一般。”猛力把他手扯开，只一挺，李良雨把身子一缩，叫了一声“罢了！”那吕达已喜孜孜道：“果然就是一个黄花闺女。事已到手了，我也不要轻狂，替你温存做。”浑了一会，那李良雨酒都做了满身汗，醒了，道：“吕大哥，这事实非偶然。我在那日晕去时，到阴司里，被阎王改作女身，也曾道该与你为夫妇，只嫌你太急率些。”吕达道：“奶奶，见佛不拜，你不笑我是个呆人么？我今日且与嫂嫂报仇。”自此之后，两个便做了人前的伙计，暗里夫妻。吕达是久不见女人的男子，良雨是做过男子的妇人，两下你贪我爱，灯前对酌，被底相勾，银烛笑吹，罗衫偷解，好不快乐。

杯传合卺灯初上，被拥连枝酒半酣。

喜是相逢正相好，猛将风月担儿担。

吕达道："李大哥，我与你既成夫妇，带来本钱用去大半，不曾做得生意。不如且回，待我设处些银两，再来经管。"李良雨道："我也思量回家。只是我当初出来，思量个发迹，谁知一病，本钱都弄没了，连累你不曾做得生意。况且青头白脸一个后生走出来，如今做了个了人，把甚嘴脸去见人？况且你我身边，还剩有几两银子，不若还在外生理。"吕达道："我看如今老龙阳剃眉绞脸，要做个女人也不能彀。再看如今呵卵泡、捧粗腿的，那一个不是妇人，笑得你？只是你做了个女人，路上经商须不便走，你不肯回去，可就在这边开一个酒店儿罢。"李良雨道："便是这地方，也知我是个男人，倏然女扮，岂不可笑？还再到别县去。"两个就离了郃阳，又到鄠县。路上李良雨就不带了网子，梳了一个直把头，脚下换了蒲鞋，不穿道袍，布裙短衫不男不女打扮。一到县南，便租了一间房子，开了一片酒饭店。吕达将出银子来，做件女衫，买个包头，与些脂粉。吕达道："男是男扮，女是女扮。"相帮他梳个三柳头，掠鬓，戴包头，替他搽粉涂脂，又买了裹脚布，要他缠脚。

缩发成高髻，挥毫写远山。

永辞巾帻面，长理佩和环。

自此，在店里包了个头，也搽些脂粉，狠命将脚来收，个把月里收做半拦脚，坐在柜身里，倒是一个有八九分颜色的妇人。

两个都做经纪过的，都老到。一日正在店里做生意，见一个医生，背了一个草药箱，手内拿着铁圈，一路摇到他店里买饭，把李良雨不转睛的看。良雨倒认得他，是曾医便毒过的刁太医，把头低了。不期吕达在外边走来，两个竟认得。这郎中回到郃阳，去把这件事做个奇闻，道："前日在这里叫我医便毒的吕客人，在鄠县开了酒饭店，那店里立一个妇人，却是这个生便毒的男人，这也可怪。"三三两两播扬开去，道吕达与李良雨都在鄠县。

只见李良云与嫂嫂在家，初时接一封书，道生毒抱病，后来竟没封书信。要到吕达家问信，他是个无妻子光棍，又是没家的。常常在家心焦，求签问卜，已将半年。捱到秋收时候，此时收割已完，李良云只得与嫂嫂计议，到郃阳来寻哥哥。一路行来，已到郃阳，向店家寻问，道："有个李良雨，在这里因嫖生了便毒广疮，病了几个月，后来与这姓吕的同去。近有一个郎中曾在鄠县见他。”李良云只得又收拾行李，往鄠县进发。问到县南饭店里边，坐着一个妇人：

头裹皂包头，霏霏墨雾；面搽瓜儿粉，点点新霜。脂添唇艳，较多论少，启口处香满人前；黛染眉修，锁恨含愁，双蹙处翠迎人面。正是：丽色未云倾国，妖姿雅称当垆。

李良云定睛一看：“这好似我哥哥，却嘴上少了髭须。”再复一眼，那良雨便低了头。李良云假做买饭，坐在店中，只顾把良雨相上相下看。正相时，吕达恰在里面走将出来，李良云道：“吕兄一向？”吕达便道：“久违。”李良雨倒一缩，竟往里边走。李良云道：“吕兄，前与家兄同来，家兄在那厢？”吕达道：“适才妇人不是？他前因病蛀梗，已变作一个女身，与我结成夫妇。他因羞回故里，只得又在此开个店面。”良云道：“男自男，女自女，阉割了也只做得太监，并不曾有了做女人的事，这话恐难听。”

正说时，只见那妇人出来道：“兄弟，我正是李良雨。别来将近一年，不知嫂嫂好么？西安府都有收成，想今年收成尽好。我只因来到郃阳时，偶然去嫖，生了杨梅疮。后因烂去阳物，又梦到阴司，道我应为女，该与吕达为夫妇，醒时果然是个女身，因与他成了夫妇。如今我那有嘴脸回得？家里遗下田亩，竟归你用度，嫂嫂听他改嫁。”良云道：“才方道因蛀梗做了个女人，真是没把柄子的说话。又说阴司判你该与吕兄作妻，只系捣鬼。身子变女子，怎前日出门时有两根须，声音亮亮的，今髭须都没，声音小了？”吕达道：“他如今是个女人，没了阳气，自然无须声小，何消说得。”良云道：“这事连我对面见的，尚且难信，怎教嫂嫂信得？你须回去，说个明白。”良雨道：“我折了本，第一件回不得；变了女人，没个嘴脸，第二件回不得；又与吕达成亲，家里不知，是个苟合，第三件回不得。你只回去，依着我说，教嫂子嫁人，不要耽误他。兄弟，你疑心我是假的，我十四岁没娘，十八岁死爹，二十岁娶你嫂嫂韩氏，那一件是假的？”良云只是摇头。次日起身，良雨留他不住。吕达叫他做舅舅，赠他盘缠银两。又写一纸婚书，教韩氏另嫁。

良云别了，竟到家中。一到，韩氏道：“叔叔，曾见哥哥来么？”良云道：“哥哥不见，见个姐姐。”韩氏道：“寻不着么？”良云道：“见来，认不的。”韩氏道：“你自小兄弟，有个不认得的？”良云道：“如今怕嫂嫂也不肯认、也不肯信。嫂嫂，我哥说是个女人。”韩氏道：“这叔叔又来胡说。哥是女人，讨我则甚？前日女儿是谁养的？”良云道：“正是奇怪。我在郃阳寻不着，直到鄠县才寻着他。吕达和着一个妇人在那厢开酒饭店，问他哥哥，他道这妇人便是。”韩氏道：“男是男，女是女，岂有个妇人是你哥哥的？”良云道：“我也是这般说。那妇人死口认是我哥哥，教我认。我细认，只差得眉毛如今绞细了，髭须落下，声小了，脚也小了，模样只差男女，与哥不远。道是因生杨梅疮烂成了个女人，就与吕达做了夫妇。没脸嘴回家，叫田产归我用度，嫂嫂另嫁别人。”韩氏道：“叔叔，我知道了。前次书来说他病，如今一定病没了，故此叔叔起这议论。不然，是那薄情的另娶了一房妻小，意思待丢我，设这一个局。”良云道：“并没这事。”韩氏道：“叔叔，你不知道，女人自有一个穴道，天生成的，怎烂烂得凑巧的？这其间必有缘故。还是吕达谋财害命是实，杀了你哥哥，躲在鄠县，一时被你寻着，没得解说，造这谎。若道是女人，莫说我当时与他做的勾当一一都想得起，就是你从小儿同大，怎不见来？变的这说，一发荒唐！”李良云听了，果然可疑，便请韩氏父亲韩威，又是两个邻舍，一个高陵，一个童官，把这事来说起。一齐摇头道：“从古已来，并不曾见有个雄鸡变作雌的，那里有个男人变作女的？这大嫂讲得有理，怕是个谋了财，害了命，计得一个老婆，见他容貌儿有些相像，造这一篇谎。既真是李良雨，何妨回来，却又移窠到别县？李老二，你去他把带去本钱与你么？”李良云道：“没有，因将息病用去了。只叫这厢田产归我，嫂子嫁人。”高陵道：“没银子与你，便是谋了财了。哥不来，这田产怕不是你的？嫂子要嫁，也凭他这张纸何用？老二便告，竟告他谋财杀命，同府的怕是提不来？”果然把一个谋财杀命事告在县里。县里竟出了一张关，差了两个人，来到鄠县关提。那吕达不知道，不堤防被这两个差人下了关。

鄠县知县见是人命重情，又添两个差人，将吕达拿了。吕达对良雨道：“这事你不去说不清。”就将店顶与人，收拾了些盘缠，就起身到镇安县来。这番李良雨也不脂粉，也不三柳梳头，仍旧男人打扮，却与那时差不远了。一到，吕达随即诉状道：“李良雨现在，并无谋死等情。”知县叫讨保候审。审时，李良云道：“小的哥子李良雨，隆庆元年四月间，与吕达同往郃阳生理，去久音信全无。小人去寻时，闻他在鄠县。小人到鄠县，止见吕达，问他要哥子，却把一个妇人指说是小的哥子。老爷，小的哥子良雨，上册是个壮丁，去时邻里都见是个男子，怎把个妇人抵塞？明系谋财害命，却把一个来历不明妇人遮饰。”知县叫吕达：“你仔么说？”吕达道：“小人上年，原与李良云兄李良雨同往郃阳生理。到不上两月，李良雨因嫖得患蛀梗，不期竟成了个妇人。他含羞不肯回家，因与小人做为夫妇，在鄠县开店。原带去银两，李良雨因病自行费用，与小人无干。告小人谋命，李良雨现在。”知县道：“岂有一个患蛀梗就至为女人的理？”叫李良雨：“你是假李良雨么？”李良雨道：“人怎么有假的。这是小的弟弟李良云。小的原与吕达同往郃阳，因病蛀梗，晕去，梦至阴司，道小人原该女身，该配吕达，醒来成了个女人。实是真正李良雨，并没有个吕达谋财杀命事。”知县道：“阴司一说，在我跟前还讲这等鬼话。这谋李良雨事，连你也是知情的了。”李良雨急了，道：“李良云，我与你同胞兄弟，怎不认我？老爷再拘小的妻子韩氏，与小的去时左邻高陵、右邻童官辨认就是。在郃阳有医便毒的葛郎中、医蛀梗的温郎中，老爷跟前怎敢说谎？”知县便叫拘他妻韩氏与邻佐。

此时都在外边看审事，一齐进来。知县叫韩氏：“这是你丈夫么？”韩氏道：“是得紧，只少几根须。”李良雨便道：“韩氏，我是嘉靖四十五年正月二十讨你，十二月十一日生了女儿。我原是你亲夫，你因生女儿生了个乳痈，右乳上有个疤，我怎不是李良雨？”叫两邻，李良雨道：“老爷，这瘦长没须的是高陵，矮老子童官，是小人老邻舍。”两个邻舍叩头道：“容貌说话，果是李良雨。”知县又叫韩氏：“你去看他是男是女。”韩氏去摸一摸，回覆道：“老爷，真是丈夫，只摸去竟是一个女人。”知县道：“既容貌辨验得似，他又说来言语相对，李良雨是真，化女的事也真了。良雨既在，吕达固非杀命。良雨男而为女，良云之告，似不为无因。他既与吕达成亲已久，仍令完聚。韩氏既已无夫，听凭改嫁。男变为女，这是非常灾异，我还要通申两院具题。”因是事关题请，行文到郃阳县，取他当日医病医生结状，并查郃阳起身往鄠县日期，经过宿店，及鄠县开店，两邻结状。回来，果患蛀梗等病，在郃阳是两个男人，离郃阳是一男一女，中间到无谋杀等事。这番方具文通申府道两院：

镇安县为灾变异常事。本月准本县民李良云告词，拘审问，伊兄李良雨于上年六月中，因患杨梅疮病，溃烂成女，与同贾吕达为妻，已经审断讫。窃照三德有刚柔，权宜互用；两仪曰阴阳，理无互行。故牝鸡鸣而唐亡，男子产而宋覆。妖由人兴，灾云天运。意者阴侵阳德，柔掩刚明，妇寺乘权，奸邪骫政。牝牡淆于贤路，晦昧中于士心。边庭有畔华即夷之人，朝野有背公死党之行。遂成千古之奇闻，宜修九重之警省。事干题请，伏乞照详施行。

申去，两院道果是奇变，即行具题，圣旨修省。

挥戈回日驭，修德灭妖桑。
君德咸无玷，逢灾正兆祥。

这边县官将来发放宁家。良雨仍与吕达作为夫妇，后生一子。李良云先为兄弟，如今做了姊弟，亲眷往来。就是韩氏，没有守他的理，也嫁了一个人，与良雨作姊妹相与。两个尝想起当日云情雨意，竟如一梦，可发一笑。在陕西竟作了一个奇闻，甚至纪入《皇明从信录》中，却亦是从来所无之事。

第三十八回 妖狐巧合良缘 蒋郎终偕伉俪

破壁摇孤影，残灯落红烬。旅邸萧条谁与伴？衾儿冷。更那堪风送几阵砧声紧。　打门剥啄，隐隐惊人听。猛然相接也，多娇靓。喜萧斋里，应不恨更儿永。又谁知错认，险落妖狐阱。为殷勤寄语少年，须自省。

右调《阳关引》

刘晨、阮肇天台得遇仙女，向来传做美谭。独有我朝程墩篁学士道；“妖狐拜斗成美女，当日奇逢得无是。”他道深山旷野之中，多有妖物，或者妖物幻化有之。正如海中蜃嘘气化作楼阁，飞鸟飞去歇宿，便为吸去。人亦有迷而不悟，反为物害者。如古来所载，孙恪秀才遇袁氏，与生二子，后游山寺，见数弥猴，吟诗道：“不如逐伴归山去。”因化猿去，是兽妖；王榭入乌衣国，是禽妖；一士人为长须国婿；谢康乐遇双女，曰：“我是潭中鲫。”是水族之妖；武三思路得美人，后令见狄梁公不从，迫之入壁中，自云花月之妖；檇李僧湛如遇一女子，每日晚至晓去，此僧日病，众究问其故，令簪花在他头上，去时击门为号，众僧宣咒随逐之，乃是一柄敝帚，是器用之妖；物久为酉，即能作怪，无论有情无情，或有遇之而死，或有遇之而生，或有垂死悟而得生。其事不一，也都可做个客坐新谭，动世人三省。

话说湖广有个人，姓蒋名德休，字日休，家住武昌。父亲蒋誉，号龙泉，母亲柳氏，止生他一人。向来随父亲做些籴粜生理，后来父亲年老，他已将近二十岁，蒋誉见他已历练老成，要叫他出去，到汉阳贩米。柳氏道：“他年纪小小儿的，没个管束他，怕或者被人哄诱去花酒，不惟折了本钱，还恐坏了他身子。不若且为他寻亲事，等他有个羁绊。”蒋誉道：“你不得知，小官家一做亲，便做准恋住，那时若叫他出去，毕竟想家，没心想在生意上。还只叫他做两年生意做亲。”柳氏道：“这等，二三百两银子，也是干系。我兄弟柳长茂，向来也做籴粜，不若与他合了伙计同做，也有个人钳束他。”蒋誉连声道：“有理。”便请柳长茂过来，两边计议，写了合同，叫蒋日休随柳长茂往汉阳籴米。只看行情，或是团风镇，或是南京撺粜。汉阳原有蒋誉旧相与主人熊汉江，写书一封，叫他清目。甥舅两个便渡江来，到汉阳寻着熊汉江寓下。

这熊汉江住在大别山前，专与客人收米，与蒋誉极其相好，便是蒋日休，也自小儿在他家里歇落，里面都走惯的。他无子，止有一个女儿，叫做文姬，年纪已十七岁，且是生得标致：

一段盈盈，妖红腻白多娇丽。晚山烟起，两点眉痕细。　　斜亸乌云，映得庞儿媚。声儿美，低低悄悄，莺啭花阴里。

右调《秋波媚》

生得工容双绝。客店人家，少不得要帮母亲做用，蒋日休也是见的。只是隔了两年，两下都已长成，岂但容貌觉异，抑且知识渐开。蒋日休见了，有心于他，赶上前一个肥喏，文姬也回个万福，四目交盼，觉都有情。只是文姬虽是客店人家，却甚端重。蒋日休尝是借些事儿要钻进去，他是不解一般，每见蒋日休辞色有些近狎，便走了开去。蒋日休虽然讶他相待冷落，却也重他端庄。一日，乘着两杯酒照了脸，道：“娘舅，我有一事求着你，不知你肯为我张主么？”柳长茂道：“甥舅之间，有甚事不为你张主？”蒋日休趑趄了半日，说一句出来道：“娘舅，我如今二十岁了，还未有亲。我想亲事拣得人家好，未必人好；若是人好，未必家事好。我看熊汉江这个女儿标致稳重，我要娘舅做主，在这里替我向熊汉江做媒，家中还要你一力撺掇，我日后孝顺娘舅。”只见这柳长茂想了一想，道：“外甥，这事做不来。你是独养儿子，他是独养女儿。你爹要靠你，决不肯放你入赘；他要靠他，如何肯远嫁？贤甥，这事且丢下罢。”蒋日休听了，也只唯唯，甚是有些不快活。

在汉阳不上半个月，柳长茂道：“外甥，目下米已收完一半，若要等齐，须误了生意。不若我先去，你催完家来。只你客边放正经些，主人家女儿，切不可去打牙撩嘴，惹出口面，须不像样。我回家中，教你爹娘寻一头绝好亲事与你罢。”蒋日休相帮娘舅发货上船，自家回在店中。情眼里出西施，他自暗暗里想像这文姬生相仔么好，身材仔么好，性格仔么好，又模拟道：“我前遇着他，这眼睛一睃，也是眼角留情。昨日讨茶，与我一钟喷香的茶，也是暗中留意。”

行里的沉吟，坐着的想像，睡时的揣摸，也没一刻不在文姬身上。欲待瞒着娘舅，央邻房相好客人季东池、韦梅轩去说亲，又怕事不肯成，他父母反防闲他，也不敢说。几遭要老脸替文姬缠一番，终久脸嫩胆小，只是这等镇日呆想不了。

自古人心一邪，邪物乘机而入。不期来了一个妖物，这妖是大别山中紫霞洞里一个老狸。天下兽中，猩猩猿猴之外，狐狸在走兽中能学人行，其灵性与人近。内中有通天狐，能识天文地理，其余狐狸，年久俱能变化。他每夜走入人家，知见蒋日休痴想文姬，他就在中山拾了一个骷髅，顶在头上，向北斗拜了几拜，宛然成一个女子，生得大有颜色：

朱颜绿鬓色偏娇，就里能令骨髓消。

莫笑狐妖有媚态，须知人类更多妖！

明眸皓齿，莲脸柳腰，与文姬无二。又聚了些木叶在地，他在上面一个觔斗，早已翠襦红裙，穿上一身衣服，俨似文姬平日穿的，准拟来媚蒋日休。

只见日休这日坐在房中，寂寞得紧，拿了一本《吴歌儿》在那边轻轻的嘲道：

风冷飕飕十月天，被儿里冰出那介眠。姐呀，你也孤单我也独，不如滚个一团团。

相思两好介便容易成，那介郎有心来姐没心。姐呀，猫儿狗儿也有个思春意。那为铁打心肠独拄门。

正在那厢把头颠，手敲着桌，谩谩的讴，只听得房门上有人弹上几弹。

月弄一窗虚白，灯摇四壁孤青。

何处数声剥啄，惊人残醉初醒。

侧耳听时，又似弹的声。他把门轻轻拨开，只见外面立着一个女子：

轻风拂拂罗衫动，发松斜溜金钗凤。

娇姿神女不争多，恍疑身作襄王梦。

把一个蒋日休惊得神魂都失，喜得心花都开，悄语低声道："请里面坐。"那女子便轻移莲步，走进房来。蒋日休便把门关上，女子摇手道："且慢，妾就要去。"两个立向灯前，日休仔细一看，却是文姬。日休见了，便一把抱住，放在膝上，道："姐姐，甚风吹得你来？我这几日为你饮食无心，睡卧不宁。几次要与你说几句知心话，怕触你恼，要进你房里来，又怕人知觉。不料今日姐姐怜念，这恩没世不忘。”便要替他解衣同睡。文姬道：“郎君且莫造次。我只为数年前相见，便已留心。如今相逢，越发留念，意思要与你成其夫妇，又不好对父母说，恐怕不从。你怎生计议，我与你得偕伉俪？”日休道：“天日在上，我也原要娶姐姐，与我母舅计议，他道你爹娘断断不肯。后来欲央他人，又恐事不成，反多一番不快，添你爹娘一番疑忌，故此迟疑。喜得今日姐姐光降，一诉心事。”文姬道：“这等，我且回。”日休道：“今日奇遇，怎可空回？”定要留住合欢。那文姬叹息道：“我今日之来，原非私奔，要与你议终身之计。今事尚未定，岂可失身，使他人笑我是不廉之妇？且俟六礼行后，与君合卺。”蒋日休急忙跪下，发誓道：“我若负姐姐，身死盗手，尸骨不得还乡！”文姬道：“我也度量你不是薄幸的，只恐你我都有父母，若一边不从，这事就不谐。那时欲从君不能，欲嫁人其身已失，如何是好？”日休道：“我有誓在先，毕竟要与姐姐成其夫妇。姐姐莫要揹我。”文姬道：“还怕后日说我就你。”

日休千说誓，万罚咒，文姬就假脱手，侧了脸，任他解衣。将到里衣，他挥手相拒。蒋日休晓得灯前怕露身体，忙把灯吹了，竟抱他上床，自己也脱衣就寝，一只手把文姬搂了，又为他解里衣。文姬道：“我一念不坚，此身失于郎手了。只是念我是个处子，莫要轻狂。”日休道：“我自深加爱惜，姐姐不要惊怕。”此时淡月入帏，微茫可辨，只见他两个呵：

> 粉脸相偎，香肌相压，交搂玉臂，联璧争辉。缓接朱唇，清香暗度。喜孜孜轻投玉杵，羞答答半蹙翠眉。羞的侧着脸儿承，风紧柳枝不胜摆；喜得曲着身而进，春深锦箨不停抽。低低微笑，新红片片已掉渔舟；宛宛娇啼，柔绿阴阴未经急雨。偎避处金钗斜溜，仓卒处香汗频流。正是：乍入巫山梦，云情正自稠。直教飞峡雨，意兴始方休。

两个顽勾多时，一个用尽款款轻轻的手段，一个做尽娇娇怯怯的态度。文姬低低对日休道：“今日妾成人之始，正欢好之始，愿得常同此好。”日休道：“旅馆凄凉，得姐姐暂解幽寂。正要姐姐夜夜赐顾。”文姬道：“这或不能。但幸不与爹娘同房，从今以后，倘可脱身，断不令你独处。只是我你从今倒要避些嫌疑，相见时切不可戏谑。若为人看出，反成间阻。待从容与你商量谐老之计。”未天明悄悄送出房门，日休叮嘱他晚间早来，文姬点头去了。日休回到房中，只见新红犹在，好不自喜得计。

自此因文姬分付，也不甚进里边去，遇着文姬时，倒反避了，也不与他接谭。晚间或是预先日里悄悄藏下一壶酒，或是果菜之类，专待他来，把房门也只轻掩，将房内收拾得洁洁净净，床被都熏得喷香。傍晚先睡一睡，息些精神，将起更听得各客房安息，就在门边蹴来蹴去等候，才弹得一声门，他早已开了。文姬笑道："有这样老实人，明日来迟些，叫你等哩。"日休一把搂住道："冤家，我一吃早饭就巴不得晚，等到如今，你还要耍我。"就将出酒来，脸儿贴了脸儿，你一口，我一口，吃得甚是绸缪。那文姬作娇作痴，把手搭着他肩，并坐说些闲话。到酒兴浓时，两个就说去睡，你替我脱衣服，我替你脱衣服，熟客熟主，也没那些惧怯的光景。蒋日休因见他惯，也便恣意快活，真也是鱼得水、火得柴，再没一个脱空之夜。有时文姬也拿些酒肴来，两个对饮。说起，文姬道："我与你情投意合，断断要随你了。如今也不必对我爹娘说，只待你货完，我是带了些衣饰随你逃去便是。"蒋日休道："这使不得。倘你爹娘疑心是我，赶来；我米船须行得迟，定然赶着。那时你脱不得个淫奔，我脱不得个拐带，如何是了？且再待半月，我舅子来，毕竟要他说亲，我情愿赘在你家便了。"文姬道："正是。爹爹不从，我誓死不嫁他人，也毕竟勉强依我。"蒋日休是个小官儿，被他这等牢笼，怎不死心塌地？只是如此二十余日，没有个夤夜来就使他空回之理。男歇女不歇，把一个精明强壮后生，弄得精神恍惚，语言无绪，面色渐渐痿黄。

袅袅是宫腰，婷婷无限娇。
谁知有膏火，肌骨暗中消。

这个邻房季东池与韦梅轩，都是老成客人。季东池有些耳聋，他见蒋日休这个光景，道："蒋日休，我看你也是个少年老成，惯走江湖的，料必不是想家，怎这几日，这等没留没乱，脸色都消瘦了？欲待同你到妓馆里去走走，只说我老成人，哄你去嫖。你自病还须自医。客边在这里，要自捉摸。"蒋日休道："我没甚病。"韦梅轩道："是快活出来的。我老成人，不管闲事，你每日房里唧哝些甚么？"蒋日休红了脸道："我自言自语，想着家里。"季东池侧耳来听，道："是甚么？"韦梅轩大声道："说是想家。"季东池道："又不曾做亲，想甚的？"韦梅轩又道："日休，这是拆骨头生意，你不要着了魔，事须瞒我不过。"午后，韦梅轩走到他房中来，蒋日休正痴睡。韦梅轩见他被上有许多毛，他动疑道："日休，性命不是当耍的。我夜间听你房中有些响动，你被上又有许多毛，莫不着了甚怪？"日休道："实没甚事。"韦梅轩道："不要瞒我，趁早计较。"日休还是沉吟不说。

韦梅轩也是有心的，到次早钟响后，假说肚疼解手，悄悄出房躲在黑影子里，见日休门开，闪出一个女子来。他随趁脚进去，日休正在床中。韦梅轩道："日休，适才去的甚么人？"日休失惊，悄悄附韦梅轩耳道："是店主人之女，切不可露风，我自做东道请你。"梅轩摇头道："东道小事，你只想，这房里到里边也隔几重门户。怎轻易进出？怎你只一二十日，弄到这嘴脸？一定着鬼了，仔细，仔细！"日休小伙子，没甚见识，便惊慌，要他解救。韦梅轩道："莫忙。你是常进去的，你只想你与店主人女儿仔么勾搭起的？"日休道："并不曾勾搭，他半月前自来就我。"梅轩道："这一发可疑。你近来日间在里边遇他，与你有情么？"日休道："他叫日间各避嫌疑。"梅轩道："这越发蹊跷。你且去试一试，若他有情，或者真的；没情，这一定是鬼。"果然日休依他，径闯进去，文姬是见惯的，也不躲他。他便戏了脸，叫道："文姬！"文姬就作色道："文姬不是你叫的。"日休道："昨夜夜间辛苦，好茶与一碗。"文姬恼恼的道："干我甚事！要茶台子上有。"便闪了进去。

日休见了光景，来回覆梅轩。梅轩道："你且未可造次。你今晚将稀布袋盛一升芝麻送他，不拘是人是鬼，明日随芝麻去，可以寻着。"日休依了。晚间战战兢兢，不敢与他缠。那文姬捱着要顽，日休只得依他。临去与他这布袋作赠，道："我已是病了，以此相赠，待我病好再会。"文姬含泪而去。天明，日休忙起来看时，沿路果有芝麻，却出门往屋后，竟在山路上一路洒去。一路或多或少，或断或连，走有数里，却是径道，崎岖峻峋，林木幽密。转过山岩，到一洞口，却见一物睡在那壁：

一身莹似雪，四爪利如锥。

曾在山林里，公然假虎威。

是一个狐狸，顶着一个骷髅，鼾然而睡，芝麻布袋还在他身边。蒋日休见了，便喊道："我几乎被你迷杀了！"只见那狐惊醒了，便作人言道："蒋日休，你曾发誓不负我。你如今不要害我，我还有事报你。你在此等着。"他走入紫霞洞中，衔出三束草来，道："你病不在膏肓，却也非庸医治得。你只将此一束草煎汤饮，可以脱然病愈。”又衔第二束道：“你将此束，暗地丢在店家屋上，不出三日，店主女子便得奇病，流脓作臭，人不可近。他家厌恶，思要弃他，你可说医得，只要他与你作妻子。若依你时，你将此第三束煎汤与他洗，包你如故。这便是我报你。只是我也与你相与二十日，不为无情，莫对新人，忘却昔日。”不觉泪下。日休也不觉流涕。将行，那狐狸又衔住衣道：“这事你要与我隐瞒，恐他人知得害我。”日休便带了这三束草下山，又将剩下芝麻乱撒，以乱其迹。

回时暗对梅轩道：“亏你绝了这鬼。”梅轩道：“曾去寻么？”道：“寻去是在山上，想芝麻少，半路就完了，寻不去。”韦梅轩道：“只要你识得破，不着他道儿罢了，定要寻他出来作甚！”当晚，日休又做东道请韦梅轩，道：“不亏你，几乎断送性命，又且把一个主人女子名来污蔑。还只求你替我隐瞒，莫使主人知道，说我轻薄。”到次日依了狐狸，将一束草来判碎，煎汤服了。不三日，精神强壮，意气清明，脸上黄气也脱去了。

意气轩轩色相妍，少年风度又嫣然。
一朝遂得沉疴脱，奇遇山中云雨仙。

季东池道：“我说自病自医。你看我说过，想你会排遣，一两日便好了。”

此时收米将完，正待起身，他舅子来道：“下边米得价，带去尽行卖完。如今目下收完的，我先带去，身边还有银百余两，你再收赶来。”也是姻缘，竟把他又留在汉阳。日休见第一束草有效，便暗暗将第二束草撇在店家屋上试他。果是有些古怪，到得三日，那文姬觉得遍身作痒，不住的把手去搔，越搔越痒，身上皮肉都抓伤。次日，忽然搔处都变成疮，初时累累然是些红瘰儿，到后都起了脓头儿。家中先时说是疥疮，后来道是脓窠疮，都不在意。不期那脓头一破，遍身没一点儿不流脓淌血，况且腥秽难闻，一床席上，都是脓血的痕，一床被上，都是脓血的迹。这番熊汉江夫妻着急，蒋日休却暗暗称奇。先寻一个草头郎中，道：“这不过溜脓疮，我这里有绝妙沁药，沁上去一个个脓干血止，三日就褪下疮靥，依然如故。”与了他几分银子去，不验。又换一个，道：“这血风疮，该用敷药去敷。”遍身都是敷药，并无一些见效。这番又寻一个郎中，他道是大方家，道：“凡疮毒皆因血脉不和，先里边活了血，外面自然好。若只攻外面，反把毒气逼入里边，虽一时好得，还要后发。还该里外夹攻，一边吃官料药和血养血，一边用草药洗，洗后去敷，这才得好。”却又无干。一连换了几个郎中，用了许多钱钞，那里得好？一个花枝女子，头面何等标致，身体何等香软，如今却是个没皮果子，宛转在脓血之中，莫说到他身边，只到他房门口，这阵秽污之气已当不得了。熊汉江生意也没心做，只是叹气。他的母亲也只说他前生不知造甚业，今在这里受罪。文姬也恹恹一息的，道："母亲，这原是我前生冤业，料也不得好了。但只是早死一日，也使我少受苦一日。如今你看我身上，一件衣服，都是脓血浆的一般，触着便疼，好不痛楚。母亲可对爹爹说，不如把我丢入江水中，倒也干净，也只得一时苦。"母亲道："你且捱去，我们怎下得这手？"

那蒋日休道："这两束草直恁灵验，如今想该用第三束草了。"来问熊汉江道："令爱贵恙好了么？"熊汉江道："正是不死不活，在这里淘气。医人再没个医得，只自听天罢了。"蒋日休想道："他也厌烦，要他的做老婆，料必肯了。"此时季东池、韦梅轩将行，日休来见他道："我一向在江湖上走，学得两个海上仙方，专治世间奇难疾病。如今熊汉江令爱的病，我医得，只是医好了，要与我作妻室。"季东池道："这一定肯。若活得，原也是个拾得的一般。只是他不信你会医。你晓得他是什么疮？什么病？"蒋日休道："药不执方，病无定症。我只要包医一个光光鲜鲜女子还他便了。"东池道："难说。"韦梅轩道："或者有之。他前日会得医自，必然如今医得他。我们且替你说说看。"两个便向店主道："熊汉江，适才蒋日休说，他医得令爱。只是医好了，就要与他作阿正，这使得么？"熊汉江道："有甚么使不得？只怕也是枉然。"韦梅轩道："他说包医。"熊汉江道："这等，我就将小女交与他，好时再赔嫁送便是。"韦梅轩道："待我们与他计议。"那蒋日休正在那里等好消息，只见他两个笑来，对着蒋日休道："恭喜，一口应承，就送来。好了再赠妆奁。"蒋日休道："这等待我租间房，着人抬去，我自日逐医他罢了。"韦梅轩道："日休，这要三思。他今日死马做活马医，医不好，料不要你偿命。但是不好，不过赔他一口材，倒也作事爽快。若是一个死不就死，活不就活，半年三个月耽延起来，那时丢了去，不是；不丢他，不得，仔么处？终不然我你做客的，撇了生意，倒在这里伏侍病人？日休，老婆不曾得，惹个白虱子头上挠。故此我们见他说送与你包医，便说再计较，都是开的后门。你要自做主意，不要后边懊悔。"日休见前边灵验，竟呆着胆道："不妨。我这是经验良方，只须三日，可以脱体。只怕二位行期速，吃不我喜酒着。”季东池道：“只怕我再来时，足下还在这里做郎中不了。”蒋日休道：“我就去寻房子，移他出去，好歹三日见功。”两个冷笑，覆了熊汉江。

可可里对门一间小房子出了，他去租下，先去铺了床帐，放下行李，来对熊汉江道：“我一面叫轿来，请令爱过去。”熊汉江道：“苦！我小女若走得动，坐得轿，可也还有人医。蒋客人，且到我楼上看一看。”两个走到楼上，熊汉江夫妇先掩了个鼻子。蒋日休抬头一看，也吃了一惊：

满房秽气，遍地痰涎。黄点点四体流脓，赤沥沥一身是血。面皮何处是，满布了蚁垒蜂窠；肢体是痴般，尽成了左瘫右痪。却也垂头落颈势恹恹，怕扁鹊仓公难措手。

蒋日休心里想道：“我倒不知，已这光景了。怎么是好？叫声一个医不得，却应了他们言语。”文姬母亲道：“蒋客人，扶是扶不起，不若连着席儿扛去罢。”蒋日休道：“罢！借一床被，待我裹了驼去便是。”店主婆果然把一床布被与他。他将来裹了，背在肩上。下边东池与梅轩也立在那厢，看他做作。只见背着一个人下楼，熏得这些人掩鼻的，唾唾的，都走开去。他只凭着这束草，径背了这人去。熊汉江夫妻似送丧般，哭送到门前。

病入膏肓未易攻，阿谁妙药起疲癃？
笑看红粉归吾手，泣送明珠离掌中。

蒋日休驼了文姬过来，只见季东池也与韦梅轩过来。东池道：“蒋日休，赔材是实了。”韦梅轩道：“日休，只是应得你两日急买材，譬如出嫖钱，如今干折。”蒋日休道：“且医起来看。”送了两个去。他把第三束草煎起汤来，把绢帕儿揩上他身上去，洗了一回，又洗一遍。这女子沉沉的凭他洗涤。却可煞作怪，这一洗，早已脓血都不出了。

红颜无死法，寸草著奇功。

蒋日休喜得不要，道：“有此效验！”他父母来望，见脓血少了，倒暗暗称奇。到第二日，略可声言，可以着得手。他又煎些汤，轻轻的扶他在浴盆里，先把汤淋了一会，然后与他细洗。只见原先因脓血完，疮靥干燥，这翻得汤一润，都趐趣起来靥。蒋日休又与他拭净了，换了洁净被褥。等他歇宿一夜，疮靥落上一床，似雪般，果然身体莹然，似脱换一个，仍旧是一花枝样女子。

云开疑月朗，雨过觉花新。

试向昭阳间，应称第一人。

真是只得三日，表病都去，只是身体因疮累，觉神气不足。他父母见了，都道蒋日休是个神仙，因日休不便伏侍，更接女子回去。女子却有气没力的说道："这打发我出来，爹娘也无恶念。只怎生病时在他家，一好回去？既已许为夫妇，我当在此，以报他恩。"倒是蒋日休道："既是姐姐不背前言，不妨暂回。待我回家与父说知行聘，然后与姐姐毕姻。"文姬因他说，回到家中。

这汉阳县人听得蒋日休医好了熊汉江女儿，都来问他乞方求药，每日盈门。有甚与他？只得推原得奇药，今已用尽。那不信的还缠个不了。他自别了熊汉江，发米起身。一路到家，拜见父母，就说起亲事。蒋誉夫妇嫌远，蒋日休道："是奇缘，决要娶他。"这边熊汉江因无子，不肯将女远嫁。文姬道："我当日虽未曾与他同宿，但我既为他背，又为他抚摸洗濯，岂有更辱身他人之理？况且背约不信。"不肯适人。恰好蒋日休已央舅子柳长茂来为媒行聘，季、韦两人复来，道盟不可背。熊汉江依言允诺，文姬竟归了蒋日休。自此日休往来武昌、汉阳间，成一富户。文姬亦与偕老，生二子，俱入国学。人都称他奇偶，亏大别狐之联合。我又道："若非早觉，未免不死狐手。"犹是好色之戒。

第三十九回　蚌珠巧乞护身符　妖蛟竞死诛邪檄

刚直应看幽显驯，岂令驱鳄独称神？
龙潜罗刹尊君德，虎去昆阳避令仁。
表折狐妖摇媚尾，剑飞帝子泣残鳞。
凭将一点精忱念，鬼火休教弄碧燐。

吾儒斡全天地，何难役使鬼神？况妖不胜德，邪不胜正，乃理之常。昔有一妇人，遭一鬼日逐缠扰，妇女拒绝他，道："前村羊氏女极美，何不往淫之?"曰："彼心甚正。"妇人大怒，道："我心独不正么?"其鬼遂去不来。此匹妇一念之坚，可以役鬼，况我衿绅之士乎？则如唐郭元振为秀才时，夜宿野庙，有美女锁于小室悲泣。问之，道：村人把他来祭赛乌将军，恐遭啖食，故此悲哭。顷刻乌将军到来，从人道："郭相公在里边。"元振出来相见，乘机断其臂，乃是猪蹄。天明，竟搜得杀之，焚其庙。又韩文公谪潮州刺史，州有鳄鱼，尝在水边，尾有钩，能钩人去到深水处食之。有老妪子被吃，诉于文公，文公作檄文驱之。次日潭水尽干，鳄鱼竟自入海。宋孔道辅为道州知州，州有野庙，要生人祭他，不然就烈风雨雹，扰害地方。他将死囚缚在庙中，见有蛇在神像后来，将食其人。道辅奋笏击之，蛇逃入柱。他竟放火焚庙，烧死妖怪。我朝林俊按察云南，鹤庆府有一寺，每年要出金涂佛的脸，若不便，有风雹伤损人田地。他道妖僧惑众，竟架柴要烧佛，约有风雹就住，竟被他烧毁，那得风雹？不惟省每年糜费，还得向来金子，助国之用。这都是以正役邪，邪不能胜正，也是吾儒寻常之事。更有我朝夏忠靖公，名原吉，字维喆，湘阴人。他未中举时，县中有个召紫仙姑的，他在桃箕，会得作诗作赋，决人生死，指人休咎，却不似如今召仙人，投词时换去，因而写几句鹘突诗答应，故此其门如市。他有个友人易信，邀他去问。去时正是人在那边，你拜我求，桃丫上写诗写赋时节。夏维喆一到，桃箕寂然，一连烧了八九道符，竟没些动静，夏维喆一笑而去。去后桃箕复动，道："夏公贵人，将来当至一品。"众人道："他来时原何不写与他?"道："他正人，我不可近。"这是他少年事。他后来由举人做中书，历升户部主事、员外郎中，再转侍郎。永乐中升户部尚书，相视吴浙水利。

还有一桩奇事。话说浙江有个湖州府，府有道场、浮玉二山列在南，卞山峙于北，又有升山、莫干环绕东西，王、湖、苕、霅四处萦带，山明水秀，绝好一个胜地。城外有座慈云寺，楼观雄杰，金碧辉煌。寺前有一座潮音桥，似白虹挂天，苍龙出水。桥下有一个深潭：

绀色静浮日，青纹微动风。

渊渊疑百尺，只此是鲛宫。

水色微绿，深不可测。中间产一件物件：

似蟹却无脚，能开复能合。

映月成盈亏，腹中有奇物。

他官名叫做方诸，俗名道做蚌，是个顽然无知、块然无情的物件。不知他在潭中，日里潜在水底，夜间浮出水上，采取月华。内中生有一颗真珠，其大如拳，光芒四射，不知经过几多年代，得成此宝。每当阴天微风细雨之际，他把着一片壳浮在水面，一片壳做了风篷，趁着风势，倏忽自西至东，恰似一点渔灯，飞来飞去，映得树林都有光。人只说这渔船华得快，殊不知是一粒蚌珠。渐渐气候已成，他当月夜也就出来，却见：

隐隐光浮紫电，莹莹水漾朱霞。金蛇缭绕逐波斜，飘忽流星飞洒。

疑是气冲狱底，更如灯泛渔槎。辉煌芒映野人家，堪与月明争射。

右《西江月》

各舟看见这光，起自潭中，复没于潭中，来往更捷，又贴水而来，不知何物。有的道是鬼火，有的猜做水光，仔细看来，却是个蚌。蚌壳中有一粒大珠，光都是他发出来的，烁人目光，不可逼视。彼此相传，都晓得他是颗夜明珠，都有心思量他。湖州人惯的是没水，但只是一来水深得紧，没不到底，二来这蚌大得紧，一个人也拿不起。况是他口边快如刀铓，沾着他就要破皮出血，那个敢去惹他？用网去打，总只奈何他不得深，只好看一看罢了。好事的就在那地方造一庄亭子，叫“玩珠亭”，尝有许多名人题咏。只是他出入无时，偏有等了五七日不见的，偶然就见的，做了个奇缘。

但难得之货，令人行妨。珠中有火齐木难、九曲青泥各样，这赤蚌之珠光不止照乘，真叫做明月珠，也是件奇宝，不特人爱他，物亦爱他。物中有蛟龙，他畏的是蜡，怕的是铁，好吃的是烧燕，贪的是珠。故梁武帝有个杰公，曾令人身穿蜡衣，使小蛟不敢近，带了烧燕，是他所好，又空青函，亦是他所喜，入太湖龙宫求珠。得夜光之珠与蛇珠、鹤珠石余。蛟龙喜珠，故得聚珠。湖州连着太湖、风渚湖、苕溪、霅溪、罨画溪、箬溪、余石溪、前溪，是个水乡，真个蛟龙聚会的所在，缘何容得他？故此洪武末革除年，或时乘水来取，水自别溪浦平涌数尺；或乘风雨至潭，疾风暴雨，拔木扬沙，浓烟墨雾里边，尝隐隐见或是黄龙，或是白龙，或是黑龙。挂入潭里，半饷扰得潭里如沸，复随风雨去了。一日也是这样乌风猛雨，冰雹把人家瓦打得都碎，又带倒了好些树木，烟云罩尽，白昼如夜。在这一方，到第二日，人见水上浮着一个青龙爪，他爪已探入蚌中，将摘取其珠，当不过蚌壳锋利，被他夹断。龙负痛飞腾，所以坏了树木，珠又不得，只得秃爪而去。却这些龙终久要夺他的。

还有一日，已是初更，只听得风似战鼓一般响将来，摇得房屋都动。大胆的在窗缝中一张，只见风雨之中，半云半雾，拥着一个金甲神，后边随了一阵奇形异状的勇猛将士，向东南杀来：

> 乌贼搴旗，鼍兵挝鼓。龟前部探头撩哨，鲤使者摆尾催军。团牌滚滚，鼋使君舞着奋勇冲锋；斧钺纷纷，蟹介士张着横行破阵。剑舞刀鳅尾，枪攒黄鳝头；妖鳗飞套索，怪鳄用挠钩。

还有一阵虾鱼之类，飞跳前来。这厢水中也烟雾腾腾，波涛滚滚，杀出三个女将，恰有一阵奇兵：

> 白蛤为前队，黄蚬作左冲。蟳挥利刃奏头功，蚶奋空拳冒白刃。牡蛎粉身报主，大贝驼臂控弓。田螺滚滚犯雄锋，簇拥着中军老蚌。

两边各率族属相杀。这边三个女子、六口刀，那边一个将官、一枝枪。那当得他似柳叶般乱飞、霜花般乱滚。他三个三面杀将来，这一个左支右吾，遮挡不住，如何取胜？

安意明珠入掌来，轰轰鼍鼓响如雷。

谁知一战功难奏，败北几同垓下灾。

这边，蚬蛤之类腾身似炮石弹子般一齐打去，打得那些龟鼋缩颈、鳅鳝蜿蜒，金甲神只得带了逃去。地方早起，看附近田中禾稼，却被风雹打坏了好些，这珠究竟不能取去。这方百姓都抱怨这些龙，道这蚌招灾揽祸，却是没法处置他。

其时永乐元年，因浙、直、嘉、湖、苏、松常有水灾，屡旨着有司浚治，都没有功绩。朝旨着夏维喆以户部尚书，来江南督理治水。他在各处相看，条陈道："嘉、湖、苏、松四府，其地极低，为众水所聚。幸有太湖，绵延五百里，杭州、宣、歙各处溪涧都归其中，以次散注在淀山湖，又分入三泖入海。今为港浦壅闭，聚而不散，水不入海，所以溃决，所至受害。大势要水患息，须开浚吴淞南北两岸，安定各浦，引导太湖之水。一路从嘉定县、刘家港出海，一路常熟县、白茆港到江。上流有太湖可以容留，下流得江海以为归宿，自然可以免患。"奉旨着他在浙直召募民夫开浚。夏尚书便时常巡历四府，相度水势，督课工程。

一日出巡到湖州，就宿在慈感寺中。询问风俗，内有父老说起这桥下有蚌珠，尝因蛟龙来取，疾风暴雨，损禾坏稼。夏尚书寻思，却也无计。到晚只见钟声寂然，一斋萧瑟。夏尚书便脱衣就枕，却见一个妇人走来：

发覆乌云肌露雪，双眉蹙翠疑愁绝。

缁衣冉冉逐轻风，司空见也应肠绝。

后边随着一个女子，肌理莹然，烨烨有光：

灿灿光华欲映人，莹然鲜洁绝纤尘。

莫教按剑惊投暗，自是蛟宫最出群。

夏尚书正待问他何人，只见那前边妇人愁眉惨目，敛袂长跪道：

妾名方诸，祖应月而生，曰蚬、曰蛤、曰蝺、曰蛎、曰蚶，皆其族属，散处天下。妾则家于济，以漫藏诲盗。有鹬生者来攫，辄拤执之，执事者欲擅其利，竟两毙焉，因深藏于碧潭。昔汉武帝游河上，藻兼因东方朔献女侑觞，盖予女赤光也。既复家于此，坚确自持，缄口深闭，盖有年所。唯有一女，莹然自随，容色净洁，性复圆转，光焰四射，烨烨逼人。火齐木难，当不是过，羞于自炫，同妾韫藏，避世唯恐不深。不意近迩强邻，恣其贪淫之性，凭其爪牙之利，觇女姿色，强欲委禽，屡起风波，横相恐吓。妾女自珍，不欲作人玩弄，妾因拒之。郎犹巧为攫夺，妾保抱虽固，恐势不支。愿得公一帖，可以慑伏强邻，使母子得终老岩穴，母子深愿。

尚书道："女子生而愿为之有家，倘其人可托终身，何必固拒?"妇人泣曰："氏胎此女，原与相依。宁共沉沦，不愿入人之手。"后面女子也垂着泣道："交郎贪淫，聚我辈无限，犹自网罗不已。妾宁自湛深渊，以俟象罔之求，不能暗投，遭人按剑。唯大人怜之。"夏尚书梦中悟是蚌珠，因援笔作诗一首与之：

偷闲暂尔憩祇林，铃铎琳琅和苦吟。

投老欲从猿作伴，抒忱却有蚌倾心。

九重已见敷新泽，薄海须教奉德音。

寄语妖蛟莫相攫，试看剖腹笑贪淫。

书罢，付与妇人，道："以此为你母子护身符验。"妇人与女子再拜谢道："氏母子得此，可以无患，与人无争矣。"悠然而去。

夏尚书醒来，却是一梦，但见明月在窗，竹影动摇，一灯欲烬，四壁悄然。自笑道："蠢然之物，也晓我夏尚书。倘从此妖邪不敢为祸，使此地永无风雨之惊，乃是地方一幸。"想得蛟龙畏铁，把铁牌写了此诗，投在桥下潭中，自此地方可少宁息。

不知几次来争的，不是个龙神，却是一条前溪里久修炼的大蛟。他也能嘘气成云，吸气成雨，得水一飞可数里，又能变成幻相。累次要取蚌珠，来争不得。后边又听得蚌珠在夏尚书那厢求有一诗，道"妖蛟莫相攫"。"夏公正人，我若仍旧兴云吐雨，扰害那方，毕竟得罪。若就不去，反为老蚌所笑。他去赚得夏公诗，我亦可去赚得夏公诗。若有了夏公的手迹，这蚌珠不动干戈，入我掌中了。"此时夏尚书巡历各府，自苏州到松江，要相度禹王治水时三江入海故道。这夜宿在邮亭里边，听得卧房外簌簌似有人行的一般，只见有一个鱼头的介士禀道："前溪溪神见。"夏尚书着了冠带，出来相见。只见这神人：

烈焰周身喷火光，鱼鳞金甲耀寒芒。

豹头环眼多英猛，电舌雷声意气强。

他走向前一躬道：“某溪神也，族类繁多，各长川渎。某侍罪前溪，曾礼聘邻女。不意此女奸诡异常，向尚书矇胧乞一手札，即欲亲迎，借此相拒。乞赐改判，以遂宿心。”夏尚书道：“所聘非湖州慈感寺畔女人乎？他既不愿，则不得强矣。岂可身为明神，贪色强求？”金甲神道：“聘娶姬侍，不特予一人为然。予于此女，誓必得之。如尚书固执，不唯此女不保，还恐祸及池鱼。尚书不闻钱塘君怒乎？神尧之时，一怒而九年洪水；泾水之战，一怒而坏稼八百里。大陆成池，沧田作海。窃恐尚书党异类而贻百姓之忧耳。”他意在恐喝，只见尚书张目道：“圣明在上，百神奉令。尔何物妖神，敢尔无状！昔澹台灭明斩蛟汉水，赵昱诛蛟于嘉陵，周处杀蛟于桥下，其难脯尔乎？吾且正尔湖州荼毒之罪，当行天诛，以靖地方，以培此女。还不速退！”大叱妖神，愤愤而去。

夏尚书愤怒惊醒，道：“适来是个龙神，他若必欲蚌珠，毕竟复为地方之扰，不得不除。”遂草檄道：

张官置吏，职有别于崇卑；抑暴惩贪，理无分于显晦。故显干国纪，即阴犯天刑，势所必诛，人宜共殛。唯兹狡虺，敢肆贪婪，革面不思革心，黩货兼之黩武。兴风雷于瞬息，岂必暴姬公之诬；毒禾稼于须臾，自尔冒泾河之罚。雪苕饮其腥秽，黎庶畏其爪牙。咸思豫且网罗，共忆刘累驯狎。唯神东洋作镇，奉职恭王，见无礼者必诛，宜作鹰鹯逐免。倘有犯者不赦，毋令鲸鲵漏诛。一清毒秽，庶溥王仁，伫看风霆，以将威武。

右檄东海龙神准此

写毕，差一员听事官，打点一副猪羊，在海口祭献，把这檄焚在海边。是夜，也不知是海神有灵，也不知是上天降鉴，先是海口的人听得波涛奋击，如军马骤驰；风雷震荡，似战鼓大起，倏然而去。前溪地方住的，但听：

霹雳交加，风雨并骤。响琅琅雷驰铁马，声吼吼风振鼓鼙。扬沙拔木，如兴睢水之师；振瓦轰雷，似合昆阳之战。怒战九天之上，难逃九地之踪。铦牙到此失雄锋，利爪也疑输锐气。正是：残鳞逐雨飞，玄血随风洒。贪淫干天诛，竟殪轰雷下。

风雷之声，自远而近。溪中波涛上射，云雾上腾，似有战伐之声。一会儿霹雳一声，众声都息，其风雨向海口而去。这些村民道："这一个霹雳，不知打了些甚么?"到得早问，只听得人沸反，道好一条大蛇，又道好一条大龙，又道是昨夜天雷打死的：

　　蜿蜒三十丈，覆压二三亩。鳞摇奇色，熠耀与日色争光；爪挺刚钩，犀科与戈锋竞锐。双角峥嵘而卧水，一身偃蹇而横波。空思锐气嘘云，只见横尸压浪。

仔细看来，有角有爪，其色青，其形龙，实是一条大蛟。众人道："这蛟不知有甚罪过，被天打死?"有些道："每年四五月间，他在这里发水，淹坏田禾，都是他罪过。今日天开眼，为民除害。"不知他也只贪这蚌珠，以致丧身，死在夏公一檄。

里递申报县官，县官转申，也申到夏尚书处。夏尚书查他死这一日，正夏尚书发檄之夜。尚书深喜海神效命，不日诛殛妖蛟。这妖蛟，他气候便将成龙，只该静守，怎贪这蚌珠，累行争夺，竟招杀身之祸。叹息道："今之做官的贪赃不已，干犯天诛的，这就是个样子。"又喜蚌珠可以无患，湖民可以不惊，自己精忱，可以感格鬼神。

后来因为治水，又到湖州，恍惚之中，又见前妇人携前女子，还有一个小女子，向公敛衽再拜，道："前得公手札，已自缩强邻之舌，后犹呶呶不已。公投檄海神，海神率其族属，大战前溪。震泽君复行助阵，妖蛟无援势孤，竟死雷斧之下。借一警百，他人断不复垂涎矣。但我母子得公锄强助弱，免至相离，无以为报。兹有幼女朗如，光艳圆洁，虽不及莹然，然亦稀世之珍，愿侍左右。"夏尚书道："妖蛟以贪丧身，我复利子次女，是我为妖蛟之续耳。这断不可。"妇人道："妾有二女，留一自卫，留一事公。脱当日非公诛锄，将妾躯壳亦不能自保，况二女乎？实以公得全，故女亦输心，愿佐公玩。"公曰："据子之言，似感我德。今必欲以女相污，是浼我非报我了。且夺子之女不仁，以杀蛟得报不义。"却之再三。妇人见公意甚坚，乃与二女再拜泣谢："公有孟尝之德，妾不能为隋侯之报，妾愧死矣。唯有江枯石烂，铭德不休耳。"荏苒而去。公又叹息："一物之微，尤思报德。今世多昧心之人，又物类不若了。"在浙直三年，精心水利，果然上有所归，下有所泄，水患尽去，田禾大登。功已将竣，京中工部尚书郁新又卒，圣旨召公掌部事。公驰驿回京。

此时圣上尝差校尉采访民情吏治，已将此事上奏。公回，召对便殿，圣上慰劳公，又间："前在湖州，能使老蚌归心，在吴淞檄杀妖蛟。卿精忱格于异类，竟至如此。"公顿首道："圣上威灵，无远不格。此诸神奉将天威，臣何力之有?"侍臣又请此事宣付史馆，公又道："此事是真而怪，不足取信于后，不可传。"圣上从之，赐宴赏劳。所至浙直诸处，皆为立祠。后公掌部事，本年圣驾北巡顺天，掌吏礼兵都察院事，北征沙漠，总理九卿事。十九年谏征北虏，囚于内官监。洪熙元年，升户部尚书，阶少保。宣德元年，力赞亲征，生擒汉王。三年，圣上三赐金银图书，曰"含弘贞静"，曰"谦谦斋"，曰"后天下乐"。生日，圣上为绘寿星图，为诗以赐。卒赠太师，谥忠靖。盖公以正人，膺受多福，履烦剧而不挠，历忧患而不惊，何物妖蛟能抗之哉！若使人而鬼物得侵，当亦是鬼之流；不能驱役妖邪，当亦是德不能妖胜。

第四十回　陈御史错认仙姑　张真人立辨猴诈

藏奸笑沐猴，预兆炫陈侯。
巧泄先天秘，潜行掩日谋。
镜悬妖已露，雷动魄应愁。
何似安泉石，遨游溪水头。

尝读《晋书》张茂先事，冀北有狐已千岁，知茂先博物，要去难他，道他耳闻千载之事，不若他目击千年之事。路过燕昭王墓，墓前华表也是千年之物，也成了妖。与他相辞，要往洛阳见张茂先。华表道："张公博物，恐误老表。"这狐不听，却到洛阳化一书生，与张公谭。千载之下，历历如见；千载之上，含糊未明。张公疑他是妖物，与道士雷焕计议，道："千年妖物，唯千年之木可焚而照之。"张茂先道："这等，止有燕昭王墓前华表木，已有千年。"因着往取之。华表忽然流涕遭："老狐不听吾言，果误我。"伐来照他，现身是一老狐，身死。又孙吴时，武康一人入山伐木，得一大龟，带回要献与吴王。宿于桑林，夜间桑树与龟对语，道："元绪元绪，乃罹此祸。"龟道："纵尽南山之薪，其如我何?"桑树道："诸葛君博物，恐不能免。"进献，命烹之，不死。问诸葛恪，诸葛恪道："当以桑树煮之即死。"献龟的因道夜间桑树对语之事，吴王使伐那桑烹煮，龟即溃烂。我想这狐若不思逞材，犹可苟活；这龟不恃世之不能烹他，也可曳尾涂中。只因两个有挟而逞，遂致杀身。

我朝也有个猢狲，他生在凤阳府寿州八公山。此地峰峦层叠，林木深邃，饥餐木实，渴饮溪流，或时地上闲行，或时枝头长啸。这件物儿虽小，恰也见过几朝开创，几代沦亡。

金陵王气巩南唐，又见降书入洛阳。
垒蚁纷争金氏覆，海鸥飘泊宋朝亡。

是非喜见山林隔，奔逐悲看世路忙。

一枕泉声远尘俗，迥然别自有天壤。

自唐末至元，已七百余年。他气候已成，变化都会，常变作美丽村姑，哄诱这些樵采俗子，采取元阳。这人一与交接，也便至恹恹成疾；若再加一痴想，必至丧亡。他又道这些都是浊人，虽得元阳，未证仙果，待欲化形入凤阳城市来。恰遇着一个小官，骑着一匹马，带着两个安童，到一村庄下马。生得丰神俊逸，意气激昂，年纪不过十六七岁：

唇碎海底珊瑚，骨琢昆岩美玉。

脸飞天末初霞，鬓染巫山新绿。

却是浙东路达鲁花赤阿里不花儿子阿里帖木儿，他来自己庄上催租。这猴见了，道："姻缘事非偶然，我待城中寻个佳偶，他却走将来凑。"

当日阿里帖木儿在庄前后闲步，这猴便化个美女，幌他一幌。

乍露可餐秀色，俄呈炫目娇容。

花径半遮羞面，苔阶浅印鞋踪。

玉笋纤纤，或时拈着花儿嗅；金莲缓缓，或时趁着草儿步。或若微吟，或若远想，遮遮掩掩，隐隐见见。那帖木儿远了怕看不亲切，近了又怕惊走了他，也这等凫行鹤步，在那厢张望。见他渐也不避，欲待向前，却被荆棘钩住了衣服，那女子已去。回来悒快，睡也睡不着。次日打发家僮往各处催租，自己又在庄前后摇摆。那女子又似伺候的，又在那厢。两个斜着眼儿瞧，侧着眼儿望，也有时看了低头笑。及至将拢身说句话儿，那女子翩然去了。似此两日，两下情意觉道熟了。这日帖木儿乘着他弯着腰儿，把纤手弹鞋上污的尘，不知道他到，帖木儿悄悄凹在他背后，叫一声"美人"，那女子急立起时，帖木儿早已腻着脸，逼在身边了。此时要走也走不得，帖木儿道："美人高姓？住在何处？为何每日在此？"那美人低着头，把衫袖儿衔在嘴边，只叫让路。问了几次，道："我是侯氏之女，去此不远，因采花至此。"帖木儿道："小生浙东达鲁花赤之子，尚未有亲。因催租至此，可云奇遇。"这女子道："闪开，我出来久，家中要寻。"帖木儿四顾无人，如何肯放？道："姐姐若还未聘，小生不妨作东床。似小生家门年貌，却也相当，强似落庸夫俗子之手。"女子听了，不觉长叹道："妾门户衰微，又处山林，常有失身之虑。然也是命，奈何，奈何？"帖木儿道："如姐姐见允，当与姐姐偕老。"女子道："轻诺寡信。君高门，煞时相就，后还弃置。"帖木儿便向天发誓道："仆有负心，神明诛殛！"一把搂住了，要在花阴处顽耍。女子道："不可！虽系荒村，恐为人见不雅。如君不弃，君庄中儿幼时往来最熟，夜当脱身来就。"帖木儿道："姐姐女流，恐胆怯，不能夜行，怕是诓言。"女子道："君不负心，妾岂负言？幸有微月，可以照我。"帖木儿犹自依依不释，女子再三订约而去。

帖木儿回来，把催租为名，将两个安童尽打发在租户人家歇宿，自己托言玩月，伫立庄门之外。也听尽了些风声树声，看尽了些月影花影。远远望见一个穿白的人，迤迤逦逦来。烟里边的容颜，风吹着的衣裾，好不丰艳飘逸。怪是狗赶着叫，帖木儿赶上去，抉几块石片打得开，道："惊了我姐姐。"忙开了门，两个携手进房。这女子做煞娇羞，也当不得帖木儿欲心如火：

笑解翡翠裳，轻揭芙蓉被。缓缓贴红腮，款款交双臂。风惊柳腰软，雪压花稍细。急雨不胜支，点点轻红泻。

两个推推就就，顽勾多时。到五鼓，帖木儿悄悄开门相送，约他晚来。似此数日，帖木儿在庄上，只想着被里欢娱，夜间光景，每日也只等个晚，那里有心去催租？反巴不得租收不完，越好耽延。不期帖木儿母亲记念，不时来接。这两个安童倒当心把租催完。捱了两日不起身，将次捱不去了。晚间女子来，为要相别，意兴极鼓舞，恩情极绸密，却不免有一段低回不快光景。女子知道了，道："郎君莫不要回，难于别离，有此不怡么？"帖木儿道："正是。我此行必定对母亲说，来聘你。但只冰人往复，便已数月，我你朝夕相依，恩情颇热，叫我此去，寂寞何堪？"那女子道："郎君莫惊讶，我今日与郎暂离，不得不说。我非俗流，乃蓬莱仙女，与君有宿缘，故来相就。我仙家出有入无，何处不到？郎但回去，妾自来陪郎。"帖木儿道："我肉眼凡胎，不识仙子。若得仙子垂怜，我在家中扫室相待，只是不可失约。"两个别了。帖木儿自收拾回家，见了母亲，自去收拾书房，焚了香，等俟仙子，却也还在似信不信边。正对灯儿，把手支着腮，在那厢想，只见背后簌簌有似人脚步，回头时，那女子已搭着他肩，立在背后。帖木儿又惊又喜，道："真是仙子了，我小生真是天幸。"夜去明来，将次半月。帖木儿要对母亲说聘他，他道："似此与你同宿，又何必聘？"帖木儿也就罢了。

奈是帖木儿是一个丰腻极伶俐的人，是这半个月，却也肌骨憔悴，神情恍惚，渐不是当时。这日，母亲叫过伏侍的两个梅香，一个远岫，一个秋涛，道："连日小相公仔么憔瘦了？莫不你们与他有些苟且？"远岫道："我们是早晚不离奶奶身伴的，或者是这两个安童冶奴、逸奴？"那老夫人便叫这两安童，道："相公近来有些身体疲倦，敢是你两个引他有些不明白勾当么？"冶奴道："相公自回家来，就不要我们在书房中歇宿，奶奶还体访里边人么！"两边都没个形迹，罢了。这晚远岫与秋涛道："他怎道奶奶体访里边人？终不然是咱两个？我们去瞧这狗才，拿他奸。"秋涛道："有心不在忙。相公与他的勾当，定在夜么？"远岫不听，先去了。不期安童也在那边缉探，先在书房里，见远岫来，道："小淫妇儿，你来做甚的？"远岫道："来瞧你，你这小没廉耻！你道外边歇，怎在这厢？"两个一句不成头，打将起来，惊得帖木儿也跑出房外，一顿嚷走开。远岫不见只环，在那厢寻。秋涛后到，说："相公房里有灯，怎不拿来照？"闯入房中，灯下端端严严坐着一个穿白的美人。这边远岫已寻着环，还在那厢你羞我，我羞你。秋涛道："不消羞得。也不关我们事，也不关你们事，自有个人。"把灯递与冶奴道："你送灯进相公房，就知道了。"

帖木儿那里容他送灯，一顿狠都赶出来。他自关了门进去，道："明日对奶奶说，打。"远岫进去，奶奶问他："为甚在书房争闹？"远岫道："这两小厮诬了咱们，去拿他。两个果在相公房里，倒反来打我。"奶奶道："果是这两奴才做甚事么？"秋涛道："不是。远岫脱了环，我去书房中拿灯，房里自有一个绝标致女人，坐在灯下。"奶奶道："果然？"秋涛道："我又不眼花，亲眼见的。"奶奶道："这也是这两个奴才勾来的娼妇了。"次早，帖木儿来见奶奶，奶奶道："帖木儿，你昨房内那里来的唱的？"帖木儿道："没有。"秋涛道："那穿着白背子的。"帖木儿知道赖不得了，道："奶奶，这也不是娼妓，是个仙女。孩儿在庄上遇的，与孩儿结成夫妇，正要禀知母亲。"奶奶道："这一定鬼怪了。你遇了仙女，这般模样？"帖木儿道："他能出有入无，委是仙女。"奶奶道："痴子！鬼怪也出有入无。你只教他去，我自寻一个门当户对女子与你。"帖木儿道："我原与他约为夫妇的，怎生辞得！"奶奶道："我断不容！"

这帖木儿着了迷，也不肯辞他，辞时也辞不去。着小厮守住了房门，他也不消等开门，已是在房里了；叫在房中相陪帖木儿，他已是在帐中，两个睡了，无法驱除。奶奶心焦，要请个法官和尚。帖木儿对女子道："奶奶疑你是妖怪，要行驱遣，如之奈何？"女子笑道："郎君勿忧，任你通天法术，料奈何不得我，任他来。"先是一个和尚来房中念咒，他先撮去他僧帽；寻得僧帽，木鱼又不见了。寻东寻西，混了半日，只得走去。又接道士，到得，不见了剑；正坐念经，一把剑却在脖项里插将下来。喜得是个钝，道士惊走了。似此十余日，反动街坊，没个驱除得他。

巧遇着是刘伯温先生，为望天子气来到凤阳，闻得，道："我会擒妖。"他家便留了饭，问是夜去明来，伯温叫帖木儿暂避，自在房中。帖木儿怕伯温占了女子，不肯，奶奶发作才去。伯温就坐在他床上，放下罗帏。将起更时，只见香风冉冉，"呀"地一声门响，走进一个美女来：

冰肌玉骨傲寒梅，淡淡霓裳不惹埃。

坐似雪山凝莹色，行时风送白云来。

除却眉发，无一处不白。他不见帖木儿在房中，竟到帐中道："郎君，你是身体疲倦，还是打熬精神？"不知伯温已做准备了，大喝一声道："何方泼怪，敢在此魅人！"劈领一把揪住，按在地下，仗剑要砍下来。这女子一惊，早复了原身，是个白猴，口叫"饶命"。伯温道："你山野之精，此地有城隍社令管辖，为何辄敢至此？"白猴道："金陵有真主，诸神前往护持，故得乘机到来。大人正是他佐命功臣。望大人饶命，从此只在山林修养，再不敢作怪。"伯温道："你这小小妖物，不足污我剑。饶你去，只不许在此一方。"白猴道："即便离此，如再为祸，天雷诛殛。"伯温放了手，叩上几个头去了。次日，伯温对阿里不花妻道："此妖乃一白猴，我已饶他死，再不来了。"赠与金帛不收，后来竟应了太祖聘，果然做了功臣。

这猴径逃往山东，又近东岳，只得转入北京地方，河间中条山藏身。奈是每三年，遇着张天师入觐，一路除妖捉怪，毕竟又要躲往别处。他道不是了期，却生一计，要弄张真人，竟摇身一变，变作一个老妇人：

一身踡曲恰如弓，白发萧疏霜里蓬。

两耳轰雷惊不醒，双眸时怯晓来风。

持着一根拐捧，乞食市上。市人见他年老，也都怜他。他与人说些劝人学好、诫人为非的说话，还说些休咎，道这件事该做，好；这件事不该做，有祸；这病医得不妨，这病便医也不愈。先时人还道他偶然，到后来十句九应，胜是市上这些讨口气、踏脚影课命先生，一到市上，人就围住了，向他问事。他就捣鬼道："我曾得军师刘伯温数学，善知过去未来。"人人都称他是圣姑。

就有一个好事的客店，姓钦名信，请在家里，是待父母一般供养他，要借他来获利。一日对钦信道："今日有一位贵人，姓陈，来你家歇。我日后有事求他，你可从厚款待。"果然，这家子洒扫客房，整治饮食等候。将次晚了，却见一乘骡轿，三匹骡子随着，到他家来下，却是庐州府桐城县一个新举人，姓陈号骝山，年纪不及三十岁。这钦信便走到轿边道："陈相公，里边下。"陈骝山便下了轿，走进他家，只见客房一发精洁得紧。到掌灯，听道请陈相公吃晚饭，到客座时，主人自来相陪。先摆下一个攒匾儿，随后果子肴馔摆列一桌，甚是齐备。陈骝山想道："一路来客店，是口里般般有，家中件件无。来到镇上，拦住马道：'相公我家下，吃的肥鹅嫩鸡、鲜鱼猪肉、黄酒烧酒都有。'及至到他家，一件也讨不出。怎这家将我盛款？莫不有些先兆？"便问主家姓，主家道："小人姓钦，外面招牌上写的'钦仰楼安寓客商'，就是在下了。"陈骝山道："学生偶尔侥幸，也是初来，并未相识。怎老丈知我姓，又这等厚款？"钦仰楼道："小人愚人，也不知。家下有一位老婆婆，敝地称他做圣姑，他能知过去未来，不须占卜，晓得人荣枯生死。早间分付小人道：'今日有一位贵人陈骝山到此，你可迎接。，故此小人整备伺候。"陈骝山道："有这等事，是个仙了。可容见么？"钦仰楼道："相公要见，明早罢了。"

次日，陈骝山早早梳洗，去请见时，却走出一个婆婆来：

　　两耳尖而查，一发短而白。额角耸然蹱，双腮削目凹。小小身躯瘦，轻轻行步怯。言语颇侏㒧，惯将吉凶说。

那陈骝山上前，深深作揖，道："老神仙，学生不知神仙在此，失于请教。不知此行可得显荣么？"圣姑道："先生功名显达。此去会试，当得会试第一百八十二名，殿试三甲一百一名，选楚中县令。此后再说。"陈骝山欢喜，辞了圣姑，厚酬主人，上路。

　　白发朱颜女偓佺，等闲一语指平川。

　　从今顿作看花想，春日天街快着鞭。

一路进京，投文应试。到揭晓这日，报人来报，果是一百八十二名。骝山好不称奇。到殿试，又是三甲一百一名。在礼部观政了三个月叙选，却得湖广武昌府江夏县知县。过后自去送圣姑的礼，相见，问向后荣枯。圣姑道："先生好去做官，四年之后又与先生相见，当行取作御史，在福建道。若差出时千万来见我，我有事相烦你。"

骝山便应了，相辞到家，祭祖，择日上任。一到任，倒也是个老在行，厚礼奉承上司，体面去结交乡宦，小惠去待秀才，假清去御百姓。每遇上司生日，节礼，毕竟整齐去送。凡有批发一纸，毕竟三四个罪，送上十余两银子。乡官来讲分上，心里不听，却做口头人情，道这事该问甚罪，该打多少，某爷讲改甚罪，饶打多少，端只依律问拟，那乡官落得撮银子。秀才最难结，一有不合，造谣言，投揭帖，最可恨。他时尝有月考、季考，厚去供给，婚丧有助。来说料不敢来说大事，若小事，委是切己，竟听他；不切己的，也还他一个体面。百姓来告状，愿和的竟自与和；看是小事，出作不起的，三五石谷也污名头，竟立案免供。其余事小的，打几下逐出。免供。人人都道清廉，不要钱。不知拿着大事，是个富家，率性诈他千百，这叫削高堆，人也不觉得。二三衙日逐收他的礼，每一告状日期，也批发几张，相验踏勘，也时常差委，闲时也与他吃酒，上司前又肯为他遮蔽。衙门中吏书门皂，但不许他生事诈钱，坏法作弊，他身在县中服役，也使他得骗两分书写钱、差使钱。至于钱粮没有拖欠，词讼没有未完，精明与浑厚并行，自上而下，那一个不称扬赞诵。巡抚荐举是首荐，巡按御史也是首荐。四年半，适值朝觐历俸已合了格，竟留部考选。这也是部议定的，卷子未曾交完，某人科，某人道，某人吏部，少不得也有一个同知之类。他却考了个试御史，在福建道。先一差巡视西城，二差是巡视十库。

差完，部院考察毕，复题他巡按江西。命下出京，记得圣姑曾有言要他出差时相见，便顺路来见圣姑，送些京绢息香之类。那圣姑越齐整：

肌同白雪雪争白，发映红颜颜更红。

疑是西池老王母，乘风飞落白云中。

相见之时，那圣姑抓耳挠腮，十分欢喜，道："陈大人，我当日预知你有这一差，约你相会。不意大人能不失信。"一个出差的御史，那有个不奉承的？钦仰楼大开筵席，自己不敢陪，是圣姑奉陪。圣姑道："大人巡按江西，龙虎山张天师也是你辖下，你说也没个不依。尝见如今这干念佛的老妇人，他衣服上都去讨一颗三宝印，我想这些不过是和尚胡说的，当得甚么？闻道天师府里有一颗玉印，他这个说是个至宝，搭在衣服上须是不同。我年老常多惊恐，要得他这颗印镇压。只是大人去说，他不敢不依。怕是大人忘了。”陈御史道：“既蒙见托，自必印来。”圣姑道：“大人千万要他玉印。若寻常符录上边的，也没帐。”陈代巡道：“我闻得大凡差在江西的，张真人都把符录作人事。我如今待行事毕，亲往拜他，着他用印便了。”圣姑道：“若得大人如此用心，我不胜感激。”自去取出一个白绫手帕来：

莹然雪色映朝暾，机杼应教出帝孙。

组凤翩翩疑欲舞，缀花灼灼似将翻。

好个手帕，双手递与陈御史，道：“只在这帕上求他一粒印。”陈御史将来收了。

辞别到家，择日赴任。来到江西，巡历这南昌、饶州、广信、南康、九江、建昌、袁州、赣州、临江、瑞州、抚州等府。每府都去考察官吏，审录狱囚，观风生员，看城阅操，捉拿土豪，旌表节孝，然后拜在府乡官。来到广信府，也狗例做了这事。拜谒时，因见张真人名帖，想起圣姑所托之事，道：“我几忘了。”先发了帖子到张真人府去，道代巡来拜。然后自己在衙取了这白绫手帕，来问张真人乞印。人役径往龙虎山发道，只见一路来：

山宿晓烟青，飞泉破翠屏。

野禽来逸调，林萼散余馨。

已觉尘襟涤，还令俗梦醒。

丹丘在人世，到此欲忘形。

来至上清官，这些提点都出来迎接，张真人也冠带奉迎。

这张真人虽系是个膏粱子弟，却有家传符录，素习法术。望见陈御史，便道：“不敢唐突，老大人何以妖气甚浓？”陈御史却也愕然。坐定，献了茶，叙些寒温，陈御史道：“学生此来，专意请教。一来更有所求，老母年垂八十，寝睡不宁，常恐邪魔为祟。闻真人有玉印可以伏魔，乞见惠一粒，这不特老母感德。”因在袖子里拿出白绫汗巾，送与真人，道：“此上乞与一印。”真人接了，反覆一看，笑道：“适才所云妖气，正在此上。此岂是令堂老夫人之物？”陈御史见他识货，也不敢回言。真人道：“此帕老大人视之，似一个帕，实乃千年老白猴之皮变成，以愚大人，并愚学生的。此猴历世已久，神通已大，然终是一个妖物。若得了下官一印，即出入天门，无人敢拘止了。这猴造恶已久，设谋更深，不可不治。”陈御史道：“真人既知其诈，不与印便是，何必治之？”

真人略略有些叱咤之声，只见空中已闪一天神：

头戴束发冠，金光耀日；身穿绣罗袍，彩色飘霞。威风凛凛似哪吒，怪物见时惊怕。

天师道：“河间有一妖猿为祟，汝往擒之！”天神喏喏连声而去。

此时白猿还作个老妇，在钦家谭休说咎，不堤防天神半风半雾径赶入来，一把抓住，不及舒展。这一会倒叫陈御史不安，道：“此帕出一老妇人，他在河间也未尝为害，不意真人以此督过。”须臾，早听得一声响亮，半空中坠下一个物件来：

两眼辉辉喷火光，一身雪色起寒芒。

看来不是人间物，疑是遐方贡白狼。

睁着两眼道：“骝山害我！”又道：“骝山救我！”望着天师，只是叩头，说：“小畜自刘伯温军师释放，便已改过自新，并不敢再行作恶，求天师饶命。”陈御史也立起身，为他讨饶道：“若真人今日杀他，是他就学生求福，反因学生得祸了。”真人道：“人禽路殊，此怪以猴而混于人中，恣言休咎，漏泄天机。今复欲漏下官之印，其意叵测。就是今日下官欲为大人赦之，他前日乞命于刘伯温时，已有誓在先，天不肯赦了。”言尚未已，忽听一声霹雳，起自天半，屋宇都震，白猴头颅粉碎，已死于阶下。

山鬼技有限，浪敢肆炫惑。

唯余不死魂，矻矻空林哭。

细看绫帕，果是一白猴皮。陈御史命从人葬此猴。后至河间，钦仰楼来见，问及，道：“一日旋风忽起，卷入室中，已不见圣姑，想是仙去了。”问他日期，正是拜天师这日。就此见张真人的道法世传，果能摄伏妖邪。这妖邪不揣自己力量，妄行希冀，适足以杀其躯而已矣。